O HOMEM QUE RI

VICTOR HUGO

O HOMEM QUE RI

VICTOR HUGO

Tradução e Notas
Regina Célia de Oliveira

MARTIN CLARET

Sumário

Prefácio

'O HOMEM QUE RI': UMA NARRATIVA DELICADAMENTE LANCINANTE E SOCIALMENTE CONTEMPORÂNEA

JOSILENE PINHEIRO-MARIZ[1]

Um "delírio verbal e uma alucinada erudição", como nos lembra a tradutora desta obra, em suas notas sobre o seu trabalho em *O Homem que Ri* (1869), é, muito provavelmente, a obra que mais instigou os leitores de Victor Hugo. Isso se deve, por certo, à linguagem que aponta para um registro irônico em um romance alegórico, levando o próprio autor a constatar que talvez tenha exigido muito de seu público. É o seu curtíssimo prefácio, escrito em Hauteville House, Guernsey (1869), que dá ao leitor as pistas para melhor compreender que se tratava de um ambicioso projeto que culminaria com a publicação de *Noventa e três* (1874), último romance de Hugo. Muito embora não tenha dado cabo do planejado, *A Aristocracia*, segundo ele, deveria ser o título da presente obra, que precederia *A Monarquia*; porém, ao leitor fica a alegoria do belo-grotesco Gwynplaine, um homem que, a exemplo de outros personagens hugolianos como Quasímodo, Gilliatt ou Jean Valjean, guarda uma beleza para além da estética física.

O Homem que Ri está na vasta galeria de obras do visionário, "homem-oceano", codinome do monumental poeta, romancista, dramaturgo, desenhista, homem político comprometido com questões sociais que se refletem, naturalmente, na presente obra. Como ler este romance e não perceber a força de sua assustadora contemporaneidade? As questões sociais que levam o protagonista a viver em um universo de miséria contrapõem-se ao luxo da aristocracia da corte inglesa e refletem, de modo enfático, o posicionamento do escritor e homem engajado politicamente. Assim, como em *Os Miseráveis* se

---

[1] Professora de Língua e Literaturas de Língua Francesa na Universidade Federal de Campina Grande. Atua na graduação e no Programa de Pós-Graduação em Linguagem e Ensino. É Editora-Chefe do periódico acadêmico da área de Literatura e Linguística, *Revista Letras Raras*.

vê a infância de Gavroche, neste romance, o eleitor depara-se com a infância do pequeno Gwynplaine, na Inglaterra dos fins do século XVII para o XVIII, espaço-temporal que ambienta o romance. Os *comprachicos*, traficantes de crianças, decompõem o órfão Gwynplaine, transformando-o em um monstro quando lhe cortam os dois lados da boca, fazendo dele uma figura disforme, com o propósito de criar uma atração de feiras e circos e abandonando-o à própria sorte. O garoto órfão passa, então, a ter um sorriso permanentemente grotesco. O leitor desta densa narrativa emociona-se com este garoto que encontra na pequena, e também órfã, Dea o amor de sua vida; ambos, crianças sem família, têm em Ursus, meio filósofo e completamente apaixonado pela liberdade, um pai.

As questões sociais reiteradamente abordadas por Hugo, no conjunto de sua obra, em *O Homem que Ri* fazem emergir filigranas que chancelam quão visionário foi o escritor. Nos nossos dias, é impossível não recorrer ao mestre e constatar o que subjaz na reflexão de Gwynplaine: "é do inferno dos pobres que é feito o paraíso dos ricos" (HUGO, 2019, p. 296). Como, 150 anos após a sua publicação, a contemporaneidade da narrativa é tão tangivelmente real? Ricos e pobres, a Aristocracia inglesa e desafortunados socialmente são levados ao leitor. O trio formado por Dea, Ursus e Gwynplaine: uma garota cega, um "homem lobo" e um homem que, aparentemente, ri todo o tempo, dá tônica à sutileza desse "delírio verbal" a da "alucinada erudição" que é este romance. O fato de estarem juntos possibilita a chegada de Gwynplaine ao Parlamento para proferir um discurso comovente e cortante, como um porta-voz dos desvalidos, em um dos momentos mais fortes da narrativa:

> — Esse riso que está em meu rosto foi posto aí por um rei. Esse riso exprime a desolação universal. Esse riso significa ódio, silêncio forçado, raiva, desespero. Esse riso é um produto da tortura. Esse riso é um riso de violência. Se Satã tivesse esse riso, esse riso condenaria Deus. Mas o Eterno não se assemelha aos efêmeros; sendo o absoluto, ele é justo; e Deus abomina o que fazem os reis. Ah! Os senhores me consideram uma exceção! Eu sou um símbolo. Ó imbecis todo-poderosos, abram seus olhos. Eu encarno tudo. Represento a humanidade tal qual foi feita por seus mestres. O homem é um mutilado. O que fizeram a mim fizeram ao gênero humano. Deformaram-lhe o direito, a justiça, a verdade, a razão, a inteligência, assim como deformaram meus olhos, narinas e orelhas; como a mim, puseram-lhe no coração um poço de cólera e sofrimento, e na face uma máscara de contentamento. Onde o dedo de Deus havia tocado, as garras do rei se cravaram. (HUGO, 2019, p. 547-548)

A força desse discurso é tão atual que não somente reforça a agudeza da narração, como também ressalta o empenho social do escritor que, neste romance, dá voz às minorias. Não se pode refutar, portanto, o espaço-temporal em que está ancorada a narrativa, o que faz sobressair de modo mais enfático a atualidade da obra, ao abordar questões como *bullying*, pessoas sem teto, crianças e adolescentes de rua, pessoas portadoras de deficiência, abandono; registrando-se ainda a presença de políticos pouco comprometidos com seus "súditos".

O Homem que Ri é, de fato, um romance extraordinário, que exige mais um leitor atento, sob a pena de deixar escapar as sutilezas hugolianas. Com esta tradução de Regina Célia de Oliveira, a Editora Martin Claret confirma sua responsabilidade social de levar a grande literatura ao público brasileiro, que em 2019 terá acesso facilitado a um dos mais belos romances da literatura universal, apaixonando-se, fatalmente, por Dea, a garota cega, que partilha o amor com o estranho Gwynplaine:

> Assim viviam, um pelo outro, esses desafortunados, Dea apoiada, Gwynplaine aceito.
>
> Essa órfã tinha esse órfão. Essa enferma tinha esse disforme.
>
> As viuvezes se esposavam.
>
> Uma inefável ação de graças emanava desses dois abandonos. Eram gratos. (HUGO, 2019, p. 262)

O terceiro elemento é Ursus, que tem Homo, um lobo, como seu melhor amigo: "Homo era para ele mais que um companheiro: era um semelhante. Ursus batia em seus flancos magros dizendo: *Encontrei meu tomo segundo*" (HUGO, 2019, p.10). Ursus é homem de aparência rude, mas de uma capacidade intelectual admirável e é aquele que acolhe, muito embora a sua rudeza física pareça afastar as pessoas. Esse trio constitui-se no principal recurso alegórico do romance, pois a cega enxerga mais que os videntes, ela vê a beleza de Gwynplaine, quando nem ele mesmo é capaz de identificar. O próprio protagonista de aparência horrenda, dado o sorriso imutável de uma orelha à outra, guarda uma beleza encantadora e um amor imenso que dedica a Dea: "Gwynplaine e Dea eram um casal, e seus dois patéticos corações se adoravam. Um ninho e dois pássaros; era essa sua história. Eram iniciados na lei universal, que é a de encantar-se, procurar-se e encontrar-se" (HUGO, 2019, p. 261), e o estranho Ursus é o cérebro do grupo, um "homem de aspectos variados".

Enfim, a leitura de *O Homem que Ri* passa a ser obrigatória para os amantes de literatura de boa qualidade, haja vista que os aparentes contrastes da narrativa guardam a ternura alegórica e irônica no romance, plena de oposições como se pode ver nos títulos dos capítulos: "A solidez das coisas frágeis"; "A cegueira dá lições de clarividência"; "Odiar é tão forte quanto amar" e muitas outras poéticas contradições de um escritor empenhado pela igualdade social e que vê a vida como um oceano...

E é assim que *O Homem que Ri* tem seu desfecho... no mar... na infinitude!

Nota da tradutora

REGINA CÉLIA DE OLIVEIRA

Nos comentários da edição francesa que serviu de base para a presente tradução, *O Homem que Ri* é considerada "a mais louca obra de Victor Hugo, bem como a mais rica em obsessões" desse brilhante autor, que nela exprime um verdadeiro "delírio verbal e uma alucinada erudição".

Uma nota de advertência, assinada por Roger Borderie — romancista, editor e diretor da publicação *Obliques* —, introduz o leitor no particular universo deste romance de exuberante riqueza lexical.

Aproprio-me de suas reflexões para transmitir ao leitor brasileiro um aspecto relevante sobre o texto que desfrutará. Na construção de sua estória, Hugo faz uso de toda sua vasta bagagem cultural e, para dar-lhe vazão, cria palavras e imagens incomuns, recorre a outras línguas, abusa de vocabulários os mais diversos, citando nomes de plantas, de pássaros, variedades de mármores, nomes de aristocratas ingleses e descrições de suas propriedades, termos de marinha e entidades da mitologia, entre muitas outras coisas.

Se nos primeiros passos da tradução havia a preocupação de esclarecer o significado de inúmeras palavras pouco conhecidas, quando não desconhecidas, tal preocupação se transformou no receio de aborrecer o leitor com uma verdadeira avalanche de notas. De forma que no transcorrer do trabalho optamos por reduzi-las àquilo que nos pareceu mais importante para a compreensão e a clareza das situações que compõem a trama.

Esperamos assim, por conta de um árduo trabalho de pesquisa e de busca pela mais fiel transposição do rico texto de Victor Hugo para o português, que o caro leitor faça uma leitura fluida e compensadora desta obra magnífica.

O HOMEM QUE RI

VICTOR HUGO

Prefácio do autor

Da Inglaterra, tudo é grande, até o que não é bom, até a oligarquia. A nobreza inglesa é a nobreza, no sentido absoluto da palavra. Não há feudalidade mais ilustre, mais terrível e mais vivaz. Devemos dizer que essa feudalidade foi útil em seu momento. É na Inglaterra que o fenômeno da Senhoria deve ser estudado, assim como é na França que se deve estudar este outro fenômeno, a Realeza.

O verdadeiro título deste livro seria *A Aristocracia*. Um outro livro, que virá em seguida, poderá ser intitulado *A Monarquia*. E os dois livros, se for dado ao autor concluir tal trabalho, precederão e levarão a outro, que se chamará *Noventa e três*.

Hauteville House, 1869

PRIMEIRA PARTE

O MAR E A NOITE

Dois capítulos preliminares

I URSUS

I

Ursus e Homo eram ligados por estreita amizade. Ursus era um homem, Homo era um lobo. Seus temperamentos combinaram. Quem havia batizado o lobo fora o homem. Provavelmente também havia escolhido o próprio nome; tendo achado *Ursus* bom para si, achara *Homo* bom para a fera. A associação desse homem com esse lobo era proveitosa para as feiras, as festas paroquiais, as esquinas das ruas onde os passantes se aglomeram, e atendia à necessidade que o povo tem, em qualquer lugar, de ouvir baboseiras e comprar panaceias. Esse lobo, dócil e graciosamente subalterno, era agradável à multidão. Ver a domesticação é algo que apraz. Nosso supremo contentamento é ver desfilarem todas as variedades de adestramento. É isso que leva tanta gente à passagem dos cortejos reais.

Ursus e Homo iam de cruzamento em cruzamento, das praças públicas de Aberystwith às praças públicas de Yeddburg, de região em região, de condado em condado, de cidade em cidade. Esgotado um mercado, passavam a outro. Ursus morava em uma cabana ambulante que Homo, suficientemente civilizado, puxava de dia e vigiava à noite. Nos caminhos difíceis, nas subidas, quando havia buracos demais e lama demais, o homem amarrava a correia ao pescoço e puxava fraternalmente, lado a lado com o lobo. Dessa forma envelheceram juntos. Acampavam ao acaso em terrenos baldios, clareiras, trevos onde caminhos se cruzavam, entradas de aldeias, portais de vilarejos, mercados, passeios públicos, beiras de parques, fachadas de igrejas. Quando a carroça parava no terreno de alguma feira, quando as comadres acorriam admiradas, quando os curiosos se aproximavam, Ursus perorava, Homo aprovava. Com uma caneca pendurada no focinho, Homo fazia cortesmente a coleta entre a assistência. Assim ganhavam a vida. O lobo era letrado, o homem também. O lobo fora adestrado pelo homem, ou adestrara-se sozinho, para fazer diversas gentilezas de lobo que contribuíam com a receita.

— Acima de tudo, não vá degenerar em homem —, dizia-lhe seu amigo.

O lobo nunca mordia; o homem, às vezes. Ao menos, morder era a pretensão de Ursus. Ele era um misantropo e, para ressaltar sua misantropia, fizera-se artista. Para sobreviver também, pois o estômago impõe suas condições. Além disso, esse artista misantropo, fosse para se complicar, fosse para se completar, era médico. Médico é pouco, Ursus era ventríloquo. Viam-no falar sem que sua boca se movesse. Copiava perfeitamente a pronúncia e o sotaque de qualquer um; imitava vozes fazendo acreditar que eram das próprias pessoas. Sozinho, fazia o burburinho de uma multidão, o que lhe dava direito ao título de *engastrimythe*,[1] que ele incorporava. Reproduzia todo tipo de canto dos pássaros,: o tordo, a corruíra, a cotovia "pépi", também chamada de petinha-dos-prados, o melro-de-peito-branco, todos viajantes como ele; de modo que, por instantes, fazia as pessoas ouvirem, a seu bel-prazer, ou uma praça pública cheia de rumores humanos, ou uma pradaria cheia de vozes dos animais; ora agitado como uma multidão, ora pueril e sereno como a aurora. —A propósito, esses talentos, embora raros, existem. No século passado, um homem chamado Touzel, que imitava multidões desordenadas de homens e animais, e copiava todos os sons dos bichos, era ligado à pessoa de Buffon,[2] na qualidade de verdadeira coletânea de animais. Ursus era sagaz, inverossímil e curioso, além de inclinado a explicações singulares que chamamos de fábulas. Parecia acreditar nelas. Esse descaramento fazia parte de sua malícia. Ele lia a mão dos sujeitos, abria livros ao acaso e emitia conclusões, predizia a sorte, ensinava ser perigoso encontrar uma mula preta, e, mais perigoso ainda, no momento em que se parte para uma viagem, ser chamado por alguém que não sabe para onde vamos. E ele se intitulava"mercador de superstições". Dizia: "Entre o arcebispo de Canterbury e mim existe uma diferença: é que eu confesso". De forma que o arcebispo, justamente indignado, um dia o chamou; mas Ursus, habilidoso, desarmou Sua Graça recitando-lhe um sermão dele, Ursus, sobre o santo dia de *Christmas*, que o arcebispo, encantado, decorou, recitou no púlpito e publicou como sendo dele, arcebispo. Diante disso, perdoou-o.

Ursus, o médico, curava, por causa disso ou apesar disso. Usava as plantas aromáticas. Era versado nos simples.[3] Tirava partido do profundo poder que há em várias plantas desdenhadas: a aveleira, o amieiro branco, o viburno, o vime,

---

[1] Sinônimo erudito de 'ventríloquo', em francês...

[2] Georges-Louis Leclerc, Conde de Buffon (1707-1788) — naturalista, matemático e escritor francês. Segundo Darwin, foi um dos primeiros a estudar cientificamente a origem das espécies.

[3] Simples: ervas de ação medicamentosa.

o espinheiro, a briônia, o escambroeiro. Tratava a tuberculose com a drósera; usava apropriadamente folhas do sapatinho-do-diabo que, arrancadas por baixo, são um purgativo e, arrancadas por cima, são um vomitivo; tirava a dor de garganta usando a excrescência vegetal chamada *orelha-de-judeu*; sabia que cana cura o boi e que menta cura o cavalo; estava a par das belezas e bondades da erva mandrágora, que, como ninguém ignora, é macho e fêmea. Tinha receitas. Curava queimaduras com a lã da salamandra, da qual Nero, como dizia Plínio, tinha uma toalha. Ursus possuía um balão volumétrico e outro de destilação; fazia transmutações; vendia panaceias. Contavam que outrora ele ficara algum tempo internado em Bedlam; deram-lhe a honra de considerá-lo insano, mas soltaram-no ao perceber que não passava de um poeta. Essa história provavelmente não era verdadeira; todos temos alguma lenda a nosso respeito.

A verdade é que Ursus era um sabichão, homem de bom gosto e velho poeta latino. Era douto de duas formas: ele hipocratizava e pindarizava.[4] Teria concorrido em discursos empolados com Rapin e Vida.[5] Teria composto tragédias jesuítas de forma não menos triunfante que o Padre Bouhours.[6] Resultava de sua familiaridade com as veneráveis rimas e métricas dos antigos a criação de imagens muito próprias e de toda uma família de clássicas metáforas. Dizia de uma mãe precedida por suas duas filhas: é um *dátilo*, de um pai seguido por seus dois filhos: é um anapesto, de um neto caminhando entre seu avô e sua avó: é um anfímacro.[7] Tanta ciência não podia resultar senão em fome. A escola de Salerno diz: "Coma pouco e muitas vezes". Ursus comia pouco e raras vezes, obedecendo assim à metade do preceito e desobedecendo à outra; mas isso era culpa do público, que nem sempre afluía e com frequência nada comprava. Ursus dizia: 'A expectoração de uma sentença alivia. O lobo é consolado pelo uivo, o carneiro pela lã, a floresta pelo pintassilgo, a mulher pelo amor e o filósofo pelo epifonema. Em caso de necessidade, Ursus inventava comédias que representava razoavelmente; isso ajudava a vender suas drogas. Havia composto, entre outras obras, uma

---

[4] Hipócrates (460-377 a.C.) considerado o pai da medicina; Píndaro (522-443 a.C.) poeta grego.

[5] René Rapin (1621-1687), poeta, teólogo e historiador francês; Marco Girolamo Vida (1485-1566), prelado e humanista italiano.

[6] Dominique Bouhours (1628-1702), jesuíta, gramático e crítico francês.

[7] Em poética, unidade rítmica (ou pé de verso grego ou latino): *dátilo* — formado por uma sílaba longa seguida de duas breves; *anapesto* — formado por duas sílabas breves seguidas de uma longa; *anfímacro* — formado por uma sílaba breve entre duas longas. Apesar da "sabichonice", Ursus faz confusão no emprego dos dois primeiros termos.

pastoral heroica em homenagem ao cavaleiro Hugh Middleton que, em 1608, desviou um rio para Londres. Esse rio corria tranquilo no condado de Hartford, a seiscentas milhas de Londres; o cavaleiro Middleton foi até lá e o tomou. Levou uma brigada de seiscentos homens armados com pás e picaretas, começou a remexer a terra cavando-a aqui, elevando-a ali, às vezes vinte pés acima, às vezes trinta pés abaixo; fez aquedutos de madeira suspensos e, aqui e ali, oitocentas pontes de pedra, de tijolo, de pranchas; e uma bela manhã o rio chegou a Londres, onde faltava água. Ursus transformou todos esses detalhes vulgares em uma bela poesia pastoril entre o rio Tâmisa e a lagoa Serpentine; o rio convidava a lagoa para ir à sua casa e lhe oferecia seu leito, dizendo-lhe: "Sou velho demais para agradar às mulheres, mas suficientemente rico para pagá-las". Jeito engenhoso e galante de expressar que *sir* Hugh Middleton fizera todos os trabalhos à própria custa.

Ursus era notável no solilóquio. De temperamento esquivo e falante, desejando não ver ninguém e precisando falar com alguém, saía-se dessa falando sozinho. Quem quer que tenha vivido solitariamente sabe a que ponto o monólogo é algo natural. A voz interior quer soltar-se. Falar com as paredes é desabafar. Falar bem alto e sozinho surte o efeito de um diálogo com o deus que cada um tem em si. Era, sabe-se, o costume de Sócrates, que discursava para si mesmo. Lutero também. Ursus assemelhava-se a esses dois grandes homens. Tinha a faculdade hermafrodita de ser o seu próprio auditório. Interrogava-se e respondia-se; glorificava-se e insultava-se. Da rua, ouviam-no monologar dentro da sua cabana. Os passantes, que têm seu modo peculiar de apreciar as pessoas de espírito, diziam: "é um idiota". Às vezes, insultava-se, como acabamos de dizer, mas em outros momentos também se rendia justiça. Certo dia, durante uma dessas alocuções que proferia a si mesmo, ouviram-no exclamar: "Estudei os vegetais em todos os seus mistérios: o caule, o broto, a sépala, a pétala, o estame, o carpelo, o ovário, o óvulo, o esporo, o apotécio. Aprofundei-me em cromacia, osmosia e quimosia, ou seja, na formação da cor, do odor e do sabor". Neste certificado que Ursus concedia a Ursus, sem dúvida havia alguma fatuidade, mas quem nunca se tiver aprofundado em cromacia, osmosia e quimosia que lhe atire a primeira pedra.

Felizmente, Ursus nunca havia estado nos Países Baixos. Lá certamente teriam mandado pesá-lo para saber se tinha o peso normal, além ou aquém do qual um homem é feiticeiro. Na Holanda, esse peso era sabiamente fixado pela lei. Nada era mais simples e mais engenhoso. Era apenas uma verificação. Colocavam a pessoa em uma balança, e a evidência saltava aos olhos se o equilíbrio se rompesse: pesada demais, a pessoa era enforcada; leve demais, era queimada. Pode-se ver ainda hoje em Oudewater a balança de pesar feiticeiros, mas agora ela é usada para pesar queijos, tanto a religião se degenerou! Sem dúvida, Ursus teria brigado com a tal balança. Em suas viagens, absteve-se de ir à Holanda, e fez bem. De resto, acreditamos que ele não saía da Grã-Bretanha.

Fosse como fosse, sendo muito pobre e muito rude, e tendo conhecido Homo em um bosque, surgiu-lhe o gosto pela vida errante. Tomara esse lobo como parceiro e com ele partira por vários caminhos, vivendo ao ar livre a intensa vida do acaso. Tinha grande inventividade e muitas ideias, além de grande habilidade com tudo que fosse para curar, operar, livrar pessoas de doenças e executar minúcias surpreendentes; era considerado bom saltimbanco e bom médico; passava também, compreensivelmente, por mágico; um pouco, não muito; pois naquela época era considerado nocivo ser visto como amigo do diabo. Para dizer a verdade, por paixão à farmácia e amor às plantas, Ursus se expunha, visto que sempre ia colher ervas em matagais agrestes, onde se encontram as verduras de Lúcifer e onde se corre o risco, como constatou o conselheiro De l'Ancre,[8] de se encontrar nas brumas da noite um homem que surge da terra, "vesgo do olho direito, sem capa, espada de lado, pés nus em sandálias". Mas, apesar da aparência e do temperamento bizarros, Ursus era um homem gentil demais para atrair ou espantar a geada, fazer aparecerem rostos, matar um homem pelo tormento de dançar em demasia, sugerir sonhos serenos ou tristes e repletos de pavor, e fazer nascerem galos com quatro asas. Ele não tinha dessas maldades. Era incapaz de certas abominações. Como, por exemplo, falar alemão, hebreu ou grego sem ter aprendido, o que é sinal de uma perversidade execrável ou de uma moléstia natural proveniente de algum humor melancólico. Se Ursus falava latim é porque sabia o latim. Não se teria permitido falar siríaco, visto que não o sabia; além disso, está demonstrado que o siríaco é a língua dos sabás. Em medicina, preferia acertadamente Galien a Cardan;[9] Cardan, por mais sábio que fosse, não passava de uma minhoca comparado a Galien.

Em suma, Ursus não era alguém atormentado pela polícia. Sua cabana era suficientemente longa e larga para que pudesse deitar-se dentro dela sobre uma arca onde guardava seus trastes, pouco suntuosos. Era dono de uma lamparina, de várias perucas e de alguns utensílios pendurados em pregos, entre eles instrumentos musicais. Além disso, possuía uma pele de urso com a qual se cobria nos dias de grande atuação; chamava a isso vestir-se a caráter.

---

[8] Pierre de Rosteguy de Lancre, magistrado francês, conselheiro do rei, conhecido principalmente por ter participado da comissão encarregada da caça às bruxas em 1609.

[9] Claude Galien, ou Galeno (Klaudius Galênos, 129-210), médico grego; Jérôme Cardan (Gerolamo Cardano, 1501-1576), filósofo, médico e matemático italiano.

Dizia: "Tenho duas peles; esta é a verdadeira". E mostrava a pele de urso. A cabana com rodas era dele e do lobo. Além de sua cabana, de seu balão de destilação e de seu lobo, tinha uma flauta e uma viola de gamba, que tocava agradavelmente. Ele mesmo fabricava seus elixires. De seus talentos tirava algumas vezes o que comer. No teto da sua cabana havia um buraco por onde passava o duto de um fogareiro de ferro fundido, próximo o bastante da sua arca para chamuscar a madeira. Esse fogareiro tinha dois compartimentos; em um, Ursus punha para cozinhar a alquimia; no outro, batatas. À noite, o lobo dormia embaixo da cabana, amigavelmente acorrentado. Homo tinha pelo preto, e Ursus, cabelo grisalho; Ursus tinha cinquenta anos, ou talvez sessenta. Sua aceitação do destino humano era tal que ele comia, acabamos de ver, batatas, imundície com a qual os porcos e os condenados eram alimentados. Comia aquilo indignado e resignado. Ele não era alto, era comprido. Era encurvado e melancólico. A silhueta curvada do velho é o peso da vida. A natureza o fizera para ser triste. Era-lhe difícil sorrir e sempre lhe fora impossível chorar. Faltavam-lhe o consolo das lágrimas e o paliativo da alegria. Um homem velho é uma ruína pensante; Ursus era essa ruína. Uma eloquência de charlatão, uma magreza de profeta, uma irascibilidade de mina carregada, assim era Ursus. Na juventude, havia sido filósofo na casa de um lorde.

Isso acontecia há cento e oitenta anos, no tempo em que os homens eram um pouco mais lobos do que o são hoje em dia.

Não muito mais.

II

Homo não era o primeiro lobo que aparecera. Pelo seu apetite por nêsperas e maçãs, passaria por um coiote; por sua pelagem escura, passaria por um cão do mato; por seu uivo atenuado em latido, passaria por um cão selvagem; mas ainda não se observou suficientemente as pupilas do cão selvagem para ter certeza de que não é uma raposa, e Homo era um autêntico lobo. Seu comprimento era de cinco pés, o que é um belo comprimento para um lobo, mesmo na Lituânia; era muito forte; tinha o olhar oblíquo, o que não era culpa sua; tinha a língua macia, com que lambia Ursus de vez em quando; tinha um estreito tufo de pelos curtos sobre a espinha dorsal e era magro, de uma bela magreza de floresta. Antes de conhecer Ursus e de ter uma carroça para puxar, fazia alegremente suas quarenta léguas em uma noite. Encontrando-o em uma mata próxima a um curso de água corrente, Ursus enchera-se de estima por Homo vendo-o pescar caranguejos com sabedoria e prudência, e reconhecera nele um bom e autêntico lobo *Koupara*, do gênero chamado cão caranguejeiro.

Ursus preferia Homo como animal de carga a um asno. Não gostaria de fazer sua cabana ser puxada por um asno; tinha demasiada consideração pelos asnos para isso. Além do mais, havia observado que o asno, sonhador de quatro patas pouco compreendido pelo homem, tem às vezes um levantar de orelhas inquietante quando os filósofos dizem asneiras. Na vida, entre nosso pensamento e nós, um asno é um terceiro: é constrangedor. Como amigo, Ursus preferia Homo a um cão, estimando que o lobo vem de mais longe em direção à amizade.

Por isso Homo bastava a Ursus. Homo era para ele mais que um companheiro: era um semelhante. Ursus batia em seus flancos magros dizendo: *Encontrei meu tomo segundo.*

Dizia também: "Quando eu estiver morto, se quiserem me conhecer, bastará estudar Homo. Eu o deixarei para trás como uma cópia fiel".

A lei inglesa, pouco afável para com os animais silvestres, poderia ter arrumado encrenca para esse lobo e o ter espicaçado por sua ousadia de ir familiarmente às cidades; mas Homo desfrutava da imunidade concedida por um estatuto de Eduardo IV "aos criados": "Todo criado acompanhando seu patrão poderá ir e vir livremente". Além disso, um certo relaxamento em relação aos lobos era resultado da moda entre as mulheres da corte na época dos últimos Stuarts; elas tinham, em vez de cachorros, pequenos lobos corsacos, chamados adibes, do tamanho de um gato, que mandavam trazer da Ásia a altos custos.

Ursus havia ensinado a Homo uma parte de seus talentos: ficar de pé, transformar sua cólera em mau humor, murmurar ao invés de uivar, etc.; e o lobo, por sua vez, ensinara ao homem o que sabia: ficar sem teto, ficar sem pão, ficar sem fogo, preferir a fome em um bosque à escravidão em um palácio.[10]

A casinhola, espécie de cabana-veículo que seguia os mais variados itinerários, sem no entanto sair da Inglaterra e da Escócia, tinha quatro rodas, mais uma padiola para o lobo e uma boleia para o homem. Essa boleia era útil nos caminhos ruins. Era sólida, embora construída com pranchas leves como um tabique. Na frente, tinha uma porta envidraçada e um pequeno balcão que servia para os discursos, misto de tribuna e púlpito, e, atrás, uma porta inteiriça com um postigo. Uma escada de três degraus, que abaixava por meio de uma dobradiça, instalada atrás da porta com o postigo, dava entrada à casinhola, bem fechada à noite com trincos e fechaduras. Caíra muita chuva e muita neve sobre ela. Fora pintada, mas já não se sabia muito bem de que cor, pois as mudanças de estação estão para as carroças assim

---

[10] Referência a *Walden: a Vida nos Bosques*, de Thoreau, de 1854.

como as mudanças de reinado estão para os cortesãos. Na frente, pelo lado de fora, sobre uma espécie de frontispício de madeira, muito tempo atrás havia sido possível decifrar, em letras negras sobre fundo branco, que pouco a pouco se haviam mesclado e confundido, esta inscrição:

"Com o atrito, o ouro perde anualmente quatorze centésimos do seu volume, o que é chamado de *abrasão*; assim, de um bilhão e quatrocentos milhões de ouro circulando por toda a terra, todos os anos se perde um milhão. Esse milhão em ouro vira poeira, evapora, flutua, atomiza-se, torna-se respirável, pesa, dosa, oprime e sobrecarrega as consciências, e se amalgama à alma dos ricos, a quem torna soberbos, e à alma dos pobres, a quem torna embrutecidos".

Essa inscrição, apagada e arruinada pela chuva e pela bondade da Providência, felizmente era ilegível, pois é provável que, enigmática e ao mesmo tempo transparente, essa filosofia do ouro respirado não tivesse sido do gosto dos magistrados, prebostes, oficiais e outros figurões da lei. A legislação inglesa não era brincadeira naquela época. Qualquer um era facilmente acusado de traidor. Os magistrados mostravam-se ferozes por tradição, e a crueldade era rotineira. Os juízes inquisidores pululavam. Jeffreys[11] deixara herdeiros.

III

No interior da cabana havia duas outras inscrições. Acima da arca, na parede de pranchas caiadas, escrito a tinta e a mão, lia-se:

ÚNICAS COISAS QUE IMPORTA SABER:

O barão par da Inglaterra usa na cabeça um cordão com seis pérolas.

A coroa começa no visconde.

O visconde usa uma coroa com um número indeterminado de pérolas; o conde, uma coroa com pérolas nas pontas, entremeadas com folhas de morango mais baixas; o marquês, pérolas e folhas na mesma altura; o duque, florões sem pérolas; o duque-real, um círculo de cruzes e flores de lis; o príncipe de Gales, uma coroa semelhante à do rei, mas não fechada.

---

[11] Lorde George Jeffreys (c. 1645-1689), chanceler inglês, distinguiu-se por sua política extremamente repressiva.

O duque é *altíssimo e poderosíssimo príncipe*; o marquês e o conde, *nobilíssimos e poderosos senhores*; o visconde, *nobre e poderoso senhor*; o barão, *genuinamente senhor*.

O duque é *sua graça*; os outros pares, *sua senhoria*.

Os lordes são invioláveis.

Os pares são câmara e corte, *concilium et curia,* legislatura e justiça.

Most honourable é mais do que *right honourable.*

Os lordes pares são qualificados "lordes de direito"; os lordes não pares são "lordes de cortesia"; não há lordes de fato a não ser os pares.

O lorde nunca presta juramento, nem ao rei, nem em justiça. Sua palavra basta. Ele diz: *por minha honra.*

Os comuns, que são o povo, convocados às barras dos lordes, apresentam-se humildemente, cabeça descoberta, diante dos pares cobertos.

Os comuns enviam os projetos de lei aos lordes por meio de quarenta membros, que lhes apresentam o projeto com três profundas reverências.

Os lordes enviam os projetos aos comuns por um simples funcionário.

Em caso de conflito, as duas câmaras conferenciam no salão pintado, os pares sentados e de cabeça coberta, os comuns em pé, de cabeça descoberta.

Segundo uma lei de Eduardo VI, os lordes têm o privilégio do homicídio simples. Um lorde que mata um homem simplesmente não é processado.

Os barões têm a mesma posição social que os bispos.

Para ser barão par é preciso ter concessão do rei para *baroniam integram,* baronia plena.

A baronia plena se compõe de treze feudos nobres e um quarto, cada feudo nobre sendo de vinte libras esterlinas, o que perfaz quatrocentos marcos.

A sede da baronia, *caput baroniae,* é um castelo hereditariamente regido como a própria Inglaterra, ou seja, não pode ser transmitido às filhas senão na falta de filhos homens e, nesse caso, passa para a primogênita, *coeteris filiabus aliunde satisfactis.** Os barões têm a qualidade de *lord,* do saxão *laford,* do alto latim *dominus* e do baixo latim *lordus.*

Os primogênitos e os filhos mais novos dos viscondes e barões são os primeiros escudeiros do reino.

Os primogênitos dos pares têm prioridade sobre os cavaleiros da Jarreteira,[12] os filhos mais novos não.

---

* O que quer dizer: às outras filhas se provém como se pode. (*Nota de Ursus* no canto da parede.) (N. A.)

12 A Mais Nobre Ordem da Jarreteira, ou Ordem da Jarreteira, é a mais alta ordem de cavalaria britânica, fundada em 1348 pelo rei Eduardo III, durante a guerra dos Cem Anos.

O primogênito de um visconde segue atrás de todos os barões e à frente de todos os baronetes.

Toda filha de lorde é *lady*. As outras jovens inglesas são *miss*.

Todos os juízes são inferiores aos pares. O oficial de justiça tem um capuz de pele de cordeiro; o juiz, um capuz de pele de esquilo, *de minuto vario*, numerosas porções de peles brancas de todo tipo, fora o arminho. O arminho é reservado aos pares e ao rei.

Não se pode aceitar *supplicavit*[13] contra um lorde.

Um lorde não pode ser detido. Fora o caso da Torre de Londres.[14]

Um lorde chamado à casa do rei tem direito de matar um ou dois gamos no parque real.

O lorde mantém em seu castelo corte de barão.

É indigno de um lorde sair às ruas com uma capa, acompanhado de dois criados. Ele não deve mostrar-se senão com um séquito de fidalgos domésticos.

Os pares dirigem-se ao parlamento em filas de carruagens; os comuns não. Alguns pares vão a Westminster em seges de quatro rodas. A forma dessas seges e carruagens armoriadas e coroadas só é permitida aos lordes e faz parte de sua dignidade.

Um lorde não pode ser condenado a pagar multa a não ser por outros lordes, e nunca a mais de cinco xelins, com exceção do duque, que pode ser multado em dez.

Um lorde pode ter em sua casa seis estrangeiros. Qualquer outro inglês pode ter apenas quatro.

Um lorde pode ter oito tonéis de vinho sem pagar impostos.

O lorde é o único isento de se apresentar perante o juiz de circuito.

O lorde não pode ser taxado pela milícia.

Quando apraz a um lorde, ele recruta um regimento e o oferece ao rei. Assim fazem Suas Graças o Duque de Athol, o Duque de Hamilton e o Duque de Northumberland.

Um lorde só presta contas a lordes.

Nos processos de interesse civil, ele pode pedir adiamento do caso, se não houver ao menos um cavaleiro entre os juízes.

O lorde nomeia seus capelães.

Um barão nomeia três capelães; um visconde, quatro; um conde e um marquês, cinco; um duque, seis.

---

[13] Dirigir crítica ou admoestação a alguém por suas atitudes.

[14] A Torre de Londres, originalmente construída para proteger a cidade, serviu de prisão principalmente para nobres, políticos e dissidentes religiosos.

O lorde não pode ser torturado para confessar, ainda que por alta traição.

O lorde não pode ser marcado na mão.

O lorde é sábio, mesmo não sabendo ler. Ele sabe por direito.

Um duque faz-se acompanhar de um dossel em todos os locais onde o rei não se encontra; um visconde tem um dossel em sua casa; um barão tem uma cobertura para sua taça, que deve ser mantida sob ela enquanto ele bebe; uma baronesa tem direito a ter sua cauda carregada por um homem em presença de uma viscondessa.

Oitenta e seis lordes, ou primogênitos de lordes, presidem as oitenta e seis mesas, de quinhentos talheres cada, que são servidas todos os dias a Sua Majestade em seu palácio, à custa da terra que circunda a residência real.

Um plebeu que bate em um lorde tem a mão cortada.

O lorde é quase rei.

O rei é quase Deus.

A terra é uma *lordship*.[15]

Os ingleses chamam Deus de *mylord*.

Em frente a essa inscrição, lia-se uma segunda, escrita do mesmo modo, e que segue: SATISFAÇÕES QUE DEVEM BASTAR AOS QUE NADA TÊM:

Henry Auverquerque, Conde de Grantham, que na Câmara dos Lordes ocupa o lugar entre o Conde de Jersey e o Conde de Greenwich, tem cem mil libras esterlinas de renda. É a Sua Senhoria que pertence o palácio Grantham Terrace, construído todo em mármore e célebre pelo que chamam de labirinto dos corredores, que é uma curiosidade onde há o corredor encarnado em mármore de Sarancolin, o corredor marrom em lumaquela[16] de Astracã, o corredor branco em mármore de Lani, o corredor negro em mármore de Alabanda, o corredor cinza em mármore de Staremma, o corredor amarelo em mármore de Hesse, o corredor verde em mármore do Tirol, o corredor vermelho meio malhado em mármore da Boêmia e meio lumaquela de Córdoba, o corredor azul em turqui[17] de Gênova, o corredor violeta em granito da Catalunha, o corredor luto em xisto de Murviedro com veios brancos e negros, o corredor rosa, em cipolino dos Alpes, o corredor pérola em lumaquela de Nonette e o corredor de todas as cores, chamado corredor cortesão, em pedra arlequina.[18]

---

[15] Senhoria.

[16] Rocha sedimentar formada por conchas fósseis.

[17] Mármore de tonalidade azul escura.

[18] Rocha sedimentar de fundo amarelo-acastanhado, com uma infinidade de pequenos fragmentos de cores diversas.

Richard Lowther, Visconde de Lonsdale, possui Lowther, em Westmorland, cujo acesso é suntuoso e cuja escadaria parece convidar os reis a entrar.

Richard, Conde de Scarborough, Visconde e Barão Lumley, Visconde de Waterford na Irlanda, lorde-tenente e vice-almirante do condado de Northumberland, e de Durham, cidade e condado, tem a dupla castelania de Stansted, a antiga e a moderna, onde se contempla um magnífico gradil em semicírculo contornando um lago com incomparável jato de água. Tem também o castelo de Lumley.

Robert Darcy, Conde de Holderness, tem seu domínio de Holderness com torres de barão e infinitos jardins à francesa, onde passeia em carruagem de seis cavalos precedido por dois cavalariços, como convém a um par da Inglaterra.

Charles Beauclerk, Duque de Saint-Albans, Conde de Burford, Barão Heddington, grande falcoeiro da Inglaterra, tem uma casa em Windsor, real como a casa do rei ao lado.

Charles Bodville, Lorde Robartes, Barão Truro, Visconde Bodmyn, possui Wimple, em Cambridge, compreendendo três palácios com três frontões: um arqueado e dois triangulares. À entrada há uma quádrupla fileira de árvores.

O nobilíssimo e poderosíssimo Lorde Philip Herbert, Visconde de Cardiff, Conde de Montgomery, Conde de Pembroke, senhor par e cavaleiro de Kendall, Marmion, Saint-Quentin e Shurland, guardião da *étanerie*[19] nos condados da Cornualha e de Devon, visitante hereditário do colégio de Jesus, tem o maravilhoso jardim de Willton, onde há dois lagos com jatos d'água em feixe mais bonitos que o Versalhes do cristianíssimo Luís XIV.

Charles Seymour, Duque de Somerset, possui Somerset-House, no Tâmisa, comparável à *villa* Pamphili, de Roma. Distinguem-se sobre a grande lareira dois vasos de porcelana da dinastia dos Yuen, que valem meio milhão da França.

Em Yorkshire, Arthur, Lorde Ingram, Visconde Irwin, possui Temple-Newsham, onde se entra por um arco do triunfo e cujos amplos telhados planos se assemelham aos terraços mouros.

Robert, Lorde Ferrers de Chartley, Bourchier e Lovaine, em Leicestershire possui Staunton-Harold, cujo parque em plano geometral tem a forma de um templo com frontão; e, situada em frente ao lago, a grande igreja de campanário quadrado é de Sua Senhoria.

---

[19] Hugo provavelmente faz referência ao título inglês "*Warden of the Stannaries*", criando o vocábulo *étanerie*, que não faz parte do léxico francês.

No condado de Northampton, Charles Spencer, Conde de Sunderland, membro do conselho privado de Sua Majestade, possui Althrop, onde se entra por um portal com quatro pilares encabeçados por figuras de mármore.

Laurence Hyde, Conde de Rochester, possui, em Surrey, New Park, magnífico por seu acrotério esculpido, seu gramado circular rodeado de árvores e suas florestas, em cujas extremidades há uma pequena montanha artisticamente arredondada, encimada por um grande carvalho que se avista de longe.

Philippe Stanhope, Conde Chesterfield, possui Bredby, em Derbyshire, que tem um soberbo pavilhão de relógio, falcoarias, coelheiras e belas lagunas longas, quadradas e ovais, uma delas em forma de espelho, com dois jatos que alcançam grande altura.

Lorde Cornwallis, Barão de Eye, tem Brome Hall, que é um palácio do século quatorze.

O nobilíssimo Algernon Capel, Visconde Malden, Conde de Essex, tem Cashiobury, em Hersfordshire, castelo em forma de um grande H e onde há caçadas abundantes em presas.

Charles, Lorde Ossulstone, tem Dawly, em Middlesex, aonde se chega por jardins italianos.

James Cecill, Conde de Salisbury, tem, a sete léguas de Londres, Hatfield House, com seus quatro pavilhões senhoriais, sua torre de vigia ao centro e seu átrio calçado em branco e preto, como o de Saint-Germain. Esse palácio, com duzentos e setenta e dois pés de frente, foi construído no reinado de Jaime I pelo grande tesoureiro da Inglaterra, que é o bisavô do conde reinante. Nele se encontra a cama de uma Condessa de Salisbury, de um valor inestimável, inteiramente feita com uma madeira do Brasil que é uma panaceia contra mordidas de serpente e que chamam de *milhombres,* o que quer dizer *mil homens.* Nessa cama está escrito em letras de ouro: "Envergonhe-se quem nisso vir malícia".[20]

Edward Rich, Conde de Warwick e Holland, tem Warwick-Castle, onde se queimam carvalhos inteiros nas lareiras.

Na paróquia de Seven-Oaks, Charles Sackville, Barão Buckhurst, Visconde Cranfeild, Conde de Dorset e Middlesex, tem Knowle, que é grande como uma cidade e composto de três palácios, dispostos em paralelo, um atrás do outro, como linhas de infantaria, com dez frontões e escadaria na fachada principal e um portão sob a torre principal com quatro ameias.

---

[20] Diz a lenda que a Condessa de Salisbury, que era amante do Rei Eduardo III, deixou cair sua liga durante um baile da corte. Quando o rei a recolheu e devolveu à condessa, comentários jocosos se espalharam entre os cortesãos, e então o rei exclamou: "Envergonhe-se quem nisso vir malícia" ("Honni soit qui mal y pense").

Thomas Thynne, Visconde Weymouth, Barão Warminster, possui Long-Leate, que tem quase tantas lareiras, lanternas, caramanchões, pimenteiras, pavilhões e pequenas torres quanto a propriedade do rei em Chambord, na França.

Henry Howard, Conde de Suffolk, tem, a doze léguas de Londres, o palácio de Audlyene, em Middlesex, que só perde em grandeza e majestade para o Escorial do Rei da Espanha.

Em Bedforshire, Wrest House and Park, que é toda uma vila cercada por fossos e muralhas, com bosques, rios e colinas, pertence a Henry, Marquês de Kent.

Hampton-Court, em Hereford, com sua poderosa torre principal denteada e seu jardim cortado por um lago que o separa da floresta, pertence a Thomas, Lorde Coningsby.

Grimsthorf, em Lincolnshire, com sua ampla fachada recortada por pequenas torres, altas e pontiagudas, seus parques, seus lagos, suas criações de faisões e de ovelhas, seus gramados, seus quincunces,[21] suas alamedas, seus bosques, seus canteiros bordados com quadrados e losangos de flor, parecendo grandes tapetes, seus prados de corrida e o majestoso círculo que as carruagens contornam antes de entrar no castelo, pertence a Robert, Conde Lindsay, Lorde hereditário da floresta de Walham.

Up Park, em Sussex, castelo quadrado, com dois pavilhões simétricos tendo torres de vigia dos dois lados do átrio, pertence ao honorabilíssimo Ford, Lorde Grey, Visconde Glendale e Conde de Tankarville.

Newnham Padox, em Warwickshire, que tem dois viveiros quadrangulares de peixes e um frontão com quatro planos de vitral, pertence ao Conde de Denbigh, que é Conde de Rheinfelden na Alemanha.

Wytham, no condado de Berkshire, com seu jardim francês, onde há quatro caramanchões talhados, e sua grande torre denteada, acostada a dois grandes navios de guerra, é de Lorde Montague, Conde de Abingdon, que também possui Rycott, do qual é barão, e em cuja porta principal lê-se a divisa: *Virtus ariete fortior*.[22]

William Cavendish, Duque de Devonshire, tem seis castelos, um dos quais, Chattsworth, com dois pavimentos da mais bela ordem arquitetônica grega; além disso, Sua Graça tem seu palácio em Londres, onde há um leão com o dorso voltado para a residência real.

---

[21] Plantação de árvores dispostas em forma de quadrado, tendo uma delas ao centro.

[22] "A coragem é mais forte do que o aríete", em latim.

O Visconde Kinalmeaky, que é Conde de Cork na Irlanda, tem Burlington House, em Piccadilly, com vastos jardins que se estendem até os campos fora de Londres; tem também Chiswick, onde há nove magníficos pavilhões, e ainda Londesburgh, que é um novo palacete ao lado de um velho palácio.

O Duque de Beaufort tem Chelsea, composto de dois castelos góticos e um castelo florentino; tem também Badmington, em Gloucester, que é uma residência de onde partem, como raios de uma estrela, muitas avenidas. O nobilíssimo e poderoso Príncipe Henry, Duque de Beaufort, é, ao mesmo tempo, Marquês e Conde de Worcester, Barão Raglan, Barão Power e Barão Herbert de Chepstow.

John Holles, Duque de Newcastle e Marquês de Clare, tem Bolsover, cuja torre principal, quadrada, é majestosa, e Haughton, em Nottingham, onde, no centro de um lago, há uma pirâmide redonda imitando a torre de Babel.

William, Lorde Craven, Barão Craven de Hampstead, tem, em Warwickshire, uma residência, Comb-Abbey, onde se vê o mais belo chafariz da Inglaterra, e, em Berkshire, duas baronias, Hampstead Marshall, em cuja fachada estão fixadas cinco lanternas góticas, e Asdowne Park, castelo que fica no ponto de intersecção de um cruzamento de caminhos em uma floresta.

Lorde Linnœus Clancharlie, Barão Clancharlie e Hunkerville, Marquês de Corleone, na Sicília, tem seu pariato assentado no castelo de Clancharlie, construído em 914 por Eduardo, o Velho, contra os dinamarqueses, mais Hunkerville-House, em Londres, que é um palácio, e tem ainda, em Windsor, Corleone Lodge, que é outro palácio, e oito castelanias, uma em Bruxton, no rio Trent, com direitos sobre a exploração de alabastro, além de Gumdraith, Homble, Moricambe, Trenwardraith, Hell-Kerters, onde há um poço maravilhoso, Pillinmore e seus pântanos de turfa, Reculver, perto da antiga cidade de Vagniacœ, Vinecaunton, na montanha Moil-enlli; e ainda dezenove burgos e aldeias com magistrados, e todo o território de Pensneth-Chase, o que, ao todo, proporciona a Sua Senhoria quarenta mil libras esterlinas de renda.

Os cento e setenta e dois pares reinantes na época de Jaime II possuem, em conjunto, uma renda de um milhão, duzentas e setenta e duas mil libras esterlinas por ano, ou seja, um onze avos da renda da Inglaterra.

À margem do último nome, Lorde Linnœus Clancharlie, lia-se esta nota escrita a mão por Ursus:

— Rebelde; no exílio; bens, castelos e domínios confiscados. Bem feito! —

IV

Ursus admirava Homo. Admira-se o similar. É uma lei.

Ser sempre surdamente furioso era a condição interior de Ursus, e esbravejar era sua condição exterior. Ursus era o descontente da criação. Por natureza, era aquele que faz oposição. Tinha o universo em péssima conta. Não mostrava satisfação por quem quer que fosse ou pelo que quer que fosse. Fazer mel não absolvia a abelha de picar; uma rosa desabrochada não absolvia o Sol da febre amarela e do vômito negro. É provável que na intimidade Ursus fizesse muitas críticas a Deus. Dizia: "Evidentemente, o diabo está à solta, e o erro de Deus foi deixá-lo escapar". Aprovava apenas os príncipes e tinha seu modo particular de aplaudi-los. Certo dia em que Jaime II doou à Virgem de uma capela católica irlandesa um candelabro de ouro maciço, Ursus, que passava por ali com Homo, este mais indiferente, irrompeu em admiração diante de todo mundo e exclamou: "Certamente a santa Virgem precisa muito mais de um candelabro de ouro do que as criancinhas descalças precisam de sapatos".

Tais provas de sua "lealdade" e a evidência de seu respeito para com os poderosos estabelecidos provavelmente muito contribuíram para que os magistrados tolerassem sua existência vagabunda e aquela sua aliança com um lobo. Algumas noites, por fraqueza de amigo, deixava Homo esticar um pouco os membros e vagar em liberdade ao redor da cabana; o lobo era incapaz de um abuso de confiança e se comportava "em sociedade", isto é, entre os homens, com a discrição de um *poodle*; no entanto, caso fosse preciso tratar com alguma autoridade de temperamento ruim, poderia haver inconvenientes; assim, Ursus mantinha o bom lobo preso o máximo possível. Do ponto de vista político, seu letreiro sobre o ouro, que se tornou indecifrável e também pouco inteligível, nada mais era que uma tosca pintura de fachada e não o denunciava. Mesmo depois de Jaime II, e sob o "respeitável" reinado de Guilherme e Maria, as pequenas cidades dos condados da Inglaterra podiam ver sua carroça rodar tranquilamente. Viajava livremente de um lado para o outro da Grã-Bretanha vendendo seus elixires e seus frascos, fazendo, em parceria com seu lobo, suas momices de médico itinerante; e passava com facilidade pelas malhas da rede policial, estendida naquela época por toda a Inglaterra para inspecionar os bandos nômades e, em especial, para deter em sua passagem os "*comprachicos*".

Além disso, era justo. Ursus não pertencia a nenhum bando. Ursus vivia com Ursus. Nas conversas dele com ele mesmo, o lobo metia gentilmente o focinho. A ambição de Ursus era ter sido caraíba; não podendo, era aquele que vive só. O solitário é um diminutivo do selvagem, aceito pela civilização.

Quanto mais errante, mais se é solitário. Daí seu perpétuo deslocamento. Permanecer onde quer que fosse parecia-lhe cativeiro. Passava as vida seguindo em frente. A visão das cidades redobrava-lhe o gosto pelos bosques, pelas matas, pelos espinheiros, pelas grutas nos rochedos. Seu lar era a floresta. Não se sentia muito deslocado em meio ao murmúrio das praças públicas, bastante semelhante ao burburinho das árvores. Em certa medida, a multidão satisfaz o gosto pelo deserto. O que o desgostava naquela cabana era que ela possuía porta e janelas e parecia uma casa. Alcançaria seu ideal se pudesse pôr uma caverna sobre quatro rodas e viajar em uma gruta.

Ele não sorria, já o dissemos, mas ria; às vezes, até mesmo com frequência; um riso amargo. No sorriso há consentimento, enquanto o riso é muitas vezes uma recusa.

Sua grande ocupação era odiar o gênero humano. E esse seu ódio era implacável. Tendo entendido que a vida humana é uma coisa medonha, tendo observado a sobreposição de flagelos, os reis sobre o povo, a guerra sobre os reis, a peste sobre a guerra, a fome sobre a peste, a estupidez sobre tudo; tendo constatado certa quantidade de castigo no simples fato de existir; tendo reconhecido que a morte é uma libertação, quando levavam um doente até ele, curava-o. Tinha fortificantes e beberagens para prolongar a vida dos velhos. Recolocava os pernetas sobre seus pés e lhes lançava este sarcasmo: "Aí estás sobre tuas patas. Que possas caminhar por muito tempo no vale de lágrimas!". Quando via um pobre morrendo de fome, dava-lhe todos os trocados que tinha, resmungando: "Vive, miserável! Come! Dura muito tempo! Não serei eu quem abreviará tua pena". Depois, esfregava as mãos e dizia: "Faço aos homens todo o mal que posso".

Pela janelinha na parte traseira, os passantes podiam ler no teto da cabana o seguinte letreiro, escrito em seu interior (mas visível de fora) com carvão e em letras grandes: URSUS, FILÓSOFO.

II OS *COMPRACHICOS*

I

Quem atualmente conhece a palavra *comprachicos* e quem sabe seu significado?

Os *comprachicos*, ou *comprapequeños*, formavam uma medonha e estranha associação nômade, famosa no século dezessete, esquecida no dezoito, ignorada hoje em dia. Os *comprachicos* são, como "o pó de sucessão",[23] um antigo detalhe social peculiar. Fazem parte da velha fealdade humana. Para o grande olhar da história, que enxerga o todo, os *comprachicos* vinculam-se ao imenso evento da Escravidão. José vendido por seus irmãos é um capítulo de tal lenda.[24] Os *comprachicos* deixaram marcas nas legislações penais da Espanha e da Inglaterra. Aqui e ali, na obscura confusão das leis inglesas, encontram-se vestígios desse fato monstruoso, da mesma forma que se encontram pegadas de um selvagem em uma floresta.

Comprachicos, assim como *comprapequeños*, é uma palavra composta espanhola que significa "compra-crianças".

Os *comprachicos* comercializavam crianças.

Compravam-nas e vendiam-nas.

Não as roubavam. O roubo de crianças é um outro negócio.

E o que faziam dessas crianças?

Monstros.

Para que monstros?

Para rir.

O povo precisa rir; os reis também. As esquinas precisam do arlequim; os Louvres precisam do bufão. Um se chama Turlupin; o outro, Triboulet.[25]

Os esforços do homem para proporcionar-se alegria às vezes são dignos da atenção do filósofo.

O que esboçamos nestas páginas preliminares? Um capítulo do mais terrível dos livros, do livro que poderíamos chamar: *Exploração dos infelizes pelos felizes*.

---

[23] *Poudre de succession* — venenos cuja bem calculada administração acelerava o recebimento de heranças na França.

[24] Gênesis, 37.

[25] Turlupin — nome de um ator das antigas farsas, bufão do povo. Triboulet — bufão dos reis Luís XII e Francisco I em *O Rei se Diverte*, de Victor Hugo, e *Pantagruel*, de Rabelais.

II

Uma criança destinada a ser um joguete para os homens — isso existiu. (E existe ainda hoje.) Nas épocas incultas e ferozes, esse era um negócio especial. O século XVII, chamado de "grande século", foi uma dessas épocas. Foi um século muito fútil; teve a ingenuidade corrompida e a ferocidade delicada, variedade curiosa de civilização. Um tigre de apetite moderado. Madame de Sévigné com trejeitos acerca da fogueira e da roda.[26] Esse século explorou muito as crianças: os historiadores, que louvam tal século, esconderam o mal, mas deixaram entrever o remédio: Vicente de Paulo.

Para que o homem-brinquedo tenha êxito, é preciso começar cedo. O anão deve ser iniciado de pequeno. Brincava-se com a infância. Mas uma criança normal não tem muita graça. Um corcunda é mais divertido.

Daí uma arte. Havia os criadores. Pegava-se um homem e fazia-se um aborto; pegava-se um rosto e fazia-se um focinho. Tolhia-se o crescimento; modelava-se a fisionomia. Essa criação artificial de casos teratológicos tinha suas regras. Era uma completa ciência. Imagine-se uma ortopedia em sentido inverso. Ali onde Deus colocara o olhar, essa arte colocava o estrabismo. Ali onde Deus colocara a harmonia, colocava-se a deformidade. Ali onde Deus colocara a perfeição, restabelecia-se o esboço. E, aos olhos dos entendidos, o esboço é que era perfeito. Isso também era feito com os animais; inventavam-se os cavalos malhados; Turenne[27] montava um cavalo malhado. Atualmente não se pintam os cães de azul e de verde? A natureza é nosso rascunho. O homem sempre quis acrescentar alguma coisa à obra de Deus. O homem retoca a criação, às vezes bem, às vezes mal. O bobo da corte nada mais era que uma tentativa de fazer o homem voltar ao macaco. Progresso para trás. Obra-prima em retrocesso. Ao mesmo tempo, tratava-se de fazer do macaco um homem. Barbe, Duquesa de Cleveland e Condessa de Southampton, tinha como pajem um saju. Na casa de Françoise Sutton, Baronesa de Dudley, ocupante do oitavo assento entre os pares, o chá era servido por um babuíno vestido de brocado dourado, chamado por *Lady* Dudley de "meu negro". Catherine Sidley, Condessa de Dorchester, ia às sessões do parlamento em uma carruagem armoriada, atrás da qual seguiam em pé, focinho ao vento, três bugios em belos uniformes. Uma Duquesa de Medina-Cœli, vista ao despertar pelo cardeal Polus, fazia-se calçar as meias por um orangotango. Esses macacos promovidos faziam contrapeso aos homens brutalizados e bestializados.

---

[26] Suplício da roda — o criminoso era preso a uma roda, após ter seus membros quebrados.

[27] Henri de la Tour D'Auvergne, Visconde de Turenne (1611-1675), marechal francês.

Essa promiscuidade do homem e do animal, desejada pelos grandes, era particularmente evidenciada pelo anão e pelo cão. O anão nunca deixava o cão, sempre maior do que ele. O cão era o par do anão; eles eram como duas coleiras atreladas. Essa justaposição é constatada em grande quantidade de monumentos domésticos, sobretudo pelo retrato de Jeffrey Hudson, anão de Henriqueta da França, filha de Henrique IV, mulher de Carlos I.

Degradar o homem acarreta deformá-lo. Completava-se a supressão de sua condição pela desfiguração. Certos vivisseccionistas daqueles tempos conseguiam com muito êxito apagar a efígie divina da face humana. O Doutor Conquest, membro do colégio de Amen Street e fiscal das lojas dos químicos de Londres, escreveu um livro em latim sobre essa cirurgia ao contrário, da qual relatava os procedimentos. A se acreditar em Justus de Carrick-Fergus, o inventor dessa cirurgia foi um monge chamado Aven-More, termo irlandês que significa *Grande-Rio*.

O anão do príncipe-eleitor, Perkeo, cujo boneco — ou espectro — salta de uma caixinha de surpresas no porão de Heidelberg, era um notável espécime dessa ciência muito variada em suas aplicações.

Isso produzia seres cuja lei de existência era monstruosamente simples: permissão para sofrer, ordem para divertir.

III

Essa fabricação de monstros era praticada em grande escala e compreendia vários gêneros.

O sultão precisava deles; o papa precisava deles. Um para vigiar suas mulheres; o outro para fazer suas preces. Era um gênero à parte, não podendo reproduzir-se sozinho. Esses quase humanos eram úteis à volúpia e à religião. O harém e a Capela Sistina consumiam o mesmo tipo de monstros, ali ferozes, aqui mansos.

Naqueles tempos, sabíamos produzir coisas que agora não produzimos mais, tínhamos talentos que nos faltam, e não sem razão os bons espíritos proclamam a decadência. Não sabemos mais esculpir em plena carne humana; isto porque a arte da tortura se perde; éramos virtuosos nesse gênero, não somos mais; simplificamos essa arte a tal ponto que logo ela talvez venha a desaparecer completamente. Ao cortar os membros de homens vivos, ao abrir seus ventres, ao arrancar-lhes as vísceras, observávamos os fenômenos enquanto aconteciam, fazíamos descobertas; temos de renunciar a isso e somos privados dos progressos que o carrasco oferecia à cirurgia.

A vivissecção de outrora não se limitava a confeccionar para as praças públicas fenômenos, para os palácios bufões — espécies de aumentativos do cortesão —, e eunucos para os papas e sultões. Ela abundava em variantes. Um desses triunfos era fazer um galo para o rei da Inglaterra.

Era costume, no palácio do rei da Inglaterra, que houvesse uma espécie de homem noturno, cantando como um galo. Esse vigia, desperto enquanto todos dormiam, fazia a ronda do palácio e de hora em hora soltava aquele canto de granja, repetido quantas vezes fosse necessário para substituir um sino. Esse homem, promovido a galo, passara em sua infância por uma operação na faringe, exemplo da arte descrita pelo Doutor Conquest. Durante o reinado de Carlos II, após a Duquesa de Portsmouth ter ficado enojada com uma salivação inerente a essa operação, conservaram a função para não diminuir o brilho da coroa, mas fizeram o canto do galo ser emitido por um homem não mutilado. Escolhiam comumente para esse honroso trabalho um antigo oficial. No reinado de Jaime II, esse funcionário se chamava William Sampson Coq,[28] e recebia anualmente por seu canto nove libras, dois xelins e seis soldos.*

Há cem anos apenas, em São Petersburgo, conforme relatam as memórias de Catarina II, quando o czar ou a czarina estava descontente com um príncipe russo, fazia-o agachar-se na grande antecâmara do palácio, e ele permanecia nessa posição determinado número de dias, sendo obrigado a miar como um gato, ou a cacarejar como uma galinha choca, tendo de abocanhar no chão sua comida.

Esses costumes estão ultrapassados — menos do que se acredita, entretanto. Hoje, os cortesãos que cacarejam com o intuito de divertir modificam um pouco sua entonação. Alguns recolhem na terra, para não dizer na lama, aquilo que comem.

É muito bom que os reis não possam enganar-se. Dessa forma, suas contradições não causam nunca embaraço. Aprovando sem cessar, tem-se certeza de que sempre se está com a razão, o que é agradável. Luís XIV não teria gostado de ver em Versalhes um oficial bancando o galo, ou um príncipe bancando o peru. Aquilo que elevava a dignidade real e imperial na Inglaterra e na Rússia teria parecido a Luís, o Grande, incompatível com a coroa de São Luís. Sabe-se de seu descontentamento quando Madame Henriqueta, certa noite, foi descomedida a ponto de ver em sonho uma galinha; de fato, grave inconveniente para alguém da corte. Quando se é da alta roda, não se deve sonhar com a baixa roda. Bossuet, como nos lembramos, compartilhou o escândalo de Luís XIV.

---

[28] Galo.

* Ver o Doutor Chamberlayne, *Estado Presente da Inglaterra*, 1688, parte I, capítulo 13, p. 179. (N. A.)

IV

O comércio de crianças no século XVII se completava, como acabamos de explicar, com uma indústria. Os *comprachicos* faziam esse comércio e praticavam essa indústria. Compravam crianças, trabalhavam um pouco essa matéria-prima e em seguida a revendiam.

Havia vendedores de todo tipo: do pai miserável, desvencilhando-se de sua família, ao patrão utilizando seu haras de escravos. Vender homens era bem simples. Atualmente, temos-nos debatido para manter esse direito. Recordamo-nos, isso se passou há menos de um século, do príncipe-eleitor de Hesse vendendo seus súditos ao rei da Inglaterra, que precisava de homens para matar na América. Iam à casa do príncipe-eleitor como quem vai comprar carne em um açougue. O eleitor de Hesse mantinha carne-de-canhão. Esse príncipe pendurava seus súditos em sua loja. Venham comprar, está à venda. Na Inglaterra, durante o mandato de Jeffrey, após a trágica aventura de Monmouth,[29] muitos senhores e fidalgos foram decapitados e esquartejados; esses torturados deixaram mulheres e filhas, viúvas e órfãs que Jaime II entregou à rainha, sua esposa. A rainha as vendeu a William Penn.[30] É provável que esse rei tenha recebido uma bela porcentagem pelo negócio. O que espanta não é que Jaime II tenha vendido aquelas mulheres, mas que William Penn as tenha comprado.

A aquisição de Penn se justifica, ou se explica, pelo fato de que Penn, tendo um deserto a semear com homens, precisava de mulheres. As mulheres faziam parte de suas ferramentas.

Aquelas senhoras foram um bom negócio para Sua Graciosa Majestade, a rainha. As jovens custavam caro. Pode-se imaginar uma incômoda sensação de complicado escândalo que Penn provavelmente enfrentou por parte de velhas duquesas, vendidas a baixíssimos preços.

Os *comprachicos* também eram chamados de *cheylas*, palavra hindu que significa *descobridores de crianças.*

Por muito tempo, os *comprachicos* estiveram apenas semiescondidos. Na ordem social existe às vezes uma penumbra indulgente para com os negócios espúrios, sob a qual estes perduram. Vimos recentemente na Espanha um grupo desse gênero, dirigido pelo bandido Ramón Selles, durar de 1834 a

---

[29] James Scott, Duque de Monmouth (1649-1685), tentou sem êxito derrubar Jaime após sua coroação, sendo capturado e decapitado.

[30] Nascido na Inglaterra em 1644, fundou uma colônia nos Estados Unidos, o futuro estado da Pensilvânia.

1866, e manter sob terror, por trinta anos, três províncias: Valencia, Alicante e Murcia.

Durante o reinado dos Stuarts, os *comprachicos* não eram malvistos. Quando necessário, a razão de Estado servia-se deles. Foram para Jaime II quase um *instrumentum regni.* Era a época em que se desmembravam as famílias inconvenientes e refratárias, em que se punha fim a filiações, em que se suprimiam bruscamente os herdeiros. Às vezes, lesava-se um ramo familiar em proveito de outro. Os *comprachicos* tinham um talento, o de desfigurar, que os recomendava à política. Desfigurar é melhor que matar. Bem que existia a máscara de ferro, mas era um meio grosseiro. Não se pode povoar a Europa com máscaras de ferro, mas saltimbancos disformes percorrem as ruas sem causar estranheza; além disso, uma máscara de ferro se arranca, uma máscara de carne não. Mascarar alguém para sempre com seu próprio rosto, não há nada mais engenhoso. Os *comprachicos* talhavam o homem como os chineses talham a árvore. Tinham segredos, já dissemos, tinham truques. Arte perdida. Um certo definhamento insólito saía de suas mãos. Era ridículo e profundo. Tocavam um pequeno ser com tamanha inspiração que nem o pai o reconheceria. *E que desconheceria mesmo o olho de seu pai,* diz Racine em mau francês. Por vezes deixavam reta a coluna dorsal, mas refaziam a face. Marcavam uma criança como se marca um lenço de bolso.

Os produtos destinados a acrobatas tinham as articulações astuciosamente deslocadas. Pareciam desossados. Isso criava ginastas.

Os *comprachicos* não só tiravam da criança seu rosto como também lhes tiravam, pelo menos tanto quanto podiam, sua memória. A criança não tinha consciência da mutilação que havia sofrido. Essa assustadora cirurgia deixava marcas em sua face, mas não em sua mente. Ela podia, quando muito, lembrar-se que um dia fora apanhada por alguns homens, que em seguida adormecera e que a haviam curado. Curado de quê? Ignorava. Queimaduras com enxofre e incisões com ferro, de nada se lembrava. Durante a operação, os *comprachicos* entorpeciam o pequeno paciente usando um pó narcótico tido como mágico e que suprimia a dor. Desde tempos bem remotos esse pó era conhecido na China, onde continua a ser empregado mesmo nos dias de hoje. A China teve antes de nós todas as nossas invenções: a imprensa, a artilharia, a aerostação, o clorofórmio. Ocorre que a descoberta que na Europa ganha imediatamente vida e expansão, tornando-se prodígio e maravilha, na China permanece embrião e ali se conserva morta. A China é uma redoma de embriões.

Uma vez que estamos na China, permaneçamos mais um momento ali, para um detalhe. Na China, desde sempre, viu-se a busca da arte e da habilidade para isto: a modelagem do homem vivo. Pegam uma criança de dois ou três anos; colocam-na em um recipiente de porcelana mais ou menos bizarro, sem tampa e sem fundo, para que os pés e a cabeça possam passar. De dia, deixam o recipiente em pé; à noite, deitam-no, para que a criança possa dormir. A criança engorda assim, sem crescer, preenchendo com sua carne comprimida e seus ossos retorcidos as saliências do recipiente. Esse crescimento engarrafado dura alguns anos. Em dado momento, ele se torna irremediável. Quando julgam que aquilo produziu seu efeito e que o monstro está pronto, quebram o recipiente; a criança sai dali e tem-se um homem em formato de pote.

É cômodo; pode-se de antemão encomendar um anão com a forma desejada.

V

Jaime II tolerou os *comprachicos*. Por uma boa razão: servia-se deles. Isso aconteceu mais de uma vez. Nem sempre se desdenha o que se despreza. Essa indústria inferior, por vezes excelente expediente para a indústria superior que chamamos de política, era voluntariamente relegada à miséria, mas não era perseguida. Não havia vigilância, mas certa dose de atenção. Isso pode ser útil. A lei fechava um olho, o rei abria o outro.

Algumas vezes o rei chegava a admitir sua cumplicidade. Audácias do terrorismo monárquico. O desfigurado era condecorado com a flor-de-lis; tiravam-lhe a marca de Deus, punham-lhe a marca do rei. Jacob Astley, cavaleiro e baronete, senhor de Melton, intendente no condado de Norfolk, teve em sua família uma criança vendida, em cuja fronte o encarregado da venda marcou com ferro quente uma flor-de-lis. Em certos casos, se fizessem questão de provar, por qualquer razão que fosse, a origem régia da nova condição dada à criança, usavam esse método. A Inglaterra sempre nos deu a honra de empregar, para uso pessoal, a flor-de-lis.

Os *comprachicos*, com a diferença que separa um negócio de um fanatismo, eram similares aos estranguladores da Índia; viviam entre eles, em bandos, de certa forma feito saltimbancos, mas como pretexto. Dessa maneira circulavam com mais facilidade. Acampavam aqui e ali, porém sérios, religiosos, não parecendo em nada com outros nômades, eram incapazes de roubar. Por muito tempo, o povo os confundiu erroneamente com os mouros da Espanha e da China. Os mouros da Espanha eram falsos fabricantes de moedas; os mouros da China eram ladrões. Nada disso tinha a ver com os *comprachicos*. Era gente honesta. Que pensem deles o que quiserem, mas às vezes eram verdadeiramente escrupulosos. Abriam uma porta, entravam, negociavam uma criança, pagavam e a levavam. Isso era feito corretamente.

Eram de todos os países. Com esse nome, *comprachicos*, confraternizavam-se ingleses, franceses, castelhanos, alemães, italianos. Só existindo um mesmo pensamento, uma mesma superstição e a exploração em comum de uma mesma atividade para que acontecessem essas fusões. Nessa fraternidade de bandidos, os que vinham dos lados do Mediterrâneo representavam o Oriente, os que vinham dos lados do Atlântico representavam o Ocidente. Muitos bascos dialogavam com muitos irlandeses; o basco e o irlandês se entendem, falam o velho jargão púnico. Somem-se a isso as íntimas relações da Irlanda católica com a católica Espanha. Relações essas que acabaram por fazer enforcar em Londres um quase rei da Irlanda, o Lorde galês de Brany, o que resultou no condado de Letrim.

Os *comprachicos* eram mais uma associação do que um bando, mais uma escória do que uma associação. Era toda a miséria do universo tendo como negócio o crime. Uma espécie de povo arlequim composto de todo tipo de farrapos. Afiliar um homem era como costurar um trapo.

Vagar era a lei de existência dos *comprachicos*. Aparecer e desaparecer. Quem mal é tolerado não cria raiz. Mesmo nos reinos onde seu negócio supria as cortes e, quando necessário, auxiliava o poder real, eram às vezes repentinamente castigados. Os reis faziam uso de sua arte e mandavam os artistas para as galés. Essas inconsequências fazem parte do vaivém dos caprichos reais. "Pois assim nos apraz."

Pedra que rola e negócio que roda não criam limo. Os *comprachicos* eram pobres. Eles poderiam dizer o que dizia a bruxa magra e maltrapilha vendo a fogueira se acender: "É muita vela para pouco defunto". Talvez, muito provavelmente até, seus chefes, sempre desconhecidos, os verdadeiros empreendedores em grande escala do comércio de crianças, fossem ricos. Esse ponto, dois séculos depois, seria porém de difícil esclarecimento.

Como dissemos, tratava-se de uma associação. Tinha suas leis, seu juramento, suas fórmulas. Tinha quase sua cabala. Quem hoje em dia quiser conhecer detalhes a respeito dos *comprachicos* deve ir à Biscaia e à Galícia. Como havia muitos bascos entre eles, é naquelas montanhas que se encontra sua lenda. Até hoje fala-se dos *comprachicos* em Oyarzun, em Urbistondo, em Leso, em Astigarraga. *Aguarda te, niño, que voy a llamar al comprachicos!*:* nesses lugares, esse é o grito de intimidação das mães para as crianças.

Os *comprachicos*, assim como os zíngaros e os ciganos, marcavam encontros; de tempos em tempos, os chefes se reuniam. No século XVII, tinham quatro principais pontos de encontro. Um na Espanha: no desfiladeiro de Pancorbo;

* Cuidado, vou chamar os *comprachicos*. (N. A.)

um na Alemanha: na clareira chamada Mulher Malvada, perto de Diekirsch, onde há dois baixos-relevos enigmáticos representando uma mulher com uma cabeça e um homem sem cabeça; um na França: na colina onde ficava a colossal estátua Massue-la-Promesse, no antigo bosque sagrado Borvo Tomona, perto de Bourbonne-les-Bains; e um na Inglaterra: atrás do muro do jardim de William Chaloner, escudeiro de Gisbrough, em Cleveland, York, entre a torre quadrada e a grande fachada com uma porta em ogiva.

VI

As leis contra os vagabundos sempre foram muito rigorosas na Inglaterra. A Inglaterra, com sua legislação gótica, parecia inspirar-se neste princípio: *Homo errans fera errante pejor.*[31] Um desses estatutos especiais qualifica o homem sem refúgio como "mais perigoso que o áspide, o dragão, o 'lince e o basílico' *(atrocior aspide, dracone, lynce et basilico).* A Inglaterra teve, por muito tempo, a mesma preocupação quanto aos ciganos, dos quais queria desvencilhar-se, e quanto aos lobos, dos quais se livrou.

Nesse ponto, o inglês difere do irlandês, que reza aos santos pela saúde do lobo e o chama de "meu padrinho".

A lei inglesa, entretanto, assim como tolerava o lobo amansado e domesticado, como acabamos de ver, transformado de certa forma em cão, tolerava o errante rematado que se transformava em alguém. Não incomodavam o saltimbanco, nem o barbeiro ambulante, nem o curandeiro, nem o mascate nem o erudito de rua, visto terem um meio de vida. Fora isso, e com poucas exceções, o tipo de homem livre que existe dentro de um homem errante atemorizava a lei. Um passante era um inimigo público em potencial. Esta coisa moderna, flanar, era ignorada; só se conhecia esta coisa antiga, vagabundear. A "cara feia", seja o que for que todos entendam por isso, e que ninguém consegue definir, bastava para que a sociedade agarrasse um homem pelo colarinho. Onde moras? O que fazes? Caso não pudesse responder, duras penalidades o aguardavam. O ferro e o fogo faziam parte do código. A lei praticava a cauterização da vagabundagem.

Com isso, em todo o território inglês, uma verdadeira "lei dos suspeitos" foi aplicada aos flanadores, comumente malfeitores, diga-se, e especialmente aos ciganos, cuja expulsão foi erroneamente comparada à expulsão dos judeus e mouros da Espanha e à dos protestantes da França. Quanto a nós, não confundimos uma batida com uma perseguição.

---

[31] O homem errante é pior do que a fera errante.

Os *comprachicos*, insistimos, não tinham nada em comum com os ciganos. Os ciganos eram uma nação; os *comprachicos* eram um composto de todas as nações, uma escória, como já dissemos; horrenda bacia de águas imundas. Os *comprachicos* não tinham, como os ciganos, um idioma particular; seu jargão era uma promiscuidade de idiomas, todas as línguas misturadas eram sua língua, sua fala era um burburinho. Acabaram sendo, assim como os ciganos, um povo serpenteando entre os povos; e, em comum, tinham a associação, não a raça. Em todas as épocas da história, é possível constatar, em meio a essa vasta massa líquida que é a humanidade, a existência de riachos de homens peçonhentos correndo à parte, cercados por algum tipo de envenenamento. Os ciganos eram uma família; os *comprachicos*, uma franco-maçonaria; maçonaria, aqui, não como um objetivo augusto, mas como um negócio repugnante. Última diferença: a religião. Os ciganos eram pagãos, os *comprachicos* eram cristãos; e até bons cristãos, como sói ocorrer a uma associação que, apesar da mescla de todos os povos, havia surgido na Espanha, lugar devoto.

Eram mais que cristãos, eram católicos; eram mais que católicos, eram romanos. E tão desconfiados em sua fé, e tão puros, que se recusaram a se associar aos nômades húngaros do condado de Pesth, comandados e conduzidos por um velhote cujo cetro era um bastão com uma maçã de prata acima da águia de duas cabeças da Áustria. É verdade que esses húngaros eram cismáticos a ponto de celebrar a Assunção em 27 de agosto,[32] o que é abominável.

Na Inglaterra, enquanto reinaram os Stuarts, a associação dos *comprachicos* foi, de certa forma, já deixamos entrever por quais motivos, protegida. Jaime II, homem fervoroso, que perseguia os judeus e emboscava os ciganos, foi um bom príncipe para os *comprachicos*. Vimos o motivo. Os *comprachicos* eram compradores da mercadoria humana que o rei negociava. Destacavam-se em desaparecimentos. O bem do Estado demanda, de tempos em tempos, alguns desaparecimentos. Um herdeiro incômodo, de pouca idade, que levavam e manuseavam, perdia sua forma. Isso facilitava os confiscos. As transferências de senhorias aos favoritos eram assim simplificadas. Os *comprachicos* eram, ademais, muito discretos e muito taciturnos, comprometiam-se ao silêncio e mantinham sua palavra, o que era necessário para as coisas de Estado. Quase não havia exemplos de que tivessem traído os segredos do rei. Era, é fato, de seu interesse. E, caso o rei perdesse a confiança, estariam em grande perigo. Portanto, tinham utilidade do ponto de vista político. Além disso,

---

[32] A festa católica romana da Assunção é celebrada em 15 de agosto.

esses artistas forneciam cantores ao santo papa. Os comprachicos eram úteis ao *miserere* de Allegri.[33] Eram particularmente devotos de Maria. Tudo isso agradava ao papismo dos Stuarts. Jaime II não podia ser hostil a homens religiosos, que incentivavam a devoção à Virgem a ponto de fabricar eunucos. Em 1688, houve uma troca de dinastia na Inglaterra. Os Orange derrubaram os Stuarts. Guilherme II substituiu Jaime III.

Jaime II foi morrer no exílio, onde ocorreram milagres em seu túmulo e onde suas relíquias curaram de uma fístula o bispo de Autun; digna recompensa pelas virtudes cristãs daquele príncipe.

Guilherme, não tendo as mesmas ideias e as mesmas práticas de Jaime, foi severo com os *comprachicos*. Empenhou-se muito em esmagar esse verme.

Um estatuto dos primeiros tempos de Guilherme e Maria atingiu duramente a associação dos compradores de crianças. Foi um golpe nos *comprachicos*, desde então pulverizados. De acordo com esses estatutos, os homens dessa associação, presos e devidamente inculpados, deviam ser marcados nas costas, a ferro quente, com um R, que significava *rogue*, ou seja, vigarista; na mão direita com um T, de *thief*, ou seja, ladrão, e na mão direita com um M, de *man slay*, ou seja, assassino. Os chefes, "presumidamente ricos, embora de aparência mendicante", seriam punidos com o *collistrigium*, que era a exposição pública, e marcados com um P, teriam seus bens confiscados e arrancadas as árvores de seus bosques. Os que não denunciassem os *comprachicos* seriam "castigados com confiscos e prisão perpétua", o mesmo acontecendo para o crime de omissão. Quanto às mulheres encontradas entre esses homens, elas eram castigadas com o *cucking stool*, uma espécie de balanço cujo nome, composto da palavra francesa *coquine* e da palavra alemã *stuhl*, significa "cadeira de p...". Sendo a lei inglesa dotada de bizarra longevidade, essa punição subsiste na legislação da Inglaterra para as "mulheres encrenqueiras". O *cucking stool* é suspenso sobre um rio ou um lago, a mulher é sentada ali e deixam a cadeira cair na água; em seguida ela é retirada e repetem por três vezes o mergulho, "para refrescar sua cólera", diz o comentarista Chamberlayne.

---

[33] Gregorio Allegri (1582-1652), compositor italiano.

LIVRO PRIMEIRO

A noite menos obscura que o homem

I A PONTA SUL DE PORTLAND

Um persistente vento do norte soprou sem cessar sobre o continente europeu e, de forma mais rude ainda, sobre a Inglaterra, durante todo o mês de dezembro de 1689 e todo o mês de janeiro de 1690. Por isso, o frio calamitoso daquele inverno foi anotado como "memorável para os pobres" à margem da velha Bíblia da capela presbiteriana de Non Jurors, de Londres. Graças à útil solidez do antigo pergaminho monárquico empregado nos registros oficiais, longas listas de indigentes encontrados mortos de fome e de frio são legíveis, ainda hoje, em muitos cadastros locais, especialmente nos arquivos da Clink Liberty Court, do burgo de Southwark, da Pie Powder Court, que significa Corte dos Pés Poeirentos, e da White Chapel Court, controlada pelo agente do rei na vila de Stapney. O Tâmisa congelou, o que não chega a acontecer uma vez por século; o gelo dificilmente forma-se ali por causa da agitação do mar. As carruagens transitavam sobre o rio congelado. Aquela espessa camada de gelo perdurou por dois meses. O penoso ano de 1690 ultrapassou em rigor até mesmo os célebres invernos do início do século XVII, tão minuciosamente observados pelo Doutor Gédéon Delaun, que foi homenageado pela cidade de Londres, na qualidade de boticário do Rei Jaime I, com um busto em um pedestal.

Certa noite, ao final de um dia dos mais glaciais daquele mês de janeiro de 1690, acontecia algo de inusitado em uma das numerosas baías inóspitas do golfo de Portland, fazendo as gaivotas e os gansos marinhos gritarem e voarem em círculos à entrada dessa baía, mas sem ousarem entrar.

Nessa angra, a mais perigosa de todas as baías do golfo quando imperam certos ventos, e, por consequência, a mais solitária e conveniente para os navios se esconderem justamente por seu perigo, uma pequena nau, quase encostada à falésia graças à profundidade da água, estava amarrada à ponta de uma rocha. Erramos ao dizer que a noite cai; deveríamos dizer que a noite sobe, pois é da terra que vem a obscuridade. Já escurecia na parte inferior da falésia, mas ainda era dia no alto. Quem se tivesse aproximado da nau amarrada teria reconhecido uma urca biscainha.

O Sol, encoberto pelas brumas durante o dia inteiro, acabava de se pôr. Começava-se a sentir a profunda e negra angústia que poderia ser chamada de ansiedade do Sol ausente.

Como o vento não vinha do mar, a água da angra estava calma; feliz exceção, sobretudo no inverno.

Essas angras de Portland são, em sua maioria, pequenos portos com uma barra de areia. No mau tempo, o mar fica consideravelmente revolto, e são necessárias muita destreza e prática para passar por lá em segurança. Esses portos, mais aparentes do que reais, prestam um mau serviço. Se entrar ali é temível, é terrível dali sair. Naquela noite, extraordinariamente, não havia nenhum perigo.

A urca da Biscaia é de um modelo antigo que caiu em desuso. Essa embarcação, que prestou serviços até para a marinha militar, tinha um casco robusto; barco pela dimensão, navio pela solidez. Fazia parte da Armada. É verdade que uma nau de guerra comportava altas tonelagens; assim, a capitânia *Grand Griffon*, comandada por Lope de Medina, tinha capacidade para seiscentas e cinquenta toneladas e carregava quarenta canhões. Mas uma urca mercante e de contrabando era de dimensões bem mais modestas. Os marinheiros avaliavam e consideravam esse modelo frágil. Os cabos da urca eram feitos de grossos cordões torcidos de cânhamo, alguns com a alma de fios de ferro, revelando uma provável intenção, ainda que pouco científica, de obter indicações em casos de tensão magnética; a fragilidade desse aparelho não eliminava os paus-de-carga — os chamados *cabrias* das galés espanholas e *cameli* das trirremes romanas. A barra do leme era muito longa, o que apresentava a vantagem de um grande braço de alavanca, mas o inconveniente de um pequeno arco de esforço; duas roldanas na ponta dessa barra corrigiam o defeito e atenuavam um pouco a perda de força. A bússola ficava bem alojada em um compartimento perfeitamente quadrado e bem balanceado por suas duas molduras de cobre, dispostas horizontalmente, uma dentro da outra, sobre pequenas cavilhas, como em uma lamparina de Cardan. Havia ciência e sutileza na construção da urca, mas uma ciência ignorante e uma sutileza rudimentar. A urca era primitiva como a jangada e o veleiro; da jangada guardava a estabilidade, e do veleiro, a rapidez. E tinha, como todas as embarcações nascidas do instinto pirata e pescador, notáveis qualidades marítimas. Era apropriada para as águas fechadas e abertas; seu jogo de velas, enredado em estais e muito particular, permitia-lhe navegar singularmente nas baías fechadas das Astúrias, verdadeiras bacias como Pasajes, por exemplo, e largamente no mar aberto. Tanto podia dar a volta em um lago como a volta ao mundo; nau singular com duas finalidades, boa para a água calma e boa para a tempestade. A urca estava para os navios assim como a alvéloa está para os pássaros: é um dos menores e mais audazes; pousada, mal faz um galho se dobrar e, voando, atravessa o oceano.

As urcas da Biscaia, mesmo as mais pobres, eram douradas e pintadas. A habilidade de tatuar fazia parte da natureza desses povos fascinantes, um tanto selvagens. A sublime coloração de suas montanhas, quadriculadas pela neve e pelas pradarias, revela seu rústico encanto pelo ornamento. São indigentes e magníficos; colocam armas e brasões em suas choupanas; possuem grandes jumentos que enfeitam com guizos, grandes touros que cobrem de plumas; suas carruagens, cujo ranger das rodas se ouve a duas léguas, são trabalhadas, decoradas com cores vivas e fitas. Um sapateiro tem um baixo-relevo em sua porta, um São Crispim e um sapato velho, mas talhados em pedra. Enfeitam com debruns seus casacos de couro; mais bordam do que remendam seus farrapos. Vivacidade profunda e sublime. Os bascos são, assim como os gregos, filhos do Sol. Enquanto o valenciano se envolve, nu e triste, em seu abrigo de lã ruça, com uma abertura para a passagem da cabeça, o povo da Galícia e de Biscaia possui a alegria das belas camisas de tecido alvejado pelo orvalho. Suas soleiras e janelas são repletas de rostos loiros e viçosos, rindo sob guirlandas de milho. Uma serenidade jovial e orgulhosa resplandece em suas artes pictóricas, em seus negócios, em seus trajes, no modo de se vestir das moças, nas canções. A montanha, esse colossal casebre, na Biscaia é luminosa; os raios entram e saem por todas as brechas. O selvagem monte Jaizquivel é cheio de idílios. A Biscaia é a graça dos Pirineus, assim como a Savoia é a graça dos Alpes. As temíveis baías vizinhas a San Sebastián, Leso e Fontarabie juntam às tormentas, às nuvens, à espuma que cobre os cabos, à fúria das ondas e do vento, ao medo e ao barulho, marinheiras coroadas de rosas. Quem já viu o país basco quer revê-lo. É a terra abençoada. Duas colheitas por ano, cidades alegres e ruidosas, uma pobreza altaneira, todo domingo som de violões, danças, castanholas, amores, casas limpas e claras, cegonhas nos campanários.

Voltemos a Portland, rude montanha do mar.

A península de Portland, vista em plano geometral, tem o aspecto de uma cabeça de pássaro com o bico voltado para o oceano e a região occipital para o Weymouth; o istmo é o pescoço.

Portland, com grande prejuízo para sua vida selvagem, hoje existe para os negócios. A costa de Portland foi descoberta pelos exploradores de pedreiras e gesso em meados do século XVIII. Desde então, com a rocha de Portland faz-se o chamado cimento romano, exploração útil que enriquece o país e desfigura a baía. Há duzentos anos, essa costa era assolada como uma falésia;

hoje, é assolada como uma pedreira; a picareta morde miudamente; a maré, vorazmente; assim, há uma redução da beleza. Ao magnífico desperdício do oceano sucedeu-se o corte regrado do homem. Esse corte regrado destruiu a angra onde estava amarrada a urca biscainha. Para se encontrar qualquer vestígio desse pequeno ancoradouro demolido, era preciso procurar na costa oriental da quase ilha, na direção da ponta, para além de Folly-Pier e de Dirdle-Pier, além também de Wakeham, entre o lugar chamado Church-Hop e outro chamado Southwell.

A angra, cercada por todos os lados de escarpas mais altas do que sua largura, minuto a minuto era invadida pela noite; a bruma turva, típica do crepúsculo, espessava-se, parecendo uma camada de obscuridade no fundo de um poço. A saída da angra para o mar, estreito corredor, desenhava naquele interior quase noturno, onde a maré se agitava, uma fissura esbranquiçada. Era preciso estar muito perto para enxergar a urca amarrada aos rochedos, como que escondida no grande manto de sombra que estes projetavam. Uma prancha lançada do bordo até a saliência baixa e plana da falésia, único ponto que era raso, colocava a embarcação em contato com a terra. Formas escuras andavam e se cruzavam sobre essa ponte oscilante, e algumas pessoas embarcavam em meio àquela escuridão.

Fazia menos frio na angra do que no mar, graças ao paredão de rocha que se estendia ao norte da baía, mas isso não impedia que aquela gente tiritasse. Todos se apressavam.

Os efeitos luminosos do crepúsculo recortam as formas como que com moldes; certos contornos de suas roupas eram visíveis e mostravam que aquelas pessoas pertenciam à classe que na Inglaterra é chamada de *the ragged*, ou seja, os maltrapilhos.

Distinguia-se vagamente no relevo da falésia a linha sinuosa de uma trilha. Uma jovem que deixa a fita do cabelo pender sobre o encosto de uma poltrona desenha, sem perceber, quase todas as trilhas de falésias e montanhas. A trilha dessa angra, quase vertical, repleta de cotovelos e pontos difíceis, e melhor para as cabras do que para os homens, levava à plataforma onde estava a prancha. As trilhas escarpadas geralmente apresentam uma inclinação tão acentuada que estão menos para um caminho do que para uma queda; por elas, mais se desaba do que se desce. Aquela trilha, provável ramificação de algum caminho na planície, era desagradável de se olhar, tamanho seu declive. De baixo, via-se o zigue-zague alcançar as altas bases da falésia, passando por depressões no terreno e desembocando na planície superior por uma brecha no rochedo. Provavelmente, esse havia sido o caminho feito pelos passageiros que aquela embarcação aguardava naquela baía.

Em torno do movimento de embarque que acontecia ali, movimento visivelmente sobressaltado e inquieto, tudo era solitário. Não se ouvia um passo, um ruído, um suspiro. Via-se apenas, do outro lado da enseada, na entrada da baía de Ringstead, uma frota de barcos, evidentemente extraviada, pescando tubarões. Esses barcos polares haviam sido expulsos das águas dinamarquesas para as águas inglesas por conta de esquisitices do mar. Os frios ventos do norte aprontam dessas com os pescadores. Aqueles acabavam de se refugiar no ancoradouro de Portland, sinal de um presumível mau tempo e de perigo em alto mar. Estavam ocupados em lançar a âncora. O barco mestre, à frente dos outros, conforme antigo costume das frotas norueguesas, desenhava toda sua armação em negro sobre a plana brancura do mar; e na sua parte frontal via-se o forcado de pesca com todas as variedades de ganchos e arpões destinados ao *Scymnus glacialis*, ao *Squalus acanthias* e ao *Squalus spinax niger*, e a rede para pegar o grande tubarão *selachii*. Exceto essas poucas embarcações, todas empurradas para o mesmo canto, os olhos não enxergavam nada vivo no vasto horizonte de Portland. Nenhuma casa, nenhum navio. A costa, naquela época, não era habitada, e a baía, naquela estação, não era habitável.

Apesar do aspecto do tempo, os seres que a urca biscainha ia levar embora não deixavam de apressar sua partida. Na beira do mar, formavam uma espécie de grupo afoito e confuso, movimentando-se rapidamente. Distinguir um do outro era difícil. Impossível ver se eram velhos ou jovens. A noite indistinta confundia-os e encobria-os. A sombra, como uma máscara, cobria seus rostos. Eram silhuetas na escuridão. Oito pessoas; entre elas havia provavelmente uma ou duas mulheres, difíceis de reconhecer sob os trapos e farrapos com que todo o grupo estava vestido, andrajos que não eram mais nem vestimentas de mulheres nem vestimentas de homens. Andrajos não têm sexo.

Uma sombra menor, indo e vindo entre os grandes, indicava um anão ou uma criança.

Era uma criança.

II ISOLAMENTO

Observando-se de perto, eis o que poderia ser notado: todos vestiam longas capas furadas e remendadas, mas que serviam para cobri-los e, se preciso, escondê-los até os olhos, boas contra o vento e a curiosidade. Sob essas capas, moviam-se com agilidade. A maioria deles usava um lenço torcido em volta da cabeça, espécie rudimentar que dera origem ao turbante na Espanha. Essa proteção de cabeça nada tinha de insólita na Inglaterra. Naquela época, o Sul era moda no Norte. Talvez porque o Norte superasse o Sul. Superava-o e admirava-o. Depois da derrota da Armada, o castelhano era considerado, na corte de Elizabeth, um elegante linguajar. Falar inglês no palácio da rainha da Inglaterra era quase *shocking*. Adotar um pouco os costumes daqueles a quem se impõe a lei é o hábito do vencedor grosseiro diante do vencido refinado; o tártaro contempla e imita o chinês. Por isso os modismos castelhanos penetravam na Inglaterra; em compensação, os interesses ingleses se infiltravam na Espanha.

Um dos homens do grupo que embarcava tinha ares de chefe. Calçava alpargatas e vestia uns trapos com galões e dourados e um colete com finas tiras de metal, que brilhava sob sua capa como o ventre de um peixe. Outro baixava sobre o rosto um enorme chapéu de feltro em forma de *sombrero*. O chapéu não tinha abertura para o cachimbo, o que era indício de um homem letrado.

A criança vestia sobre os andrajos, conforme o princípio de que um paletó de adulto é um sobretudo de criança, um casacão de marinheiro que ia até os joelhos.

Seu tamanho deixava entrever um garoto de dez a onze anos. Ele estava descalço.

A tripulação da urca era composta de um capitão e dois marinheiros.

A embarcação provavelmente vinha da Espanha e para lá voltava. Sem dúvida alguma, fazia um serviço furtivo de uma costa à outra.

As pessoas que ali embarcavam cochichavam entre elas. O cochicho que aqueles seres trocavam era uma mistura heterogênea. Ora uma palavra em castelhano, ora uma palavra em alemão, ora uma palavra em francês; às vezes galês, às vezes basco. Era um dialeto, se não fosse uma gíria. Pareciam ser de todas as nações e do mesmo bando.

A tripulação provavelmente fazia parte dele. Havia conivência naquele embarque.

Esse grupo variegado parecia ser uma companhia de camaradas, talvez uma gangue de cúmplices.

Se estivesse um pouco mais claro, e se tivessem sido observados com um pouco mais de curiosidade, seria possível ver que usavam terços e escapulários dissimulados sob seus andrajos. Um daqueles arremedos de mulher pertencente ao grupo tinha, pelo tamanho dos grãos, um rosário semelhante ao de um dervixe, fácil de ser reconhecido como um rosário irlandês de Llanymthefry, que chamam também de Llanandiffry.

Também teria sido possível perceber, se estivesse menos escuro, uma *Nuestra Señora* com o *Niño* esculpidos e dourados na dianteira da urca. Era, provavelmente, a Nossa Senhora basca, espécie de Virgem dos velhos cantábricos. Abaixo dessa imagem, que fazia o papel de figura de proa, havia uma lanterna, naquele momento apagada, excesso de precaução, indicando extremo cuidado em se esconder. A lanterna tinha claramente duas finalidades: quando acesa, brilhava para a Virgem e iluminava o mar; farolete, tinha a função de círio.

O talha-mar, longo, curvo e pontiagudo sob o gurupés, projetava-se como uma ponta de Lua crescente. No ponto onde começava o talha-mar, aos pés da Virgem, encostado à roda de proa, havia um anjo ajoelhado e de asas dobradas, olhando o horizonte com uma luneta. — O anjo era dourado como a Nossa Senhora.

No talha-mar, havia aberturas e frestas para permitir a passagem das vagas, ocasião de dourados e arabescos.

Abaixo da Nossa Senhora, estava escrita em letras maiúsculas a palavra *Matutina*, nome do navio, ilegível naquele momento por causa da escuridão.

Ao pé da falésia estava depositado, em desordem, na confusão da partida, o carregamento que os viajantes levavam e que, graças à prancha servindo de ponte, passava rapidamente da praia à embarcação. Sacos de biscoitos; um tonel de bacalhau; uma caixa de sopa desidratada; três barris, um de água doce, um de malte, um de alcatrão; quatro ou cinco garrafas de cerveja; uma velha arca amarrada com correias; baús; cofres; uma bola de estopa para tochas e sinalizações, essa era a carga. Aqueles maltrapilhos tinham malas, o que parecia ser indício de uma vida nômade; os mendigos ambulantes são obrigados a ter alguma coisa. Às vezes, bem que gostariam de voar como pássaros, mas não podem, a menos que abandonem seu ganha-pão. Precisam ter caixas de ferramentas e instrumentos de trabalho, seja lá qual for sua profissão errante. Aqueles carregavam essa bagagem, estorvo em mais de uma ocasião.

Não devia ter sido fácil levar essa verdadeira mudança até o pé da falésia. Isso revelava, além do mais, uma intenção de partir definitivamente.

Não perdiam tempo; era um vaivém contínuo da praia para a barca e da barca para a praia. Cada um fazia sua parte do trabalho; um carregava um saco, o outro, um cofre. As possíveis ou prováveis mulheres em meio àquela confusão trabalhavam como os outros. A criança era sobrecarregada.

Era bastante duvidoso que o pai e a mãe daquela criança estivessem naquele grupo. Não lhe davam nenhum sinal de vida. Faziam-no trabalhar, nada mais. Ele parecia não uma criança em uma família, mas um escravo em uma tribo. Servia todo mundo, mas ninguém falava com ele.

Além disso, ele se apressava e, como todo aquele bando soturno do qual fazia parte, parecia ter um só pensamento: embarcar bem depressa. Será que sabia por quê? É provável que não. Ele se apressava maquinalmente. Porque via os outros se apressarem.

A urca estava carregada. A amarração da carga no porão foi imediatamente executada; o momento de se lançar ao mar chegara. A última caixa havia sido colocada sobre a ponte, nada mais havia para embarcar, apenas os homens. Os dois do bando que pareciam mulheres já estavam a bordo; seis, entre os quais a criança, ainda estavam na plataforma baixa da falésia. O movimento de partida foi iniciado no navio; o capitão segurou a barra, um marinheiro pegou um machado para cortar o cabo de amarra. Cortar, sinal de pressa; quando há tempo, desfaz-se o nó. *Andamos*, disse a meia-voz aquele entre os seis que parecia o chefe e tinha lâminas brilhantes nos andrajos. O menino se precipitou em direção à prancha para passar primeiro. Quando ia apoiar o pé, dois dos homens correram, quase o derrubando na água, e passaram na sua frente; um terceiro o afastou com o cotovelo e passou; o quarto o empurrou com as mãos e seguiu o terceiro; o quinto, que era o chefe, pulou, mais que entrou, na barca e, ao saltar, empurrou com o calcanhar a prancha, que caiu no mar; um golpe do machado cortou a amarra, a barra do leme virou, o navio saiu da costa, e a criança ficou em terra.

III SOLIDÃO

A criança ficou imóvel sobre o rochedo, olhos fixos. Não chamou ninguém. Não reclamou. Aquilo, entretanto, era inesperado; mas ele não disse uma única palavra. No navio reinava o mesmo silêncio. Nenhum grito da criança para aqueles homens, nenhum adeus daqueles homens para aquela criança. Havia de ambas as partes uma aceitação mútua de distância se ampliando. Era como uma separação de almas à beira do Estige.[1] A criança, como que pregada à rocha que a maré crescente começava a banhar, viu a barca se afastar. Parecia compreender. O quê? O que compreendia? A escuridão.

Um momento depois, a urca atingiu o estreito onde terminava a baía e nele se enfiou. Distinguia-se a ponta do mastro contra o céu claro, acima dos blocos de rocha fendidos, entre os quais serpenteava o estreito como se estivesse entre duas muralhas. Aquela ponta vagou pelo alto das rochas, dando a impressão de penetrá-las. Depois sumiu. Era o fim. A barca entrara no mar.

O menino contemplou esse desaparecimento.

Estava atônito, mas pensativo.

Sua perplexidade era ampliada por uma sombria visão da vida. Parecia haver experiência naquele ser iniciante. Será que já tinha discernimento? A provação, experimentada muito cedo, pode às vezes criar, no fundo da

[1] Rio Estige: segundo a mitologia grega, rio pelo qual se fazia a travessia entre o reino dos vivos e o reino dos mortos.

obscura reflexão das crianças, uma temível balança na qual essas pequenas almas pesam Deus.

Sentindo-se inocente, ele aceitava. Sem queixa. O irrepreensível não repreende.

Aquela brusca eliminação não lhe arrancou um gesto sequer. Sentiu uma espécie de fortalecimento interior. Diante dessa súbita violência do destino, que parecia praticamente colocar o fim de sua existência antes do início, a criança não se curvou. Foi atingida pelo raio, mas de pé.

Seria evidente, para quem tivesse visto sua perplexidade sem abatimento, que, no grupo que o abandonava, ninguém gostava dele, e ele não gostava de ninguém.

Pensativo, esquecia o frio. De repente, a água molhou seus pés; a maré subia; sentiu uma aragem nos cabelos, o vento norte soprava. Estremeceu. Da cabeça aos pés, sentiu esse tremor que é o despertar.

Olhou à sua volta.

Estava sozinho.

Até aquele dia, para ele não existiam na face da terra outros homens senão os que estavam na urca naquele momento. Aqueles homens acabavam de desaparecer.

Devemos acrescentar, coisa estranha de dizer, que aqueles homens, os únicos que conhecia, eram-lhe desconhecidos.

Não poderia dizer quem eram.

Sua infância se passara entre eles, sem que tivesse consciência de ser um dos seus. Apenas justapunha-se a eles, nada mais.

E eles acabavam de esquecê-lo.

Não tinha dinheiro, nem calçados nos pés, nem um pedaço de pão no bolso; só a roupa do corpo.

Era inverno. Era noite. Antes de encontrar uma habitação humana seria preciso andar muitas léguas.

Ele ignorava onde estava.

Não sabia nada, a não ser que as pessoas que tinham ido com ele até a beira do mar tinham partido sem ele.

Sentia-se lançado para fora da vida.

Sentia a humanidade faltar-lhe como apoio.

Tinha dez anos.

O menino estava em um deserto, entre profundezas onde via a noite se expandir e profundezas onde ouvia as ondas a bramir.

Estendeu seus bracinhos magros e bocejou.

Depois, de repente, como alguém que toma uma decisão, audacioso, saindo do torpor, com a agilidade de um esquilo — de um artista de circo, talvez —, deu as costas para a angra e começou a subir pela falésia. Escalou a trilha, saiu da trilha, voltou a ela, ligeiro, aventurando-se. Agora se apressava rumo à terra. Parecia ter um itinerário. Mas não ia a lugar nenhum.

Apressava-se sem objetivo, como um fugitivo diante do destino.

Escalar é do homem, trepar é do animal; ele escalava e trepava. As escarpas de Portland eram voltadas para o sul, quase não havendo neve na trilha. Mas a intensidade do frio transformava a neve em uma espécie de poeira muito incômoda para o caminhante. O menino dava um jeito. Seu sobretudo de homem, enorme, era uma complicação e o atrapalhava. De tempos em tempos, encontrava, em uma saliência ou em algum declive, um pouco de gelo que o fazia cair. Agarrava-se a um galho seco ou ao ressalto de uma pedra, depois de ficar pendurado por alguns momentos sobre o precipício. Uma vez defrontou-se com uma fenda que se abriu abruptamente sob seus pés, arrastando-o ao deslizar. Esses deslizamentos são pérfidos. Por alguns segundos, o menino se sentiu como uma telha escorregando de um telhado; despencou até a beira do abismo; um tufo de mato, ao qual se agarrou na hora certa, o salvou. Não gritou diante do abismo, assim como não havia gritado diante dos homens; firmou-se e reergueu-se em silêncio. A escarpa era alta. Assim, passou por algumas peripécias. O precipício se tornava mais difícil com a escuridão. Aquela rocha vertical não tinha fim. Ela recuava diante do menino aprofundando-se no alto. Na mesma medida em que ele subia, o topo parecia subir. Ao escalar, ele observava aquele patamar negro interposto como uma barreira entre o céu e ele. Finalmente chegou.

Saltou para o planalto. Poderíamos até dizer que pisou em terra, uma vez que saía do precipício.

Mal pôs os pés fora da escarpa, começou a tremer. Sentia no rosto o vento forte, verdadeira mordida da noite. O rude vento noroeste soprava. Apertou contra o peito seu capote de marujo.

Era uma boa vestimenta. Na linguagem de bordo, era chamada de *sueste*, por ser uma espécie de capa bastante impermeável às chuvas vindas do sudeste.

Tendo chegado ao planalto, o menino parou, firmou os dois pés descalços no chão gelado e olhou.

Atrás dele, o mar; à sua frente, a terra; acima da sua cabeça, o céu.

Mas um céu sem astros. Uma bruma opaca encobria o zênite.

Chegando ao alto do paredão rochoso, viu-se diante da terra; contemplou-a. Estendia-se à sua frente a perder de vista, plana, gelada, coberta de neve. Alguns tufos de mato tremulavam. Não se enxergavam os caminhos. Não se enxergava nada. Nem mesmo uma cabana de pastor. Entreviam-se aqui e ali espirais enevoadas rodopiando, turbilhões de neve fina arrancada da terra pelo vento, voando. Uma sequência de ondulações de terreno, que rapidamente se cobriu de bruma, enrugava-se no horizonte. As amplas planícies descoradas se perdiam sob a névoa branca. Silêncio profundo. Aquilo se expandia como o infinito e se calava como o sepulcro.

O menino virou-se para o mar.

O mar, como a terra, era branco; uma pela neve, o outro pela espuma. Nada mais melancólico do que o dia em que essa brancura dupla acontecia. Certos aspectos da noite são de uma dureza muito evidente; o mar era o aço, as falésias eram o ébano. Da altura em que o menino se encontrava, a baía de Portland se mostrava quase como um mapa geográfico, pálido em seu semicírculo de colinas; havia algo onírico naquela paisagem noturna, uma sinuosidade esmaecida encaixada em uma meia-lua obscura. Às vezes a Lua tem esse aspecto. De uma ponta à outra, em toda aquela costa, não se entrevia um único brilho indicando um fogo aceso, uma janela iluminada, uma casa com vida. Ausência de luz na terra e no céu; lâmpada alguma embaixo, estrela alguma no alto. Aqui e ali, grandes extensões de águas planas erguiam-se subitamente no golfo. O vento remexia e franzia aquela massa fluida. A urca ainda era visível na baía, fugindo.

Era um triângulo negro deslizando na lividez.

Ao longe, confusamente, a superfície da água se agitava no sinistro claro-escuro da imensidão.

A *Matutina* ia embora rapidamente. Ficava menor a cada minuto. Nada acontece tão depressa quanto o desaparecimento de um navio na imensidão do mar.

Em dado momento, sua grande lanterna de proa se acendeu; é provável que a escuridão ao redor fosse inquietante e o piloto sentisse necessidade de iluminar as vagas. Aquele ponto luminoso, brilho que se avistava de longe, integrava-se lugubremente à alta e alongada forma escura da embarcação. Parecia haver um lençol estendido e em marcha no meio do mar, sob o qual alguém vagasse segurando uma estrela na mão.

No ar, a iminência de uma tormenta. O menino não percebia, mas um marinheiro teria estremecido. Era aquele instante de ansiedade preliminar, quando parece que os elementos vão transformar-se em pessoas e que se assistirá a uma misteriosa transfiguração do vento em aquilão. O mar será oceano, as forças se revelarão vontades, o que pensamos ser uma coisa é uma alma. Nós a veremos.. Daí o horror. A alma do homem teme esse confronto com a alma da natureza.

Um caos ia começar. O vento, empurrando a névoa e reunindo as nuvens, criava o cenário deste drama terrível da onda e do inverno que chamamos de tempestade de neve.

O sintoma dos navios retornando se manifestava. Passados alguns momentos, a angra não estava mais deserta. A todo instante surgiam embarcações inquietas, vindas das pontas e se apressando em direção ao ancoradouro. Algumas dobravam o cabo de Portland Bill, outras o Saint-Albans Head. Veleiros chegavam das mais extremas distâncias. Todos tentavam refugiar-se. Ao sul, a escuridão se adensava e as nuvens carregadas se aproximavam do mar. O peso da tempestade iminente a avançar acalmava lugubremente a agitação do mar. Não era o momento de partir. Mas a urca partira.

Ia em direção ao sul; já estava fora do golfo e em alto mar. De repente, o vento soprou em rajadas; a *Matutina,* que ainda era nitidamente avistada, cobriu-se de velas, como que resolvida a tirar proveito do tufão. Era o noroeste, chamado antigamente vento galerno, traiçoeiro e colérico. O noroeste iniciou imediatamente um ataque à urca, que, acertada no flanco, pendeu; mas não hesitou e continuou sua corrida em direção ao alto mar. Isso era indício mais de fuga que de viagem, de menos medo do mar do que da terra, e de mais preocupação com a perseguição dos homens do que com a perseguição dos ventos.

Diminuindo gradativamente de tamanho, a urca penetrou no horizonte; a pequena estrela que ela carregava na escuridão empalideceu; cada vez mais amalgamada à noite, desapareceu.

Dessa vez, para sempre.

Ao menos foi o que o menino pareceu compreender. Parou de olhar para o mar. Seus olhos se voltaram para as planícies, os prados, as colinas, para os espaços onde talvez não fosse impossível encontrar vida. Pôs-se a caminhar nesse desconhecido.

IV QUESTÕES

O que era aquela espécie de bando em fuga, deixando para trás aquela criança?

Aqueles fugitivos seriam *comprachicos*?

Já vimos detalhes das medidas adotadas por Guilherme III, e votadas pelo parlamento, contra os malfeitores, homens e mulheres, chamados de *comprachicos*, de *comprapequeños*, de *cheylas*.

Há legislações dispersantes. Aquele estatuto, abatendo-se sobre os *comprachicos*, determinou uma debandada generalizada, não só deles, mas de vagabundos de todo tipo. Todos tentavam escapar e embarcar. A maioria dos *comprachicos* voltou para a Espanha. Muitos, como dissemos, eram bascos.

Essa lei protetora da infância teve um primeiro resultado bizarro: um repentino abandono de crianças.

O estatuto penal produziu imediatamente uma multidão de crianças encontradas, ou melhor, perdidas. Nada mais fácil de entender. Qualquer grupo nômade que tivesse uma criança era suspeito; a simples presença da criança o denunciava. — Estes provavelmente são *comprachicos* —, era o primeiro pensamento do magistrado, do preboste, do comissário de polícia. Daí as prisões e buscas. Gente completamente miserável, limitada a perambular e mendigar, era tomada pelo terror de passar por *comprachicos*, ainda que não o fosse. Mas os fracos são pouco confiantes quanto aos possíveis erros da justiça. Aliás, as famílias errantes normalmente são temerosas. O que se reprovava aos *comprachicos* era a exploração de crianças alheias. Mas as fusões da desgraça e da indigência são de tal ordem que algumas vezes deve ter sido difícil para um pai e uma mãe provar que seu filho era seu filho. Onde conseguiram esta criança? Como provar que ela vem de Deus? O filho se tornava um perigo, desfaziam-se dele. Fugir sozinhos era mais fácil. Pai e mãe decidiam perdê-lo, ora em um bosque, ora na praia, ora em um poço.

Crianças afogadas foram encontradas em cisternas.

Acrescentemos que os *comprachicos* eram, a exemplo da Inglaterra, buscados em toda a Europa. O sinal para persegui-los fora dado. Nada como um guizo no pescoço. Desde então, havia concorrência entre todas as polícias para prendê-los, e o beleguim espanhol ficava de tocaia tanto quanto o esbirro inglês. Há vinte e três anos, ainda era possível ler, em uma pedra do portal de Otero, uma inscrição intraduzível — o código implícito nas palavras desafia a decência — na qual permanece marcada por uma forte diferença penal a distinção entre vendedores de crianças e ladrões de crianças. Eis a inscrição, em um castelhano um tanto selvagem: *Aqui quedan las orejas de los comprachicos, y las bolsas de los robaniños, mientras que se van ellos al trabajo de mar.*[2] Como se vê, as orelhas, etc., confiscadas, não impediam que fossem enviados às galés. Era um salve-se quem puder entre os errantes. Partiam assustados, chegavam tremendo. Em todo o litoral da Europa, os desembarques furtivos eram vigiados. Para um bando, embarcar com uma criança era impossível, pois desembarcar com ela era um perigo.

Perder a criança era mais fácil.

Por quem o menino que acabamos de entrever na penumbra das solidões de Portland havia sido abandonado?

Ao que tudo indica, pelos *comprachicos*.

---

[2] "Aqui ficam as orelhas dos mercadores de crianças e as bolsas dos ladrões de crianças que se vão para as galés."

V A ÁRVORE DE INVENÇÃO HUMANA

Devia ser umas sete horas da noite. O vento agora diminuía, sinal de recrudescimento à frente. O menino estava no planalto, ao extremo sul da ponta de Portland.

Portland é uma península. Mas o menino ignorava o que é uma península e nem sequer conhecia o nome Portland. Ele só sabia uma coisa, que alguém pode andar até cair. Uma noção é um guia; ele não tinha noção alguma. Alguém o levara até lá e lá o deixara. *Alguém* e *lá*: esses dois enigmas representavam todo o seu destino; *alguém* era o gênero humano; *lá* era o universo. Ele não tinha aqui embaixo absolutamente nenhum outro ponto de apoio a não ser a pequena quantidade de terra onde punha os pés, terra dura e fria para seus pés descalços. Naquele grande mundo crepuscular, aberto de todos os lados, o que havia para aquela criança? Nada.

Ele caminhava para esse Nada.

O imenso abandono dos homens o rodeava.

Atravessou em diagonal o primeiro terreno, depois um segundo e um terceiro. Na extremidade de cada um deles, o menino encontrava uma fenda no chão; o declive às vezes era abrupto, mas sempre curto. As altas planícies nuas da ponta de Portland parecem grandes placas de pedra meio sobrepostas umas às outras. O lado sul parece entrar sob a planície precedente e o lado norte se estende sobre a seguinte, formando ressaltos que o menino transpunha com agilidade. De tempos em tempos, interrompia sua caminhada e parecia aconselhar-se. A noite ficava mais obscura, seu raio de visão encurtava, ele não enxergava mais que alguns palmos à sua frente.

De repente, parou, escutou por um instante, fez um imperceptível e satisfeito movimento de cabeça, virou-se prontamente e se dirigiu a uma elevação de altura mediana, que ele distinguia confusamente à sua direita, no ponto em que a planície mais se aproximava da falésia. Naquela elevação havia uma forma que, na bruma, parecia uma árvore. O menino acabava de ouvir um ruído vindo daquele lado, mas não era o ruído do vento nem o ruído do mar. Também não era um som emitido por algum animal. Ele achou que havia alguém ali.

Com alguns saltos, chegou à base do montículo.

De fato havia alguém.

O que não se distinguia do alto da elevação agora era visível.

Era algo como um grande braço saindo da terra em ângulo reto. Na extremidade superior desse braço, uma espécie de indicador, apoiado na parte de baixo pelo polegar, se alongava horizontalmente. O braço, o polegar e o indicador desenhavam no céu um esquadro. Na junção daquela espécie de indicador com o polegar havia um fio, do qual pendia algo escuro e disforme. O fio, que se mexia com o vento, fazia o ruído de uma corrente.

Era esse ruído que o menino havia escutado.

Visto de perto, o fio era o que seu ruído anunciava: uma corrente. Corrente de navio, com elos divididos ao meio.

Pela misteriosa lei do amálgama, que em toda a natureza sobrepõe as aparências às realidades, o lugar, a hora, a bruma, o trágico mar, os longínquos tumultos visionários do horizonte juntavam-se àquela silhueta e a tornavam imensa.

A massa ligada à corrente parecia estar revestida. Ela estava enfaixada como um bebê e era alongada como um homem. No alto, havia uma parte arredondada em torno da qual a extremidade da corrente se enrolava. A faixa estava toda rasgada na parte inferior; desses rasgos saíam frangalhos.

Uma brisa fraca agitava a corrente, e o que pendia preso a ela balançava suavemente. A massa passiva obedecia aos movimentos difusos da amplidão; tinha algo de assustador. O horror, que altera a proporção das coisas, quase lhe tirava as dimensões, deixando-lhe apenas o contorno; era uma condensação de negrume com certo aspecto; havia obscuridade por cima e obscuridade por dentro; aquilo era uma presa da amplidão sepulcral. Os crepúsculos, os luares, as constelações deslizando por trás das falésias, as oscilações do espaço, as nuvens, toda a rosa dos ventos acabaram por entrar na composição daquele nada visível. Aquela espécie de bloco suspenso no ar era parte da esparsa impessoalidade que havia ao longe, no céu e no mar, e as trevas arrematavam aquela coisa que havia sido um homem.

Era o que já não é mais.

Ser um resto é algo que escapa à linguagem humana. Não mais existir e persistir, estar dentro e fora do precipício, reaparecer acima da morte, como insubmergível; mesclada a tais realidades há certa dose de impossível. Vem daí o indescritível. Aquele ser — era um ser? —, aquela negra testemunha era um resto, e um resto medonho. Resto de quê? Primeiro, da natureza; depois, da sociedade. Zero e total.

A absoluta inclemência o tinha à sua disposição. O profundo esquecimento da solidão o cercava. Estava entregue às incertezas do desconhecido. Não tinha defesa contra a escuridão, que fazia dele o que queria. Era para sempre o paciente. Sujeitava-se. Os furacões o atingiam; sinistro ofício dos ventos.

O espectro ali estava entregue à pilhagem. Ressentia a terrível violência de apodrecer em pleno ar. Não se enquadrava na lei do esquife. Tinha o aniquilamento sem a paz. No verão caía em cinzas, e em lama no inverno. Para a morte deve haver um véu, para a tumba deve haver pudor. Ali, nem pudor nem véu. Putrefação cínica e declarada. Há descaramento na morte ao mostrar sua obra. Ela insulta toda a serenidade das trevas quando trabalha fora de seu laboratório, o túmulo.

Aquele ser extinto estava despojado. Despojar um despojo, fim inexorável. Seu tutano não estava mais em seus ossos, suas entranhas não estavam mais em seu ventre, sua voz não estava mais em sua garganta. Um cadáver é um bolso que a morte revira e esvazia. Se tivesse tido um eu, onde esse eu estaria? Talvez ali mesmo, e pensar nisso é pungente. Algo de errante ao redor de algo acorrentado. Pode-se imaginar delineamento mais funesto na escuridão?

Aqui embaixo há realidades que são como portas para o desconhecido, por onde a saída do pensamento parece possível e por onde o hipotético se precipita. As conjeturas têm seu *compelle intrare*.[3] Ao passarmos por certos lugares e diante de certas coisas, não há outro jeito senão nos determos, entregues aos pensamentos, e deixarmos nosso espírito entrar. No invisível há obscuras portas entreabertas. Ninguém pode ter-se deparado com esse defunto sem refletir.

A vasta dispersão o consumia silenciosamente. Havia existido sangue, que fora bebido; pele, que fora comida; carne, que fora roubada. Nada passara ali sem lhe tirar alguma coisa. Dezembro tomara-lhe emprestado o frio; meia-noite, o assombro; o ferro, a ferrugem; a peste, os miasmas; a flor, os odores. Sua lenta degradação era um pedágio. Pedágio do cadáver ao vendaval, à chuva, ao orvalho, aos répteis, aos pássaros. Todas as sinistras mãos da noite haviam vasculhado aquele morto.

Era sabe-se lá que estranho habitante, o habitante das trevas. Estava sobre uma colina em uma planície, porém não estava lá. Era palpável e era vapor. Era sombra completando a escuridão. Findo o dia, na vasta e silenciosa obscuridade, entrava lugubremente em harmonia com tudo. Aumentava, pelo simples fato de ali estar, o luto da tempestade e a calma dos astros. O inexprimível, que habita os desertos, condensava-se nele. Naufrágio de um destino desconhecido, juntava-se a todas as selvagens reticências da noite. Em seu mistério havia uma vaga reverberação de todos os enigmas.

À sua volta, sentia-se como que uma diminuição de vida, que ia até as profundezas. Nos espaços ao redor, havia um decréscimo de certeza e de confiança. A agitação do arvoredo e do mato, uma melancolia desolada, uma ansiedade onde parecia ter existido consciência, apropriavam-se tragicamente de toda a paisagem que aquela figura negra, pendurada à corrente, estampava. A presença de um espectro no horizonte é um agravo à solidão.

---

[3] "Faça entrar", referência à parábola dos convidados (Lucas 14: 23).

Era um simulacro. Tendo sobre ele os ventos que não se acalmam, era implacável. A eterna oscilação o tornava terrível. Parecia, o que é assustador dizer, um centro naquele espaço, com algo imenso se apoiando sobre ele. Quem sabe? Talvez a pressentida e animosa equidade que está além de nossa justiça. Nesse seu tempo fora do túmulo, havia vingança dos homens e havia sua vingança particular. Naquele crepúsculo e naquele deserto, ele era um testemunho. Ele era a prova da inquietadora matéria, pois a matéria diante da qual estremecemos é ruína da alma. Para que a matéria morta nos perturbe é preciso que o espírito tenha vivido nela. Ele denunciava a lei aqui de baixo à lei do alto. Posto ali pelo homem, esperava por Deus. Acima dele flutuavam, com todas as indistintas contorções das nuvens e das ondulações, os enormes devaneios da penumbra.

Por trás dessa visão, existia certa oclusão sinistra. O ilimitado, cercado pelo nada, nem mesmo por uma árvore, por um telhado, por um passante, envolvia esse morto. Quando a imanência avançando sobre nós deixa patente céu, abismo, vida, túmulo, eternidade, é aí que sentimos tudo inacessível, tudo interditado, tudo obstruído. Quando o infinito se abre, não há conclusão mais formidável.

VI BATALHA ENTRE A MORTE E A NOITE

O menino estava diante daquela coisa, mudo, espantado, olhos fixos.

Para um homem, pareceria uma forca; para o menino era uma aparição.

O homem teria visto o cadáver, o menino via o fantasma.

E não entendia nada.

As atrações do abismo são de todo tipo; havia uma no alto daquela colina. O menino deu um passo, depois mais dois. Subiu, embora tivesse vontade de descer, e se aproximou, embora tivesse vontade de recuar.

Chegou bem perto, ousado e tremendo, para fazer o reconhecimento do fantasma.

Estando sob a forca, levantou a cabeça e examinou.

O fantasma estava untado com betume. Brilhava aqui e ali. O menino observava o rosto pintado, e aquela máscara que parecia viscosa e grudenta modelava-se pelos reflexos da noite. O menino olhava a boca, que era um buraco, o nariz, que era um buraco, e os dois olhos, que eram buracos. O corpo estava embrulhado, e como que atado, em um grosso pano embebido em nafta. O pano havia embolorado e se rasgara. Um joelho o atravessava. Um rasgo deixava entrever as costelas. Algumas partes eram cadáver, outras esqueleto. O rosto tinha cor de terra; lesmas haviam perambulado por ali, deixando vagos traços prateados. O pano, colado aos ossos, apresentava relevos, como a roupa de uma estátua. O crânio, rachado e aberto, tinha o aspecto de um fruto apodrecido. Os dentes permaneciam humanos, haviam conservado o sorriso. O resto de um grito parecia ecoar na boca aberta. Havia alguns pelos de barba pelo rosto. A cabeça, tombada, parecia estar atenta.

Recentemente tinham feito reparos. O rosto fora lambuzado com betume havia pouco tempo, assim como as costelas e o joelho que atravessava o pano. Embaixo, os pés apareciam.

Logo abaixo, no mato, viam-se os sapatos deformados pelo efeito da neve e da chuva. Eles haviam caído daquele morto.

O menino, descalço, olhou para os sapatos.

O vento, cada vez mais preocupante, fazia algumas dessas interrupções que são parte dos preparativos de uma tempestade, tendo cessado completamente havia poucos instantes. O cadáver não balançava mais. A corrente tinha a imobilidade de um fio de prumo.

Como todos os novatos na vida, e considerando-se a especial tensão de seu destino, sem dúvida alguma o menino tinha em seu íntimo o despertar de ideias próprio da juventude, que procura abrir o cérebro e se assemelha às bicadas do passarinho em seu ovo. Mas tudo o que havia em sua pequena consciência naquele momento resultava em espanto. O excesso de sensações surte o efeito do excesso de óleo, leva à asfixia do pensamento. Um homem ter-se-ia se perguntado alguma coisa, o menino não se perguntava nada; ele olhava.

O betume dava àquele rosto um aspecto molhado. Gotas do breu, grudadas onde antes ficavam os olhos, lembravam lágrimas. De resto, graças a esse betume, o estrago da morte era visivelmente retardado, ou quase anulado, e reduzido ao mínimo de deterioração possível. O que o menino tinha diante dos olhos era algo que recebera cuidados. Aquele homem era evidentemente precioso. Não fizeram questão de mantê-lo vivo, mas faziam questão de conservá-lo morto.

A forca era velha, carcomida, mas sólida, e utilizada havia muitos anos.

Era um costume muito antigo na Inglaterra o de embrear os contrabandistas. Eram enforcados à beira-mar, lambuzados com breu e deixados pendurados; os exemplos pedem exposição ao ar livre, e exemplos embreados duram mais. Esse betume era humanidade. Dessa forma era possível renovar os enforcados com menos frequência. As forcas eram dispostas em intervalos ao longo da costa, como os postes de iluminação nos dias de hoje. O enforcado servia de lanterna. À sua moda, iluminava seus camaradas contrabandistas que, de longe, ainda no mar, enxergavam as forcas. Um aqui, primeiro aviso; outro ali, segundo aviso. O que não impedia o contrabando; mas a ordem se compõe de coisas assim. Esse costume perdurou na Inglaterra até o começo deste século. Em 1822, ainda se viam, diante do castelo de Douvres, três enforcados envernizados. De resto, esse procedimento conservador não se limitava aos contrabandistas. A Inglaterra fazia a mesma coisa com os ladrões, incendiários e assassinos. John Painter, que ateou fogo aos armazéns marítimos de Portsmouth, foi enforcado e embreado em 1776. O abade Coyer, que o chamava de João, o Pintor, tornou a vê-lo em 1777. John Painter estava pendurado e acorrentado acima das ruínas que produzira; de tempos em tempos era repintado. Esse cadáver durou, pode-se quase dizer que viveu, cerca de quatorze anos. Em 1788 ainda prestava bons serviços. Contudo, teve de ser substituído em 1790. Os egípcios davam importância à múmia do rei; a múmia do povo, ao que parece, também pode ser útil.

O vento, tendo fustigado bastante o montículo, varrera de cima dele toda a neve. O mato reaparecia e alguns cardos despontavam. A colina estava coberta por uma vegetação marinha espessa e baixa, que fazia o alto das falésias parecer um lençol verde. Sob a forca, exatamente no ponto abaixo do qual pendiam os pés do condenado, havia um tufo alto e espesso, coisa surpreendente naquele solo seco. Os cadáveres, desfazendo-se ali havia séculos, explicavam essa beleza vegetal. A terra se alimenta do homem.

Uma sombria fascinação tomava conta do menino. Ele permanecia ali, pasmo; baixou a cabeça só por um momento devido a uma urtiga que pinicou suas pernas, dando-lhe a impressão de ser um bicho. Depois se endireitou. Fitava, acima dele, aquela face que o fitava. Ela, não tendo olhos, fitava-o mais ainda. Era um olhar difuso, de uma imobilidade indizível, em que havia brilho e trevas, e que saía do crânio e dos dentes, bem como das vazias arcadas superciliares. A cabeça toda do morto olha: é aterrador. Não há olhar, mas nos sentimos olhados. Horror das larvas.

Pouco a pouco, o próprio menino se tornava terrível. Não se mexia. O torpor o invadia. Não percebia que estava perdendo os sentidos. Estava congelando e se paralisando. O inverno o entregava silenciosamente à noite; há algo de traiçoeiro no inverno. O menino era quase uma estátua. A dureza do frio penetrava em seus ossos; a escuridão, esse réptil, deslizava sobre ele. A letargia que emana da neve encobre o homem como uma maré obscura; lentamente, o menino era invadido por uma imobilidade semelhante à do cadáver. Ia adormecer.

Na mão do sono há o dedo da morte. O menino se sentia agarrado por essa mão. Prestes a cair sob a forca, já não sabia se estava em pé.

O fim sempre iminente, nenhuma transição entre ser e não mais ser, o retorno ao vazio, a possível transmutação a qualquer momento, a criação é esse precipício.

Só mais um instante, e o menino e o morto, a vida em esboço e a vida em ruína, iam se confundir na mesma desaparição.

O espectro pareceu compreender isso e desejar que não acontecesse. Repentinamente começou a se mexer. Era como se advertisse o menino. Era o vento que tornava a soprar.

Nada era mais estranho do que esse morto em movimento.

O cadáver, na ponta da corrente, empurrado pelo sopro invisível, tinha um comportamento oblíquo, elevava-se à esquerda e voltava, elevava-se à direita e voltava, com a lenta e fúnebre precisão de um batimento. Vaivém obstinado. Qualquer um teria acreditado ver nas trevas o balanço do pêndulo da eternidade.

Isso durou algum tempo. Diante da agitação do morto, o menino começou a despertar, e, por sua rigidez, era bastante evidente que estava com medo. A cada oscilação, a corrente rangia com uma regularidade atroz. Parecia retomar fôlego, em seguida recomeçava. Esse ranger imitava o canto de uma cigarra.

A aproximação de uma borrasca causa a intensificação repentina dos ventos. Subitamente, a brisa se transformou em tufão. A oscilação do cadáver se acentuou sinistramente. Não balançava mais; sacudia. A corrente, que rangia, gritou.

E foi como se ouvissem esse grito. Se era um chamado, foi obedecido. Um grande ruído veio dos extremos do horizonte.

Era um ruído de asas.

Um incidente acontecia, o tempestuoso incidente dos cemitérios e das solidões, a chegada de um bando de corvos.

Manchas negras voadoras pintaram as nuvens, atravessaram a bruma, cresceram, se aproximaram, se amalgamaram e se espessaram, avançando aos gritos em direção à colina. Era como a chegada de uma legião. Esse parasita alado das trevas abateu-se sobre a forca.

O menino, assustado, recuou.

Os enxames obedecem aos comandos. Os corvos se agruparam sobre a forca; todos, sem exceção, estavam sobre o cadáver. Conversavam.. O grasnido é algo medonho. Gritar, assobiar, rugir é vida; o grasnido é uma aceitação satisfeita da putrefação. É como ouvir o ruído que produz o silêncio do sepulcro ao se quebrar. O grasnido é um grito no qual há escuridão. O menino estava petrificado.

Muito mais pelo medo do que pelo frio.

Os corvos se calaram. Um deles saltou sobre o esqueleto. Foi um sinal. Todos se precipitaram, formou-se uma nuvem de asas, todas as plumas então se abaixaram; e o enforcado sumiu sob uma profusão de tumores negros remexendo-se na escuridão. Nesse instante o morto se mexeu.

Seria ele? Seria o vento? Ele deu um salto espantoso. O furacão que se iniciava vinha em seu socorro. O fantasma entrou em convulsão. Era a borrasca, soprando a plenos pulmões, que se apoderava dele e o lançava em todas as direções. Tornou-se medonho. Começou a se debater. Assustadora marionete, cujo cordão era a corrente de uma forca. Algum parodista das sombras agarrara o cordão e comandava aquela múmia. Ela virou e saltou, como que pronta a se desconjuntar. Os pássaros, espantados, voaram. Foi como uma erupção de todos aqueles bichos infames. Em seguida voltaram. Uma luta então começou.

O morto aparentava estar possuído por uma vida monstruosa. Os ventos o levantavam como se fossem carregá-lo; ele parecia debater-se e se esforçar para fugir. A corrente no pescoço o detinha. Os pássaros repetiam todos os seus movimentos, recuando, depois atacando, ariscos e encarniçados. De um lado, uma estranha tentativa de fuga; do outro, a perseguição a um acorrentado. O morto, impelido por todos os espasmos do vento, tinha sobressaltos, choques, acessos de cólera; ia, vinha, subia, caía, repelindo o enxame espalhado. O morto era clava; o enxame, poeira. O feroz bando atacante não desistia e se obstinava. Como se estivesse enlouquecido sob aquela tropa de bicos, o morto multiplicava no vazio seus golpes cegos, semelhantes aos de uma pedra presa a um bodoque. Por instantes, tinha sobre si todas as garras e todas as asas; em seguida, nada; eram os arrefecimentos da horda, imediatamente seguidos de furiosas retomadas. Espantoso suplício continuando após a vida. Os pássaros pareciam frenéticos. Os respiradouros do inferno devem permitir a passagem de enxames como esse. Unhadas, bicadas, grasnidos, o arrancar de pedaços que já não eram carne, o estalar da forca, os embates do esqueleto, o tinir da corrente, gritos da borrasca, tumulto; luta mais sombria, impossível. Uma alma penada contra os demônios. Espécie de combate fantasmagórico.

Às vezes, o vento se intensificava, fazendo o enforcado girar em torno de si mesmo, enfrentando o enxame ao mesmo tempo por todos os lados, como se quisesse correr atrás dos pássaros; parecia que seus dentes tentavam morder. Tinha o vento a seu favor e a corrente contra si, como se deuses negros tomassem parte naquilo. O furacão era uma verdadeira batalha. O morto se contorcia, o bando de pássaros voava em espiral em volta dele. Era um redemoinho em um turbilhão.

Ouvia-se, vindo de baixo, um imenso troar: era o mar.

O menino presenciava esse delírio. Subitamente começou a tremer por inteiro, um arrepio atravessou seu corpo; desequilibrou-se, estremeceu, quase caiu, se recompôs, segurou a cabeça entre as mãos, como se sua fronte fosse um ponto de apoio. Perturbado, cabelos ao vento, descendo a colina a passos largos, olhos fechados, ele próprio quase um fantasma, fugiu, deixando para trás aquele tormento em plena noite.

VII A PONTA NORTE DE PORTLAND

Ele correu até perder o fôlego, sem rumo, desnorteado, na neve, na planície, no espaço. Essa fuga o aqueceu. Precisava disso; sem essa corrida e sem esse pavor estaria morto.

Parou quando lhe faltou ar. Mas não ousou olhar para trás. Tinha a impressão de que as aves iam persegui-lo, de que o morto podia ter-se desvencilhado da corrente e provavelmente seguia na mesma direção que ele, e que a própria forca descia a colina, correndo atrás do morto. Tinha medo de ver tudo isso caso se voltasse.

Quando recuperou um pouco o fôlego, continuou a fugir.

Dar-se conta dos fatos não é próprio da infância. O menino colhia impressões à medida que o pânico crescia, mas sem associá-las em seu espírito e sem tirar conclusões. Ia em direção a qualquer lugar e de qualquer maneira; corria, com a angústia e a dificuldade que há nos sonhos. Quase três horas depois de ter sido abandonado, seguia tão vagamente quanto antes, porém mudara de objetivo: antes estava em busca e agora estava em fuga. Não tinha mais fome nem frio; tinha medo. Um instinto tomara o lugar do outro. Tudo o que pensava era escapar. De quê? De tudo. A vida lhe surgia por todos os lados à sua volta como uma terrível muralha. Se pudesse fugir das coisas, teria fugido.

Mas as crianças não conhecem essa fuga que chamamos de suicídio.

Ele corria.

Correu assim por um tempo indefinido. Mas o fôlego se esgota, e o medo também se esgota.

Repentinamente, como que tomado por um acesso de energia e inteligência, parou; parecia ter vergonha de fugir. Obstinou-se, bateu o pé, ergueu resolutamente a cabeça e voltou-se.

Não havia mais colina, nem forca, nem corvos voando.

A névoa voltara a tomar conta do horizonte.

O menino seguiu seu caminho.

Agora não corria mais; andava. Dizer que aquele encontro com o morto fizera dele um homem seria limitar a variada e confusa sensação que experimentava. Havia muito mais e muito menos nessa sensação. A forca, algo de muito perturbador para a rudimentar compreensão de seu pensamento, parecia-lhe ainda uma aparição. Porém, tendo dominado o pânico, sentia-se mais forte. Se tivesse idade para se questionar, teria encontrado em seu íntimo mil outras vias de ponderação, mas a reflexão das crianças é disforme e, quando muito, sentem um amargo vestígio dessa coisa obscura para elas, que mais tarde o homem chamará de indignação.

Além disso, a criança tem esse dom de provar rapidamente o fim de uma sensação. Escapam-lhe os vagos e inapreensíveis contornos das coisas dolorosas. Sua limitação, a fraqueza, protege-a das emoções muito complexas. Ela vê o fato, mas pouca coisa ao redor. A dificuldade de se contentar com ideias parciais não existe para a criança. O processo da vida só se instrui mais tarde, quando a experiência chega com seus autos. Ocorre então o confronto entre os grupos de fatos constatados; a inteligência, informada e ampliada, compara; as lembranças da juventude reaparecem sob as paixões, como um palimpsesto sob as rasuras. Essas lembranças são pontos de apoio para a lógica, e aquilo que no cérebro da criança era visão torna-se silogismo no cérebro do homem. De resto, a experiência é variada e funciona bem ou mal segundo cada natureza. Os bons amadurecem. Os maus apodrecem.

O menino havia corrido um bom quarto de légua e andado outro quarto. De repente, sentiu o estômago se contrair. Um pensamento, que de súbito ofuscou a medonha aparição da colina, ocorreu-lhe intensamente: comer. Felizmente, em todo homem há um animal, que o traz de volta à realidade.

Mas comer o quê? E onde? E como?

Apalpou os bolsos. Maquinalmente, pois sabia muito bem que estavam vazios.

Então apertou o passo. Sem saber aonde ia, apertou o passo em direção a um possível refúgio.

Essa fé na existência de um amparo faz parte das raízes da providência dentro do homem.

Crer em um abrigo é crer em Deus.

Naquela planície de neve, entretanto, nada se assemelhava a um teto.

O menino caminhava, o terreno se estendia, nu, a perder de vista.

Naquele lugar jamais existira moradia humana. Era nos baixos da falésia, em tocas na rocha, por falta de madeira para construir cabanas, que outrora viviam os habitantes primitivos, tendo como arma um bodoque, como aquecimento os excrementos secos dos bois, como religião o ídolo Heil, erigido em uma clareira em Dorchester, e, como atividade, a pesca do falso coral cinza, que os gauleses chamavam de *plin* e os gregos, de *isidis plocamos*.

O menino se orientava da melhor maneira possível. Todo destino é um cruzamento, e a escolha das direções, temerária; muito cedo, aquele pequeno ser já precisava escolher entre obscuras possibilidades. Ele avançava, contudo; e, ainda que suas pernas parecessem de aço, começava a se cansar. Não havia trilhas naquela planície; se houvesse, a neve as teria encoberto. Instintivamente, ele continuava indo para o leste. Pedras cortantes haviam esfolado seus calcanhares. Se estivesse claro, seria possível enxergar, nas marcas que ele deixava na neve, manchas rosadas de seu sangue.

Ele não reconhecia nada. Atravessava a planície de Portland de sul a norte, e é provável que o bando com o qual havia chegado, evitando qualquer encontro, a tivesse atravessado de oeste a leste. O bando aparentemente havia partido, em algum barco de pesca ou de contrabando, de um ponto qualquer da costa de Uggescombe, como Saint-Catherine Chap, ou Swancry, para ir a Portland encontrar a urca, que os aguardava; devem ter desembarcado em uma das pequenas baías de Weston para depois reembarcar em uma das angras de Easton. Essa direção era cortada em diagonal pela direção que o menino seguia agora. Era impossível que ele reconhecesse o caminho.

O planalto de Portland tem, em alguns pontos, altas saliências recortadas abruptamente pela costa, formando abismos sobre o mar. Andando sem rumo certo, o menino chegou a um desses pontos culminantes e ali parou, esperando encontrar mais indicações em um espaço mais amplo, tentando enxergar. Via à sua frente, ao longo de todo o horizonte, uma vasta e lívida opacidade, que se tornou menos indistinta ao fixar um olhar mais atento. Ao fundo de uma distante ondulação do terreno, na direção leste, abaixo daquela opacidade, como uma espécie de escarpa móvel e pálida, parecendo uma falésia da escuridão, espalhavam-se e flutuavam vagos fiapos negros, espécie de retalhos difusos. A opacidade era a névoa; os fiapos negros, fumaça. Onde há fumaça, há gente. O menino tomou esse rumo.

A pouca distância, ele entrevia um declive e, ao pé do declive, entre figuras disformes de rochedos que a bruma encobria, algo como um banco de areia ou uma língua de terra, ligando provavelmente o planalto que ele acabava de atravessar às planícies do horizonte. Certamente era preciso passar por ali.

Na verdade, ele havia chegado ao istmo de Portland, aluvião diluviano chamado Chess-Hill.

Seguiu pela encosta do planalto.

O declive era difícil e agreste; o reverso da escalada que havia feito para sair da angra, um pouco menos rude, no entanto. Toda subida termina em uma descida. Depois de ter escalado, ele degringolava.

Saltava de um rochedo a outro, arriscando-se a sofrer uma entorse, a escorregar para as indistintas profundezas. Para se segurar, quando deslizava nas rochas e no gelo, agarrava-se a longas touceiras de mato e a arbustos repletos de espinhos que lhe entravam nos dedos. Em alguns momentos, encontrava rampas mais suaves e descia retomando o fôlego; em seguida, a escarpa reaparecia e, para dar cada passo, precisava de um expediente. Nas descidas de precipício, cada movimento é a solução de um problema. É preciso ser hábil, sob pena de morrer. Esses problemas o menino resolvia com um instinto que um macaco notaria, e com uma arte que um saltimbanco admiraria. O declive era longo e abrupto. Mas ele alcançava seu objetivo.

Pouco a pouco, aproximava-se do momento em que pisaria no istmo que entrevira.

De tempos em tempos, enquanto saltava ou se lançava de rochedo em rochedo, apurava os ouvidos, com a habilidade de um gamo atento. Ouvia ao longe, à sua esquerda, um ruído amplo e fraco, semelhante a um profundo som de clarim. De fato, havia no ar uma agitação de sopros precedendo o terrível vento boreal, que se ouve vindo do polo como uma chegada de trombetas. Ao mesmo tempo, o menino sentia algumas vezes na fronte, nos olhos, na face, algo semelhante a frias palmas das mãos se apoiando em seu rosto. Eram grandes flocos gelados, no início respingando suavemente no espaço; depois, turbilhonando e anunciando a tempestade de neve. O menino ficou coberto deles. Essa tempestade, que havia mais de uma hora já caía no mar, começava a cair em terra. Invadiu lentamente as planícies. Entrou obliquamente pelo noroeste no planalto de Portland.

LIVRO SEGUNDO

A urca no mar

I AS LEIS QUE SE ENCONTRAM FORA DO HOMEM

A tempestade de neve é uma das coisas desconhecidas do mar; é o mais obscuro dos fenômenos naturais, obscuro em todos os sentidos da palavra. Uma mistura de névoa e de tormenta, fenômeno do qual ainda hoje não nos damos muito bem conta. Por isso há tantos desastres.

Queremos justificar tudo em virtude do vento e da ondulação. Mas existe no ar uma força que não é o vento, e na água uma força que não é a vaga. Ela é a mesma no ar e na água: é o eflúvio. O ar e a água são duas massas líquidas mais ou menos idênticas, uma penetrando na outra pela condensação e dilatação, da mesma forma que respirar é beber. Só o eflúvio é fluido. O vento e o fluxo são apenas impulsos; o eflúvio é uma corrente. O vento é visível pelas nuvens, o fluxo é visível pela espuma; o eflúvio é invisível. No entanto, de tempos em tempos ele diz: estou aqui. Seu *estou aqui* é o trovão.

A tempestade de neve causa um problema análogo ao da névoa seca. Se existe explicação possível para a *calina* dos espanhóis e para o *quobar* dos etíopes, essa explicação virá, seguramente, pela atenta observação do eflúvio magnético.

Sem o eflúvio, uma infinidade de fatos permanece enigmática. A rigor, as mudanças de velocidade do vento, indo de três pés por segundo a duzentos e vinte pés durante a tempestade, motivariam variações da ondulação indo de três polegadas, mar calmo, a trinta e seis pés, mar furioso. A rigor, a horizontalidade dos ventos, mesmo nas borrascas, permite compreender como uma onda de trinta pés de altura pode ter mil e quinhentos pés de comprimento. Mas por que as ondas do Pacífico são quatro vezes mais altas perto da América do que perto da Ásia, ou seja, mais altas a oeste que a leste? Por que ocorre o contrário no Atlântico? Por que, no equador, é o meio do mar que é mais alto? De onde vêm esses deslocamentos do tumor do oceano? É o que apenas o eflúvio magnético, em combinação com a rotação terrestre e a atração sideral, pode explicar.

Não é de fato necessária essa misteriosa complicação para explicar uma oscilação do vento que vai, por exemplo, pelo oeste, do sudeste ao nordeste, voltando depois bruscamente pelo mesmo grande circuito, do nordeste ao sudeste, de modo a perfazer em trinta e seis horas uma prodigiosa rota de quinhentos e sessenta graus, o que foi o prenúncio da tempestade de neve do dia 17 de março de 1867?

As ondas de tempestade da Austrália chegam a atingir até oitenta pés de altura; isso vem da proximidade com o polo. A tormenta nessas latitudes é resultado menos da turbulência dos ventos do que da continuidade das descargas elétricas submarinas. Em 1866, o cabo transatlântico teve suas funções regularmente perturbadas duas horas por dia, do meio-dia às duas horas, por uma espécie de febre intermitente. Certas composições e decomposições de forças produzem os fenômenos e se impõem aos cálculos dos marinheiros, com risco de naufrágio. No dia em que a navegação, que é uma rotina, se tornar uma matemática; no dia em que procurarmos saber, por exemplo, por que em nossas regiões os ventos quentes às vezes vêm do norte e os ventos frios, do sul; no dia em que compreendermos que as reduções de temperatura são proporcionais às profundezas oceânicas; no dia em que tivermos em mente que o globo é um grande ímã polarizado dentro da imensidão, tendo dois eixos, um de rotação e um de eflúvio, entrecortando-se no centro da Terra, e que os polos magnéticos giram em torno dos polos geográficos; quando os que arriscam suas vidas quiserem arriscá-la cientificamente; quando navegarmos sobre a instabilidade estudada; quando o capitão for um meteorologista; quando o piloto for um químico, aí então muitas catástrofes serão evitadas. O mar é magnético tanto quanto é aquático; um oceano de forças permeia, desconhecido, o oceano das ondas; sem controle, poderíamos dizer. Ver no mar apenas uma massa de água é não ver o mar; o mar é um vaivém de fluido tanto quanto é um fluxo e refluxo de líquido. As atrações talvez o influenciem ainda mais do que os furacões; a adesão molecular que se manifesta, entre outros fenômenos, pela atração capilar, microscópica para nós, faz parte da grandeza dos espaços oceânicos, e a onda dos eflúvios ora ajuda, ora contraria as ondas do ar e da água. Quem ignora a lei elétrica ignora a lei hidráulica, pois uma penetra na outra. Nenhum estudo é mais árduo, é fato, ou mais obscuro; esbarra no empirismo, assim como a astronomia esbarra na astrologia. Sem esse estudo, todavia, não há navegação.

Dito isso, continuemos.

Um dos componentes mais temíveis do mar é a tormenta de neve; ela é magnética, acima de tudo. É o polo que a produz, assim como produz a aurora boreal; o eflúvio está nessa névoa e nessa luminosidade, e é visível no floco de neve, assim como na estria da chama.

As tormentas são as crises de nervos e os acessos de delírio do mar. O mar tem suas dores de cabeça. Podemos comparar as tempestades às doenças. Umas são mortais, outras não; livramo-nos destas e não daquelas. A borrasca de neve é normalmente considerada mortal. Jarabija, um dos pilotos de Fernão de Magalhães, designava-a *una nube salida del malo lado del diablo* — uma nuvem saída das malditas bandas do diabo.

Surcouf dizia: *Há um mal fulminante naquela tempestade.*

Os antigos navegadores espanhóis chamavam esse tipo de borrasca *la nevada* na fase dos flocos, e *la helada* na fase do granizo. De acordo com eles, morcegos caíam do céu junto com a neve.

As tempestades de neve são típicas das latitudes polares. Às vezes, porém, elas escorregam, ou poderíamos quase dizer que desabam até nossos climas, de tal forma a ruína se mistura às aventuras do ar.

A *Matutina*, como vimos, ao sair de Portland, lançou-se resolutamente no grande risco noturno que a aproximação da tempestade tornava ainda mais grave. Entrou nessa completa ameaça com uma espécie de trágica audácia. No entanto, insistimos, avisos não lhe faltaram.

II AS SILHUETAS DO INÍCIO DEFINIDAS

Enquanto a urca esteve no golfo de Portland, pouca agitação havia no mar; a lâmina de água estava quase imóvel. Por mais escuro que estivesse o oceano, o céu ainda era claro. A brisa açoitava de leve a embarcação, que navegava o mais próximo possível da falésia, pois esta lhe servia como um bom anteparo.

Eram dez a bordo do pequeno barco biscainho, três homens da tripulação e sete passageiros, entre os quais duas mulheres. À luz do alto mar, pois no crepúsculo em mar aberto a claridade se refaz, todas as figuras tornaram-se visíveis e distintas. Além disso, não se escondiam mais, não se intimidavam mais, cada um retomava seu modo livre de ser, mostrava seu rosto, soltava seu grito, tendo sido a partida uma verdadeira libertação.

A mistura que havia no grupo ficava evidente. As mulheres não tinham idade; a vida errante faz a velhice ser precoce, e a indigência deixa rugas. Uma delas era basca, habitante do pé das montanhas; a outra, levando um grande rosário, era irlandesa. Ambas tinham o ar indiferente dos miseráveis. Ao entrar, haviam-se agachado, uma perto da outra, sobre os caixotes ao pé do mastro. Conversavam; o irlandês e o basco, como já dissemos, são línguas aparentadas. A basca tinha os cabelos cheirando a cebola e manjericão. O capitão da urca era basco de Guipúscoa; um marinheiro era basco da encosta norte dos Pirineus, o outro era basco da encosta sul, ou seja, da mesma nação, embora o primeiro fosse francês e o segundo, espanhol. Os bascos não reconhecem a pátria oficial. *Mi madre se llama montaña*, "minha mãe se chama montanha", dizia o tropeiro Zalareus. Dos cinco homens que acompanhavam as mulheres, um era francês do Languedoc, um era francês da Provença, um era genovês, um outro, velho, o que usava o sombreiro, parecia alemão, e o último, o chefe, era um basco landês, de Biscarosse. Foi ele que, no momento em que o menino ia entrar na urca, lançou a passarela ao mar, empurrando-a com o calcanhar. Esse homem robusto, rude, ligeiro, coberto, como lembramos, de adereços, enfeites dourados e lâminas brilhantes que deixavam seus farrapos resplandecentes, não parava quieto; inclinava-se, erguia-se, ia e voltava sem cessar de uma ponta à outra do navio, mostrando-se inquieto com o que acabava de fazer e com o que ia acontecer.

O chefe do grupo e o capitão da urca, bem como os dois homens da tripulação, todos eles bascos, ora falavam basco, ora espanhol, ora francês; as três línguas eram comumente usadas nos dois lados dos Pirineus. De resto, com exceção das mulheres, todos falavam um pouco de francês, base do linguajar do grupo. A língua francesa, já nessa época, começava a ser escolhida pelas pessoas como intermediária entre o excesso de consoantes do norte e o excesso de vogais do sul. Na Europa, o comércio falava francês; a ladroagem também. Todos se lembram que Gibby, ladrão de Londres, entendia Cartouche.[1]

A urca, fino veleiro, seguia em bom ritmo; porém, dez pessoas, além das bagagens, era muita carga para um modelo frágil como aquele.

O salvamento do grupo por esse navio não implicava necessariamente a associação da tripulação ao bando. Bastava que o capitão fosse um *vascongado* e que o chefe do grupo também o fosse. Para essa raça, ajudar-se mutuamente é um dever que não admite exceção. Um basco, como acabamos de dizer, não é nem espanhol nem francês; é basco, e, sempre e em qualquer lugar, deve salvar outro basco. Assim é a fraternidade nos Pirineus.

Durante todo o tempo em que a urca esteve no golfo, embora de cara feia, o céu não parecia ameaçador a ponto de preocupar os fugitivos. Iam embora, escapavam, estavam extremamente alegres. Um ria, outro cantava. O riso era seco, mas livre; o canto era baixo, mas despreocupado.

O homem do Languedoc gritava: *caoucagno!* "Cocagne!"[2] expressa, nessa região, o cúmulo da satisfação. Era um meio marujo, natural da aldeia marinha de Gruissan, na encosta sul do maciço de Clappe, mais barqueiro do que

---

[1] Louis Dominique Cartouche (1693-1721), bandido francês, chefe de um bando que aterrorizou Paris e seus subúrbios no início do século XVIII.

[2] Em francês, divertimento, festa, abundância.

marinheiro, habituado, porém, a manobrar pequenas embarcações no lago de Bages e a puxar, sobre as salgadas areias de Santa Lucía, a rede cheia de peixes. Era daqueles que usam boné vermelho, fazem complicados sinais da cruz à espanhola, bebem vinho, entornando diretamente dos cantis de pele de bode, arranham o violão, se ajoelham para blasfemar e imploram ao seu santo padroeiro com ameaças: — Meu Santinho, dê-me tudo que te peço, ou te jogo uma pedra na cabeça, "*ou té feg' un pic*".

Em caso de necessidade, ele podia juntar-se utilmente à tripulação. Na despensa, o provençal atiçava um fogo de turfa[3] sob um caldeirão de ferro e fazia a sopa.

Essa sopa era uma espécie de *puchero* em que o peixe substituía a carne e na qual o provençal juntava grão de bico, pequenos pedaços de toucinho picado em quadrados e pimentas e pimentões vermelhos, concessões de quem come *bouillabaisse* a quem come *olla podrida*.[4] Um dos sacos de provisões, aberto, estava a seu lado. Acima da sua cabeça, ele acendera uma lamparina de ferro com vidros de pedra talco, que oscilava pendurada em um gancho no teto da despensa. Ao lado dela, em outro gancho, girava o cata-vento alcíone.[5] Na época, a crença popular dizia que um alcíone morto, pendurado pelo bico, sempre vira o peito para o lado de onde vem o vento.

Enquanto fazia a sopa, o provençal metia algumas vezes na boca o gargalo de uma garrafa e engolia um trago de aguardente. Era uma dessas garrafas revestidas de vime, largas e achatadas, com asas, que se penduram a tiracolo por uma correia, então chamadas de "garrafas de anca". Entre os tragos, ele cantarolava versos de uma canção interiorana com um tema sem importância: um caminho vazio, uma sebe; na pradaria, por entre as árvores, distingue-se a sombra alongada de uma charrete e de um cavalo ao pôr do Sol, e, acima da sebe, de tempos em tempos aparece e desaparece a ponta de um forcado carregado de feno. Não é preciso mais que isso para se fazer uma canção.

Partir, dependendo do que temos no coração ou no espírito, ou é um alívio ou é um peso. Todos pareciam aliviados, menos um deles, o velho do grupo, que usava o chapéu, sem cachimbo.

Esse velho, que parecia alemão mais do que qualquer outra coisa, embora tivesse um desses semblantes insondáveis em que a nacionalidade não se

---

[3] Material de origem vegetal parcialmente decomposto; por ser inflamável, é utilizado como combustível doméstico.

[4] *Puchero* e *olla podrida*: comidas espanholas preparadas com diversas carnes, legumes e temperos, especialmente pimenta e pimentão; *bouillabaisse*: espécie de caldeirada, típica do sul da França, preparada com peixes e frutos do mar.

[5] Ave mitológica que os gregos consideravam de bom augúrio.

mostra, era calvo e tão sério que sua calvície parecia uma tonsura. Toda vez que ele passava pela Virgem Santa da proa, tirava o chapéu, deixando à vista as veias saltadas e senis do crânio. Uma espécie de túnica, grande, puída e rasgada, em sarja escura de Dorchester, com a qual se cobria, não escondia inteiramente seu casaco apertado, justo e fechado até o pescoço como uma batina. Suas mãos tendiam a se entrecruzar e faziam a junção maquinal da prece habitual. Ele tinha o que se pode chamar de fisionomia pálida; a fisionomia é acima de tudo um reflexo, e é um erro crer que as ideias não têm cor. Essa fisionomia era, evidentemente, o reflexo de um estranho estado interior, a resultante de uma composição de contradições, algumas se inclinando para o bem, outras para o mal; e, para o observador, era a revelação de um quase humano com chances de cair a um nível inferior ao do tigre ou se elevar a um nível superior ao do homem. Esses estados caóticos da alma existem. Havia algo de indecifrável naquele semblante, um mistério que chegava ao abstrato. Percebia-se que o homem havia experimentado o gostinho do mal, que é o cálculo, e o ressaibo, que é o zero. Em sua impassibilidade, talvez não mais que aparente, havia marcas das duas paralisias: a do coração, própria dos carrascos, e a do espírito, própria dos eruditos. Podia-se afirmar, uma vez que a monstruosidade tem todo um modo particular de ser, que tudo lhe era possível, até mesmo emocionar-se. Todo erudito de certa forma é um cadáver; e aquele homem era um erudito. Bastava vê-lo para notar a ciência gravada em seus gestos e nos vincos da sua túnica. Tinha um rosto fóssil, cuja seriedade era contrariada pela mobilidade enrugada do poliglota, que chega quase à careta. De resto, era um homem severo. Sem hipocrisia, sem cinismo. Um trágico pensador. Um homem que o crime tornou pensativo. Um olhar de arcebispo atenuava seu ar de malfeitor. Seus raros cabelos grisalhos eram brancos nas têmporas. Percebia-se nele o cristão, imbuído de fatalismo turco. Nós causados pela gota deformavam seus dedos ressequidos pela magreza; sua alta e rígida estatura era grotesca; estava habituado ao mar. Caminhava lentamente sobre o convés, sem olhar para ninguém, com um ar convicto e sinistro. Suas pupilas mostravam vagamente o vislumbre fixo de uma alma atenta às trevas e sujeita a ressurgimentos de consciência.

De tempos em tempos, o chefe do bando, brusco e alerta, ziguezagueando rapidamente pelo navio, ia falar-lhe ao ouvido. O velho respondia balançando a cabeça. Era como um clarão consultando a escuridão.

III OS HOMENS INQUIETOS NO MAR INQUIETO

Na embarcação, dois homens estavam concentrados: o velho e o capitão da urca, que não deve ser confundido com o chefe do bando. O capitão estava concentrado no mar; o velho, no céu. Um não tirava os olhos das ondas, o outro vigiava as nuvens. O comportamento das águas era a preocupação do capitão; o velho parecia suspeitar do zênite. Espiava os astros por todas as brechas entre as nuvens.

Era aquele momento em que ainda está claro e algumas estrelas começam a brilhar levemente no crepúsculo.

O horizonte tinha um aspecto singular. A bruma ali era variada.

Havia mais névoa sobre a terra e mais nuvens sobre o mar.

Antes mesmo de sair de Portland-Bay, o capitão, preocupado com a agitação do mar, fez imediatamente minuciosos procedimentos, não esperou que saíssem da baía. Verificou a talinga, certificou-se de que a amarração do cordame inferior tinha sido bem feita e reforçou bem os ovéns da gávea, precaução de um homem que pretende ousar na velocidade.

A urca, este era seu defeito, afundava meia vara a mais de proa que de popa.

A todo instante, o capitão passava da agulha de governo à agulha padrão, mirando pelas duas pínulas o que havia na costa, a fim de reconhecer a qual direção do vento respondiam. De início, soprou um leve vento lateral, que não pareceu contrariar o capitão, embora a urca se desviasse cinco graus de sua rota. Ele próprio empunhava a barra o máximo de tempo possível, demonstrando confiar apenas em si para que não houvesse perda de forças e para preservar a ação do leme pela rapidez da esteira.

Como a diferença entre o rumo real e o rumo aparente aumenta quanto maior a velocidade da embarcação, a urca parecia avançar em relação à origem do vento mais do que de fato o fazia. Não pegava o vento de través nem muito o vento de proa, mas só se constata realmente se o rumo está correto quando se vai de vento em popa. Quando se observam longos fiapos de nuvens encontrando-se no mesmo ponto do horizonte, esse é o ponto onde o vento se origina; mas naquela noite havia muitos ventos, o que dificultava determinar sua direção. Por outro lado, o capitão desconfiava de movimentos ilusórios do navio.

Governava com timidez e ousadia ao mesmo tempo; orientava as velas para aproveitar os ventos, prevenia as guinadas repentinas, atentava-se aos desvios laterais, não deixava a embarcação arribar, observava a deriva e os pequenos choques na barra do leme, ficava de olho em todas as variações de movimento e de velocidade da esteira, nos loucos ventos; com medo de se arriscar, mantinha-se constantemente a alguns graus da costa que margeavam e, acima de tudo, mantinha o ângulo da ventoinha com a quilha mais aberto do que o ângulo do velame, uma vez que o rumo indicado pela bússola sempre deixava dúvidas devido ao diminuto tamanho da agulha de governo. Seu olhar, imperturbavelmente voltado para baixo, examinava todas as mudanças no aspecto das águas.

Uma vez, porém, ergueu os olhos para o espaço tentando enxergar as três estrelas do cinturão de Órion; essas estrelas se chamam os Três Magos,[6] e um velho provérbio dos antigos navegadores espanhóis diz: *Quem vê os Três Magos não está longe do Salvador.*

Esse olhar do capitão para o céu coincidiu com um comentário resmungado pelo velho, do outro lado do navio:

"Não se vê nem mesmo a Estrela Polar, nem Antares, a gigante vermelha. Não se distingue uma estrela sequer".

Entre os outros fugitivos, nenhuma preocupação.

No entanto, ao passar o contentamento inicial com a fuga, era mais que hora de perceber que estavam no mar em pleno mês de janeiro, e que o vento era glacial. Impossível se alojar na cabine, que, além de muito pequena, estava lotada de bagagens e pacotes. As bagagens pertenciam aos passageiros, e os pacotes, à tripulação; a urca não era um navio de passeio, mas de contrabando. Os passageiros tiveram de se acomodar no convés, sacrifício não muito árduo para esses nômades. Os hábitos da vida ao ar livre facilitam aos vagabundos os arranjos noturnos: a bela estrela é uma amiga e o frio os ajuda a dormir; às vezes, a morrer.

Naquela noite, como acabamos de ver, a bela estrela estava ausente.

Enquanto esperavam a ceia, o languedociano e o genovês se acomodaram junto às mulheres, ao pé do mastro, sob uma lona que lhes jogaram os marujos.

O velho permaneceu em pé na dianteira da embarcação, imóvel e como que insensível ao frio.

O capitão da urca, do local onde se encontrava, emitiu uma espécie de chamado gutural, bem semelhante ao do pássaro que na América chamam de bicudo. Ouvindo esse chamado, o chefe do bando se aproximou e o capitão lhe disse: *Etcheco jaüna!* Essas duas palavras bascas, que significam "lavrador da montanha", funcionavam para os antigos cantábricos como introdução a um assunto solene, merecedor de atenção.

Em seguida, o capitão apontou-lhe o velho, e o diálogo continuou em espanhol, pouco correto aliás, tratando-se do espanhol montanhês.

---

[6] Também conhecidas como as Três Marias.

— *Etcheco jaüna, que es este hombre?**
— *Un hombre.*
— *Que lenguas habla?*
— *Todas.*
— *Que cosas sabe?*
— *Todas.*
— *Qual país?*
— *Ningun, y todos.*
— *Qual Dios?*
— *Dios.*
— *Como le llamas?*
— *El Tonto.*
— *Como dices que le llamas?*
— *El Sabio.*
— *En vuestre tropa, que esta?*
— *Esta lo que esta.*
— *El gefe?*
— *No.*
— *Pues, que esta?*
— *La alma.*

O chefe e o capitão se separaram, cada um retornando aos próprios pensamentos; pouco depois, a *Matutina* saiu do golfo.

Os fortes balanços do mar aberto começaram.

---

* — Lavrador da montanha, quem é esse homem?
— Um homem.
— Que línguas ele fala?
— Todas.
— Que coisas ele sabe?
— Todas.
— Qual o país dele?
— Nenhum, e todos.
— Qual o Deus dele?
— Deus.
— Como o chama?
— O Louco.
— Como diz que o chama?
— O Sábio.
— No seu bando, o que ele é?
— Ele é o que é.
— O chefe?
— Não.
— Então, ele é o quê?
— A alma. (N. A.)

O mar se mostrava viscoso quando a espuma se afastava; as ondas, vistas na claridade crepuscular sem um contorno definido, pareciam poças de fel. Aqui e ali, uma vaga mais alongada passava exibindo ranhuras e estrelas, como uma vidraça que tivessem apedrejado. No centro dessas estrelas, no orifício de um redemoinho, tremulava uma fosforescência semelhante à que há nos olhos das corujas, um brilho felino de luz esmaecida.

A *Matutina* atravessou bravamente, como valente nadadora, o temível banco de areia Chambours. O banco Chambours, obstáculo ameaçador à saída da angra de Portland, não é uma barragem, mas uma espécie de anfiteatro. Um circo de areia sob a água, com degraus esculpidos em círculos pelas ondas; uma arena circular e simétrica, da altura de uma *Jungfrau,*[7] porém submersa; um coliseu do oceano, vislumbrado pelo mergulhador na transparência visionária do naufrágio; assim é o banco Chambours. As hidras travam combate ali; ali se encontram os leviatãs; ali existem, diz a lenda, no fundo da gigantesca cavidade, cadáveres de navios atacados e afundados pela imensa aranha Kraken,[8] também chamada de peixe-montanha. Assim é a assustadora obscuridade do mar.

Essas realidades espectrais ignoradas pelo homem manifestam-se na superfície por certos tremores.

No século XIX, o banco Chambours encontra-se em ruínas. O quebra-mar recentemente construído transformou e mutilou, com a força das ressacas, a grande arquitetura submarina, da mesma forma que o dique erguido em Croisic, em 1760, alterou em um quarto de hora o movimento das marés. A maré, porém, é eterna; mas a eternidade obedece ao homem mais do que se imagina.

IV ENTRA EM CENA UMA NUVEM DIFERENTE DAS OUTRAS

O velho, que o chefe do grupo qualificara primeiro como o Louco e depois como o Sábio, não saía mais da proa. Desde a passagem pelo banco Chambours, sua atenção se dividia entre o céu e o oceano. Baixava os olhos, em seguida os erguia; o que ele mais sondava era o nordeste.

O capitão confiou o leme a um marujo, saltou a tampa do compartimento dos cabos, atravessou o passadiço e foi até o castelo de proa.

---

[7] *Donzela*, em alemão; montanha dos Alpes Berneses, com 4.158 metros.

[8] Lendário monstro marinho do folclore nórdico, em forma de polvo ou lula gigante, que atacaria os navios.

Aproximou-se do velho, mas não de frente. Deteve-se um pouco atrás dele, os cotovelos junto aos quadris, as mãos afastadas, a cabeça inclinada sobre o ombro, olhos abertos, pestanas erguidas, um sorriso no canto dos lábios, o que é uma atitude de curiosidade pairando entre a ironia e o respeito.

O velho, fosse porque às vezes costumava falar sozinho, fosse porque perceber alguém por perto o levasse a falar, pôs-se a monologar, contemplando a imensidão.

— O meridiano de onde se mede a ascensão reta é marcado neste século por quatro estrelas: a Polar, o trono de Cassiopeia, a cabeça de Andrômeda e a estrela Algenib, da constelação de Pégaso; mas nenhuma está visível.

As palavras sucediam-se automaticamente, confusas, mais ou menos articuladas, e de certa forma sem que ele tentasse pronunciá-las. Elas saíam de sua boca e se dissipavam. O monólogo é a fumaça do fogo íntimo do espírito.

O capitão o interrompeu:

— Senhor...

O velho, talvez um pouco surdo e ao mesmo tempo muito pensativo, continuou:

— Poucas estrelas e muito vento. O vento sempre sai da sua rota para se lançar sobre a costa. E o faz a pique. Isso porque a terra é mais quente do que o mar. O ar acima dela é mais leve, o vento frio e pesado do mar ocupa o lugar do ar ao se precipitar sobre a terra. É por isso que, na amplidão do céu, o vento sopra de todos os lados em direção à terra. Seria preciso bordejar entre o paralelo estimado e o paralelo presumido. Quando a latitude observada não difere da latitude presumida em mais do que três minutos em dez léguas, ou mais do que quatro em vinte léguas, estamos na rota certa.

O capitão acenou, mas o velho não o viu. Este homem, que vestia algo como a toga de um acadêmico de Oxford ou de Gottingen, não saía da sua postura altiva e ranzinza. Observava o mar como se fosse especialista em ondas e em homens. Estudava as vagas, mas quase como se fosse em meio à sua agitação pedir a palavra e ensinar-lhes alguma coisa. Havia nele algo de mestre e de agourento. Tinha ares de um pedante do abismo.

Continuava seu solilóquio talvez feito, afinal de contas, para ser ouvido.

— Poderíamos lutar se tivéssemos uma roda em vez de uma barra. Com uma velocidade de quatro léguas por hora, trinta libras de esforço sobre a roda conseguem produzir o efeito de trezentas mil libras sobre a direção. E até mais, pois há casos em que, com habilidade e rapidez, ela faz duas voltas a mais.

O capitão acenou novamente e disse:

— Senhor...

O velho olhou para ele. Virou a cabeça sem que o corpo se mexesse.

— Chame-me de doutor.

— Senhor doutor, eu é que sou o capitão.

— Que seja — respondeu o "doutor".

O doutor — assim o chamaremos daqui em diante — pareceu consentir em dialogar.

— Capitão, você tem um sextante inglês?

— Não.

— Sem um sextante inglês você não consegue saber a altitude nem pela popa nem pela proa.

— Os bascos — replicou o capitão —já mediam a altitude antes que existissem ingleses.

— Cuidado com as viradas a barlavento.

— Eu folgo quando é preciso.

— Mediu a velocidade do navio?

— Medi.

— Quando?

— Agora mesmo.

— De que maneira?

— Com a barquinha.

— Teve o cuidado de ficar de olho no carretel da barquinha?

— Sim.

— A ampulheta marca exatamente trinta segundos?

—.Sim.

— Tem certeza de que a areia não desgastou o orifício entre as duas ampolas?

— Tenho.

— Fez a contraprova da ampulheta com a vibração de uma bala de mosquete suspensa...

— Por um cordão de cânhamo curtido, sem nós, pendurado do alto? Sem dúvida.

— Passou cera no cordão para que ele ficasse esticado?

— Passei.

— Fez a contraprova da barquinha?

— Fiz a contraprova da ampulheta com a bala do mosquete e a da barquinha com a bala de canhão.

— Qual o diâmetro da sua bala de canhão?

— Um pé.

— Bom peso.

— É uma antiga bala da nossa velha urca de guerra, a *Casse de Par-grand.*

— Que era da Armada?

— Sim.

— E que levava seiscentos soldados, cinquenta marujos e vinte e cinco canhões?

— O naufrágio bem sabe.

— Como pesou o choque da água contra a bala de canhão?

— Com uma balança de mola da Alemanha.

— Levou em conta a impulsão das ondas contra o fio que segura a bala?

— Sim.

— Qual o resultado?

— O choque da água foi de cento e setenta libras.

— Quer dizer que o navio faz por hora quatro léguas francesas.

— E três holandesas.

— Mas isso é só o acréscimo da velocidade da esteira à velocidade do mar.

— Sem dúvida.

— Para onde se dirige?

— Para uma enseada que conheço, entre Loyola e San Sebastián.

— Entre logo no paralelo do local de destino.

— Claro; o menor desvio possível.

— Cuidado com os ventos e as correntes. Os primeiros provocam as segundas.

— Traidores.

— Nada de insultos. O mar tem ouvidos. Não ofenda ninguém. Contente-se em observar.

— Observei e observo. Neste momento, a maré está contra o vento, mas logo mais, quando estiverem alinhados, será bom para nós.

— Você tem um roteiro?

— Não; para este mar, não.

— Então você navega às cegas?

— Não; tenho a bússola.

— A bússola é um olho, o roteiro é o outro.

— Um caolho também enxerga.

— Como mede o ângulo entre a rota do navio e a quilha?

— Com minha agulha padrão, e além disso adivinho.

— Adivinhar é bom; saber é melhor.

— Cristóvão* adivinhava.

— Quando há nevoeiro, e quando a bússola gira desvairadamente, não sabemos mais a direção do vento, e acabamos ficando sem o ponto estimado

* Colombo. (N. A.)

e sem o ponto corrigido. Um asno com um roteiro vale mais que um adivinho com seu oráculo.

— Ainda não há nevoeiro no vento; não vejo por que se alarmar.

— Os navios são moscas na teia de aranha do mar.

— Neste momento, vai tudo muito bem com a água e com o vento.

— Um tremor de pontos negros nas ondas, eis os homens no oceano.

— Não prevejo nada de mau para esta noite.

— Pode acontecer tamanha confusão que vai dar-lhe trabalho sair da encrenca.

— Até agora está tudo bem.

O olhar do doutor se fixou no nordeste.

O capitão continuou:

— É só chegarmos ao golfo da Gasconha e garanto tudo. Ah, é que ali sim me sinto em casa. Gosto dele, do meu golfo da Gasconha. É uma bacia muitas vezes irada, mas ali conheço todas as profundidades da água e todas as características do fundo: lodo em frente a San Cipriano, conchas em frente a Cizarque, areia no cabo Peñas, pequenos seixos em Boucaut de Mimizan, e sei a cor de cada pedra.

O capitão parou de falar; o doutor já não o escutava.

Ele observava o nordeste. Algo de extraordinário se passava naquela fisionomia glacial. Todo o pavor que pudesse mostrar uma máscara de pedra estampava-se em seu rosto. Sua boca deixou escapar esta frase:

— Na hora certa!

Suas pupilas, completamente arregaladas, como as de uma coruja, dilataram-se de espanto ao examinar um ponto do espaço.

Ele acrescentou:

— Está certo. Por mim, concordo.

O capitão o olhava.

O doutor prosseguiu, falando para si mesmo ou para alguém no além:

— Estou dizendo que sim.

Calou-se, abrindo cada vez mais os olhos e redobrando a atenção no que via, e continuou:

—Isso vem de longe, mas isso sabe o que isso faz.

O trecho de céu onde mergulhavam o raio de visão e os pensamentos do doutor, sendo oposto ao poente, era iluminado pela ampla claridade crepuscular quase como pela luz do dia. Esse segmento, bem delimitado e cercado de porções de vapor cinzento, era azul, porém um azul mais próximo do chumbo que do anil.

O doutor, totalmente voltado para o oceano e agora sem olhar para o capitão, apontou aquele trecho do espaço e disse:

— Capitão, está vendo?

— O quê?

— Aquilo.

— O quê?

— Ali.

— Aquele azul? Sim.

— O que é?

— Um pedaço do céu.

— Para quem vai para o céu — disse o doutor. — Para quem vai para outro lugar, é outra coisa.

E sublinhou essas palavras enigmáticas com um assustador olhar perdido nas sombras.

Fez-se um silêncio.

O capitão, pensando na dupla qualificação dada pelo chefe a esse homem, perguntou a si mesmo: É um louco? É um sábio?

O indicador magro e rígido do doutor permaneceu apontado como uma seta na direção do canto azul escuro do horizonte.

O capitão examinou o azul.

— De fato — resmungou —, aquilo não é céu, é nuvem.

— Nuvem azul, pior do que nuvem negra — disse o doutor. E acrescentou: "É a nuvem da neve".

— *La nube de la nieve* — disse o capitão, como se procurasse entender melhor traduzindo as palavras.

— Sabe o que é a nuvem da neve? — perguntou o doutor.

— Não.

— Logo irá saber..

O capitão voltou a contemplar o horizonte.

Enquanto observava a nuvem, dizia entre dentes:

— Um mês de borrasca, um mês de chuva, janeiro que tosse e fevereiro que chora, esse é o nosso inverno, inverno dos asturianos. Nossa chuva é quente. Só temos neve nas montanhas. Olhe, cuidado com a avalanche! A avalanche não quer saber de nada, a avalanche é a fera.

— E a tromba é o monstro — disse o doutor, acrescentando após uma pausa:

— Aí vem ela.

E prosseguiu:

— Vários ventos começam a soprar ao mesmo tempo, um vento forte do oeste e um vento muito lento do leste.

— Aquele lá é um hipócrita — disse o capitão.

A nuvem azul crescia.

— Se a neve já é terrível quando desce a montanha, imagine quando desaba do polo — continuou o doutor.

Seus olhos estavam vidrados. A nuvem parecia crescer sobre seu rosto e ao mesmo tempo no horizonte.

Recomeçou em tom de devaneio:

— Cada minuto prepara a hora. A vontade do alto se manifesta.

Mais uma vez, o capitão perguntou a si mesmo: — É louco?

— Capitão —, recomeçou o doutor, ainda com os olhos fixos na nuvem —, já navegou bastante pela Mancha?

O capitão respondeu:

— Hoje é a primeira vez.

Absorvido pela nuvem azul, como a esponja que tem uma capacidade limitada de água, o doutor tinha uma capacidade limitada de ansiedade e limitou-se a dar de ombros à resposta do capitão.

— Como assim?

— Senhor doutor, só costumo viajar para a Irlanda. Vou de Fontarabie a Black Harbour ou à ilha Akill, que na verdade são duas ilhas. Às vezes vou a Brachipult, que é uma ponta do País de Gales. Mas sempre navego do outro lado das ilhas Scilly. Não conheço o mar daqui.

— Isso é grave. Pobre de quem mal decifra o oceano! A Mancha é um mar que deve ser lido fluentemente. A Mancha é a esfinge. Desconfie do fundo.

— Aqui estamos a vinte e cinco braças.

— Temos de chegar às cinquenta e cinco braças pelo lado do poente e evitar as vinte pelo lado do nascente.

— Navegando, sondaremos.

— A Mancha não é um mar como os outros. Nele a maré sobe cinquenta pés nas águas vivas e vinte e cinco nas águas mortas. Aqui o refluxo não é a baixa-mar, e a baixa-mar não é a vazante. Ah, bem que você me parecia desnorteado.

— Esta noite sondaremos.

— Para sondar, é preciso parar, mas você não vai poder parar.

— Por quê?

— Por causa do vento.

— Vamos tentar.

— A borrasca é um perigo iminente.

— Mas sondaremos, senhor doutor.

— Você não vai poder nem capear.

— Fé em Deus.

— Cuidado com as palavras! Não diga em vão o nome irritável.

— Eu sondarei, estou dizendo!

— Modéstia, homem. Ou logo vai levar uma sova do vento.

— Quero dizer que tentarei sondar.

— O choque da água não deixará o chumbo descer e a linha arrebentará. Ah, é a primeira vez que você vem para estes lados!

— Primeira vez...

— Pois bem, capitão, nesse caso, escute.

O tom da palavra *escute* foi tão imperativo que o capitão bateu continência.

— Estou escutando, senhor doutor.

— Vire a bombordo e costeie a boreste.

— O que está dizendo?

— Aproe a oeste.

— Caramba!

— Aproe a oeste.

— Impossível.

— Como quiser. O que estou dizendo é pelos outros. Por mim, tudo bem.

— Mas, senhor doutor, direção oeste...

— Sim, capitão.

— É ir contra o vento!

— Sim, capitão.

— Vai balançar que é o diabo!

— Escolha melhor as palavras! Sim, capitão.

— É o navio no cavalete!

— Sim, capitão.

— Talvez o mastro quebrado!

— Talvez.

— E quer que eu vá a oeste?!

— Sim.

— Não posso.

— Nesse caso, lute contra o mar como achar melhor.

— O vento teria de virar.

— Esta noite o vento não vira.

— Por quê?

— Porque é um vento de mil e duzentas léguas.

— Ir contra esse vento?! Impossível!

— Aponte para oeste, estou lhe dizendo!

— Vou tentar. De qualquer forma, vamos desviar.

— Esse é o perigo.

— A brisa está empurrando-nos para o leste.

— Não vá para o leste.

— Por quê?

— Capitão, sabe qual é hoje o nome da morte para nós?

— Não.

— A morte se chama Leste.

— Vou navegar para o oeste.

Dessa vez, o doutor olhou para o capitão, mas o olhou com o olhar opressivo dos que tentam incutir um pensamento numa cabeça. Tinha-se voltado completamente para o capitão, pronunciando lentamente, sílaba por sílaba, estas palavras:

— Se esta noite, quando estivermos no meio do mar, ouvirmos o som de um sino, o navio estará perdido.

O capitão olhou para ele, espantado.

— O que quer dizer?

O doutor não respondeu. Seu olhar, que por um instante se fizera presente, agora se recolhera, interiorizando-se outra vez. Ele parecia não ouvir a assustada pergunta do capitão. Só prestava atenção ao que ouvia em si mesmo. Seus lábios articularam, aparentemente de forma maquinal, como um murmúrio, as seguintes palavras:

— Para as almas negras, é chegado o momento de se lavar.

O capitão fez aquela expressão típica de censura, torcendo o nariz e a boca. "Mais louco do que sábio", resmungou.

E se afastou.

No entanto, aproou a oeste.

Mas o vento e o mar se avolumavam.

V HARDQUANONNE

Todos os tipos de intumescência deformavam a bruma e, ao mesmo tempo, se avolumavam em todos os pontos do horizonte, como se bocas invisíveis inflassem os odres da tempestade. O aspecto das nuvens se tornava preocupante.

A nuvem azul ocupava todo o fundo do céu, estendendo-se agora tanto a oeste como a leste. Ela avançava contra a brisa. Essas contradições são típicas do vento.

O mar, que instantes atrás tinha escamas, agora tinha uma pele. Assim é esse dragão. Já não era mais crocodilo, era jiboia. Essa pele, cinza chumbo e suja, parecia espessa e se enrugava pesadamente. Na superfície, bolhas formadas pela ondulação, isoladas e semelhantes a pústulas, enchiam-se e em seguida estouravam. A espuma era como uma lepra.

Foi nesse momento que a urca, ainda avistada de longe pelo menino abandonado, acendeu seu farol.

Quinze minutos se passaram.

O capitão procurou o doutor com o olhar; ele não estava mais no convés. Assim que o capitão o deixou, o doutor curvou-se para passar sob a cobertura do compartimento externo e entrou na cabine. Ali, sentou-se perto do fogão, sobre o reforço de madeira do mastro; havia tirado do bolso um tinteiro de couro e uma carteira de pele de cabra; da carteira, havia retirado um pergaminho dobrado em quatro, velho, manchado e amarelado. Desdobrara a folha, pegara a pluma no estojo do tinteiro, colocara a carteira sobre os joelhos e o pergaminho sobre a carteira, sob a luz da lamparina que iluminava o fogão, e começara a escrever. Os sacolejos causados pelas ondas o atrapalhavam, mas o doutor escreveu por muito tempo.

Enquanto escrevia, reparou na garrafa de aguardente que o provençal degustava cada vez que adicionava uma pimenta ao *puchero,* como se a consultasse sobre o tempero.

O doutor notou a garrafa não por ser de aguardente, mas por causa de um nome trançado no vime, com fibra vermelha sobre fibra de junco branco. Havia claridade suficiente na cabine para que o nome pudesse ser lido.

Interrompendo-se, o doutor pronunciou a meia voz:

— Hardquanonne.

Depois, dirigiu-se ao cozinheiro:

— Eu ainda não havia reparado nesta garrafa. Por acaso pertencia a Hardquanonne?

— Ao nosso pobre camarada Hardquanonne? — perguntou o cozinheiro.

— Sim.

O doutor prosseguiu:

— Hardquanonne, o flamengo de Flandres?

— Sim.

— Que está na prisão?

— Sim.

— No calabouço de Chantam?

— É a garrafa que lhe pertencia — respondeu o cozinheiro —, e ele era meu amigo. Guardo-a como lembrança dele. Quando será que o veremos novamente? Sim, esta garrafa era dele.

O doutor pegou sua pluma novamente e voltou a traçar, com dificuldade, linhas um tanto tortuosas sobre o pergaminho. Era evidente sua preocupação de que aquilo ficasse bem legível. Apesar dos tremores do navio e dos tremores da idade, conseguiu escrever o que queria.

Foi na hora certa, pois subitamente ocorreu uma forte agitação no mar. Uma violenta ondulação atingiu a urca, e teve início a assustadora dança com a qual os navios recebem a tempestade.

O doutor levantou-se, aproximou-se do fogão, contrapondo sábias flexões de joelho ao brusco movimento causado pelas ondas, secou como pôde, no fogo do caldeirão, as linhas que acabara de escrever, dobrou o pergaminho, colocou-o de volta na carteira e guardou a carteira e o estojo no bolso.

O fogão não era a peça menos engenhosa do arranjo interior da urca; estava bem isolado. No entanto, o caldeirão balançava. O provençal o vigiava.

— Sopa de peixes — disse ele.

— Para os peixes — respondeu o doutor.

Em seguida retornou ao convés.

VI ACREDITANDO-SE AUXILIADOS

Devido à sua crescente preocupação, o doutor fez uma espécie de revisão da situação, e qualquer um que estivesse perto dele teria ouvido as seguintes palavras saírem da sua boca:

— Balanço demais e pouca arfagem.[9]

E, chamado de volta ao obscuro trabalho da sua mente, o doutor enfurnou-se outra vez em seus pensamentos como um mineiro em sua mina.

Essa meditação não excluía de forma alguma a observação do mar. O mar observado é um devaneio.

O sombrio suplício das águas eternamente atormentadas ia começar. Um lamento emanava de todo aquele mar. Preparativos confusamente lúgubres produziam-se na imensidão. O doutor considerava o que tinha diante dos olhos e não perdia nenhum detalhe. Mas não havia em seu olhar contemplação alguma. Não se contempla o inferno.

Uma vasta comoção, ainda latente, mas já perceptível na agitação do espaço, acentuava e agravava cada vez mais o vento, os vapores, o movimento do mar. Nada é tão lógico, e ao mesmo tempo parece ser tão absurdo, quanto o oceano. A dispersão de si mesmo é inerente à sua soberania e é um dos elementos da sua vastidão. O fluxo é incessante, a favor e contra. Ele se enrola apenas para se desenrolar. Por um lado ataca, pelo outro libera. Não há visão como a das ondas. Como retratar as concavidades e os relevos sucessivos, quase irreais, as depressões, as ondulações, os abrandamentos de sinuosidades, os esboços? Como descrever esses arbustos da espuma, mescla de montanhas e quimeras? O indescritível está ali, em tudo, nos recortes, nos encrespamentos,

---

[9] Balanço: movimento no sentido dos bordos do navio; arfagem: movimento no sentido longitudinal.

na inquietude, na perpétua contradição, no claro-escuro, nos pingentes de nuvem, nas pedras angulares sempre desfeitas, na desagregação sem lacuna e sem ruptura, e no estrondo fúnebre que produz toda essa demência.

A ventania acabava de se declarar plenamente ao norte. Sua violência era de tal forma favorável, e tão útil ao afastamento da Inglaterra, que o capitão decidiu-se por cobrir a *Matutina* de velas. A urca se evadia na espuma, como que a galope, todas as velas içadas, vento de popa, saltando de vaga em vaga, com furor e alegria. Os fugitivos, radiantes, riam. Batiam palmas, aplaudindo as ondas, a corrente, os ventos, as velas, a velocidade, a fuga, o futuro desconhecido. O doutor parecia não vê-los, e devaneava.

Todos os vestígios do dia se apagaram.

Foi nesse minuto que o menino, olhando atentamente das falésias, perdeu a urca de vista. Até então, seu olhar permanecia fixo e como que apoiado sobre o navio. Que participação teve esse olhar no destino? No instante em que a distância fez a urca desaparecer, e em que o menino nada mais enxergou, ele se dirigia para o norte, enquanto o navio ia para o sul.

Todos a penetrar na noite.

VII HORROR SAGRADO

Por sua parte, mas com descontração e alegria, os passageiros que a urca carregava viam atrás de si a terra hostil se afastar e se tornar diminuta. Pouco a pouco, a redondez obscura do oceano crescia, adelgaçando no crepúsculo os contornos de Portland, Purbeck, Tineham, Kimmeridge, os dois Matravers, as longas encostas da falésia enevoada e a costa pontuada de faróis.

A Inglaterra desapareceu. Os fugitivos não tinham ao seu redor senão o mar.

De repente a noite se tornou terrível.

Não havia mais extensão nem espaço; o céu enegreceu e se debruçou sobre o navio. O lento cair da neve começou. Alguns flocos surgiram. Pareciam espíritos. Nada mais era visível no campo de ação do vento. O sentimento era de abandono. Ali, todo o possível era armadilha.

É com essa escuridão de caverna que se inicia em nosso climas uma tempestade polar.

Uma grande nuvem escura, semelhante ao ventre de uma hidra, pesava sobre o oceano, e, em alguns pontos, esse ventre lívido aderia às vagas. Algumas dessas aderências lembravam bolsos furados, absorvendo o mar, esvaziando-se de vapor e se enchendo de água. Essas sucções erguiam, aqui e ali, cones de espuma sobre as ondas.

A tormenta boreal lançou-se sobre a urca, a urca lançou-se impetuosamente na tormenta. A tormenta e o navio ficaram cara a cara, como para se insultarem.

Nessa primeira abordagem furiosa, nenhuma vela foi colhida, nenhuma bujarrona arriada, nenhum rize foi levado, tamanho o delírio da evasão. O mastro estalava e se dobrava para trás, como que assustado.

No hemisfério norte, os ciclones giram da esquerda para a direita, no mesmo sentido dos ponteiros do relógio, com um movimento de translação que às vezes atinge sessenta milhas por hora. Embora completamente à mercê dessa violenta força giratória, a urca se comportava como se estivesse no semicírculo navegável da tormenta, sem outras precauções senão permanecer aprumada sobre a superfície da água e capear, recebendo o vento pela direita, para evitar golpes no través e na popa. Essa prudência parcial não serviria de nada em caso de uma mudança brusca e radical do vento.

Um profundo rumor ribombava na região inacessível.

Ao rugido do abismo, nada é comparável. É a imensa voz bestial do mundo. O que chamamos de matéria, esse organismo insondável, esse amálgama de energias incomensuráveis, em que às vezes se distingue uma quantidade imperceptível de intenção que provoca arrepios, esse cosmos cego e noturno, esse Pã incompreensível, tem um grito. Grito estranho, prolongado, obstinado, contínuo, algo menor que a palavra e maior que o trovão. Esse grito é o furacão. As outras vozes, cantos, melodias, clamores, verbos, saem dos ninhos, das ninhadas, dos acasalamentos, dos casamentos, das moradias. Esta, a tromba marítima, sai daquele Nada que é Tudo. As outras vozes expressam a alma do universo; esta expressa o monstro do universo. É o informe uivando. É o inarticulado pronunciado pelo indefinido. Coisa patética e aterrorizante. Esses rumores dialogam acima e além do homem. Intensificam-se, atenuam-se, propagam-se, causam ondas ruidosas, fazem ao espírito todo tipo de surpresa cruel, ora retumbando em nosso ouvido como desagradável fanfarra, ora soando longínquos com rouca aspereza; vertiginosa algazarra que se assemelha a uma linguagem e que, na verdade, é uma linguagem. É o esforço que faz o mundo para falar, é o balbuciar do prodígio. Nesse clamor, manifesta-se confusamente tudo que suporta, experimenta, sofre, aceita e rejeita a enorme palpitação tenebrosa. Na maioria das vezes, é algo alucinante, que lembra um acesso de doença crônica, sendo mais epilepsia alastrada do que força empregada, dando-nos a impressão de assistir à queda do grande mal no infinito. Em alguns momentos, vislumbra-se uma reivindicação dos elementos, certa veleidade que busca o predomínio do caos sobre a criação; em outros, há lamúria, o espaço se lamenta e se justifica, como se fizesse uma defesa da causa do mundo; parece-nos entrever que o universo é um processo. Escutamos, tentamos entender as razões apresentadas, os apreensivos prós e contras. Esse gemido da escuridão tem a tenacidade de um silogismo. Grande perturbação para o pensamento. A razão de ser das mitologias e dos politeísmos encontra-se aí. Ao terror desses grandes murmúrios unem-se perfis sobre-humanos que, tão logo vislumbrados, se evaporam, erínias um tanto indistintas, gargantas de fúria desenhadas nas nuvens, quimeras plutônicas quase afirmadas. Nenhum horror se iguala a esses soluços, risos, abrandamentos do fragor, perguntas e respostas indecifráveis, apelos a auxiliares desconhecidos. O homem não sabe o que será dele na presença desse assustador sortilégio. Ele cede sob o enigma dessas entonações draconianas. Que subentendidos encerram? O que significam? Quem ameaçam? A quem suplicam? Parece haver nisso um desencadeamento. Vociferações de abismo a abismo, do ar à água, do vento às ondas, da chuva ao rochedo, do zênite ao nadir, dos astros à espuma: a mordaça do precipício arrancada, assim é esse tumulto, entremeado de algo como um misterioso litígio com as consciências pesadas.

A loquacidade da noite não é menos lúgubre do que seu silêncio. Sente-se nela a cólera do desconhecido.

A noite é uma presença. Presença de quem?

Aliás, é preciso distinguir a noite das trevas. Na noite há o absoluto; nas trevas, a multiplicidade. A gramática, algo lógico, não admite singular para as trevas. A noite é uma, as trevas são múltiplas.

Essa bruma do mistério noturno é o esparso, o fugaz, o dissoluto, o funesto. Não se sente mais a terra, sente-se a outra realidade.

Na escuridão infinita e indefinida existe algo ou alguém que tem vida; mas o que ali tem vida faz parte de nossa morte. Após nossa passagem terrestre, quando para nós essa escuridão for a luz, a vida que está além da nossa vida nos alcançará. Enquanto espera, ela parece apalpar-nos. A obscuridade é uma pressão. A noite é uma espécie de mão apoiada sobre a nossa alma. Em certas horas medonhas e solenes sentimos o que está atrás do muro do túmulo avançar sobre nós.

Essa proximidade do desconhecido jamais é tão palpável quanto nas tempestades do mar. Nelas, o medonho se associa ao fantástico. Aquele que possivelmente interrompe as ações humanas, Júpiter, o ancestral Junta--Nuvens, tem à sua disposição, para paralisar os acontecimentos como bem lhe aprouver, o elemento inconsistente, a incoerência ilimitada, a força difusa que não toma partido. Esse mistério, a tempestade, aceita e executa, a cada instante, sabe-se lá que alterações de vontade, aparentes ou reais.

Os poetas, desde sempre, têm dado a isso o nome de capricho das ondas.

Mas o capricho não existe.

As coisas desconcertantes a que chamamos na natureza capricho, e no destino acaso, são fragmentos de lei entrevistos.

VIII *NIX ET NOX*[10]

O que caracteriza a tempestade de neve é ser negra. O aspecto habitual da natureza na tempestade — terra ou mar obscuros, céu descorado — se inverte; o céu é negro, o oceano é branco. Abaixo, espuma; acima, trevas. Um horizonte murado de fumaça, um zênite coberto com véu. A tempestade parece o interior de uma catedral revestida de luto. Mas não há luz alguma nessa catedral. Nada de fogos de santelmo nas pontas das ondas, nada de centelhas, nada de fosforescências; nada além de uma imensa escuridão. O ciclone tropical difere do ciclone polar neste aspecto: enquanto um acende todas as luzes, o outro apaga todas as luzes. O mundo se torna subitamente um teto de porão. Dessa escuridão cai uma poeira de manchas pálidas, que hesitam entre esse céu e esse mar. Essas manchas, que são os flocos de neve, deslizam, vagueiam, flutuam. Algo como se as lágrimas de um sudário começassem a ter vida e se pusessem em movimento. A essa semeadura mescla-se um vento enlouquecido. Um negrume salpicado de brancuras, o furioso envolto no obscuro, todo o tumulto de que o sepulcro é capaz, um furacão sob um mausoléu, assim é a tempestade de neve.

Embaixo, treme o oceano ao longo de formidáveis, desconhecidas e profundas depressões.

No vento polar, que é elétrico, os flocos se transformam imediatamente em gelo, e o ar se enche de projéteis. A água borbulha, metralhada.

Não há trovões. Os raios da tormenta boreal são silenciosos. O que às vezes se diz de um gato irritado — "ele rosna"— pode ser dito desses raios. Uma ameaça de boca entreaberta, estranhamente inexorável. A tempestade de neve é a tempestade cega e muda. Após sua passagem, os navios muitas vezes também ficam cegos, e os marinheiros, mudos.

Sair de tal abismo não é nada fácil.

Entretanto, estaríamos enganados se acreditássemos que o naufrágio é absolutamente inevitável. Os pescadores dinamarqueses de Disco e de Balesin; os caçadores de baleias negras; Hearn, indo em direção ao estreito de Bering para reconhecer a foz do Rio da mina de cobre;[11] Hudson, Mackenzie,

---

[10] "A neve e a noite".
[11] Rio Coppermine.

Vancouver, Ross, Dumont-d'Urville passaram, justamente no polo, pelas mais inclementes borrascas de neve e conseguiram escapar.

Fora numa tempestade desse tipo que a urca entrara triunfante e a plenas velas. Frenesi contra frenesi. Quando Montgomery, fugindo de Rouen, precipitou sua embarcação, com remo e tudo, contra a corrente que barrava o Sena em La Bouille, cometeu a mesma afronta.

A *Matutina* corria. Em alguns momentos, sua inclinação sob as velas formava com o mar um assustador ângulo de quinze graus, mas sua boa quilha arredondada aderia ao fluxo como se aderisse à cola. A quilha resistia à fúria do furacão. A lanterna iluminava a proa. A nuvem, repleta de ventos, arrastando seu tumor sobre o oceano, carcomia e estreitava cada vez mais o mar ao redor da urca. Nenhuma gaivota. Nenhuma andorinha de falésia. Nada além da neve. O campo formado pelas ondas era pequeno e assustador. Viam-se apenas três ou quatro delas, descomunais.

De tempos em tempos, um vasto clarão cor de cobre aparecia por trás das obscuras sobreposições do horizonte e do zênite. Essa amplitude avermelhada mostrava o horror das nuvens. O repentino ardor das profundezas, sobre o qual se destacavam por instantes os primeiros planos de nuvens e as longínquas fugas do caos celeste, colocava o abismo em perspectiva. Sobre esse fundo de fogo, os flocos de neve tornavam-se negros, parecendo sombrias borboletas voando numa fornalha. Em seguida, tudo se apagava.

Passada a primeira explosão, a borrasca, sempre perseguindo a urca, pôs-se a rugir em baixo contínuo. Fase de ruídos surdos e abafados, preocupante diminuição do alarido. Nada mais inquietante do que o monólogo da tempestade. Esse recitativo sombrio dá a impressão de uma pausa orquestrada pelas misteriosas forças combatentes e sugere uma espécie de espreita no desconhecido.

A urca continuava sua insana corrida. Sobretudo suas duas velas maiores faziam um trabalho impressionante. O céu e o mar eram de tinta, com jatos de espuma saltando acima do mastro. A todo instante, uma massa de água atravessava o convés como um dilúvio, e a cada balanço os escovéns, ora a bombordo, ora a boreste, transformavam-se em bocas abertas vomitando a espuma no mar. As mulheres tinham-se refugiado na cabine, mas os homens permaneciam no convés. A neve ofuscante turbilhonava. As cusparadas das ondas juntavam-se a ela. Tudo era fúria.

Nesse momento, o chefe do bando, na traseira do navio, em pé sobre o travessão da popa, agarrando-se com uma mão aos cabos, arrancando com a outra o lenço de cabeça que ele agitava à luz da lanterna, arrogante, contente, semblante altivo, cabelos desgrenhados, entorpecido com toda aquela escuridão, gritou:

— Estamos livres!

— Livres! Livres! Livres! — repetiram os fugitivos.

E todo o bando, agarrando-se ao cordame, dirigiu-se ao convés.

— Hurra! — gritou o chefe.

E o bando berrou na tempestade:

— Hurra!

No momento em que esse clamor era abafado por violentas rajadas de vento, uma voz grave e alta se ergueu na outra extremidade do navio e disse:

— Silêncio!

Todas as cabeças se voltaram.

Acabavam de reconhecer a voz do doutor. A escuridão era densa; o doutor estava encostado ao mastro, ao qual sua magreza se confundia; ninguém o via.

A voz recomeçou:

— Ouçam!

Todos se calaram.

Então ouviram distintamente nas trevas o tilintar de um sino.

IX CUIDADO CONFIADO AO MAR FURIOSO

O capitão da embarcação, que segurava a barra do leme, gargalhou.

— Um sino! Ótimo. Desviamos a bombordo. O que esse sino prova? Que a terra está a estibordo.

A voz firme e lenta do doutor respondeu:

— A terra não está a estibordo.

— Claro que está! — gritou o capitão.

— Não.

— Mas esse sino vem da terra.

— Esse sino — disse o doutor — vem do mar.

Houve um frêmito entre aqueles homens aventureiros. Os rostos assustados das duas mulheres apareceram junto à cobertura da cabine como dois espectros invocados. O doutor deu um passo, e sua longa silhueta negra destacou-se do mastro. Ouvia-se o sino tilintar em meio à escuridão.

O doutor continuou:

— No meio do mar, a meio caminho entre Portland e o arquipélago da Mancha, há uma boia que serve de advertência. Essa boia está presa ao fundo por correntes e flutua na superfície. Sobre ela está fixado um suporte de ferro, com um sino suspenso transversalmente. Durante o mau tempo, o mar, agitado, agita a boia, e o sino toca. Estão ouvindo esse sino.

O doutor deixou que mais uma rajada passasse, esperou que o som do sino voltasse a se impor e prosseguiu:

— Quando sopra o noroeste, ouvir esse sino na tempestade significa estar perdido. Por quê? Eis a explicação: se ouvem o barulho desse sino, é porque o vento o traz a nós. Ora, o vento vem do oeste e os rochedos de Aurigny estão a leste. Só podemos ouvir o sino porque estamos entre a boia e os rochedos. É contra esses rochedos que o vento nos empurra. Estamos do lado errado da boia. Se estivéssemos do lado certo, estaríamos em alto-mar, em rota segura, não ouviríamos o sino. O vento não deslocaria seu som em nossa direção. Passaríamos perto da boia sem saber que ela existe. Nós nos desviamos. Esse sino é o aviso do naufrágio soando. Agora já sabem!

Enquanto o doutor falava, o sino, apaziguado por uma calmaria do vento, soava lentamente, batida após batida, e esse tilintar intermitente parecia ser um registro das palavras do velho. Dir-se-ia o funeral do abismo.

Todos ouviam, ofegantes, ora a voz, ora o sino.

X A GRANDE SELVAGEM É A TEMPESTADE

Enquanto isso, o capitão tinha empunhado seu megafone.

— *Cargate todo, hombres!* Largar as escotas, puxar as carregadeiras, baixar os cabos e o cordame da vela grande! Rumar a oeste! De volta ao mar! Apontar para a boia! Apontar para o sino! O alto mar é para lá. Nem tudo está perdido.

— Tentem — disse o doutor.

Diga-se de passagem, essa boia com alarme, espécie de campanário do mar, foi eliminada em 1802. Antigos navegadores ainda se lembram de tê-la ouvido. Ela advertia, mas um pouco tarde.

A ordem do capitão foi obedecida. O homem do Languedoc serviu de terceiro marujo. Todos ajudaram. Mais do que recolher as velas, ataram-nas às suas vergas; amarraram todo o cordame; prenderam as escotas, as adriças e as bolinas; passaram patarrases nos estropos, para servirem de amarras transversais; chumearam o mastro; pregaram as tampas das portinholas, o que era um modo de proteger o navio. Apesar de executada em desordem, a manobra não deixou de ser correta. A urca foi ajustada para enfrentar a situação de perigo. Mas, à medida que a embarcação se apequenava com o recolhimento de tudo, a agitação do ar e da água sobre ela aumentava. A altura das ondas atingia uma dimensão descomunal.

O furacão, como um carrasco apressado, começou a esquartejar o navio. Em um piscar de olhos, aconteceu a terrível destruição. Os velachos perderam as relingas; a bordagem foi desmantelada; as guias das amuras, desencaixadas; os cabos, arrebentados; o mastro, partido; todo o estrondo do desastre voando em estilhaços. Os fortes cabos cederam, embora tivessem quatro braças de talingadura.

A tensão magnética, típica das tempestades de neve, ajudava no rompimento dos cordames, que se partiam tanto sob o efeito do eflúvio quanto sob o efeito do vento. Várias correntes se soltaram das polias, não podendo mais ser manobradas. Na dianteira, as bochechas, e na traseira, as alhetas, cediam à imensa pressão. Um vagalhão arrancou a caixa da bússola; outro arrancou o bote, enganchado e amarrado ao talha-mar, como manda o estranho costume asturiano; outro vagalhão carregou a verga cevadeira, e outro ainda arrancou da proa a Virgem e a lanterna.

Só restou o leme.

A lanterna ausente foi substituída por uma grande granada de sinalização, preenchida com estopa ardente e alcatrão em chamas, que foi presa à roda de proa.

O mastro, partido em dois, completamente emaranhado em tiras tremulantes, cordas, cadernais e vergas, obstruía o convés. Ao cair, quebrou uma prancha da amurada de estibordo.

O capitão, sempre no comando do leme, gritou:

— Enquanto der para governar, nada está perdido. As obras-vivas estão aguentando. Machados! Machados! Mastro ao mar! Liberem o convés!

A tripulação e os passageiros tinham a febre das batalhas supremas. Algumas machadadas bastaram. Lançaram o mastro sobre a borda, desatravancando o convés.

— Agora — continuou o capitão —, peguem uma adriça e prendam-me à barra.

Ataram-no ao timão.

Enquanto o amarravam, ele ria. Gritava com o mar.

— Pode urrar, seu velho! Pode urrar! Já vi coisa pior no cabo Machichaco.

Depois de ser amarrado, ele agarrou o timão com as duas mãos e com aquela estranha alegria que o perigo enseja.

— Está tudo bem, camaradas! Viva Nossa Senhora de Buglose! Naveguemos a oeste!

Uma vaga de través, colossal, veio e se abateu contra a popa. Nas tempestades sempre há uma espécie de onda tigre, feroz e definitiva massa de água que chega na hora crítica, rasteja por um tempo sobre o mar, depois salta, ruge, range, desaba sobre o navio em perigo e o desmantela. Uma capa de espuma cobriu toda a popa da *Matutina*; ouviu-se, em meio a essa mistura de água e escuridão, uma ruptura. Quando a espuma se dissipou, quando a popa reapareceu, não havia mais capitão nem timão.

Tudo fora arrancado.

A barra e o homem que haviam acabado de amarrar a ela foram-se com a vaga, em meio ao confuso clamor da tempestade.

O chefe do bando olhou fixamente para a escuridão e gritou:

— *Te burlas de nosotros?**

Esse grito de revolta foi sucedido por outro grito:

— Lançar âncora! Vamos salvar o capitão!

Correram ao cabrestante, lançaram a âncora. As urcas só tinham uma âncora. Isso serviu apenas para perdê-la. O fundo era de rocha viva, a ondulação era furiosa. O cabo arrebentou como se fosse um cabelo.

A âncora ficou no fundo do mar.

Do talha-mar, só restava o anjo olhando pela luneta.

A partir desse momento, a urca não era mais que ruína. A *Matutina* estava irremediavelmente desamparada. Essa embarcação, há pouco alada e quase estupenda em sua corrida, agora era impotente. Não havia manobra que não fosse truncada e desarticulada. Ela obedecia, paralisada e passiva, às bizarras fúrias da ondulação. Que em poucos minutos, em vez de uma águia haja um estropiado é algo que só se vê no mar.

O sopro do espaço era cada vez mais monstruoso. A tempestade é um pulmão assustador. Ela acrescenta sem cessar lúgubres agravantes ao que já não tem nuanças, a escuridão. O sino do meio do mar soava desesperadamente, como que sacudido por mão enfurecida.

A *Matutina* ia embora ao sabor das ondas, como uma rolha de cortiça na ondulação; não navegava mais, apenas boiava. A cada instante, parecia prestes a voltar seu ventre para a flor da água, como um peixe morto. O que a salvava dessa perdição era a boa conservação do casco, perfeitamente impermeável. Nenhuma prancha cedera abaixo da linha de flutuação. Não havia fissuras, nem rachaduras, nenhuma gota de água entrava no porão. Felizmente, pois a bomba sofrera uma avaria e já não funcionava.

A urca dançava terrivelmente na angústia das ondas. O convés tinha as convulsões de um diafragma que procura vomitar; parecia esforçar-se para expelir os náufragos. Estes, inertes, agarravam-se aos cabos fixos, às bordas, ao travessão, ao lambareiro, às gaxetas, às fendas do bordo livre, cujos pregos rasgavam suas mãos, aos reforços empenados da carena, a todas as miseráveis saliências daquela ruína. De tempos em tempos apuravam os ouvidos. O som do sino enfraquecia, como se ele também agonizasse. Seu tilintar não passava de um gemido intermitente. Depois, esse gemido se calou. Onde estariam, então? E a que distância da boia? O ruído do sino os amedrontara; seu silêncio os aterrorizava. O noroeste talvez os tivesse obrigado a fazer um caminho desastroso. Sentiam-se tomados por uma frenética recuperação de

* "Está brincando conosco?" (N. A.)

fôlego. O navio destroçado corria na escuridão, em cega velocidade — Nada é mais apavorante. Pressentiam um precipício à frente, abaixo e acima de si mesmos. Aquilo já não era uma corrida, era uma queda.

De repente, no imenso tumulto do nevoeiro, surgiu um brilho avermelhado.

— Um farol! — gritaram os náufragos.

XI CASQUETS

Na verdade, era o farol das ilhas Casquets.

Um farol do século XIX é um alto cilindro cônico de alvenaria, encabeçado por um mecanismo de iluminação bastante científico. O farol de Casquets, em particular, é hoje em dia uma tríplice torre branca com três castelos de luz. Essas três casas de luz funcionam e giram sobre engrenagens de relojoaria, com tal precisão que um marinheiro de vigia que os observe do alto-mar invariavelmente dá dez passos no convés do navio durante a irradiação e vinte e cinco durante o eclipse. Tudo é calculado com base no plano focal e na rotação do tambor octogonal, formado por oito grandes discos de vidro simples, em sequência, tendo acima e abaixo duas séries de anéis dióptricos. Essa engrenagem algébrica é protegida das rajadas de vento e da impetuosidade do mar por vidros da espessura de um milímetro, embora estes às vezes sejam quebrados por águias-pesqueiras, que se arremessam contra o farol feito grandes mariposas em volta dessas lâmpadas gigantes. A construção que abriga, sustenta e fixa esse mecanismo é, como ele, matemática. Tudo nela é sóbrio, exato, nu, preciso, correto. Um farol é uma cifra.

No século XVII, um farol era uma espécie de penacho da terra à beira-mar. A arquitetura de uma torre de farol era magnífica e extravagante; pródiga em balcões, balaústres, pequenas torres, casinholas, caramanchões, cata-ventos. Muitas carrancas, estátuas, arabescos, volutas, altos-relevos, figuras e figurinhas, pequenas placas com inscrições. *Pax in bello*,[12] dizia o farol de Eddystone. Observemos de passagem que essa declaração de paz nem sempre desarmava o oceano. Winstanley a utilizou em um farol que construiu, à própria custa, em um local selvagem, diante de Plymouth. Depois de construída a torre do farol, ele instalou-se nela e esperou que fosse testada pela tempestade. A tempestade veio e carregou o farol junto com Winstanley. De resto, essas construções cheias de exageros expunham-se de todos os lados à

---

[12] "Paz na guerra", em latim.

borrasca, assim como fazem esses generais muito engalanados, que atraem os tiros nas batalhas. Além dos adereços em pedra, havia os adereços em ferro, em cobre, em madeira; as peças de ferro formavam um relevo, as de madeira formavam saliências. Sobre a silhueta do farol abundavam por toda parte, presas às paredes por entre os arabescos, coisas de todo tipo, úteis e inúteis, guinchos, roldanas, polias, contrapesos, escadas, gruas de carregamento, fateixas. No topo, em volta da laje, delicadas peças de ferro trabalhado sustentavam grandes candelabros nos quais eram fixados pedaços de corda embebidos em resina, mechas queimando teimosamente e que vento algum apagava. E, de alto a baixo, a torre exibia estandartes marinhos, bandeirolas, faixas, bandeiras, pendões, pavilhões hasteados de andar em andar, misturando todas as cores, todas as formas, todos os brasões, todos os sinais, todas as turbulências, chegando até o compartimento de luz do farol e fazendo na tempestade uma alegre desordem de andrajos em torno desse brilho intenso. Essa ousadia de luz à beira do abismo era como um desafio e estimulava a audácia dos náufragos. Mas o farol de Casquets não era desse tipo.

Naquela época, era um simples e velho farol grosseiro, tal qual Henrique I mandara construir após o naufrágio da *Blanche-Nef*: um tronco queimando sob uma armação de ferro no alto de um rochedo, uma brasa por trás de uma grade e uma cabeleira de chamas ao vento.

O único melhoramento que esse farol recebera desde o século XII tinha sido um fole de forja, acionado por uma cremalheira com um peso de pedra, adaptado em 1610 à armação de ferro que abrigava o fogo.

A aventura das aves marinhas era mais trágica nos antigos faróis do que nos faróis atuais. Atraídas pela claridade, aproximavam-se deles, precipitavam-se e caíam no braseiro, onde eram vistas saltitando como espíritos negros que agonizavam naquele inferno. Às vezes, tornavam a cair fora da armação vermelha, sobre o rochedo, fumegantes, mancas, cegas, assim como tombam fora das chamas de um lampião moscas semiqueimadas.

Para um navio em manobra, provido de todos os seus equipamentos e manejável pelo piloto, o farol de Casquets é útil. Ele grita: cuidado! Avisa sobre o rochedo. Para um navio desamparado, não passa de algo terrível. O casco, paralisado e inerte, sem resistência contra o insensato enrugamento da água, sem defesa contra a pressão do vento, peixe sem nadadeira, pássaro sem asas, só pode ir para onde o vento o empurra. O farol mostra-lhe o local supremo, assinala o ponto de desaparecimento, ilumina o sepultamento. É a vela do sepulcro.

Iluminar a abertura inexorável, advertir sobre o inevitável, não há ironia mais trágica.

XII CORPO A CORPO COM O RECIFE

Essa misteriosa zombaria acrescentada ao naufrágio foi imediatamente compreendida pelos miseráveis em perigo da *Matutina*. A aparição do farol deu-lhes ânimo de cara, depois os abateu. Nada a fazer, nada a tentar. O que se dizia dos reis podia ser dito do mar: somos seu povo, somos sua presa. Sofremos as consequências de todos os seus delírios. O noroeste empurrava a urca contra Casquets. Ela ia. Impossível resistir. Derivavam rapidamente em direção ao rochedo. Sentiam o fundo se aproximar; a sonda, caso tivessem podido molhar inutilmente uma sonda, não teria apontado mais do que três ou quatro braças. Os náufragos ouviam os surdos choques das ondas contra as fendas submarinas do profundo rochedo. Distinguiam, abaixo do farol, uma espécie de faixa escura entre duas lâminas de granito, estreita passagem para o medonho porto selvagem, que adivinhavam repleto de esqueletos de homens e carcaças de navios. Era a boca de um antro, mais que a entrada de um porto. Ouviam, no alto, o crepitar da madeira em sua armação de ferro; um vermelhão delirante iluminava a tempestade, o encontro da chama e do granizo turvava a névoa; a nuvem negra e a fumaça vermelha lutavam, serpente contra serpente; uma nuvem de brasas voava ao vento, e os flocos de neve pareciam sair em fuga diante desse brusco ataque de centelhas. Os arrecifes, antes difusos, desenhavam-se agora claramente, multidão de rochas com picos, cristas e vértebras. Os ângulos eram moldados com vivas linhas vermelhas, e as inclinações, com sangrentos deslizamentos de claridade. À medida que avançavam, o relevo do rochedo crescia e se elevava, sinistro.

Uma das mulheres, a irlandesa, rezava loucamente seu terço.

Na falta do capitão, que era o piloto, restava o chefe, que era o comandante. Os bascos todos conhecem a montanha e o mar. São audaciosos nos precipícios e inventivos nas catástrofes.

Aproximavam-se, iam tocar. Estavam repentinamente tão perto do grande rochedo do norte de Casquets que, subitamente, ele escondeu o farol. Só se via o rochedo e a claridade por trás. Erguida em meio à bruma, essa rocha parecia uma grande mulher negra com um chapéu de fogo.

Esse rochedo mal-afamado se chama Biblet. Ao norte, ele se contrapõe ao recife ao qual um outro recife, o Étacq-aux-Guilmets, se contrapõe ao sul.

O chefe olhou para o Biblet e gritou:

— Um homem de boa vontade, para levar uma corda até a rocha! Alguém aqui sabe nadar?

Nenhuma resposta.

Ninguém a bordo sabia nadar, nem mesmo os marinheiros; ignorância, aliás, frequente entre o pessoal do mar.

Uma trave da estrutura, meio solta, oscilava na bordagem da urca. O chefe a agarrou com as duas mãos e disse:

— Ajudem-me!

Soltaram-na, e agora ela estava à disposição para ser utilizada como quisessem. De defensiva, tornou-se ofensiva.

Era uma viga bem longa, de carvalho, robusta e sólida, podendo servir como um instrumento de ataque e como ponto de apoio; alavanca para um fardo, aríete contra uma torre.

— A postos! — gritou o chefe.

Os seis, apoiados no que sobrou do mastro, seguravam a viga horizontalmente acima da borda, reta como uma lança diante do flanco do rochedo.

A manobra era arriscada. Dar um empurrão numa montanha é uma audácia. Os seis homens poderiam ser lançados à água com o contragolpe.

São diversas as lutas com as tempestades. Após a borrasca, o rochedo; após o vento, o granito. Ora há confronto com o incerto, ora com o inabalável.

Decorreu um daqueles minutos durante os quais os cabelos embranquecem.

O rochedo e o navio estavam prestes a se tocar.

Uma rocha tem paciência. O recife esperava.

Um vagalhão chegou, desordenado. Pôs fim à espera. Pegou o navio por baixo, levantou-o e balançou-o por um momento, como a catapulta balança o projétil.

— Firmes! — gritou o chefe. — É só uma rocha, e nós somos homens.

A viga estava imóvel. Os seis homens e ela eram uma coisa só. As pontiagudas cavilhas da peça de madeira esfolavam suas axilas, mas eles nem sentiam.

A onda jogou a urca contra a pedra.

O choque aconteceu.

Aconteceu sob a informe nuvem de espuma que sempre esconde essas peripécias.

Quando essa nuvem caiu no mar, quando se refez a distância entre a onda e o rochedo, os seis homens rolavam sobre o convés, mas a *Matutina* fugia ao longo do recife. A viga aguentara firme e determinara um desvio. Em poucos segundos, refreado o movimento da onda, Casquets ficou atrás da urca. Naquele momento, a *Matutina* estava fora de perigo imediato.

Isso acontece. Foi um golpe certeiro de gurupés na falésia que salvou Wood de Largo, na foz do Tay. Nas rudes paragens do cabo Winterton, e sob o comando do capitão Hamilton, foi com uma manobra de alavanca semelhante contra o perigoso rochedo Brannodu-um que a *Royal-Mary* conseguiu escapar do naufrágio, embora não passasse de uma fragatazinha escocesa. A onda é uma força que se decompõe tão repentinamente que certas manobras são fáceis, ou ao menos possíveis, mesmo nos choques mais violentos. Na tempestade há algo de animalesco; o furacão é um touro, e é possível enganá-lo.

Tentar passar da secante à tangente: nisso reside todo o segredo para se evitar o naufrágio.

Foi esse serviço que a trave prestou ao navio; fez o trabalho de um remo, tomou o lugar do leme. Mas essa manobra libertadora, uma vez realizada, não podia ser reiniciada. A viga estava no mar. A dureza do choque a fizera saltar das mãos dos homens por sobre a borda, e ela se perdera nas vagas. Retirar outra peça seria desarticular o cavername.

O furacão carregou a *Matutina*. Logo em seguida, Casquets parecia um amontoado inútil no horizonte. Nada parece mais desconcertado do que um recife em uma situação como essa. Na natureza, pelo lado do incógnito, onde o visível é entremeado pelo invisível, existem intratáveis perfis imóveis que uma presa solta parece indignar.

Assim era Casquets enquanto a *Matutina* fugia.

O farol, tornando-se distante, empalideceu, descorou, e então se apagou.

Essa extinção foi sombria. Camadas de bruma sobrepuseram-se a esse brilho já difuso. A irradiação se diluiu na imensidão molhada. A chama flutuou, lutou, esmoreceu, desapareceu. Como alguém que se afoga. O braseiro era agora uma vela findando, nada mais que um vago e pálido tremular. Em toda sua volta, propagava-se um círculo de luz extravasada. Era como uma ruína de luz contra o fundo da noite.

O sino, que era uma ameaça, se calara; o farol, que era uma ameaça, desfalecera. No entanto, foi ainda mais terrível quando essas duas ameaças desapareceram. Uma era uma voz, a outra era uma chama. Tinham algo de humano. Sem elas, restou o abismo.

XIII FACE A FACE COM A NOITE

A urca viu-se em derrocada na incomensurável escuridão.

A *Matutina*, tendo escapado de Casquets, rolava de vaga em vaga. Era uma trégua, mas no caos. Empurrada de través pelo vento, manipulada por mil trações da água, repercutia todas as loucas oscilações da ondulação. Quase já não arfava, perigoso sinal da agonia de um navio. Os naufrágios apenas balançam. A arfagem é a convulsão da luta. Só o leme pode pegar o vento de frente.

Nas tempestades, e principalmente na tempestade de neve, o mar e a noite acabam por se fundir e se amalgamar, formando um único vapor. Bruma, turbilhão, ventos, movimentos em todas as direções, nenhum ponto de apoio, nenhum ponto de referência, nenhuma pausa, um perpétuo recomeçar, um abismo após o outro, nenhum horizonte visível, um imenso fundo negro: a urca vagava em meio a isso.

Liberar-se de Casquets, iludir o recife, para os náufragos tinha sido uma vitória. Mas, acima de tudo, um susto. Não gritaram mais urras; no mar, não se faz duas vezes esse tipo de imprudência. Lançar uma provocação onde não se lançaria uma sonda é grave.

O rochedo rechaçado era o impossível realizado. Isso os petrificara. No entanto, pouco a pouco iam recobrando a esperança. Assim são as insubmergíveis miragens da alma. Não há adversidade, por mais crítico que seja o momento, que não veja brilhar em suas profundezas a inexprimível aurora da esperança. Aqueles infelizes não queriam nada mais que se convencer de sua salvação. Tinham em si esse gaguejar.

Mas uma formidável e grandiosa aparição fez-se de repente na noite. A estibordo surgiu, desenhou-se, recortou-se sobre o fundo enevoado uma grande massa opaca, vertical, de ângulos retos, a torre quadrada de um abismo.

Todos olharam, boquiabertos.

A ventania os empurrava para lá.

Ignoravam o que era aquilo. Era o rochedo Ortach.

XIV ORTACH

O perigo recomeçava. Depois de Casquets, Ortach. A tempestade não é uma artista, é brutal e todo-poderosa; não varia seus meios.

A escuridão não é esgotável; são infindáveis suas armadilhas e perfídias. Quanto ao homem, rapidamente chega ao fim de seus recursos. O homem se desgasta, o abismo não.

Os náufragos olharam para o chefe, sua esperança. Ele só pôde dar de ombros; triste desdém da impotência.

Um bloco de pedra no meio do oceano, eis o rochedo Ortach. Essa rocha, peça inteiriça, ergue-se a oitenta pés de altura acima do choque contrariado das ondas. As vagas e os navios ali se arrebentam. Cubo imutável, mergulha profundamente suas faces retilíneas nas inumeráveis curvas serpenteantes do mar.

À noite, tinha o aspecto de uma enorme tora pousada sobre as dobras de um grande lençol negro. Na tempestade, essa tora aguarda pelo golpe do machado, que é o ribombar do trovão.

Porém, na tempestade de neve jamais há trovão. O navio, é fato, tem uma venda nos olhos, amarrada por todas as trevas, e está pronto como um condenado. Quanto ao raio, que traz um rápido fim, não se deve esperar por ele.

Não passando de um revés flutuante, a *Matutina* era levada em direção a esse rochedo, assim como havia sido em direção ao outro. Os desafortunados, que por um momento acreditaram estar salvos, voltaram a se angustiar. O naufrágio que haviam deixado para trás reaparecia diante deles. A rocha emergia do fundo do mar. O jogo ainda não estava ganho.

Casquets é um molde vasado com mil compartimentos; Ortach é uma muralha. Naufragar em Casquets é ser retalhado; naufragar em Ortach é ser esmagado.

Havia uma chance, no entanto.

Sobre superfícies retas, e Ortach tinha superfícies retas, a onda, assim como a bala de canhão, não ricocheteia. Seu movimento é reduzido ao simples jogo do fluxo seguido do refluxo. Ela chega como vagalhão e retorna como ondulação.

Nesses casos, a questão de vida ou morte se equaciona assim: se o vagalhão levar a embarcação até o rochedo, ela se partirá com o choque e estará perdida; se a ondulação iniciar seu retorno antes que a embarcação tenha tocado a rocha, ela será trazida de volta e estará salva.

Pungente ansiedade. Os náufragos percebiam na penumbra o vagalhão supremo vindo de encontro a eles. Até onde os arrastaria? Se se abatesse sobre o navio, rolariam contra a pedra e seriam esmagados. Se passasse sob o navio...

A onda passou sob o navio.

Respiraram.

Mas como a ondulação retornaria? O que faria com eles a ressaca?

A ressaca os levou.

Minutos depois, a *Matutina* estava fora daquelas águas. Ortach se apagava da mesma forma que se apagara Casquets.

Era a segunda vitória. Pela segunda vez, a urca havia chegado à beira do naufrágio, mas conseguira recuar a tempo.

XV *PORTENTOSUM MARE*[13]

No entanto, uma bruma espessa baixou sobre aqueles infelizes à deriva que ignoravam onde estavam. Mal enxergavam alguns palmos ao redor da urca. Apesar do verdadeiro apedrejamento de granizo, que forçava todos

[13] O mar prodigioso.

eles a baixar a cabeça, as mulheres teimaram em não retornar à cabine. Não há desesperado que não queira naufragar a céu aberto. Tão perto da morte, parece que ter um teto acima da cabeça é a iminência do caixão.

A onda, cada vez mais volumosa, tornava-se curta. A inturgescência do fluxo indica um estreitamento. No nevoeiro, certos acúmulos de água assinalam a existência de um estreito. De fato, sem saber, costeavam Aurigny. Entre Ortach e Casquets pelo oeste, e Aurigny pelo leste, o mar é estreito e limitado, e o estado de desconforto do mar define localmente o estado da tempestade. O mar sofre como qualquer outra coisa, e, no momento em que sofre, se irrita. Esse canal é temido.

A *Matutina* se encontrava nesse canal.

Imaginemos sob a água o casco de uma tartaruga, grande como o Hyde Park ou os Campos Elíseos, onde cada estria é uma depressão e cada saliência um recife. Isso é o que existe ao se abordar Aurigny pelo oeste. O mar encobre e esconde essa máquina de naufrágios. A ondulação lacerada salta e espuma sobre essa carapaça de recifes submarinos. Na calmaria, respingos; na tormenta, caos.

Os náufragos observavam, sem conseguir explicar-se, essa nova complicação. Subitamente a entenderam. Uma pálida abertura ocorreu no zênite, uma certa claridade espalhou-se sobre o mar; essa lividez revelou a bombordo uma longa barreira transversal, a leste, em direção à qual a forte ventania soprava, empurrando diante dela o navio. Essa barreira era Aurigny.

Que barreira era aquela? Estremeceram. Teriam estremecido muito mais se uma voz lhes tivesse respondido: Aurigny.

Não há ilha mais defendida contra a presença humana do que Aurigny. Sob a água e fora da água possui uma guarda feroz, da qual Ortach é a sentinela. A oeste, Burhou, Sauteriaux, Anfroque, Niangle, Fond-du-Croc, Jumelles, Grosse, Clanque, Éguillons, Vrac, Fosse-Malière; a leste, Sauquet, Hommeau Floreau, Brinebetais, Queslingue, Croquelihou, Fourche, Saut, Noire Pute, Coupie, Orbue. O que são todos esses monstros? Hidras? Sim, da espécie rochedo.

Um desses rochedos se chama *Le But*,[14] como a indicar que toda viagem termina ali.

Essa abundância de rochas, disfarçada pela água e pela noite, aparecia para os náufragos sob a forma de uma simples faixa escura, espécie de risco negro traçado no horizonte.

---

[14] A finalidade, o objetivo, a meta.

O naufrágio é o ideal da impotência. Estar perto da terra e não poder atingi-la; flutuar e não poder navegar; pisar sobre algo que parece sólido, mas que é frágil; estar pleno de vida e ao mesmo tempo de morte; ser prisioneiro da amplidão; estar emparedado entre o céu e o oceano; ter acima de si o infinito feito um calabouço; ter em torno de si a imensa evasão dos ventos e das vagas; e ser agarrado, garroteado, paralisado: essa opressão causa assombro e indignação. A impressão é de que ali se entrevê o escárnio do combatente inacessível. O que nos prende é exatamente o que solta os pássaros e põe os peixes em liberdade. É algo que parece nada, mas é tudo. Dependemos desse ar que agitamos com nossa boca, dependemos dessa água que apanhamos na concha de nossas mãos. Retire-se dessa tempestade um copo cheio: nada mais que um certo amargor. Um gole é náusea; um vagalhão é extermínio. O grão de areia no deserto, a bolha de espuma no oceano são manifestações vertiginosas: a onipotência não se dá ao trabalho de esconder seu átomo, transforma fraqueza em força, preenche o nada com seu tudo, e é com o infinitamente pequeno que o infinitamente grande nos destrói. É com algumas gotas que o oceano nos aniquila. Sentimo-nos joguetes.

Joguetes, que palavra terrível!

A *Matutina* estava um pouco acima de Aurigny, o que era favorável, mas derivava para a ponta norte, o que era fatal. O vento noroeste, como um arco retesado lançando uma flecha, projetava o navio em direção ao cabo setentrional. Nessa ponta, um pouco aquém do porto de Corbelets, existe o que os marinheiros do arquipélago normando chamam de "macaco".

O macaco — *swinge* — é uma corrente da espécie furiosa. Uma sucessão de funis no fundo do mar produz nas ondas uma sucessão de turbilhões. Quando nos livramos de um, outro torna a nos pegar. Um navio apanhado pelo macaco vai girando em espiral até que uma rocha pontiaguda rasga seu casco. Então a embarcação arrebentada para, a popa sai da água, a proa mergulha, o abismo conclui seu giro, a popa afunda e tudo desaparece. Uma poça de espuma se expande e flutua, e, na superfície da onda, veem-se apenas algumas bolhas, aqui e ali, vindas das respirações sufocadas sob a água.

Em todo o canal da Mancha, os três macacos mais perigosos são o macaco próximo ao famoso banco de areia Girdler Sands, o macaco de Jersey, entre Pignonnet e a ponta de Noirmont, e o macaco de Aurigny.

Um piloto local que estivesse a bordo da *Matutina* teria advertido os náufragos sobre esse novo perigo. Na falta do piloto, tinham seu instinto; nas situações extremas, há uma segunda visão. Altas espirais de espuma voavam ao longo da costa em meio à frenética pilhagem do vento. Era o macaco cuspindo. Inúmeros barcos soçobraram nessa emboscada. Sem saber o que havia ali, os náufragos da *Matutina* se aproximavam com horror.

Como dobrar esse cabo? Impossível.

Da mesma forma que tinham visto surgir Casquets e depois Ortach, agora viam erguer-se a ponta de Aurigny, repleta de altas rochas. Eram como gigantes, um ao lado do outro. Sucessão de duelos aterrorizantes.

Cila e Caribde[15] são apenas dois; Casquets, Ortach e Aurigny são três.

O mesmo fenômeno de invasão do horizonte pelo recife reproduzia-se com a grandiosa monotonia do abismo. Nas batalhas do oceano, assim como nos combates de Homero, há essa contínua e fastidiosa repetição sublime.

À medida que eles se aproximavam, cada onda acrescentava cerca de cinquenta centímetros ao cabo já assustadoramente amplificado na bruma. A diminuição dos intervalos parecia cada vez mais irremediável. Chegavam muito perto do macaco. A primeira onda que os alcançasse os arrebataria. Mais um vagalhão e tudo estaria acabado.

De repente, a urca foi impulsionada para trás como pelo empurrão de um titã. A água revoltou-se sob a embarcação e inverteu-se, lançando-a sobre sua crina de espuma. Sob o efeito dessa força, a *Matutina* se afastou de Aurigny.

Estava novamente em mar aberto.

De onde vinha esse socorro? Do vento.

O sopro da tormenta acabava de mudar de direção.

A água brincara com eles, agora era a vez do vento. Por sua própria conta, tinham-se libertado de Casquets; em Ortach, o mar é que fizera a peripécia; diante de Aurigny, o vento. Subitamente, ocorrera uma guinada do norte para o sul.

O sudoeste sucedia o noroeste.

A corrente é o vento dentro da água; o vento é a corrente no ar. Essas duas forças acabavam de se contrariar, e o vento teve o capricho de arrebatar da corrente sua presa.

As grosserias do oceano são obscuras, são o eterno talvez. Quando se está à sua mercê, não se pode ter nem perder a esperança. Elas fazem e desfazem. O oceano se diverte. Todas as nuanças da selvagem ferocidade encontram-se no vasto e dissimulado mar, que Jean Bart chamava de "grande fera". Arranhões, seguidos de intencionais intervalos de garras vestindo luvas de pelica. Algumas vezes, a tempestade consuma o naufrágio rapidamente; outras, ela o trabalha com todo cuidado, quase com carinho, pode-se dizer. O mar tem tempo. Os agonizantes percebem isso.

Por vezes, diga-se, essas desacelerações do suplício anunciam a libertação. São casos raros. Seja como for, os agonizantes rapidamente acreditam na

---

[15] Monstros marinhos da mitologia grega: Cila, um rochedo; Caribde, um sorvedouro.

salvação; o menor sinal de que as ameaças do temporal se acalmaram lhes basta, dizem a si mesmos que estão fora de perigo; depois de se terem visto sepultados, dão-se conta de sua ressurreição, aceitam febrilmente o que ainda não possuem, tudo que a má sorte continha está esgotado, é evidente, declaram-se satisfeitos, estão salvos, estão quites com Deus. Não se deve ter demasiada pressa em passar tais recibos ao Desconhecido.

O sudoeste começou em turbilhão. Os náufragos nunca têm nada além de grosseiros auxiliares. A *Matutina* foi impiedosamente arrastada para o mar aberto pelo que restava de seus mastros, cabos e equipamentos, como uma morta que arrastassem pelos cabelos. O que acontecia mais se assemelhava às libertações concedidas por Tibério, a preço de violação. O vento brutalizava aqueles a quem salvava. Prestava-lhes serviço com furor. Prestava socorro sem piedade.

O que havia sobrado da embarcação, em meio a essa crueldade liberadora, acabava de se desmantelar.

O granizo, em pedras grandes e duras que poderiam servir de carga a um bacamarte, crivava o navio. A cada movimento das ondas, essas pedras rolavam sobre o convés como se fossem bolas de gude. A urca, quase entre duas águas, perdia completamente a forma sob o baque das ondas e sob a desintegração da espuma. Cada um no navio pensava em si mesmo.

Agarrava-se quem podia. Após cada vagalhão, o reencontro de todos era uma surpresa. Alguns tinham o rosto rasgado pelos estilhaços de madeira.

Felizmente, o desespero tem punhos fortes. No medo, a mão de uma criança tem a força de um gigante. A angústia transforma os dedos de uma mulher em uma morsa. Uma jovem apavorada fincaria suas unhas róseas no ferro. Eles se agarravam, se seguravam, se prendiam. Mas cada onda lhes trazia o pavor de serem varridos.

Subitamente, ficaram aliviados.

XVI SÚBITA SUAVIDADE DO ENIGMA

O furacão acabava de cessar repentinamente.

Não havia mais sudoeste nem noroeste. Os loucos clarins do espaço se calaram. A tromba desapareceu do céu sem ter previamente amainado, sem qualquer transição, e como se ela própria tivesse caído a pique em um precipício. Ninguém mais fazia ideia de onde ela estava. Em lugar do granizo, flocos de neve, que voltaram a cair lentamente.

Nenhuma onda; o mar se aplainara.

Essas repentinas interrupções são típicas das borrascas de neve. Esgotado o eflúvio elétrico, tudo se tranquiliza, mesmo as ondas que, nas tormentas comuns, muitas vezes se mantêm em prolongada agitação. Ali não. Nenhum prolongamento de cólera no fluxo da água. Como um operário após uma grande fadiga, o fluxo adormeceu imediatamente, o que quase desmente as leis da estática, mas não surpreende os velhos pilotos, pois eles sabem que o mais completo inesperado reside no mar.

Esse fenômeno ocorre mesmo nas tempestades ordinárias, porém muito raramente. Foi assim que, nos últimos tempos, por ocasião do memorável furacão de 27 de julho de 1867, em Jersey, após quatorze horas de fúria, o vento de repente entrou em plácida calmaria.

Ao final de alguns minutos, a urca tinha ao seu redor só água adormecida.

Ao mesmo tempo, pois a última fase se assemelha à primeira, não se enxergava mais nada. Tudo que se tornara visível durante as convulsões das nuvens de tempestade voltara a se turvar; as silhuetas sem cor fundiram-se, dissolvendo-se difusamente, e a escuridão do infinito envolveu todas as partes do navio. Esse muro de trevas, essa oclusão circular, esse interior cilíndrico, cujo diâmetro se reduzia de minuto em minuto, cercava a *Matutina*, e, com a sinistra lentidão de uma banquisa que se fecha, estreitava-se formidavelmente. No zênite, nada — uma cobertura de névoa, uma tampa. A urca estava como que no fundo do poço do abismo.

Dentro desse poço, uma poça de chumbo líquido era o mar. A água não se mexia mais. Sombria imobilidade. O oceano nunca é mais intratável do que quando é um lago.

Tudo era silêncio, apaziguamento, turvação.

O silêncio das coisas talvez seja taciturnidade.

Os últimos respingos escorriam ao longo do costado. O convés era horizontal, com declives imperceptíveis. Algumas partes desarticuladas mexiam-se levemente. O invólucro da granada, que fazia as vezes de lanterna e onde a estopa queimava no alcatrão, não balançava mais no gurupés e já não lançava gotas inflamadas no mar. O que restava de vento nas nuvens não fazia mais barulho. A neve caía espessa, branda, quase obliquamente. Não se ouvia a espuma de nenhum recife. Paz de trevas.

Essa pausa, depois de tantos paroxismos e exasperações, foi de um indescritível bem-estar para aqueles infelizes já tão maltratados. Parecia-lhes que não seriam mais torturados. Entreviam, em torno e acima de si mesmos, um consentimento em sua salvação. Recuperaram a confiança. Tudo que havia sido fúria era agora tranquilidade. Pareceu-lhes um acordo de paz. Seus miseráveis peitos se dilataram. Agora podiam soltar a ponta da corda ou da prancha à qual se agarravam, podiam levantar-se, reerguer-se, ficar de pé, caminhar, movimentar-se. Sentiam-se indescritivelmente calmos. Nas profundezas obscuras desses efeitos paradisíacos existem preparativos para outra coisa. Era claro que, decididamente, estavam fora da borrasca, fora da espuma, fora das ventanias, fora dos furores; livres.

De agora em diante, tinham todas as chances a seu favor. Em três ou quatro horas, o dia ia clarear, seriam avistados por algum navio de passagem, seriam resgatados. O mais difícil estava feito. Voltavam à vida. O importante era terem conseguido manter-se sobre a água até que a tempestade cessasse. Diziam-se: "Agora acabou".

De repente perceberam que tudo realmente se acabava.

Um dos marujos, o basco do norte, que se chamava Galdeazun, desceu ao porão para buscar um cabo e voltou dizendo:

— O porão está cheio.

— De quê? — perguntou o chefe.

— De água — respondeu o marujo.

O chefe gritou:

— O que isso quer dizer?

— Quer dizer — continuou Galdeazun — que dentro de meia hora vamos naufragar.

XVII O ÚLTIMO RECURSO

Havia uma fissura na quilha. Abrira-se uma passagem para a água. Em que momento? Ninguém saberia dizer. Teria sido ao costear Casquets? Teria sido diante de Ortach? Teria sido na agitação das depressões a oeste de Aurigny? O mais provável é que tivessem esbarrado no Macaco. Tinham recebido um obscuro golpe de focinho, mas nem perceberam, em meio ao convulsivo vendaval que os sacudia. Não se sente uma picada onde há tétano.

O outro marujo, o basco do sul, que se chamava Ave-Maria, também desceu ao porão; voltou dizendo:

— A água na quilha está com duas varas de altura.

Cerca de seis pés.

Ave-Maria acrescentou:

— Em menos de quarenta minutos afundamos.

Onde estava esse rombo? Não era visível. Estava submerso. A massa de água que enchia o porão escondia essa fissura. O navio tinha um buraco no ventre, em alguma parte, sob a linha de flutuação, muito antes, sob a carena. Impossível divisá-lo. Tinham uma ferida e não podiam tratá-la. Pelo menos a água não entrava com muita rapidez.

— Temos de bombear — gritou o chefe.

— Não temos mais bomba — respondeu Galdeazun.

— Então — continuou o chefe — vamos para a terra.

— Terra, onde?

— Não sei.

— Nem eu.

— Mas ela está em algum lugar.

— Está.

— Que alguém nos leve até lá — disse o chefe.

— Não temos piloto — disse Galdeazun.

— Pegue você mesmo a barra.

— Não temos mais barra.

— Temos de improvisar uma com a primeira trave que aparecer. Pregos, martelo; rápido, as ferramentas!

— O material de carpintaria está na água. Não temos mais ferramentas.

— Temos de governar assim mesmo, não importa para onde!

— Não temos mais leme.

— Onde está o bote? Vamos pular dentro dele e remar!

— Não temos mais bote.

— Vamos remar sobre esta ruína.

— Não temos mais remos.

— Então, à vela!

— Não temos mais velas nem mastro.

— Vamos fazer um mastro com a viga e uma vela com a lona. Temos de sair daqui. Vamos deixar o vento nos levar!

— Não tem mais vento.

O vento, de fato, os havia abandonado. A tempestade fora embora, e essa partida, que haviam considerado sua salvação, era sua perdição. Persistindo, o sudoeste os teria empurrado freneticamente para alguma orla, teria sido mais rápido do que a entrada da água, talvez os tivesse carregado até um oportuno banco de areia, ou os tivesse feito encalhar antes que afundassem. A veloz impetuosidade da tormenta poderia tê-los feito alcançar a terra. Sem vento, fim da esperança. Morreriam por falta de furacão.

A situação extrema se aproximava.

O vento, o granizo, a borrasca, o turbilhão são combatentes desordenados que podemos vencer. A tempestade pode ser pega em um ponto fraco. Temos recursos contra a violência que se expõe sem cessar, se movimenta em falso e muitas vezes erra o golpe. Mas nada a fazer contra a calmaria. Nenhuma saliência que pudesse ser agarrada.

Os ventos são um ataque de cossacos; resista, e eles se dispersam. A calmaria é a tenaz do carrasco.

A água, sem pressa, mas sem interrupção, irresistível e pesada, enchia o porão, e, à medida que subia, o navio descia. Isso acontecia lentamente.

Os náufragos da *Matutina* pouco a pouco sentiam entreabrir-se abaixo deles a mais desesperada das catástrofes, a catástrofe inerte. A certeza tranquila e sinistra da verdade inconsciente os imobilizava. O ar não oscilava, o mar não se mexia. O imóvel é o inexorável. Eram engolidos por uma silenciosa absorção. Pela abundância daquela água muda, sem fúria, sem paixão, sem interesse, sem que ela quisesse, sem que ela soubesse, o fatal centro do globo os tragava. O horror em repouso incorporava-se a eles. Não havia mais a bocarra das ondas, a dupla mandíbula da ventania e do mar perversamente ameaçadora, o ricto da tromba, o espumoso apetite da onda; sob esses miseráveis, havia agora como que um negro bocejo do infinito. Sentiam-se penetrar em uma serena profundeza que era a morte. A superfície do navio que permanecia fora da água diminuía, isso era tudo. Podia-se calcular em que minuto ele desapareceria. Acontecia exatamente o contrário da submersão pela maré crescente. Não era a água que subia em direção a eles, mas eles que desciam em direção a ela. Vinha deles mesmos a escavação de sua cova. O coveiro era seu peso.

Estavam sendo executados não pela lei dos homens, mas pela lei das coisas.

A neve caía, e, como a *Matutina* não se mexia mais, uma faixa branca se estendia sobre o convés, cobrindo o navio com um sudário.

O porão se tornava cada vez mais pesado. Não havia meio algum de conter a entrada da água. Não tinham sequer uma pá, o que, por sinal, teria sido ilusório e de uso impraticável, uma vez que a urca era uma plataforma. Iluminaram. Acenderam três ou quatro tochas que fincaram como puderam em alguns buracos. Galdeazun trouxe alguns velhos baldes de couro; puseram-se em fila a esvaziar o porão, mas os baldes não davam conta do serviço. O couro de alguns estava descosturado, o fundo de outros estava furado; os baldes se esvaziavam pelo caminho. A desigualdade entre o que recebiam e o que retiravam era absurda. Uma tonelada de água entrava, um copo de água era devolvido. Não tiveram êxito. Era a despesa de um avarento tentando esgotar, tostão por tostão, um milhão.

O chefe disse:

— Vamos aliviar o peso do navio.

Durante a tempestade, haviam amarrado alguns baús que estavam no convés ao pedaço do mastro que sobrara. Desfizeram os nós e jogaram os baús na água por uma brecha no flanco. Um desses baús pertencia à mulher basca, que não pôde conter um lamento:

— Oh! Minha capa nova forrada de escarlate! Oh! Minhas pobres meias rendadas de fibra de bétula! Oh! Meus enfeites de prata para ir à missa no mês de Maria!

Desobstruído o convés, restava a cabine. Ela estava muito atravancada. Como lembramos, abrigava bagagens que pertenciam aos passageiros e pacotes que pertenciam aos marujos.

Pegaram as bagagens e se desvencilharam de toda essa carga pela brecha do flanco.

Retiraram os pacotes e os empurraram para o oceano.

Terminaram de esvaziar a cabine. A lanterna, a estaca do mastro, os barris, os sacos, os tonéis e as pipas, o caldeirão com a sopa, tudo foi para a água.

Soltaram os parafusos do fogão de ferro, há muito apagado; ele então foi puxado e elevado sobre o convés, empurrado até a brecha e precipitado para fora do navio.

Jogaram na água tudo que foi possível arrancar do navio: reforços, cabos, equipamentos quebrados.

De tempos em tempos, o chefe pegava uma tocha, iluminava a régua pintada na proa do navio e verificava a que ponto chegara o naufrágio.

XVIII O RECURSO SUPREMO

Mais leve, o navio desmantelado afundava um pouco menos, mas continuava afundando.

A situação desesperadora não tinha mais recurso nem paliativo. Haviam esgotado todos os expedientes.

— Ainda há alguma coisa para jogar no mar? — gritou o chefe.

O doutor, de quem ninguém mais se lembrava, apareceu em um canto da cobertura da cabine e disse:

— Sim.

— O quê? — perguntou o chefe.

— Nossos crimes — respondeu o doutor.

Houve um estremecimento, e todos gritaram:

— Amém.

O doutor, em pé, pálido, ergueu um dedo para o céu e disse:

— De joelhos.

Eles vacilaram, o que é o começo do ajoelhar-se.

O doutor continuou:

— Lancemos nossos crimes ao mar. Eles pesam sobre nós. É isso que faz o navio afundar. Não pensemos mais no salvamento, mas na salvação. Nosso último crime, principalmente, o que cometemos, ou, melhor dizendo, o que completamos há pouco, miseráveis que me ouvem, nos aniquila. É uma ímpia insolência provocar o abismo quando se deixou um rastro de intenção de morte. O que se faz contra uma criança se faz contra Deus. Era preciso embarcar, eu sei, mas era a perdição na certa. A tempestade veio, alertada pela sombra criada por nossa ação. Pois bem, de resto, não lamentem nada. Não muito longe de nós, nessa escuridão, temos as areias de Vauville e o cabo Hougue. É a França. Só havia um refúgio possível, a Espanha. A França não é menos perigosa para nós do que a Inglaterra. Nossa libertação do mar nos teria nos levado à forca. Enforcados ou afogados: não tínhamos outra opção. Deus escolheu por nós. Devemos dar graças ao Senhor, que nos concede a morte que lava. Meus irmãos, o inevitável aí estava. Pensem que fomos nós mesmos, pouco tempo atrás, que fizemos nosso possível para mandar alguém, aquela criança, para as alturas; e que agora mesmo, no exato instante em que falo, talvez haja acima das nossas cabeças uma alma que nos acusa diante de um juiz que nos observa. Saibamos aproveitar esta suprema espera. Se ainda for possível, esforcemo-nos para reparar, em tudo que depender de nós, o mal que fizemos. Se o menino sobreviver a nós, vamos ajudá-lo. Se morrer, tratemos de conseguir seu perdão. Tiremos de nossas costas nosso sacrilégio. Liberemos nossa consciência desse peso. Esforcemo-nos para que nossas almas não sejam devoradas diante de Deus, pois esse sim é o terrível naufrágio. Os corpos vão para os peixes, as almas vão para os demônios. Tenham piedade de si mesmos. De joelhos, façam o que digo. O arrependimento é a barca que não submerge. Não têm bússola? Engano. Têm a oração.

Os lobos se transformaram em cordeiros. Vemos essas transformações em meio à angústia. Acontece de os tigres lamberem o crucifixo. Quando a sombria porta se entreabre, crer é difícil, não crer é impossível. Por mais imperfeitos que sejam os diversos esboços de religião tentados pelo homem, mesmo quando a crença é informe, mesmo quando o contorno do dogma não se adapta aos lineamentos da pressentida eternidade, no minuto supremo ocorre um estremecimento da alma. Algo começa após a vida. Essa pressão está na agonia.

A agonia é um prazo que finda. No segundo fatal, sentimos sobre nós a responsabilidade difusa. O que foi embaraça o que será. O passado retorna e ingressa no porvir. O conhecido, tanto quanto o desconhecido, torna-se abismo, e esses dois precipícios, um onde estão nossos erros, outro onde está nossa esperança, confundem suas reverberações. É essa mescla dos dois abismos que amedronta o agonizante.

Haviam esgotado sua última dose de esperança pelo lado da vida. Por isso se voltaram para o outro lado. Não lhes restava mais nenhuma chance a não ser nas trevas. Compreenderam isso. Tiveram um sombrio lampejo, imediatamente seguido de uma recaída de horror. O que se compreende na agonia é semelhante ao que se vislumbra no relâmpago. Tudo, depois nada.

Primeiro enxergamos; em seguida não enxergamos mais. Após a morte, os olhos se reabrirão, e o que havia sido um relâmpago se tornará um sol.

Eles gritaram para o doutor:

— Você! Você! Só contamos com você. Vamos lhe obedecer. Diga, o que é preciso fazer?

O doutor respondeu:

— É preciso passar por cima do precipício desconhecido e alcançar a outra borda da vida, que está além da tumba. Sendo aquele que mais sabe das coisas, sou entre todos o que mais corre perigo. Fazem bem em deixar a quem carrega o maior fardo a escolha da ponte.

E acrescentou:

— A ciência pesa na consciência.

Depois continuou:

— Quanto tempo ainda nos resta?

Galdeazun olhou o nível da água e respondeu:

— Pouco mais que quinze minutos.

— Muito bem — disse o doutor.

A cobertura baixa da cabine na qual se apoiava podia servir de mesa. O doutor pegou no bolso o estojo, a pluma e sua carteira, de onde tirou um pergaminho, o mesmo em que havia escrito, poucas horas antes, algumas linhas tortuosas e espremidas.

— Luz — disse ele.

A neve, caindo como a espuma de uma cascata, havia apagado uma a uma as tochas. Apenas uma permanecera acesa. Ave-Maria, segurando essa tocha, ficou em pé ao lado do doutor.

O doutor pôs a carteira de volta no bolso, colocou a pluma e o tinteiro sobre a cobertura, desdobrou o pergaminho e disse:

— Escutem.

Então, no meio do mar, sobre aquela plataforma que afundava, espécie de trêmula rampa da tumba, o doutor, em tom grave, deu início a uma leitura que toda a escuridão parecia ouvir. Em torno dele, todos aqueles condenados baixavam a cabeça. O flamejar da tocha acentuava a palidez de seus rostos. O que o doutor lia estava escrito em inglês. Em intervalos, quando um daqueles lamentosos olhares parecia pedir esclarecimento, o doutor se interrompia e repetia, em francês, ou espanhol, ou italiano, ou basco, a passagem que acabara de ler. Ouviam-se soluços abafados e surdas pancadas sobre o peito. O navio continuava a afundar.

Terminada a leitura, o doutor estendeu o pergaminho sobre a cobertura, pegou a pluma e, na margem em branco, abaixo do que havia escrito, assinou: *DOUTOR GERHARDUS GEESTEMUNDE.*

Em seguida, voltando-se aos outros, disse:

— Venham e assinem.

A mulher basca se aproximou, pegou a pluma e assinou *ASUNCION.*

Passou a pluma à irlandesa que, por não saber escrever, fez uma cruz.

Ao lado dessa cruz, o doutor escreveu:

BARBARA FERMOY, da ilha Tyrryf, nas Hébridas.

Então estendeu a pluma ao chefe do grupo.

O chefe assinou *GAÏZDORRA, captal.*[16]

O genovês assinou, abaixo do chefe, *GIANGIRATE.*

O languedociano assinou *JACQUES QUATOURZE, conhecido como o NARBONÊS.*

O provençal assinou *LUC-PIERRE CAPGAROUPE, da prisão de Mahon.*

Sob as assinaturas, o doutor escreveu esta nota:

"Dos três homens da tripulação, o capitão foi levado pelo mar, sobraram dois, que assinam".

Os dois marujos escreveram seus nomes abaixo dessa nota. O basco do norte assinou *GALDEAZUN.* O basco do sul assinou *AVE-MARIA, ladrão.*

Em seguida, o doutor disse:

— Capgaroupe...

— Presente — respondeu o provençal.

— Está com você a garrafa de Hardquanonne?

— Sim.

— Entregue-a a mim.

Capgaroupe tomou o último gole da aguardente e estendeu a garrafa ao doutor.

A enchente no interior do navio se agravava; a urca entrava cada vez mais dentro do mar.

As bordas do convés em plano inclinado cobriam-se com uma fina lâmina de água devoradora que aumentava.

Todos haviam-se agrupado na parte mais elevada.

O doutor secou a tinta das assinaturas no calor da tocha, dobrou o pergaminho de forma que passasse pelo gargalo e o introduziu na garrafa. Gritou:

— A rolha!

— Não sei onde está — disse Capgaroupe.

— Aqui está um pedaço de corda — disse Jacques Quatourze.

O doutor tampou a garrafa com a corda e disse:

— Alcatrão.

---

[16] Chefe.

Galdeazun foi até a proa, abafou com uma estopa a granada iluminada que já se apagava, desprendeu-a da roda de proa e a levou ao doutor, com alcatrão fervente pela metade.

O doutor mergulhou o gargalo da garrafa no alcatrão e o retirou.

A garrafa, que continha o pergaminho assinado por todos, estava agora tampada e lacrada.

— Pronto — disse o doutor.

E de todas aquelas bocas saiu um lúgubre murmúrio de catacumba, vagamente balbuciado em todas as línguas.

— Assim seja!

— *Mea culpa!*

— *Asi sea!**

— *Aro raï!***

— Amém!

Era possível acreditar que se ouviam dispersar nas trevas, diante da assustadora recusa celeste em ouvi-las, as sombrias vozes de Babel.

O doutor ficou de costas para seus companheiros de crime e de infortúnio e deu alguns passos em direção ao flanco. Chegando à borda do navio, olhou para o infinito e, em tom profundo, disse:

— Bist du bei mir?***

Provavelmente falava com algum espectro.

A *Matutina* afundava.

Atrás do doutor, todos meditavam. A prece é uma força maior. Não se curvavam; dobravam-se. Havia algo de involuntário em sua contrição. Abaixavam-se, assim como uma vela que murcha na ausência de vento; e esse grupo perverso pouco a pouco tomava, pela junção das mãos e pelo abatimento dos semblantes, a atitude contraditória, mas aflita, da confiança desesperada em Deus. Certo ar venerável, oriundo do abismo, esboçava-se naquelas faces criminosas.

O doutor aproximou-se deles novamente. Qualquer que tenha sido seu passado, era um grande homem diante desse desfecho. A vasta circunspecção que reinava em volta o preocupava, mas não o desconcertava. Era um homem que não se deixava pegar desprevenido. Tinha em si um horror tranquilo. A majestade de Deus compreendido era presente em seu semblante.

Esse bandido envelhecido e pensativo tinha, sem que suspeitasse, uma postura pontificial.

---

* — Assim seja! (N. A.)

** — Na hora exata (dialeto latino). (N. A.)

*** — Estás perto de mim? (N. A.)

Disse:

— Prestem atenção.

Considerou por um instante a imensidão e acrescentou:

— Agora vamos morrer.

Em seguida, tomou a tocha das mãos de Ave-Maria e a sacudiu.

Uma chama se desprendeu e voou na escuridão.

O doutor jogou a tocha no mar.

A tocha se apagou. Toda claridade se esvaneceu. Nada mais restou além de uma imensa sombra desconhecida. Era algo como a tumba se fechando.

Nesse eclipse, ouviram o doutor dizer:

— Rezemos.

Todos se ajoelharam.

Já não era mais sobre a neve, era sobre a água que eles se ajoelhavam.

Não tinham mais que alguns minutos.Só o doutor ficou de pé. Os flocos de neve, caindo sobre ele, salpicavam-no de lágrimas brancas, tornando-o visível naquele fundo de obscuridade. Parecia a estátua falante das trevas.

O doutor fez um sinal da cruz e levantou a voz, enquanto sob seus pés começava a oscilação um tanto indistinta que prenuncia o instante em que um navio em ruínas vai submergir. Disse:

— *Pater noster qui es in cœlis.*

O provençal repetiu em francês:

— Pai Nosso que estais no céu.

A irlandesa repetiu na língua gaulesa, que a mulher basca compreendia:

— *Ar nathair ata ar neamh.*

O doutor continuou:

— *Sanctificetur nomen tuum*

— Santificado seja o vosso nome — disse o provençal.

— *Naomhthar hainm* — disse a irlandesa.

— *Adveniat regnum tuum* — continuou o doutor.

— Venha a nós o vosso reino — disse o provençal.

— *Tigeadh do rioghachd* — disse a irlandesa.

Os ajoelhados tinham água até os ombros. O doutor continuou:

— *Fiat voluntas tua.*

— Seja feita a vossa vontade — balbuciou o provençal.

E a irlandesa e a basca soltaram este grito:

— *Deuntar do thoil ar an Hhalàmb!*

— *Sicut in cœlo, et in terra* — disse o doutor.

Nenhuma voz lhe respondeu.

Ele baixou os olhos. Todas as cabeças estavam embaixo da água. Nenhum deles se levantara. Tinham-se deixado afogar de joelhos.

Com a mão direita, o doutor pegou a garrafa que ficara sobre a cobertura e a elevou acima da cabeça.

O navio afundava.

O doutor murmurava o restante da prece enquanto submergia.

Seu busto ficou fora da água por um momento, depois sua cabeça, depois apenas seu braço segurando a garrafa, como se ele a mostrasse ao infinito.

O braço desapareceu. No mar profundo não havia mais ondas do que em um tonel de óleo. A neve continuava a cair.

Alguma coisa boiou e se foi com o fluxo na escuridão. Era a garrafa lacrada, envolta em sua capa de vime.

LIVRO TERCEIRO

O menino nas trevas

I *CHESS-HILL*

A tempestade era tão intensa na terra quanto no mar.

O mesmo desencadeamento selvagem aconteceu ao redor do menino abandonado. O fraco e o inocente subsistem como podem em meio à cólera inconsciente que as forças cegas espalham; a obscuridade não tem discernimento, e as coisas não têm clemência como supomos que teriam.

Na terra havia muito pouco vento; o frio tinha algo de imobilidade. Nenhum granizo. A espessura da neve que caía era impressionante.

As pedras de granizo batem, atacam, machucam, atordoam, esmagam; os flocos de neve fazem pior. A inexorável e doce neve faz sua obra em silêncio. Se for tocada, derrete. É tão pura quanto é cândido o hipócrita. É pela lenta sobreposição de brancuras que o floco se torna avalanche, e o velhaco, criminoso.

O menino continuara avançando em meio ao nevoeiro. O nevoeiro é um obstáculo pouco resistente; daí o perigo. Ele cede e persiste. Assim como a neve, o nevoeiro é um poço de traição. O menino, admirável lutador em meio a tantos riscos, conseguira chegar à base da encosta e penetrara em Chess-Hill. Sem saber, estava sobre um istmo e tinha de ambos os lados o oceano. Não podia errar o caminho naquela bruma, naquela neve e naquela escuridão sem cair, à direita, nas profundas águas do golfo e, à esquerda, nas violentas ondas do alto-mar. Ele caminhava, ignorante, entre dois abismos.

Naquela época, o istmo de Portland era singularmente acidentado e agreste. Hoje em dia, ele não tem mais nada da sua configuração de então. Desde que surgiu a ideia de explorar as pedras de Portland para produzir cimento romano, todos os rochedos passaram por uma modificação que pôs fim a seu aspecto primitivo. Lá, ainda se pode encontrar o calcário das lias, o xisto e as rochas basálticas despontando nos bancos de conglomerado, como um dente desponta na gengiva; mas a picareta mutilou e nivelou todos esses picos eriçados e irregulares onde costumavam se empoleirar certas aves pelágicas.

Não há mais cimos para os encontros de mandriões e gaivotas-rapineiras que, como os invejosos, têm prazer em emporcalhar os cumes. Procuraríamos em vão o alto monólito chamado *Godolphin*, velha palavra galesa que significa águia branca. Em certos terrenos erodidos e perfurados como esponja, no verão ainda se colhem alecrim, poejo, hissopo selvagem, funcho do mar que, em infusão, dá um bom cordial, e aquela planta cheia de nós, que nasce na areia e com a qual se fazem esteiras. Porém, o âmbar pardo, o estanho negro, e ardósia de três qualidades, uma verde, uma azul e outra da cor das folhas da sálvia, não são mais encontrados. As raposas, os texugos, as lontras, as martas fugiram de lá. Havia camelos nas escarpas de Portland, assim como na ponta da Cornualha; não existem mais. Em certos lugares mais profundos, ainda se pescam esturjões e sardinhas, mas os salmões, assustados, não sobem mais o Wey, entre o dia de São Miguel[1] e o Natal, para desovar. Também não são mais vistos por lá, como nos tempos de Elizabeth, aqueles velhos pássaros desconhecidos, grandes como gaviões, que cortavam uma maçã ao meio para comer apenas as sementes. Não se veem mais as gralhas de bico amarelo, *cornish chough* em inglês, *pyrrocarax* em latim, que faziam a maldade de jogar galhos em chamas sobre os telhados de sapé. Não se vê mais o mágico pássaro pardelão, emigrado do arquipélago escocês, que soltava pelo bico um óleo usado pelos insulares para acender seus lampiões. À noite, durante a vazante da maré, já não se encontra a antiga e legendária *neitse,*[2] com pés de porco e mugido de bezerro. A maré não faz mais encalhar naquelas areias as otárias, com seus bigodes, suas orelhas enroladas, seus molares pontiagudos, arrastando-se nas patas sem garras. Naquela Portland, hoje irreconhecível, nunca houve rouxinóis devido à falta de florestas, mas os falcões, os cisnes e os gansos do mar partiram de lá voando. Os carneiros da Portland de agora têm a carne gordurosa e a lã fina; as raras ovelhas, que há dois séculos pastavam essa erva salgada, eram pequenas e coriáceas, e tinham o pelame áspero, como convinha aos rebanhos celtas outrora conduzidos por pastores comedores de alho, que viviam cem anos, e que, a meia milha de distância, furavam couraças com suas flechas de uma alna[3] de comprimento. Terra inculta faz lã grosseira. O Chess-Hill de hoje não se parece em nada com o Chess-Hill de antigamente, por ter sido tão arruinado pelos homens e pelos furiosos ventos das Sorlingas, que corroem até as pedras.

---

[1] O dia de São Miguel é comemorado em 29 de setembro.

[2] Em inglês, *neit-soak*, nome vulgar de uma foca do Atlântico.

[3] Antiga unidade de medida equivalentea 1,188m, aproximadamente.

Hoje essa língua de terra tem uma linha férrea que termina em um belo campo de casas novas, Chesilton, e tem uma "Portland Station". Os vagões passam por onde as focas rastejavam.

O istmo de Portland, há duzentos anos, era um lombo de asno de areia, com uma espinha vertebral de rocha.

O perigo para o menino mudou de forma. O que ele tinha a temer na descida era rolar escarpa abaixo; no istmo, era cair nos buracos. Após ter tido de enfrentar o precipício, teve de enfrentar as fendas. Tudo é armadilha perto do mar. As rochas são escorregadias, a costa é movediça. Os pontos de apoio são ciladas. Ficamos como quem pisa em cacos de vidro. Tudo pode, bruscamente, se fender sob nós. Fenda por onde desaparecemos. O oceano tem porões insuspeitos, como um teatro bem equipado.

As longas arestas de granito, nas quais se apoia a dupla encosta de um istmo, são de penoso acesso. Dificilmente ali se encontra o que em linguagem teatral chamam de *praticáveis*. O homem não deve esperar do oceano nenhuma hospitalidade, e, do rochedo, nada além do que espera da água. Somente os pássaros e os peixes são previstos pelo mar. Os istmos, particularmente, são áridos e espinhosos. A água, que os solapa e desgasta dos dois lados, os reduz à sua forma mais simples. Relevos recortados por toda parte, cristas, serras, medonhas silhuetas de pedras despedaçadas, gretas denteadas, como a boca de um tubarão com seus dentes pontiagudos, perigosos vãos cheios de espuma, rápidos deslizamentos de rochas terminando no mar. Quem se propõe a transpor um istmo encontra em cada passo blocos disformes grandes como casas, com aparência de tíbias, omoplatas, fêmures; terrível anatomia de rochas esfoladas. Não é à toa que a beira-mar é chamada de costa. O andarilho escapa como pode dessa confusão de ruínas. Seu trabalho é algo como caminhar em meio ao esqueleto de uma enorme carcaça.

Ponham uma criança para fazer esse trabalho de Hércules.

O dia claro teria sido útil, era noite; um guia teria sido necessário, ele estava sozinho. Todo o vigor de um homem não teria sido demais, ele só tinha a pequena força de um menino. Na falta de guia, uma trilha teria ajudado. Não havia trilhas. Instintivamente, ele evitava o topo dos rochedos e seguia a praia o quanto podia. Por ali, ia encontrando buracos que se multiplicavam à sua frente de três formas: o buraco de água, o buraco de neve e o buraco de areia. O último era o mais perigoso. Significava enterrar-se.

Saber o que se enfrenta é alarmante, mas ignorar é terrível. O menino combatia o perigo desconhecido. Tateava alguma coisa que talvez fosse túmulo.

Nenhuma hesitação. Contornava os rochedos, evitava as fendas, previa as armadilhas, enfrentava os meandros do obstáculo, mas avançava. Não podendo ir em frente, andava com firmeza. Quando necessário, recuava com energia. Conseguia desvencilhar-se a tempo do visco atroz da areia movediça. Sacudia a neve do corpo. Mais de uma vez entrou na água até os joelhos. Ao sair, seus andrajos molhados ficavam imediatamente gelados devido ao frio intenso da noite. Andava com rapidez apesar das roupas enregeladas. No entanto, tivera o cuidado de manter seco e aquecido sobre o peito seu casaco de marinheiro. Tinha muita fome.

As aventuras do abismo não são limitadas em nenhum sentido; ali tudo é possível, até mesmo a salvação. A saída é invisível, mas encontrável. Como o menino, envolto em uma sufocante espiral de neve, perdido naquela estreita faixa entre as duas bocas do precipício, sem enxergar nada, conseguiu atravessar o istmo, é o que nem ele mesmo poderia dizer. Havia escorregado, escalado, rolado, procurado, caminhado, perseverado, eis tudo. Segredo de todos os triunfos. Pouco menos de uma hora depois, sentiu que o solo tornava a se elevar; ele chegava ao outro lado, saía de Chess-Hill, estava em terra firme.

A ponte que hoje em dia liga Sandford Castle a Smallmouth Sand ainda não existia. É provável que, em seu inteligente tatear, ele tenha seguido até Wyke Regis, ou que houvesse uma língua de areia, verdadeira via natural, atravessando o East Fleet.

Escapara do istmo, mas se encontrava cara a cara com a tempestade, com o inverno, com a noite.

Diante dele, estendia-se novamente a sombria imensidão das planícies.

Olhou para a terra procurando uma trilha.

De repente, abaixou-se.

Acabava de ver na neve alguma coisa que parecia uma pegada.

Era, de fato, uma pegada, a marca de um pé. A brancura da neve recortava claramente seu formato e o deixava bem visível. Observou-o. Era um pé nu, menor que o pé de um homem e maior que o pé de uma criança; provavelmente o pé de uma mulher.

Pouco além dessa pegada, havia outra, e depois outra; elas se sucediam com a distância de um passo e seguiam planície adentro, para a direita. Eram ainda recentes e estavam cobertas com pouca neve. Uma mulher acabara de passar por ali.

Essa mulher havia caminhado e seguido na mesma direção em que o menino avistara fumaça.

De olhos atentos às pegadas, pôs-se a seguir esses passos.

II EFEITO DE NEVE

Ele caminhou por algum tempo seguindo essa pista. Infelizmente, as pegadas ficavam cada vez menos nítidas. A neve caía, densa e assustadora. Nesse momento a urca agonizava em alto mar sob essa mesma neve.

O menino, em perigo como o navio, embora de forma diferente, não tendo, no inextrincável cruzamento de incertezas que se desenhavam diante dele, outro recurso senão as marcas daquele pé na neve, agarrava-se a elas como ao fio do labirinto.

Subitamente, seja porque a neve acabara por preenchê-las, seja por qualquer outro motivo, as pegadas sumiram. Tudo voltou a ser plano, unificado, liso, sem mancha alguma, sem detalhe algum. Nada mais havia além de um lençol branco sobre a terra e um lençol negro no céu.

Era como se a mulher que havia passado ali tivesse voado.

Naquela situação desesperadora, o menino inclinou-se e procurou. Em vão.

Ao se erguer, teve a sensação de ouvir algo indistinto, mas não estava certo disso. Parecia uma voz, uma respiração, uma sombra. Era humano, mais que animal, e mais sepulcral do que vivo. Era um som, mas como um sonho.

Ele olhou e não viu nada.

Tinha diante de si a imensa solidão nua e lívida.

Escutou. O que acreditava ter ouvido tinha-se dissipado. Talvez não tivesse ouvido nada. Apurou novamente os ouvidos. Tudo era silêncio.

Havia algo de ilusório em toda aquela bruma. Voltou a caminhar.

Caminhava ao acaso, agora sem as pegadas para guiá-lo.

Começava a se afastar quando o som recomeçou. Desta vez não podia haver dúvida. Era um gemido, quase um soluço.

Virou-se, passou os olhos pelo espaço noturno. Não viu nada.

O ruído aumentou novamente.

Se os infernos podem gritar, é assim que eles gritam.

Nada mais penetrante, pungente e frágil do que aquela voz. Pois era uma voz. Aquilo vinha de uma alma. Havia palpitação naquele murmúrio. No entanto, parecia ser quase inconsciente; algo como o apelo de um sofrimento, mas sem saber que era um sofrimento ou que fazia um apelo. Esse grito, talvez primeira respiração, talvez último suspiro, estava a igual distância da agonia que encerra a vida e do choro que a inicia. Aquilo respirava, sufocava, chorava. Sombria súplica no invisível.

O menino ficou atento a tudo, longe, perto, ao fundo, no alto, embaixo. Não havia ninguém. Não havia nada.

Apurou os ouvidos. A voz fez-se ouvir novamente. Ele a distinguia com clareza. Essa voz lembrava um pouco o balir de um carneiro.

Então ele teve medo e pensou em fugir.

O gemido recomeçou. Pela quarta vez. Era estranhamente miserável e queixoso. Pressentia-se que após esse supremo esforço, mais maquinal que voluntário, a voz talvez se apagaria. Era uma reclamação que expirava, instintivamente feita para a quantidade de socorro que está em suspensão no espaço; era um indefinível balbuciar de agonia dirigido a uma possível Providência. O menino avançou para o lado de onde vinha a voz.

Continuava a não ver nada.

Tornou a avançar, espiando.

O lamento continuava. De inarticulado e confuso, foi-se tornando claro e quase vibrante. O menino estava muito perto da voz, mas onde ela estava?

Ele estava perto de um pranto. O tremor de um pranto no espaço passava a seu lado. Um gemido humano pairando no invisível, eis o que ele acabava de encontrar. Ao menos era essa sua impressão, turva como a intensa névoa em meio à qual estava perdido.

Enquanto hesitava entre um instinto que o impelia a fugir e outro que lhe dizia para ficar, percebeu na neve, a seus pés, poucos passos à sua frente, uma espécie de ondulação, do tamanho de um corpo humano, uma pequena saliência baixa, longa e estreita, semelhante ao abaulamento de uma cova, algo como uma sepultura em um cemitério branco.

Ao mesmo tempo, a voz gritou.

Era lá de baixo que ela saía.

O menino se agachou diante da ondulação e, com as duas mãos, começou a retirar a neve.

Viu uma forma se moldar sob a neve que ele afastava, e, de repente, sob suas mãos, apareceu um rosto pálido na cavidade que ele fizera.

Não era desse rosto a voz que gritava. Ele tinha os olhos fechados e a boca aberta, porém cheia de neve; estava imóvel, não se mexia sob as mãos do menino.

O menino, já sentindo muito frio, tremeu ao tocar aquele rosto gelado. Era a cabeça de uma mulher. Os cabelos esparsos estavam cheios de neve. A mulher estava morta.

O menino continuou retirando a neve. O pescoço da morta apareceu, depois o torso, do qual via-se a carne sob os farrapos.

Subitamente, ao apalpar percebeu um fraco movimento. Era alguma coisa pequena que estava encoberta e se mexia. O menino retirou a neve rapidamente e descobriu um miserável corpo de bebê, raquítico, branco de frio, ainda vivo, nu sobre o peito nu da morta.

Era uma menininha.

Estava embrulhada, mas não em trapos suficientes, e, ao se debater, havia saído de dentro deles. Por um lado, seus pobres membros magros, por outro, sua respiração, haviam feito a neve derreter um pouco. Uma ama lhe daria cinco ou seis meses, mas talvez tivesse um ano, pois o crescimento na miséria sofre deploráveis reduções, chegando às vezes ao raquitismo. Quando seu rosto foi exposto ao relento, soltou um grito, continuação do seu choro de sofrimento. Para que a mãe não tivesse ouvido esse choro, é porque estava muito profundamente morta.

O menino segurou a pequenina nos braços.

A mãe enrijecida era sinistra. Uma irradiação espectral saía daquela figura. A boca aberta e sem fôlego parecia começar a responder às perguntas feitas aos mortos no invisível, na língua indistinta da escuridão. A lívida reverberação das planícies geladas estampava-se naquele rosto. Via-se a jovem fronte sob os cabelos escuros, o franzir quase indignado do cenho, as narinas contraídas, as pálpebras fechadas, os cílios colados pela geada, e, do canto dos olhos ao canto dos lábios, a profunda marca das lágrimas. A neve iluminava a morte. O inverno e o túmulo não prejudicam um ao outro. O cadáver é a pedra de gelo humana. A nudez dos seios era patética. Tinham tido serventia; apresentavam a sublime ausência de vigor da vida dada pelo ser ao qual a vida faltava; e neles a majestade maternal assumia o lugar da pureza virginal. Na ponta de uma das mamas havia uma pérola branca. Era uma gota de leite congelada.

Devemos imediatamente dizer que, nessas planícies por onde o menino perdido agora passava, uma mendiga amamentava seu bebê e, procurando também um abrigo, perdera-se havia poucas horas. Transida, caíra sob a tempestade e não conseguira levantar-se. Fora coberta pela avalanche. Havia estreitado a filha contra si o mais que pudera e expirara.

A pequenina havia tentado sugar aquele mármore.

Sombria confiança almejada pela natureza, pois parece que o último aleitamento é possível a uma mãe, ainda que depois do último suspiro.

Mas a boca da criança não conseguira encontrar o seio onde a gota de leite, roubada pela morte, congelara; e, sob a neve, a pequenina, mais habituada ao berço que à sepultura, havia chorado.

O pequeno abandonado ouvira a pequena agonizante.

Desenterrara-a.

Tomara-a em seus braços.

Quando a pequena se sentiu em seus braços, parou de chorar. Os rostos das duas crianças se tocaram, e os lábios violáceos da pequenina se aproximaram da face do menino, como de um seio.

A pequenina estava perto daquele momento em que o sangue coagulado faz o coração parar. Sua mãe já lhe havia dado algo de sua morte; o cadáver se comunica, é um resfriamento que se pega. A pequena tinha os pés, as mãos, os braços, os joelhos como que paralisados pelo frio glacial. O menino sentiu esse frio terrível.

Ele estava coberto com seu casaco de marinheiro seco e quente. Colocou a pequena sobre o peito da mãe, tirou o casaco, embrulhou com ele a menina, tomou-a novamente nos braços e então, enfrentando quase nu as rajadas de neve sopradas pelo vento, carregando a menina nos braços, continuou seu caminho.

A pequena, tendo reencontrado o rosto do menino, apoiou nele sua boca e, aquecida, voltou a dormir. Primeiro beijo dessas duas almas em meio às trevas.

A mãe jazia, costas sobre a neve, rosto voltado para a noite. Mas, no momento em que o menino se despiu para vestir a pequenina, talvez, do fundo do infinito onde estava, essa mãe tenha visto esse gesto.

III TODA VIA DOLOROSA SE COMPLICA COM O FARDO

Havia pouco mais de quatro horas que a urca se afastara da enseada de Portland deixando esse menino na praia. Durante essas longas horas em que estava abandonado e em que seguia adiante, ele tivera, nessa sociedade humana da qual talvez fosse participar, apenas três encontros: com um homem, com uma mulher e com uma criança. O homem, aquele homem da colina; a mulher, essa mulher na neve; a criança, esta menina que ele carregava nos braços.

Estava morto de cansaço e de fome.

Avançava mais resolutamente do que nunca, com menos forças e um fardo a mais.

Estava agora quase sem roupa. Os poucos andrajos que lhe restaram, endurecidos pela geada, eram cortantes como vidro e esfolavam sua pele. Ele passava frio, mas a outra criança se aquecia. O que ele perdia não era perdido, mas reaproveitado por ela. Ele constatava que esse calor era, para a pobre menina, um retorno à vida. Continuava avançando.

De tempos em tempos, segurando-a com cuidado, abaixava-se e, com uma mão, pegava um punhado de neve e esfregava nos pés, para impedir que congelassem.

Em outros momentos, com a garganta em brasa, punha na boca e sorvia um pouco dessa neve, o que por um instante enganava sua sede, mas a transformava em febre. Alívio que era um agravamento.

A tormenta se tornara informe por força da violência; os dilúvios de neve são possíveis: aquele era um. Tal paroxismo maltratava o litoral ao mesmo tempo que agitava o oceano. Provavelmente era o momento em que a urca desgarrada se desconjuntava na batalha com os rochedos.

O menino atravessou longas superfícies de neve sob esse vento, sempre caminhando para o leste. Não sabia que horas eram. Havia muito tempo que não enxergava fumaça. Na noite, esses sinais se apagam rapidamente; além disso, era mais do que hora de as lareiras estarem apagadas. Talvez, enfim, ele se tivesse enganado, sendo possível não haver vila ou vilarejo algum nos lados para onde ia.

Na dúvida, perseverava.

Duas ou três vezes a pequena gritou. Então ele imprimia a seu andar um movimento de ninar; ela se acalmava e se calava. Ela acabou adormecendo e tendo um sono bom. Ele a sentia aquecida, enquanto tremia de frio.

Prendia muitas vezes as dobras do casaco em volta do pescoço da menina, para que a geada não penetrasse por alguma abertura e para que a neve derretida não escorresse entre a roupa e o corpo da criança.

A planície tinha ondulações. Nas partes em declive, a neve, acumulada pelo vento nas dobras do terreno, era tão alta que ele se afundava quase por inteiro, e precisava caminhar meio enterrado. Andava empurrando a neve com os joelhos.

Ultrapassada a ravina, chegou ao planalto, varrido pelos fortes ventos; a neve ali formava uma camada fina. Encontrou o gelo.

A morna respiração da pequenina tocava sua face aquecendo-a por um momento, depois parava em seus cabelos e congelava, formando uma pequena gota de gelo.

Ele se dava conta de uma preocupante complicação: não podia mais cair, pois sentia que não se levantaria. Estava morto de cansaço, e o peso da noite o estenderia no chão, como fizera à mulher morta, e o gelo o soldaria vivo à terra. Havia-se precipitado pelas encostas dos precipícios e se saíra bem; havia tropeçado em buracos e se saíra bem. Agora, uma simples queda seria a morte. Um passo em falso e cavaria sua sepultura. Não podia escorregar; não teria forças para pôr-se novamente em pé.

Mas a possibilidade de escorregar estava em toda parte; tudo era geada e neve endurecida.

A pequena que ele carregava tornava-lhe o caminhar assustadoramente difícil; não era apenas um peso, excessivo para a sua fadiga e seu esgotamento, mas também um embaraço. Ela ocupava seus dois braços, e, para quem caminha sobre o gelo, os dois braços dão um equilíbrio natural e necessário.

Era preciso privar-se desse equilíbrio.

Ele se privava e caminhava sem saber o que seria dele sob esse peso.

A menina era a gota que fazia transbordar o copo do infortúnio.

Ele avançava, oscilando a cada passo, como se estivesse na corda bamba, executando, para olhar nenhum, equilíbrios milagrosos. Mas talvez, tornamos a dizer, tivesse seguido esse caminho espinhoso guiado por olhos abertos na longínqua escuridão: o olho da mãe e o olho de Deus.

Cambaleava, afundava, se reafirmava, tomava cuidado com a criança, ajeitava o casaco em torno dela, cobria-lhe a cabeça, tornava a afundar, continuava a caminhar, escorregava, logo se reerguia. O vento tinha a covardia de empurrá-lo.

Provavelmente andava muito mais que o necessário. Tudo indicava que estivesse nas planícies onde mais tarde a Bincleaves Farm se ergueu, entre o que hoje chamam de Spring Gardens e Personage House. Chácaras e casas de campo atualmente, terras incultas outrora. Com frequência, menos de um século separa uma estepe de uma cidade.

De repente, a borrasca glacial que o cegava interrompeu-se, e ele avistou, a pouca distância dali, vários frontões e chaminés que a neve ressaltava, o contrário de uma silhueta, uma vila desenhada em branco sobre um horizonte negro, algo semelhante ao que hoje em dia chamaríamos de negativo.

Telhados, casas, um abrigo! Então ele chegara a algum lugar! Sentiu a inefável coragem da esperança. O vigia de um navio à deriva gritando "terra à vista!" sente emoções como essa. Apertou o passo.

Finalmente se aproximava de humanos. Encontraria então gente viva. Nada mais a temer. Sentiu o calor súbito da segurança. A situação da qual saía chegava ao fim. Doravante não haveria mais escuridão, nem inverno, nem tempestade. Parecia-lhe que agora deixava para trás todo mal possível. A pequena não era mais um peso. Ele quase corria.

Seu olhar se fixava nos telhados. A vida estava ali. Não tirava os olhos deles. Um morto olharia dessa maneira algo que vislumbrasse pela tampa entreaberta de seu caixão. Eram as chaminés de onde vira sair fumaça.

Fumaça alguma saía delas agora.

Procurou alcançar rapidamente aquelas casas. Chegou ao arrabalde de uma cidade, em uma rua aberta. Naquela época, as barreiras de proteção das ruas durante a noite caíam em desuso.

A rua começava em duas casas. Nessas duas casas não se via nada aceso, nenhuma vela, nenhum lampião, assim como na rua inteira, na cidade inteira, até onde a vista podia alcançar.

A casa da direita era mais um teto que uma casa, nada era mais miserável; o telhado era de palha e as paredes, de taipa; havia mais colmo que parede propriamente dita. Uma grande urtiga, que nascera ao pé do muro, alcançava a beira do telhado. Esse casebre tinha apenas uma porta, que parecia uma gateira, e apenas uma janela, que era uma trapeira. Tudo estava fechado. Ao lado, uma pocilga habitada indicava que a choupana também era habitada. A casa da esquerda era larga, alta, toda de pedra, com telhado de ardósia. Fechada, também. Era o Primo Rico em contraste com o Primo Pobre.

O menino não hesitou. Dirigiu-se à casa grande. A porta, com dois maciços batentes de carvalho fixados com grandes pregos, era das que, do outro lado, fazem supor a existência de uma robusta armação de barras e fechaduras; um martelo de ferro pendia.

Levantou o martelo com certa dificuldade, pois suas mãos adormecidas pareciam estar atrofiadas.Bateu uma vez.

Não atenderam.

Bateu uma segunda vez, duas pancadas.

Nenhum movimento se fez na casa.

Bateu uma terceira vez. Nada.

Compreendeu que dormiam, ou que não pretendiam levantar-se.

Então voltou-se para a casa pobre. Pegou uma pedra no chão em meio à neve e com ela bateu na porta baixa.

Não atenderam.

Ergueu-se na ponta dos pés e bateu com a pedra na trapeira, com delicadeza suficiente para não quebrar o vidro e com força suficiente para ser ouvido.

Nenhuma voz foi ouvida, nenhum passo foi dado, nenhuma vela foi acesa.

Imaginou que ali também não queriam acordar.

Na casa de pedra e no casebre de taipa reinava a mesma surdez para com os miseráveis.

O menino decidiu ir mais longe e penetrou no corredor de casas que se prolongava à sua frente, tão obscuro que mais parecia o espaço entre duas falésias do que a entrada de uma cidade.

IV OUTRA FORMA DO DESERTO

Era em Weymouth que ele acabava de entrar.

A Weymouth de então não era a honorável e admirável Weymouth de agora. A antiga Weymouth não tinha, como a Weymouth atual, um irretocável cais retilíneo, com uma estátua e um hotel em homenagem a Jorge III. Isso porque Jorge III ainda não era nascido. Pelo mesmo motivo, também não havia, na encosta da verdejante colina a leste, desenhado no chão com grama aparada e cal, aquele cavalo branco com um arpente de comprimento, o *White Horse*, levando um rei no lombo e tendo seu rabo apontado para a cidade, sempre em homenagem a Jorge III.Homenagens, aliás, merecidas. Jorge III, tendo perdido na velhice o juízo que jamais tivera na juventude, não pode ser responsabilizado pelas calamidades do seu reinado. Era um inocente. Por que não erguer-lhe estátuas?

A Weymouth de cento e oitenta anos atrás era aproximadamente tão simétrica quanto um jogo de varetas esparramado. O Astaroth[4] das lendas passeava às vezes pela terra levando nas costas uma sacola, dentro da qual havia de tudo, até mesmo boas mulheres em suas casas. Um amontoado confuso de casebres caído dessa sacola do diabo daria uma ideia dessa Weymouth defeituosa. Inclusive das boas mulheres dentro dos casebres. Como exemplo dessas habitações resta a casa dos Músicos. Uma mistura de pardieiros de madeira esculpidos e carcomidos, o que já é outra escultura; informes construções instáveis fora do prumo, algumas com pilares, apoiadas umas nas outras para não cair com o vento marítimo, tendo entre elas espaçamentos exíguos de ruas tortuosas e desordenadas, vielas e cruzamentos muitas vezes inundados pelas marés do equinócio; uma aglomeração de velhas casas avós agrupadas em volta de uma igreja bisavó, isso era Weymouth. Weymouth era uma espécie de vilarejo normando encalhado na costa da Inglaterra.

Se um viajante entrasse na taverna, hoje substituída pelo hotel, em vez de pagar regiamente vinte e cinco francos por um linguado frito e uma garrafa de vinho, passava pela humilhação de tomar, por dois soldos, uma sopa de peixe, por sinal muito boa. Era algo miserável.

O menino perdido, levando a criança encontrada, seguiu a primeira rua, depois a segunda, depois uma terceira. Olhava para o alto procurando nos pavimentos superiores e nos telhados alguma janela iluminada, mas tudo estava fechado e apagado. De vez em quando batia nas portas. Ninguém respondia. Nada faz um coração ficar tão duro como estar bem aquecido entre os lençóis. O barulho e o sacolejar acabaram por despertar a pequena, o que ele percebeu porque sentia a face ser-lhe sugada. Ela não chorava, acreditando ser ele uma mãe.

Talvez ele ficasse dando voltas e rodando por muito tempo nas travessas das ruelas de Scrambridge, onde naquela época havia mais plantações do que casas, e mais cercas vivas do que moradias, mas se aventurou por um corredor que existe ainda hoje perto de Trinity Schools. Esse corredor levou-o a uma praia onde havia um rudimento de píer com um parapeito; à direita, viu uma ponte.

---

[4] Demônio representado como um homem nu, com mãos e pés de dragão.

Essa ponte era a ponte do Wey, que liga Weymouth a Melcomb Regis; sob seus arcos, Harbour se comunica com Back Water.

Weymouth, aldeia, era então o arrabalde de Melcomb Regis, cidade e porto; hoje em dia, Melcomb Regis é um distrito de Weymouth. A aldeia absorveu a cidade. Foi por essa ponte que esse trabalho foi realizado. As pontes são singulares aparelhos de sucção, que aspiram a população e algumas vezes fazem um bairro ribeirinho prosperar à custa do que há do outro lado.

O menino foi até a ponte, que naquela época era uma passarela de madeira coberta. Atravessou a passarela.

Graças à cobertura da ponte, não havia neve sobre a madeira. Seus pés nus tiveram um momento de bem-estar pisando sobre as pranchas secas.

Tendo atravessado a ponte, chegou a Melcomb Regis.

Ali havia menos casas de madeira que de pedra. Não era mais o arrabalde, mas a cidade. A ponte desembocava em uma rua bem bonita, a Saint Thomas Street. Seguiu-a. A rua ostentava altos frontões entalhados e, aqui e ali, vitrines de lojas. Ele tornou a bater nas portas. Não lhe restava força suficiente para chamar e gritar.

Tanto em Melcomb Regis como em Weymouth ninguém se mexia. Haviam trancado tudo a sete chaves. As janelas estavam cobertas por suas venezianas, como os olhos por suas pálpebras. Todas as precauções haviam sido tomadas contra o despertar, desagradável sobressalto.

O pequeno errante sofria a indefinível pressão da cidade adormecida. Esse silêncio de formigueiro paralisado causa vertigem. Em toda essa letargia há uma mistura de pesadelos, os sonos formam uma multidão, e desses corpos humanos estendidos emana uma fumaça de sonhos. O sono tem sombrias vizinhanças fora da vida; o pensamento descomposto dos que dormem paira acima deles, vapor vivo e morto, combinando-se com o possível, que provavelmente também pensa dentro do espaço.Daí alguns enredamentos. O sonho, essa nuvem, sobrepõe suas espessuras e transparências àquela estrela, o espírito. Acima dessas pálpebras fechadas, onde a visão substituiu o olhar, uma desagregação sombria de silhuetas e de aparências dilata-se no impalpável. Uma dispersão de existências misteriosas funde-se à nossa vida por essa fronteira da morte que é o sono. Esses entrelaçamentos de larvas e almas estão no ar. Mesmo aquele que não dorme sente sobre si o peso dessa atmosfera cheia de vida sinistra. A quimera circundante, realidade pressentida, é perturbadora. O homem desperto, que caminha através dos fantasmas do sono alheio, rechaça confusamente as sombras que passam, tem, ou acredita ter, o vago horror aos contatos hostis do invisível, e sente a cada instante a força obscura de um encontro inexprimível que se dissipa. Há efeitos de floresta nessa caminhada por entre a difusão noturna dos sonhos.

Isso é o que se chama ter medo sem saber por quê.

O que um homem sente, uma criança sente mais ainda.

O incômodo do pavor noturno, amplificado por aquelas casas espectrais, juntava-se a todo esse lúgubre conjunto sob o qual ele lutava.

Entrou na Conycar Lane e viu, na extremidade dessa ruela, Black Water, pensando que fosse o oceano. Já não sabia de que lado estava o mar. Deu meia volta, pegou à esquerda a Maiden Street e retornou à Saint Albans Row.

Ali, ao acaso, sem escolher, bateu com violência à porta das primeiras casas que encontrou. Essas batidas, que esgotavam suas últimas forças, eram bruscas e desordenadas, com intermitências e repetições irritadiças. Era o martelar de sua febre contra as portas.

Uma voz respondeu.

A voz da hora.

Três da manhã soaram lentamente atrás dele, no velho campanário de Saint Nicholas.

Depois, tudo voltou ao silêncio.

Pode parecer surpreendente que nenhum habitante tenha aberto sequer uma fresta, mas de certa forma esse silêncio se explica. É preciso esclarecer que, em janeiro de 1690, uma forte epidemia de peste que infestara Londres acabava de chegar ao fim, e que o medo de receber forasteiros contaminados fazia diminuir a hospitalidade em todos os lugares. Não entreabriam nem mesmo as janelas, com medo de aspirar seus miasmas.

O menino percebeu que o frio humano era mais terrível que o frio da noite. É um frio deliberado. Sentiu aquele aperto do coração desanimado, que não sentira na solidão. Agora entrava na vida de todos, mas continuava só. Angústia extrema. O impiedoso deserto ele compreendera, mas a cidade inflexível já era demais.

A hora, da qual acabava de contar as pancadas, era um abatimento a mais. Em certos casos, nada pode ser mais desconcertante que o soar das horas. É uma declaração de indiferença. É a eternidade dizendo: — Que me importa!

Ele parou. Impossível saber se naquele momento lamentável não chegou a cogitar que seria mais fácil deitar ali mesmo e morrer. Mas a pequenina encostou a cabeça em seu ombro e voltou a dormir. Essa cega confiança o fez voltar a andar.

Ele, que só tinha desamparo à sua volta, sentiu-se ponto de apoio. Profunda intimação do dever.

Nem essas ideias nem essa situação eram coisas para sua idade. É provável que não as compreendesse. Agia por instinto. Simplesmente fazia o que fazia.

Caminhou na direção da Johnstone Row.

Porém já não andava, se arrastava.

Deixou a Saint-Mary Street à esquerda, fez ziguezagues pelas ruelas e, no final de um beco sinuoso, entre dois casebres, viu-se em um espaço livre bem amplo. Era um terreno baldio, sem nenhuma construção, provavelmente o local onde hoje é Chesterfield Place. As casas terminavam ali. À sua direita, entrevia o mar, e quase nada mais da cidade à sua esquerda.

O que fazer? O campo reaparecia. A leste, grandes planos inclinados marcavam as largas encostas de Radipole. Devia continuar essa viagem? Devia avançar e encontrar novamente a solidão? Devia recuar e voltar para as ruas? O que fazer com esses dois silêncios? Qual dessas recusas escolher?

Existe uma âncora de misericórdia, assim como existe um olhar de misericórdia. Foi esse olhar que o pobre menino desesperado lançou ao seu redor.

De repente, ouviu uma ameaça.

V A MISANTROPIA FAZ DAS SUAS

Certo ranger estranho e alarmante chegou a ele vindo da escuridão.

Era motivo para recuar. Ele avançou.

Àqueles que o silêncio consterna, um rugido apraz.

O som feroz o tranquilizou. Aquela ameaça era uma promessa. Ali havia um ser vivo e desperto, ainda que fosse um animal selvagem. Caminhou para o lado de onde vinha o ruído.

Contornou o canto de um muro e, atrás dele, no reflexo da neve e do mar, espécie de vasta luminosidade sepulcral, viu uma coisa que parecia estar abrigada ali. Era uma charrete, se não fosse uma cabana. Tinha rodas, era um veículo; e tinha um teto, era uma moradia. Do teto saía um tubo, e do tubo saía uma fumaça. Essa fumaça era vermelha, o que parecia anunciar um belo fogo lá dentro. Atrás, dobradiças salientes indicavam uma porta e, no centro dessa porta, uma abertura quadrada deixava entrever que havia luz na cabana. Ele se aproximou.

O que havia rangido sentiu sua aproximação. Quando chegou perto da cabana, a ameaça se tornou furiosa. Não era mais com um rangido que ia confrontar-se, mas com um rugido. Ouviu um barulho seco, como de uma corrente violentamente esticada, e, repentinamente, abaixo da porta, no espaço entre as duas rodas traseiras, surgiram duas fileiras de dentes afiados e brancos.

Ao mesmo tempo que a boca surgiu entre as rodas, uma cabeça passou pelo postigo.

— Calma lá! — disse a cabeça.

A boca se calou.

A cabeça prosseguiu:

— Tem alguém aí?

O menino respondeu:

— Sim.

— Quem?

— Eu.

— Você? Mas quem? De onde vem?

— Estou cansado — disse o menino.

— Que horas são?

— Estou com frio.

— O que está fazendo aqui?

— Estou com fome.

A cabeça replicou:

— Nem todo mundo pode ser feliz como um lorde. Vá embora.

A cabeça se recolheu e o postigo se fechou.

O menino baixou a fronte, apertou em seus braços a pequena adormecida e juntou suas forças para retomar o caminho. Deu alguns passos e começava a se afastar.

No entanto, ao mesmo tempo que o postigo se fechara, a porta se abrira. Uma pequena escada fora baixada. A voz que acabara de falar com o menino gritou exasperada do fundo da cabana:

— Pois bem, por que não entra?

O menino virou para trás.

— Entre logo — continuou a voz. — De onde me saiu um moleque desses, que tem fome e frio e não entra!

Ao mesmo tempo expulso e chamado de volta, o menino ficou imóvel. A voz recomeçou:

— Estou lhe dizendo para entrar, moleque!

Ele se decidiu e pisou no primeiro degrau da escada.

Mas rosnaram sob o veículo.

Ele recuou. A boca aberta reapareceu.

— Calma! — gritou a voz do homem.

A boca se escondeu, o rosnar cessou.

— Suba — disse o homem.

O menino subiu com dificuldade os três degraus. Estava atrapalhado com a outra criança, de tal forma inerte, embrulhada e enrolada no casaco que nada se via dela, a não ser que era uma massa informe.

Transpôs os três degraus e, chegando à porta, parou.

Nenhuma vela queimava na cabana, provavelmente por miserável economia; ela era iluminada apenas pela luz avermelhada de um fogo de turfa crepitando em um fogareiro de ferro. Sobre o fogareiro fumegavam uma tigela e um pote contendo, ao que tudo indicava, algo para comer. Dava para sentir o cheiro bom. Essa moradia era mobiliada com uma arca, uma escada e uma lamparina apagada presa ao teto. Além disso, nas divisórias, algumas pranchas apoiadas em suportes de madeira e ganchos de onde pendiam coisas misturadas. Nas pranchas e nos ganchos estavam dispostos objetos de vidro, de cobre, um destilador, um recipiente muito semelhante a essas bacias usadas para granular cera, que chamam de granuladores, e uma confusão de objetos estranhos, dos quais o menino nada conseguiu entender; na verdade, uma bateria de cozinha para uso químico. A cabana tinha um formato oblongo; o fogareiro ficava perto da entrada. Não era sequer um pequeno quarto, mal passava de uma grande caixa. O exterior era mais iluminado pela neve do que aquele interior pelo fogareiro. Dentro da cabana tudo era indistinto e confuso. Porém o reflexo do fogo no teto permitia a leitura de uma inscrição feita em grandes letras: URSUS, FILÓSOFO.

O menino, na verdade, entrava na casa de Homo e de Ursus. Acabamos de ouvir o rosnar de um e a voz do outro.

Tendo chegado à soleira, o menino viu, ao lado do fogareiro, um homem alto, imberbe, magro e velho, vestido de cinza; estava em pé e seu crânio calvo tocava o teto. Esse homem não podia erguer-se, pois a cabana era apertada.

— Entre — disse o homem, que era Ursus.

O menino entrou.

— Ponha seu embrulho ali.

O menino colocou seu fardo sobre a arca, com precaução, temendo assustá-lo e acordá-lo.

O homem continuou:

— Com que cuidado está colocando isso aí! Cuidado maior, só se fosse uma relíquia. Está com medo de estragar seus farrapos? Ah, que pestinha abominável! Na rua a uma hora dessas? Quem é você? Responda. Não, eu o proíbo de responder. Vamos ao que interessa: está com frio, vá se aquecer.

E o empurrou pelos ombros para a frente do fogareiro.

— Você está muito molhado! E muito gelado! Como se fosse permitido entrar assim em uma casa! Vamos, tire todos esses trapos, patife!

E, com uma rispidez febril, arrancou-lhe com uma mão os andrajos, que se rasgaram em tiras, e com a outra retirou de um gancho uma camisa e uma jaqueta de lã que ainda hoje chamam de *kiss-my-quick.*

— Tome, aqui estão algumas roupas.

Tirou da pilha um pano com o qual esfregou, diante do fogo, os membros do menino aturdido e exausto, e que, naquele momento de calorosa nudez, pensou estar vendo e tocando o céu. Após esfregar seus membros, o homem enxugou seus pés.

— Vamos, magrelo, não tem mais nada gelado. Eu fui muito tolo temendo que alguma coisa estivesse gelada, as patas da frente ou de trás! Não foi desta vez que endureceu de frio. Ponha a roupa.

O menino vestiu a camisa, e o homem vestiu-lhe por cima a jaqueta de tricô.

— Agora...

O homem puxou a escada com o pé e, sempre o empurrando pelo ombro, fez o menino sentar-se nela; em seguida apontou-lhe a tigela que fumegava sobre o fogareiro. O que o menino enxergava nessa tigela ainda era o céu, ou seja, uma batata com toucinho.

— Está com fome, coma.

O homem pegou de cima de uma tábua uma crosta de pão duro e um garfo de ferro, e os estendeu ao menino. O menino hesitou.

— Será que vou ter de pôr a mesa para você? — disse o homem. E colocou a tigela no colo do menino.

— Coma tudo!

A fome foi mais forte que o aturdimento. O menino começou a comer. A pobre criatura mais devorava que comia. O barulho alegre do pão sendo mordido enchia a cabana. O homem murmurava:

— Não tão depressa, esfomeado! Que guloso, esse pivete! Essa cambada faminta come de um jeito revoltante. Tinham de ver um lorde cear. Já vi na vida alguns duques comendo. Eles não comem, isso é que é nobre. Eles bebem, na verdade. Vamos, leitãozinho, encha a barriga!

A ausência de ouvidos que caracteriza a barriga faminta deixava a criança pouco sensível a essa violência de epítetos, temperada, aliás, pela caridade das ações, contrassenso em seu proveito. Naquele momento, ele estava absorvido por essas duas urgências e por esses dois êxtases: aquecer-se, comer.

Ursus prosseguia em surdina com suas imprecações, falando entre os dentes:

— Vi o rei Jaime em pessoa cear no *Banqueting House,* onde as pinturas do famoso Rubens são admiradas; Sua Majestade não tocava em nada. Este miserável aqui pasta! Pastar, palavra que remete a animal. Que ideia fui ter, vir para este Weymouth sete vezes prometido aos deuses do inferno! Não vendi nada o dia inteiro, discursei para a neve, toquei flauta para o furacão, não embolsei um tostão, e, à noite, me aparece essa gente pobre! Que lugar horrível! Entre mim e os passantes imbecis existe batalha, luta e competição. Eles tentam me dar apenas uns centavos, eu tento lhes dar apenas umas drogas. Pois é, e hoje, nada! Nem um idiota nessa esquina, nem um *penny* em caixa! Coma, *boy* do inferno! Morda e devore! Vivemos num tempo em que nada se iguala ao cinismo dos fila-boias. Engorde à minha custa, parasita! Mais que faminta, essa criatura é raivosa. Isso não é apetite, é voracidade. Está esgotado por um vírus rábico. Quem sabe? Talvez esteja com a peste. Está com a peste, bandido? E se ele passar a peste para Homo! Ah! Isso não! Morra, gentalha, mas não quero que meu lobo morra. Ora essa, também estou com fome. Declaro que este foi um incidente desagradável. Hoje trabalhei muito noite adentro. Há dias na vida em que ficamos impacientes. E esta noite eu estava assim, impaciente para comer. Estou sozinho, acendo o fogo, só tenho uma batata, uma casca de pão, um naco de toucinho e uma gota de leite, ponho isso para esquentar e penso: que bom! Imagino que vou matar minha fome, e poft! Esse crocodilo tinha de me cair do céu justo nessa hora! E se instala, pura e simplesmente, entre mim e minha comida. Eis meu refeitório devastado. Coma, traíra; coma, tubarão; quantas fileiras de dentes você tem na goela? Devore tudo, lobinho. Não; retiro o que eu disse, respeito aos lobos! Engula minha xepa, serpente! Hoje eu trabalhei com o estômago vazio, a goela reclamando, o pâncreas em sofrimento, as entranhas arruinadas, fui até tarde da noite; minha recompensa é ver um outro comer. Que haja igualdade, vamos dividir. Ele fica com o pão, a batata e o toucinho, mas eu fico com o leite.

Naquele instante, ouviu-se na cabana um grito queixoso e prolongado. O homem apurou os ouvidos.

— Agora está gritando, patife! Por quê?

O menino se virou; era evidente que não gritava. Sua boca estava cheia.

O grito não cessou.

O homem foi até a arca.

— Então, é este pacote que está berrando! Vale de Josafá! Vejam só o pacote que vocifera! O que tanto gralha, esse seu pacote?

Desenrolou o casaco; a cabeça de uma criança saiu ali de dentro, de boca aberta, chorando.

— Muito bem, quem vem lá? — disse o homem. — O que é isso? Mais um deles. Isso não vai ter fim? Mas quem é! Às armas! Cabo, chame a guarda! Mais um poft! O que você foi me arranjar, bandido? Não está vendo que ela está com sede? Vamos, ela precisa beber, esta aqui. Que bom! Agora, não vou ter nem leite!

Do meio da bagunça sobre uma prateleira, pegou um rolo de gaze, uma esponja e um frasco, enquanto murmurava com exaltação:

— Lugar maldito!

Depois, olhou para a criança.

— É uma menina. Dá para saber pelo choro. Ela também está molhada.

Assim como havia feito com o menino, arrancou os trapos com os quais mais estava amarrada do que vestida, e a enrolou em um retalho indigente, mas limpo e seco, de um pano grosso. Essa rápida e brusca troca de roupa exasperou a pequena.

— Ela mia sem parar — disse ele.

Com os dentes, rasgou uma tira alongada da esponja; cortou do rolo um quadrado de gaze e puxou um fio; pegou sobre o fogareiro o pote onde havia leite, encheu com ele o frasco; introduziu metade da tira de esponja no gargalo, cobrindo-a com a gaze; amarrou essa tampa com o fio; encostou o frasco no rosto para verificar se não estava muito quente e segurou no braço esquerdo o consternado embrulho, que continuava a chorar.

— Vamos, criatura, trate de cear! Tome esta mamadeira.

E encostou o frasco em sua boca.

A pequena mamou avidamente.

Ele segurava o frasco com a inclinação adequada e resmungava:

— São todos iguais, esses covardes! Quando conseguem o que querem, eles se calam.

A pequena havia mamado com tanto vigor e agarrado com tamanho arrebatamento o pedaço de seio oferecido por essa intratável providência que teve um acesso de tosse.

— Vai se afogar! — ralhou Ursus. — Que grande gulosa, esta aqui!

Puxou a esponja que ela sugava, deixou a tosse se acalmar e tornou a colocar o frasco entre seus lábios, dizendo:

— Mame, rapariga!

Enquanto isso, o menino pôs o garfo de lado. Ver a pequena mamar o fazia esquecer-se de comer. Um pouco antes, enquanto comia, o que havia em seu olhar era satisfação; agora, era reconhecimento. Ele via a pequena renascer. Esse arremate da ressurreição iniciada por ele enchia seus olhos de um brilho inefável. Ursus continuava pronunciando entre os dentes palavras enfurecidas. Por um instante, o menino dirigiu a Ursus seu olhar marejado pela indefinível emoção que experimentava, sem poder expressá-la, pobre criatura amedrontada e enternecida.

Ursus o repreendeu furiosamente:

— Vamos, coma!

— E o senhor? — disse o menino tremendo e com lágrimas nos olhos. — O senhor vai ficar sem nada?

— Trate de comer tudo, fedelho! Não tem muito nem para você, já que nem tinha o suficiente para mim.

O menino tornou a pegar o garfo, mas não comeu.

— Coma! — vociferou Ursus. — O que isso tem a ver comigo? Quem está falando em mim? Maldito coroinha pé-descalço da paróquia Sem-Vintém, estou mandando você comer tudo. Está aqui para comer, beber e dormir. Então, coma, senão jogo você na rua, você e sua amiguinha!

Ameaçado dessa forma, o menino voltou a comer. Não ia ter muito trabalho para acabar com o que restava na tigela.

Ursus murmurou:

— Esta casa é mal acabada; o frio está entrando pelas vidraças.

De fato, um vidro da frente tinha sido quebrado por um solavanco da carroça, ou por uma pedra atirada por algum moleque. Sobre essa avaria, Ursus tinha aplicado uma estrela de papel, que estava descolada. O vento norte entrava por ali.

Ursus sentara meio de lado sobre a arca. A pequena, apoiada ao mesmo tempo em seus braços e em seus joelhos, sugava voluptuosamente a garrafa, com a beata sonolência dos querubins diante de Deus e das crianças diante do seio.

— Está bêbeda — disse Ursus.

E continuou:

— Façamos então um sermão sobre a temperança!

O vento arrancou do vidro o emplastro de papel, que voou pela cabana; mas isso não era motivo para interromper as duas crianças ocupadas em renascer.

Enquanto a pequena mamava e o menino comia, Ursus resmungava.

— O vício da bebida começa nos cueiros. Portanto, dê-se ao trabalho de ser o bispo Tillotson e de esbravejar contra os excessos da bebida. Droga de vento encanado! Além disso, meu fogareiro é velho e solta baforadas de fumaça que são de dar triquíase[5] em qualquer um. Temos o inconveniente do frio e o inconveniente do fogo. Não se vê com clareza. Esta criatura aqui abusa da minha hospitalidade. E eu ainda não consegui ver a cara dessa malcriada. O conforto anda em falta aqui dentro. Por Júpiter! Gosto muito dos banquetes refinados em cômodos bem trancados. Não segui minha vocação, nasci para o prazer dos sentidos. O maior dos sábios é Filoxeno, que desejou ter um pescoço de ema para aproveitar por mais tempo os prazeres da mesa. Arrecadação zero, hoje! Nada vendido o dia inteiro! Calamidade. Habitantes, criados e burgueses, eis o médico, eis a medicina. Está perdendo seu tempo, meu velho. Feche sua farmácia. Aqui todo mundo vai bem. Esta é uma cidade maldita, onde ninguém está doente! Só o céu está com diarreia. Quanta neve! Anaxágoras ensinava que a neve é negra. Ele tinha razão, frio é escuridão. O gelo é a noite. Que borrasca! Imagino o divertimento dos que estão no mar. O furacão é a passagem dos demônios, o rumor das assombrações galopando e rolando de ponta-cabeça por cima das nossas caixas cranianas. Nas nuvens, este tem um rabo, aquele tem chifres, aquele outro tem como língua uma

[5] Alteração na orientação dos cílios, fazendo-os tocar na superfície do globo ocular, causando irritação.

labareda, outro tem garras nas asas, outro ainda tem uma pança de lorde chanceler, e mais outro tem uma cachola de acadêmico; em cada barulho se distingue uma forma. Para cada vento novo, um demônio diferente; o ouvido escuta, o olho vê, o barulho é uma figura. Por Deus! Há pessoas no mar, é evidente. Meus amigos, safem-se da tempestade; tenho muito a fazer para me safar da vida. E essa agora! Por acaso abri uma pensão? Por que me chegam esses viajantes? O sofrimento universal respinga até na minha pobreza; medonhas gotas da lama humana caem dentro da minha cabana. Estou entregue à voracidade dos passantes. Sou uma presa. A presa dos mortos de fome. O inverno, a noite, um casebre de papelão, com um desafortunado amigo lá fora, embaixo da cabana, a tempestade, uma batata, um fogo do tamanho de um punho, parasitas, vento penetrando por todas as frestas, nenhum tostão, e pacotes que se põem a uivar! Ao abri-los, topamos com esses indigentes. Que situação! E digo mais, que as leis são violadas! Ah, o vadio com a sua vadiazinha, ladrão danado, pirralho mal intencionado, ah!, você anda pelas ruas depois do toque de recolher! Se nosso bom rei soubesse disso, ele mesmo mandaria que o jogassem numa masmorra, só para você aprender! O moço passeia de noite com a senhorita! Com esse frio, sem chapéu, sem sapato! Pois saiba que é proibido. Existem regras e determinações, seu subversivo! Os vagabundos são punidos; gente honesta, que tem sua própria casa, é resguardada e protegida; os reis são os pais do povo. Sou domiciliado, ouviu?! Você teria sido açoitado em praça pública, se o tivessem encontrado, e seria bem feito! Deve haver ordem em um Estado civilizado. Eu errei em não denunciá-lo ao comissário de polícia. Mas sou assim, compreendo o bem e faço o mal. Ah, bandido! Chegar aqui nesse estado! Não percebi a neve em cima deles quando entraram, e ela derreteu. Pronto, a casa inteira está molhada. Tenho uma inundação em minha casa. Vou ter de queimar um carvão danado para secar esse lago. Carvão a doze *farthings* a saca! Como vamos fazer caber três nesta barraca? É o fim, estou entrando no ramo das creches, terei em casa, em desmame, o futuro da indigência da Inglaterra. Terei como emprego, ofício e função moldar os fetos mal paridos da grande indecente Miséria, aperfeiçoar a feiura dos crápulas mirins e dar aos jovens malandros ares de filósofo! A língua do urso é o cinzel de Deus. E dizer que, se eu não estivesse sendo logrado há trinta anos por gente dessa espécie, eu seria rico, Homo seria gordo, eu teria um consultório médico cheio de raridades; teria instrumentos cirúrgicos tanto quanto o doutor Linacre, cirurgião do rei Henrique VIII; teria diversos animais, de todos os tipos, múmias do Egito e outras coisas do gênero! Eu seria do colégio dos Doutores e teria o direito de usar a biblioteca construída em 1625 pelo célebre Harvey, e de ir trabalhar no topo envidraçado do domo, de onde se avista a cidade de Londres inteira! Poderia continuar meus cálculos sobre o ofuscamento solar e provar que um vapor nebuloso emana do astro. Essa é a opinião de Kepler, que nasceu um ano antes do massacre de São Bartolomeu[6] e foi matemático do imperador. O Sol é uma chaminé que às vezes solta fumaça. Meu fogareiro também. Meu fogareiro não vale mais que o Sol. Sim, tivesse eu feito fortuna, meu papel seria outro, eu não seria trivial, não aviltaria a ciência pelas esquinas. Pois o povo não é digno da doutrina, já que não passa de uma multidão de insensatos, de uma confusa e completa mistura de idades, sexos, humores e condições que os sábios de todos os tempos não hesitaram em desprezar, e cuja extravagância e furor os mais moderados, em sua justiça, detestam. Ah, estou farto de tudo que existe. E depois, não se vive por muito tempo. A vida humana passa muito rápido. Pensando bem, não; ela é longa. Com alguns intervalos, para que a gente não se desencoraje, para que a gente tenha a estupidez de consentir em existir e para que a gente não aproveite as magníficas oportunidades de se enforcar que nos oferecem todas as cordas e todos os pregos, a natureza parece ter um pouco de cuidado com o homem. Mas não esta noite. Ela faz o trigo crescer, faz a uva amadurecer, faz o rouxinol cantar, a malandra da natureza. De tempos em tempos, um raio de aurora, ou um copo de gim, é o que a gente chama de felicidade. Uma fina borda de bem em volta de um imenso sudário do mal. Temos um destino com o qual o diabo fez o tecido e Deus fez a bainha. Enquanto isso, você comeu meu jantar, ladrão!

Durante esse tempo, a criancinha, que ele continuava segurando nos braços com toda delicadeza, embora encolerizado, tornava a fechar vagamente os olhos; sinal de plenitude.

Ursus examinou o frasco e resmungou:

— Ela bebeu tudo, a atrevida!

Levantou-se e, segurando a pequena com o braço esquerdo, com a mão direita ergueu a tampa da arca e tirou dali uma pele de urso, aquela que chamava, como lembramos, de sua "verdadeira pele".

Enquanto executava esse trabalho, ouvia a outra criança comer, e a olhava de través.

— Será uma labuta se, de agora em diante, eu tiver de alimentar esse glutão em crescimento! Será como ter uma verdadeira solitária no ventre do meu negócio.

Sempre com uma só mão, e fazendo o melhor que podia, estendeu a pele de urso sobre a arca com a ajuda dos cotovelos e com movimentos cuidadosos,

[6] Episódio ocorrido na França na noite de 23 para 24 de agosto de 1572, tendo durado vários meses: repressão e assassinato de protestantes sob as ordens dos reis católicos franceses.

para não agitar o início de sono da pequenina. Em seguida, colocou-a sobre a pele, do lado mais próximo ao fogo.

Então, colocou o frasco vazio sobre o fogareiro e exclamou:

— Eu é que estou com sede!

Olhou dentro do pote; restavam alguns bons goles de leite; aproximou o pote da boca. No momento em que ia beber, seu olhar encontrou a pequenina. Pôs o pote de novo sobre o fogareiro, pegou o frasco, destampou-o e encheu-o com o restante do leite, recolocou a esponja e tornou a prender a gaze em volta do gargalo.

— Mas continuo com fome e com sede — disse ele. E acrescentou: — Quando não se pode comer pão, bebe-se água.

Atrás do fogareiro, via-se uma caneca desbeiçada.

Pegou-a e estendeu-a ao menino:

— Quer beber?

O menino bebeu e voltou a comer.

Ursus pegou novamente a caneca e levou-a à boca. A temperatura da água que ela continha havia sido alterada de forma desigual pela proximidade com o fogareiro. Deu alguns goles e fez uma careta.

— Água pretensamente pura, tu pareces com os falsos amigos. És morna por cima e fria por baixo.

Enquanto isso, o menino acabara de jantar. A tigela estava mais que vazia, estava limpa. Ele catava e comia, pensativo, algumas migalhas de pão caídas nas dobras da blusa de lã sobre os joelhos.

— Isso não é tudo. Agora, a coisa é entre nós dois. A boca não é feita só para comer, é feita para falar. Já que você está aquecido e empanturrado, animal, preste atenção, vai responder minhas perguntas. De onde você vem?

— Não sei — o menino respondeu.

— Como não sabe?

— Fui abandonado esta noite à beira do mar.

— Ah! Patife! Como você se chama? Esse aí é tão ordinário que acaba de ser abandonado pelos pais!

— Não tenho pais.

— Trate de entender um pouco dos meus gostos e preste atenção, pois não me agrada nem um pouco que me venham com lorotas. Você tem pais, pois tem uma irmã.

— Não é minha irmã.

— Não é sua irmã?

— Não.

— O que é então?

— Uma criança que encontrei.

— Encontrou?

— Encontrei.

— Como! Você recolheu isso?

— Recolhi.

— Onde? Se mentir, mato você!

— Em cima de uma mulher que estava morta na neve.

— Quando?

— Faz uma hora.

— Onde?

— A uma légua daqui.

As arcadas frontais de Ursus se enrugaram e tomaram a forma aguda que caracteriza a emoção dos supercílios de um filósofo.

— Morta! Eis alguém que é feliz! Melhor deixá-la na sua neve; lá ela está bem. De que lado era?

—Dos lados do mar.

— Você passou pela ponte?

— Passei.

Ursus abriu o postigo da parte traseira e examinou o exterior. O tempo não havia melhorado. A neve caía, espessa e lúgubre.

Fechou a portinhola.

Foi até o vidro quebrado, tampou o buraco com um trapo; colocou mais turfa no fogareiro; estendeu o mais que pôde a pele de urso sobre a arca, pegou um livro bem grande que estava em um dos cantos e o colocou sob a pele, para servir de travesseiro, e ajeitou sobre esse travesseiro a cabecinha da pequena adormecida.

Voltou-se para o menino.

— Deite aí.

O menino obedeceu e se estendeu ao lado da menina.

Ursus enrolou a pele de urso em volta das duas crianças, prendendo-a sob os pés.

Tirou de uma prateleira, amarrando-o em volta do corpo, um cinturão de tecido com um grande bolso contendo provavelmente um estojo de cirurgião e frascos de elixir.

Depois desenganchou a lamparina do teto e a acendeu. Era do tipo furta--fogo. Ao acender-se, deixou as crianças no escuro.

Ursus entreabriu a porta e disse:

— Estou saindo. Não tenham medo, vou voltar. Durmam.

E, baixando a escada, gritou:

— Homo!

Recebeu em resposta um terno rosnar.

De lamparina na mão, Ursus desceu, a escada se recolheu e a porta voltou a se fechar. As crianças ficaram sozinhas.

Do lado de fora, uma voz, que era a voz de Ursus, perguntou:

— *Boy*, você que acabou de comer meu jantar! Escute aqui, você já está dormindo?

— Não — respondeu o menino.

— Pois bem, se ela chorar, dê-lhe o resto do leite.

Ouviu-se um tilintar de corrente e o ruído de passos humanos se afastando, juntamente com os de um animal.

Instantes depois, as duas crianças dormiam profundamente.

Era uma indescritível mescla de respirações; mais que a castidade, a ignorância; uma noite de núpcias antes do sexo. O menino e a pequena, nus e lado a lado, permaneceram durante essas horas silenciosas na seráfica promiscuidade da escuridão; a quantidade de sonho possível para essa idade flutuava de um ao outro; sob suas pálpebras fechadas é provável que houvesse luz de estrelas. Se a palavra casamento não for descabida aqui, eram marido e mulher à maneira dos anjos. Tal inocência em tal escuridão, tal pureza em tal enlaçamento, são antecipações celestiais só possíveis na infância, e imensidão alguma se assemelha a essa grandeza das crianças. De todos os abismos, esse é o mais profundo. A formidável perpetuidade de um morto acorrentado além da vida, a enorme obstinação do oceano sobre um naufrágio, a vasta brancura da neve recobrindo formas enterradas, nada disso é tão pungente quanto duas bocas de criança que se tocam divinamente no sono, e cujo encontro nem sequer é um beijo. Noivado, talvez; talvez catástrofe. O incógnito pesa sobre esta justaposição. É fascinante; e quem sabe se não é assustador? Sentimos o coração apertar. A inocência é mais sublime que a virtude. A inocência é feita de sagrada obscuridade. Eles dormiam. Eles estavam tranquilos. Eles tinham calor. A nudez dos corpos entrelaçados amalgamava a virgindade das almas. Estavam ali como que no ninho do abismo.

VI O DESPERTAR

O dia começa sinistro. Uma triste claridade esbranquiçada penetrou na cabana. Era a aurora glacial. Essa palidez, que esboça em fúnebre realidade o relevo das coisas moldadas pela noite com uma aparência espectral, não despertou as crianças, profundamente adormecidas. A cabana estava aquecida. Ouviam-se suas duas respirações se alternando, como duas ondas tranquilas. Lá fora já não havia mais furacão. A luminosidade do amanhecer lentamente tomava conta do horizonte. As constelações se apagavam, uma após a outra, como velas sendo assopradas. Apenas o brilho de algumas estrelas maiores resistia. O profundo canto do infinito emanava do mar.

O fogareiro não estava completamente apagado. O alvorecer pouco a pouco se transformava em dia claro. O menino dormia menos que a menina. Havia nele algo de sentinela e guardião. Quando um raio mais vivo que os outros atravessou a vidraça, ele abriu os olhos. O sono da infância se acaba em esquecimento; ele permaneceu em um estado de semissonolência, sem saber onde estava nem o que havia perto dele, sem se esforçar para lembrar, olhando para o teto e se entregando a um vago trabalho de divagação com as letras da inscrição *Ursus filósofo*, que ele examinava sem decifrar, pois não sabia ler.

Um barulho de chave girando na fechadura o fez esticar o pescoço.

A porta se abriu, a escada basculou. Ursus voltava. Ele subiu os três degraus, lamparina apagada na mão.

Ao mesmo tempo, um pisotear de quatro patas escalava agilmente a escada. Era Homo seguindo Ursus, ele também voltando para casa.

O menino desperto sentiu um leve sobressalto.

O lobo, provavelmente com fome, tinha um ricto matinal em que mostrava todos os dentes, muito brancos.

Ele parou na metade da subida e pôs as duas patas dianteiras dentro da cabana, os dois cotovelos apoiados na soleira, como um pregador à beira da tribuna. A distância, farejou a arca, que não estava acostumado a ver habitada daquele jeito. Seu perfil de lobo, enquadrado pela porta, desenhava-se em negro contra a claridade da manhã. Decidiu-se e entrou.

O menino, vendo o lobo na cabana, saiu de cima da pele de urso, levantou-se e ficou de pé em frente à menina, mais adormecida do que nunca.

Ursus acabava de pendurar a lamparina no gancho do teto. Em silêncio, com uma lentidão maquinal, tirou o cinturão onde estava seu estojo e o pôs de volta na prateleira. Não olhava para nada e parecia não ver nada. Seus olhos estavam vidrados. Algo de muito profundo agitava seu espírito. Seu pensamento enfim veio à tona, como de costume, com uma viva profusão de palavras. Exclamou:

— Decididamente feliz! Morta, bem morta!

Agachou-se e jogou uma pá de cavacos no fogareiro, e enquanto remexia a turfa resmungou:

— Deu trabalho encontrá-la. A perversidade incógnita soterrou-a sob dois pés de neve. Sem Homo, que enxerga tão claro com seu focinho quanto Cristóvão Colombo com sua perspicácia, eu ainda estaria lá, patinando na avalanche e brincando de esconde-esconde com a morte. Diógenes pegava sua lanterna e procurava um homem; eu peguei uma lanterna e procurei uma mulher. Ele encontrou o sarcasmo; eu encontrei o luto. Como ela estava fria! Toquei sua mão, uma pedra de gelo! Que silêncio em seus olhos! Como alguém pode ser tão besta e morrer deixando uma criança para trás? Agora não vai ser nada fácil botar três neste caixote! Que desastre! Pois então agora tenho família! Filha e filho.

Enquanto Ursus falava, Homo se aproximara do fogareiro. A mão da pequena adormecida pendia entre o fogareiro e a arca. O lobo pôs-se a lamber essa mão. E o fazia tão ternamente que a menina não despertou.

Ursus virou-se.

— Muito bem, Homo. Eu serei o pai e você será o tio.

Em seguida, retomou sua tarefa de filósofo, cuidando do fogo sem interromper seu *aparte*.

— Adoção. Está decidido. Aliás, Homo também quer.

Ergueu-se.

— Eu gostaria de saber quem é o responsável por essa morte. São os homens? Ou...

Olhava para o ar, mas para além do teto, e sua boca murmurou:

— Foste tu?

Depois sua fronte se abaixou como se pesasse e ele continuou:

— A noite se deu ao trabalho de matar aquela mulher.

Levantando novamente o olhar, deparou-se com o rosto do menino que, acordado, o ouvia. Ursus o interpelou bruscamente:

— Está rindo de quê?

O menino respondeu:

— Não estou rindo.

Ursus sentiu uma espécie de tremor, examinou-o fixamente e em silêncio por alguns instantes e disse:

— Então você é terrível.

O interior da cabana era tão mal iluminado à noite que Ursus ainda não tinha visto o rosto do menino. O dia claro agora o revelava.

Colocou as palmas das mãos sobre os ombros do menino, observou seu rosto com uma atenção cada vez mais aguda e gritou-lhe:

— Pare de rir!

— Não estou rindo — disse o menino.

Ursus estremeceu da cabeça aos pés.

— Está rindo, estou lhe dizendo.

Então, sacudindo o menino com um apertão que era de fúria, se não fosse de piedade, perguntou-lhe com violência:

— Quem lhe fez isso?

O menino respondeu:

— Não entendo o que o senhor quer dizer.

Ursus continuou:

— Desde quando você tem esse riso?

— Sempre fui assim — disse o menino.

Ursus disse a meia-voz, olhando em direção à arca:

— Pensei que esse trabalho não fosse mais realizado.

Com muito cuidado para não acordar a pequena, pegou sob sua cabeça o livro que lhe pusera como travesseiro.

— Vejamos Conquest — murmurou.

Era um infólio de pergaminho, que ele folheou com o polegar; parou em uma página, abriu completamente o livro sobre a superfície do fogareiro e leu:

— ... *De Denasatis.*[7] É isso.

E continuou:

— *Bucca fissa usque ad aures, genzivis denudatis, nasoque murdridato, masca eris, et ridebis semper.*[8] É exatamente isso!

Colocou o livro sobre uma das prateleiras, resmungando:

— Ir mais a fundo nessa aventura seria insano. Fiquemos na superfície. Ria, meu garoto.

A pequena acordou. Seu "bom dia" foi um grito.

— Vamos lá, babá, vamos dar de mamar — disse Ursus.

Ela se sentou. Ursus pegou o frasco, que estava em cima do fogareiro, e lhe deu para sugar.

Naquele momento o Sol se erguia. Estava à flor do horizonte. Seus raios avermelhados entravam pela vidraça batendo diretamente sobre o rosto da pequenina virada para ele. Os olhos da criança, fixos no Sol, refletiam sua órbita púrpura como dois espelhos. As pupilas e as pálpebras não se moviam.

—Céus — disse Ursus —, ela é cega.

---

[7] "Sobre aqueles a quem cortaram o nariz."

[8] "Boca fendida até as orelhas, gengivas à mostra e nariz amassado, serás mascarado e rirás para sempre."

SEGUNDA PARTE

POR ORDEM DO REI

LIVRO PRIMEIRO

Eterna presença do passado; os homens refletem o homem

I LORDE CLANCHARLIE

I

Havia, naqueles tempos, uma velha lembrança.

Essa lembrança era Lorde Linnœus Clancharlie.

O Barão Linnœus Clancharlie, contemporâneo de Cromwell, era um dos pares da Inglaterra (pouco numerosos, apressemo-nos a dizer) que haviam aceitado a república. Essa aceitação podia ter sua razão de ser, e a rigor se explica pelo fato de que a república havia momentaneamente triunfado. Era bem natural que Lorde Clancharlie permanecesse no partido republicano enquanto a república estivesse em vigor. Mas, mesmo com o término da revolução e a queda do governo parlamentarista, Lorde Clancharlie persistia. Era fácil para os nobres aristocratas retornarem à alta câmara reconstituída, os arrependimentos sendo sempre bem aceitos pela restauração, e sendo Carlos II um bom príncipe para aqueles que retornavam a ele. Mas Lorde Clancharlie não havia compreendido devidamente os acontecimentos. Enquanto a nação cobria de aclamações o rei que retomava posse da Inglaterra, enquanto a unanimidade proferia seu veredicto, enquanto a saudação do povo à monarquia acontecia, enquanto a dinastia se reerguia em meio a uma reviravolta gloriosa e triunfante, no momento em que o passado se tornava porvir e o porvir se tornava passado, esse Lorde permanecia refratário. Ele havia dado as costas a todo esse entusiasmo; voluntariamente se havia exilado; podendo ser par, preferiu ser proscrito. E os anos assim se passaram; ele envelhecera mantendo essa fidelidade à república morta. Também se cobrira do ridículo que naturalmente é associado a esse tipo de infantilidade.

Havia-se retirado para a Suíça; morava em uma espécie de casarão arruinado à beira do lago de Genebra. Escolhera essa habitação no mais rústico recôndito do lago, entre Chillon, onde fica a prisão de Bonnivard, e Vevey, onde fica o túmulo de Ludlow. Os rigorosos Alpes, repletos de crepúsculos, de ventos e de nuvens, o envolviam; e ele ali vivia, isolado nessas grandes sombras que caem das montanhas. Era raro que alguém o encontrasse. Esse homem estava fora do seu lugar, quase fora do seu século. Naquele momento, para aqueles que estavam a par e conheciam as questões da época, nenhuma resistência às conjeturas era justificável. A Inglaterra estava feliz; uma restauração é como a reconciliação de um casal; príncipe e nação deixaram de dormir em camas separadas; nada era mais gracioso e mais alegre; a Grã-Bretanha brilhava; ter um rei já é muita coisa, mas, além disso, tinham um rei encantador; Carlos II era amável, homem inclinado ao prazer e ao comando, e grandioso sucessor de Luís XIV; era um cavalheiro e um fidalgo; Carlos II era admirado por seus súditos; fizera a guerra de Hanover, certamente sabendo por que, embora fosse o único a saber; vendera Dunquerque à França, operação de alta política. Os pares democratas, a respeito de quem Chamberlayne disse: "A maldita república infesta com seu hálito purulento vários homens da alta nobreza", tinham tido o bom senso de se render às evidências, de pertencer à sua época e de voltar a ocupar seus assentos na nobre Câmara; para tanto, bastara-lhes prestar ao rei o juramento de obediência. Quando se pensava em todas essas realidades, nesse belo reinado, nesse excelente rei, nesses augustos príncipes entregues pela misericórdia divina ao amor do povo; quando se dizia que personagens consideráveis, a exemplo de Monk,[1] e mais tarde Jeffreys, haviam-se aliado ao trono, sendo justamente recompensados por sua lealdade e seu zelo com os mais magníficos cargos e com as funções mais lucrativas; que Lorde Clancharlie não podia ignorar, que dependia unicamente dele estar gloriosamente sentado ao lado desses honoráveis homens; que a Inglaterra tornara a alcançar, graças a seu rei, o topo da prosperidade; que Londres era só festas e desfiles; que todo mundo era opulento e entusiasmado; que a corte era galante, alegre e magnífica; se alguém, por acaso, longe desses esplendores, em alguma meia-luz sombria semelhante ao cair da noite, visse esse velho senhor trajando as mesmas roupas usadas pelo povo, pálido, distraído, curvado, provavelmente próximo da morte, em pé à beira do lago, pouco atento à tempestade e ao inverno, andando meio ao acaso, olhar fixo, cabelos brancos agitados pelo vento das sombras, silencioso, solitário, pensativo, dificilmente não sorriria.

Espécie de silhueta de um louco.

Pensando em Lorde Clancharlie, naquilo que ele poderia ter sido e naquilo que ele era, sorrir era indulgência. Alguns riam bem alto. Outros se indignavam.

---

[1] George Monk (1608-1670), general inglês que garantiu a restauração dos Stuarts; foi conduzido por Carlos II ao pariato.

É compreensível que os homens sérios ficassem chocados com um isolamento tão insolente.

Circunstância atenuante: Lorde Clancharlie jamais havia sido um homem sagaz. Todo mundo estava de acordo quanto a isso.

II

É desagradável ver as pessoas praticarem a obstinação. Ninguém gosta desses modos de Regulus,[2] o que provoca certa ironia da opinião pública.

Essas obstinações assemelham-se a afrontas, e há razão para rir-se delas.

E, afinal de contas, essas teimosias, essa rigidez seriam virtudes? Não haveria nessas excessivas demonstrações de abnegação e de honra muita ostentação? Mais exibição que outra coisa. Por que esse exagero de solidão e de exílio? Nunca exagerar é a máxima do sábio. Faça oposição, que seja; critique se quiser, mas decentemente e enquanto grita "viva o rei!". A verdadeira virtude está na sensatez. O que cai deveria ter caído, o que triunfa deveria ter triunfado. A providência tem seus motivos; ela coroa quem merece. Alguém tem a pretensão de saber mais do que ela? Quando as circunstâncias já alertaram, quando um regime tomou o lugar de outro, quando se deduz o verdadeiro e o falso em função do êxito, aqui a catástrofe, ali o triunfo, então mais nenhuma dúvida é possível; o homem honesto se alia ao que prevaleceu, e, embora isso possa ser conveniente à sua fortuna e à sua família, sem se deixar influenciar por essa circunstância e pensando somente na coisa pública, ele apoia o vencedor.

O que seria do Estado se ninguém consentisse em servir? Então tudo se deteria? Pôr-se em seu lugar é próprio do bom cidadão. Saiba sacrificar suas preferências secretas. Os empregos precisam ser mantidos. É realmente necessário que alguém se devote. Ser fiel às funções públicas é que é fidelidade. A debandada dos funcionários públicos seria a paralisia do Estado. O autobanimento é lastimável. É um exemplo? Quanta vaidade! É um desafio? Quanta audácia! Quem então você pensa que é? Entenda que nos equivalemos. Mas nós não desertamos; nós, não! Se quiséssemos, também seríamos intratáveis e inflexíveis, e faríamos pior do que você. Mas preferimos ser espertos. Porque sou Trimalcião, pensam que não sou capaz de ser Catão?[3] Ora essa!

---

[2] General romano conhecido por sua dedicação e lealdade, protótipo da resistência heroica.

[3] Da obra *Satíricon*, do escritor romano Petrônio (27 d.C. — 66 d.C.), um dos fragmentos mais significativos é o Banquete de Trimalcião, em que há descrições detalhadas de um memorável, extravagente e decadente jantar oferecido pelo que se poderia chamar de "novo rico" romano. Catão (95 a.C.- 46 a.C.) — político romano célebre por sua inflexibilidade e integridade moral.

III

Nunca uma situação foi mais clara e mais decisiva do que a de 1660. Nunca a conduta a seguir havia sido mais claramente indicada a um bom juízo.

A Inglaterra não tinha Cromwell. Durante a república, aconteceram muitos fatos irregulares. A supremacia britânica fora criada; a Inglaterra, com a ajuda da Guerra de Trinta Anos, dominara a Alemanha; com a ajuda da Fronda, sujeitara a França; com a ajuda do Duque de Bragança, enfraquecera a Espanha. Cromwell havia domesticado Mazarino; nos tratados, o Protetor da Inglaterra assinava acima do rei da França; haviam imputado às Províncias Unidas uma multa de oito milhões, Argel e Túnis haviam sido molestadas, a Jamaica conquistada, Lisboa humilhada; haviam encorajado a rivalidade francesa em Barcelona, e, em Nápoles, Masaniello,[4] Portugal fora atrelado à Inglaterra; os barbarescos foram varridos de Gibraltar a Cândia; o domínio marítimo fora fundado de duas maneiras, a vitória e o comércio; em 10 de agosto de 1653, o homem das trinta e três batalhas vencidas, o velho almirante holandês Martin Happertz Tromp, que se designava *Avô dos marinheiros* e que vencera a frota espanhola, fora destruído pela frota inglesa; a marinha espanhola tinha sido afastada do Atlântico, a marinha holandesa do Pacífico, a marinha veneziana do Mediterrâneo, e, pelo ato de navegação, a Inglaterra tomara posse do litoral universal; controlava-se o mundo pelo Oceano; no mar, o pavilhão holandês saudava humildemente o pavilhão britânico; a França, na pessoa do embaixador Mancini, ajoelhava-se diante de Oliver Cromwell; Cromwell jogava com Calais e Dunquerque como se jogasse com duas petecas e uma raquete; a Inglaterra fizera tremer o continente, ditara a paz, decretara a guerra, colocara sua bandeira em todos os topos; sozinho, o regimento dos "costelas de ferro" do Protetor impunha-se sobre o terror da Europa tanto quanto um exército; Cromwell dizia: *Quero que a república inglesa seja tão respeitada quanto foi a república romana*; nada mais era sagrado; a palavra era livre, a imprensa era livre; dizia-se em plena rua o que bem se quisesse; imprimia-se sem controle ou censura o que bem se entendesse; o equilíbrio dos tronos fora rompido; toda a ordem monárquica europeia, da qual os Stuarts faziam parte, fora subvertida. Enfim, abandonava-se esse odioso regime e a Inglaterra recebia seu perdão.

Carlos II, indulgente, proclamara a Declaração de Breda. Concedera à Inglaterra o esquecimento daquela época em que o filho de um cervejeiro

[4] Tommaso Aniello (1620-1647), pescador, líder de uma revolta contra a cobrança arbitrária de impostos.

de Huntingdon pisoteava a cabeça de Luís XIV. A Inglaterra fazia sua *mea culpa* e respirava. A alegria dos corações, acabamos de dizer, era completa; as execuções dos regicidas somavam-se ao júbilo universal. Uma restauração é um sorriso; mas um pouco de forca não deixa de ser conveniente, e é preciso satisfazer a consciência pública. O espírito de indisciplina tinha-se dissipado, a lealdade se reconstituía. Ser bons súditos era então a única ambição. Todos estavam recuperados das loucuras da política; zombavam da revolução, ridicularizavam a república e aqueles singulares tempos em que sempre havia grandes palavras na ponta da língua: *Direito, Liberdade, Progresso*; riam dessa grandiloquência. O retorno ao bom senso era admirável; a Inglaterra havia sonhado. Que maravilha estar livre desses devaneios! Existe algo mais insensato? O que seria de nós se qualquer um tivesse direitos? Já imaginou todo mundo governando? Já imaginou a cidade governada pelos cidadãos? Os cidadãos são a carroça, e a carroça não é o cocheiro. Pôr em votação é jogar ao vento. Querem que os Estados flutuem como nuvens? A desordem não constrói a ordem. Se o arquiteto é o Caos, o edifício será Babel. Além disso, que tirania é essa pretensa liberdade! Eu? Quero é me divertir, e não governar. Votar me aborrece; quero dançar. Que bênção, um príncipe que se encarrega de tudo! Claro, esse rei é generoso, dando-se a tanto trabalho por nós! Além do mais, ele é criado para isso, sabe o que é. Entende do assunto. A paz, a guerra, a legislação, as finanças, por acaso isso é da conta do povo? Sem dúvida, o povo deve pagar; sem dúvida, o povo deve servir, mas isso já deve bastar-lhe. O povo tem participação na política; é dele que saem as duas forças do Estado, o exército e o dinheiro. Ser contribuinte e ser soldado, será que já não é suficiente? Que necessidade tem ele de outra coisa? Ele é o braço militar, ele é o braço financeiro. Magnífico papel. É por ele que se reina. Portanto, ele deve retribuir esse favor. Imposto e lista civil[5] são salários pagos pelo povo e recebidos pelos príncipes. O povo dá seu sangue e seu dinheiro, mediante o que é governado. Querer governar-se sozinho, que ideia bizarra! Ele precisa de um guia. O povo, sendo ignorante, é cego. E o cego não tem um cão? Só que, para o povo, é um leão, o rei, que consente em ser o cão. Quanta bondade! Mas por que o povo é ignorante? Porque é preciso que seja. A ignorância é guardiã da virtude. Onde não há perspectivas não há ambições; o ignorante vive dentro de uma útil escuridão que, suprimindo a visão, suprime as cobiças. Daí a inocência. Quem lê pensa; quem pensa raciocina. Não raciocinar é o dever; é também a felicidade. Tais verdades são incontestáveis. A sociedade se assenta nelas.

---

[5] Soma recebida pelo monarca, destinada a cobrir os gastos com suas necessidades pessoais e moradia.

Assim se restabeleceram as saudáveis doutrinas sociais na Inglaterra. Assim a nação se reabilitara. Ao mesmo tempo, retomava-se a bela literatura. Desdenhava-se Shakespeare e admirava-se Dryden: *Dryden é o maior poeta da Inglaterra e do século*, dizia Atterbury, o tradutor de *Achitophel*. Era a época em que Huet, bispo de Avranches, escrevia a Saumaise, que havia dado ao autor de *Paraíso Perdido* a honra de refutá-lo e injuriá-lo: *Como pode o senhor ocupar-se de algo tão insignificante quanto esse Milton?* Tudo renascia, tudo voltava ao seu lugar. Dryden por cima, Shakespeare por baixo, Carlos II no trono, Cromwell na forca. A Inglaterra se recuperava das vergonhas e extravagâncias do passado. Ser reconduzidas pela monarquia à boa ordem no Estado e ao bom gosto nas letras era uma grande felicidade para as nações.

Difícil acreditar que tais benefícios pudessem ser ignorados. Virar as costas a Carlos II, recompensar com ingratidão a magnanimidade que ele tivera de subir ao trono, não era algo abominável? Lorde Linnœus Clancharlie tinha causado essa mágoa às pessoas de bem. Aborrecer-se com a felicidade de sua pátria, que aberração!

Sabemos que em 1650 o parlamento redigira esta declaração: *Prometo permanecer fiel à república, sem rei, sem soberano, sem senhor*. A pretexto de ter prestado esse juramento monstruoso, Lorde Clancharlie vivia fora do reino, e, diante da felicidade geral, acreditava ter o direito de ser triste. Mantinha uma sombria estima por aquilo que não existia mais; — estranho apego às coisas passadas.

Perdoá-lo era impossível; os mais benevolentes o abandonavam. Por muito tempo, seus amigos fizeram-lhe a deferência de acreditar que ele só havia entrado nas fileiras republicanas para ver mais de perto os defeitos da couraça da república, e para atacá-la com mais segurança, chegada a ocasião, em proveito da sagrada causa do rei. Essa espera da hora certa para atacar o inimigo pelas costas faz parte da lealdade. Haviam esperado isso de Lorde Clancharlie, tal era a tendência a julgá-lo favoravelmente. Mas, diante de sua estranha persistência republicana, era realmente necessário renunciar a essa opinião benevolente. Evidentemente, Lorde Clancharlie era convicto, ou seja, idiota.

A explicação dos indulgentes oscilava entre obstinação pueril e teimosia senil.

Os severos, os justos iam mais longe. Difamavam esse sedicioso. A imbecilidade tem direitos, mas também tem limites. Pode-se até ser estúpido, mas não se deve ser rebelde.Aliás, quem era, afinal, esse Lorde Clancharlie? Um desertor. Tinha abandonado seu campo, a aristocracia, para se postar no campo oposto, o povo. Esse fiel era um traidor. É verdade que era “traidor” no mais alto grau e fiel no mais baixo; é verdade que o campo por ele repudiado era o vencedor, e o campo por ele adotado era o vencido; é verdade que, com essa "traição", ele perdia tudo, seu privilégio político e seu reduto doméstico, seu pariato e sua pátria, só ganhando o ridículo; como benefício, tinha apenas o exílio. Mas o que isso prova? Que ele era um tolo. Consenso.

Traidor e otário ao mesmo tempo, isso acontece.

Que cada um seja tolo quanto quiser, desde que não dê mau exemplo. A única coisa que se pede aos tolos é que sejam honestos, e assim possam pretender ser a base das monarquias. A pequenez de espírito desse Clancharlie era inacreditável. Ficara deslumbrado com a fantasmagoria revolucionária. Deixara-se ser incluído, e também excluído, pela república. Fazia uma afronta a seu país. Sua atitude era pura felonia! Estar ausente é ser injurioso. Parecia manter-se afastado da felicidade pública como da peste. Em seu banimento voluntário havia algo de refúgio contra a satisfação nacional. Tratava a realeza como um contágio. Sobre a vasta alegria monárquica, que denunciara como leprosário, ele era a bandeira negra. O quê! Acima da ordem reconstituída, da nação reerguida, da religião restaurada, fazer essa triste figura! Sobre tamanha serenidade lançar uma sombra como essa! Levar a mal a feliz Inglaterra! Ser o ponto negro nesse imenso céu azul! Parecer uma ameaça! Protestar contra o anseio da nação! Recusar seu sim ao consentimento universal! Não fosse cômico, seria odioso. Esse Clancharlie não se dera conta de que é possível se desviar com Cromwell, mas que é preciso retornar com Monk. Vejam Monk. Ele comanda o exército da república; Carlos II lhe escreve do exílio, informado de sua probidade; Monk, que concilia a virtude com as manobras ardilosas, em princípio dissimula e, em seguida, encabeçando as tropas, repentinamente destitui o parlamento rebelde e reconduz o rei ao trono; Monk é nomeado Duque de Albemarle pela honra de ter salvado a sociedade, torna-se muito rico, enobrece sua época para sempre, e é feito cavaleiro da Jarreteira, com a perspectiva de um enterro em Westminster. Tal é a glória de um inglês fiel. Lorde Clancharlie não conseguira alcançar a inteligência do dever assim praticado. Ele carregava a presunção e a imobilidade do exílio. Satisfazia-se com frases ocas. Esse homem estava paralisado pelo orgulho. As palavras consciência, dignidade, etc. são, afinal, palavras. É preciso ver o fundo.

Esse fundo, Clancharlie não tinha visto.. Era uma consciência míope querendo, antes de realizar uma ação, vê-la de muito perto para sentir seu cheiro. Desgostos absurdos resultavam disso. Não se é um homem de Estado com tais delicadezas. O excesso de consciência degenera em enfermidade. O escrúpulo é maneta diante do cetro a ser empunhado e eunuco diante da fortuna a ser esposada. Desconfiem dos escrúpulos. Eles levam longe. A fidelidade despropositada nos faz descer por uma escada de porão. Um degrau, outro degrau, mais um degrau ainda, e lá estamos nós na escuridão.

Os espertos retornam, os ingênuos permanecem lá embaixo. Não devemos nem de leve deixar nossa consciência tornar-se intratável. De transição em transição, chegamos às escuras nuanças do pudor político. Então estamos perdidos. Esse era o caso de Lorde Clancharlie.

Os princípios acabam tornando-se um precipício.

Ele passeava, mãos nas costas, à beira do lago de Genebra; grande vantagem!

Às vezes, falavam desse ausente em Londres. Para a opinião pública, era uma espécie de acusado. Advogavam contra ele e a seu favor. Compreendida a causa, o benefício da estupidez fora-lhe concedido.

Muitos dos antigos entusiastas da ex-república haviam aderido aos Stuarts. Por isso devem ser felicitados. Naturalmente, estes o caluniavam um pouco. Os teimosos incomodam os complacentes. Gente de espírito, bem vista e bem situada na corte, mas aborrecida com sua atitude desagradável, dizia com gosto: *Se ele não se aliou, é porque não lhe pagaram o suficiente,* etc. — *Ele queria aquele posto de chanceler que o rei deu a Lorde Hyde*, etc. Um de seus "velhos amigos" chegava inclusive a cochichar: *Ele mesmo me disse isso.* Às vezes, solitário como estava, Linnœus Clancharlie tomava conhecimento dessas palavras por alguns dos proscritos que encontrava, por velhos regicidas como Andrew Broughton, que morava em Lausanne. Clancharlie limitava-se a um imperceptível dar de ombros, sinal de profundo embrutecimento.

Certa vez, acrescentou a tal dar de ombros estas palavras murmuradas a meia voz: *Lamento os que acreditam nessas coisas.*

IV

Carlos II, homem bom, menosprezou-o. A felicidade da Inglaterra sob o domínio de Carlos II era mais que felicidade: era encantamento. Uma restauração é um velho quadro escurecido que recebe um novo verniz; todo o passado reaparece. Os velhos bons costumes estavam de volta, as belas mulheres reinavam e governavam. John Evelyn fez menção a isso; lê-se em seu diário: "Luxúria, profanação, desprezo por Deus. Certa noite de domingo, vi o rei com suas amantes, as senhoritas Portsmouth, Cleveland, Mazarin, e duas ou três outras, todas mais ou menos nuas, na sala de jogos". Percebe-se uma pontada de humor nessa pintura, mas Evelyn era um puritano rabugento, contaminado pelo devaneio republicano. Não apreciava o proveitoso exemplo que dão os reis com essas grandes alegrias babilônicas, que definitivamente alimentam o luxo. Não compreendia a utilidade dos vícios. Regra: Não extirpem os vícios se quiserem ter mulheres encantadoras. De outra forma, pareceriam com os imbecis que destroem as lagartas embora adorem as borboletas.

Carlos II, acabamos de dizer, mal tomou conhecimento de que havia um refratário chamado Clancharlie, mas Jaime II foi mais atento. Carlos II governava frouxamente: era seu jeito; vale dizer que não governava pior por causa disso. Às vezes, um marinheiro dá um nó frouxo em uma corda destinada a controlar o vento, e o próprio vento aperta esse nó. Essa é a estupidez do furacão, e também a do povo.

Esse nó frouxo, rapidamente transformado em nó apertado, foi o governo de Carlos II.

No governo de Jaime II começou o estrangulamento. Estrangulamento necessário daquilo que restava da revolução. Jaime II teve a louvável ambição de ser um rei eficiente. A seus olhos, o reinado de Carlos II era apenas um esboço de restauração; Jaime II quis um retorno à ordem mais completo ainda. Em 1660, ele havia lamentado que se limitassem a enforcar dez regicidas. Foi um reconstrutor mais efetivo da autoridade. Deu vigor aos princípios sérios; fez reinar essa justiça que é a verdadeira, que se coloca acima das declamações sentimentais e que se preocupa, antes de tudo, com os interesses da sociedade. É por essas severidades protetoras que se conhece o pai do Estado. Confiou a mão da justiça a Jeffreys e a espada a Kirke.[6] Kirke multiplicava os exemplos. Certo dia, esse útil coronel mandou pôr e tirar da forca três vezes seguidas o mesmo homem, um republicano, perguntando-lhe a cada vez: — *Abjuras a república*? — Esse infame, sempre respondendo não, foi executado. — *Enforquei-o quatro vezes* — disse Kirke, satisfeito. A retomada dos suplícios é um grande sinal de força no poder. *Lady* Lyle, apesar de ter enviado seu filho para a guerra contra Monmouth, escondera dois rebeldes em sua casa e foi condenada à morte. Outro rebelde, tendo tido a honestidade de declarar que uma mulher anabatista dera-lhe asilo, recebeu o perdão, mas a mulher foi queimada viva. Em outra ocasião, Kirke fez uma cidade entender que ele a reconhecia como republicana enforcando dezenove burgueses. Represálias bem legítimas, evidentemente, quando se pensa que, sob as ordens de Cromwell, cortavam-se o nariz e as orelhas dos santos de pedra dentro das igrejas. Jaime II, que soubera escolher Jeffreys e Kirke, era um príncipe imbuído de verdadeira religiosidade, mortificava-se pela feiura de suas amantes, escutava o padre La Colombière, esse pregador quase tão untuoso quanto o padre Cheminais, porém mais ardoroso, e que teve a glória de ser, na primeira metade da sua vida, conselheiro de Jaime II, e, na segunda metade, o inspirador de Marie Alacoque. Foi graças a esse forte

---

[6] General inglês (1646-1691); seus homens reprimiram a rebelião de Monmouth com extrema ferocidade.

alimento religioso que, mais tarde, Jaime II pôde suportar dignamente o exílio e oferecer em seu retiro de Saint-Germain o espetáculo de ser um rei superior à adversidade, apalpando com calma as escrófulas e conversando com jesuítas.

É compreensível que um rei como esse tivesse tido, em certa medida, de se preocupar com um rebelde como Lorde Linnœus Clancharlie. Era evidente que, uma vez que os pariatos hereditariamente transmissíveis demonstravam ter certa dose de futuro, havendo qualquer precaução a tomar quanto a esse Lorde, Jaime II não hesitaria.

II LORDE DAVID DIRRY-MOIR

I

Lorde Linnœus Clancharlie nem sempre havia sido velho e proscrito. Tivera sua fase de juventude e paixão. Sabe-se, por Harrison e Pride, que o jovem Cromwell gostava das mulheres e do prazer, o que, às vezes (outro aspecto da questão mulher), prenuncia um sedicioso. Desconfiem do cinto mal afivelado. *Male prœncintum juvenem cavete.*

Lorde Clancharlie tivera, assim como Cromwell, suas incorreções e suas irregularidades. Reconheciam-lhe um filho natural, um menino. Esse filho, vindo ao mundo no momento em que a república chegava ao fim, havia nascido na Inglaterra, enquanto seu pai partia para o exílio. Razão pela qual nunca vira esse pai. Esse bastardo de Lorde Clancharlie crescera como pajem na corte de Carlos II. Chamavam-no de Lorde David Dirry-Moir; era Lorde por cortesia, já que sua mãe era uma mulher de qualidade. Enquanto Lorde Clancharlie se encorujava na Suíça, essa mãe, bela mulher, decidiu ficar menos recolhida, e se fez perdoar por ter tido aquele primeiro amante, selvagem, por um segundo, este incontestavelmente sociável e até mesmo realista, pois era o próprio rei. Por algum tempo, foi amante de Carlos II, tempo suficiente para que Sua Majestade, encantado por ter arrebatado essa bela mulher à república, desse ao pequeno Lorde David, filho de sua conquista, o posto de guarda palaciano; o que fez desse bastardo um oficial, com direito a comer em qualquer mesa sustentada pelo príncipe, e, por consequência, um ferrenho stuartista. Como guarda palaciano, Lorde David foi durante algum tempo um dos cento e setenta detentores da grande espada; mais tarde, entrou no grupo dos pensionistas, e foi um dos quarenta portadores da alabarda dourada. Além disso, sendo desse nobre grupo de guarda-costas instituído por Henrique VIII, teve o privilégio de distribuir os pratos sobre a mesa real. Foi assim que, enquanto seu pai envelhecia no exílio, Lorde David prosperou no reinado de Carlos II.

E depois prosperou no reinado de Jaime II.

O rei está morto, viva o rei, é o *non deficit alter, aureus.*[7]

Foi com a ascensão do Duque de York que ele obteve permissão para ser chamado de Lorde David Dirry-Moir, de uma senhoria que sua mãe, que acabara de morrer, lhe havia legado na grande floresta da Escócia, onde é encontrado o pássaro Krag, que cava seu ninho com o bico no tronco dos carvalhos.

II

Jaime II era um rei e tinha a pretensão de ser um general. Gostava de cercar-se de jovens oficiais. Mostrava-se de bom grado em público, a cavalo, com um capacete e uma couraça, e com uma vasta peruca que transbordava sob o capacete e sobre a couraça, espécie de estátua equestre da guerra imbecil. Tomou-se de amizade pelas boas graças do jovem Lorde David. Ficou satisfeito com esse realista que era filho de um republicano; um pai renegado não prejudica uma fortuna palaciana que está iniciando-se. O rei fez de Lorde David um fidalgo acompanhante do quarto de dormir, por um salário de mil libras.

Era um belo progresso. Um fidalgo acompanhante de quarto deita-se todas as noites perto do rei, em uma cama arrumada para ele. São doze fidalgos que se revezam.

Nessa função, Lorde David foi chefe do alimentador dos cavalos do rei, funcionário que ganhava um salário de cento e sessenta libras. Teve sob suas ordens os cinco cocheiros do rei, os cinco postilhões do rei, os cinco cavalariços do rei, os doze escudeiros do rei e os quatro carregadores de liteira do rei. Foi responsável pelos seis cavalos de corrida mantidos pelo rei em Haymarket e que custavam a Sua Majestade seiscentas libras por ano. Fez o que bem entendeu no guarda-roupa real, do qual saíram os trajes de gala dos cavaleiros da Jarreteira. Foi reverentemente saudado pelo oficial da vara negra a serviço do rei. No reinado de Jaime II, esse oficial era o cavaleiro Duppa. Lorde David teve o respeito do Sr. Baker, que era escrivão da Coroa, e do Sr. Brown, que era escrivão do parlamento. A magnífica corte da Inglaterra é um modelo de hospitalidade. Como um dos doze fidalgos, Lorde David presidiu os banquetes e recepções. Teve a glória de estar postado atrás do rei nos dias de oferenda, quando o rei dava à Igreja o besante de ouro, *byzantium*, nos dias

---

[7] Referência ao Canto VI da Eneida, de Virgílio. "*Primo auulso, non deficit alter aureus et similis frondescit uirga metallo.*" — "Cortado um, não lhe falta outro áureo, e o talo floresce símile ao metal." (Tradução de Raimundo Carvalho em *Tradução de Poesia Latina Clássica: uma tradição sempre renovada.*)

do colar, quando o rei usava o colar de sua ordem, e nos dias de comunhão, quando ninguém comungava, a não ser o rei e os príncipes. Foi ele quem, na quinta-feira santa, levou à presença de Sua Majestade os doze pobres aos quais o rei dava tantas moedas de prata quanto os anos que tinham de vida, e tantos xelins quanto eram seus anos de reinado. Quando o rei estava doente, era sua função chamar os dois padres, ajudantes da esmolaria da corte, para dar assistência a Sua Majestade, e impedir que os médicos se aproximassem sem a permissão do Conselho de Estado. Além disso, foi tenente-coronel do regimento escocês da guarda real, o qual batia a marcha da Escócia.

Nessa condição, participou, e muito gloriosamente, de várias campanhas, pois era valente homem de guerra. Era um bravo senhor, bem-feito, belo, generoso, de aparência e maneiras admiráveis. Sua pessoa assemelhava-se à sua qualidade. Era grande de porte, bem como de berço.

Em certo momento, esteve para ser nomeado *groom of the stole*, o que lhe teria dado o privilégio de entregar a camisa ao rei, mas para tanto era preciso ser príncipe ou par.

Criar um par não é pouca coisa. É criar um pariato; gera invejosos. É um favor; um favor dá ao rei um amigo e cem inimigos, sem contar que o amigo se torna ingrato. Jaime II, por política, dificilmente criava pariatos, mas os transferia de bom grado. Um pariato transferido não provoca comoção. É simplesmente um nome que continua. A *lordship* pouco é afetada com isso.

A boa vontade real não se opunha à introdução de Lorde David Dirry-Moir na Câmara Alta, desde que fosse pela porta de um pariato transferido. Sua Majestade só esperava que houvesse uma oportunidade para fazer David Dirry-Moir passar de Lorde por cortesia a Lorde por direito.

III

Essa oportunidade surgiu.

Um dia soube-se que ao velho ausente, Lorde Linnœus Clancharlie, haviam ocorrido diversas coisas, a principal delas sendo o fato de estar morto. A morte traz essa vantagem às pessoas: que falem um pouco delas. Contaram o que sabiam, ou o que acreditavam saber, dos últimos anos de Lorde Linnœus. Conjeturas e lendas, provavelmente. A se acreditar nesses relatos, certamente muito duvidosos, perto do fim de sua vida Lorde Clancharlie teria passado por tamanho recrudescimento republicano que teria chegado, afirmavam, a casar-se, estranha teimosia do exílio, com a filha de um regicida, Ana Bradshaw — especificavam o nome —, que também havia morrido, mas, diziam, ao dar à luz uma criança, um menino, o qual, se todos esses detalhes fossem exatos, viria a ser o filho legítimo e herdeiro legal de Lorde

Clancharlie. Essas afirmações muito vagas mais pareciam ser boatos do que fatos. O que se passava na Suíça era, para a Inglaterra de então, tão distante quanto o que se passa na China para a Inglaterra de hoje. Lorde Clancharlie estaria com cinquenta e nove anos na época do seu casamento e com sessenta no nascimento de seu filho, tendo morrido bem pouco tempo depois e deixado para trás esse menino, órfão de pai e mãe. Possibilidades, sem dúvida, embora improváveis. Acrescentavam que esse menino era "belo como o dia", como se lê em todos os contos de fadas. O Rei Jaime pôs fim a esses rumores, evidentemente sem fundamento algum, declarando, uma bela manhã, e para o grande prazer real, ser Lorde David Dirry-Moir único e definitivo herdeiro, *na falta de um filho legítimo,* de Lorde Linnœus Clancharlie, seu pai natural, *estando constatada a ausência de qualquer outra filiação e descendência,* tendo as patentes de tal declaração sido registradas na Câmara dos Lordes. Por tais patentes, o rei transferia a Lorde David Dirry-Moir os títulos, direitos e prerrogativas do mencionado defunto Lorde Linnœus Clancharlie, com a única condição de que Lorde David se casasse, quando ela estivesse núbil, com uma moça, naquele momento uma criança de apenas alguns meses, que o rei fizera duquesa ainda no berço, não se sabia bem por quê. Leiam, se quiserem, que se sabia bem até demais. Chamavam essa pequena de duquesa Josiane.

A moda inglesa de então eram os nomes espanhóis. Um dos bastardos de Carlos II chamava-se Carlos, Conde de Plymouth. É provável que Josiane fosse a contração de Josefa y Ana. No entanto, talvez existisse Josiane, assim como havia Josias. Um dos fidalgos de Henrique III chamava-se Josias du Passage.

Foi a essa pequena duquesa que o rei deu o pariato de Clancharlie, do qual ela seria titular enquanto esperava que houvesse um par. O par seria seu marido. Esse pariato assentava-se sobre uma dupla castelania, a baronia de Clancharlie e a baronia de Hunkerville; além disso, os Lordes Clancharlie eram, como recompensa por antigo ato de bravura e por permissão real, marqueses de Corleone na Sicília. Os pares da Inglaterra não podem ter títulos estrangeiros; no entanto, há exceções. Assim, Henry Arundel, Barão Arundel de Wardour, era, bem como Lorde Clifford, Conde do Santo Império, do qual Lorde Cowper era príncipe; o Duque de Hamilton é Duque de Chatellerault na França; Basil Feilding, Conde de Denbigh, é Conde de Hapsbourg, de Lauffenbourg e de Rheinfelden na Alemanha. O Duque de Marlborough era Príncipe de Mindelheim na Suábia, assim como o Duque de Wellington era Príncipe de Waterloo na Bélgica. O mesmo Lorde Wellington era Duque espanhol de Ciudad Rodrigo e Conde português de Vimeiro.

Havia na Inglaterra, e ainda há, terras nobres e terras plebeias. As terras dos Lordes Clancharlie eram todas nobres. Essas terras, castelos, burgos, bailiados, feudos, arrendamentos, alódios e domínios integrantes do pariato

Clancharlie-Hunkerville pertenciam provisoriamente a *Lady* Josiane; e o rei declarava que, uma vez Josiane casada, Lorde David Dirry-Moir seria Barão de Clancharlie.

Além da herança Clancharlie, *Lady* Josiane tinha sua fortuna pessoal. Possuía importantes bens, muitos dos quais vinham de doações de *Madame sem rabo* ao Duque de York. *Madame sem rabo* quer dizer Madame, simplesmente. Chamavam assim Henriqueta da Inglaterra, Duquesa de Orléans, a primeira mulher da França depois da rainha.

IV

Depois de ter prosperado com Carlos e Jaime, Lorde David prosperou com Guilherme. Seu jacobinismo não chegava a ponto de seguir Jaime II no exílio. Embora continuasse gostando de seu legítimo rei, teve o bom senso de servir ao usurpador. Apesar de certa indisciplina, era de resto excelente oficial; passou do exército de terra ao exército de mar, distinguindo-se na esquadra branca. Ali se tornou o que então chamavam de "capitão de fragata ligeira". Isso acabou fazendo dele um homem muito galante, exagerando a elegância dos vícios, um pouco poeta como todo mundo, bom servidor do Estado, bom auxiliar do príncipe, frequentador das festas, dos banquetes, dos encontros matinais com o rei, das cerimônias, das batalhas, servil como se deve ser, muito altivo, de olhar baixo ou penetrante conforme o objeto a ser olhado, probo de bom grado, obsequioso e arrogante conforme a ocasião, franco e sincero em um primeiro contato, pronto a recolocar a máscara logo em seguida, muito observador do bom e do mau humor real, despreocupado diante de uma espada apontada para ele, sempre pronto a arriscar a vida, a um sinal de Sua Majestade, com heroísmo e abnegação, capaz de todos os arroubos e de nenhuma impolidez, homem de cortesia e etiqueta, orgulhoso por postar-se de joelhos nas grandes ocasiões monárquicas, de uma bravura alegre, cortesão por fora, paladino por dentro, jovial aos quarenta e cinco anos.

Lorde David cantava canções francesas, elegante alegria que agradara a Carlos II.

Gostava da eloquência e do belo linguajar. Admirava muito os célebres discursos verborrágicos chamados *Orações Fúnebres* de Bossuet.

Pelo lado materno, tinha mais ou menos do que viver, cerca de dez mil libras esterlinas de pensão, ou seja, uma renda de duzentos e cinquenta mil francos. Mas virava-se fazendo dívidas. Em magnificência, extravagância e novidades, era incomparável. Assim que o copiavam, mudava de estilo. A cavalo, usava confortáveis botas de couro de vaca com esporas. Tinha chapéus que ninguém tinha, rendas inusitadas e colarinhos que eram só dele.

III A DUQUESA JOSIANE

I

Por volta de 1705, embora *Lady* Josiane tivesse vinte e três anos e Lorde David quarenta e quatro, o casamento ainda não havia ocorrido, e isso pelos melhores motivos do mundo. Odiavam-se? Longe disso. Mas o que não pode escapar das mãos não inspira nenhuma pressa. Josiane queria permanecer livre; David queria permanecer jovem. Amarrar-se o mais tarde possível parecia-lhe um prolongamento da juventude. Rapazes retardatários abundavam nessas épocas galantes; eram cortejadores grisalhos; a peruca era cúmplice, mais tarde o pó de arroz passou a auxiliar. Com cinquenta e cinco anos, Lorde Charles Gerrard — Barão Gerrard, dos Gerrards de Bromley — fazia sucesso em Londres. A bela e jovem Duquesa de Buckingham, Condessa de Coventry, fazia loucuras de amor pelos sessenta e sete anos do belo Thomas Bellasyse, Visconde Falcomberg. Citavam-se os famosos versos do septuagenário Corneille a uma moça de vinte anos: *Marquesa, se meu rosto*[8]... As mulheres também faziam sucesso no outono de sua idade; são provas disso Ninon e Marion. Esses eram os modelos.

Josiane e David estavam em um jogo de sedução com uma nuança particular, não se amavam, mas agradavam um ao outro. Estar próximos lhes bastava. Por que se apressar em chegar ao desfecho? Os romances de então levavam os apaixonados e os noivos a esse gênero de estágio; era de bom-tom. Josiane, além do mais, sabendo-se bastarda, sentia-se princesa e o tratava com superioridade em quaisquer tratativas. Ela apreciava Lorde David. Lorde David era bonito, mas não era só isso. Ela o achava elegante.

Ser elegante é tudo. Caliban, elegante e magnífico, ganha de Ariel, pobre.[9] Lorde David era belo, tanto melhor; o inconveniente é ser belo e sem graça; e isso ele não era. Ele apostava, boxeava, se endividava. Josiane dava importância a seus cavalos, a seus cachorros, a suas perdas no jogo, a suas amantes. Lorde David, por sua vez, sentia-se fascinado pela Duquesa Josiane, moça sem manchas e sem escrúpulos, altiva, inacessível e atrevida. Escrevia-lhe sonetos que Josiane às vezes lia. Nesses sonetos, afirmava que possuir Josiane

---

[8] Primeiro verso do poema "À Marquesa", de Pierre Corneille (1606-1684): "Marquesa, se meu rosto/ Mostra traços um tanto envelhecidos/ Lembrai-vos de que, chegada à minha idade,/ Não valereis muito mais..."

[9] Caliban — gnomo monstruoso; Ariel — espírito do ar. Personagens da obra *A Tempestade*, de Shakespeare.

seria ascender às estrelas, o que não o impedia de sempre adiar tal ascensão para o próximo ano. Fazia antessala à porta do coração de Josiane, e isso era conveniente para ambos. Na corte, admiravam o supremo bom gosto desse adiamento. *Lady* Josiane dizia: "É maçante ser forçada a esposar Lorde David, eu que não peço mais do que estar apaixonada por ele!".

Josiane era a carne. Nada mais magnífico. Era grande, muito grande. Seus cabelos eram de uma nuança que poderíamos chamar de louro púrpura. Era carnuda, fresca, robusta, vermelha, cheia de audácia e de espírito. Tinha olhos incrivelmente inteligíveis. Nada de amantes; nem de castidade. Fechava-se em orgulho. Os homens, cruzes! No mínimo um deus para ser digno dela; ou um monstro. Se a virtude consiste na dificuldade, Josiane era toda a virtude possível, sem inocência alguma. Ela não tinha aventuras por desdém; mas não a aborreceria se acreditassem que as tinha, desde que fossem estranhas e condizentes com uma pessoa como ela. Importava-se pouco com sua reputação, mas muito com sua glória. Parecer fácil e ser impossível: isso era perfeito. Josiane se sentia majestade e matéria. Era uma beleza incômoda. Ela invadia, mais do que seduzia. Pisava nos corações. Era terrestre. Ficaria surpresa tanto se lhe mostrassem uma alma em seu peito como se a fizessem ver asas em suas costas. Dissertava sobre Locke. Era polida. Suspeitavam que soubesse o árabe.

Ser carne e ser mulher são duas coisas distintas. Onde a mulher é vulnerável, pelo lado da piedade, por exemplo, que facilmente se torna amor, Josiane não era. Não que fosse insensível. A antiga comparação da carne com o mármore é absolutamente falsa. A beleza da carne está em não ser mármore, mas em palpitar, estremecer, corar, sangrar; está em ter a firmeza sem ter a dureza; está em ser branca sem ser fria; está em seus tremores e em suas enfermidades; está em ser a vida, enquanto o mármore é a morte. A carne, em certo grau de beleza, quase tem o direito à nudez; cobre-se de fascínio como se se cobrisse com um véu. Quem tivesse visto Josiane nua só teria vislumbrado esse contorno através de uma difusão luminosa. Ela teria facilmente se mostrado a um sátiro ou a um eunuco. Tinha uma ousadia mitológica. Fazer de sua nudez um suplício, iludir um Tântalo: coisas que a divertiriam. O rei a fizera duquesa, e Júpiter a fizera nereida. Uma dupla irradiação compunha o estranho brilho dessa criatura. Quem a admirava sentia tornar-se pagão e lacaio. Sua origem era a bastardia e o oceano. Ela parecia sair das espumas. O primeiro jorro de seu destino fora descontrolado, mas dentro do poderoso meio da realeza. Trazia em si algo de onda, de imprevisto, de majestade e de tempestade. Era culta e sábia. Nunca uma paixão se acercara dela, mas ela as havia sondado, todas. Tinha o dissabor das realizações, mas também o gosto. Se viesse a apunhalar-se, só o faria depois, como Lucrécia.[10] Todas as depravações, em estado visionário, existiam nessa virgem. Era uma possível Astarte numa Diana real. Por insolência do nobre nascimento, era provocante e inabordável. Porém, podia achar divertido dar uma rasteira em si mesma. Vivia em um halo de prestígio do qual fantasiava descer e do qual tivesse, talvez, curiosidade de cair. Era um tanto pesada para sua nuvem. Pecar dá prazer. O despudor principesco oferece o privilégio da experimentação, e alguém que é uma duquesa se diverte onde se perderia uma burguesa. Josiane era, em tudo, pelo berço, pela beleza, pela ironia, pela luz, quase uma rainha. Tivera um momento de entusiasmo por Louis de Boufflers, que quebrava uma ferradura com as mãos. Lamentava que Hércules estivesse morto. Vivia tendo não se sabe que expectativa de um ideal lascivo e supremo.

Quanto à moral, Josiane fazia pensar no verso da epístola aos Pisões: *Desinit in piscem.*[11]

Um belo torso de mulher terminando como hidra.

Era um nobre colo, esplêndido busto harmoniosamente elevado por um coração real, um vivo e claro olhar, uma figura pura e altiva, tendo, quem sabe, sob a indistinta e turva transparência da água, um prolongamento ondulante, sobrenatural, talvez em forma de dragão e disforme. Soberba virtude finda em vício nas profundezas dos sonhos.

II

Além disso, era preciosa.[12]

Era a moda.

Lembremo-nos de Elizabeth.

Elizabeth era um tipo que na Inglaterra dominou por três séculos: o XVI, o XVII e o XVIII. Elizabeth é mais que uma inglesa, é uma anglicana. Vinha daí o profundo respeito da igreja episcopal por essa rainha; respeito também sentido pela igreja católica, que o mesclava a um pouco de excomunhão. Na boca de Sisto V, excomungando Elizabeth, a maldição vira madrigal. *Un gran*

---

[10] Lendária dama romana, teria sido violentada por Sexto, filho do último rei de Roma, Tarquínio. Não suportando a vergonha, suicidou-se.

[11] "Termina em peixe." Horácio (65 a.C.— 8 a.C.)

[12] Eram assim chamadas as mulheres que adotaram um estilo de vida e de comportamento, difundido entre 1650 e 1660 no meio aristocrático, cujas características eram o desejo de se distinguir pela boa aparência, pelo saber e refinamento intelectual e pela oposição à grosseria e à superioridade masculinas.

cervello di principessa,[13] disse ele. Maria Stuart, menos ocupada com a questão da Igreja e mais ocupada com a questão feminina, era pouco respeitosa para com sua irmã Elizabeth e lhe escrevia de rainha para rainha e de coquete para puritana: "Tua indiferença pelo casamento provém de não quereres perder a liberdade de estar disponível para o amor". Maria Stuart servia-se do leque, Elizabeth do machado. Jogo desigual. De resto, ambas rivalizavam em literatura. Maria Stuart fazia versos franceses; Elizabeth traduzia Horácio. Elizabeth, feia, decretava-se bela, gostava das quadras e dos acrósticos, fazia as chaves das cidades serem-lhe entregues por jovens formosos, apertava os lábios à italiana e virava os olhos à espanhola, tinha em seu guarda-roupa três mil peças e trajes, entre os quais várias fantasias de Minerva e de Anfitrite, prezava os irlandeses pela largura de seus ombros, cobria seu saiote com lantejoulas e enfeites, adorava rosas, jurava, blasfemava, sapateava, esmurrava suas damas de companhia, mandava Dudley ao diabo, socava o chanceler Burleigh, que chorava, a velha besta, cuspia em Mathew, brigava com Hatton, esbofeteava Essex, exibia suas coxas a Bassompierre, era virgem.

O que ela fizera por Bassompierre, a rainha de Sabá havia feito por Salomão.* Portanto, estava correto, uma vez que a Santa Escritura criara o precedente. O que é bíblico pode ser anglicano. O precedente bíblico chega inclusive a fazer um filho que se chama Ebnehaquem ou Melilechet, ou seja, *o Filho do Sábio.*

Por que não esses costumes? Cinismo equivale a hipocrisia.

Hoje em dia, a Inglaterra, que tem um Loyola chamado Wesley, fecha um pouco os olhos para esse passado, pelo qual se sente contrariada, mas orgulhosa.

O gosto pelo disforme fazia parte desses costumes, particularmente entre as mulheres, e, de forma singular, entre as belas. De que adianta ser uma beldade sem ter um macaco? De que serve ser rainha e não ser tratada com intimidade por algum feioso? Maria Stuart fizera algumas "gentilezas" a um corcunda, Rizzio. Maria Teresa da Espanha havia sido "um tanto familiar" com um negro. Daí o apelido *abadessa negra*. Nas alcovas do grande século, a corcunda estava muito em voga; que o diga o marechal de Luxemburgo.

E, antes de Luxemburgo, Condé, "esse homenzinho tão bonito".

As próprias beldades podiam, sem nenhum inconveniente, ser disformes. Isso era bem aceito. Ana Bolena tinha um seio maior que o outro, seis dedos em

---

[13] Uma princesa de grande inteligência.

* *Regina Saba coram rege crura denudavit.* ["A rainha de Sabá desnudou suas pernas diante do rei."] Schicklardus in Prœmio Tarich. Jersici F. 65. (N. A.)

uma das mãos e um dente a mais. Louise de la Vallière era manca. Nada disso impediu Henrique VIII de ser insensato ou Luís XIV de ficar apaixonado.

Quanto à moral, os mesmos desvios. Quase não havia mulher das altas rodas que não fosse um caso teratológico. Em Agnès havia algo de Melusina. Mulher de dia, e, à noite, vampira. Algumas iam à praça onde ocorriam as execuções beijar, nas estacas de ferro, as cabeças recém-cortadas. Margarida de Valois, espécie de avó das preciosas, carregava na cintura, em caixas de lata fechadas a cadeado e costuradas ao corpo da saia, todos os corações de seus amantes mortos. Henrique IV se havia escondido embaixo desse saiote.

No século XVIII, a Duquesa de Berry, filha do Regente, sintetizava em um tipo obsceno e régio todas essas criaturas.

Além disso, as belas damas sabiam latim. Desde o século XVI, esta era uma graça feminina. Jane Grey levara a elegância ao cúmulo de saber hebraico.

A Duquesa Josiane latinizava. E também era católica, outra bela qualidade. Em segredo, diga-se, e mais como seu tio Carlos II do que como seu pai Jaime II. Jaime, com seu catolicismo, havia perdido sua realeza, e Josiane não queria arriscar seu pariato. Razão pela qual, católica na intimidade e entre refinados e refinadas, era protestante por fora. Para a canalha.

Esse modo de entender a religião é agradável; goza-se de todos os benefícios vinculados à Igreja oficial episcopal, e mais tarde morre-se como Grotius, cheirando a catolicismo, com a glória de ter uma missa rezada em sua intenção pelo padre Petau.

Embora robusta e saudável, Josiane era, insistimos, uma preciosa perfeita.

Em alguns momentos, seu modo sonolento e voluptuoso de arrastar o final das frases imitava o estirar das patas de uma tigresa caminhando na selva.

A utilidade de ser preciosa é que isso desarranja o gênero humano. Pois não lhe dão a honra de pertencer a ele.

O que importa, acima de tudo, é manter a espécie humana a distância.

Quem não tem o Olimpo contenta-se com o palácio de Rambouillet.

Juno vem a ser Araminta. A pretensão de divindade não admitida cria a mulher afetada. Na falta de trovões, há a impertinência. O templo se reduz a um aposento adornado. Quem não pode ser deusa é ídolo.

Além do mais, na preciosidade há certo pedantismo que agrada às mulheres.

A coquete e o pedante se avizinham. Sua aderência é visível no vaidoso.

O sutil deriva do sensual. A gula simula delicadeza. Uma careta de fastio cai bem à cobiça.

Ademais, o lado frágil da mulher sente-se protegido por toda essa casuística da galanteria que, para as preciosas, passa por escrúpulos. É uma circunvalação com fosso. Toda preciosa afeta um ar de repugnância. Isso protege.

Haverá consentimento, mas antes há desdém.

Josiane tinha um foro íntimo preocupante. Sentia tamanha propensão ao despudor, que era recatada. Os refluxos de dignidade, em sentido inverso ao de nossos vícios, nos levam aos vícios contrários. O excesso de esforço para ser casta a tornava pudica. Ficar demasiadamente na defensiva mostra um secreto desejo de ataque. Quem é intratável não é severo.

Ela se fechava na exceção arrogante da sua classe social e da sua origem, premeditando talvez, como dissemos, alguma inesperada saída.

Vivia-se a aurora do século XVIII. A Inglaterra esboçava o que havia sido a regência na França. Walpole e Dubois se equivaliam. Marlborough lutava contra seu ex-rei Jaime II, ao qual havia vendido, diziam, sua irmã Churchill. Via-se Bolingbroke brilhar e Richelieu despontar. A galanteria achava cômodo haver certa mistura de classes; o nivelamento ocorria pelos vícios. Mais tarde, ocorreria pelas ideias.O envilecimento, prelúdio aristocrático, iniciava o que a revolução viria a completar. Não estávamos muito longe de Jélyotte publicamente sentado em pleno dia na cama da marquesa d'Épinay. Verdade é, pois os costumes encontram eco, que o século XVI tinha visto a touca de dormir de Smeton no travesseiro de Ana Bolena.

Se mulher significa falta, como afirmou já não sei qual concílio, nunca a mulher foi mais mulher do que naqueles tempos. Nunca, encobrindo sua fragilidade com seu charme e sua fraqueza com sua onipotência, ela se fez absolver mais imperiosamente. Fazer do fruto proibido o fruto permitido determinou a queda de Eva; mas fazer do fruto permitido o fruto proibido determinou seu triunfo. Ela parou aí. No século XVIII, a mulher tranca a porta para o marido, fecha-se no Éden com Satã. Adão fica de fora.

III

Todos os instintos levavam Josiane a se entregar mais galantemente do que legalmente. Entregar-se por galanteria envolve literatura, lembra Menalcas e Amarilis, é quase um ato erudito.

Deixando-se de lado a atração da fealdade pela fealdade, a senhorita de Scudéry não tinha tido outro motivo para ceder a Pélisson.

A moça soberana e a mulher submissa: são essas as velhas tradições inglesas. Josiane adiava o mais que podia o momento da submissão. Que seria preciso vir a casar-se com Lorde David, uma vez que a satisfação real o exigia, sem dúvida seria preciso, mas que pena! Josiane seduzia e repelia Lorde David. Havia entre eles um acordo tácito para não chegar nem ao desfecho nem ao rompimento. Esquivavam-se. Essa maneira de se amar, dando um passo para a frente e dois para trás, se expressava nas danças da época, o minueto e a gavota. Ser casado não faz bem à aparência, desbota os laços de fita, envelhece. Núpcias: solução desprovida de brilho. A entrega de uma mulher por um tabelião, que coisa insípida! A brutalidade do casamento cria situações definitivas, suprime a vontade, mata a escolha, tem sintaxe como a gramática, substitui a inspiração pela ortografia, faz do amor um ditado, afugenta o lado misterioso da vida, inflige a transparência às funções rotineiras e inevitáveis, tira da mulher em trajes de dormir a aura nebulosa, dá direitos reduzidos a quem os exerce e a quem está sujeito a eles, faz a balança pender para um dos lados, perturbando o encantador equilíbrio do sexo robusto e do sexo poderoso, da força e da beleza, forjando de um lado um patrão e do outro uma criada, enquanto fora do casamento há um escravo e uma rainha. Trivializar a cama a ponto de torná-la decente: é possível imaginar algo mais grosseiro? Não haver mais pecado algum em se amar, que coisa mais sem graça!

Lorde David amadurecia. Quarenta anos, hora em que soa o alarme. Ele não se dava conta disso. E, de fato, continuava aparentando trinta anos. Achava mais divertido desejar Josiane do que possuí-la. Ele possuía outras; tinha suas mulheres. Josiane, por seu lado, tinha sonhos.

Os sonhos eram piores.

A duquesa Josiane tinha esta particularidade, de resto menos rara do que se imagina: um de seus olhos era azul, e o outro negro. Suas pupilas eram feitas de amor e de ódio, de felicidade e de infortúnio. O dia e a noite se misturavam em seu olhar.

Sua ambição era esta: mostrar-se capaz do impossível.

Um dia, dissera a Swift:

— Vocês outros imaginam que seu desprezo existe.

"Vocês outros" era o gênero humano.

Ela era papista da boca para fora. Seu catolicismo não ia além da dose imprescindível à elegância. Hoje em dia, isso seria considerado puseísmo.[14] Usava amplos vestidos de veludo, de cetim ou de chamalote, alguns com quinze ou dezesseis alnas de rodado e com bordados de ouro e prata e, em volta da cintura, muitos laços com pérolas alternados com laços em pedraria. Abusava dos galões. Às vezes, vestia um paletó de tecido bordado, como um aspirante a cavaleiro. Andava a cavalo em uma sela masculina, a despeito da invenção das selas femininas introduzidas na Inglaterra no século XIV por Ana, esposa de Ricardo II. Lavava o rosto, os braços, os ombros e o colo com açúcar cristal dissolvido em claras de ovos, à moda castelhana. Quando ouvia alguém a seu lado falar espirituosamente, tinha um riso de reflexão de uma graça singular.

De resto, não tinha maldade alguma. Era antes bondosa.

---

[14] Movimento religioso renovador promovido na segunda metade do século XIX pelo teólogo inglês Edward Pusey, que levou para o catolicismo uma fração da Igreja anglicana.

IV *MAGISTER ELEGANTIARUM*[15]

Josiane se entediava, era evidente.

Lorde David Dirry-Moir tinha uma situação magistral na alegre vida de Londres. *Nobility* e *gentry* o veneravam.

Registremos uma façanha de Lorde David: ele ousava mostrar seus cabelos. A reação contra a peruca começava. Da mesma forma que, em 1824, Eugène Devéria foi o primeiro a ousar deixar a barba crescer, em 1702 Price Devereux foi o primeiro a ousar expor em público, dissimulada em hábil frisado, sua cabeleira natural. Arriscar a cabeleira era quase como arriscar a cabeça. A indignação foi universal, embora Price Devereux fosse Visconde Hereford e par da Inglaterra. Ele foi insultado, mas fato é que tudo aquilo valia a pena. No auge do clamor, Lorde David também apareceu subitamente com os próprios cabelos à mostra e sem peruca. Coisas desse tipo prenunciam o fim das sociedades. Lorde David foi ainda mais insultado que o Visconde Hereford. Mas resistiu: Price Devereux fora o primeiro, David Dirry-Moir era o segundo. Às vezes é mais difícil ser o segundo que o primeiro. É necessário menos criatividade, porém mais coragem. O primeiro, exaltado com a inovação, pode ignorar o perigo; o segundo vê o abismo e nele se precipita. Nesse abismo, o de não mais usar peruca, jogou-se David Dirry-Moir. Mais tarde, foram imitados; depois desses dois revolucionários, os homens tiveram a audácia de se apresentar com seus próprios cabelos, e os pós surgiram como circunstância atenuante.

Para reforçar, de passagem, esse importante aspecto da história, é preciso dizer que a verdadeira pioneira na guerra à peruca fora uma rainha, Cristina da Suécia, que vestia roupas de homem e que, em 1680, aparecera com seus cabelos castanhos naturais, empoados e eriçados, sem nada lhe cobrindo a cabeça. Além disso, tinha "alguns pelos de barba", como disse Misson.

O papa, por outro lado, com sua encíclica de março de 1694, havia, de certa forma, desconsiderado a peruca, tirando-a da cabeça dos bispos e padres, e ordenando ao pessoal da Igreja que deixasse crescer seus cabelos.

Lorde David, então, não usava peruca e calçava botas de couro de vaca.

Esses grandes feitos faziam-no alvo da admiração pública. Não havia um clube onde não fosse o líder, ou uma luta de boxe em que não o quisessem como *referee*. O *referee* é o árbitro.

---

[15] "Árbitro das elegâncias".

Ele havia redigido os regulamentos de vários círculos da *high life*; havia fundado círculos de elegância, um dos quais, *Lady Guinea*, em 1772 ainda existia em Pall Mall. *Lady Guinea* era onde fervilhava toda a jovem *lordship*. Ali jogavam. A aposta mínima era uma pilha de cinquenta guinéus, e nunca havia menos de vinte mil guinéus na mesa. Perto de cada jogador havia um pequeno aparador para apoiar a xícara de chá e a gamela de madeira dourada onde ficavam as pilhas de guinéus. Os jogadores usavam, assim como os valetes ao polirem facas, mangas de couro que protegiam suas rendas, protetores de peito de couro que garantiam seus colarinhos e, na cabeça, para proteger seus olhos da forte claridade das luzes e manter em ordem o frisado dos cabelos, grandes chapéus de palha cobertos de flores. Mascaravam-se para que não vissem suas emoções, principalmente no jogo do quinze. Todos tinham nas costas seus casacos virados do avesso, para atrair a sorte.

Lorde David era do *Beefsteak Club*, do *Surly Club* e do *Splitfarthing Club*, do *Club des Bourrus* e do *Club des Gratte-Sous*, do Nó Apertado — *Sealed Knot* —, que era um clube dos realistas, e do *Martinus Scribblerus*, fundado por Swift para substituir a *Rota*, fundada por Milton.

Embora fosse belo, frequentava o Clube dos Feios. Esse clube era dedicado à deformidade. Ali, comprometiam-se a lutar, não por uma bela mulher, mas por um homem feio. A sala do clube era enfeitada com medonhos retratos: Thersite, Triboulet, Duns, Hudibras, Scarron; sobre a lareira, Esopo estava entre dois caolhos, Cocles e Camões; Cocles era caolho do olho esquerdo e Camões, do olho direito; cada um fora esculpido em seu lado caolho, e esses dois perfis sem olhos encontravam-se cara a cara. No dia em que a bela Senhora Visart pegou varíola, o Clube dos Feios fez um brinde a ela. Esse clube florescia no início do século XIX; um diploma de membro honorário fora enviado a Mirabeau.

A partir da restauração de Carlos II, os clubes revolucionários foram abolidos. Haviam demolido, na ruazinha próxima a Moorfields, a taverna onde funcionava o *Calf's Head Club*, Clube da Cabeça de Bezerro, assim chamado porque, no dia 30 de janeiro de 1649, dia em que o sangue de Carlos I correu na guilhotina, haviam brindado com vinho tinto, em um crânio de bezerro, à saúde de Cromwell.

Os clubes republicanos foram sucedidos pelos clubes monarquistas.

Onde as pessoas se divertiam decentemente.

Havia o *She Romps Club*. Pegavam na rua uma mulher, uma transeunte, uma burguesa, se possível não muito velha e não muito feia, que empurravam à força para dentro do clube e que obrigavam a andar sobre as mãos, pés para cima, rosto coberto pelas saias reviradas. Se ela demonstrasse má vontade, açoitavam com o chicote suas partes descobertas. A culpa era dela. Os praticantes desse gênero de embuste eram chamados de "saltadores".

Havia o Clube dos Raios de Calor, metaforicamente *Merry-danses*. Ali faziam negras e brancas dançarem as danças dos picantes e dos timtirimbas do Peru, especialmente a *Mozamala*, "moça má"; a graça dessa dança é que a dançarina se senta sobre um amontoado de cascas de cereais no qual deixa, ao levantar-se, a marca de suas nádegas. O espetáculo ali exibido inspirava-se em um verso de Lucrécio:

Tunc Venus in sylvis jungebat corpora amantum.[16]

Havia o *Hellfire Club*, "Clube das Chamas", onde se brincava de ser ímpio. Era a disputa dos sacrilégios. Ali o inferno era arrematado pela maior blasfêmia.

Havia o Clube das Cabeçadas, assim chamado porque ali davam cabeçadas nas pessoas. Procuravam algum carregador com peito largo e cara de imbecil. Ofereciam-lhe, e se preciso forçavam-no a aceitar, um caneco de cerveja para deixar que lhe dessem quatro cabeçadas no peito. Então apostavam. Certa vez, um homem, um brutamontes galês chamado Gogangerdd, morreu na terceira cabeçada. Isso pareceu grave. Fez-se uma enquete, e o júri de acusação pronunciou o seguinte veredicto: "Morto por um inchaço do coração causado por excesso de bebida." Gogangerdd havia, de fato, bebido o caneco de *porter*.

Havia o *Fun Club*. *Fun*, como *cant*, como *humour*, é uma palavra especial intraduzível. O *fun* está para a farsa assim como a pimenta está para o sal. Entrar em uma casa, quebrar um espelho valioso, picotar retratos de família, envenenar o cão, prender um gato na gaiola, é o que se chama "pregar uma peça de *fun*". Dar uma falsa notícia ruim, fazendo as pessoas enganadas entrarem em luto, isso é *fun*. Foi o *fun* que fez um buraco quadrado em um Holbein,[17] em Hampton Court. O *fun* ficaria orgulhoso se o braço da Vênus de Milo fosse qusebrado por ele. No reinado de Jaime II, um jovem Lorde milionário, que certa noite havia ateado fogo em um casebre, fez Londres gargalhar, sendo proclamado Rei do *fun*. Os pobres-diabos do casebre salvaram-se com a roupa do corpo. Os membros do *Fun Club*, todos da mais alta aristocracia, percorriam Londres enquanto os burgueses dormiam, arrancavam as dobradiças das janelas, cortavam a tubulação das bombas, esvaziavam as cisternas, arrancavam os letreiros, saqueavam as plantações, apagavam as luminárias

---

[16] "Então, nas selvas, Vênus aproximava os corpos dos amantes." (Lucrécio, *De natura rerum*, V, 962.)

[17] Hans Holbein (1497-1543), pintor alemão, um dos mestres do retrato no período do Renascimento.

públicas, serravam os pilares de sustentação das casas, quebravam os vidros das janelas, principalmente nos bairros indigentes. Eram os ricos que faziam essas coisas aos miseráveis. E, por isso, nenhuma queixa era possível. Além do mais, era uma comédia. Esses costumes não desapareceram completamente. Em diversos pontos da Inglaterra ou das possessões inglesas, em Guernesey, por exemplo, de tempos em tempos alguém devasta um pouco uma casa durante a noite, quebra-lhe uma cerca, arranca-lhe a aldraba da porta, etc. Se fossem pobres, seriam enviados à prisão; mas se trata de amáveis rapazes.

O mais distinto dos clubes era presidido por um imperador que tinha uma meia lua na testa e que se chamava "o grande Mohock". O *mohock* ia mais longe que o *fun*. Fazer o mal pelo mal, esse era o plano. O Clube Mohock tinha esse objetivo grandioso: lesar. Para cumpri-lo, qualquer meio era válido. Quem se tornava *mohock* comprometia-se a ser um lesador. Lesar a qualquer preço, a qualquer momento, de qualquer forma, quem quer que fosse, era esse o dever. Qualquer membro do Clube Mohock devia ter algum talento. Um era "mestre de dança", ou seja, fazia os camponeses saltitarem perfurando suas panturrilhas com a espada. Outros sabiam "fazer suar", ou seja, improvisar, em volta de um mequetrefe qualquer, uma roda de seis ou oito fidalgos de espada na mão; cercado por todos os lados, era impossível que o mequetrefe não desse as costas a alguém; o fidalgo para o qual virava as costas o castigava com uma cutucada que fazia o homem girar; uma nova pontada nos rins lembrava ao sujeito que um nobre estava atrás dele, e assim por diante, cada um estocando em sua vez; quando o homem, fechado nesse círculo de espadas e todo ensanguentado, tinha girado e dançado o bastante, mandavam os lacaios surrá-lo com um bastão para mudar o rumo de suas ideias. Outros "estapeavam o leão", ou seja, rindo, paravam um passante, amassavam-lhe o nariz com um murro e enfiavam-lhe dois polegares nos olhos. Se os olhos fossem vazados, pagavam-lhe por eles.

Eram esses, no início do século XVIII, os passatempos dos opulentos ociosos de Londres. Os ociosos de Paris tinham outros. O Sr. de Charolais dava tiros de fuzil em cidadãos à porta de suas casas. A juventude sempre se divertiu.

Lorde David Dirry-Moir levava a essas diversas instituições de recreação seu espírito magnífico e liberal. Como qualquer outro, ele queimava alegremente uma cabana de madeira e sapé e chamuscava um pouco quem estava dentro, mas reconstruía a moradia com pedras. Aconteceu-lhe de fazer duas mulheres dançarem sobre as mãos no *She romps Club*. Uma era solteira; deu-lhe um dote. A outra era casada; ordenou que seu marido fosse nomeado capelão.

Louváveis aperfeiçoamentos nas brigas de galo ocorreram graças a ele. Era uma maravilha ver Lorde David preparar um galo para o combate. Os galos se pegam pelas penas, como os homens pelos cabelos. Então Lorde David deixava seu galo o mais careca possível. Cortava com uma tesoura todas as penas do rabo e, da cabeça até as asas, todas as penas do pescoço. "Menos penas para o bico do inimigo", dizia ele. Em seguida estendia as asas do seu galo e cortava, uma a uma, as penas em forma de ponta, provendo as asas de dardos. "Pronto, isso é para os olhos do inimigo", dizia. Depois raspava suas patas com um canivete, afiava-lhe as garras, encaixava-lhe no esporão uma espora de aço pontuda e cortante, cuspia-lhe na cabeça, cuspia-lhe no pescoço, untando-o com saliva, da mesma forma que esfregavam óleo nos atletas, e o soltava, terrível, exclamando: "Eis como de um galo se faz uma águia, e como um bicho de quintal se transforma em animal de montanha!".

Lorde David assistia às lutas de boxe, sendo sua regra viva. Nas grandes realizações, era ele quem mandava fixar os postes e esticar as cordas; era ele quem estipulava a medida que teria o tablado. Quando era o segundo, seguia seu boxeador a cada passo, uma garrafa em uma das mãos, uma esponja na outra, e gritava-lhe: *Strike fair,*[18] sugeria-lhe ardis, aconselhava-o durante o combate, enxugava-o quando sangrava, levantava-o quando caído, punha-o de joelhos, metia-lhe o gargalo da garrafa entre os dentes, e ele próprio, com a boca cheia de água, borrifava uma fina chuva em seus olhos e orelhas para reanimar o moribundo. Quando era árbitro, verificava a lealdade dos golpes, impedia quem quer que fosse, exceto os segundos, de dar assistência aos combatentes, declarava vencido o campeão que não se portasse bem ante o adversário, cuidava para que o tempo dos *rounds* não fosse excedido sequer em meio minuto, opunha-se ao *butting,*[19] acusando quem golpeasse com a cabeça, e impedia que o lutador caído apanhasse. Toda essa ciência não o tornava pedante e não diminuía em nada seu desembaraço na sociedade.

Quando era *referee* de uma luta, não havia torcedor tisnado, espinhudo e cabeludo, deste ou daquele lutador, que se permitisse saltar a grade, entrar na arena, arrebentar as cordas, arrancar os postes e intervir violentamente no combate para ajudar seu boxeador em vias de ser derrotado, ou arruinar a balança de apostas. Lorde David era dos poucos árbitros que ninguém ousava espancar.

Nenhum outro treinava como ele. O lutador do qual concordava em ser o *trainer* estava certo de vencer. Lorde David escolhia um Hércules, maciço como um rochedo, alto como uma torre, e fazia dele seu filho. O problema era fazer essa rocha humana passar do estado defensivo ao estado ofensivo.

---

[18] Bata firme.

[19] Cabeçada.

Ele se superava nesse quesito. Uma vez adotado o ciclope, não o largava mais. Tornava-se uma babá. Dosava seu vinho, pesava sua carne, controlava seu sono. Foi ele quem inventou este admirável regime de atleta, mais tarde revigorado por Moreley: de manhã, um ovo cru e um cálice de *sherry*; ao meio-dia, pernil de carneiro sangrando e chá; às quatro da tarde, pão tostado e chá; à noite, cerveja e pão tostado. Depois disso, despia o homem, aplicava-lhe uma massagem e o punha para dormir. Na rua, não o perdia de vista, afastando dele todos os perigos, cavalos fugidios, rodas de veículos, soldados bêbedos, moças bonitas. Zelava por sua virtude. Essa solicitude maternal trazia continuamente algum novo aperfeiçoamento à educação do pupilo. Ensinava-lhe o soco que quebra os dentes e a dedada que faz saltar o olho. Nada mais tocante.

Dessa forma, preparava-se para a vida política, para a qual devia ser chamado mais tarde. Não é pouca coisa tornar-se um rematado fidalgo.

Lorde David Dirry-Moir tinha paixão pelas exibições em ruas e praças, pelos teatros ambulantes, pelos circos com animais curiosos, pelas barracas de saltimbancos, pelos palhaços, pelos *tartailles e pasquins,*[20] pelas farsas ao ar livre e pelos prodígios das feiras de atrações. O verdadeiro senhor é aquele que aprecia o homem do povo; por isso Lorde David frequentava as tavernas e as cortes dos milagres de Londres e dos Cinco Portos. A fim de poder engalfinhar-se com algum gajeiro ou algum calafate, quando necessário e sem comprometer sua posição na esquadra branca, nas ocasiões em que ia a esses locais abjetos vestia uma jaqueta de marujo. Para essas transformações, era conveniente não usar peruca, pois, mesmo na época de Luís XIV, o povo mantinha seus cabelos, tal qual o leão mantém sua juba. Dessa forma, ficava livre. A gentalha que Lorde David encontrava nessas barafundas, e à qual se misturava, tinha-o em alta conta e não sabia que ele era Lorde. Chamavam-no de Tom-Jim-Jack. Com esse nome, era popular e muito ilustre entre essa escória. Era mestre em se divertir no meio dessa gente. Havendo necessidade, entrava em uma briga aos murros. Esse lado da sua vida elegante era conhecido e muito apreciado por *Lady* Josiane.

---

[20] Hugo cria esses dois substantivos aludindo a Tartaglia e Pasquin, valetes da *Commedia dell'Arte*.

V A RAINHA ANA

I

Acima desse casal, havia Ana, Rainha da Inglaterra.

Uma mulher comum: essa era a Rainha Ana. Era alegre, benévola, augusta, mais ou menos. Nenhuma dessas qualidades atingia a virtude, nenhuma de suas imperfeições atingia o mal. Sua corpulência era rotunda, sua malícia era espessa, sua bondade era tola. Era tenaz e frouxa. Esposa, era infiel e fiel, tendo favoritos a quem entregava o coração e um consorte para o qual reservava sua cama. Cristã, era herética e carola. Tinha certa beleza, o pescoço robusto de uma Níobe. O restante da sua pessoa era mal acabado. Ela era desengonçadamente, e honestamente, coquete. Mostrava bastante sua pele branca e fina. Surgiu com ela a moda do colar de grandes pérolas rente ao pescoço. Tinha a testa estreita, os lábios sensuais, as faces carnudas, os olhos grandes, a vista curta. Sua miopia se estendia ao seu espírito. Com exceção de uma ou outra pitada de jovialidade, quase tão pesada quanto sua cólera, ela vivia em uma espécie de ralhar taciturno e de silêncio ranzinza. Escapavam-lhe algumas palavras que precisavam ser adivinhadas. Era uma mistura de boa mulher e víbora diabólica. Gostava do inesperado, o que é profundamente feminino. Ana era uma amostra grosseira da Eva universal. A essa amostra coube esta sorte, o trono. Ela bebia. Seu marido era um dinamarquês puro-sangue.

Sendo *Tory*, ela governava pelos *Whigs*.[21] Como mulher, como louca. Tinha acessos de cólera. Era destruidora. Não havia pessoa mais desajeitada para conduzir as coisas de Estado. Deixava cair por terra os acontecimentos. Toda sua política era desequilibrada. Era exímia em fazer grandes catástrofes com pequenas causas. Quando tinha um ataque de autoridade, chamava a isso *fazer uma jogada arriscada*.

Dizia, com ar de profunda divagação, palavras como estas: "Nenhum par pode apresentar-se de chapéu diante do rei, exceto Courcy, Barão de Kinsale, par da Irlanda". "Seria uma injustiça se meu marido não fosse Lorde-almirante, pois meu pai já o foi." E fazia de Jorge da Dinamarca grande-almirante da Inglaterra "and of all Her Majesty's Plantations". Transpirava mau humor continuamente; não exprimia seu pensamento: exsudava-o. Havia algo de esfinge nessa sonsa.

---

[21] *Tory* e *Whigs*: grupos parlamentares britânicos de tendências opostas criados no século XVII.

Não abominava o *fun*, a farsa impertinente e hostil. Se pudesse fazer Apolo corcunda, ficaria muito feliz. Mas o conservaria como deus. Boa pessoa, tinha como ideal não desesperar ninguém e aborrecer todo mundo. Com frequência, falava com aspereza e, mais um pouco, praguejaria, como Elizabeth. De tempos em tempos, tirava de um bolso masculino que havia em sua saia uma pequena caixa redonda de prata, trabalhada em alto-relevo, com seu retrato de perfil entre duas letras, Q. A.,* abria essa caixa e tirava dali, com a ponta do dedo, um pouco de pomada com a qual pintava os lábios de vermelho. Então, tendo ajeitado a boca, ela ria. Tinha muita avidez pelos pães de especiarias da Zelândia. Tinha orgulho de ser gorda.

Mais puritana que outra coisa, teria, no entanto, gostado de se apresentar em espetáculos. Esboçou o desejo de ter uma academia de música copiada daquela da França. Em 1700, um francês chamado Forteroche quis construir em Paris um "Circo Real" ao custo de quatrocentas mil libras, a que Argenson se opôs; o tal Forteroche passou pela Inglaterra e propôs à Rainha Ana, que se sentiu momentaneamente seduzida pela ideia, a construção de um teatro em Londres, com recursos de maquinário, mais bonito que o do rei francês, e com um *quarto porão inferior.*

Como Luís XIV, ela gostava que sua carruagem galopasse. Seus cavalos e mudas algumas vezes faziam em menos de uma hora e quinze minutos o trajeto de Windsor a Londres.

II

No tempo de Ana, não havia reunião sem autorização de dois juízes de paz. Doze pessoas juntas, ainda que fosse para comer ostras e beber cerveja, era algo visto como felonia.

Durante seu reinado, embora um tanto benevolente, o recrutamento para a frota ocorreu com extrema violência; prova sombria de que o inglês é mais súdito do que cidadão. Por séculos, o Rei da Inglaterra manteve um procedimento de tirano que desmentia todas as velhas cartas de franquia, e em relação ao qual a França em particular levava vantagem e se indignava. O que diminui um pouco essa vantagem é que, contrapondo-se ao recrutamento de marujos na Inglaterra, havia na França o recrutamento de soldados. Em todas as grandes cidades da França, qualquer homem bem disposto que andasse pelas ruas tratando de seus negócios podia ser empurrado por recrutadores para dentro de uma casa chamada *forno*. Ali era trancafiado com outros

* *Queen Ann*. (N. A.)

homens; triavam os que se adequavam ao serviço e estes eram vendidos pelos recrutadores aos oficiais. Em 1695 havia em Paris trinta *fornos*.

As leis contra a Irlanda, emanadas da Rainha Ana, foram atrozes.

Ana tinha nascido em 1664, dois anos antes do incêndio de Londres, sobre o que os astrólogos (eles ainda existiam, como testemunhou Luís XIV, que nasceu assistido por um astrólogo e foi enrolado em um horóscopo) haviam predito que, sendo ela "a irmã mais velha do fogo", seria rainha. Ela o foi, graças à astrologia e à revolução de 1688. Sentia-se humilhada por ter apenas Gilbert, arcebispo de Canterbury, como padrinho. Ser afilhada do papa não era mais possível na Inglaterra. Um simples primaz é um padrinho medíocre. Ana teve de se contentar com isso. A culpa era dela. Por que foi ser protestante?

A Dinamarca pagara por sua virgindade, *virginitas empta,* como dizem as velhas cartas, com um dote de seis mil e duzentas e cinquenta libras esterlinas de renda, assegurado pelo bailiado de Wardinburg e pela ilha Fehmarn.

Sem convicção e por força do hábito, Ana seguia as tradições de Guilherme. Os ingleses, sujeitos a essa realeza nascida de uma revolução, tinham toda a liberdade que pode caber entre a Torre de Londres, para onde era levado o orador, e o pelourinho, para onde era levado o escritor. Ana falava um pouco de dinamarquês, para seus apartes com o marido, e um pouco de francês, para seus apartes com Bolingbroke. Pura tagarelice; mas, principalmente na corte, a grande moda inglesa era falar francês. Não havia uma boa expressão a não ser em francês. Ana se preocupava com as moedas, sobretudo com as moedas de cobre, que são populares e de baixo valor; queria impressionar com elas. Seis *farthings* foram cunhados em seu reinado. No reverso dos três primeiros, ela mandou colocar apenas um trono; no reverso do quarto, quis uma carruagem triunfal; e no reverso do sexto, uma deusa empunhando uma espada em uma mão e, na outra, um galho de oliveira, e a inscrição *Bello et Pace.* Filha de Jaime II, que era ingênuo e feroz, ela era brutal.

E, ao mesmo tempo, no fundo era amável. Contradição apenas aparente. Um acesso de raiva a transformava. Esquente o açúcar e ele borbulhará.

Ana era popular. A Inglaterra gosta das mulheres reinantes. Por quê? A França as excluiu. Essa já é uma razão. Talvez não haja mesmo nenhuma outra. Para os historiadores ingleses, Elizabeth é a grandeza, Ana é a bondade. Como queiram. Que seja. Mas não houve nada de delicado nesses reinados femininos. As linhas são pesadas. Trata-se da grandeza grosseira e da bondade grosseira. Quanto à sua virtude imaculada, a Inglaterra apega-se a isso; de nossa parte, não nos opomos. Elizabeth é uma virgem temperada por Essex, e Ana é uma esposa enrolada com Bolingbroke.

III

Um costume idiota que os povos têm é o de atribuir ao rei o que eles próprios fazem. Eles lutam. De quem é a glória? Do rei. Eles pagam. Quem é magnífico? O rei. E o povo o ama por ser tão rico. O rei recebe do povo um escudo e lhe devolve um centavo. Como ele é generoso! O colosso pedestal contempla o fardo pigmeu. Como o anão é pesado! Ele está nas minhas costas. Um jeito excelente de um anão ficar mais alto que um gigante é empoleirar-se em seus ombros. Que o gigante não se importe, eis algo singular; e que ele admire a grandeza do anão, eis algo estúpido. Ingenuidade humana.

A estátua equestre, reservada unicamente aos reis, representa bem a realeza; o cavalo é o povo. Mas o cavalo se transfigura lentamente. No início é um asno, ao final é um leão. Então ele derruba seu cavaleiro, e temos 1642 na Inglaterra e 1789 na França; e algumas vezes ele o devora, e temos na Inglaterra 1649 e na França 1793.

Que o leão possa voltar a ser asno espanta, mas acontece. Era o que se via na Inglaterra. Tinham voltado a ser o burro de carga da idolatria monarquista. A *Queen Ann*, como acabamos de dizer, era popular. O que ela fazia para isso? Nada. Nada é tudo que se pede ao Rei da Inglaterra. Por esse nada ele recebe cerca de trinta milhões por ano. Em 1705, a Inglaterra, que tinha somente treze navios de guerra na época de Elizabeth e trinta e seis na época de Jaime I, contava cento e cinquenta deles. Os ingleses tinham três exércitos, cinco mil homens na Catalunha, dez mil em Portugal, cinquenta mil em Flandres, e, além disso, pagavam quarenta milhões por ano à Europa monárquica e diplomática, espécie de meretriz que o povo inglês sempre sustentou. Como o parlamento havia votado um empréstimo patriótico de trinta e quatro milhões de rendas vitalícias, apressaram o Tesouro a firmá-lo. A Inglaterra enviava uma esquadra às Índias Orientais e uma esquadra à costa da Espanha com o almirante Leake, sem contar uma reserva de quatrocentos veleiros sob o comando do almirante Showell. A Inglaterra acabava de anexar a Escócia. Estavam entre Hochstet e Ramillies, e uma dessas vitórias permitia entrever a outra. De uma tacada, a Inglaterra havia prendido em Hochstet vinte e sete batalhões e quatro regimentos de dragões, e tomado cem léguas de terras da França, recuando desvairada do Danúbio ao Reno. A Inglaterra punha a mão na Sardenha e nas Baleares. Trazia triunfalmente para seus portos dez navios de linha espanhóis e muitos galeões carregados de ouro. A baía e o estreito de Hudson já estavam semiabandonados por Luís XIV; pressentia-se que também abandonaria Acádia, Ilha de São Cristóvão e Terra Nova, e que ficaria muito satisfeito se a Inglaterra tolerasse o Rei da França pescando bacalhau em Cape Breton. A Inglaterra ia impor-lhe a vergonha de ele próprio demolir as fortificações de Dunquerque. Enquanto aguardava, ela havia tomado Gibraltar e tomava Barcelona. Que grandes feitos! Como não admirar a Rainha Ana, que se dava ao trabalho de viver em uma época dessas?

De certo ponto de vista, o reinado de Ana parece um reflexo do reinado de Luís XIV. Por um momento, estando em paralelo a esse rei neste encontro que chamamos de História, Ana guarda com ele uma vaga semelhança de imagem. Como ele, ela representa a farsa de um grande reinado; tem seus monumentos, suas artes, suas vitórias, seus capitães, sua gente letrada, seu cofre bancando celebridades, sua galeria de obras-primas tal qual Sua Majestade. Da mesma forma, sua corte mostra pompa e tem um aspecto triunfal, uma ordem e uma marcha. É uma versão, em ponto reduzido, de todos os grandes homens de Versalhes, já não tão grandes assim. Verdadeira ilusão de ótica; some-se a isso o *God save the Queen*, que desde então deve ter sido tomado de Lulli, e o conjunto se mostra ilusório. Não falta um só personagem. Christophe Wren é um Mansard bastante aceitável; Somers equivale a Lamoignon. Ana tem um Racine que é Dryden, um Boileau que é Pope, um Colbert que é Godolphin, um Louvois que é Pembroke e um Turenne que é Marlbourough. Basta que aumentem as perucas e diminuam as frontes. Tudo é solene e pomposo, e, naquele momento, o castelo de Windsor teria quase uma falsa aparência de Marly. Só que tudo no feminino; e o padre Le Tellier de Ana se chama Sarah Jennings.[22] De resto, um prenúncio de ironia, que cinquenta anos mais tarde será filosofia, se esboça na literatura, e o Tartufo protestante é desmascarado por Swift, assim como o Tartufo católico foi denunciado por Molière. Embora nessa época a Inglaterra lute com a França e a vença, imita-a e dela tira sua luz; na fachada da Inglaterra o que se vê é o brilho francês. Pena que o reinado de Ana só tenha durado doze anos, caso contrário os ingleses não se fariam de rogados para falar em século de Ana, assim como falamos em século de Luís XIV. Ana aparece em 1702, quando Luís XIV declina. Uma dessas curiosidades da história é que a ascensão desse astro pálido coincida com o ocaso do astro púrpura, e que no momento em que a França tinha o Rei Sol a Inglaterra tenha tido a rainha Lua.

Detalhe a observar: ainda que estivessem em guerra contra ele, Luís XIV era muito admirado na Inglaterra. *É o rei que a França deve ter*, diziam os ingleses. O amor dos ingleses por sua liberdade se mistura a certa aceitação da servidão alheia. Essa complacência para com as correntes que prendem o vizinho chega algumas vezes a ser um entusiasmo pelo déspota ao lado.

---

[22] Michel Le Tellier (1643-1719), jesuíta francês, último confessor de Luís XIV. Sarah Jennings (1660-1744), duquesa de Marlborough, autoritária dama de honra de Ana.

Em resumo, Ana fez seu povo "feliz", como disse por três vezes e com graciosa insistência, às páginas 6 e 9 da dedicatória e à página 3 do prefácio, o tradutor francês do livro de Beeverell.

IV

A Rainha Ana embirrava um pouco com a Duquesa Josiane por dois motivos.

Primeiramente porque achava a Duquesa Josiane bonita.

Depois porque achava bonito o noivo da Duquesa Josiane.

Dois motivos são suficientes para que uma mulher seja invejosa; para uma rainha, basta um.

Mais. Embirrava por ela ser sua irmã.

Ana não gostava que as mulheres fossem bonitas. Achava isso contrário aos bons costumes.

Quanto a ela, era feia.

Claro que não por escolha.

Parte da sua religiosidade vinha dessa fealdade.

Josiane, bela e filósofa, incomodava a rainha.

Para uma rainha feia, uma duquesa bonita não pode ser uma irmã agradável.

Havia algo mais a recriminar: o nascimento *improper* de Josiane.

Ana era filha de Ana Hyde, simples *lady,* legitimamente, mas, lamentavelmente, esposada por Jaime II quando este era Duque de York. Tendo esse sangue inferior nas veias, Ana sentia-se apenas meio real, e Josiane, vinda ao mundo de forma completamente irregular, sublinhava a incorreção, menor, mas verdadeira, do nascimento da rainha. A filha da desigualdade social via sem prazer, não muito longe de si, a filha da ilegitimidade. Havia nisso uma semelhança desconfortável. Josiane tinha o direito de dizer a Ana: minha mãe vale tanto quanto a sua. Na corte não diziam isso, mas evidentemente era o que pensavam, o que era enfadonho para a Majestade Real. Por que essa Josiane existia? Que ideia fora essa de ter nascido? Afinal, a troco de que havia uma Josiane? Certos parentescos humilham.

Entretanto, Ana mostrava-se amável a Josiane.

Talvez até gostasse dela se não fosse sua irmã.

VI BARKILPHEDRO

É útil conhecer as ações das pessoas, e tomar precauções é sensato.

Josiane mandava um homem de sua confiança, chamado Barkilphedro, espionar um pouco Lorde David.

Lorde David mandava que um de seus homens, no qual confiava, observasse discretamente Josiane; esse homem se chamava Barkilphedro.

A Rainha Ana, por sua vez, secretamente mantinha-se a par dos atos e gestos da Duquesa Josiane, sua irmã bastarda, e de Lorde David, seu futuro cunhado "da mão esquerda",[23] por um homem com o qual contava plenamente e que se chamava Barkilphedro.

Esse Barkilphedro tinha sob os dedos este piano: Josiane, Lorde David, a rainha. Um homem entre duas mulheres. Quantos arranjos possíveis! Que amálgama de almas!

Barkilphedro nem sempre estivera nessa magnífica situação de sussurrar em três ouvidos.

Era antigo serviçal do Duque de York. Havia tentado ser um homem da Igreja, mas fracassara. O Duque de York, príncipe inglês e romano, composto de papismo real e de anglicismo legal, tinha sua casa católica e sua casa protestante; poderia ter encaminhado Barkilphedro para uma ou outra hierarquia, mas não o julgou suficientemente católico para ser o esmoler, nem suficientemente protestante para ser o capelão. De forma que Barkilphedro ficou entre duas religiões com a alma pelo chão.

O que não é má posição para certas almas répteis.

Só rastejando se percorrem certos caminhos.

Uma domesticidade obscura, mas alimentadora, foi por muito tempo toda a existência de Barkilphedro. A domesticidade já é alguma coisa, mas ele queria também o poder. Talvez estivesse alcançando-o quando Jaime II caiu. Tudo deveria recomeçar. Nada a fazer no reinado de Guilherme III, ranzinza, e com um modo de reinar tão cheio de pudor que pensava ser a probidade em pessoa. Depois que seu protetor Jaime foi destronado, Barkilphedro não se viu em maus lençóis imediatamente. Alguma coisa que sobrevive aos príncipes depostos alimenta, e por algum tempo sustenta, seus parasitas. O resto da seiva que está esgotando-se permite que as folhas de uma árvore desenraizada vivam por dois ou três dias nas pontas dos ramos; depois elas amarelecem e secam, e assim é também com o cortesão.

---

[23] *De la main gauche* — termo empregado quando um nobre se casava com uma mulher de condição inferior, a quem dava a mão esquerda em lugar da direita durante a cerimônia nupcial.

Graças a este embalsamamento chamado legitimidade, o príncipe, embora derrubado e lançado ao longe, persiste e se conserva; não é o caso do cortesão, bem mais morto do que o rei. O rei afastado é múmia, o cortesão por perto é fantasma. Ser a sombra de uma sombra é de uma pobreza atroz. Assim, Barkilphedro tornou-se famélico; assumiu a qualidade de homem de letras.

Mas foi banido até das cozinhas. Às vezes não sabia onde dormiria. "Quem vai me tirar da rua?", dizia ele. E lutava. Ele tinha tudo que há de interessante na paciência ante a adversidade. Tinha também o talento de uma traça: sabia abrir um buraco de alto a baixo. Servindo-se do nome de Jaime II, das lembranças, da fidelidade, da compaixão, etc., abriu passagem até a Duquesa Josiane.

Josiane viu com bons olhos esse homem espirituoso e miserável, duas coisas que comovem. Apresentou-o a Lorde David Dirry-Moir, acolheu-o nas dependências da criadagem, considerou-o como alguém da casa, foi bondosa e até lhe falou algumas vezes. Barkilphedro não passou mais fome nem frio. Josiane o tratava por você; estava em voga as grandes damas chamarem de você os literatos, que aceitavam esse tratamento. A Marquesa de Mailly recebia Roy, a quem nunca tinha visto, deitada, e lhe dizia: "Foi você que fez *O Ano Galante*? Bom dia". Mais tarde, os literatos retribuíram esse tratamento. Um dia Fabre d'Églantine disse à Duquesa de Rohan:

— Você não é a Chabot?

Para Barkilphedro, ser tratado por você era uma felicidade. Ficou encantado com isso. Ele vinha ambicionando essa ampla familiaridade.

— *Lady* Josiane me chama de você! — dizia a si mesmo, esfregando as mãos.

Aproveitou-se disso para ganhar terreno. Tornou-se uma espécie de figura familiar nos aposentos de Josiane, passava despercebido, não incomodava; a duquesa quase trocaria de camisola na sua frente. No entanto, tudo isso era precário. Barkilphedro queria alcançar uma posição. Uma duquesa é meio caminho andado. Uma galeria subterrânea que não chegasse até a rainha seria trabalho perdido.

Um dia, Barkilphedro disse a Josiane:

— Sua Graça gostaria de fazer minha felicidade?

— O que você quer? — perguntou Josiane.

— Um emprego.

— Um emprego?! Para você?!

— Sim, senhora.

— Que ideia é essa de pedir um emprego? Você não serve para nada.

— Por isso mesmo.

Josiane começou a rir.

— Das funções para as quais não serve, qual você quer?

— A de destampador de garrafas do oceano.

O riso de Josiane redobrou.

— O que é isso? Está brincando.

— Não, senhora.

— Vou me divertir dando-lhe uma resposta séria — disse a duquesa. — O que você quer ser? Repita.

— Destampador de garrafas do oceano.

— Na corte tudo é possível. Mas um emprego desses existe?

— Sim, senhora.

— Conte-me essa novidade. Continue.

— É um emprego que existe.

— Jure pela alma que você não tem.

— Juro.

— Não acredito em você.

— Obrigado, senhora.

— Então, você gostaria de?....

— Abrir as garrafas encontradas no mar.

— Eis uma função que não deve cansar muito. É como pentear cavalos de bronze.

— Mais ou menos.

— Não fazer nada. De fato, é a tarefa adequada para você. Para isso você serve.

— Como vê, sirvo para alguma coisa.

— Essa é boa! Está brincando. Esse trabalho existe?

Demonstrando grave deferência, Barkilphedro disse:

— A senhora tem um augusto pai, Jaime II, rei, e um ilustre cunhado, Jorge da Dinamarca, Duque de Cumberland. Seu pai foi e seu cunhado é Lorde-almirante da Inglaterra.

— São essas as novidades que vem me contar? Sei disso tanto quanto você.

— Mas o que Vossa Graça não sabe é o seguinte: no mar existem três tipos de coisas: as que permanecem no fundo da água, *Lagon*; as que flutuam na água, *Flotson*; e as que a água leva para a costa, *Jetson*.

— E daí?

— Essas três coisas, Lagon, Flotson e Jetson, pertencem ao grande Lorde-almirante.

— E daí?

— Vossa Graça entende?

— Não.

— Tudo o que está no mar, que é tragado, boia e encalha, tudo isso pertence ao almirante da Inglaterra.

— Tudo. Pois bem. E daí?

— Exceto o esturjão, que pertence ao rei.

— Eu imaginava que tudo isso pertencesse a Netuno — disse Josiane.

— Netuno é um imbecil. Abandonou tudo, deixou que os ingleses ficassem com tudo.

— Conclua.

— Presas do mar é o nome que se dá a esses achados.

— Que seja.

— É inesgotável. Há sempre algo flutuando, algo chegando à costa. É a contribuição do mar. O mar paga imposto à Inglaterra.

— Folgo em saber. Mas conclua.

— Vossa Graça compreende que dessa forma o oceano abre um escritório?

— Onde?

— No almirantado.

— Que escritório?

— Escritório das presas do mar.

— E então?

— O escritório se subdivide em três ofícios: Lagon, Flotson, Jetson, e para cada ofício há um oficial.

— E então?

— Um navio em alto mar quer mandar para a terra um aviso de que está navegando em tal latitude, encontrou um monstro marinho, está avistando uma costa, está em perigo, vai afundar, está perdido, etc.; o capitão pega uma garrafa, coloca dentro dela um pedaço de papel no qual escreveu a coisa, tampa o gargalo e joga a garrafa no mar. Se ela afundar, é da conta do oficial Lagon; se flutuar, é da conta do oficial Flotson; se for carregada pelas ondas até a costa, é da conta do oficial Jetson.

— E você quer ser o oficial Jetson?

— Exatamente.

— É isso que você chama ser destampador de garrafas do oceano?

— Porque a função existe.

— Por que prefere este último posto e não os dois outros?

— Porque está vago neste momento.

— Em que consiste esse emprego?

— Senhora, em 1598, uma garrafa lacrada, encontrada por um pescador de congrios nas areias de Epidium Promontorium, foi entregue à Rainha Elizabeth, e um pergaminho retirado dessa garrafa informava à Inglaterra que a Holanda havia tomado sem alarde um país desconhecido, a Nova Zembla, *Nova Zemla*, que essa tomada ocorrera em junho de 1596, que naquele país os ursos comiam as pessoas, e que o modo de passar o inverno ali era explicado em um papel guardado dentro de um estojo de mosquete pendurado na chaminé da casa de madeira construída na ilha e deixada pelos holandeses, que estavam todos mortos, e que essa chaminé tinha sido feita com um tonel sem fundo encaixado no teto.

— Não entendo muito bem essa conversa.

— Então, Elizabeth entendeu. Um país a mais para a Holanda era um país a menos para a Inglaterra. A garrafa que dera a informação foi considerada uma coisa importante. E a partir desse dia foi dada ordem a quem quer que encontrasse na beira do mar uma garrafa lacrada que a entregasse ao almirante da Inglaterra, sob pena de enforcamento. O almirante encarrega de abrir essas garrafas um oficial, que informa sobre seu conteúdo a Sua Majestade, quando é o caso.

— Essas garrafas chegam ao almirantado com muita frequência?

— Raramente. Mas tanto faz. O posto existe. O almirantado oferece alojamento e cama para a função.

— E quanto pagam por essa forma de não fazer nada?

— Cem guinéus por ano.

— E você me importuna por essa ninharia?

— Já dá para viver.

— Miseravelmente.

— Como acontece aos da minha condição.

— Cem guinéus não é nada.

— O que a faz viver um minuto, faz gente como eu viver um ano. Essa é a vantagem dos pobres.

— Você vai ter esse emprego.

Oito dias depois, graças à boa vontade de Josiane, graças à credibilidade de Lorde David Dirry-Moir, Barkilphedro, desde então salvo, livre do provisório, pisando agora em terreno sólido, alojado, recompensado, com cem guinéus de renda, estava instalado no almirantado.

VII BARKILPHEDRO CAVA

Antes de tudo, há algo imperioso: ser ingrato.

Com Barkilphedro não foi diferente.

Depois de receber tantos benefícios de Josiane, naturalmente apenas uma ideia passou pela sua cabeça: vingar-se dela.

Acrescentemos que Josiane era bela, alta, jovem, rica, poderosa, ilustre, e que Barkilphedro era feio, baixo, velho, pobre, protegido, desconhecido. Ele também precisava vingar-se de tudo isso.

Quando alguém é feito só de escuridão, como vai perdoar tanto brilho?

Barkilphedro era um irlandês que havia renegado a Irlanda; espécie daninha.

Contava com apenas uma coisa a seu favor — o fato de ter uma barriga bem grande.

Uma barriga grande é tida como um sinal de bondade. Mas aquela barriga era um acréscimo à hipocrisia de Barkilphedro. Pois ele era um homem muito vil.

Que idade tinha Barkilphedro? Nenhuma. A idade conveniente ao seu plano do momento. Pelas rugas e cabelos grisalhos, era velho; e jovem pela agilidade de espírito. Lépido e pesado, era uma espécie de hipopótamo-macaco. Realista, certamente; republicano, quem sabe? Católico, talvez; protestante, sem dúvida. A favor de Stuart, provavelmente; a favor de Brunswick, seguramente. Ser *a favor* só é uma força quando ao mesmo tempo se é *contra*. Barkilphedro praticava essa filosofia.

O posto de "destampador de garrafas do oceano" não era tão risível quanto Barkilphedro dera a entender. As reclamações, que hoje em dia seriam consideradas declamações, de Garcie-Fernandez em seu *Roteiro do Mar*, contra a espoliação dos encalhes, chamada de *direito de naufrágio*, e contra a pilhagem de navios por habitantes da costa, haviam causado sensação na Inglaterra e levado aos náufragos o progresso de ter seus bens, roupas e propriedades, em vez de roubados pelos matutos, confiscados pelo Lorde-almirante.

Todos os destroços do mar lançados na costa inglesa, mercadorias, carcaças de navios, pacotes, caixas, etc., pertenciam ao Lorde-almirante; mas, e nisto se mostrava a importância do emprego solicitado por Barkilphedro, os recipientes flutuantes contendo mensagens e informações despertavam particularmente a atenção do almirantado. Os naufrágios estão entre as graves preocupações da Inglaterra. A navegação sendo sua vida, o naufrágio é sua inquietação. A Inglaterra tem um infinito cuidado com o mar. O pequeno frasco de vidro que um navio em perigo lança na água contém uma informação crucial, preciosa de todos os pontos de vista. Informação sobre a embarcação, informação sobre a tripulação, informação sobre o local, a época e o tipo de naufrágio, informação sobre os ventos que fenderam o navio, informação sobre as correntes que levaram o frasco até a costa. A função que Barkilphedro ocupava foi extinta há mais de um século, mas possuía uma real utilidade. Seu último titular foi William Hussey, de Doddington, em Lincoln. O homem que desempenhava essa função era uma espécie de relator das coisas do mar. Todos os recipientes fechados e lacrados, garrafas, frascos, jarras, etc., arrastados para o litoral inglês pelas ondas, eram-lhe entregues; ele era o único com direito a abri-los; era o primeiro a conhecer o segredo de seu conteúdo, classificando-os e etiquetando-os em seu gabinete. Vem daí a expressão *depositar um documento no gabinete*, ainda em uso nas ilhas da Mancha. No entanto, uma precaução fora adotada. Nenhum desses frascos podia ser aberto e destampado a não ser na presença de dois membros do almirantado, que juravam segredo e assinavam, juntamente com o titular do ofício Jetson, o registro de abertura. Mas, com esses homens obrigados a manter silêncio, o resultado era que Barkilphedro tinha certa liberdade de ação; dependia dele, até certo ponto, suprimir um fato ou trazê-lo à luz.

Esses frágeis destroços estavam longe de ser raros e insignificantes como Barkilphedro havia dito a Josiane. Algumas vezes chegavam à costa rapidamente, outras vezes anos depois. Isso dependia dos ventos e das correntes. A moda de lançar garrafas ao mar passou um pouco, bem como a dos ex-votos; mas, naqueles tempos religiosos, os que iam morrer gostavam de enviar por esse meio seu último pensamento a Deus e aos homens, e algumas vezes essas missivas chegavam em grande quantidade ao almirantado. Um pergaminho guardado no castelo de Audlyene (na velha ortografia), com anotações do Conde de Suffolk, grande tesoureiro da Inglaterra na época de Jaime I, dá conta de que só no ano de 1615 cinquenta e dois cantis, frascos e vasilhames lacrados com betume, contendo menções a embarcações em perigo, foram entregues e registrados no gabinete do Lorde-almirante.

Os empregos da corte são como gotas de óleo que se expandem continuamente. Foi assim que o porteiro se tornou guarda-selos e o cavalariço se tornou condestável. O oficial especial encarregado da função desejada e conseguida por Barkilphedro era geralmente um homem de confiança. Elizabeth quis que fosse assim. Na corte, quem fala em confiança fala em intriga, e quem fala em intriga fala em progresso. Esse funcionário acabou sendo praticamente um personagem. Ele era clérigo e ficava imediatamente abaixo dos dois ajudantes da esmolaria. Dava suas entradas no palácio, mas devemos dizer que eram as chamadas "entradas humildes", *humilis introïtus,*inclusive nos dormitórios. Pois o costume era que, quando valesse a pena, ele informasse o superior real sobre os achados, frequentemente curiosos, testamentos de desesperados, adeuses lançados à pátria, revelações de piratarias e de crimes do mar, doações à Coroa, etc.; que mantivesse seu gabinete em contato com a corte; e, de tempos em tempos, que prestasse contas a Sua Majestade da abertura dessas sinistras garrafas. Era o gabinete negro do oceano.

Elizabeth, que gostava de falar latim, perguntava a Tamfeld de Coley, em Berkshire, o oficial Jetson de sua época, quando recebia dele algum desses papéis saídos do mar: "*Quid mihi scribit Neptunus?* O que me escreveu Netuno?".

A passagem estava aberta. A traça triunfara. Barkilphedro se aproximava da rainha.

Era tudo o que queria.

Para fazer sua fortuna?

Não.

Para desfazer a dos outros.

Felicidade muito maior.

Prejudicar é gozar.

Ter em si um desejo de prejudicar, vago mas implacável, e nunca perdê-lo de vista, não é para qualquer um. Barkilphedro tinha essa fixação.

Seu pensamento tinha a tenacidade que tem a mordida de um buldogue.

Sentir-se inexorável enchia-o de sombria satisfação. Desde que tivesse uma presa entre os dentes, ou a certeza de fazer algum mal, nada lhe faltava.

Tremia feliz, na esperança do frio alheio.

Ser mau tem sua opulência. Um homem que acreditamos ser pobre, e que de fato o é, tem toda sua riqueza em forma de maldade, e prefere que ela seja assim. Tudo está na satisfação que se alcança. Praticar uma má ação, que causa o efeito de uma boa ação, vale mais que dinheiro. Má para quem sofre suas consequências, boa para quem a pratica. Kastesby, o parceiro de Guy Fawkes na conspiração papista da pólvora, dizia: "*Ver o parlamento voar pelos ares: eu não trocaria isso por um milhão de libras*".

O que era esse Barkilphedro? O que há de mais mesquinho e o que há de mais terrível. Um invejoso.

A inveja é algo que sempre encontra um lugar na corte.

A corte está cheia de impertinentes, de desocupados, de ricos ociosos loucos por fofocas, de gente procurando agulha em palheiro, de causadores de desgraças, de irônicos ironizados, de parvos grotescos que precisam da conversa de um invejoso.

Que coisa mais revigorante, ouvir falar mal dos outros!

A inveja é um bom material para fazer um espião.

Existe uma profunda analogia entre essa paixão natural, a inveja, e essa função social, a espionagem. O espião caça por conta de alguém, como o cão; o invejoso caça por conta própria, como o gato.

Um eu feroz, essa é a essência do invejoso.

Outras qualidades: Barkilphedro era discreto, secreto, concreto. Guardava tudo e se mordia de ódio. Enorme baixeza implica enorme vaidade. Ele era amado por aqueles a quem divertia e odiado pelos outros; mas se sentia desdenhado pelos que o odiavam e desprezado pelos que o amavam. Ele se continha. Todos os seus desgostos fervilhavam sem ruído em sua resignação hostil. Ficava indignado, como se os infames tivessem esse direito. Entregava-se silenciosamente à fúria. Tudo engolir era seu talento. Tinha surdas cóleras interiores, frenesis de raiva subterrânea, negros e incubados ardores que ninguém percebia; era um colérico fumívoro. Por fora, sorria. Era gentil, atencioso, acessível, amável, complacente. Cumprimentava qualquer um, em qualquer lugar. Inclinava-se até o chão para um sopro de vento. Ter uma coluna vertebral de junco, que fonte de felicidade!

Esses seres dissimulados e venenosos não são tão raros quanto acreditamos que sejam. Vivemos rodeados de sinistros rastejamentos. Por que existem os malfeitores? Pergunta pungente, que o sonhador sempre se faz e a que o pensador jamais responde. Por isso, os olhos tristes dos filósofos estão sempre pousados sobre essa montanha de trevas que é o destino, e de seu cume o colossal espectro do mal deixa cair sobre a terra punhados de serpentes.

Barkilphedro tinha o corpo obeso e o rosto magro. Torso carnudo e face ossuda. Tinha as unhas curtas e estriadas, os dedos nodosos, os polegares achatados, os cabelos cheios, uma têmpora bem afastada da outra e uma fronte de criminoso, larga e curta. Os olhos puxados escondiam a pequenez do seu olhar sob uma moita de pestanas. O nariz longo, pontudo, adunco e flácido quase chegava até a boca. Convenientemente vestido de imperador, Barkilphedro lembraria um pouco Domiciano. Seu rosto, de um amarelo rançoso, parecia ter sido modelado com uma massa viscosa; as bochechas imóveis pareciam de mástique; o rosto tinha todo tipo de horríveis rugas resistentes, o ângulo da mandíbula era maciço, o queixo, grosseiro, as orelhas, infames. Em repouso, de perfil, seu lábio superior erguido em ângulo agudo deixava entrever dois dentes. Esses dentes pareciam espreitar-nos. Os dentes olham, assim como os olhos mordem.

Paciência, temperança, comedimento, reserva, contenção, amenidade, deferência, brandura, polidez, sobriedade, castidade completavam e arrematavam Barkilphedro. Ele caluniava tais virtudes possuindo-as.

Em pouco tempo, Barkilphedro pôs o pé na corte.

VIII *INFERI*[24]

Pode-se colocar o pé na corte de duas maneiras: pelas nuvens, os augustos; pela lama, os poderosos.

Quem chegou pela primeira via é do Olimpo, quem chegou pela segunda é do quarto de vestir.

Quem é do Olimpo tem apenas o relâmpago; quem é do quarto de vestir tem o controle.

O quarto de vestir contém todos os instrumentos para reinar e, às vezes, posto que é traidor, contém o castigo. Heliogábalo morreu ali dentro. Nesse caso o nome é latrina.

---

[24] Os inferiores ou Os infernos.

Normalmente é um local menos trágico. É ali que Alberoni admira Vendôme. O quarto de vestir é frequentemente o local das audiências da realeza. Faz as vezes de trono. Luís XIV ali recebia a Duquesa de Borgonha; Filipe V ali encontrava a rainha. O padre ali penetra. Às vezes, o quarto de vestir é uma sucursal do confessionário.

Por isso existem na corte as fortunas subterrâneas. Que não são as menores.

Se no reinado de Luís XI você quiser ser grande, seja um Pierre de Rohan, marechal da França; se quiser ser influente, seja um Olivier le Daim, barbeiro. Se no reinado de Maria de Médicis você quiser ser glorioso, seja um Sillery, chanceler; se quiser ser respeitável, seja uma Hannon, camareira. Se no reinado de Luís XV você quiser ser ilustre, seja um Choiseul, ministro; se quiser ser temível, seja um Lebel, valete. No caso de Luís XIV, Bontemps, que arruma sua cama, é mais poderoso que Louvois, que arma seus exércitos, e Turenne, que arma suas vitórias. Tire de Richelieu o padre José e Richelieu ficará quase oco. Vai faltar-lhe o mistério. A eminência vermelha é uma maravilha, a eminência parda é terrível. Ser um verme, quanta força! Nem todos os Narvaez, ainda que junto com todos os O'Donnell, chegam aos pés de uma Soror Patrocínio.

Como se vê, a condição para haver esse poder é a pequenez. Se quiser continuar forte, continue franzino. Seja nulo. A serpente em repouso e enrolada representa tanto o infinito quanto o nada.

Um desses destinos viperinos coubera a Barkilphedro.

Ele se havia infiltrado onde desejava.

Os bichos rastejantes penetram em todos os lugares. Luís XIV tinha percevejos em sua cama e jesuítas em sua política.

Nenhuma incompatibilidade nisso.

Neste mundo, tudo é pêndulo. Gravitar é oscilar. Um polo quer o outro. Francisco I quer Triboulet; Luís XV quer Lebel. Existe uma profunda afinidade entre a extrema altivez e a extrema mesquinhez.

É a mesquinhez que dá as rédeas. Nada mais fácil de entender. Quem está por baixo manipula os cordéis.

Não há posição mais cômoda.

Somos os olhos e temos os ouvidos.

Somos os olhos do governo.

Temos os ouvidos do rei.

Ter os ouvidos do rei é abrir e fechar ao bel-prazer o ferrolho da consciência real e enfiar nessa consciência o que se quiser. O espírito do rei é nosso armário. Se formos trapeiros, ele é nosso balaio. Os ouvidos dos reis não são dos reis, o que, em resumo, faz esses pobres-diabos serem pouco responsáveis. Quem não é dono do próprio pensamento não é senhor de suas ações. Um rei obedece.

A quem?

A uma alma perversa qualquer que, de fora, zune em sua orelha. Sombria mosca do abismo.

Esse zunido comanda. Um reinado é um ditado.

A voz alta é o soberano; a voz baixa é a soberania.

Em um reinado, os que conseguem distinguir essa voz baixa e compreender o que ela diz à voz alta são os verdadeiros historiadores.

IX ODIAR É TÃO FORTE QUANTO AMAR

A Rainha Ana tinha a seu redor muitas dessas vozes baixas. Barkilphedro era uma delas.

Além da rainha, ele manobrava, influenciava e frequentava em surdina *Lady* Josiane e Lorde David. Como dissemos, ele sussurrava em três ouvidos. Um ouvido a mais do que Dangeau. Dangeau sussurrava apenas em dois, no tempo em que, passando sua cabeça entre Luís XIV, apaixonado pela cunhada Henriqueta, e Henriqueta, apaixonada pelo cunhado Luís XIV, secretário de Luís sem que Henriqueta soubesse, e de Henriqueta sem que Luís soubesse, postado bem no meio do amor das duas marionetes, fazia as perguntas e dava as respostas.

Barkilphedro era tão risonho, tão receptivo, tão incapaz de defender quem quer que fosse, no fundo tão pouco dedicado, tão feio, tão maldoso, que era muito fácil um superior real não conseguir ficar sem ele. Quando Ana experimentou Barkilphedro, não quis saber de outro bajulador. Ele a bajulava como bajulavam Luís, o Grande: apunhalando os outros. "Como o rei é ignorante, somos obrigados a menosprezar os sábios", disse a Senhora de Montchevreuil.

De tempos em tempos, envenenar a picada é o cúmulo da arte. Nero adora ver Locusta[25] trabalhar.

Os palácios reais são facilmente penetráveis; essas madréporas possuem um conjunto de vias interiores rapidamente identificado, frequentado, vasculhado e, se preciso, cavado por esse roedor chamado cortesão. Basta um pretexto para entrar. Já tendo seu cargo como pretexto, em muito pouco tempo Barkilphedro foi para a rainha o que era para a Duquesa Josiane: o animal doméstico indispensável. Uma palavra que um dia arriscou-se a

---

[25] Célebre envenenadora romana, envenenou o imperador Cláudio a mando de Agripina, mãe de Nero.

dizer colocou-o imediatamente a par de quem era a rainha; ele soube o que esperar quanto à bondade de Sua Majestade. A rainha gostava muito do seu Lorde superintendente, William Cavendish, Duque de Devonshire, que era muito imbecil. Esse Lorde, que tinha todos os títulos de Oxford e não sabia ortografia, uma bela manhã fez a besteira de morrer. Morrer é algo muito imprudente na corte, pois ninguém mais se incomoda em falar do morto. Na presença de Barkilphedro, a rainha lamentou-se e acabou por exclamar, suspirando: "Pena que tantas virtudes fossem dadas a uma inteligência tão pobre!".

— Que Deus acolha seu asno![26] — murmurou Barkilphedro a meia voz e em francês.

A rainha sorriu. Barkilphedro registrou esse sorriso.

Concluiu: morder agrada.

Licença dada à sua malícia.

A partir desse dia, alastrou sua curiosidade por toda parte, sua malignidade também. Deixavam-no agir, pois o temiam. Quem faz o rei sorrir faz o resto estremecer.

Era um poderoso engraçado.

Cada dia dava um passo adiante, por baixo da terra. Precisavam de Barkilphedro. Vários dos grandes honravam-no com sua confiança, a ponto de encarregá-lo ocasionalmente de alguma vergonhosa missão.

A corte é uma engrenagem. Barkilphedro tornou-se seu motor. Já repararam em como é pequena a roda motriz de certos mecanismos?

Josiane, especialmente, que utilizava o talento de espião de Barkilphedro, como já mencionamos, tinha tal confiança nele que não hesitara em lhe entregar uma das chaves secretas da sua casa, com a qual ele podia ali entrar a qualquer momento. Essa excessiva abertura da vida íntima era moda no século XVII, era o que se chamava *dar a chave*. Josiane havia dado duas dessas chaves de confiança; Lorde David tinha uma delas, Barkilphedro tinha a outra.

De resto, adentrar sem aviso os dormitórios era uma marca dos velhos costumes que não causava surpresa alguma. Daí alguns incidentes. La Ferté, abrindo repentinamente o cortinado da cama da senhorita Lafont, ali encontrou Sainson, mosqueteiro negro, etc., etc.

Barkilphedro era inigualável nessas descobertas escusas que subordinam e submetem os grandes aos pequenos. Seu andar no escuro era tortuoso,

---

[26] No texto original — *Dieu veuille avoir son âne* —, Hugo faz um jogo de palavras: *âne* — asno — possui grande semelhança sonora com *âme* — alma; a expressão usual seria *Dieu veuille avoir son âme* — Que Deus acolha sua alma.

silencioso e esperto. Como qualquer espião perfeito, ele era composto de uma inclemência de carrasco e de uma paciência de micrógrafo. Era um cortesão nato. Todo cortesão é um sonâmbulo. O cortesão vaga pela noite chamada onipotência. Tem à mão uma lanterna surda. Ilumina o ponto que lhe interessa, mas permanece na escuridão. O que ele procura com essa lanterna não é um homem, mas um bicho. O que ele encontra é o rei.

Os reis não gostam que alguém pretenda ser grande à sua volta. A ironia, desde que não dirigida a eles mesmos, os encanta. O talento de Barkilphedro consistia em uma infindável desvalorização dos Lordes e dos príncipes em favor da majestade real, engrandecida em igual tanto.

A chave secreta que Barkilphedro tinha era dupla, com um jogo em cada extremidade, feita de forma a poder abrir os pequenos apartamentos nas duas residências favoritas de Josiane, Hunkerville House, em Londres, e Corleone Lodge, em Windsor. Esses dois palácios faziam parte da herança Clancharlie. Hunkerville House ficava nos arredores de Oldgate. Em Londres, Oldgate era uma porta por onde se chegava de Harwick e onde se via uma estátua de Carlos II com um anjo pintado na testa e com um leão e um unicórnio esculpidos sob os pés. Com o vento soprando a partir de Hunkerville House, ouvia-se o carrilhão de Sainte-Marylebone. Corleone Lodge era um palácio florentino de tijolo e pedra com colunas de mármore, construído em Windsor sobre pilotis na extremidade da ponte de madeira, possuindo um saguão dos mais magníficos da Inglaterra.

Nesse último palácio, contíguo ao castelo de Windsor, Josiane estava ao alcance da rainha. No entanto, ali ela se sentia bem.

Não havia quase nada no exterior, todo cheio de raízes, tamanha era a influência de Barkilphedro sobre a rainha. Nada é mais difícil de arrancar do que essas ervas daninhas da corte; elas criam profundas raízes, mas não têm por onde ser puxadas. Arrancá-las em Roquelaure, Triboulet ou Brummel é quase impossível.Dia após dia, e cada vez mais, a rainha Ana se apegava a Barkilphedro.

Sarah Jennings é célebre; Barkilphedro é desconhecido; a consideração que tinha permaneceu obscura. Este nome, Barkilphedro, não chegou à história. Nem todas as toupeiras são capturadas por seus caçadores.

Barkilphedro, antigo candidato a clérigo, havia estudado um pouco de tudo; tudo, estudado superficialmente, resulta em nada. Podemos ser vítimas do *omnis res scibilis.*[27] Ter sob o crânio o tonel das Danaides[28] é a desgraça

---

[27] Tudo o que pode ser aprendido.

[28] A expressão "tonel das Danaides" significa o esforço infindável, o trabalho feito repetidamente sem que nunca apresente um resultado proveitoso.

de toda uma raça de sábios, que podem ser chamados de estéreis. O que Barkilphedro havia colocado em seu cérebro o deixou vazio.

A mente, como a natureza, tem horror ao vazio. No vazio, a natureza coloca o amor; a mente, muitas vezes, ali coloca o ódio. O ódio ocupa.

O ódio pelo ódio existe. A arte pela arte está na natureza, mais do que se imagina.

Odiamos. Pois então temos de fazer alguma coisa.

Ódio gratuito, que expressão formidável! Significa o ódio que encerra, por si só, a própria recompensa.

O urso vive de lamber as próprias garras. Mas não indefinidamente. É preciso revigorá-las. É preciso que elas se cravem em alguma coisa.

Odiar indistintamente é agradável e basta por algum tempo, mas afinal é preciso ter uma meta. Ter uma animosidade difusa pela criação é tão cansativo como qualquer satisfação solitária. O ódio sem objetivo se assemelha ao tiro sem alvo. O que faz o jogo ter graça é existir um coração a ferir.

Não se pode odiar unicamente pela honra. Deve haver um tempero, um homem, uma mulher, alguém para destruir.

Esse serviço de tornar o jogo interessante, de oferecer um alvo, de inflamar o ódio ao implantá-lo, de divertir o caçador pela visão da presa viva, de fazer o espião esperar pelo morno e fumegante fervilhar do sangue que vai correr, de alegrar o caçador de pássaros com a credulidade inutilmente alada da cotovia, de ser um animal que, sem saber, vem sendo preparado por um espírito para ser abatido, tal serviço, delicado e horrível, do qual não se dá conta quem o presta, Josiane o prestou a Barkilphedro.

O pensamento é um projétil. Barkilphedro, desde o primeiro dia, pusera-se a mirar Josiane com as más intenções que tinha em seu espírito. Uma intenção e uma escopeta são coisas que se assemelham. Barkilphedro mantinha-se em guarda, dirigindo contra a duquesa toda a sua secreta maldade. Isso surpreende você? Que mal lhe fez o passarinho no qual você atira? É para comer, você responde. Barkilphedro também.

Josiane não podia ser atingida no coração: o lugar onde existe um enigma dificilmente é vulnerável; mas podia ser atingida na cabeça, ou seja, no orgulho. Nesse ponto ela acreditava ser forte, mas era fraca.

Barkilphedro já tinha percebido.

Se Josiane pudesse ter visto com clareza dentro da noite de Barkilphedro e pudesse ter distinguido o que se escondia por trás daquele sorriso, a pessoa orgulhosa que ela era, de tão elevada condição, provavelmente teria estremecido. Felizmente, para a tranquilidade do seu sono, ela ignorava completamente o que existia no íntimo daquele homem.

O inesperado vem não se sabe de onde. Os profundos subterrâneos da vida são temerários. Não existe ódio pequeno. O ódio é sempre enorme. Ele mantém sua dimensão na menor das criaturas e permanece monstro. Um ódio é todo o ódio. Um elefante odiado por uma formiga corre perigo.

Mesmo antes de dar o golpe, Barkilphedro já sentia com alegria o gostinho da maldosa ação que pretendia cometer. Ainda não sabia o que faria contra Josiane, mas estava decidido a fazer alguma coisa. Já era muito ter tomado essa decisão.

Arruinar Josiane seria o cúmulo do sucesso. Ele não esperava chegar a tanto. Mas humilhá-la, fragilizá-la, transtorná-la, fazer seus olhos maravilhosos se avermelharem com lágrimas de raiva seria um êxito. Com isso ele contava. Tenaz, aplicado, fiel ao tormento alheio, inabalável — a natureza não o fizera assim a troco de nada. Pretendia encontrar a falha na armadura de ouro de Josiane para fazer escorrer o sangue dessa mulher majestosa. Que benefício, insistimos, ele via nisso? Um benefício enorme. Fazer mal a quem lhe fez bem.

O que é um invejoso? Um ingrato, que detesta a luz que o ilumina e aquece. Zoilo[29] odeia este bem chamado Homero.

Fazer Josiane passar pelo que hoje em dia seria chamado de vivissecção, tê-la toda convulsiva sobre sua mesa de anatomia, dissecá-la viva, sem pressa, em uma cirurgia qualquer, dilacerá-la enquanto gritasse, esse sonho encantava Barkilphedro.

Para chegar a esse resultado, mesmo que fosse preciso sofrer um pouco, não se aborreceria. Podemos nos beliscar com nosso próprio alicate. Se um canivete, ao se fechar, nos corta o dedo, que importa? Ele não daria a mínima se sofresse um pouco a tortura de Josiane. O carrasco que maneja o ferro em brasa também se queima um pouco, mas não se importa com isso. Quando o outro sofre mais, nada se sente. Ver o supliciado se contorcer faz a própria dor desaparecer.

Faça o que prejudica, aconteça o que acontecer.

A construção do mal alheio está envolta em uma aceitação de obscura responsabilidade. Nós mesmos nos arriscamos no perigo que fazemos o outro correr, tantos são os desencadeamentos de tudo, podendo levar-nos a derrocadas inesperadas. Isso, porém, não é obstáculo ao verdadeiro maldoso. Ele sente como alegria aquilo que o torturado experimenta como angústia. Ele sente a cócega dessa laceração; o homem mau só se alegra de forma hedionda. Nele, o suplício se reflete como bem-estar. O Duque de Alba esquentava as mãos nas

---

[29] Gramático, filósofo e crítico literário grego que viveu no século IV a.C., Fez terríveis críticas a Homero, entrando para a história mais como seu detrator do que pela contribuição dada como filósofo ou gramático.

fogueiras. Fogo: dor; reflexo: prazer. Que tais transposições sejam possíveis, é de arrepiar. Nosso lado obscuro é insondável. *Suplício delicado*: esta expressão está em Bodin,* tendo talvez este terrível triplo sentido: busca do tormento, sofrimento do atormentado, volúpia do atormentador. Ambição, apetite, essas palavras significam alguém sacrificado em função de alguém satisfeito. É triste que a esperança possa ser perversa. Ter rancor por uma criatura é querer-lhe o mal. Por que não o bem? Será que a principal inclinação da nossa vontade é para o lado do mal? Um dos mais árduos trabalhos do justo é extrair continuamente da sua alma uma maldade que dificilmente se esgota. Quase todas as nossas cobiças, se examinadas, contêm algo de inconfessável. Para o rematado homem mau, e essa medonha perfeição existe, "Pior para os outros" significa "Melhor para mim". Sombra do homem. Cavernas.

Josiane tinha a plena segurança que oferece o orgulho ignorante, feito do desprezo por tudo. A faculdade feminina de desdenhar é extraordinária. Um desdém inconsciente, involuntário e confiante, isso era Josiane. Barkilphedro era para ela quase uma coisa. Teria ficado surpresa se alguém lhe dissesse que Barkilphedro existia.

Ela ia, vinha e ria diante desse homem que a contemplava obliquamente.

Pensativo, ele aguardava uma oportunidade.

À medida que esperava, aumentava sua determinação de lançar na vida dessa mulher um padecimento qualquer.

Vigília inexorável.

Além disso, dava a si mesmo excelentes motivos. Não se deve achar que os desonestos não estimem a si próprios. Justificam-se em monólogos arrogantes e se têm em alta conta. O quê! Essa Josiane lhe tinha dado esmola! Tinha jogado sobre ele, como sobre um mendigo, alguns tostões de sua colossal fortuna! Ela o havia colocado e mantido em uma função estúpida! Se ele, Barkilphedro, quase um homem de igreja, de capacidade variada e profunda, douto personagem, com o estofo de um reverendo, tinha como função registrar cacos que serviam para raspar as pústulas de Jó, se passava sua vida dentro do sótão de um gabinete, destapando solenemente estúpidas garrafas incrustadas com todo tipo de sujeira do mar e decifrando pergaminhos embolorados, garranchos apodrecidos, lixos de testamentos, e sabe-se lá que baboseiras ilegíveis, a culpa era dessa Josiane! O quê! Essa criatura nem sequer o tratava por senhor!

E ele não iria vingar-se?

E ele não iria punir alguém dessa espécie?

Ah, ora essa! Então não haveria mais justiça aqui embaixo!

---

* Livro IV, p. 196. (N. A.)

X CHAMAS QUE VERÍAMOS SE O HOMEM FOSSE TRANSPARENTE

O quê! Essa mulher, essa extravagante, essa sonhadora lúbrica, virgem enquanto não surge uma oportunidade, esse pedaço de carne que ainda não se entregou, essa insolência com coroa de princesa, essa Diana por orgulho, ainda não seduzida pelo primeiro que apareceu, vá lá, pode até ser, por falta de uma chance, é o que dizem, até acredito, essa bastarda de um canalha de rei que não teve juízo para ficar quieto em seu canto, essa duquesa por acaso, que, grande dama, brincava de ser deusa e que, pobre, teria sido uma mulher da vida, essa mais ou menos *lady*, essa ladra dos bens de um proscrito, essa arrogante miserável, só porque um dia ele, Barkilphedro, sem ter o que comer e onde se abrigar, cometera a ousadia de sentar-se na ponta de uma mesa na casa dela e de alojar-se em um canto do seu insuportável palácio, onde mesmo? Em um lugar qualquer, talvez no sótão, talvez no porão, que diferença faz? Um pouco melhor que os valetes, um pouco pior que os cavalos! Ela havia abusado da sua, dele, Barkilphedro, aflição, apressando-se em lhe fazer traiçoeiraramente um favor, coisa de rico para humilhar os pobres, para prendê-los como cãezinhos puxados pela coleira! Aliás, quanto lhe custava esse favor? Um favor vale o que custa. Ela tinha muitos quartos em sua casa. Ajudar Barkilphedro! Que grande esforço ela tinha feito! Por acaso tomara uma colherada a menos de sopa de tartaruga? Privara-se de qualquer coisa da odiosa profusão de seu supérfluo? Não. Acrescentara a esse supérfluo uma vaidade, um objeto de luxo, uma boa ação com retorno garantido, um homem inteligente ajudado, um clérigo apadrinhado! Ela podia encher-se de arrogância, dizer: "Eu esbanjo benesses, dou de comer aos literatos, sou sua protetora! Feliz desse miserável por ter-me encontrado! Como sou amiga das artes!". Tudo isso por ter arrumado uma cama com trapos em um quartinho medonho embaixo do sótão! Quanto ao emprego no almirantado, Barkilphedro o conseguira por meio de Josiane, ora essa! Belo emprego! Josiane havia feito de Barkilphedro o que ele era. Ela o havia criado; então. Sim, criado um nada. Menos que nada. Pois, nesse emprego ridículo, ele se sentia submisso, paralisado e deformado. O que devia ele a Josiane? O reconhecimento do corcunda à mãe que o fez disforme. Aí estão esses privilegiados, essa gente feliz, esses arrivistas, os preferidos da abominável madrasta fortuna! E este homem de talento, Barkilphedro, era obrigado a se enfileirar nas escadas, a cumprimentar os criados, a subir muitos andares todas as noites, e a ser cortês, afável, obsequioso, deferente, agradável, e a ter sempre na cara um ar respeitoso! Como se não tivesse motivos para se morder de raiva! Enquanto isso, ela punha suas pérolas no pescoço, posava de apaixonada pelo imbecil do seu Lorde David Dirry-Moir, a rameira!

Nunca deixe que lhe façam um favor, pois tirarão proveito disso. Não se deixe pegar em flagrante delito de inanição, pois o socorreriam. Porque ele não tinha nem pão, aquela mulher havia encontrado um bom pretexto para lhe dar de comer! Desde então, ele era seu criado! Uma fraqueza do estômago, e lá está você acorrentado para o resto da vida! Estar em dívida é ser explorado. Os afortunados, os poderosos aproveitam o momento em que você estende a mão para colocarem nela uma moeda, e o minuto em que você está debilitado para o transformarem em escravo, e escravo da pior espécie, escravo de uma caridade, escravo forçado a gostar! Que infâmia! Que indelicadeza! Que surpresa para o nosso orgulho! E pronto, lá está você condenado para sempre a achar que este homem é bom, a achar aquela mulher bonita, a permanecer no segundo plano dos subalternos, a aprovar, a aplaudir, a admirar, a exaltar, a se prosternar, a ter calos nas rótulas de tanto se ajoelhar, a adoçar suas palavras quando está se roendo de raiva, quando engole os gritos de fúria e quando existe dentro de você mais revolta selvagem e mais espuma amarga do que no oceano!

É assim que os ricos fazem do pobre um prisioneiro.

Esse visco da boa ação feita a você o lambuza e o prende para sempre em um mau negócio.

Caridade é algo irremediável. Reconhecimento é paralisia. Na generosidade há uma aderência viscosa e repugnante que o impede de se movimentar livremente. Os odiosos seres opulentos e empanturrados, cuja piedade o maltrata, sabem disso. Está dito. Você é coisa deles. Eles o compraram. Por quanto? Por um osso que tiraram do seu cão para oferecer a você. Jogaram-lhe esse osso na cabeça. Você foi socorrido tanto quanto agredido. Dá na mesma. Você roeu o osso? Sim ou não? Você também recebeu sua parte da casinha. Então, agradeça. Agradeça eternamente. Adore seus donos. Ajoelhe-se indefinidamente. A generosidade implica uma subentendida inferioridade aceita por você. Eles exigem que você se sinta um pobre-diabo e que os veja como deuses. Sua diminuição os amplia. Seu curvar-se os enaltece. No som de suas vozes há uma doce pitada de impertinência. Seus eventos familiares, casamentos, batizados, a fêmea prenhe, os filhotes paridos, isso diz respeito a você. Nasce-lhes um lobinho, pois bem, você escreverá um soneto. Você é poeta para ser servil. É de fazer despencar as estrelas! Mais um pouco e eles o fariam usar seus sapatos velhos!

— O que é isso que você tem em casa, minha cara? Como é feio! Que homem é aquele? — Sei lá, um escrevinhador a quem dou de comer. — Assim dialogam essas peruas. Sem sequer baixar a voz. Você ouve e fica mecanicamente amável.

De resto, se estiver doente, seus patrões lhe chamam um médico. Não o deles. Oportunamente, querem informações. Como não são da mesma espécie que você, e como o inacessível está do lado em que se encontram, são afáveis. Sua posição os faz abordáveis. Sabem que é impossível estar em pé de igualdade. De tanto desdém, são educados. À mesa, fazem-lhe um pequeno sinal com a cabeça. Às vezes sabem a ortografia do seu nome. Não o deixam perceber que são seus protetores a não ser pisando candidamente sobre tudo que você tem de suscetível e delicado. Até o tratam com bondade!

Pode ser mais abominável?

Claro, era urgente castigar Josiane. Era preciso ensinar-lhe com quem tinha-se metido! Ah, senhores ricaços, já que não podem consumir tudo, pois a abundância levaria à indigestão, em vista da pequenez de seus estômagos, iguais aos nossos afinal de contas, porque é melhor distribuir os restos do que perdê-los, os senhores tratam como magnanimidade jogar esta lavagem aos pobres! Ah, os senhores nos dão pão, nos dão abrigo, nos dão roupas, nos dão um emprego, e levam a audácia, o delírio, a crueldade, a inépcia e o disparate a ponto de acreditar que somos seus devedores! Esse pão é um pão de servidão, esse abrigo é um quarto de criado, essas roupas são uniformes, esse emprego é um escárnio, remunerado, pode até ser, mas embrutecedor! Ah, julgam-se no direito de nos manter submissos oferecendo casa e comida, pensam que somos seus devedores, e contam com nosso reconhecimento! Pois bem, nós comeremos seus ventres! Pois bem, bela senhora, nós a estriparemos e a devoraremos viva, e cortaremos os ligamentos do seu coração com nossos dentes!

Essa Josiane! Não era monstruoso? Que méritos tinha? Fizera a proeza de vir ao mundo em testemunho da besteira do pai e da vergonha da mãe, fazia-nos o favor de existir, e, por sua bondade de ser um escândalo público, pagavam com milhões; tinha terras e castelos, propriedades para criação e para caça, lagos, florestas, e lá sei eu que mais! E ainda se fazia de besta! E dedicavam-lhe versos! E ele, Barkilphedro, que havia estudado e trabalhado, que se havia esforçado, que havia enchido os olhos e o cérebro lendo obras enormes, que passara a vida nos livros e na ciência, que tinha tanta capacidade, que comandaria maravilhosamente um exército, que escreveria tragédias como Otway e Dryden se quisesse, ele, que tinha nascido para ser imperador, estava reduzido a permitir a essa inútil que o impedisse de morrer de fome! A usurpação que fazem esses ricos, execráveis eleitos pelo acaso, pode ir mais longe? Fazer de conta que são generosos conosco e que nos protegem, sorrir para nós, que beberíamos seu sangue e depois lamberíamos os beiços! Que iniquidade mais espantosa: que a desprezível mulher da corte tenha o odioso poder de ser benfeitora, e que o homem superior possa ser condenado a recolher essas migalhas caídas daquela mão! E que sociedade é essa que a tal ponto tem por base a desigualdade e a injustiça? Não seria o caso de juntar as quatro pontas e jogar tudo de qualquer jeito para o alto, a toalha e o banquete e a orgia, e a bebedeira e a embriaguez, e os convivas, e os que colocam os dois cotovelos sobre a mesa, e os de quatro patas que ficam embaixo dela, e os insolentes que dão e os idiotas que aceitam, e cuspir tudo de volta na cara de Deus, e jogar para o céu a terra inteira? Enquanto isso, enterremos nossas garras em Josiane.

Assim remoía Barkilphedro. Eram esses os rugidos que tinha na alma. É costume do invejoso absolver-se, juntando à sua queixa pessoal o mal público. Todas as formas cruéis de paixão odiosa iam e vinham dentro dessa inteligência feroz. No canto dos velhos mapas-múndi do século XV, vemos um amplo espaço vazio, sem forma e sem nome, onde estão escritas estas três palavras: *Hic sunt leones.* Esse canto sombrio também existe no homem. As paixões se agitam e rosnam em algum lugar dentro de nós, e então também podemos dizer sobre um lado obscuro da nossa alma: aqui há leões.

Esse arcabouço de ferozes raciocínios seria absolutamente absurdo? Faltaria a ele uma certa ponderação? É preciso que se diga: não.

Dá medo pensar que essa coisa que temos em nós, o discernimento, não é a justiça. O discernimento é o relativo. A justiça é o absoluto. Pensem na diferença entre um juiz e um justo.

Os maus comandam a consciência com autoridade. Há uma ginástica da falsidade. Um sofista é um falsário, e quando a oportunidade se apresenta esse falsário brutaliza o bom senso. Certa lógica muito maleável, muito implacável e muito ágil está a serviço do mal e prima em afogar a verdade na obscuridade. Sinistros socos de Satã em Deus.

Tal sofista, admirado pelos tolos, não tem outra glória a não ser a de ter deixado uns "roxos" na consciência humana.

O lamentável era que Barkilphedro pressentia um fracasso. Empreendia um vasto trabalho e, no fim das contas, para pouco estrago; ao menos era o que receava. Ser um homem corrosivo, ter em si uma vontade de aço, um ódio de diamante, uma ardente curiosidade pela catástrofe, e nada queimar, ninguém decapitar, nada exterminar! Ser o que ele era, uma força de devastação, uma animosidade voraz, um roedor da felicidade alheia, ter sido criado (pois existe um criador, Deus ou o diabo, seja lá quem for!), ter sido criado um Barkilphedro especialmente para realizar nada mais, talvez, do que um simples tabefe! Será possível? Barkilphedro desperdiçaria seu golpe? Ser uma força capaz de arremessar rochedos, mas usar toda essa potência para fazer um galo na testa de uma pretensiosa! Uma catapulta fazendo o estrago de um estilingue! Ter um trabalho de Sísifo para obter um resultado de formiga! Destilar todo esse ódio para quase nada! É muito humilhante ser um mecanismo de hostilidade triturando o mundo! Pôr em movimento todas essas engrenagens, fazer sorrateiramente o estrondo de uma máquina de Marly[30] para conseguir, quem sabe, beliscar a ponta de um róseo dedinho! Viraria e reviraria blocos inteiros para conseguir mal e mal, olhe lá, enrugar a plana superfície da corte! Deus tem essa mania de esbanjar demais as forças. Um movimento de montanha para obter o deslocamento de um montículo.

Além disso, sendo a corte como é, extravagante terreno, nada é mais perigoso do que mirar no inimigo e não acertá-lo. Primeiro, isso desmascara o sujeito diante do inimigo e também o irrita; depois, e acima de tudo, isso desagrada ao chefe. Os reis não apreciam os desajeitados. Nada de contusões; nada de horríveis bofetadas. Degole todo mundo; mas não faça sangrar o nariz de ninguém. Quem mata é hábil, quem machuca é inepto. Os reis não gostam que estropiem seus criados. Vão detestá-lo se quebrar uma porcelana da sua lareira ou um cortesão do seu séquito. A corte deve permanecer limpa. Quebre e reponha; assim, sim.

De resto, isso está perfeitamente de acordo com o gosto pela maledicência que têm os príncipes. Fale mal, mas não faça o mal. Ou, se o fizer, que seja em grande escala.

Apunhale, mas não cutuque. A menos que o alfinete esteja envenenado. Circunstância atenuante. Era esse, devemos lembrar, o caso de Barkilphedro.

Todo pigmeu odioso é um frasco no qual está preso o dragão de Salomão. Frasco microscópico, dragão descomunal. Formidável condensação aguardando a gigantesca hora da dilatação. Aborrecimento consolado pela antevisão da explosão. O conteúdo é maior que o recipiente. Um gigante latente, que coisa estranha! Um ácaro onde habita uma hidra! Ser essa medonha caixinha de surpresas, ter em si um Leviatã, é para o anão tortura e volúpia.

Mas nada faria Barkilphedro desistir. Ele esperava sua hora. Será que ela chegaria? O que importa? Ele esperava. Quando alguém é cheio de maldade, o amor-próprio se mescla a ela. Quando se está bem escondido, bem subterrâneo, insistimos em dizer isso, é tentador esburacar e solapar uma fortuna palaciana maior do que nós e miná-la por própria conta e risco. Esse jogo é apaixonante; é algo que nos encanta como um poema épico que tivéssemos composto. Ser pequeno e lançar uma ofensiva contra alguém muito grande é um feito notável. É formidável ser a pulga de um leão.

A besta arrogante se sente cutucada e aplica sua enorme ira contra o átomo. Se topasse com um tigre ficaria menos irritada. Assim os papéis se

---

[30] Máquina hidráulica construída no reinado de Luís XIV para abastecer Versalhes.

invertem. O leão humilhado tem o dardo do inseto na carne, e a pulga pode dizer: corre em mim o sangue de um leão.

No entanto, para o orgulho de Barkilphedro, isso não passava de um mero lenitivo. Consolação. Paliativo. Importunar é uma coisa; melhor seria torturar. Um pensamento desagradável e incessantemente recorrente em Barkilphedro era o de que, aparentemente, seu único êxito seria o de penetrar superficialmente a epiderme de Josiane. O que mais podia ele, tão infame, querer fazer contra ela, tão radiante? Um arranhão seria muito pouco para quem almejava toda a púrpura de um esfolado vivo e gritos de uma mulher mais que nua, desprovida até mesmo desta roupa, a pele! Com tais desejos, como é aborrecido ser impotente! Pena! Nada é perfeito.

Enfim, resignava-se. Não podendo fazer nada melhor, sonhava só metade do seu sonho. Pregar uma peça maldosa já era alguma coisa, afinal de contas.

Que homem é esse que se vinga de um benefício! Barkilphedro era esse colosso. Normalmente, ingratidão é esquecimento; para esse privilegiado do mal, era fúria. O ingrato comum é repleto de cinzas. De que Barkilphedro era cheio? De uma fornalha. Fornalha cercada de ódio, de cólera, de silêncio, de rancor, esperando pelo combustível Josiane. Nunca um homem havia abominado a esse ponto, sem motivo, uma mulher. Que coisa terrível! Ela era sua insônia, sua preocupação, seu tédio, sua raiva.

Talvez estivesse um tanto apaixonado.

XI A EMBOSCADA DE BARKILPHEDRO

Descobrir a parte sensível de Josiane e bater bem ali: era essa, por todas as razões que acabamos de mencionar, a imperturbável vontade de Barkilphedro.

Querer não basta; é preciso poder.

Mas como agir?

Era essa a questão.

Os reles salafrários fazem um cuidadoso roteiro da maldade que pretendem cometer. Não se sentem suficientemente fortes para aproveitar um momentâneo incidente, para se apossar dele por bem ou pela força, e obrigá-lo a trabalhar a seu favor. Fazem então acordos preliminares, que os maldosos contumazes desdenham. Os maldosos contumazes têm sua maldade como absoluta prioridade; limitam-se a se armar com todo tipo de ferramenta, preparam variados recursos, e, como Barkilphedro, simplesmente esperam aparecer uma oportunidade. Sabem que um plano armado de antemão corre o risco de não se encaixar nas circunstâncias que irão apresentar-se. Não é assim que se tornam senhores das possibilidades para fazer delas o que querem. Não há negociação preliminar com o destino. O amanhã não nos obedece. O acaso é um tanto indisciplinado.

Com isso, ficam à sua espreita para pedir-lhe, sem preâmbulos, com autoridade e de imediato, sua colaboração. Nada de planos, nada de esboços, nada de maquetes, nada de ideias prontas que não se ajustam ao inesperado. Mergulham de cabeça na maldade. Aproveitar de forma imediata e rápida um fato qualquer que possa ajudar, essa é a habilidade que distingue o maldoso eficiente e eleva o velhaco à dignidade de demônio. Precipitar o acaso, isso é genial.

O verdadeiro perverso nos atinge como uma atiradeira, com a primeira pedra que aparecer na sua frente.

Os malfeitores competentes contam com o imprevisto, esse surpreendente auxiliar de tantos crimes.

Agarrar o incidente, aproveitar-se dele; não há outra Arte Poética para esse tipo de talento.

E, na espera, saber com quem vai defrontar-se. Sondar o terreno.

Para Barkilphedro, o terreno era a Rainha Ana.

Barkilphedro se aproximava da rainha.

Tanto que às vezes acreditava ouvir os monólogos de Sua Majestade.

Às vezes presenciava, sem interferir, as conversas das duas irmãs, que não o proibiam de dizer uma ou outra palavrinha. Aproveitava então para se diminuir; era um modo de inspirar confiança.

Foi assim que um dia, no jardim de Hampton Court, estando atrás da duquesa, que estava atrás da rainha, ouviu Ana, seguindo grosseiramente a moda, enunciar algumas máximas.

— Os animais são felizes — dizia a rainha —, eles não correm o risco de ir para o inferno.

— Já estão no inferno — respondeu Josiane.

Essa resposta, que bruscamente substituía a religião pela filosofia, não agradou. Se por acaso era profunda, Ana se sentia chocada.

— Minha cara — disse ela a Josiane —, falamos do inferno como duas tolas. Perguntemos sobre isso a Barkilphedro. Ele deve saber dessas coisas.

— Como diabo? — perguntou Josiane.

— Como animal — respondeu Barkilphedro.

E fez uma reverência.

— Senhora duquesa — disse a rainha a Josiane —, ele é mais espirituoso do que nós.

Para um homem como Barkilphedro, aproximar-se da rainha era dominá-la. Podia dizer: "Peguei-a". Agora precisava dar um jeito de se aproveitar disso.

Já tinha um pé na corte. Estabelecer-se era esplêndido. Nenhuma chance podia escapar-lhe. Mais de uma vez fizera a rainha sorrir maliciosamente. Era como ter uma licença de caça.

Mas será que não havia alguma presa protegida? Essa licença de caça dava o direito de quebrar a asa ou a pata de alguém como a própria irmã de Sua Majestade?

Primeiro ponto a esclarecer: a rainha gostava da irmã?

Um passo em falso pode pôr tudo a perder. Barkilphedro observava.

Antes de começar a partida, o jogador olha suas cartas. Que trunfos tem? Barkilphedro começou examinando a idade das duas mulheres. Josiane, vinte e três anos; Ana, quarenta e um. Muito bem. Haveria jogo.

O momento em que a mulher para de contar as primaveras e começa a contar os invernos é irritante. Algumas trazem em si um surdo rancor contra o tempo. As belas jovens viçosas, perfumes para todos os outros, são espinhos para aquelas que se sentem espetadas por todas essas rosas. Parece que lhes foi subtraído todo esse frescor, e que sua beleza só diminui porque aumenta nas outras.

Explorar esse mau humor secreto, aprofundar as rugas de uma mulher de quarenta anos, que é rainha, era o serviço adequado a Barkilphedro.

A inveja é perita em excitar o ciúme, tal qual o rato em fazer o crocodilo se mostrar.

Barkilphedro fixava em Ana seu olhar magistral.

Via na rainha o que se vê na água estagnada. O pântano tem sua transparência. Em uma água suja vemos vícios; em uma água turva vemos inépcia. Ana era apenas uma água turva.

Embriões de sentimentos e larvas de ideias moviam-se em seu cérebro viscoso. Nada muito distinto. Apenas contornos. Embora realidades, eram informes.

A rainha pensa isto. A rainha gosta daquilo. Dizer com precisão o quê, era difícil. As confusas transformações que ocorrem na água estagnada são difíceis de estudar.

A rainha, normalmente taciturna, por instantes tinha impulsos tolos e bruscos. Era isso que devia ser aproveitado. Era preciso pegá-la no pulo.

Em seu íntimo, o que a Rainha Ana desejava para a Duquesa Josiane? O bem ou o mal?

Problema. No qual Barkilphedro pensou.

Com essa questão resolvida, era possível ir mais além.

Vários acasos ajudaram Barkilphedro. E principalmente sua tenacidade em espionar.

Ana era, pelo lado do seu marido, meio parenta da nova Rainha da Prússia — mulher do rei que tinha cem camareiros —, da qual possuía um retrato pintado em esmalte pelo processo de Turquet de Mayerne. A Rainha da Prússia também tinha uma irmã caçula ilegítima, a Baronesa Drika.

Um dia, na presença de Barkilphedro, Ana fez ao Embaixador da Prússia algumas perguntas sobre Drika.

— Dizem que ela é rica, verdade?

— Muito rica — respondeu o embaixador.

— Tem palácios?

— Mais magníficos do que os da rainha sua irmã.

— Com quem vai casar-se?

— Com um importante senhor, o Conde Gormo.

— Bonito?

— Charmoso.

— Ela é jovem?

— Muito jovem.

— Tão bela quanto a rainha?

O embaixador baixou a voz e respondeu:

— Mais bela.

— O que é uma insolência — murmurou Barkilphedro.

A rainha fez uma pausa, depois exclamou:

— Essas bastardas!

Barkilphedro reparou naquele plural.

Outra vez, à saída da capela, quando Barkilphedro estava bem perto da rainha, atrás dos dois ajudantes da esmolaria, Lorde David Dirry-Moir, atravessando fileiras de mulheres, causou sensação com sua boa aparência. À sua passagem, irrompeu-se um burburinho de exclamações femininas:

— Como é elegante! — Como é galante! — Que ar imponente! — Como é bonito!

— Que coisa desagradável! — resmungou a rainha.

Barkilphedro ouviu.

Pronto, decidido.

Era possível prejudicar a duquesa sem aborrecer a rainha.

O primeiro problema estava resolvido.

Agora surgia o segundo: o que fazer para prejudicar a duquesa?

Que meios podia dar-lhe, para um objetivo tão árduo, seu miserável emprego?

Nenhum, evidentemente.

Indiquemos um detalhe: Josiane "tinha a roda".

Entenderemos se pensarmos que ela era, ainda que pelo lado torto, irmã da rainha, ou seja, era uma pessoa principesca.

Ter a roda. O que é isso?

O Visconde de Saint John — digam Bolingbroke — escrevia a Thomas Lennard, Conde de Sussex: "Duas coisas nos fazem grandes. Na Inglaterra, ter a roda; na França, ter o para".

Na França, o *para* era o seguinte: quando o rei estava viajando, chegada a noite e o momento de tirarem as botas no local onde fariam uma parada, o aprovisionador da corte atribuía os alojamentos a todos que acompanhavam Sua Majestade. Entre esses senhores, alguns tinham um imenso privilégio: "Eles têm o *para*, diz o *Jornal Histórico* do ano de 1694, página 6, o que significa: o aprovisionador que determina os alojamentos escreve *Para* antes de seus nomes, desta forma: *Para o Senhor Príncipe de Soubise*, ao passo que, ao determinar o alojamento de uma pessoa que não é príncipe, não escreve *Para*, mas apenas o nome, como por exemplo: *Duque de Gesvres, Duque de Mazarin*, etc.". Esse *Para* em uma porta indicava um príncipe ou um favorito. Favorito é pior que príncipe. O rei concedia o *para* assim como o "cordão azul" ou o pariato.

"Ter a roda", na Inglaterra, era algo menos pretensioso, porém mais real. Era um sinal de verdadeira proximidade com a pessoa reinante. Quem quer que estivesse, por berço ou benevolência, em posição de receber mensagens diretas de Sua Majestade, tinha na parede do seu quarto de dormir uma roda provida de uma sineta. A sineta tocava, a roda se abria, uma carta real aparecia sobre um prato de ouro ou sobre uma almofada de veludo; em seguida a roda se fechava. Era íntimo e solene. O misterioso permeando o familiar. A roda não tinha nenhuma outra utilidade. Seu toque anunciava uma mensagem real. Não se via quem a levava, mas certamente era algum pajem da rainha ou do rei. Leicester tinha a roda no reinado de Elizabeth, e Buckingham, no de Jaime I. Josiane, embora pouco favorita, tinha-a no reinado de Ana. Quem tinha a roda era como alguém que estivesse em relação direta com o pequeno serviço de correio do céu, e em cuja casa de tempos em tempos Deus mandasse seu carteiro entregar uma carta. Não havia privilégio mais cobiçado. Esse privilégio gerava mais servilidade. Com ele, o privilegiado era um pouco mais subserviente. Na corte, o que eleva, rebaixa. *"Avoir le tour"*, diziam em francês; esse detalhe da etiqueta inglesa era provavelmente uma antiga banalidade francesa.

Lady Josiane, virgem detentora de um pariato, assim como Elizabeth fora uma virgem rainha, conforme a estação, e ora na cidade, ora no campo, levava uma existência quase principesca, e de certa forma mantinha uma corte na qual Lorde David era cortesão, como vários outros. Não sendo ainda casados, Lorde David e *Lady* Josiane podiam, sem nenhum ridículo, mostrar-se juntos em público; o que faziam com naturalidade. Iam com frequência aos espetáculos e às corridas na mesma carruagem e ocupavam a mesma tribuna. O casamento, que lhes era permitido e até mesmo imposto, os desencorajava; mas o que, em suma, os atraía era encontrar-se. As intimidades permitidas aos *engaged* têm uma fronteira facilmente transponível. Abstinham-se disso, o que era fácil por ser de mau gosto.

As mais belas lutas de boxe de então aconteciam em Lambeth, paróquia onde o Lorde Arcebispo de Canterbury tem um palácio, embora o ar local seja insalubre, e uma rica biblioteca, aberta em determinados horários para as pessoas de bem. Certa vez, no inverno, houve ali, em uma pradaria fechada a chave, um combate entre dois homens, ao qual Josiane assistiu, tendo sido levada por David. Ela havia perguntado: As mulheres podem entrar? E David havia respondido: *Sunt fœminœ magnates*. Tradução livre: *As burguesas não*. Tradução literal: *As grandes damas existem*. Uma duquesa entra em qualquer lugar. Foi assim que *Lady* Josiane assistiu ao boxe.

Lady Josiane fez apenas a concessão de se vestir de cavaleiro, coisa bastante usual na época. As mulheres não viajavam vestidas de outra forma. De cada seis pessoas em uma carruagem de Windsor, era raro não haver uma ou duas mulheres vestidas como homens. Isso era um sinal de nobreza.

Estando na companhia de uma mulher, Lorde David não podia participar da competição, devendo permanecer como mero espectador.

Lady Josiane não denunciava sua condição a não ser pelo fato de olhar através de binóculo, o que era típico dos fidalgos.

O "nobre encontro" era presidido por Lorde Germaine, bisavô ou tio-avô daquele Lorde Germaine que, por volta do final do século XVIII, foi coronel, fugiu de uma batalha, depois foi ministro da guerra e só escapou dos mosquetes do inimigo porque foi derrubado pelos sarcasmos de Sheridan, metralha bem pior. Muitos fidalgos apostavam: Harry Bellew de Carleton, que tinha pretensões em relação ao extinto pariato de Bella-Aqua, contra Henry, Lorde Hyde, membro do parlamento pelo burgo de Dunhivid, também chamado de Launceston; o honorável Peregrine Bertie, membro pelo burgo de Truro, contra *Sir* Thomas Colepeper, membro por Maidstone; o dono das terras de Lamyrbau, que é da fronteira de Lothian, contra Samuel Trefusis, do burgo de Penryn; *Sir* Bartholomew Gracedieu, do burgo de Saint-Yves, contra o honorabilíssimo Charles Bodville, chamado de Lorde Robartes, que é o *Custos Rotulorum*[31] do condado da Cornualha. E outros mais.

Os dois boxeadores eram um irlandês de Tipperary, que tinha o nome de sua montanha natal Phelem-ghe-madone, e um escocês chamado Helmsgail. Dois orgulhos nacionais se defrontavam. Irlanda e Escócia iam bater-se; Erin ia socar Gajothel. As apostas passavam dos quarenta mil guinéus, sem contar as apostas fechadas.

Os dois campeões estavam de peito nu, com um calção muito curto preso na cintura, e botinas com cravos nas solas e cordões amarrados nos tornozelos.

Helmsgail, o escocês, era um rapaz de apenas dezenove anos, mas já tinha o rosto cheio de cicatrizes; por isso apostavam mais alto nele. No mês anterior, havia quebrado duas costelas e afundado os dois olhos do boxeador Sixmileswater, o que explicava o entusiasmo. Os que haviam apostado nele tiveram um ganho de doze mil libras esterlinas. Além da testa costurada, Helmsgail tinha o queixo meio estragado. Era ágil e esperto. Tinha o tamanho de uma mulher pequena, era atarracado, robusto, de baixa e ameaçadora estatura, e nada fora desperdiçado da massa com a qual ele havia sido moldado; nem um só músculo que não conviesse ao objetivo, o pugilato. Havia concisão em seu torso firme, luzidio e moreno como o bronze. Ele sorria, e os três dentes que tinha a menos juntavam-se ao seu sorriso.

Seu adversário era grande e largo, ou seja, frágil.

Era um homem de quarenta anos. Tinha seis pés de altura, um peitoral de hipopótamo e aparência amável. Seu murro era capaz de fender a coberta de um navio, mas ele não sabia desfechá-lo. O irlandês Phelem-ghe-madone era sobretudo uma fachada e parecia estar ali mais para apanhar do que para bater. Mas via-se que ele aguentaria por muito tempo. Espécie de rosbife mal assado, difícil de morder e impossível de comer. Era o que, na gíria local, chamavam de carne crua, *raw flesh*. Era estrábico. Parecia resignado.

Esses dois homens haviam passado a noite precedente lado a lado na mesma cama, haviam dormido juntos. Haviam bebido no mesmo copo, cada um três dedos de vinho do Porto.

Ambos tinham seus grupos de torcedores, gente de cara feia, pronta a ameaçar os árbitros se fosse preciso. No grupo que torcia por Helmsgail, via-se John Gromane, famoso por carregar um boi nas costas, e um tal de John Bray, que um dia colocara nos ombros dez sacos de farinha, com

[31] Em inglês, *The keeper of the rolls* — o mais alto oficial civil de um condado, responsável pela conservação dos arquivos.

quinze galões em cada saco, além do moleiro, e com essa carga caminhara mais de duzentos passos. Na torcida de Phelem-ghe-madone, Lorde Hyde havia levado de Launceston um tal de Kilter, que morava em Château-Vert e lançava por cima dos ombros, mais alto do que a mais alta torre do castelo, uma pedra de vinte libras. Esses três homens, Kilter, Bray e Gromane eram da Cornuália, o que honra o condado.

Outros torcedores eram uns patifes abrutalhados, de lombo sólido, pernas arqueadas, grosseiras patas nodosas, ar estúpido, maltrapilhos, daqueles que nada temem, sendo quase todos criminosos reincidentes.

Muitos deles tinham a admirável habilidade de ludibriar o pessoal da polícia. Cada profissão precisa ter seus talentos.

O prado escolhido era mais longe que o Jardim dos Ursos, onde outrora aconteciam as brigas de ursos, touros e cachorros; ficava além das últimas edificações em construção, ao lado das ruínas do priorado de Sainte Marie Over Ry, arruinado por Henrique VIII. O tempo era de vento norte e geada; caía uma fina chuva, logo transformada em gelo. Entre os *gentlemen* presentes, os pais de famílias eram reconhecíveis por estarem com o guarda-chuva aberto.

Pelo lado de Phelem-ghe-madone, o Coronel Moncreif, árbitro, e Kilter como segundo.

Pelo lado de Helmsgail, o honorável Pughe Beaumaris, árbitro, e Lorde Desertum, de Kilcarry, como segundo.

Enquanto os relógios eram acertados, os dois lutadores ficaram imóveis no ringue por alguns instantes. Depois caminharam um em direção ao outro e deram-se as mãos.

Phelem-ghe-madone disse a Helmsgail: "Eu gostaria de ir para casa".

Helmsgail respondeu com honestidade: "Mas essa gente não se deu ao trabalho de vir aqui para nada".

Nus como estavam, sentiam frio. Phelem-ghe-madone tremia. Batia o queixo.

O doutor Eleanor Sharp, sobrinho do arcebispo de York, gritou-lhes: "Lutem, meus camaradas, assim vão se esquentar".

Essas palavras amenas quebraram o gelo.

Atacaram-se.

Mas nem um nem o outro estava enraivecido. Foram três assaltos frouxos. O Reverendo Doutor Gumdraith, um dos quarenta sócios do *All Soules College*,* gritou: "Dê-lhes um pouco de gim!".

Mas os dois árbitros e os dois segundos, juízes todos os quatro, mantiveram a regra, embora fizesse muito frio.

* Colégio de Todas-as-Almas. (N. A.)

Alguém gritou: *first blood!* O primeiro sangue era reclamado. Foram novamente colocados bem de frente um para o outro.

Olharam-se, aproximaram-se, esticaram os braços, tocaram-se nos punhos, depois recuaram. De repente, Helmsgail, o homem pequeno, deu um salto.

A verdadeira luta começou.

Phelem-ghe-madone levou um soco bem no meio da testa, entre os dois supercílios. O sangue escorreu por todo seu rosto. A multidão gritou: "Helmsgail fez o vinho derramar.**

Aplaudiram. Phelem-ghe-madone, girando os braços como um moinho girando suas pás, pôs-se a agitar os dois punhos ao acaso.

O honorável Peregrine Bertie disse: "Quase cego. Mas ainda não".

Então Helmsgail ouviu soar de todos os lados este incentivo: "*Bung his peepers!*".***

Em resumo, os dois campeões haviam sido realmente bem escolhidos, e, mesmo que o tempo não estivesse muito favorável, era claro que a luta seria um sucesso. O quase gigante Phelem-ghe-madone tinha os inconvenientes de suas vantagens; movia-se pesadamente. Seus braços eram maças, mas seu corpo era uma massa. O pequeno corria, batia, saltava, rangia, duplicava o vigor por conta de sua rapidez, conhecia as artimanhas. De um lado, o soco primitivo, selvagem, inculto, em estado de ignorância; do outro, o soco da civilização. Helmsgail combatia tanto com os nervos como com os músculos, e com sua crueldade tanto quanto com sua força. Phelem-ghe-madone era uma espécie de batedor inerte, já meio batido. Era a arte contra a natureza. Era o feroz contra o bárbaro.

Era claro que o bárbaro seria vencido. Mas não muito depressa. Daí o interesse.

Um pequeno contra um grande. A chance é favorável ao pequeno. Um gato dá conta de um cão de caça. Os Golias são sempre vencidos pelos Davis.

Uma chuva de exortações caía sobre os combatentes: *Bravo, Helmsgail! Good! Well donne, highlander! — Now, Phelem!*****

E os amigos de Helmsgail repetiam-lhe com gosto a exortação:"Fure os olhos dele!". Helmsgail fez melhor. Com um brusco movimento de abaixar e levantar, com a ondulação de um réptil, acertou Phelem-ghe-madone no esterno. O colosso cambaleou.

** *Helmsgail has tapped his claret.* (N. A.)

*** Fure os olhos dele. (N. A.)

**** Bravo, Helmsgail! Bom! Muito bem, montanhês! — Sua vez, Phelem! (N. A.)

— Golpe baixo! — gritou o Visconde Barnard.

Phelem-ghe-madone se apoiou no joelho de Kilter, dizendo: "Estou começando a esquentar".

Lorde Desertum consultou os árbitros e disse: "Haverá cinco minutos de *round*".*****

Phelem-ghe-madone perdia os sentidos. Kilter enxugou-lhe o sangue dos olhos e o suor do corpo com uma toalha e enfiou um gargalo na sua boca. Estávamos no décimo primeiro assalto. Phelem-ghe-madone, além do ferimento na testa, tinha o peitoral deformado pelos golpes, o ventre inchado e o topo da cabeça amassado. Helmsgail não tinha nada.

Certo tumulto se espalhou entre os cavalheiros.

Lorde Barnard repetia: "Golpe baixo!".

— Aposta anulada — disse o dono de Lamyrbau.

— Quero meu dinheiro de volta — disse *Sir* Thomas Colepeper.

E o honorável membro do burgo de Saint-Yves, *Sir* Bartholomew Gracedieu, acrescentou:

— Devolvam meus cinco mil guinéus; vou-me embora.

— Parem a luta — gritava a assistência.

Mas Phelem-ghe-madone levantou-se, quase tão cambaleante quanto um homem embriagado, e disse:

— Vamos continuar a luta, com uma condição: eu também terei o direito de dar um golpe baixo.

Gritaram de todos os lados: "Certo!".

Helmsgail deu de ombros.

Passados os cinco minutos, retomaram o combate.

A luta, que era uma agonia para Phelem-ghe-madone, era uma brincadeira para Helmsgail.

O que é a ciência! O homenzinho encontrou um jeito de colocar o grandalhão em *chancery*, ou seja, de repente Helmsgail prendeu com seu braço esquerdo, curvado feito um arco de aço, a cabeçorra de Phelem-ghe-madone, e o manteve sob sua axila, pescoço dobrado e nuca abaixada, enquanto seu punho direito, batendo e tornando a bater como um martelo num prego, porém de baixo para cima, esmagava com facilidade a cara do adversário. Quando Phelem-ghe-madone, enfim liberado, levantou a cabeça, não tinha mais rosto.

O que havia sido um nariz, olhos e boca não passava de algo parecendo uma esponja negra encharcada de sangue. Ele cuspiu. No chão, viam-se quatro dentes. Depois caiu. Kilter o aparou nos joelhos.

***** Intervalo. (N. A.)

Helmsgail mal fora tocado. Tinha umas manchas roxas insignificantes e um arranhão numa clavícula.

Ninguém mais sentia frio. Apostavam dezesseis e um quarto a mais em Helmsgail do que em Phelem-ghe-madone.

Harry de Carleton gritou:

— Phelem-ghe-madone está acabado. Aposto em Helmsgail meu pariato de Bella-Aqua e meu título de Lorde Bellew contra uma velha peruca do arcebispo de Canterbury.

— Encoste seu focinho — disse Kilter a Phelem-ghe-madone, e, colocando a toalha ensanguentada no gargalo da garrafa, lavou o rosto dele com gim. Sua boca reapareceu, e Phelem-ghe-madone abriu um olho. As têmporas pareciam abertas.

— Mais um assalto, amigo — disse Kilter. E acrescentou: — Pela honra da cidade baixa.

Os galeses e os irlandeses se entendem; no entanto, Phelem-ghe-madone não deu sinal algum de que ainda tinha algo em mente.

Phelem-ghe-madone levantou-se, apoiado por Kilter. Era o vigésimo quinto assalto. Pela forma como esse ciclope, pois ele só tinha um olho, voltou a se postar, via-se que era o fim, e ninguém duvidou que estivesse perdido. Armou sua guarda acima do queixo, aturdimento de moribundo. Helmsgail, mal e mal suando, gritou: "Aposto em mim. Mil contra um".

Helmsgail, levantando o braço, bateu; e foi estranho, os dois caíram. Ouviu-se um grunhido alegre.

Era Phelem-ghe-madone que estava contente.

Havia aproveitado o golpe medonho que Helmsgail lhe dera no crânio para lhe dar um, desleal, na altura do umbigo.

Helmsgail, estendido no chão, agonizava.

A assistência, vendo Helmsgail no chão, disse: "Levou o troco".

Todo mundo batia palmas, até mesmo os perdedores.

Phelem-ghe-madone pagara um golpe baixo com um golpe baixo, agira conforme o seu direito.

Levaram Helmsgail de maca. A opinião era que ele não se recobraria. Lorde Robartes exclamou: "Ganhei mil e duzentos guinéus!". Phelem-ghe-madone estava evidentemente estropiado para o resto da vida.

Ao sair, Josiane pegou o braço de Lorde David, o que é tolerado entre *engaged*, e lhe disse:

— Muito bonito, mas...

— Mas o quê?

— Pensei que isso acabaria com meu tédio. Mas não.

Lorde David parou, fitou Josiane, fechou a boca e estufou as bochechas balançando a cabeça, o que significa: "atenção!" e disse à duquesa:

— Para o tédio, só existe um remédio.

— Qual?

— Gwynplaine.

A duquesa perguntou:

— O que é Gwynplaine?

LIVRO SEGUNDO

Gwynplaine e Dea

I ONDE VEMOS A FACE DE QUEM SÓ VÍRAMOS AS AÇÕES

A natureza tinha sido pródiga em benefícios para Gwynplaine. Dera-lhe uma boca que se abria até as orelhas, orelhas que se dobravam quase até os olhos, um nariz disforme, feito para a oscilação dos óculos de um careteiro, e um rosto para o qual não se podia olhar sem rir.

Como acabamos de dizer, a natureza enchera Gwynplaine de dádivas. Mas fora mesmo a natureza?

Não a haviam ajudado?

Dois olhos parecendo pequenas aberturas; uma fissura como boca; uma protuberância achatada, com dois buracos que eram as narinas; na face, um amassado, e tudo isso resultando em riso. A natureza certamente não cria sozinha obras-primas como essa.

Só uma questão: riso é sinônimo de alegria?

Na presença desse histrião — pois era um histrião —, se deixássemos a primeira impressão de alegria se dissipar e observássemos esse homem com atenção, reconheceríamos traços da arte. Um rosto como aquele não é fortuito, mas intencional. Ser assim tão completo não é próprio da natureza. O homem não pode nada quanto à sua beleza, mas pode tudo quanto à sua feiura. De um perfil hotentote você não fará um perfil romano, mas de um nariz grego você pode fazer um nariz calmuco. Basta eliminar a raiz do nariz e afundar as narinas. O baixo latim da Idade Média não criou à toa o verbo *denasare*. Gwynplaine tinha sido uma criança assim tão digna de atenção para que se ocupassem dele a ponto de modificar seu rosto? Por que não? Ainda que fosse com o propósito de exibição e de especulação. Ao que tudo indicava, industriosos manipuladores de crianças haviam trabalhado para obter aquela aparência. Parecia evidente que uma ciência misteriosa, provavelmente oculta, que está para a cirurgia assim como a alquimia está para a química, havia esculpido aquela carne, certamente em uma idade muito tenra, e criado premeditadamente aquele rosto. Essa ciência, hábil nas secções, nas supressões e nas ligaduras, havia fendido a boca, aberto os lábios, desnudado as gengivas, distendido as orelhas, separado as cartilagens, desordenado as sobrancelhas e as maçãs do rosto, alargado o músculo zigomático, escondido as costuras e as cicatrizes, puxado a pele sobre as lesões mantendo a face em estado de admiração; e dessa escultura poderosa e profunda saíra esta máscara: Gwynplaine.

Ninguém nasce assim.

Seja como for, Gwynplaine era admiravelmente bem-sucedido. Gwynplaine era um presente da providência à tristeza dos homens. Qual providência? Será que existe uma providência do Demônio, assim como existe uma providência de Deus? Fazemos a pergunta, sem respondê-la.

Gwynplaine era saltimbanco. Mostrava-se em público. Não havia efeito comparável ao seu. Curava as hipocondrias apenas se expondo. Pessoas de luto, confusas e constrangidas precisavam evitar rir indecentemente quando o viam. Certo dia apareceu um carrasco, e Gwynplaine o fez rir. Era só olhar para Gwynplaine que morriam de rir; ele falava, rolavam de rir. Ele era o polo oposto da tristeza. A melancolia estava num extremo e Gwynplaine no outro.

Dessa forma, ele alcançara, nas feiras de atrações e nas ruas, uma fama muito satisfatória de homem horrível.

Era rindo que Gwynplaine fazia rir. No entanto, ele não ria. Seu semblante ria, seu pensamento não. Essa espécie de rosto incomum, que o acaso ou uma engenhosidade estranhamente especial lhe havia moldado, ria sozinho. Gwynplaine não tinha nada a ver com aquilo. O exterior não dependia do interior. Esse riso, que não fora por ele colocado em sua testa, em seu semblante, em suas sobrancelhas, em sua boca, ele não conseguia arrancar dali. Alguém aplicara o riso no seu rosto para sempre. Era um riso automático e ainda mais irresistível por estar petrificado. Ninguém se esquivava desse ricto. Duas convulsões da boca são contagiosas: o riso e o bocejo. Por mérito da misteriosa operação provavelmente sofrida por Gwynplaine ainda criança, todas as partes do seu rosto contribuíam com esse ricto, toda a sua fisionomia era centrada nele, como uma roda se concentra no em seu eixo; todas as suas emoções, quaisquer que fossem, ampliavam essa estranha expressão de alegria, ou, melhor dizendo, agravavam-na. Uma surpresa que tivera, uma mágoa que tivesse sentido, uma raiva que o tivesse acometido, uma compaixão que tivesse experimentado só fariam aumentar essa hilaridade dos músculos; ainda que tivesse chorado, riria. E o que quer que fizesse, que quisesse, que pensasse, bastava Gwynplaine levantar a cabeça para que a multidão, se ali se encontrasse, tivesse diante dos olhos essa aparição: a gargalhada fulminante.

Imaginem uma cabeça de Medusa, porém alegre.

Tudo que estivesse em nosso espírito vinha abaixo com essa coisa desconcertante, e o jeito era rir.

Outrora, a arte antiga aplicava nos frontões dos teatros da Grécia uma figura de bronze, alegre. Essa figura se chamava Comédia. Esse bronze parecia rir e fazia rir, mas também era pensativo. Toda a paródia, que acaba em demência, toda a ironia, que acaba em sabedoria, condensavam-se e amalgamavam-se nessa figura; a soma das preocupações, das desilusões, dos desgostos e das mágoas era feita sobre essa fronte impassível perfazendo este lúgubre total: a alegria. Um canto da boca se erguia, do lado do gênero humano, pela zombaria, e o outro canto, do lado dos deuses, pela blasfêmia. Os homens iam confrontar com esse modelo do sarcasmo ideal o exemplar de ironia que cada um trazia em si; e a multidão, renovando-se sem cessar em torno desse riso fixo, se extasiava de alegria diante da imobilidade sepulcral do riso zombeteiro. A sombria máscara morta da comédia antiga ajustada a um homem vivo: quase poderíamos dizer que Gwynplaine era isso. A infernal cabeça da hilaridade implacável era o que havia sobre seu pescoço. Que fardo para os ombros de um homem, o riso eterno!

Riso eterno. Entendamo-nos e expliquemo-nos. A crer nos maniqueístas, o absoluto cede em alguns momentos, e o próprio Deus tem suas intermitências. Também devemos entender-nos quanto à vontade. Não admitimos que ela sempre consiga ser completamente impotente. Toda existência se assemelha a uma carta que o *post-scriptum* modifica. Para Gwynplaine, o *post-scriptum* era o seguinte: com força de vontade, concentrando nela toda sua atenção, e desde que nenhuma emoção viesse a distraí-lo ou a enfraquecer a persistência do seu esforço, ele conseguia desfazer o eterno ricto do seu rosto, cobrindo-o com uma espécie de trágico véu; então não riam mais diante dele; estremeciam.

Esse esforço, diga-se, Gwynplaine quase nunca fazia, pois causava um cansaço doloroso e uma tensão insuportável. Além disso, bastava uma mínima distração e uma mínima emoção para que, expulso por instantes, o riso, irresistível como um refluxo, ressurgisse em seu rosto, tão mais intenso quanto mais forte fosse, seja lá qual delas, a emoção.

A não ser por essa exceção, o riso de Gwynplaine era eterno.

Quem via Gwynplaine ria. Depois de rir, virava as costas. As mulheres, principalmente, tinham horror. Aquele homem era medonho. A convulsão cômica era como um tributo pago; era sentida alegremente, mas quase mecanicamente. Depois, acalmado o riso, Gwynplaine era, para uma mulher, insuportável de ver e impossível de olhar.

De resto, era alto, bem-feito, ágil, em nada disforme, salvo o rosto. Esse era outro indício entre as suspeitas que permitiam entrever em Gwynplaine mais uma criação de arte do que uma obra da natureza. Belo de corpo, provavelmente Gwynplaine também havia sido belo de rosto. Ao nascer, deve ter sido uma criança como qualquer outra. Mantiveram seu corpo intacto e retocaram apenas a face. Gwynplaine tinha sido deliberadamente moldado.

Pelo menos era o que parecia.

Haviam deixado seus dentes. Os dentes são imprescindíveis para o riso. Até uma caveira os conserva.

A operação feita nele devia ter sido medonha. Ele não se lembrava dela, o que não provava que não a tivesse sofrido. Essa escultura cirúrgica só podia ter sido feita em uma criança muito pequena e, consequentemente, com pouca consciência do que lhe acontecia, e que podia facilmente tomar uma ferida por uma doença. Além do mais, desde aqueles tempos, nos lembramos disso, os meios para fazer os pacientes dormirem e para suprimir a dor eram conhecidos. Só que, então, eram chamados de magia. Hoje em dia são chamados de anestesia.

Além desse rosto, os que o haviam criado lhe deram recursos de ginasta e de atleta; suas articulações, utilmente deslocadas e próprias para flexões no sentido inverso, haviam recebido uma educação de palhaço e podiam, como dobradiças de porta, mover-se em qualquer sentido. Em sua adaptação ao ofício de saltimbanco, nada fora negligenciado.

Seus cabelos foram tingidos de ocre, de uma vez por todas; segredo que redescobrimos atualmente e do qual as belas mulheres se servem; o que antes tornava feio, hoje é considerado um bom recurso de embelezamento. Gwynplaine tinha os cabelos amarelos. Essa tintura, aparentemente corrosiva, havia deixado seus cabelos crespos e ásperos ao toque. Esse eriçamento selvagem, mais crina do que cabeleira, cobria e escondia um crânio impenetrável, feito para conter pensamentos. A tal operação, que havia retirado a harmonia do seu rosto e colocado toda aquela carne em desordem, não atingira a caixa óssea. O ângulo facial de Gwynplaine era poderoso e surpreendente. Por trás daquele sorriso, havia uma alma sonhadora, como a de todos nós.

De resto, esse riso era para Gwynplaine um verdadeiro talento. Nada podendo fazer em relação a ele, dele tirava proveito. Era com esse riso que ganhava a vida.

Gwynplaine — sem dúvida, todos já o reconheceram — era aquele menino que, certa noite de inverno, fora abandonado na costa de Portland e recolhido em uma pobre cabana itinerante em Weymouth.

II DEA

Então, o menino já era um homem. Quinze anos haviam se passado. Estávamos em 1705. Gwynplaine chegava a seus vinte e cinco anos.

Ursus mantivera consigo as duas crianças. Formavam um grupo nômade.

Ursus e Homo tinham envelhecido. Ursus se tornara completamente careca. O lobo estava grisalho. A idade dos lobos não é contada como a idade dos cães. Segundo Molin, há lobos que vivem oitenta anos, entre eles o pequeno *koupara, cavioe vorus,* e o lobo das grandes planícies de Say, *canis nubilus.*

A menininha encontrada sobre a mulher morta era agora uma crescida criatura de dezesseis anos, pálida, de cabelos escuros, magra, frágil, quase trêmula de tanta delicadeza, chegando a dar medo de quebrá-la, admiravelmente bela, olhos cheios de luz, cega.

A fatal noite de inverno, que derrubara a mendiga e sua criança na neve, havia feito um duplo estrago. Matara a mãe e cegara a menina.

A gota serena[1] havia paralisado para sempre as pupilas daquela criança, agora uma mulher. Em seu rosto, através do qual a luz não passava, os cantos dos lábios, tristemente abaixados, expressavam esse amargo desapontamento. Seus olhos, grandes e claros, tinham esta estranheza: apagados para ela, para os outros brilhavam. Misteriosos fachos de luz iluminando apenas o exterior. Ela, que não tinha luz, irradiava luz. Os olhos ausentes resplandeciam. Essa cativa das trevas iluminava o meio sombrio onde se encontrava. Do fundo de sua escuridão incurável, por trás desse muro negro que chamamos de cegueira, ela irradiava luminosidade. Não enxergava o Sol no exterior, mas enxergava-se nela a alma.

Seu olhar morto tinha algo de imobilidade celeste.

Ela era a noite, e dessa sombra irremediável, amalgamada a ela mesma, despontava como uma estrela.

Ursus, obcecado pelos nomes latinos, batizou-a Dea. Consultara um pouco seu lobo; dissera-lhe: "Você representa o homem, eu represento o bicho; nós somos o mundo aqui de baixo. Essa pequena representará o mundo lá do alto. Toda essa fraqueza é a onipotência. Dessa forma, o universo inteiro — humanidade, animalidade, divindade — estará em nossa cabana". O lobo não fizera nenhuma objeção.

E foi assim que a menina encontrada chamou-se Dea.

Quanto a Gwynplaine, Ursus não se deu ao trabalho de inventar-lhe um nome. Na manhã do mesmo dia em que ele havia constatado a desfiguração

---

[1] Ou *amaurose*, tipo de cegueira que não forma lesão no olho, mas provoca a perda total ou parcial da visão.

do menino e a cegueira da menina, perguntara: "*Boy*, como você se chama?". E o menino respondera: "As pessoas me chamam de Gwynplaine".

— Gwynplaine; pode ser — dissera Ursus.

Dea ajudava Gwynplaine em seus exercícios.

Se a miséria humana pudesse ser resumida, o seria em Gwynplaine e Dea. Pareciam ter nascido cada um em um compartimento do sepulcro; Gwynplaine no horrível, Dea no negro. Suas existências eram feitas de trevas de espécies diferentes, recolhidas nos dois formidáveis lados da noite. Essas trevas, Dea as tinha em seu interior, e Gwynplaine em seu exterior. Em Dea havia fantasma, e, em Gwynplaine, espectro. Dea estava no lúgubre, e Gwynplaine no pior. Havia para Gwynplaine, enxergando, uma pungente possibilidade que não existia para Dea, cega: comparar-se a outros homens. Ora, em uma situação como a de Gwynplaine, admitindo-se que ele procurasse tomar consciência dela, comparar-se era deixar de se compreender. Ter, como Dea, um olhar vazio, do qual o mundo está ausente, é um grande infortúnio, menor, no entanto, do que este: ser seu próprio enigma; sentir também algo de ausente que é seu próprio ser; ver o universo e não se ver. Dea tinha um véu, a escuridão, e Gwynplaine tinha uma máscara, seu rosto. Coisa indescritível: era com sua própria carne que Gwynplaine estava mascarado. Ignorava como era seu semblante. Sua fisionomia se desvanecera. Haviam-no envolvido em uma falsificação de si mesmo. Tinha como face uma ocultação. Sua cabeça vivia e seu rosto estava morto. Não se lembrava de um dia tê-lo visto. O gênero humano, tanto para Dea como para Gwynplaine, era um fato exterior; estavam distantes dele; ela era sozinha, ele era sozinho; o isolamento de Dea era fúnebre, ela não via nada; o isolamento de Gwynplaine era sinistro, ele via tudo. Para Dea, a criação não ia além da audição e do tato; o real era restrito, limitado, breve, logo perdido; tinha como infinito apenas a escuridão. Para Gwynplaine, viver era ter para sempre a multidão diante de si e fora de si. Dea era a proscrita da luz; Gwynplaine era o banido da vida. Certamente ali estavam dois desesperançados. O auge da calamidade possível fora alcançado. Haviam chegado lá, tanto ele como ela. Um observador que os tivesse visto teria sentido o próprio pensamento converter-se em incomensurável piedade. Quanto não deviam sofrer! Um decreto de infelicidade pesava visivelmente sobre essas duas criaturas humanas; a fatalidade, envolvendo dois seres que nada tinham feito, jamais transformara tão bem o destino em tortura e a vida em inferno.

Estavam num paraíso.

Amavam-se.

Gwynplaine adorava Dea. Dea idolatrava Gwynplaine.

— Você é tão lindo! — dizia-lhe ela.

III *OCULOS NON HABET, ET VIDET*[2]

Apenas uma mulher na face da terra enxergava Gwynplaine. Era aquela cega.

O que Gwynplaine havia feito por ela, ela sabia por meio de Ursus, a quem Gwynplaine contara sua dura caminhada de Portland a Weymouth e as agonias que envolviam seu abandono. Ela sabia que, muito pequena, mamando num cadáver, quase morrendo sobre o corpo de sua mãe morta, uma criatura, não muito maior do que ela, a recolhera; que essa criatura, eliminada e como que enterrada sob a sombria recusa universal, ouvira seu choro; que, mesmo quando todos tinham sido surdos para com ele, ele não fora surdo para com ela; que essa criança isolada, frágil, rejeitada, sem nenhum ponto de apoio aqui embaixo, arrastando-se no deserto, morta de cansaço, esgotada, havia aceitado das mãos da noite esse fardo, uma outra criança; que ele, que nada tinha a esperar dessa obscura distribuição a que chamamos sorte, incumbira-se de um destino; que, sendo miséria, angústia e desgraça, fizera-se providência; que abrira seu coração quando o céu se havia fechado; que, perdido, salvara; que, não tendo teto nem abrigo, fora asilo; que se passara por mãe e ama de leite; que, estando sozinho no mundo, respondera ao abandono com uma adoção; que, estando nas trevas, dera esse exemplo; que, mesmo se encontrando já tão amargurado, aceitara como acréscimo a miséria alheia; que, sobre esta terra onde parecia não haver ninguém por ele, descobrira o dever; que, quando todos teriam hesitado, avançara; que, quando todos teriam recuado, enfrentara; que havia passado sua mão pela abertura do sepulcro e dali a retirara, ela, Dea; que, seminu, dera-lhe seus farrapos, pois ela estava com frio; que, faminto, pensara em dar-lhe de comer e beber; que, por aquela menina, aquele menino combatera a morte, e a combatera sob todas as formas, sob a forma de inverno e de neve, sob a forma de solidão, sob a forma de terror, sob a forma de frio, fome e sede, sob a forma de furacão; que, por ela, Dea, esse titã de dez anos se lançara na luta com a imensidão noturna. Ela sabia que ele, criança, havia feito tudo isso, e que agora, homem, era para ela, débil, sua força; para ela, indigente, sua riqueza; para ela, doente, sua cura; para ela, cega, seu olhar. Através das profundezas desconhecidas pelas quais se sentia mantida a distância, distinguia claramente essa dedicação, essa abnegação, essa coragem. O heroísmo, na zona imaterial, tem um contorno. Ela concebia esse contorno sublime; na inexprimível abstração em que vive um pensamento que o Sol não ilumina, ela entrevia esse misterioso

[2] Não tem olhos, mas vê.

delineamento da virtude. Nesse entorno de coisas obscuras em movimento, única impressão que lhe causava a realidade, nessa estagnação inquieta da criatura passiva, sempre à espreita do perigo possível, nessa sensação de estar aqui sem defesa que é a vida do cego, Dea percebia Gwynplaine ao seu redor, um Gwynplaine jamais frio, jamais ausente, jamais omisso, um Gwynplaine terno, consolador, amável; Dea palpitava de convicção e de reconhecimento, sua ansiedade tranquilizada chegava ao êxtase, e de seus olhos cheios de escuridão ela contemplava, no zênite de seu abismo, essa bondade, luz intensa.

No plano ideal, a bondade é o sol; e Gwynplaine fascinava Dea.

Para a massa, com cabeças demais para pensar e olhos demais para enxergar, para a massa que, sendo ela própria superfície, se mantém na superfície, Gwynplaine era um palhaço, um grotesco, um pouco mais e um pouco menos que um animal. A massa só enxergava a cara.

Para Dea, Gwynplaine era o salvador que a retirara da tumba e a levara para fora, era o consolador que tornava sua vida possível, o libertador cuja mão ela sentia em sua mão nesse labirinto que é a cegueira; Gwynplaine era o irmão, o amigo, o guia, o amparo, o semelhante celeste, o esposo alado e radiante; e, onde a massa via o monstro, ela via o arcanjo.

É que Dea, cega, via a alma.

IV ENAMORADOS QUE COMBINAM MUITO BEM

Ursus, filósofo, compreendia. Ele aprovava a fascinação de Dea.

Ele dizia:

— O cego vê o invisível.

Ele dizia:

— A consciência é visão.

Olhava para Gwynplaine e resmungava:

— Meio monstro, mas meio deus.

Gwynplaine, por sua vez, estava encantado com Dea. Existe o olho invisível, o espírito, e o olho visível, a pupila. Era com o olho visível que ele a enxergava. Dea tinha a fascinação pelo ideal, Gwynplaine tinha a fascinação pelo real. Gwynplaine não era feio, era medonho; tinha diante de si seu oposto. Tanto quanto era assustador, Dea era delicada. Ele era horror, ela era graça. Em Dea havia devaneio. Ela parecia um sonho que, de certa forma, tomara corpo. Havia, em toda a sua pessoa, em sua estrutura eólica, em sua flexível e fina silhueta inquieta como o junco, em suas costas talvez invisivelmente aladas, nas curvas discretas do seu contorno indicando o sexo, mais à alma, porém, que aos sentidos, em sua brancura que era quase transparência, na augusta oclusão serena do seu olhar divinamente fechado para a terra, na inocência sagrada do seu sorriso, uma delicada semelhança com um anjo; no entanto, era tão somente uma mulher.

Gwynplaine, como já dissemos, comparava-se e comparava Dea.

Sua existência, tal como era, resultava de uma dupla escolha extraordinária. Era o ponto de intersecção dos dois raios, o de baixo e o do alto, do raio negro e do raio branco. A mesma migalha pode ser ciscada ao mesmo tempo por dois bicos, o do mal e o do bem, um dando a bicada, outro dando o beijo. Gwynplaine era essa migalha, átomo mutilado e acariciado. Gwynplaine era o produto de uma fatalidade associada a uma providência. A desgraça lhe apontara o dedo, a felicidade também. Dois destinos extremos compunham sua estranha sorte. Havia sobre ele um anátema e uma bênção. Era o maldito eleito. Quem era ele? Não sabia. Quando olhava para si mesmo via um desconhecido. Mas esse desconhecido era monstruoso. Gwynplaine vivia em uma espécie de decapitação, tendo um rosto que não era dele. Esse rosto era assustador, tão assustador que divertia. Provocava tanto medo que fazia rir. Era infernalmente bufão. Era o naufrágio da figura humana em uma grotesca máscara bestial. Jamais fora visto eclipse mais total do homem sobre um rosto humano, jamais uma caricatura havia sido tão completa, jamais um rascunho tão medonho havia gracejado em um pesadelo, jamais tudo aquilo que pode repelir uma mulher havia sido tão pavorosamente amalgamado em um homem; o desafortunado coração, mascarado e caluniado por aquela face, parecia condenado para sempre à solidão sob aquele rosto, como se estivesse sob a tampa de um esquife. Pois bem, não! Ali onde a maldade desconhecida esgotara seu arsenal, jorrava, por sua vez, a bondade invisível. Nesse pobre decaído, repentinamente reerguido, ao lado de tudo que repele, a bondade punha o que atrai: no obstáculo ela punha a sedução, fazia voar uma alma em direção a esse abandonado, encarregava a donzela de consolar o estigmatizado e fazia a deformidade ser adorada pela beleza.

Para que isso fosse possível, era preciso que a bela não visse o desfigurado. Para aquela felicidade, era necessária esta infelicidade. A providência fizera Dea cega.

Gwynplaine sentia-se vagamente o objeto de uma redenção. Por que a perseguição? Ele ignorava. Por que a compensação? Ele ignorava. Uma auréola viera colocar-se sobre sua deformidade, era tudo o que sabia. Quando Gwynplaine já tinha idade para compreender, Ursus lhe havia lido e explicado o texto do doutor Conquest, *de Denasatis*, e, de outro livro, *Hugo Plagon*,*

---

* *Versio Gallica Will. Tyrii, lib. II, cap. XXIII.* (N. A.)

a passagem *nares habens mutilas,* abstendo-se prudentemente de aventar "hipóteses" e resguardando-se de concluir o que quer que fosse. Suposições eram possíveis, a probabilidade de violência na infância de Gwynplaine era vislumbrada, mas para Gwynplaine havia só uma evidência, o resultado. Seu destino era viver sob um estigma. Por que esse estigma? Não havia resposta. Silêncio e solidão cercavam Gwynplaine. Tudo escapava às conjeturas que podiam ajustar-se a essa trágica realidade, e, com exceção do fato terrível, nada era certo. Em meio a esse desalento, aparecia Dea, espécie de interposição celeste entre Gwynplaine e o desespero. Ele sentia, comovido e como que reconfortado, a ternura dessa delicada moça voltada para seu horror; a admiração paradisíaca enternecia sua face draconiana; moldado para o terror, experimentava a prodigiosa particularidade de ser admirado e adorado pela luz no plano ideal, e, monstro, sentia sobre si a contemplação de uma estrela.

Gwynplaine e Dea eram um casal, e seus dois patéticos corações se adoravam. Um ninho e dois pássaros; era essa sua história. Eram iniciados na lei universal, que é a de encantar-se, procurar-se e encontrar-se.

De forma que o ódio se enganara. Os perseguidores de Gwynplaine, quaisquer que tenham sido, e a enigmática obsessão, de onde quer que tenha vindo, não conseguiram alcançar seu objetivo. Quiseram produzir um desesperado, produziram um encantado. De antemão, fora unido a uma ferida com poder de cura. Fora predestinado a ser consolado por uma desolação. A tenaz do carrasco lentamente se transformara em mão de mulher. Gwynplaine era horrível, artificialmente horrível, horrível pelas mãos do homem; quiseram isolá-lo para sempre, primeiramente da família, se é que tinha uma família, depois da humanidade; criança, fizeram dele uma ruína, mas a natureza recuperara essa ruína, como recupera todas as ruínas; a natureza consolara essa solidão, como consola todas as solidões; a natureza presta socorro a todos os abandonos; ali onde tudo falta, ela se refaz por completo; refaz as flores e o verde onde tudo desmoronara; tem o limbo para as pedras e o amor para os homens.

Profunda generosidade da sombra.

V O AZUL NO NEGRO

Assim viviam, um pelo outro, esses desafortunados, Dea apoiada, Gwynplaine aceito.

Essa órfã tinha esse órfão. Essa enferma tinha esse disforme.

As viuvezes se esposavam.

Uma inefável ação de graças emanava desses dois abandonos. Eram gratos.

A quem?

À imensidão obscura.

Agradecer sempre, é o quanto basta. A ação de graças tem asas e vai onde deve ir. Suas preces sabem disso melhor do que você.

Quantos homens acreditaram orar a Júpiter enquanto oravam a Jeová! Quantos crentes com seus amuletos são ouvidos pelo infinito! Quantos ateus não percebem que, pelo simples fato de serem bons e tristes, oram a Deus!

Gwynplaine e Dea eram reconhecidos.

A deformidade é a expulsão. A cegueira é o precipício. A expulsão era adotada; o precipício era habitável.

Gwynplaine via baixar sobre ele, em plena luz, em um arranjo do destino que parecia um sonho colocado em perspectiva, uma branca nuvem de beleza em forma de mulher, uma visão radiante na qual havia um coração; e essa aparição, quase névoa, porém mulher, o estreitava; e essa visão o abraçava; e esse coração o queria bem. Sendo amado, Gwynplaine deixava de ser disforme; uma rosa pedia a larva em casamento, entrevendo nessa larva a divina borboleta; Gwynplaine, o rejeitado, era escolhido.

Ter o que é necessário, isso é tudo. Gwynplaine tinha o que precisava. Dea tinha o que precisava.

A abjeção do desfigurado, aliviada e como que sublimada, expandia-se em êxtase, em contentamento, em esperança; enquanto isso, na escuridão, uma mão se estendia diante da sombria hesitação da cega na escuridão.

Era o enlace de duas desgraças no ideal, uma absorvendo a outra. Duas exclusões se aceitavam. Duas lacunas se combinavam para se completar. Uniam-se por meio do que lhes faltava. Naquilo em que um era pobre, o outro era rico. A infelicidade de um era o tesouro do outro. Se Dea não fosse cega, teria escolhido Gwynplaine? Se Gwynplaine não fosse desfigurado, teria preferido Dea? Provavelmente, ela não iria querer a deformidade, nem ele a enfermidade. Que felicidade era para Dea que Gwynplaine fosse medonho! Que sorte para Gwynplaine que Dea fosse cega! Não fosse sua providencial associação, não teriam chance. Uma prodigiosa necessidade um do outro estava na base de seu amor. Gwynplaine salvava Dea. Dea salvava Gwynplaine. Encontro de misérias produzindo a união. Abraço de tragados dentro do abismo. Nada era mais íntimo, mais desesperado, mais agradável.

Gwynplaine tinha um pensamento:

"O que seria de mim sem ela?".

Dea tinha um pensamento:

"O que seria de mim sem ele?".

Esses dois exílios formavam uma pátria; essas duas fatalidades incuráveis, a mutilação de Gwynplaine, a cegueira de Dea, realizavam sua união no contentamento. Os dois se bastavam; não imaginavam nada além deles mesmos; conversar era um prazer, ficar juntos era uma felicidade; de tanta intuição recíproca haviam chegado a um devaneio comum; tinham ambos os mesmos pensamentos. Quando Gwynplaine andava, Dea acreditava ouvir passos de apoteose. Estreitavam-se um contra o outro em uma espécie de claro-escuro sideral, cheio de perfumes, de luzes, de músicas, de luminosas arquiteturas, de sonhos; pertenciam-se. Sabiam-se juntos para sempre na mesma alegria e no mesmo êxtase; e nada era mais estranho do que essa construção de um éden por dois condenados.

Eram indescritivelmente felizes.

De seu inferno haviam feito um céu. Este é teu poder, amor!

Dea ouvia Gwynplaine rir. E Gwynplaine via Dea sorrir.

Dessa forma, a satisfação ideal era encontrada, a perfeita alegria da vida era realizada, o misterioso problema da felicidade era resolvido. E por quem? Por dois miseráveis.

Para Gwynplaine, Dea era o esplendor. Para Dea, Gwynplaine era a presença.

Presença: profundo mistério que diviniza o invisível e do qual resulta este outro mistério, a confiança. Nas religiões, essa é a única coisa irredutível. Um irredutível que basta. Não vemos o imenso ser necessário, nós o sentimos.

Gwynplaine era a religião de Dea.

Às vezes, louca de amor, ela se punha de joelhos diante dele, como uma espécie de bela sacerdotisa adorando o ídolo risonho de um templo.

Imaginem o abismo e, no meio do abismo, um oásis de claridade, e dentro desse oásis essas duas criaturas fora da vida, deslumbrando-se.

Nenhuma pureza era comparável a esse amor. Dea ignorava o que era um beijo, embora talvez o desejasse, pois a cegueira, principalmente de uma mulher, encerra sonhos, e, ainda que hesitante diante das abordagens do desconhecido, nem todas rejeita. No tocante a Gwynplaine, a agitação da juventude o deixava pensativo; quanto mais se sentia inebriado, mais se intimidava. Poderia ter ousado tudo com essa companheira de infância, com essa ignorante do pecado como da luz, com essa cega que só via uma coisa: que ela o adorava. Mas receava roubar o que ela mesma lhe teria dado; resignava-se, com uma melancolia satisfeita, a amar angelicamente, e o sentimento de sua deformidade se reduzia a um augusto pudor.

Esses dois bem-aventurados habitavam o ideal. Ali eram esposos que se mantinham a distância, como os astros. Nesse azul, trocavam o profundo eflúvio que é, no infinito, a atração, e, na terra, o sexo. Trocavam beijos de alma.

Sempre tinham vivido em comum; não se conheciam de outro modo, apenas juntos. A infância de Dea coincidira com a adolescência de Gwynplaine. Haviam crescido lado a lado. Por muito tempo, haviam dormido na mesma cama, uma vez que a cabana não era um vasto quarto de dormir. Os dois sobre a arca, Ursus no chão, essa era a disposição. Um belo dia, Dea era ainda pequena, Gwynplaine viu-se crescido, e foi pelo lado do homem que a vergonha começou. Dissera a Ursus: "Também quero dormir no chão". E, à noite, estendeu-se ao lado do velho, sobre a pele de urso. Dea então chorou. Queria seu companheiro de cama. Mas Gwynplaine, inquieto, pois começava a amar, resistiu. A partir daquele momento, passou a dormir no chão com Ursus. Durante o verão, nas noites agradáveis, dormia fora, com Homo. Dea tinha treze anos e ainda não se resignara. À noite, muitas vezes dizia: "Gwynplaine, fique perto de mim, isso me ajuda a dormir". Um homem ao lado dela era uma necessidade do sono da inocente. A nudez está em ver-se nu; ela também ignorava a nudez. Ingenuidade de Arcádia ou Taiti.[3] Dea, selvagem, fazia Gwynplaine arisco. Algumas vezes acontecia de Dea, quase moça feita, ao pentear seus longos cabelos, sentada em sua cama, camisola desalinhada e meio caída nos ombros, deixando entrever um esboço de contorno feminino e um vago princípio de Eva, chamar Gwynplaine. Gwinplaine corava, baixava os olhos, não sabia o que fazer diante daquela cândida pele, gaguejava, virava a cabeça, sentia medo e ia embora; o Dáfnis das trevas fugia diante da Cloé da sombra.

Assim era esse idílio nascido em uma tragédia.

Ursus lhes dizia:

— Suas bestas velhas! Adorem-se.

VI URSUS PROFESSOR E URSUS TUTOR

Ursus acrescentava:

— Qualquer dia, vou pregar-lhes uma peça. Vou casá-los.

Ursus expunha a Gwynplaine a teoria do amor. Dizia-lhe:

— Sabe como o bom Deus acende o fogo do amor? Ele coloca a mulher embaixo, o diabo no meio e o homem em cima do diabo. Uma faísca, ou seja, um olhar, e pronto, tudo se incendeia.

— Não é necessário um olhar — respondia Gwynplaine pensando em Dea.

E Ursus replicava:

— Seu bobo! Para se olhar, as almas precisam dos olhos?

Às vezes, Ursus bancava o bom diabo. Gwynplaine, em certos momentos apaixonado por Dea a ponto de ficar triste, se defendia de Ursus como de uma testemunha. Certo dia Ursus lhe disse:

---

[3] Países de bons selvagens.

— Ora, não fique encabulado. No amor, o galo se mostra.

— Mas a águia se esconde — respondeu Gwynplaine.

Em outros momentos, Ursus dizia a si mesmo:

"É melhor ir devagar com o andor. Eles se amam demais, isso pode trazer inconvenientes. Evitemos o incêndio. Moderemos esses corações".

E Ursus recorria a advertências deste gênero, falando a Gwynplaine enquanto Dea dormia e a Dea quando Gwynplaine estava de costas:

— Dea, você não deve se prender demais a Gwynplaine. Entrar na vida do outro é perigoso. O egoísmo é uma boa raiz para a felicidade. As mulheres não conhecem os homens. Além disso, Gwynplaine pode acabar se envaidecendo. Ele faz tanto sucesso! Você não imagina o sucesso que ele faz!

— Gwynplaine, as desproporções não servem para nada. Feiura demais de um lado, beleza demais do outro, isso dá o que pensar. Modere seu ardor, meu filho. Não se entusiasme demais com Dea. Você acha mesmo que foi feito para ela? Olhe então para a sua deformidade e para a perfeição dela. Veja a distância entre vocês. Essa Dea tem tudo! Que pele branca, que cabelos! Lábios que parecem morangos; e os pés! E as mãos! Seus ombros fazem uma curva delicada, o rosto é sublime; ao caminhar, ela irradia luz; e seu jeito grave de falar, com aquela voz encantadora! E, mesmo com tudo isso, pensar que é uma mulher! Ela não faria a tolice de ser um anjo. É a beleza absoluta. Pense em tudo isso para se acalmar.

Com isso, o amor entre Dea e Gwynplaine aumentava, e Ursus se admirava com seu insucesso, mais ou menos como alguém que dissesse:

— Que estranho, por mais que eu jogue lenha na fogueira, não consigo apagá-la.

Apagá-los, ou até menos, esfriá-los, era isso que Ursus queria? Decerto que não. Seria um engano se tivesse conseguido. No fundo, esse amor, chama para eles, calor para ele, o encantava.

Mas sempre temos de implicar com o que nos encanta. A essa implicância os homens dão o nome de prudência.

Ursus tinha sido quase pai e mãe para Gwynplaine e Dea. Murmurando, criara-os; ralhando, alimentara-os.Com essa adoção, que havia tornado a cabana ambulante mais pesada, tivera de se atrelar com mais frequência a Homo para puxá-la.

Devemos dizer que, passados os primeiros anos, quando Gwynplaine já era praticamente adulto e Ursus bem velho, foi a vez de Gwynplaine puxar Ursus.

Ursus, vendo Gwynplaine crescer, lera o horóscopo de sua deformidade. "Fizeram sua fortuna", dissera-lhe.

Essa família de um velho, duas crianças e um lobo, enquanto perambulava, formara um grupo cada vez mais unido.

A vida errante não fora empecilho para a educação. Errar é crescer, dizia Ursus. Como Gwynplaine tinha sido, evidentemente, feito para ser "exibido nas feiras", Ursus cultivara nele o saltimbanco, e nesse saltimbanco ele havia incrustado, da melhor forma possível, a ciência e o discernimento. Olhando fixamente para a horrível máscara de Gwynplaine, Ursus resmungava: "Esse aí foi bem começado". Por isso o havia completado com todos os ornamentos da filosofia e do saber.

Muitas vezes repetia a Gwynplaine: "Seja um filósofo. Ser sábio é ser invulnerável. Assim como me vê agora, nunca chorei. Graças à minha sabedoria. Ou acha que, se eu quisesse ter chorado, teria faltado oportunidade?".

Nos monólogos que o lobo escutava, Ursus dizia: "A Gwynplaine ensinei Tudo, inclusive o latim, e a Dea, Nada, inclusive a música". Havia ensinado os dois a cantar. Ele próprio tinha um belo talento para a "musa de trigo", uma pequena flauta daqueles tempos. Tocava-a agradavelmente, assim como a viola de roda, espécie de realejo de mendigo que a crônica de Bertrand Duguesclin classifica como "instrumento bandido", e que está na origem da sinfonia. Essas músicas atraem muita gente. Ursus mostrava sua viola de roda à multidão e dizia: "Em latim, *organistrum*".

Ensinara canto a Dea e a Gwynplaine pelo método de Orfeu e de Égide Binchois. Mais de uma vez lhe ocorreu interromper as lições com este grito de entusiasmo: "Orfeu, músico da Grécia! Binchois, músico da Picardia!".

Essas complicações da cuidadosa educação não haviam ocupado as duas crianças a ponto de impedir que se adorassem. Tinham crescido entremeando seus corações, como dois arbustos que, plantados perto um do outro, ao se tornar árvores entrelaçam seus galhos.

"Dá na mesma, vou casá-los", murmurava Ursus.

E resmungava sozinho:

"Eles me aborrecem com esse amor".

O passado, ao menos o pouco que tiveram, não existia para Gwynplaine e Dea. Sabiam dele o que Ursus lhes havia contado. Chamavam Ursus de "Pai".

Gwynplaine só tinha como lembrança de sua infância uma espécie de passagem de demônios por sua cama. A impressão que tinha daquilo era a de ter sido pisoteado por pés disformes na escuridão. Tinha sido de propósito ou sem querer? Ignorava. Mas se recordava claramente, e em seus mínimos detalhes, da trágica aventura do seu abandono. Para ele, ter encontrado Dea fazia daquela noite lúgubre uma data radiante.

A memória de Dea estava, mais ainda que a de Gwynplaine, nas nuvens; tudo se havia dissipado, de tão pequena que era. Lembrava-se da mãe como uma coisa fria. Teria visto o Sol? Talvez. Esforçava-se para mergulhar novamente seu espírito naquela dispersão que ficara para trás. O Sol? O que era isso? Lembrava-se de algo luminoso e quente que fora substituído por Gwynplaine.

Eles sussurravam. É claro que arrulhar é o que há de mais importante na face da terra. Dea dizia a Gwynplaine: "Luz é quando você fala".

Certa vez, não mais se contendo, ao ver o braço de Dea através de uma manga de musselina, Gwynplaine tocou com seus lábios aquela transparência. Boca disforme, beijo ideal. Dea sentiu profunda alegria. Enrubesceu. Esse beijo de um monstro fez surgir uma aurora naquela bela fronte cheia de noite. No entanto, Gwynplaine suspirava com uma espécie de terror, sem conseguir deixar de olhar as brancuras visíveis por aquela porta do paraíso que era o decote de Dea entreaberto.

Dea levantou a manga e estendeu seu braço nu a Gwynplaine, dizendo: "Outra vez!". Gwynplaine saiu-se dessa fugindo.

No dia seguinte, o jogo recomeçava com algumas variantes. Celeste deslizar para dentro do doce abismo chamado amor.

Essas são coisas para as quais o bom Deus, na qualidade de velho filósofo, sorri.

VII A CEGUEIRA DÁ LIÇÕES DE CLARIVIDÊNCIA

Às vezes, Gwynplaine se censurava. Fazia de sua felicidade um caso de consciência. Acreditava que deixar-se amar por aquela mulher que não podia enxergá-lo era enganá-la. O que ela diria se seus olhos se abrissem de repente? Como lhe causaria repulsa aquilo que a atraía! Como recuaria diante de seu medonho amado! Como gritaria! Como suas mãos tapariam seus olhos! Como fugiria! Um penoso escrúpulo o atormentava. Dizia-se que, monstro, não tinha direito ao amor. Hidra idolatrada pelo astro, era seu dever esclarecer essa estrela cega.

Certa vez disse a Dea:

— Sabe que eu sou muito feio?

— Sei que você é sublime — respondeu ela.

Ele continuou:

— Quando você ouve todo mundo rir, é de mim que estão rindo, porque sou horrível.

— Amo você — disse-lhe Dea.

Após um momento de silêncio, ela acrescentou:

— Eu estava morrendo; você me devolveu à vida. Com você aqui, o céu está ao meu alcance. Dê-me sua mão, quero tocar em Deus!

Suas mãos se procuraram e se estreitaram; não disseram uma só palavra, silenciados pela plenitude de se amar.

Ursus, mal-humorado, ouvira. No dia seguinte, estando os três juntos, disse:

— Aliás, Dea também é feia.

Suas palavras não surtiram efeito. Dea e Gwynplaine não ouviam. Absorvidos um pelo outro, raramente davam ouvidos aos epifonemas de Ursus. Ursus era profundo em vão.

Dessa vez, no entanto, a precaução de Ursus dizendo "Dea também é feia" indicava haver nesse douto homem um certo conhecimento da mulher. É certo que Gwynplaine havia cometido, lealmente, uma imprudência. Dizer a qualquer outra mulher cega que não fosse Dea: "Sou feio", poderia ser perigoso. Ser cego e apaixonado é ser duas vezes cego. Nessa situação, criamos sonhos; a ilusão é o alimento dos sonhos; tirar do amor a ilusão é tirar seu pão. Todos os entusiasmos entram de maneira proveitosa em sua formação, a admiração física tanto quanto a admiração moral. Além disso, nunca se deve dizer a uma mulher palavras de difícil compreensão, pois com isso ela imagina coisas, e muitas vezes imagina errado. Um enigma em um devaneio causa estragos. O choque de uma palavra que deixamos escapar desagrega o que se unia. Às vezes acontece, sem que se saiba exatamente como, de um coração se esvaziar insensivelmente por ter recebido o obscuro choque de uma palavra solta no ar. O ser que ama dá-se conta de que sua felicidade diminui. Nada é tão temível quanto esse lento vazamento de jarro trincado.

Felizmente, Dea não era feita desse barro. A massa de moldar todas as mulheres não servira para ela, que era de uma rara natureza. O corpo era frágil, o coração não. O que estava no fundo do seu ser era uma divina perseverança de amor.

Todo o tormento que nela causaram as palavras de Gwynplaine levou-a um dia a dizer o seguinte:

— O que é ser feio? É fazer o mal. Gwynplaine só faz o bem. Ele é bonito.

Em seguida, sempre usando essa forma de interrogação que é familiar às crianças e aos cegos, disse:

— Ver? O que vocês entendem por ver? Eu não vejo, eu sei. Parece que ver esconde.

— O que você quer dizer? — perguntou Gwynplaine.

— Que ver é uma coisa que esconde a verdade — respondeu Dea.

— Não — disse Gwynplaine.

— Claro que sim! — replicou Dea. — Pois se você diz que é feio!

Ela refletiu por um momento e acrescentou:

— Mentiroso!

E Gwynplaine sentia a alegria de ter confessado e Dea não ter acreditado. Sua consciência estava tranquila, seu amor também.

Assim chegaram, ela aos dezesseis anos, ele quase aos vinte e cinco.

Não tinham, como diríamos hoje em dia, "avançado" mais do que no primeiro dia. Ao contrário, pois, nos lembramos, sua noite de núpcias acontecera quando ela tinha nove meses de idade e ele dez anos. Uma espécie de infância pura permanecia em seu amor; como acontece algumas vezes ao atrasado rouxinol prolongar seu canto noturno até a aurora.

Suas carícias não passavam dos apertos de mãos e, por vezes, de um delicado toque no braço descoberto. Uma volúpia docemente hesitante lhes bastava.

Vinte e quatro anos, dezesseis anos. Isso fez Ursus dizer certa manhã, sem perder de vista sua "manobra":

— Qualquer dia desses vocês vão escolher uma religião.

— Para quê? — perguntou Gwynplaine.

— Para se casarem.

— Mas isso já aconteceu — respondeu Dea.

Dea não entendia que alguém pudesse ser mais marido e mulher do que eles eram.

No fundo, esse contentamento quimérico e virginal, essa ingênua satisfação da alma pela alma, esse celibato tomado como casamento, não desagradava a Ursus. Dizia aquilo porque não podia deixar de dizer. Mas o médico que havia nele achava Dea, senão muito jovem, ao menos delicada demais, e frágil demais, para o que ele chamava de "himeneu em carne e osso".

Sempre seria muito cedo para isso.

Além do mais, já não estavam casados? Se o indissolúvel existisse em algum lugar, não seria nessa coesão, Gwynplaine e Dea? Coisa impressionante, tinham sido adoravelmente jogados nos braços um do outro pela desgraça. E como se já não bastasse esse primeiro laço, à desgraça viera se juntar, se envolver e se entrelaçar o amor.

Que força pode algum dia romper a corrente de ferro reforçada por um nó de flores?

Sem dúvida, ali estavam os inseparáveis.

Dea tinha a beleza; Gwynplaine tinha a luz. Cada um levava seu dote; e, mais que um casal, formavam um par, separados unicamente pela inocência, sagrada interposição.

Porém, por mais que Gwynplaine sonhasse e se concentrasse o máximo que podia na contemplação de Dea e no foro íntimo de seu amor, ele era um homem. As leis inevitáveis não se iludem. Ele sentia, como toda a imensa natureza, as obscuras fermentações prescritas pelo Criador. Algumas vezes, quando aparecia em público, isso o fazia olhar para as mulheres que estavam na multidão; mas desviava imediatamente esse olhar transgressor e apressava-se em retornar, com arrependimento, para dentro de sua alma.

Acrescentemos que lhe faltava ânimo. No rosto de todas as mulheres para as quais olhava, via a aversão, a antipatia, a repugnância, a rejeição. Era claro que nenhuma outra Dea seria possível para ele. Isso o ajudava a se arrepender.

VIII NÃO SÓ A FELICIDADE MAS TAMBÉM A PROSPERIDADE

Quantas verdades há nos contos! Uma queimadura feita em nós por um diabo invisível, assim é o remorso por um mau pensamento.

Em Gwynplaine, o mau pensamento não chegava a eclodir, e ele nunca sentia remorsos. Mas, às vezes, arrependimento.

Vagas brumas da consciência.

O que era isso? Nada.

A felicidade deles era completa. Tão completa que já não eram mais pobres.

De 1689 a 1704, uma transfiguração ocorrera.

Nesse ano de 1704, às vezes acontecia, ao cair da noite, de um grande e pesado furgão, puxado por dois robustos cavalos, entrar em uma ou outra cidadezinha do litoral. Esse veículo parecia um casco de navio que tivesse sido virado, tendo a quilha como capota e a coberta como piso, e montado sobre quatro rodas. As quatro rodas eram iguais e não muito altas. Rodas, timão e furgão, tudo estava pintado de verde com uma rítmica gradação de nuanças, indo do verde-garrafa nas rodas ao verde-maçã na capota. Essa cor verde acabara fazendo esse veículo chamar a atenção, e ele ficou conhecido nas feiras de atrações; era chamado de *Green Box*, o que quer dizer Caixa Verde. Essa Green Box tinha apenas duas janelas, uma em cada extremidade, e, na parte traseira, uma porta com degraus. Na capota, de um tubo pintado de verde, como todo o resto, saía uma fumaça. Essa casa ambulante estava sempre recém-lavada e com a pintura renovada. Na parte dianteira, sobre um assento retrátil unido ao furgão, que tinha como porta uma janela, acima da garupa dos cavalos, ao lado de um velhote que segurava as rédeas e conduzia os animais, duas mulheres *bréhaignes*, ou seja, da Boêmia, vestidas de deusas, tocavam trombeta. Admirados, os burgueses contemplavam e falavam dessa máquina orgulhosamente sacolejante.

Era o antigo estabelecimento de Ursus, ampliado pelo sucesso e promovido de palco improvisado a teatro.

Uma espécie de criatura entre cão e lobo encontrava-se acorrentada sob o furgão. Era Homo.

O velho cocheiro que conduzia os *hackneys*[4] — era o filósofo em pessoa.

De onde vinha esse progresso da miserável cabana transformada em carruagem olímpica?

Disto: Gwynplaine era célebre.

Tinha sido com verdadeiro conhecimento do que é o sucesso entre os homens que Ursus dissera a Gwynplaine: "Fizeram sua fortuna".

Ursus, como lembramos, fizera de Gwynplaine seu aluno. Desconhecidos haviam trabalhado seu rosto. Mas ele, Ursus, havia trabalhado sua inteligência e, por trás dessa máscara tão bem-sucedida, ele havia colocado o máximo possível de pensamentos. Desde que o menino crescido perecera-lhe ter méritos para tanto, exibira-o no palco, ou seja, na dianteira da cabana. O efeito dessa aparição tinha sido extraordinário. Imediatamente os passantes admiraram. Jamais tinham visto algo comparável a essa surpreendente pantomima do riso. Ignoravam como aquele milagre de hilaridade contagiosa acontecia, uns acreditando ser natural, outros o declarando artificial, e, tendo as conjeturas se juntado à realidade, por toda parte, nas esquinas, nos mercados, em todos os pontos de feira e de festa, a multidão acorria rumo a Gwynplaine. Graças a essa *great attraction*, o pobre chapéu do grupo nômade recebeu, de início, uma chuva de *liards*, em seguida, de *pence* e, por fim, de xelins. Esgotado um mercado de curiosidade, iam para outro. Rolar não enriquece pedras, mas enriquece cabanas; e, de ano em ano, de cidade em cidade, à medida que Gwynplaine crescia em tamanho e em feiura, a fortuna predita por Ursus havia chegado.

— Que belo favor lhe prestaram, meu filho! — dizia Ursus.

Essa "fortuna" permitira que Ursus, administrador do sucesso de Gwynplaine, mandasse fabricar a carruagem de seus sonhos, ou seja, um furgão suficientemente amplo para comportar um teatro e espalhar a ciência e a arte pelas ruas. Além disso, Ursus pudera juntar ao grupo, formado por ele, Homo, Gwynplaine e Dea, dois cavalos e duas mulheres, as quais eram as deusas da trupe, como acabamos de dizer, e ajudantes. Um frontispício com motivos mitológicos era apropriado a uma barraca de saltimbancos. "Somos um templo errante", dizia Ursus.

As duas boêmias, recolhidas pelo filósofo na desordem nômade dos burgos e arrabaldes, eram feias e jovens, e se chamavam, segundo a vontade de Ursus, Phœbe e Venus. Leia-se: *Fibi* e *Vinos*, visto que é conveniente adequar esses nomes à pronúncia inglesa.

Phœbe cozinhava e Venus limpava o templo.

---

[4] Cavalos, em inglês.

E, nos dias de apresentação, vestiam Dea.

Fora daquilo que, para os saltimbancos e para os príncipes, era "a vida pública", Dea vestia-se, assim como Fibi e Vinos, com uma saia florentina de tecido estampado e uma espécie de jaleco feminino de lã que, não tendo mangas, deixava os braços livres. Ursus e Gwynplaine usavam jalecos masculinos e amplas calças ao estilo dos marujos de guerra. Gwynplaine usava, além disso, para os trabalhos e os exercícios de força, uma esclavina de couro. Ele cuidava dos cavalos. Ursus e Homo tomavam conta um do outro.

De tão habituada à Green Box, Dea ia e vinha no interior da casa ambulante com certa facilidade, como se enxergasse.

Um olhar que tivesse conseguido penetrar na estrutura interior e na disposição desse edifício itinerante teria percebido em um canto, presa à parede e imóvel sobre as quatro rodas, a antiga cabana de Ursus, agora aposentada, com permissão para enferrujar e dispensada de rodar, assim como Homo de puxar.

Essa cabana, encostada ao fundo, à direita da porta, servia de quarto e vestiário para Ursus e Gwynplaine. Agora ela abrigava duas camas. A cozinha ficava à sua frente.

Nem a disposição de um navio seria mais concisa e mais precisa que a do interior da Green Box. Ali dentro, tudo era organizado, arrumado, previsto e intencional.

O furgão era dividido em três compartimentos fechados por divisórias. Os compartimentos se comunicavam por aberturas livres, sem portas, mais ou menos fechadas por uma peça de tecido que caía do alto. O compartimento do fundo era o alojamento dos homens, o compartimento da frente era o alojamento das mulheres, o compartimento do meio, separando os dois sexos, era o teatro. Os materiais da orquestra e do maquinário do teatro ficavam na cozinha. Uma espécie de sótão, sob o arco do telhado, guardava os cenários, e, abrindo-se um alçapão neste sótão, expunham-se as lâmpadas que produziam mágicos efeitos de iluminação.

Ursus era o poeta dessas magias. Era ele quem concebia os espetáculos.

Tinha diversos talentos, fazia truques de ilusionismo muito singulares. Além das vozes que fazia ouvir, criava todo tipo de surpresas, choques de luz e sombra, inúmeras composições espontâneas de algarismos ou de palavras sobre uma parede, claros-escuros mesclados a figuras difusas, muitas curiosidades, em meio ao que, indiferente à multidão que se maravilhava, ele parecia meditar.

Um dia, Gwynplaine lhe dissera:

— Pai, o senhor parece um feiticeiro.

— Talvez porque de fato o seja — respondera Ursus.

A Green Box, fabricada de acordo com o inteligente projeto de Ursus, mostrava o engenhoso refinamento de ter, entre as rodas da frente e as de trás, o painel central da fachada esquerda articulado, e que abaixava tanto quanto necessário, com a ajuda de um jogo de correntes e polias, como uma ponte levadiça. Ao ser abaixado, liberava três suportes com dobradiças que, mantendo-se na vertical enquanto o painel descia, pousavam diretamente no chão, como os pés de uma mesa, e sustentavam, acima do calçamento, tal qual um estrado, o painel transformado em assoalho. Ao mesmo tempo, surgia o teatro, ampliado pelo assoalho que fazia as vezes de palco. Essa abertura assemelhava-se profundamente a uma boca do inferno, como diziam os puritanos pregadores de rua, que se desviavam daquilo com horror. É provável que tenha sido por causa de uma invenção ímpia como essa que Sólon tenha dado umas pauladas em Téspis.

Téspis, de resto, durou muito mais tempo do que se acredita. A charrete-teatro ainda existe. Foi em teatros ambulantes desse tipo que, nos séculos XVI e XVII, encenaram na Inglaterra os balés e as baladas de Amner e de Pilkington; as pastorais de Gilbert Colin, na França; os coros duplos de Clemente, dito Não Papa, nas quermesses de Flandres; Adão e Eva de Johann Theiles, na Alemanha; e, na Itália, as paradas venezianas de Animuccia e de Ca-Fossis, as *sylves* de Gesualdo, príncipe de Venosa, *O Sátiro* de Laura Guidiccioni, *O Desespero de Philène*, *A Morte de Ugolin*, de Vincenzo Galilei, pai do astrônomo, que cantava ele mesmo sua própria música acompanhando-se com uma viola da gamba, e todos esses primeiros esboços de ópera italiana que, a partir de 1580, substituíram o gênero madrigalesco pela inspiração livre.

A carruagem cor de esperança que levava Ursus, Gwynplaine e sua fortuna, e na dianteira da qual Fibi e Vinos trombeteavam como duas deusas Fama, fazia parte de todo o grande conjunto nômade e literário. Téspis não teria renegado Ursus, assim como Congrio não teria renegado Gwynplaine.

Chegando às praças dos vilarejos e das cidades, nos intervalos da fanfarra de Fibi e Vinos, Ursus fazia revelações instrutivas em seus comentários sobre as trombetas.

— Esta sinfonia é gregoriana — exclamava. — Cidadãos burgueses, o sacramentário gregoriano, esse grande progresso, chocou-se, na Itália, com o rito ambrosiano e, na Espanha, com o rito moçarábico, e só triunfou a duras penas.

Depois, a Green Box parava em um lugar qualquer escolhido por Ursus, e, chegada a noite, o painel-tablado era abaixado, o teatro se abria e a apresentação começava.

O teatro da Green Box mostrava uma paisagem pintada por Ursus, que não sabia pintar, o que permitia, em caso de necessidade, que essa paisagem representasse um subterrâneo.

A cortina, que chamamos de pano, era uma tricolina de seda xadrez de cores contrastantes.

O público ficava fora, na rua, nas praças, formando um semicírculo diante do espetáculo, debaixo de sol e debaixo de chuva, circunstância que fazia a chuva ser menos desejável para os teatros daqueles tempos do que para os teatros de agora. Quando possível, apresentavam-se nos pátios dos albergues, o que fazia haver tantas fileiras de camarotes quantos eram os andares de janelas. Dessa forma, com o teatro mais fechado, havia mais público pagante.

Ursus estava em todas, na peça, na trupe, na cozinha, na orquestra. Vinos tocava o xilofone, manejando as baquetas que era uma beleza, e Fibi dedilhava a *morache*, uma espécie de antigo violão. O lobo fora promovido a utilidade; era, decididamente, "parte integrante da companhia", fazendo eventualmente algumas pontas. Muitas vezes, quando Ursus e Homo apareciam lado a lado no teatro, Ursus em sua pele bem ajustada de urso, Homo em sua pele de lobo mais ajustada ainda, não se sabia qual dos dois era o animal, o que enchia Ursus de orgulho.

IX EXTRAVAGÂNCIA QUE AS PESSOAS SEM GOSTO CHAMAM DE POESIA

As peças de Ursus eram interlúdios, gênero meio fora de moda hoje em dia. Uma dessas peças, que não chegou até nós, chamava-se *Ursus Rursus — O Retorno de Ursus*. É provável que nela ele representasse o papel principal. Uma falsa saída seguida de um retorno era aparentemente o tema, sóbrio e louvável.

Os títulos dos interlúdios de Ursus eram às vezes em latim, como acabamos de ver, e sua poesia, algumas vezes, em espanhol. Os versos espanhóis de Ursus eram rimados, como quase todos os sonetos castelhanos daquela época. Isso não era problema para as pessoas. O espanhol era então uma língua corrente, e os marinheiros ingleses falavam castelhano assim como os soldados romanos falavam cartaginês. Veja-se Plauto. Aliás, tanto no teatro quanto na missa, a língua latina, ou qualquer outra que o auditório não compreendesse, não embaraçava ninguém, pois se viravam usando alegremente palavras conhecidas. Nossa velha França gaulesa, particularmente, tinha essa maneira de ser devota. Na igreja, sobre um *Immolatus*, os fiéis cantavam *Júbilo terei*, e, sobre um *Sanctus*, *Beije-me, minha amada*. Foi preciso que o concílio de Trento acabasse com essas familiaridades.

Ursus havia feito um interlúdio especialmente para Gwynplaine com o qual ficou satisfeito. Era sua obra capital. Dedicara-se inteiramente a ela. Dar tudo de si naquilo que produz é a glória de qualquer criador. A mãe-sapo, ao fazer um sapo, faz uma obra-prima. Duvidam? Tentem fazer o mesmo.

Ursus se esmerara na criação desse interlúdio. O filhote recebera o título de *Caos vencido*.

Eis do que se tratava:

Efeito de noite; no momento em que a cortina se abria, a multidão reunida diante da Green Box via apenas escuridão, em meio à qual se moviam, como répteis, três formas confusas: um lobo, um urso e um homem. O lobo era o lobo, Ursus era o urso, Gwynplaine era o homem. O lobo e o urso representavam as forças selvagens da natureza, as fomes inconscientes, a obscuridade selvagem, e os dois se lançavam com violência sobre Gwynplaine. Era o caos combatendo o homem. Não se distinguia a figura de nenhum deles. Coberto com um lençol, Gwynplaine se debatia, seus espessos cabelos lhe caíam sobre o rosto, que ficava escondido. Tudo mais era trevas. O urso grunhia, o lobo uivava, o homem gritava. O homem levava a pior, os dois animais o abatiam; ele pedia ajuda e socorro, lançava ao desconhecido um profundo apelo. Agonizava. Assistia-se à agonia do projeto de homem, que ainda mal se distinguia das feras. Era sinistro: a multidão assistia ofegante; um minuto mais e as feras triunfariam e o caos absorveria o homem. Luta, gritos, urros, e, de repente, silêncio. Um canto em meio ao escuro. Um vento soprara; ouvia-se uma voz. Músicas misteriosas pairavam no ar acompanhando esse canto saído do invisível, e, subitamente, sem que se soubesse de onde nem como, uma brancura surgia. Essa brancura era uma luz, essa luz era uma mulher, essa mulher era o espírito. Dea, calma, cândida, bela, formidavelmente serena e doce, aparecia no centro de um halo. Silhueta de claridade dentro da aurora. A voz era ela. Voz leve, profunda, inefável. Passando de invisível a visível dentro dessa aura, ela cantava. Parecia que se ouvia a canção de um anjo ou o hino de um pássaro. Diante dessa aparição, o homem, erguendo-se com um sobressalto de fascinação, abatia seus punhos sobre as duas feras definitivamente derrotadas.

A visão, então, deslizando com um movimento difícil de entender, e por isso mesmo mais admirável ainda, cantava estes versos, de um espanhol suficientemente puro para os marujos ingleses que escutavam:

Ora! llora!	Roga! Chora!
De palabra	Da palavra
Nace razon,	Nasce a razão,
Da luz el son.	Cria luz o som.

Em seguida, ela abaixava os olhos como se tivesse visto um abismo, e recomeçava:

Noche quitta te de alli	Noite, vá embora,
El alba canta hallali.	A aurora canta o *hallali.*

À medida que ela cantava, o homem se erguia cada vez mais, e, antes estendido, agora se ajoelhava, as mãos levantadas na direção da visão, os dois joelhos apoiados sobre as duas feras imóveis e como que fulminadas. Ela continuava, voltada para ele:

Es menester a cielos ir,	É preciso ir para o céu,
Y tu que llorabas reir.	E rir, tu que choravas.

E se aproximando, majestosa como um astro, continuava:

Gebra barzon!	Quebra o jugo!
Dexa, monstro,	Deixa, monstro,
A tu negro	Tua negra
Caparazon.	Carapaça.

E colocava sua mão sobre a fronte do homem.

Então, uma outra voz se levantava, mais profunda e, portanto, mais doce ainda, voz consternada e encantada, de uma gravidade terna e firme; era o canto humano respondendo ao canto sideral. Gwynplaine, na obscuridade, ainda de joelhos sobre o urso e o lobo, vencidos, cabeça sob a mão de Dea, cantava:

O ven! ama!	Oh! Vem! Ama!
Eres alma,	És alma,
Soy corazon.	Sou coração.

E bruscamente, naquela obscuridade, um feixe de luz batia em cheio no rosto de Gwynplaine.

Via-se nas trevas o monstro radiante.

Impossível exprimir a comoção da multidão. O surgimento de um sol de riso, tal era o efeito. O riso nasce do inesperado, e nada podia ser mais inesperado do que esse desfecho. Sensação alguma era comparável àquele golpe de luz sobre aquela máscara cômica e horrível. Riam em torno daquele riso; em toda parte, acima, abaixo, na frente, no fundo, os homens, as mulheres, os velhos rostos carecas, as róseas fisionomias de criança, os bons, os maus, gente alegre, gente triste, todo mundo; e, mesmo na rua, os passantes, os que não viam, riam ao ouvir os risos. E esse riso se completava com palmas e pés sapateando. Fechada a cortina, Gwynplaine era aclamado com entusiasmo. Daí o enorme sucesso. "Já viu *Caos vencido*?" Todos corriam para ver Gwynplaine. As despreocupações iam rir, as melancolias iam rir, as más consciências iam rir. Um riso tão irresistível que, por instantes, podia parecer maléfico. Mas se existe uma peste da qual o homem não foge é o contágio pela alegria. Todo esse sucesso não ia, entretanto, além do populacho. Grande multidão, povo pequeno. Via-se *Caos vencido* por um *penny*. A alta roda não vai aonde se vai por um vintém.

Ursus tinha apreço por essa obra, que havia preparado por tanto tempo.

— É no gênero de um tal Shakespeare — dizia ele com modéstia.

A justaposição de Dea enriquecia o indescritível efeito de Gwynplaine. Aquela figura alva ao lado daquele ser disforme representava o que poderia ser chamado de assombro divino. As pessoas olhavam para ela com uma espécie de ansiedade misteriosa. Dea tinha um não sei quê de supremo, próprio das virgens e das sacerdotisas, algo que ignora o homem e conhece Deus. Via-se que era cega, porém tinha-se a impressão de que enxergava. Parecia estar de pé no limiar do sobrenatural, parcialmente em nossa luz e parcialmente em outra claridade. Vinha trabalhar na terra, mas trabalhar da maneira que trabalha o céu, com aurora. Ela encontrava uma hidra e fazia uma alma. Parecia a potência criativa, satisfeita e admirada com sua criação; podia-se ver em seu rosto, adoravelmente sobressaltado, a vontade da causa e a surpresa do resultado. Percebia-se que ela amava seu monstro. Todavia, tinha consciência dele como monstro? Sim, pois o tocava. Não, pois o aceitava. A mescla de toda aquela escuridão e de toda aquela luminosidade mostrava-se ao espírito do espectador envolta em um claro-escuro onde surgiam infinitas perspectivas. De que forma a divindade adere ao esboço? Como ocorre a penetração da alma na matéria? Como o raio solar é um cordão umbilical? Como o desfigurado se transfigura? Como o informe se torna paradisíaco? Todos esses mistérios entrevistos acrescentavam uma emoção quase cósmica à convulsão de hilaridade provocada por Gwynplaine. Sem ir muito a fundo, pois o espectador não quer cansar-se em aprofundamentos, compreendia-se alguma coisa além do que se via, e esse estranho espetáculo tinha uma transparência de avatar.

Quanto a Dea, o que ela experimentava escapa à linguagem humana. Sentia-se no meio de uma multidão, mas não sabia o que era uma multidão. Ouvia um rumor, e nada mais. Para ela, uma multidão era um sopro; e, no fundo, realmente não passava disso. As gerações são exalações que passam.

O homem respira, aspira e expira. Nessa multidão, Dea se sentia só, também sentia o calafrio de quem está suspenso acima de um precipício. De repente, nesse aturdimento do inocente em perigo, prestes a incriminar o desconhecido, nesse descontentamento da possível queda, Dea, serena, no entanto, e superior à vaga angústia do perigo, mas interiormente amedrontada com seu isolamento, reencontrava sua certeza e seu apoio, alcançava novamente sua tábua de salvação no universo das trevas, punha a mão sobre a sólida cabeça de Gwynplaine. Extraordinária alegria! Ela apoiava seus róseos dedos sobre aquela floresta de cabelos crespos. Tocar a lã desperta uma ideia de maciez. Dea tocava um cordeiro que ela sabia ser um leão. Todo seu coração se fundia em um inexprimível amor. Sentia-se fora de perigo, encontrava seu salvador. O público acreditava ver o contrário. Para os espectadores, a criatura salva era Gwynplaine, e a criatura salvadora era Dea. "Que importa!", pensava Ursus, para quem o coração de Dea era visível. E Dea, tranquilizada, consolada, contente, adorava o anjo, enquanto o povo contemplava o monstro e suportava, também fascinado, mas em sentido inverso, o imenso riso de Prometeu.

O verdadeiro amor não se cansa. Sendo completamente alma, não pode arrefecer. Uma brasa pode ficar encoberta pelas cinzas, uma estrela, não. Para Dea, essas adoráveis sensações se renovavam todas as noites, e ela quase chorava de ternura enquanto os outros se matavam de rir. Ao seu redor, as pessoas eram apenas alegres, mas ela era feliz.

De resto, o efeito de alegria causado pelo ricto imprevisto e chocante de Gwynplaine não era, evidentemente, desejado por Ursus. Teria preferido mais sorrisos e menos risos e uma admiração mais literária. Mas o triunfo consola. Todas as noites ele se reconciliava com seu enorme sucesso, contando quanto as pilhas de *farthings* somavam em xelins e quanto as pilhas de xelins somavam em libras. E também dizia a si mesmo que, afinal de contas, findo o riso, *Caos vencido* penetrava no âmago dos espíritos, onde um pouco dele permanecia. Talvez não se enganasse completamente; a assimilação de uma obra pelo público acontece. A verdade é que esse populacho, atento àquele lobo, àquele urso, àquele homem, e também àquela música, àqueles uivos domados pela harmonia, àquela escuridão dissipada pela aurora, àquele cantar emanando luz, aceitava com uma simpatia confusa e profunda, a até com certo respeito enternecido, esse drama-poema do *Caos vencido*, essa vitória do espírito sobre a matéria, culminando com a alegria do homem.

Tais eram os grosseiros divertimentos do povo; e lhe bastavam. O povo não tinha meios para ir às "nobres lutas" da alta sociedade e não podia, como os senhores e fidalgos, apostar mil guinéus em Helmsgail contra Phelem-ghe-madone.

X O OLHAR DE QUEM ESTÁ DE FORA SOBRE AS COISAS E SOBRE OS HOMENS

O homem tem um pensamento: vingar-se do prazer que lhe dão. Daí o desprezo pelo comediante.

— Essa criatura me cativa, diverte, distrai, ensina, encanta, consola, oferece o ideal, é agradável e útil a mim, com que mal posso retribuir-lhe? Com a humilhação. O desprezo é a bofetada a distância. Vamos esbofeteá-lo. Ele me agrada, então é vil. Ele me serve, então o desprezo. Onde encontro uma pedra que possa atirar nele? Padre, dá tua pedra. Filósofo, dá tua pedra. Bossuet, excomunga-o. Rousseau, insulta-o. Orador, cospe-lhe as pedras da tua boca. Urso, joga nele tua pedra. Lapidemos a árvore, mutilemos o fruto e o devoremos. Bravo! Fora! Declamar os versos dos poetas é ser pestilento. Anda, histrião! Que fique exposto no pelourinho do seu sucesso. Que seu triunfo acabe em vaia. Que reúna a massa e crie a solidão. — E foi assim que as classes abastadas, ditas altas classes, inventaram para o comediante esta forma de isolamento, o aplauso.

O populacho é menos feroz. Não repudiava Gwynplaine. Nem o desprezava. Somente o último calafate da última tripulação do último cargueiro ancorado no último dos portos da Inglaterra se considerava infinitamente superior a esse animador da "canalha", e acreditava que um calafate está acima de um saltimbanco tanto quanto um lorde está acima de um calafate.

Gwynplaine era, então, como todos os comediantes, aplaudido e isolado. De resto, aqui embaixo todo sucesso é crime e se expia. Quem tem a medalha tem o reverso.

Para Gwynplaine não havia reverso. No sentido de que os dois lados do seu sucesso o gratificavam. Ficava satisfeito com o aplauso e contente com o isolamento. Por causa do aplauso era rico; por causa do isolamento era feliz.

Ser rico, nessas baixas camadas sociais, é deixar de ser miserável. É deixar de ter roupas esburacadas, deixar de sentir frio no lar, deixar de ter um vazio no estômago. É comer conforme o apetite e beber conforme a sede. É ter todo o necessário, inclusive uma moeda para dar a um pobre. Essa riqueza indigente, suficiente para a liberdade, Gwynplaine a possuía.

Pelo lado da alma, era opulento. Tinha o amor. Que mais podia desejar?

Não desejava nada.

Menos deformidade, parece que essa poderia ser uma oferta a ser-lhe feita. Como a teria rejeitado! Tirar sua máscara e reaver seu rosto, voltar a ser o que talvez tivesse sido, belo e atraente, isso certamente não teria almejado! Pois com o que sustentaria Dea? Que seria da pobre e doce menina cega que ele amava? Sem esse ricto, que fazia dele um palhaço único, ele não seria mais que um saltimbanco como qualquer outro, como o primeiro equilibrista que aparecesse, um catador de moedas das fendas do calçamento, e Dea talvez não tivesse um pão para comer todos os dias! Ele se sentia, com um profundo e terno orgulho, o protetor dessa celestial enferma. Escuridão, Solidão, Pobreza, Impotência, Ignorância, Fome e Sede, as sete bocas abertas da miséria postavam-se em volta dela, e ele era o São Jorge combatendo esse dragão. E triunfava sobre a miséria. Como? Com sua deformidade. Com sua deformidade era útil, caridoso, vitorioso, grande. Era só se exibir e o dinheiro aparecia. Era o mestre das multidões; descobria-se o soberano do populacho. Por Dea, ele tudo podia. Suas necessidades eram providas por ele; suas vontades, suas fantasias, na esfera limitada dos desejos possíveis a um cego, ele as satisfazia. Gwynplaine e Dea eram, como já demonstramos, a providência um do outro. Ele se sentia enlevado em suas asas, ela se sentia guiada por seus braços. Proteger quem nos ama, dar o necessário a quem nos dá as estrelas, existe algo mais doce? Gwynplaine tinha essa felicidade suprema. E a devia à sua deformidade. Essa deformidade o fazia superior a tudo. Com ela, ganhava sua vida e a vida dos outros; por causa dela, tinha independência, liberdade, celebridade, satisfação íntima, orgulho. Dentro dessa deformidade, era inatacável. As fatalidades nada mais podiam contra ele além do golpe com que se haviam esgotado, golpe que se revertera em seu triunfo. Esse fundo de desgraça se transformara em ponto alto. Gwynplaine estava aprisionado em sua deformidade, mas com Dea. Era, já dissemos, como estar encarcerado no paraíso. Havia uma muralha entre eles e o mundo dos vivos. Melhor assim. Essa muralha os encerrava, mas os defendia. Com uma barreira de vida como aquela à sua volta, o que poderiam contra Dea, o que poderiam contra Gwynplaine? Arrancar-lhes o sucesso? Impossível. Seria preciso arrancar seu rosto. Tirar-lhes o amor? Impossível. Dea não o via. A cegueira de Dea era divinamente incurável. Que inconveniente trazia para Gwynplaine sua deformidade? Nenhum. Que vantagens tinha? Todas. Apesar desse horror, ou talvez por causa dele, ele era amado. Enfermidade e deformidade haviam instintivamente se aproximado e se unido. Ser amado: será que isso não é tudo? Gwynplaine só pensava em sua desfiguração com gratidão. Era abençoado por essa cicatriz. Sentia-se dono de inabalável e eterna alegria. Que sorte que esse benefício era irremediável! Enquanto houvesse esquinas, largos com feiras, estradas pela frente, gente aqui embaixo, céu lá no alto, estariam seguros na vida, nada faltaria a Dea, teriam o amor! Gwynplaine não trocaria de rosto com Apolo. Ser monstro tinha, para ele, a forma da felicidade.

Assim, dizíamos, no início, que o destino o havia agraciado. Esse reprovado era um eleito.

Era tão feliz que chegava a apiedar-se dos homens à sua volta. Tinha compaixão de sobra. Também fazia parte do seu instinto olhar um pouco para fora, pois nenhum homem é tão inflexível, e uma natureza não é uma abstração. Ele era feliz por estar protegido, mas, de tempos em tempos, erguia a cabeça acima do muro. E, após ter comparado, sempre voltava com mais alegria para seu isolamento com Dea.

O que via à sua volta? O que eram aquelas pessoas das quais sua vida de nômade lhe dava todas as amostras, a cada dia substituídas por outras? Sempre novas multidões, e sempre a mesma desordem. Sempre novas caras, e sempre os mesmos infortúnios. Uma mistura de ruínas. A cada noite, todas as fatalidades sociais faziam um cerco em volta de sua felicidade.

A Green Box era popular.

O preço baixo atrai a classe baixa. Os que iam vê-lo eram os fracos, os pobres, os pequenos. Procuravam Gwynplaine como quem procura a bebida. Iam comprar o esquecimento por dois vinténs. Do alto do seu palco de saltimbanco, Gwynplaine passava em revista o povo sombrio. Seu espírito ia sendo preenchido com todas essas sucessivas aparições da grandiosa miséria. A fisionomia humana é moldada pela consciência e pela vida, e é a resultante de uma infinidade de escavações misteriosas. Não havia um só sofrimento, uma só ira, uma só ignomínia, um só desespero dos quais Gwynplaine não tivesse visto as rugas. Aquelas bocas de crianças não haviam comido. Aquele homem era um pai, aquela mulher era uma mãe, e, atrás deles, vislumbravam-se famílias em perdição. Aquele rosto saía do vício e entrava no crime, e entendia-se o porquê: ignorância e indigência. Aquele outro mostrava uma marca de bondade primitiva, rasurada pela opressão social e transformada em ódio. Naquele semblante de idosa via-se a fome; naquele semblante de moça via-se a prostituição. O mesmo motivo, mais nefasto para a idosa, oferecendo à jovem um recurso. Nessa multidão havia braços, mas não ferramentas; esses trabalhadores não pediam mais que isso, mas o trabalho faltava. Às vezes um soldado, às vezes um inválido ia sentar-se ao lado de um operário, e Gwynplaine via o espectro da guerra. Aqui, Gwynplaine lia desemprego, ali, exploração, acolá, servidão. Em certos rostos, constatava um não sei quê de retrocesso ao animalesco, e também esse lento recuo do homem à fera, produzido sobre quem está por baixo pela pressão do obscuro peso da felicidade de quem está por cima. Naquelas trevas havia um respiradouro para Gwynplaine. Tinham, ele e Dea, uma abertura por onde entrava a felicidade. Todo o resto era danação. Gwynplaine sentia acima de si o pisotear inconsciente dos poderosos, dos opulentos, dos magníficos, dos grandes, dos eleitos da sorte; abaixo de si distinguia o amontoado de faces pálidas dos deserdados. Ele se via, com Dea e a pequenina felicidade de ambos, tão imensa no entanto, entre dois mundos: no alto, o mundo que ia e vinha livre, alegre, dançante, pisando em todos; no alto, o mundo que anda; embaixo, o mundo sobre o qual se anda. Coisa fatal, e indício de um profundo mal social, a luz massacra a sombra! Gwynplaine constatava esse luto. Como pode! Que destino mais réptil! O homem se arrastando dessa forma! É tamanha a aderência ao pó e à lama, é tamanho o desgosto, é tamanha a abdicação, e é tamanha a abjeção, que dá vontade é de pisar em cima! De qual borboleta esta vida terrestre é então a larva? Como pode! Nessa multidão que tem fome e que ignora, por toda parte, diante de todos, o ponto de interrogação do crime ou da vergonha! A inflexibilidade das leis produzindo o amolecimento das consciências! Não há criança que não cresça para ser humilhada! Não há virgem que não amadureça para ser ofertada! Não há rosa que não nasça para ser contaminada! Às vezes, seus olhos curiosos, de uma curiosidade comovida, procuravam enxergar até o fundo dessa obscuridade onde agonizavam tantos esforços inúteis e onde lutavam tantos cansaços, famílias devoradas pela sociedade, costumes torturados pelas leis, feridas transformadas em gangrenas pela penalidade, indigências roídas pelo imposto, inteligências arrastadas em uma avalanche de ignorância, embarcações em perigo abarrotadas de famintos, guerras, penúria, agonia, gritos, desaparecimentos; e ele sentia a vaga comoção dessa pungente angústia universal. Tinha a visão de toda essa espuma da desgraça cobrindo a sombria desordem humana. Ele, porém, estava no porto, olhando em volta esse naufrágio. Em alguns momentos, punha as mãos no rosto desfigurado e divagava.

Que loucura é ser feliz! Como sonhamos! E vinham-lhe ideias. Absurdos passavam por sua cabeça. Porque outrora havia socorrido uma criança, tinha fantasias de socorrer o mundo. Nuvens de divagações às vezes obscureciam sua própria realidade; perdia o senso de proporção a ponto de se perguntar: "O que poderíamos fazer por esse pobre povo?". Algumas vezes ficava tão absorto que dizia isso em voz alta. Então Ursus erguia os ombros e o olhava fixamente. Gwynplaine continuava sonhando: "Ah, se eu fosse poderoso, como ajudaria esses infelizes! Mas o que eu sou? Um átomo. O que posso fazer? Nada".

Enganava-se. Fazia muito pelos miseráveis. Ele os fazia rir.

E, como já dissemos, fazer rir é fazer esquecer.

Que benfeitor na terra é melhor que um distribuidor de esquecimentos?

XI GWYNPLAINE NA JUSTIÇA, URSUS NA VERDADE

Um filósofo é um espião. Ursus, espreitador de sonhos, estudava seu aluno. Nossos monólogos revelam em nosso semblante um vago reflexo inteligível ao olhar do fisionomista. Por isso, o que se passava em Gwynplaine não passava despercebido por Ursus. Certo dia em que Gwynplaine meditava, Ursus, puxando-o pelo casaco, exclamou:

— Você está me saindo um observador, imbecil! Preste atenção, isso não é da sua conta. Você tem uma coisa a fazer, amar Dea. Você tem duas felicidades: a primeira é que a multidão vê seu focinho, a segunda é que Dea não o vê. Você não tem direito a essa felicidade que você tem. Nenhuma mulher, vendo sua boca, vai aceitar seu beijo. E essa boca que faz sua fortuna, esse rosto que faz sua riqueza, não são seus. Você não nasceu com essa cara. Você a tirou da carranca que fica nas profundezas do infinito. Você roubou a máscara do diabo. Você é medonho, contente-se com esse prêmio. Neste mundo, que é uma coisa muito bem feita, há os felizes por direito e os felizes por acaso. Você é um feliz por acaso. Você está em um porão onde se encontra presa uma estrela. A pobre estrela é sua. Não tente sair do seu porão, sua aranha, e conserve sua estrela! Você tem uma Vênus em sua teia. Faça-me o favor de ficar satisfeito. Vejo você devanear, isso é uma idiotice. Escute, vou falar a linguagem da verdadeira poesia: que Dea coma bifes e costelas de carneiro, e em seis meses estará forte como uma turca; case logo com ela e faça-lhe um filho, dois filhos, três filhos, uma penca de filhos. É isso que eu chamo de filosofar. E de ser feliz, coisa que não é estúpida. Ter filhos, aí está um pedaço do céu. Tenha pimpolhos, troque-lhes as fraldas, limpe-lhes o nariz, ponha-os para dormir, suje-os, lave-os, que façam um alvoroço à sua volta; se riem, é bom; se berram, é melhor; gritar é viver; veja-os mamar com seis meses, engatinhar com um ano, andar com dois anos, crescer com quinze anos, amar com vinte anos. Quem tem essas alegrias tem tudo. Eu não tive isso, o que me fez ser um bruto. O bom Deus, fazedor de belos poemas, e primeiro dos homens de letras, ditou a seu colaborador Moisés: *Multiplicai!* Esse é o texto. Multiplique, seu animal. Quanto ao mundo, ele é o que é, ele não precisa de você para ir mal. Não se preocupe. Não pense no que está lá fora. Deixe o horizonte tranquilo. Um comediante é feito para ser olhado e não para olhar. Sabe o que há lá fora? Os felizes por direito. Você, eu repito, é um feliz por acaso. É o ladrão da felicidade da qual eles são os donos. Eles são os legítimos, você é o intruso, que vive em concubinato com a sorte. O que mais você quer além do que já tem? Que Xibolete[5] me ajude! Esse fedelho é um patife. Além disso, multiplicar-se com Dea é bem agradável. Felicidade como essa parece até trapaça. Os que têm a felicidade aqui embaixo por um privilégio lá do alto não gostam que possa haver tanta alegria assim abaixo deles. Se lhe perguntassem: "com que direito é feliz?", você não saberia o que responder. Você não tem uma patente, mas eles têm. Júpiter, Alá, Vishnu, Sabaoth, não importa, deu a eles um passaporte para a felicidade. Tema-os. Não se meta com eles, para que não se metam com você. Sabe o que é um feliz por direito, seu miserável? É um ser terrível, é o lorde. Ah, o lorde; este é um que deve ter causado furor nas trevas do diabo antes de aparecer no mundo, para entrar na vida por uma porta daquelas! Como deve ter-lhe sido difícil nascer! Só teve esse trabalho, mas, oh, céus, que trabalho! Conseguir que o destino, esse idiota cego, fizesse dele, logo de cara, no berço, senhor dos homens! Corromper esse bilheteiro para que lhe desse o melhor lugar no espetáculo! Leia o sumário que está na cabana aposentada, leia aquele breviário dos meus conhecimentos, e verá o que é um lorde. Um lorde é aquele que tem tudo e é tudo. Um lorde é aquele que existe acima da sua própria natureza; um lorde é aquele que, jovem, tem os direitos do velho, e, velho, tem as boas oportunidades do jovem; dissoluto, tem o respeito das pessoas de bem; covarde, comanda gente corajosa; preguiçoso, tem o fruto do trabalho; ignorante, tem o diploma de Cambridge e Oxford; tolo, tem a admiração dos poetas; feio, tem o sorriso das mulheres; um Tersites com o capacete de Aquiles; uma lebre com a pelagem do leão. Não faça mau uso das minhas palavras, não estou dizendo que um lorde seja necessariamente ignorante, covarde, feio, besta e velho; só estou dizendo que ele pode ser tudo isso sem que isso lhe cause problemas. Ao contrário. Os lordes são os príncipes. O rei da Inglaterra é um lorde, o primeiro senhor da senhoria; isso é tudo, é muito. Antigamente os reis chamavam-se lordes: o lorde da Dinamarca, o lorde da Irlanda, o lorde das Ilhas. Na Noruega, o lorde começou a ser chamado de rei há apenas trezentos anos. Lucius, o mais antigo rei da Inglaterra, era chamado de *mylord Lucius* por São Telésforo. Os lordes são pares, ou seja, iguais. Pares de quem? Do rei. Não cometo o engano de confundir os lordes com o parlamento. A assembleia do povo, que antes da conquista os saxões chamavam de *wittenagemot*, os normandos, após a conquista, chamaram de *parliamentum*. Pouco a pouco, o povo foi posto para fora. As cartas fechadas do rei convocando os comuns, que antigamente continham a inscrição *ad*

[5] Do hebreu *Schiboleth*. Conforme fosse pronunciada, essa palavra podia atestar quem fazia parte (ou não) do povo de Efraim. Familiarmente, é uma prova da capacidade ou da incapacidade de uma pessoa.

consilium impendendum, hoje contêm *ad consentiendum*. Os comuns têm o direito ao consentimento. Sua liberdade é dizer sim. Os pares podem dizer não. E a prova é que já disseram. Os pares podem cortar a cabeça do rei, o povo não. A machadada em Carlos I foi uma investida não sobre o rei, mas sobre os pares, e fizeram muito bem de expor a carcaça de Cromwell. Os lordes têm o poder. Por quê? Porque têm a riqueza. Quem folheou o *Doomsday Book*? É a prova de que os lordes são donos da Inglaterra, é o registro dos bens desses sujeitos lavrado no reinado de Guilherme, o Conquistador, e que está sob a guarda do chanceler do tesouro. Copiar qualquer coisa desse registro custa quatro soldos por linha. É um livro admirável. Você sabia que fui médico da família na casa de um lorde que se chamava Marmaduke e tinha novecentos mil francos franceses de renda anual? Gostou dessa, seu cretino rematado? Sabia que só com os coelhos criados na propriedade do Conde Lindsey daria para alimentar toda a gentalha dos Cinco Portos? Gostou dessa também? E ali se põe ordem na casa. Todo caçador ilegal é enforcado. Por duas longas orelhas peludas saindo do embornal, vi pendurarem na forca um pai de seis filhos. Assim é a senhoria. O coelho de um lorde vale mais que um homem do bom Deus. Os senhores existem, está entendendo, seu moleque?, e devemos achar isso bom. E, se por acaso acharmos ruim, que diferença faz para eles? O povo fazendo objeções! Nem mesmo Plauto poderia ser tão cômico. Seria engraçado um filósofo que aconselhasse essa pobre infeliz ralé a protestar contra o tamanho e o peso dos lordes. Seria como pedir para a formiga discutir por causa da pata do elefante. Um dia vi um hipopótamo andar sobre a toca de uma toupeira, ele esmagava tudo; ele era inocente, não sabia sequer que existiam toupeiras, esse mastodonte bonachão. Meu caro, as toupeiras que esmagamos são o gênero humano. O esmagamento é uma lei. E você acredita que a própria toupeira não esmaga nada? Ela é o mastodonte do ácaro, que é o mastodonte do volvoce. Mas vamos parar de especular. Meu filho, as carruagens existem. O lorde está dentro, o povo sob as rodas, o esperto se afasta. Ponha-se de lado e deixe a carruagem passar. Quanto a mim, gosto dos lordes, mas os evito. Vivi na casa de um deles, o que basta para acalentar minhas lembranças. Lembro-me do seu castelo como uma glória em meio às nuvens. Para mim, os sonhos estão no passado. Nada é mais admirável do que Marmaduke Lodge por sua grandeza, sua bela simetria, sua riqueza, seus ornamentos e adornos do edifício. De resto, as casas, palácios e palacetes dos lordes são uma coletânea do que há de mais grandioso e magnífico neste florescente reino. Gosto dos nossos senhores. Agradeço-lhe por serem opulentos, poderosos e prósperos. Eu, que estou envolto em trevas, vejo com interesse e prazer essa amostra de azul celeste que chamamos de lorde. Entrava-se em Marmaduke Lodge por um pátio extremamente espaçoso, que formava um grande quadrilátero dividido em oito partes, fechadas por balaustradas que deixavam em todos os lados um amplo caminho aberto, com uma magnífica fonte hexagonal no centro e dois lagos; era coberto com uma cúpula finamente trabalhada e vazada, apoiada em seis colunas. Foi lá que conheci um douto francês, o abade Du Cros, que era da ordem dos Jacobinos da rua Saint-Jacques. Em Marmaduke Lodge ficava metade da biblioteca de Erpenius; a outra metade está no auditório de teologia de Cambridge. Ali, sentado sob o portal ornamentado, li alguns livros. Essas coisas são comumente vistas apenas por um pequeno número de viajantes curiosos. Você sabia, seu *boy* ridículo, que monsenhor William North, que é Lorde Gray de Rolleston, e que ocupa o décimo quarto assento no banco dos barões, tem mais árvores no antiquíssimo bosque de suas montanhas do que você tem de cabelo nessa cachola horrorosa? Sabia que Lorde Norreys de Rycott, que vem a ser a mesma coisa que o Conde de Abingdon, tem um torreão quadrado de duzentos pés de altura com a inscrição *Virtus ariete fortior*, o que parece significar que *a virtude é mais forte que um aríete*, mas o que quer dizer, imbecil, *a coragem é mais forte que uma máquina de guerra*? Sim, eu estimo, aceito, respeito e reverencio nossos senhores. São os lordes que, com sua majestade real, trabalham para obter e manter as vantagens da nação. Sua sabedoria consumada se mostra nas conjunturas espinhosas. Prioridade sobre todos, bem que eu gostaria de saber que isso eles não têm. Mas têm. O que na Alemanha é chamado de principado, e na Espanha de grandeza, na Inglaterra e na França é chamado de pariato. Como havia motivos de sobra para que se achasse este mundo bem miserável, Deus sentiu onde o calo lhe apertava e quis provar que sabia fazer gente feliz, então criou os lordes, para dar satisfação aos filósofos. Essa criação compensa a outra e tira o bom Deus da enrascada. Para ele, foi uma saída decente de uma posição errada. Os grandes são grandes. Um par, falando dele mesmo, diz *nós*. Um par é um plural. O rei qualifica os pares como *consanguinei nostri*. Os pares criaram uma variedade de sábias leis, entre outras a que condena à morte um homem que cortar um álamo de três anos. Sua supremacia é tamanha que têm uma língua só deles. Na linguagem heráldica, o preto, que é chamado de *areia* pelos simples nobres, é chamado de *saturno* pelos príncipes e de *diamante* pelos pares. Pó de diamante, noite estrelada, esse é o preto dos felizes. E mesmo entre esses grandes senhores existem nuanças. Um barão não pode desculpar-se com um visconde sem sua permissão. Coisas assim são excelentes e preservam as nações. Que maravilha é para um povo ter vinte e cinco duques, cinco marqueses, setenta e seis condes, nove viscondes e sessenta e um barões, o que dá cento e setenta e seis pares, uns sendo *vossa graça* e outros *vossa senhoria*. Com tudo isso, como não haveria aqui e ali uns maltrapilhos? Nem todos podem estar cobertos de ouro. Maltrapilhos, pois é; mas não é verdade que existe a púrpura? Uma coisa compensa a outra. É preciso que alguma coisa seja mesmo construída com alguma coisa. Pois bem, existem indigentes, sim, é daí? Eles ressaltam a felicidade dos opulentos. Caramba, nossos lordes são nossa glória. A matilha de Charles Mohun, Barão Mohun, custa, sozinha, o mesmo que o hospital dos leprosos de Mooregate e que o hospital de Cristo, fundado para as crianças, em 1553, por Eduardo VI. Thomas Osborne, Duque de Leeds, gasta por ano, apenas com seus uniformes, cinco mil guinéus de ouro. Os grandes da Espanha têm um guardião, nomeado pelo rei, que os impede de se arruinarem. É uma covardia. Os lordes, nossos lordes, são extravagantes e magníficos. Aprecio isso. Nada de criticar como os invejosos. Fico grato a uma bela visão que passa. Não recebo a luz, mas recebo o reflexo. Reflexo sobre minha úlcera, você dirá. Vá para o diabo que o carregue! Sou um Jó feliz por contemplar Trimalcião. Oh, que lindo e radiante planeta lá no alto! Receber essa luz já é alguma coisa. Acabar com os lordes é uma ideia que nem Orestes, por mais insensato que fosse, ousaria defender. Dizer que os lordes são nocivos ou inúteis é como dizer que é preciso enfraquecer os Estados, e que os homens não são feitos para viver como os rebanhos, comendo mato e sendo mordidos pelos cães. O campo é tosado pelo carneiro, o carneiro é tosado pelo pastor. O que pode ser mais justo? Para tosador, tosador e meio. Para mim tanto faz; sou um filósofo e me apego à vida como uma mosca. A vida não passa de um albergue. Quando penso que Henry Bowes Howard, Conde de Berkshire, tem em seus estábulos vinte e quatro carruagens de gala, uma delas com selaria de prata e outra com selaria de ouro! Meu Deus, sei que não é todo mundo que tem vinte e quatro carruagens de gala, mas não é preciso anunciar. Porque você sentiu frio uma noite, ora! Você não foi o único. Outros também sentem frio e fome. Sabia que sem esse frio Dea não seria cega, e que se Dea não fosse cega ela não amaria você? Pense, seu parvo! Além disso, se todo mundo por aí se queixasse, seria uma grande balbúrdia. Silêncio, essa é a regra. Estou convencido de que o bom Deus ordena que os danados se calem, senão Deus é que estaria condenado a ouvir um eterno lamento. A felicidade do Olimpo custa o preço do silêncio do Cócito.[6] Portanto, cala-te, povo. Eu faço melhor, eu aprovo e admiro. Há pouco eu enumerava os lordes, mas é preciso acrescentar dois arcebispos e vinte e quatro bispos! Na verdade, fico enternecido quando penso nisso. Lembro-me de ter visto, na casa do coletor de dízimos do reverendo decano

[6] Rio Cócito: na mitologia grega, rio das lamentações.

de Raphoë, este último fazendo parte da senhoria e da igreja, um enorme fardo do mais belo trigo tomado dos camponeses das redondezas; o decano não se havia dado ao trabalho de semear, pois assim lhe sobrava mais tempo para orar a Deus. Você sabia que lorde Marmaduke, meu patrão, era o lorde grão-tesoureiro da Irlanda e mordomo-mor da soberania de Knaresburg, no condado de York? Sabia que o Lorde camareiro real, que é um ofício hereditário na família dos Duques de Ancaster, veste o rei no dia da coroação e recebe por seu trabalho quarenta alnas de veludo carmim, mais a cama em que o rei dormiu? E que o oficial da vara negra era seu representante? Bem que eu gostaria de ver você se opor ao fato de que o mais antigo visconde da Inglaterra é *sir* Robert Brent, feito visconde por Henrique V. Todos os títulos dos lordes indicam uma soberania sobre uma terra, exceto o Conde Rivers, que tem como título o nome de sua família. Como é admirável esse direito que têm de taxar os outros e de coletar, por exemplo, como agora, quatro xelins por libra esterlina de renda, o que acaba de ser prorrogado por um ano, e mais todos esses belos impostos sobre bebidas destiladas, sobre o vinho e a cerveja, sobre a tonelagem dos navios e o peso das mercadorias, sobre a cidra, sobre a aguardente de pera, sobre o *mum*, o malte e a cevada preparada, e sobre o carvão e uma centena de coisas do gênero! Veneremos o que existe. O próprio clero depende dos lordes. O bispo de Man é súdito do Conde de Derby. Os lordes têm seus animais ferozes que estampam em suas insígnias. Como Deus não fez suficientemente desses animais, os lordes os inventam. Criaram o javali heráldico, que está acima do javali, assim como o javali está acima do porco e o senhor acima do padre. Criaram o grifo, que é uma mistura de águia com leão e de leão com águia, e que causa medo nos leões por causa das asas e, nas águias, por causa da juba. Têm a víbora, o unicórnio, a serpente, a salamandra, a tarasca, o demônio, o dragão, o hipogrifo. Tudo isso, terror para nós, serve-lhes de ornamento e decoração. Têm um verdadeiro zoológico que se chama brasão, onde rugem monstros desconhecidos. Não há floresta comparável aos inesperados prodígios de seu orgulho. Sua vaidade é cheia de fantasmas que vagueiam como se estivessem em uma noite sublime, armados, protegidos por capacetes, couraças e espadas, com o bastão do império nas mãos e dizendo em tom grave: "Somos os ancestrais!". Os escaravelhos comem as raízes, e as panóplias comem o povo. Por que não? Nós é que vamos mudar as leis? A senhoria faz parte da ordem. Sabia que na Escócia há um duque que galopa trinta léguas sem sair de casa? Sabia que o Lorde Arcebispo de Canterbury tem uma renda de um milhão francês? Sabia que Sua Majestade ganha por ano setecentas mil libras esterlinas da lista civil, sem contar castelos, florestas, domínios, feudos, terras, alódios, prebendas, dízimos e rendimentos, confiscos e multas, que ultrapassam um milhão de libras esterlinas? Como são difíceis os descontentes.

— Sim — murmurou Gwynplaine, pensativo —, é do inferno dos pobres que é feito o paraíso dos ricos.

XII URSUS, O POETA, CONDUZ URSUS, O FILÓSOFO

Dea entrou em seguida; Gwynplaine olhou para ela e já não via mais nada. O amor é assim; em um momento podemos estar tomados e obcecados pelos mais diversos pensamentos, mas basta chegar a mulher amada e tudo que não seja sua presença desaparece; talvez ela nem perceba que esteja apagando um mundo dentro de nós.

Neste ponto, um detalhe. Em *Caos vencido*, a palavra *monstro*, dirigida a Gwynplaine, desagradava a Dea. Sabendo um pouco de espanhol, como todo mundo sabia naqueles tempos, às vezes ela fazia um pequeno improviso e em lugar de monstro dizia *quiero*, que quer dizer *desejo*. Ursus tolerava, não sem alguma impaciência, essas alterações do texto. Teria dito com gosto a Dea, como em nossos dias Moëssard diz a Vissot: "Estás desrespeitando o repertório".

"O Homem que Ri." Essa era a forma que tomara a celebridade de Gwynplaine. Seu nome, Gwynplaine, praticamente ignorado, desaparecera sob essa alcunha, do mesmo modo que seu semblante sob aquele riso. Sua popularidade era como seu rosto: uma máscara.

No entanto, seu nome era visto em um grande letreiro fixado na parte dianteira da Green Box, que oferecia à multidão estas linhas escritas por Ursus:

> Aqui se vê Gwynplaine, abadonado aos dez anos de idade, na noite de 29 de janeiro de 1690, pelos bandidos comprachicos, à beira do mar em Portland. O pequeno tornou-se grande e hoje se chama
>
> "O HOMEM QUE RI".

A existência desses saltimbancos era uma existência de leprosos em um sanatório e de felizes em uma Atlântida. Todo dia, faziam uma brusca passagem da mais agitada exibição ao ar livre à mais completa reclusão. Todas as noites saíam desse mundo. Eram como os mortos que partiam, prontos a renascer no dia seguinte. O ator é um farol com eclipses, aparição, depois desaparição, não existindo para o público senão como fantasma e clarão nessa vida de luz intermitente.

Às ruas sucedia-se o isolamento. Tão logo terminava o espetáculo, enquanto o auditório se desagregava e o ruído de satisfação da multidão se dissipava na dispersão das ruas, a Green Box erguia seu painel como uma fortaleza ergue sua ponte levadiça, e a comunicação com o gênero humano era cortada. De um lado, o universo, e do outro, essa casa; e nessa casa existia a liberdade, a boa consciência, a coragem, a devoção, a inocência, a felicidade, o amor, todas as constelações.

A cegueira vidente e a deformidade amada sentavam-se lado a lado, mão segurando mão, rosto tocando rosto e, inebriados, falavam-se baixinho.

O compartimento do meio tinha duas finalidades: para o público, teatro; para os atores, sala de refeições.

Ursus, que sempre gostava de fazer comparações, aproveitava essa diversidade de utilização para identificar o compartimento central da Green Box ao *arradash* de uma cabana abissínia.

Ursus contava a receita da noite, depois ceavam.

Para o amor, tudo é ideal, e, quando se ama, beber e comer juntos admite todo tipo de doces promiscuidades furtivas, o que transforma uma dentada em um beijo. Tomamos cerveja ou vinho no mesmo copo, como tomaríamos o orvalho na mesma flor-de-lis. Duas almas, no ágape, têm a graça de dois passarinhos. Gwynplaine servia Dea, cortava seus alimentos em pedaços, enchia seu copo, aproximava-se dela ao máximo.

— Hum! — fazia Ursus, e virava de lado, pois mesmo contra sua vontade seu resmungo acabava em sorriso.

O lobo, embaixo da mesa, ceava sem prestar atenção a nada que não fosse seu osso.

Vinos e Fibi participavam da refeição, mas pouco se intrometiam. As duas nômades, meio selvagens e ainda um tanto ariscas, falavam entre elas um dialeto da sua terra.

Depois, Dea retornava ao aposento feminino com Fibi e Vinos. Ursus ia prender Homo sob a Green Box, Gwynplaine se ocupava dos cavalos, e, de amante, passava a cavalariço, como se fosse um herói de Homero ou um paladino de Carlos Magno. À meia-noite, todos dormiam, menos o lobo, que, de tempos em tempos, imbuído de responsabilidade, abria um olho.

No dia seguinte, ao despertar, reencontravam-se; almoçavam juntos, normalmente comiam presunto e tomavam chá. Na Inglaterra, o chá data de 1678. Em seguida, à moda espanhola e seguindo os conselhos de Ursus, que a achava delicada, Dea dormia algumas horas, enquanto Gwynplaine e Ursus faziam todas as pequenas tarefas internas e externas que a vida nômade exige.

Era raro que Gwynplaine circulasse fora da Green Box, exceto nas estradas desertas e nos locais solitários. Nas cidades, só saía à noite, escondido por um chapéu de aba rebaixada para não banalizar seu rosto na rua.

Só o viam com o rosto exposto no teatro.

De resto, a Green Box pouco havia frequentado as cidades. Aos vinte e quatro anos, Gwynplaine não tinha visto cidades maiores que os Cinco Portos. No entanto, sua fama crescia. Começava a superar o populacho e a ganhar altura. Entre os amantes de esquisitices exibidas em feira se caçadores de curiosidades e prodígios, sabia-se que em algum lugar, levando uma vida errante, ora aqui, ora ali, existia um extraordinário mascarado. Falavam a seu respeito, procuravam-no, perguntavam-se: Onde está ele? O Homem que Ri se tornava decididamente famoso. Um certo esplendor pairava sobre *Caos vencido*.

De tal forma que, um dia, Ursus, ambicioso, disse:

— Temos de ir para Londres.

LIVRO TERCEIRO

O início da ruptura

I O *INN* TADCASTER[1]

Naquela época, só havia uma ponte em Londres, a Ponte de Londres, com casas em cima. Essa ponte ligava Londres a Southwark, subúrbio pavimentado e calçado com pedras do Tâmisa, com vielas e becos, lugares muito apertados e, assim como no centro, cheio de casinholas, choupanas e cabanas de madeira, confusão explosiva onde um incêndio se torna fácil; 1666 o provara.

Southwark pronunciava-se então *Soudric*; hoje em dia pronuncia-se mais ou menos *Sousouorc*. De qualquer forma, uma excelente forma de pronunciar os nomes ingleses é não pronunciá-los de todo. Assim, para Southampton, digam: *Stpntn*.

Era o tempo em que *Chatham* se pronunciava como *Je t'aime*.

Southwark daqueles tempos parece com Southwark de hoje tanto quanto Vaugirard parece com Marselha. Era uma aldeia; é uma cidade. No entanto, ali havia um grande movimento de navegação. Em um longo e velho muro gigantesco à beira do Tâmisa havia argolas fixadas, nas quais ficavam amarradas as chalanas. Esse muro se chamava Muro de Effroc ou *Effroc Stone*, ao pé do qual, dizia a lenda, um Duque de Effroc se havia afogado. Com efeito, a água ali era bastante profunda para um duque. Na maré baixa ainda havia seis boas braças de profundidade. A excelência desse pequeno porto atraía os navios marinhos, e a velha embarcação bojuda da Holanda, a chamada *Vograat*, ia atracar em *Effroc Stone*. Uma vez por semana, a *Vograat* fazia a travessia direta de Londres a Roterdã e de Roterdã a Londres. Outros barcos de passageiros saíam duas vezes por dia para Deptford, para Greenwich ou para Gravesend, descendo numa maré e subindo noutra. O trajeto até Gravesend, embora tivesse vinte milhas, era feito em seis horas.

---

[1] *Inn*: albergue, pousada, hospedaria, em inglês.

A *Vograat* era um modelo que não se vê mais hoje em dia, a não ser nos museus de marinha. Era mais ou menos como um junco chinês. Naquela época, enquanto a França copiava a Grécia, a Holanda copiava a China. A *Vograat*, pesado casco com dois mastros, era dividida perpendicularmente, tendo um compartimento muito fundo no meio da embarcação e duas cobertas, uma na proa, outra na popa, sem cobertura, como os atuais navios de ferro com torres, o que apresentava a vantagem de diminuir os efeitos da ondulação durante o mau tempo e o inconveniente de expor a tripulação aos golpes do mar por falta de parapeito. Nada retinha na borda alguém que fosse cair. Com isso, eram frequentes as quedas e perdas de homens, o que levou esse modelo a cair em desuso. A *Vograat* ia diretamente para a Holanda, não fazia escala nem mesmo em Gravesend.

Um antigo caminho de pedra, tanto de rochas como de alvenaria, margeava a parte de baixo de *Effroc Stone*, e, sendo utilizável em qualquer maré, facilitava o acesso aos barcos amarrados ao muro. O muro era entrecortado, em intervalos, por escadas. Ele indicava a ponta sul de Southwark. Um parapeito permitia que os passantes se debruçassem no alto de *Effroc Stone* como no parapeito de um cais. Dali avistava-se o Tâmisa. Do outro lado da água, Londres terminava. Não se via nada além de descampados.

Do lado mais alto de Effroc Stone, no cotovelo do Tâmisa, quase de frente para o palácio de Saint James, atrás de Lambeth House, não muito longe do passeio então chamado Foxhall (*Vauxhall*, provavelmente), havia, entre uma cerâmica que produzia porcelana e uma vidraria que produzia garrafas pintadas, um desses grandes terrenos baldios onde cresce o mato, chamados antigamente na França de culturas e malhas, e, na Inglaterra, de *bowling greens. Bowling green*, tapete verde para a bola rolar, em francês se transformou em *boulingrin*. Hoje em dia, temos esse tipo de prado em nossas casas; só que ele fica sobre uma mesa, é de tecido em vez de ser de grama, e o chamamos de bilhar.

De resto, não haveria motivo para termos *boulingrin* se temos bulevar (*boulevard* — bola verde), que é a mesma coisa que *bowling green.* É surpreendente um personagem sério como o dicionário ter esses luxos inúteis.

O *bowling green* de Southwark se chamava Tarrinzeau Field, pois outrora havia pertencido aos Barões Hastings, que são Barões *Tarrinzeau and Mauchline.* Dos Lordes Hastings, Tarrinzeau Field passara aos Lordes Tadcaster, que o haviam explorado como local público, da mesma forma que, mais tarde, um dos Duques de Orléans explorou o Palácio Real. Depois Tarrinzeau Field se transformou em terreno comunal para pastagem de rebanhos e propriedade paroquial.

Tarrinzeau Field era uma espécie de feira permanente cheia de ilusionistas, equilibristas, acrobatas, fanfarras em tablados improvisados, e sempre infestada de imbecis que "vão ver o demônio", como dizia o arcebispo Sharp. Ver o demônio significa ir ao espetáculo.

Vários *inns*, que recebiam e enviavam público a esses teatros de feira, estabeleciam-se nessa praça, o ano inteiro festiva, e prosperavam. Esses *inns* eram simples barracas onde só havia gente de dia. À noite, o dono punha a chave da barraca no bolso e ia embora. Apenas um deles era uma casa. Não havia outro albergue em toda a Bowling Green, sendo que as barracas instaladas no largo da feira sempre podiam desaparecer de uma hora para outra, devido à falta de vínculos e à vida errante de todos esses saltimbancos. Os artistas nômades têm uma vida sem raízes.

Aquele *inn*, chamado *inn Tadcaster*, do nome dos antigos senhores, mais albergue que taverna, e mais cantina que albergue, tinha um portão para entrada de veículos e um pátio bem grande.

O portão, que dava para a praça, era a legítima porta do albergue Tadcaster, mas ao lado dele havia uma porta secundária por onde todos entravam. Quem diz secundária diz preferida. Essa porta menor era a única por onde as pessoas passavam. Ela dava acesso à taverna propriamente dita, que era uma ampla sala enfumaçada, provida de mesas e com teto não muito alto. Acima dessa porta, preso às ferragens de uma janela no primeiro andar, pendia o letreiro do *inn*. O portão maior, trancado e permanentemente aferrolhado, permanecia fechado.

Para chegar ao pátio era preciso atravessar a taverna.

No *inn* Tadcaster havia um patrão e um *boy*. O patrão se chamava mestre Nicless. O garoto se chamava Govicum. Mestre Nicless — Nicolas, sem dúvida, que a pronúncia inglesa transformava em Nicless — era um viúvo avarento, medroso e respeitador das leis. De resto, suas mãos e sobrancelhas eram peludas. Quanto ao garoto de quatorze anos, que servia bebidas e respondia pelo nome de Govicum, era uma grande cara alegre com um avental. Tinha o cabelo aparado bem curto, sinal de servidão.

Ele dormia no térreo, em um cubículo onde outrora vivia um cão. Esse cubículo tinha como janela uma abertura que dava para o *bowling green*.

II ELOQUÊNCIA EM PLENO VENTO

Uma noite em que o vento era forte e fazia bastante frio, havendo todos os motivos do mundo para que as pessoas se apressassem na rua, um homem, que caminhava por Tarrinzeau Field junto ao muro da taverna Tadcaster, parou bruscamente. Eram os últimos meses do inverno entre 1704 e 1705. Aquele homem, cujos trajes indicavam ser um marujo, tinha uma boa aparência e um belo porte, o que é recomendado à gente da corte e não é interditado à gente do povo. Por que ele havia parado? Para escutar. O que ele escutava? Uma voz que provavelmente falava de dentro de um pátio, do outro lado do muro, uma voz um tanto senil, mas tão alta que chegava até aqueles que passavam pela rua. Ao mesmo tempo, ouvia-se, no local onde a voz discursava, um ruído de multidão. Essa voz dizia:

— Homens e mulheres de Londres, aqui estou. Felicito-os cordialmente por serem ingleses. Vocês são um grande povo. Digo mais, são uma grande plebe. Seus socos são ainda melhores que suas espadadas. Vocês têm apetite. Vocês são a nação que devora as outras. Magnífica função. Essa sucção do mundo coloca a Inglaterra em uma classe à parte. Como política e filosofia, como manipulação das colônias, populações e habilidades, e como vontade de fazer aos outros um mal que para si é um bem, vocês são únicos e surpreendentes. Vai chegar o momento em que haverá sobre a terra dois letreiros; em um deles leremos: *Lado dos homens*, e no outro leremos: *Lado dos ingleses*. Digo isso para sua glória, eu que não sou nem inglês nem homem, tendo a honra de ser um urso. Além do mais, sou doutor. São coisas que andam juntas. Cavalheiros, eu ensino. O quê? Duas espécies de coisas: as que eu sei e as que eu ignoro. Vendo remédios e dou ideias. Aproximem-se e ouçam. A ciência os convida. Abram seus ouvidos. Se eles se abrirem pouco, reterão um pouco de verdade; se se abrirem muito, muita estupidez entrará neles. Portanto, atenção. Ensino a *Pseudodoxia Epidêmica*. Tenho um companheiro que faz rir, mas eu faço pensar. Moramos no mesmo lugar, sendo o riso de tão boa família quanto o saber. Quando perguntavam a Demócrito: "Como sabeis?", ele respondia: "Eu rio". Quanto a mim, se me perguntarem: "Por que você ri?", responderei: "Eu sei". De resto, não rio. Sou o retificador dos erros populares. Empreendo a limpeza de suas inteligências. Elas estão sujas. Deus permite que o povo se engane e seja enganado. Não devemos ter tolos pudores; eu confesso francamente que creio em Deus, mesmo quando Ele está errado. Só que vejo as sujeiras (os erros são sujeiras) e as limpo. Como eu sei o que sei? Isso só diz respeito a mim. Cada um busca a ciência onde pode. Lactâncio fazia perguntas a uma cabeça de bronze de Virgílio, a qual lhe respondia; Silvestre II dialogava com os pássaros; os pássaros falavam?; o papa gorjeava? Questões. O filho morto do rabino Eleazar conversava com Santo Agostinho. Cá entre nós, duvido de todos esses fatos, menos do último. O menino morto falava, pode ser; mas ele tinha sob a língua uma lâmina de ouro onde estavam gravadas diversas constelações. Portanto, ele trapaceava. O fato se explica. Estão vendo minha moderação. Separo o falso do verdadeiro. Olhem, eis aqui outros erros que, sem dúvida, vocês compartilham, pobre gente do povo, e dos quais desejo libertá-los. Dioscórides acreditava que havia um deus na flor do meimendro, Crisipo, na da cinopasta, Josefo, na raiz bauras, Homero, na erva *moly*. Todos se enganaram. O que está nessas ervas não é um deus, é um demônio. Foi o que constatei. Não é verdade que a serpente que tentou Eva tivesse, como Cadmo, uma face humana. Garcias de Horto, Cadamosto e Jean Hugo, arcebispo de Trèves, negam que basta serrar uma árvore para pegar um elefante. Inclino-me a pensar como eles. Cidadãos, os esforços de Lúcifer são a causa das falsas convicções. Sob o reinado de um príncipe como esse, devem surgir meteoros de erro e de perdição. Minha gente, Claudius Pulcher[2] não morreu porque os frangos se recusaram a sair do poleiro; a verdade é que Lúcifer, tendo previsto a morte de Claudius Pulcher, teve o cuidado de impedir que esses animais comessem. Que Belzebu tenha dado ao imperador Vespasiano a virtude de curar os enfermos ao tocá-los, e de devolver a visão aos cegos, é uma atitude em si louvável, mas cujo motivo é indigno. Cavalheiros, desconfiem dos falsos cientistas que exploram a raiz de briônia e a colubrina branca, e que fazem colírios com mel e sangue de galo. Saibam ver com clareza através das mentiras. Não é exato que Órion tenha nascido de uma necessidade fisiológica de Júpiter; a verdade é que foi Mercúrio que fez esse astro dessa maneira. Não é verdade que Adão tivesse um umbigo. Quando São Jorge matou o dragão, ele não tinha ao seu lado a filha de um santo. No gabinete de São Jerônimo não havia relógio sobre a lareira; em primeiro lugar porque, estando em uma gruta, ele não tinha gabinete; em segundo lugar porque ele não tinha lareira; em terceiro lugar porque ainda não existiam relógios. Retifiquemos. Retifiquemos. Ó gente amável que me ouve, caso lhes digam que se algum de vocês cheirar a erva valeriana vai nascer-lhes um lagarto no cérebro, que em estado de putrefação o boi se transforma em abelhas e o cavalo em vespas, que o homem pesa mais morto do que vivo, que o sangue de bode dissolve a esmeralda, que uma larva, uma mosca e uma aranha vistas na mesma árvore é prenúncio de fome, de guerra e de peste, que a epilepsia se cura com um verme que é encontrado na cabeça do cervo, não acreditem em nada disso, são equívocos. Mas eis algumas verdades: a pele de foca protege dos trovões; o sapo se alimenta de terra, o que lhe faz nascer uma pedra na cabeça; a rosa de Jericó floresce na véspera do Natal; as serpentes não suportam ficar à sombra do freixo; o elefante não tem juntas e é obrigado a dormir em pé, encostado a uma árvore; façam um sapo chocar um ovo de galo e terão um escorpião que irá tornar-se uma salamandra; um

---

[2] Públio Cláudio Pulcro — Cônsul da República Romana, eleito em 249 a.C.

cego recupera a visão colocando uma mão sobre o lado esquerdo do altar e a outra mão sobre seus olhos; a virgindade não exclui a maternidade. Brava gente, alimentem-se todos dessas evidências. Com isso, poderão acreditar em Deus de duas formas, ou como a sede crê na laranja, ou como o asno crê no chicote. Agora vou apresentar-lhes meu pessoal.

Naquele instante, um pé de vento bem forte sacudiu as portas e janelas do *inn*, que era uma casa isolada, fazendo uma espécie de murmúrio celeste. O orador aguardou um minuto, então retomou a palavra.

— Uma interrupção. Muito bem. Fala, aquilão. Cavalheiros, não me aborreço. O vento é loquaz como todos os solitários. Ninguém lhe faz companhia lá no alto. Então ele matraqueia. Vou retomar o fio da meada. Aqui vocês contemplam artistas associados. Somos quatro. *A lupo principium.* Começo pelo meu amigo que é um lobo. Ele não se esconde. Olhem para ele. É instruído, sério e sagaz. Provavelmente, a Providência teve em algum momento a ideia de fazer dele um doutor universitário, mas para isso é preciso ser um pouco besta, coisa que ele não é. Acrescento que ele não tem preconceitos e não é aristocrata. Às vezes se engraça com alguma cadela, ele que teria direito a uma loba. Seus herdeiros, caso os tenha tido, provavelmente misturam com graça o latido da mãe com o uivo do pai. Pois ele uiva. Com os homens é preciso uivar. Ele também late, por condescendência para com a civilização. Magnânimo enternecimento. Homo é um cão aperfeiçoado. Veneremos o cão. O cão — que animal esquisito! — tem o suor na língua e o sorriso no rabo. Cavalheiros, Homo se iguala em obediência e ultrapassa em cordialidade o lobo sem pelo do México, o admirável *xoloïtzeniski*. Também digo que ele é humilde. Tem a modéstia de um lobo que é útil para os humanos. É silenciosamente prestativo e caridoso. Sua pata esquerda ignora a boa ação feita pela sua pata direita. Tais são seus méritos. Sobre este outro, meu segundo amigo, direi apenas uma palavra: é um monstro. Vocês o admirarão. Foi outrora abandonado por piratas à beira do oceano selvagem. Esta aqui é cega. Isso é uma exceção? Não. Somos todos cegos. O avaro é um cego; ele vê o ouro e não vê a riqueza. O pródigo é um cego; ele vê o começo e não vê o fim. A vaidosa é uma cega; ela não vê suas rugas. O erudito é um cego; ele não vê sua ignorância. O homem honesto é um cego; ele não vê o trapaceiro. O trapaceiro é um cego; ele não vê Deus. Deus é um cego; no dia em que criou o mundo não viu que o diabo se metia lá dentro. Eu sou um cego; falo e não vejo que vocês são surdos. Esta cega aqui que nos acompanha é uma sacerdotisa misteriosa. A deusa Vesta confiaria sua tocha a ela. Ela tem no caráter suaves obscuridades, como os espaços que se abrem na lã de uma ovelha. Não afirmo, mas creio que ela é filha de reis. É atributo do sábio ter uma louvável desconfiança. Quanto a mim, raciocino e prescrevo remédios.

Penso e curo. *Chirurgus sum.* Curo as febres, miasmas e pestes. Quase todas as nossas inflamações internas e dores são exutórios, e, quando bem tratadas, livram-nos gentilmente de outros males que seriam piores. No entanto, não os aconselho a ter um antraz, ou, em outras palavras, um carbúnculo. É uma doença tola, que não serve para nada. Morre-se dela, e fim. Não sou inculto nem rústico. Estimo a eloquência e a poesia, e vivo com essas deusas em uma intimidade inocente. E vou terminar com uma advertência. Senhores e senhoras, em seu íntimo, pelo lado de onde vem a luz, cultivem a virtude, a modéstia, a probidade, a justiça e o amor. Cada um aqui na terra pode ter, dessa forma, um pequeno vaso de flores em sua janela. *Mylords* e meus senhores, tenho dito. O espetáculo vai começar.

O homem, provável marinheiro, que ouvia do lado de fora, entrou no salão do *inn*, atravessou-o, pagou o que lhe cobraram, penetrou em um pátio cheio de gente, avistou ao fundo dessa área uma barraca com rodas, completamente aberta, e viu sobre aquele tablado um homem velho vestido com uma pele de urso, um homem jovem que parecia um mascarado, uma moça cega e um lobo.

— Minha nossa, que gente admirável! — exclamou ele.

III ONDE O PASSANTE REAPARECE

A Green Box, acabamos de reconhecê-la, havia chegado a Londres; estabelecera-se em Southwark. Ursus fora atraído pelo *bowling green*, que tinha de excelente o fato de ali a feira nunca acabar, nem mesmo no inverno.

Ver a cúpula de Saint Paul deixara Ursus alegre.

Londres, afinal, é uma cidade que tem coisas boas. Ter dedicado uma catedral a São Paulo é uma audácia. O verdadeiro santo catedral é São Pedro. São Paulo é suspeito de ter imaginação e, em matéria eclesiástica, imaginação significa heresia. São Paulo só é santo em função de circunstâncias atenuantes. Ele entrou no céu, mas pela porta dos artistas.

Uma catedral é um indicador. São Pedro indica Roma, a cidade do dogma; São Paulo indica Londres, a cidade do cisma.

Ursus, cuja filosofia tinha braços tão grandes que abarcava tudo, era um homem que apreciava essas nuanças, e sua atração por Londres talvez viesse de certa queda que tinha por São Paulo.

O grande pátio do *inn* Tadcaster determinara a escolha de Ursus. A Green Box parecia prevista para aquele espaço; era um teatro pronto. Esse pátio era quadrado e construído em três lados, com um muro que ficava de frente para os andares e no qual a Green Box fora estacionada, tendo entrado ali graças às grandes dimensões do portão. Uma grande varanda de madeira, coberta por um telhado e apoiada em pilares, para a qual davam os quartos do primeiro andar, se estendia pelos três planos da fachada interior desse pátio em forma de U. As janelas do andar térreo formavam o mezanino, o calçamento do pátio formava a plateia, a varanda formava a galeria. Encostada àquele muro, a Green Box tinha à sua frente uma sala de espetáculos que muito se assemelhava ao teatro *Globe*, onde foram encenados *Otelo*, *O rei Lear* e *A tempestade*.

Em um canto escondido, atrás da Green Box, havia uma estrebaria.

Ursus arranjara tudo isso com o taverneiro Nicless, que, em respeito às leis, só admitiu o lobo cobrando um preço mais alto. O letreiro "GWYNPLAINE — O HOMEM QUE RI", retirado da Green Box, fora pendurado junto ao letreiro do *inn*. A sala-cabaré, como sabemos, tinha uma porta interior que dava para o pátio. Ao lado dessa porta foi improvisado, com a ajuda de um barril aberto, um guichê para "a bilheteira", que às vezes era Fibi e às vezes Vinos. Funcionava mais ou menos como hoje em dia. Quem entra, paga. Abaixo do letreiro O HOMEM QUE RI tinha sido presa com dois pregos uma placa pintada de branco, onde o título da grandiosa peça de Ursus, *Caos vencido*, estava escrito em grandes letras feitas com carvão.

No centro da galeria, exatamente de frente para a Green Box, um compartimento que tinha como entrada principal uma porta-balcão fora reservado, entre duas divisórias, "para a nobreza".

Ele era largo o bastante para comportar, em duas fileiras, dez espectadores.

— Estamos em Londres, devemos esperar pela nobreza — dissera Ursus.

Mandara mobiliar esse "camarote" com as melhores cadeiras do *inn* e colocar no centro uma grande poltrona de veludo de Utrecht, estampado com desenhos cereja, caso a mulher de algum magistrado municipal aparecesse.

As apresentações haviam começado.

Logo veio a multidão.

Mas o compartimento para a nobreza permaneceu vazio.

A não ser por isso, o sucesso foi tamanho que ninguém se lembrava de ter visto melhores saltimbancos. Southwark inteira apareceu, entusiasmada, para admirar o Homem que Ri.

Os comediantes e saltimbancos de Tarrinzeau Field ficaram assombrados com Gwynplaine. Um gavião se abatendo sobre uma gaiola de pintassilgos e bicando sua comida: foi esse o efeito causado por Gwynplaine, que lhes devorou o público.

Além dos pequenos e isolados engolidores de espada e palhaços, no *bowling green* aconteciam verdadeiros espetáculos. Havia um circo de mulheres que, da manhã à noite, produzia um magnífico som com todo tipo de instrumentos, harpas, cítaras, tambores, violas, rabecas, sinetas, pífaros, saltérios, gongos, gaitas de fole, cornamusas, cornetas da Alemanha, clavicórdios da Inglaterra, flautas, flautas doces e flautins. Sob uma grande tenda arredondada havia acrobatas, aos quais não se igualariam nossos atuais escaladores dos Pireneus, Dulma, Bordenave e Meylonga, que descem do pico de Pierrefitte até o planalto do Limaçon, o que é quase uma queda. Havia um zoológico ambulante no qual se via um tigre burlesco que, açoitado por um domador, tentava arrancar-lhe da mão o chicote e engolir o relho. Até mesmo esse cômico de focinho e garras foi ofuscado.

Curiosidade, aplausos, arrecadação, público; em um piscar de olhos o Homem que Ri ficou com tudo. Só a Green Box tinha vez.

— Caos vencido é Caos vencedor — dizia Ursus, entrando a meias no sucesso de Gwynplaine e puxando a brasa para sua sardinha, como se diz popularmente.

O sucesso de Gwynplaine foi prodigioso, mas era um sucesso local. Uma fama encontra dificuldade para atravessar o mar. O nome de Shakespeare levou cento e trinta anos para ir da Inglaterra à França; a água é uma muralha, e se Voltaire não tivesse servido de trampolim para Shakespeare, o que mais tarde lamentou ter feito, nessas alturas Shakespeare talvez estivesse do outro lado do muro, na Inglaterra, cativo de uma glória insular.

A glória de Gwynplaine não foi além da ponte de Londres. Não alcançou as dimensões de uma repercussão de cidade grande. Pelo menos nos primeiros tempos. Mas Southwark pode ser suficiente para a ambição de um *clown*. Ursus dizia: "A sacola de dinheiro, como uma jovem que deu um mau passo, cresce a olhos vistos".

Representavam *Ursus Rursus* e, em seguida, *Caos vencido*.

Nos entreatos, Ursus comprovava sua qualidade de ventríloquo, fazendo uma ventriloquia transcendente; imitava qualquer voz que soasse na assistência, um canto, um grito, deixando admirado, por causa da semelhança, o cantor ou quem houvesse gritado; às vezes imitava o burburinho do público, e respirava como se sozinho ele fosse um punhado de gente. Notáveis talentos.

Além disso, arengava, acabamos de ver, como Cícero, vendia remédios, tratava doenças e até curava os enfermos.

Southwark estava fascinada.

Os aplausos de Southwark deixavam Ursus satisfeito, mas não admirado.

— São os antigos trinobantes — dizia ele.

E acrescentava:

— Trinobantes que não confundo, pelo gosto delicado, com os atrébates que povoaram Berks, os belgas que habitaram Somerset e os parisienses que fundaram York.

A cada apresentação, o pátio do *inn*, transformado em auditório, enchia-se de uma plateia maltrapilha e entusiasta. Eram barqueiros, carregadores de liteira, carpinteiros de navio, condutores de embarcações de passageiros, marujos havia pouco desembarcados gastando seu dinheiro com banquetes e mulheres. Havia lacaios, aventureiros e "guardas negros"; estes últimos são os soldados condenados por falta disciplinar, vestindo, pelo lado do forro preto, o uniforme vermelho, sendo por essa razão chamados de *blackguards*, que em francês virou *blagueurs*, farsantes. Toda essa gente afluía da rua para o teatro e refluía do teatro para o salão da taverna. Os canecos entornados não prejudicavam o sucesso.

Entre essa gente que convencionamos chamar "a escória" havia um homem maior que os outros, mais alto, mais forte, de ombros mais largos, não tão pobre, vestido como qualquer um do povo, mas não esfarrapado, admirador entusiasmado, abrindo espaço aos tapas, usando uma peruca ao estilo diabo, xingando, gritando, caçoando, mas sem ser indecente, e, se preciso, socando um olho ou pagando uma bebida.

Esse frequentador assíduo era o passante de quem se ouviu há pouco o grito entusiasmado.

Esse conhecedor, instantaneamente fascinado, adotara de imediato o Homem que Ri. Ele não ia a todas as apresentações, mas, quando ia, era o "puxador" do público; os aplausos se transformavam em aclamações; o sucesso chegava, não às frisas, que não existiam, mas às nuvens, que existiam. E essas nuvens, vista a ausência de um teto, às vezes choviam na obra-prima de Ursus.

De forma que Ursus reparou no homem e Gwynplaine o observou.

Era um orgulhoso amigo desconhecido que tinham ali!

Ursus e Gwynplaine tiveram vontade de conhecê-lo, ou ao menos de saber quem era.

Uma noite, dos bastidores, ou seja, da porta da cozinha da Green Box, estando por acaso perto do senhor Nicless, Ursus apontou-lhe o homem no meio da multidão e lhe perguntou:

— Conhece aquele homem?

— Sem dúvida.

— Quem é?

— Um marinheiro.

— Como ele se chama? —perguntou Gwynplaine, interferindo.

— Tom-Jim-Jack — respondeu o taverneiro.

Depois, descendo a escada traseira da Green Box para voltar ao *inn*, o senhor Nicless deixou escapar esta reflexão, profunda até não poder mais:

— Pena que ele não seja Lorde! Seria um belo patife.

De resto, embora instalado em um albergue, o grupo da Green Box em nada modificara seus hábitos e mantinha seu isolamento. Salvo uma ou outra palavra que trocavam com o taverneiro, não se misturavam com os hóspedes, permanentes ou de passagem, do albergue; continuavam vivendo entre eles mesmos.

Desde que estavam em Southwark, após o espetáculo, após a refeição das pessoas e dos cavalos, enquanto Ursus e Dea se deitavam, cada um do seu lado, Gwynplaine se habituara a respirar um pouco ao ar livre no *bowling green*, entre onze horas e meia-noite. Um certo vazio de espírito nos leva a caminhadas noturnas e a passeios estrelados; a juventude é uma espera misteriosa, por isso vagamos prazerosamente à noite, sem rumo. Àquela hora, não havia mais ninguém no largo da feira, no máximo alguns bêbedos vacilantes, com suas silhuetas cambaleando pelas esquinas obscuras; as barracas vazias se fechavam, o salão do albergue Tadcaster se apagava, restando apenas uma última vela, em algum canto, iluminando um último freguês; uma claridade difusa passava pela porta do *inn* semiaberto, e Gwynplaine, pensativo, contente, sonhador, feliz, de uma divina felicidade indistinta, ia e vinha diante dessa porta entreaberta. Em que ele pensava? Em Dea, em nada, em tudo, nas profundezas. Afastava-se pouco do albergue, preso, como que por um fio, a Dea. Dar alguns passos ali fora lhe bastava.

Em seguida, entrava, encontrava toda a Green Box dormindo, e adormecia.

IV OS CONTRÁRIOS CONFRATERNIZAM-SE NO ÓDIO

O sucesso não é apreciado, principalmente por aqueles cuja queda ele representa. É raro que os devorados gostem dos devoradores. O Homem que Ri, decididamente, causava alvoroço. Os saltimbancos dos arredores estavam indignados. Um sucesso teatral é um sifão, absorve a multidão e esvazia o que há em volta. O negócio do outro lado da rua é abalado. Ao aumento de arrecadação da Green Box havia correspondido de imediato uma baixa na arrecadação circundante, como dissemos. Os espetáculos até então festejados de repente se esvaziaram. Foi como uma estiagem marcando em sentido inverso, mas em perfeita adequação, a cheia aqui, a vazante ali. Todos os teatros conhecem esse efeito das marés; elas só sobem deste lado quando baixam daquele outro. O formigueiro artístico, que exibia seus talentos e suas fanfarras nos tablados circunvizinhos, vendo-se arruinado pelo Homem que Ri, entrou em desespero, mas ficou deslumbrado. Todos os atores, todos os palhaços, todos os acrobatas invejavam Gwynplaine. Ali estava alguém que era feliz com um focinho de animal feroz! Algumas mães acrobatas e equilibristas, que tinham filhos bonitos, olhavam para eles com raiva, mostrando Gwynplaine e dizendo: "Pena você não ter uma cara como aquela!". Algumas batiam em suas crianças com furor por achá-las bonitas. Mais de uma delas, caso tivesse sabido qual era o segredo, teria ajeitado seu filho "*à la* Gwynplaine". Um rosto de anjo que não traz nenhum ganho não se compara a uma cara de diabo lucrativa. Um dia, ouviu-se a mãe de um pequeno, verdadeiro anjo de gentileza que representava Cupido, exclamar: "Nossos filhos deram errado. Só Gwynplaine deu certo". E, mostrando o punho para o filho, acrescentou: "Se eu soubesse quem é teu pai, eu lhe faria uma cena!".

Gwynplaine era uma galinha dos ovos de ouro. "Que fenômeno maravilhoso!", era só o que se ouvia em todas as barracas. Os saltimbancos, entusiasmados e exasperados, contemplavam Gwynplaine rangendo os dentes de raiva. A raiva que admira, na verdade, se chama inveja. E então ela urra. Tentaram perturbar *Caos vencido*, fizeram intriga, assobiaram, grunhiram, vaiaram. Para Ursus, isso foi motivo de discursos hortensianos ao populacho, e, para o amigo Tom-Jim-Jack, uma oportunidade de dar algumas daquelas bordoadas que restabelecem a ordem. Os socos de Tom-Jim-Jack acabaram por fazer Gwynplaine notá-lo e Ursus estimá-lo, porém de longe. Pois o grupo da Green Box se bastava e se mantinha a distância de todos. E quanto a Tom-Jim-Jack, esse líder da ralé era uma espécie de leão-de-chácara supremo, sem vínculos, sem intimidade, quebrador de vidraças, agitador de homens, aparecendo, desaparecendo, camarada de todo mundo e companheiro de ninguém.

Essa explosão de inveja contra Gwynplaine não se deu por vencida pelos tabefes de Tom-Jim-Jack. Tendo suas vaias abortadas, os saltimbancos de Tarrinzeau Field redigiram uma petição. E dirigiram-se às autoridades. É o caminho usual. Contra um sucesso que nos incomoda, juntamos a massa e vamos implorar ao magistrado.

Aos saltimbancos juntaram-se os reverendos. O Homem que Ri havia prejudicado as pregações. O esvaziamento não ocorrera só nas barracas, mas também nas igrejas. As capelas das cinco paróquias de Southwark não tinham mais fiéis. Deixavam de ir ao sermão para ir a Gwynplaine. *Caos vencido*, a Green Box, o Homem que Ri, todas essas abominações de Baal[3] superavam a eloquência do púlpito. A voz que clama no deserto, *vox clamantis in deserto,* não está contente e suplica com vontade ao governo. Os pastores das cinco paróquias queixaram-se ao bispo de Londres, que se queixou a Sua Majestade.

---

[3] Baal — do hebraico, Senhor; deus dos cananeus, cujo culto era marcado por crueldade e devassidão.

A queixa dos saltimbancos se fundava na religião, que diziam ultrajada. Apontavam Gwynplaine como sendo bruxo e Ursus como sendo ímpio.

Os reverendos invocavam a ordem social. Apoiavam os atos do parlamento violado, deixando a ortodoxia de lado. Era mais inteligente. Pois estavam na época do Sr. Locke, morto havia apenas seis meses, em 28 de outubro de 1704, e o ceticismo, que Bolingbroke insuflaria em Voltaire, despontava. Mais tarde, Wesley iria revigorar a Bíblia, assim como Loyola revigorou o papismo.

Dessa forma, a Green Box era perseguida pelos dois lados: pelos saltimbancos, em nome do Pentateuco; pelos capelães, em nome das regras policiais. De um lado, o céu, do outro lado, a inspeção das ruas, os reverendos sendo partidários da inspeção e os saltimbancos, do céu. A Green Box era denunciada pelos padres como estorvo e pelos artistas ambulantes como sacrilégio.

Havia pretexto? Ela dava motivos? Sim. Qual era seu crime? Este: ela abrigava um lobo. Na Inglaterra, um lobo é um proscrito. Um cão, muito bem; um lobo, não. A Inglaterra admite o cão que late, mas não o cão que uiva; mera nuança entre o quintal e a floresta. Os curas e vigários das cinco paróquias de Southwark lembravam em seus requerimentos os numerosos estatutos reais e parlamentares que colocavam o lobo fora da lei. Concluíam com algo como o encarceramento de Gwynplaine e a carrocinha para o lobo, ou pelo menos sua expulsão. Questão de interesse público, de risco para os passantes, etc. Então apelavam à Faculdade. Citavam o veredicto do colégio dos Oitenta Médicos de Londres, douta corporação que data de Henrique VIII, que tem um brasão como o Estado, que eleva os doentes à dignidade de protegidos, que tem o direito de prender os que infringem suas leis e se opõem às suas determinações, e que, entre outras constatações úteis à saúde dos cidadãos, colocou acima de qualquer dúvida este fato reconhecido pela ciência: "Se um lobo vê um homem primeiro, o homem fica rouco para o resto da vida. Além disso, as pessoas podem ser mordidas".

Portanto, Homo era o pretexto.

Ursus ficava a par dessas intrigas pelo taverneiro e se preocupava. Temia essas duas garras: polícia e justiça. Para ter medo da magistratura basta ter medo, não é preciso ter culpa. Ursus não desejava muito contato com xerifes, prebostes, bailios e oficiais de justiça. Sua vontade de contemplar de perto esses rostos oficiais era nula. A curiosidade que tinha de ver magistrados era a mesma que tem a lebre de ver cães de caça.

Começava a se arrepender de ter ido a Londres.

— O melhor é inimigo do bom — murmurava sozinho. — Eu achava esse provérbio sem valor, mas estava errado. As verdades simples são as verdadeiras verdades.

Contra tantas forças unidas, saltimbancos defendendo a causa da religião, capelães indignando-se em nome da medicina, a pobre Green Box, suspeita de bruxaria por causa de Gwynplaine e de hidrofobia por causa de Homo, só tinha uma coisa a seu favor, coisa que é uma grande força na Inglaterra, a inércia municipal. Foi do *deixa estar* local que nasceu a liberdade inglesa. A liberdade na Inglaterra se comporta como o mar ao redor da Inglaterra. É uma maré. Pouco a pouco os costumes encobrem as leis. Uma espantosa legislação submersa, os costumes na superfície, um código feroz ainda visível sob a transparência da imensa liberdade, essa é a Inglaterra.

O Homem que Ri, *Caos vencido*, Homo podiam ter contra eles os saltimbancos, os pregadores, os bispos, a Câmara dos Comuns, a Câmara dos Lordes, Sua Majestade, e Londres, e toda a Inglaterra, mas podiam ficar tranquilos enquanto Southwark estivesse a seu favor. A Green Box era o divertimento preferido do subúrbio, e a autoridade local parecia indiferente. Na Inglaterra, indiferença é proteção. Enquanto o xerife do condado de Surrey, jurisdição à qual pertencia Southwark, não se mexia, Ursus respirava e Homo podia dormir feito uma pedra.

Esses ódios, embora não chegassem a ser uma ajuda, favoreciam o sucesso. Naquele momento, a situação da Green Box não piorou. Pelo contrário. Transpirava para o público que havia intrigas; com isso, O Homem que Ri se tornava mais popular. A massa tem faro para as coisas denunciadas e as acolhe bem. Ser suspeito é ser recomendado. Instintivamente, o povo adota o que está ameaçado por um dedo apontado. A coisa denunciada é uma semente de fruto proibido; temos pressa em mordê-lo. Além disso, um aplauso que incomoda alguém, principalmente quando esse alguém é uma autoridade, é uma satisfação. Passar uma noite agradável, aderindo ao oprimido e se opondo ao opressor, é algo que apraz. É oferecer proteção, ao mesmo tempo que se tem diversão. Acrescentemos que as barracas teatrais do *bowling green* continuavam a vaiar e a conspirar contra o Homem que Ri. Nada melhor para o sucesso. Os inimigos fazem um eficiente barulho, que aguça e aviva o triunfo. Um amigo se cansa mais rapidamente de louvar que um inimigo de injuriar. Injuriar não é prejudicar. Eis o que os inimigos ignoram. Eles não conseguem não insultar, e nisso está sua utilidade. Sua impossibilidade de se calar é o que sustenta a curiosidade do público. A multidão que ia ver *Caos vencido* crescia.

Ursus guardava para si o que lhe contava o senhor Nicless sobre as intrigas e queixas às instâncias superiores, e, para não perturbar a tranquilidade das apresentações com preocupações, não dizia nada a Gwynplaine. Se acontecesse uma desgraça, logo ficariam sabendo.

V O *WAPENTAKE*

No entanto, certa vez ele achou que devia abandonar essa prudência, justamente por prudência, e julgou ser útil tentar preocupar Gwynplaine. É fato que, na opinião de Ursus, tratava-se de algo mais grave do que as intrigas de feira e de igreja. Ao recolher no chão um *farthing* que havia caído quando contavam a receita, Gwynplaine pusera-se a examiná-lo e, na presença do taverneiro, fizera uma observação sobre o contraste entre a moeda, representando a miséria do povo, e a estampa, representando, na figura de Ana, a magnificência parasita do trono; palavras que soaram mal. Tais palavras, repetidas pelo senhor Nicless, deram tantas voltas que acabaram chegando a Ursus por meio de Fibi e Vinos. Isso deixou Ursus possesso. Palavras sediciosas. Lesa-majestade. Ele advertiu Gwynplaine duramente.

— Cuide de sua boca abominável. Existe uma regra para os grandes: não fazer nada; e uma regra para os pequenos: não dizer nada. O pobre só tem um amigo: o silêncio. Ele só deve pronunciar um monossílabo: sim. Admitir e consentir é tudo a que ele tem direito. Sim ao juiz. Sim ao rei. Os grandes, se assim lhes aprouver, nos enchem de cajadadas, levei algumas, é prerrogativa deles, que não perdem nada de sua grandeza quebrando nossos ossos. O ossífrago é uma espécie de águia. Veneremos o cetro, que é o primeiro dos cajados. Respeito é prudência, e platitude é egoísmo. Quem ultraja seu rei se expõe ao mesmo perigo que uma moça cortando temerariamente a juba de um leão. Ouvi dizer que você andou matraqueando sobre o *farthing*, que é a mesma coisa que o *liard*, e que falou mal dessa augusta moeda em troca da qual nos dão no mercado meio quarto de arenque salgado. Preste atenção. Trate de ser cuidadoso. Saiba que existem punições. Encha-se das verdades legislativas. Você está em um país onde quem serra uma pequena árvore de três anos é levado à forca com naturalidade. Os blasfemos têm os pés agrilhoados. O bêbedo é colocado em um barril, sem a parte de baixo, para poder andar; na parte de cima, um buraco por onde passa sua cabeça, e dois buracos no batoque, por onde passam suas mãos, de forma que ele não pode se deitar. Quem bate em alguém na sala de Westminster vai para a prisão perpétua e tem seus bens confiscados. Quem bate em alguém no palácio do rei tem a mão direita cortada. Basta um tabefe sangrar um nariz, e pronto, eis um maneta. Na corte episcopal, o herege convicto é queimado vivo. Não precisou muito para que Cuthbert Simpson fosse desmembrado no torniquete. Há três anos, em 1702, não faz tanto tempo, como você vê, levaram para o pelourinho um celerado chamado Daniel de Foë, que tivera a audácia de imprimir os nomes dos membros da Câmara dos Comuns que, na véspera, haviam falado no parlamento. Quem é infiel a Sua Majestade é estripado vivo; e arrancam seu coração, com o qual lhe batem nas duas faces. Ponha em sua cabeça essas noções de direito e de justiça. Nunca se permitir uma só palavra, e, ao menor sinal de agitação, cair fora; essa é a audácia que eu pratico e aconselho. Em caso de temeridade, imite os pássaros, e em caso de tagarelice, imite os peixes. De resto, a Inglaterra tem de admirável o fato de sua legislação ser muito branda.

Feita essa advertência, Ursus ficou preocupado por algum tempo; Gwynplaine, não. A intrepidez da juventude se deve à falta de experiência. No entanto, parecia que Gwynplaine tivera razão ao ficar tranquilo, pois as semanas transcorreram pacificamente, sem sinal de que as palavras sobre a rainha tivessem consequências.

A Ursus, como sabemos, faltava apatia, e, como um cabrito à espreita, ficava alerta à sua volta.

Um dia, pouco tempo depois de ter repreendido Gwynplaine, olhando pela abertura do muro com vista para fora, Ursus empalideceu.

— Gwynplaine!

— O quê?

— Olhe.

— Onde?

— Na praça.

— E daí?

— Está vendo aquele passante?

— O homem de preto?

— Sim.

— Que está segurando uma espécie de clava?

— Sim.

— E então?

— Então, Gwynplaine, esse homem é o *wapentake.*

— O que é o *wapentake*?

— É o bailio da centena.

— O que é o bailio da centena?

— É o *prœpositus hundredi.*

— O que é o *prœpositus hundredi*?

— É um oficial terrível.

— O que ele tem na mão?

— É a *iron-weapon.*

— O que é a *iron-weapon*?

— É uma coisa de ferro.

— O que ele faz com isso?

— Primeiro, jura sobre ela. Por isso é chamado *wapentake.*

— E depois?
— Depois ele toca em você.
— Com o quê?
— Com a *iron-weapon*.
— O *wapentake* toca em você com a *iron-weapon*?
— Sim.
— O que isso quer dizer?
— Quer dizer: siga-me.
— E devemos segui-lo?
— Sim.
— Para onde?
— Sei lá eu.
— Mas ele diz para onde está nos levando?
— Não.
— Como não?
— Ele não diz nada, e você não diz nada.
— Mas...
— Se ele tocar você com a *iron-weapon*, tudo está dito. Você tem de ir.
— Mas para onde?
— Atrás dele.
— Mas para onde?
—Para onde ele quiser, Gwynplaine.
— E se resistirmos?
— Vamos para a forca.

Ursus olhou novamente pelo postigo, deu um longo suspiro e disse:

— Graças a Deus ele foi embora! Não é em nossa casa que ele vem.

Ursus provavelmente se apavorava mais do que precisava pelas indiscrições e as possíveis denúncias sobre as palavras insensatas de Gwynplaine.

O senhor Nicless, que as ouvira, não tinha interesse algum em comprometer a pobre gente da Green Box. Indiretamente, ele ganhava com o Homem que Ri uma bela fortunazinha. *Caos vencido* obtinha um duplo sucesso: ao mesmo tempo que fazia triunfar a arte na Green Box, fazia prosperar a embriaguez na taverna.

VI O RATO INTERROGADO PELOS GATOS

Ursus teve ainda um outro alerta, bem terrível. Dessa vez era ele que estava em xeque. Foi mandado a Bishopsgate, ante uma comissão composta por três figuras desagradáveis. Essas três figuras eram de três doutores, designados prepostos: um era doutor em teologia, delegado do decano de Westminster, o outro era doutor em medicina, delegado do colégio dos Oitenta, o último era doutor em história e direito civil, delegado do colégio de Gresham. Esses três peritos *in omni re scibili*[4] controlavam as palavras pronunciadas em público por todo o território das cento e trinta paróquias de Londres, das setenta e três de Middlesex e, por extensão, das cinco de Southwark. Essas jurisdições teologais ainda existem na Inglaterra e punem severa e eficientemente. Dia 23 de dezembro de 1868, por sentença da corte de Arches, confirmada em decisão dos Lordes do conselho privado, o reverendo Mackonochie foi condenado a admoestação, mais custas, por ter acendido velas sobre uma mesa. A liturgia não brinca em serviço.

Ursus, então, um belo dia recebeu dos doutores delegados uma ordem de comparecimento que, felizmente, foi-lhe entregue em mãos e que ele pôde manter em segredo. Dirigiu-se, sem dizer uma palavra, à convocação, estremecendo à ideia de que pudesse ser considerado alguém que se havia exposto a ponto de poder parecer suspeito de ser, talvez, em certa medida, um ousado. Justo ele, que tanto recomendava silêncio aos outros, recebia uma dura lição. *Garrule, sana te ipsum.*[5]

Os doutores prepostos e delegados exerciam suas funções em Bishopsgate, no fundo de uma sala no térreo, acomodados em três cadeiras de couro preto com braços, tendo os bustos de Minos, Éaco e Radamanto na parede acima de suas cabeças, uma mesa à sua frente e, a seus pés, uma banqueta.

Introduzido por um funcionário calmo e severo, Ursus entrou e, ao vê-los, imediatamente deu a cada um deles, em pensamento, o nome do juiz do inferno que tinham acima das respectivas cabeças.

Minos, o primeiro dos três, o preposto da teologia, fez-lhe sinal que sentasse na banqueta.

Ursus os saudou corretamente, ou seja, curvando-se até o chão, e, sabendo que os ursos são seduzidos pelo mel e os doutores pelo latim, disse, mantendo-se respeitosamente semicurvado:

— *Tres faciunt capitulum.*[6]

E, de cabeça baixa, pois a modéstia desarma, foi sentar-se na banqueta.

Cada um dos três doutores tinha diante de si, sobre a mesa, um caderno com anotações, que eles folheavam.

Minos começou:

---

[4] Em todas as coisas das quais se tem conhecimento.

[5] Tagarela, cuida de ti mesmo.

[6] Três (pessoas) fazem um capítulo.

— O senhor fala em público?

— Sim — respondeu Ursus.

— Com que direito?

— Sou filósofo.

— Isso não é um direito.

— Também sou saltimbanco — disse Ursus.

— É diferente.

Ursus respirou, mas humildemente. Minos continuou:

— Como saltimbanco o senhor pode falar, mas como filósofo deve se calar.

— Tentarei — disse Ursus.

E pensou consigo mesmo: "Posso falar, mas devo me calar. Que complicação".

Estava muito assustado.

O preposto de Deus continuou:

— O senhor fala coisas que não soam bem. Ultraja a religião. Nega as verdades mais evidentes. Propaga revoltantes enganos. Por exemplo, o senhor disse que a virgindade excluía a maternidade.

Ursus levantou lentamente os olhos.

— Eu não disse isso. Eu disse que a maternidade excluía a virgindade.

Minos ficou pensativo e resmungou:

— Na verdade, é o contrário.

Era a mesma coisa. Mas Ursus se havia esquivado do primeiro golpe.

Minos, pensando na resposta de Ursus, afundou-se nas profundezas de sua imbecilidade, o que provocou um silêncio.

O preposto da história, aquele que para Ursus era Radamanto, disfarçou a derrota de Minos com esta interpelação:

— Acusado, suas ousadias e erros são de todo tipo. O senhor negou que a batalha de Farsalos tenha sido perdida porque Brutus e Cássio haviam encontrado um negro.

— Eu disse — murmurou Ursus — que isso também se devia ao fato de César ser um capitão melhor.

O homem da história passou sem transição à mitologia.

— O senhor desculpou as infâmias de Acteon.

— Eu penso — insinuou Ursus — que um homem não perde sua honra por ter visto uma mulher nua.

—Pois o senhor está errado — disse severamente o juiz.

Radamanto voltou à história.

— A propósito dos acidentes ocorridos à cavalaria de Mitridates, o senhor contestou as virtudes das ervas e das plantas. Negou que uma erva como a securiduca pudesse derrubar as ferraduras dos cavalos.

— Perdão — respondeu Ursus —, eu disse que isso só era possível para a erva *sferra-cavallo*. Eu não nego a virtude de erva alguma.

E acrescentou a meia-voz:

— Nem de mulher alguma.

Com esse comentário acrescentado à sua resposta, Ursus provava a si mesmo que, por mais preocupado que estivesse, desorientado não estava. Ursus era uma mistura de terror e de presença de espírito.

— Insisto — retomou Radamanto. — O senhor declarou que foi ingenuidade de Cipião, quando quis abrir as portas de Cartago, usar como chave a erva *Aethiopis*, porque essa erva não tem a propriedade de romper as fechaduras.

— Eu disse simplesmente que teria sido melhor se ele tivesse usado a erva *Lunaria*.

— É uma opinião — murmurou Radamanto, perturbado por sua vez.

E o homem da história se calou.

O homem da teologia, Minos, voltando a si, questionou Ursus novamente. Tivera tempo de consultar o caderno de notas.

— O senhor classificou o auripigmento dentre os produtos arsenicais, e disse que é possível envenenar com ele. A Bíblia nega isso.

— A Bíblia nega — suspirou Ursus —, mas o arsênico afirma.

O homem em quem Ursus via Éaco, que era o preposto da medicina e que ainda não havia falado, interveio, e, com os olhos presunçosamente semifechados, de seu pedestal apoiou Ursus, dizendo:

— A resposta não é fora de propósito.

Ursus agradeceu com seu sorriso mais humilde.

Minos fez uma careta horrível.

— Continuemos —prosseguiu Minos. — Responda, o senhor disse ser falso que o basilisco seja o rei das serpentes com o nome de *Cocatrix*.

— Reverendíssimo — disse Ursus —, tive tão pouca intenção de prejudicar o basilisco que eu disse ser certo que ele tinha uma cabeça de homem.

— Que seja — replicou severamente Minos —, mas o senhor também disse que Poerius tinha visto um basilisco com cabeça de falcão. O senhor poderia provar?

— Dificilmente — disse Ursus.

Nesse momento, perdeu um pouco de terreno.

Minos, retomando a vantagem, avançou.

— O senhor disse que um judeu convertido em cristão não cheira bem.

— Mas acrescentei que um cristão convertido em judeu cheira mal.

Minos olhou para o caderno acusador.

— O senhor afirma e propaga coisas inverossímeis. Disse que Eliano tinha visto um elefante escrever sentenças.

— Não, não, reverendíssimo. Eu disse simplesmente que Opiano tinha ouvido um hipopótamo discutir um problema filosófico.

— O senhor declarou que não é verdade que um prato de madeira de faia enche-se sozinho de todas as comidas que possamos desejar.

— Eu disse que, para que tenha essa virtude, é preciso que ele lhe tenha sido dado pelo diabo.

— Dado a mim?!

— Não, a mim, reverendo! Não! A ninguém! A todo mundo!

E, à parte, Ursus pensou: "Não sei mais o que estou dizendo". Mas sua perturbação exterior, embora extrema, não era muito visível. Ursus lutava.

— Tudo isso — retomou Minos — implica certa fé no diabo.

Ursus resistiu.

— Reverendíssimo, não sou ímpio para com o diabo. A fé no diabo é o avesso da fé em Deus. Uma prova a outra. Quem não acredita um pouco no diabo não acredita muito em Deus. Quem crê no Sol deve crer na sombra. O diabo é a noite de Deus. O que é a noite? A prova do dia.

Ursus improvisava ali uma insondável combinação de filosofia e religião. Minos voltou a ficar pensativo e mergulhou outra vez no silêncio.

Ursus respirou novamente.

Um repentino ataque aconteceu. Éaco, o delegado da medicina, que tinha acabado de proteger Ursus desdenhosamente do preposto da teologia, passou subitamente a auxiliar no ataque. Colocou o punho cerrado sobre o espesso e pesado caderno. Ursus recebeu em cheio esta interpelação:

— Está provado que o cristal é gelo sublimado, e que o diamante é cristal sublimado; está comprovado que o gelo se torna cristal em mil anos, e que o cristal se torna diamante em mil séculos. O senhor negou isso.

— Não — replicou Ursus com melancolia. Eu só disse que em mil anos o gelo tinha tempo de derreter e que mil séculos é algo difícil de contar.

O interrogatório continuou; as perguntas e as respostas soavam como um tilintar de espadas.

— O senhor negou que as plantas pudessem falar.

— De forma alguma. Mas, para isso, é preciso que elas estejam sob uma forca.

— O senhor admite que a mandrágora grita?

— Não, mas ela canta.

— O senhor negou que o quarto dedo da mão esquerda tivesse uma virtude cordial.

— Eu só disse que espirrar para a esquerda era um mau sinal.

— O senhor falou da fênix de forma temerária e injuriosa.

— Douto juiz, eu disse simplesmente que, quando escreveu que o cérebro da fênix era uma porção delicada, mas que causava dores de cabeça, Plutarco tinha ido muito longe, considerando-se que a fênix nunca existiu.

— Palavras execráveis. O cinamomo que faz seu ninho com galhos de canela, o rintace, que Parisátide empregava em seus envenenamentos, a manucodiata, que é a ave do paraíso, e a semenda, cujo bico tem três tubos, foram equivocadamente consideradas fênix; mas a fênix existiu.

— Não me oponho a isso.

— O senhor é um asno.

— Não aspiro a nada melhor.

— O senhor afirmou que o sabugueiro curava a inflamação da garganta, mas acrescentou que não era porque ele tinha em sua raiz uma excrescência mágica.

— Eu disse que era porque Judas se enforcara em um sabugueiro.

— Opinião plausível — resmungou o teólogo Minos, satisfeito por devolver a alfinetada a Éaco.

Arrogância ferida logo se transforma em cólera. Éaco encarniçou-se.

— Homem nômade, o senhor erra pelo espírito tanto quanto pelos pés, tendo tendências suspeitas e surpreendentes. O senhor flerta com a bruxaria; relaciona-se com animais desconhecidos; fala ao populacho sobre objetos que existem somente para o senhor e que são de natureza ignorada, como o *hoemorrhoüs.*

— O *hoemorrhoüs* é uma víbora que foi vista por Tremellius.

Essa resposta causou certo desarranjo à ciência irritada do doutor Éaco.

Ursus acrescentou:

— O *hoemorrhoüs* é tão real quanto a hiena odorífera e o gato almiscarado descrito por Castellus.

Éaco saiu-se com um ataque:

— Aqui estão algumas palavras textuais suas, bastante diabólicas. Escute.

Com os olhos no caderno de notas, Éaco leu:

— “Duas plantas, a *thalagssigle* e a *aglaphotis,* são luminosas à noite. Flores de dia, estrelas de noite”.

E olhando fixamente para Ursus:

— O que o senhor tem a dizer?

— Toda planta é lâmpada. O perfume é luz — respondeu Ursus.

Éaco folheou outras páginas.

— O senhor negou que as vesículas da lontra fossem equivalentes ao castóreo.

— Limitei-me a dizer que talvez fosse preciso desconfiar de Aécio a esse respeito.

Éaco ficou exasperado.

— O senhor exerce a medicina?

— Exerço-me na medicina — suspirou Ursus timidamente.

— Com os vivos?

— Mais do que com os mortos — disse Ursus.

Ursus respondia com firmeza, mas sem irritação; admirável mistura em que dominava a suavidade. Ele falava de modo tão afável que o doutor Éaco sentiu necessidade de insultá-lo.

— O que está nos arrulhando aí? — disse ele asperamente.

— Arrulhar é para os jovens e gemer é para os velhos. Que lástima, eu gemo.

Éaco replicou:

— Fique sabendo do seguinte: se um doente tratado pelo senhor morrer, o senhor será punido com a morte.

Ursus arriscou uma pergunta:

— E se ele se curar?

— Nesse caso, o senhor será punido com a morte — respondeu o doutor, abrandando a voz.

— Não é muito diferente — disse Ursus.

O doutor continuou:

— Se houver morte, pune-se a besteira. Se houver cura, pune-se a insolência. Forca nos dois casos.

— Eu ignorava esse detalhe — murmurou Ursus. — Agradeço-lhe informar-me. Nunca conhecemos todas as belezas da legislação.

— Tome cuidado.

— Religiosamente — disse Ursus.

— Nós sabemos o que o senhor faz.

— Eu — pensou Ursus — nem sempre sei.

— Poderíamos mandá-lo para a prisão.

— Sei disso, meus senhores.

— O senhor não pode negar suas contravenções e suas imposturas.

— Minha filosofia pede perdão.

— Atribuem-lhe audácias.

— Estão redondamemente enganados.

— Dizem que o senhor cura os doentes!

— Sou vítima de calúnias.

O triplo par de horripilantes sobrancelhas voltadas para Ursus se franziu; as três sábias faces se aproximaram e cochicharam. Ursus teve a visão de um vago chapéu de burro desenhando-se acima dessas três cabeças autorizadas. O murmúrio íntimo e competente dessa trindade durou alguns minutos, durante os quais Ursus sentiu todos os arrepios e todos os suores da angústia. Enfim, Minos, que era o comandante, voltou-se para ele dizendo-lhe com ar furioso:

— Vá embora.

Ursus teve uma leve sensação de ser Jonas saindo do ventre da baleia.

Minos continuou:

— Nós o liberamos!

Ursus pensou:

"Esses não me pegam mais! Adeus, medicina!"

E pensou com seus botões:

"De agora em diante, deixarei cuidadosamente as pessoas morrerem."

Dobrado ao meio, saudou tudo, os doutores, os bustos, a mesa e as paredes, e foi até a porta andando de costas, desaparecendo quase como uma sombra que se dissipa.

Saiu da sala lentamente, como um inocente, e saiu da rua rapidamente, como um culpado. Gente de justiça tem uma abordagem tão singular e obscura que, mesmo absolvidas, as pessoas fogem.

Enquanto fugia, resmungava:

"Escapei de boa. Sou o sábio selvagem, eles são os sábios domésticos. Os doutores intimidam os doutos. A falsa ciência é o excremento da verdadeira ciência, e a empregam para a perdição dos filósofos. Os filósofos, ao criar os sofistas, criam seu próprio infortúnio. Do excremento do tordo nasce a erva-de-passarinho, da qual se extrai o visco com o qual se apanha o tordo. *Turdus sibi malum cacat.*[7]

Não consideramos Ursus um homem delicado. Ele tinha o descaramento de usar as palavras que exprimissem seu pensamento. Não tinha mais bom gosto que Voltaire.

Ursus voltou à Green Box, contou ao senhor Nicless que havia demorado por ter ido atrás de uma bela mulher e não abriu a boca sobre sua aventura.

Somente à noite disse baixinho a Homo:

— Fique sabendo que venci as três cabeças de Cérbero.[8]

---

[7] O tordo excreta seu próprio infortúnio.

[8] Da mitologia grega, cão de múltiplas cabeças, guardião do reino de Hades.

VII QUE MOTIVOS PODE TER UMA MOEDA DE OURO PARA IR PARAR ENTRE SIMPLES MOEDAS?

Aconteceu uma mudança.

O *inn* Tadcaster era cada vez mais uma fornalha de alegria e riso. Nenhum tumulto era mais alegre. O taverneiro e seu ajudante não davam conta de servir a *ale*, a *stout* e a *porter*. À noite, o salão tinha todas suas janelas iluminadas e nenhuma mesa vazia. Todos cantavam e gritavam; a grande e velha laje do forno, com uma grelha de ferro e repleta de carvão, flamejava. Parecia uma casa de fogo e barulho.

No pátio, ou seja, no teatro, mais gente ainda.

Todo o público suburbano que Southwark podia fornecer se concentrava de tal forma nas apresentações de *Caos vencido* que, tão logo a cortina se erguia, quer dizer, tão logo o tablado da Green Box era abaixado, impossível encontrar um lugar. As janelas ficavam lotadas de espectadores; o balcão era invadido. Não se enxergava mais nenhuma lajota do pátio, todo coberto de gente.

Só o compartimento para a nobreza continuava vazio.

Isso criava naquele local, que era o centro do balcão, um buraco escuro, chamado metaforicamente de "forno". Ninguém. Gente por toda parte, menos ali.

Certa noite, apareceu alguém.

Era um sábado, dia em que os ingleses se apressam a se divertir, já que vão aborrecer-se no domingo. A sala estava repleta.

Nós dizemos *sala*. Shakespeare também teve como teatro, por muito tempo, apenas um pátio de hotel, que ele chamava de sala. *Hall*.

No momento em que a cortina se abriu, no prólogo de *Caos vencido*, Ursus, Homo e Gwynplaine já em cena, Ursus passou os olhos pela assistência, como de costume, e sentiu uma comoção.

O compartimento "para a nobreza" estava ocupado.

Uma mulher estava sentada, sozinha, no meio do camarote, na poltrona de veludo de Utrecht.

Estava sozinha e enchia o camarote.

Certas criaturas irradiam luz. Aquela mulher, como Dea, tinha uma luz própria, mas diferente. Dea era pálida, a mulher era corada. Dea era o crepúsculo, a mulher era a aurora. Dea era bela, a mulher era magnífica. Dea era a inocência, a candura, a brancura, o alabastro; a mulher era a púrpura, e via-se que ela não temia o rubor. Seu brilho extravasava o camarote, no centro do qual estava acomodada, imóvel, em uma espécie de plenitude de ídolo.

Em meio àquela massa sórdida, ela tinha o brilho superior do carbúnculo, inundava aquela multidão com tanta luz que a afogava em sombra, e todas aquelas faces obscuras eram encobertas por seu eclipse. Seu esplendor ofuscava tudo.

Todos os olhos a miravam.

Tom-Jim-Jack estava no meio da multidão e desaparecia, como os outros, na aura daquela criatura cintilante.

A mulher absorveu de imediato a atenção do público, fez concorrência ao espetáculo e prejudicou um pouco os primeiros efeitos de *Caos vencido*.

Por mais que parecesse um sonho para quem estava perto dela, ela era real. Era de fato uma mulher. Era, talvez até demais, uma mulher. Era grande e forte, e se mostrava, de forma magnífica, o mais nua que podia. Usava grandes brincos de pérolas aos quais se mesclavam as estranhas joias chamadas *chaves da Inglaterra*. Seu vestido era de musselina da Tailândia, bordado com fios de ouro, luxuosíssimo; vestidos de musselina como aquele valiam então seiscentos escudos. Um grande broche de diamantes fechava sua blusa na altura do pescoço — moda lasciva da época —, feita de linho da Frísia, do qual Ana da Áustria tinha lençóis tão finos que passavam por dentro de um anel. A mulher tinha uma espécie de couraça de rubis, algumas pedras preciosas e pedrarias aplicadas em volta de toda sua saia. Além disso, tinha as duas sobrancelhas pintadas com tinta da China, e os braços, os cotovelos, os ombros, o queixo, a pele abaixo das narinas, a pele acima das pálpebras, o lóbulo das orelhas, a palma das mãos, a ponta dos dedos tinham um toque de maquiagem, um não sei quê de carmim e provocante. E, acima de tudo, uma vontade implacável de ser bela. Ela era quase selvagem; uma pantera que também podia ser uma gata e acariciar. Um de seus olhos era azul, o outro era negro.

Gwynplaine, assim como Ursus, contemplava essa mulher.

A Green Box era de certa forma um espetáculo fantasmagórico; *Caos vencido* era mais um sonho que uma peça: estavam acostumados a provocar no público o efeito de uma visão. Dessa vez, o efeito de visão acontecia para eles, a plateia é que causava surpresa ao teatro, e era a vez deles se admirarem. Recebiam o ricochete da fascinação.

Aquela mulher olhava para eles e eles olhavam para ela.

Para eles, à distância em que se encontravam, e na bruma luminosa criada pela penumbra teatral, os detalhes se perdiam; aquilo parecia uma alucinação. Era, sem dúvida, uma mulher, mas não era também uma quimera? Uma luz como aquela, penetrando em sua habitual obscuridade, deixava-os atônitos. Era como o surgimento de um planeta desconhecido; algo que vinha do mundo dos bem-aventurados. A irradiação amplificava aquela figura. Cintilações noturnas pairavam acima daquela mulher, como uma via láctea. As pedrarias pareciam estrelas. O broche de diamantes era, talvez, uma Plêiade. O esplêndido contorno do seu seio parecia sobrenatural. Vendo-se aquela criatura astral, a sensação experimentada era a de uma aproximação, momentânea e glacial, das zonas de felicidade. Era das profundezas de algum paraíso que se lançava, sobre a frágil Green Box e sobre seu miserável público, aquela face de inexorável serenidade. Curiosidade suprema que se satisfazia e, ao mesmo tempo, alimentava a curiosidade popular. O mundo Acima permitia que o mundo Abaixo o contemplasse.

Ursus, Gwynplaine, Vinos, Fibi, a multidão, todos, com exceção de Dea, ignorante em sua escuridão, sentiam o abalo desse encantamento.

Aquela presença tinha algo de aparição, mas nenhuma das ideias que comumente essa palavra evoca se concretizava naquela estampa, que não tinha nada de diáfana, nada de imprecisa, nada de flutuante, nada de vapor; era uma aparição rósea e fresca, muito saudável. No entanto, nas condições visuais de onde Ursus e Gwynplaine observavam, era uma verdadeira visão. Os fantasmas robustos, os chamados vampiros, existem. Como a bela rainha saudável, que para a massa também é uma visão, mas que devora trinta milhões por ano da população pobre.

Atrás daquela mulher, na penumbra, via-se seu criado, *el mozo*, um jovenzinho elegante e alvo, de ar sério. Estava em voga naquela época ter um criado muito jovem e muito sério. Ele estava vestido, calçado e usava uma boina, tudo de veludo cor de fogo; a boina era enfeitada com galões dourados e um buquê de penas do pássaro tecelão, o que é sinal de grande domesticidade, indicando tratar-se do pajem de uma grande dama.

O criado faz parte do amo, e era impossível não notar, na sombra daquela mulher, aquele pajem carregador de cauda. Com frequência, e sem nos darmos conta disso, nossa memória toma nota de algumas coisas. Sem que Gwynplaine percebesse, as bochechas redondas, o semblante sério, a boina engalanada e o buquê de plumas daquele criado deixaram certa marca em seu espírito. Mas o rapaz não fazia nada para ser observado; chamar a atenção é faltar ao respeito. Ele permanecia em pé e passivo no fundo do camarote, tão recuado quanto lhe permitia a porta fechada.

Mesmo com seu *muchacho-porta-cauda* por perto, a mulher não deixava de estar sozinha naquele compartimento, visto que um criado não conta.

Por mais intensa que tenha sido a distração causada por essa pessoa, que fazia o efeito de um personagem, o desfecho de *Caos vencido* foi extremamente vigoroso, deixando uma impressão como sempre irresistível. Talvez até houvesse dentro da sala, em função da radiante espectadora — pois às vezes o espectador é um acréscimo ao espetáculo —, um excesso de eletricidade. O contágio do riso de Gwynplaine foi mais triunfante do que nunca. A plateia inteira se extasiou em uma indescritível epilepsia de hilaridade, na qual se distinguia a risada sonora e magistral de Tom-Jim-Jack.

Só a mulher desconhecida, que apreciava o espetáculo com imobilidade de estátua e olhos de fantasma, não riu.

Verdadeiro espectro, porém solar.

Terminada a apresentação, levantado o painel, retomada a intimidade dentro da Green Box, Ursus abriu e esvaziou sobre a mesa a bolsa da arrecadação. Havia uma enormidade de moedas, por entre as quais rolou subitamente uma onça de ouro da Espanha.

— Ela! — exclamou Ursus.

Aquela onça de ouro, no meio daquelas moedas azinhavradas, era, na verdade, aquela mulher no meio daquela multidão.

— Ela pagou a entrada com uma moeda de ouro! — continuou Ursus entusiasmado.

Nesse momento, o taverneiro entrou na Green Box, passou o braço pela janela de trás, abriu o postigo do qual já falamos, que ficava no muro ao qual a Green-Box estava encostada, e que permitia avistar a praça, pois estava na altura da tal janela, e silenciosamente fez um gesto para Ursus olhar para fora. Uma carruagem repleta de criados emplumados segurando tochas, e conduzida por magníficos cavalos, afastava-se trotando rapidamente.

Ursus respeitosamente segurou a moeda de ouro entre o polegar e o indicador, mostrou-a ao senhor Nicless e disse:

— É uma deusa.

Em seguida, bateu os olhos na carruagem prestes a virar a esquina da praça; em sua cobertura, as tochas dos criados iluminavam uma coroa de ouro com oito florões.

Exclamou:

— Mais que isso. É uma duquesa.

A carruagem desapareceu. O ruído das rodas cessou.

Ursus ficou em êxtase por alguns instantes, fazendo com seus dois dedos, transformados em ostensório, o movimento de elevar a onça de ouro como se fizesse a elevação da hóstia.

Depois, colocou-a sobre a mesa e, enquanto a admirava, pôs-se a falar da "madame". O taverneiro respondia. Era uma duquesa. Sim. Sabiam seu título. Mas e seu nome? Ignoravam. O senhor Nicless tinha visto de perto a carruagem toda armoriada e os lacaios engalanados. O cocheiro usava uma peruca que faria crer ver um Lorde-chanceler. A carruagem era daquela rara forma chamada na Espanha de *coche-tumbón*, esplêndido modelo com uma cobertura de túmulo, magnífico suporte para uma coroa. O criado era uma amostra de homem, tão franzino que poderia ficar sentado no estribo da carruagem, do lado externo da porta. Essas belas criaturas são empregadas para carregar a cauda dos vestidos das damas; também são portadoras de suas mensagens. E repararam no buquê de penas de passarinho do tal criado? Isso é importante. Quem usa essas penas sem autorização paga uma multa. O senhor Nicless também tinha visto a dama de perto. Uma espécie de rainha. Tamanha riqueza cria beleza. A pele é mais clara, os olhos são mais altivos, o caminhar é mais nobre, a graça é mais insolente. Nada se iguala à elegância impertinente das mãos que não trabalham. O senhor Nicless falava da magnificência daquela pele branca com veias azuis, do pescoço, dos ombros, dos braços, da maquiagem em toda a pele, dos brincos de pérola, do chapéu salpicado de ouro, da profusão de pedrarias, dos rubis, dos diamantes.

"Menos brilhantes que os olhos", murmurou Ursus.

Gwynplaine permanecia calado.

Dea escutava.

— E sabe o que é mais espantoso? — disse o taverneiro.

— O quê? — perguntou Ursus.

— É que eu a vi entrar na carruagem.

— E daí?

— Ela não entrou sozinha.

— Ora!

— Alguém entrou com ela.

— Quem?

— Adivinhe.

— O rei — disse Ursus.

— Para começar — disse o senhor Nicless —, no momento não há rei. Não estamos sendo governados por um rei. Adivinhe quem entrou na carruagem com a duquesa?

— Júpiter — disse Ursus.

O taverneiro respondeu:

— Tom-Jim-Jack.

Gwynplaine, que não havia articulado uma só palavra, rompeu o silêncio.

— Tom-Jim-Jack?! — exclamou ele.

Fez-se uma pausa de perplexidade durante a qual foi possível ouvir Dea dizer em voz baixa:

— Será que não poderíamos impedir essa mulher de vir aqui?

VIII SINTOMAS DE ENVENENAMENTO

A "aparição" não voltou.

Não voltou ao teatro, mas voltou à imaginação de Gwynplaine.

Gwynplaine, em certa medida, ficou perturbado.

Pareceu-lhe que pela primeira vez na vida acabava de ver uma mulher.

Logo mergulhou um pouco naquele estado de sonhar estranhamente. É preciso tomar cuidado com o devaneio que se impõe. O devaneio tem o mistério e a sutileza de um odor; ele é, para o pensamento, o que o perfume é para a tuberosa. Às vezes, é a dilatação de uma ideia venenosa, ou pode ser penetrante como a fumaça. Podemos envenenar-nos com o devaneio da mesma forma que com as flores. Suicídio inebriante, delicioso e sinistro.

O suicídio da alma é o mal pensar. Nisso está o envenenamento. O devaneio atrai, bajula, engana, prende, depois faz de você seu cúmplice, faz de você parceiro das falcatruas que perpetra à consciência. Ele o seduz. Depois o corrompe. Podemos dizer do devaneio o que dizemos do jogo. Começamos sendo facilmente enganados e terminamos sendo trapaceiros.

Gwynplaine devaneou.

Ele nunca tinha visto a Mulher.

Tinha visto uma sombra da mulher em todas as mulheres do povo, e tinha visto a alma da mulher em Dea.

Ele acabava de ver a realidade.

Uma pele morna e viva, sob a qual se pressentia correr um sangue apaixonado; contornos com a precisão do mármore e a ondulação de uma vaga; um semblante altivo e impassível, mesclando a recusa à atração e terminando em resplendor; cabelos com reflexos cor de fogo; um deslumbrante modo de se enfeitar, criando e oferecendo uma forte sensação de volúpia; a nudez esboçada traindo o desdenhoso desejo de ser possuída a distância pela multidão; um inexpugnável poder de encantar; uma impenetrabilidade envolta em charme; um gosto de tentação realçado pela vislumbrada perdição; uma promessa aos sentidos e uma ameaça ao espírito; dupla ansiedade: uma, o desejo, a outra, o temor. Ele acabava de ver tudo isso. Ele acabava de ver uma mulher.

Ele acabava de ver mais e menos que uma mulher, uma fêmea.

E, ao mesmo tempo, uma deusa.

Uma fêmea de deus.

Este mistério, o sexo, acabava de mostrar-se a ele.

E onde? No inacessível.

A uma distância infinita.

Irônico destino, a alma, essa coisa celeste, ele a tinha, segurava-a em suas mãos, era Dea; o sexo, essa coisa terrestre, ele vislumbrava no ponto mais alto do céu, era aquela mulher.

Uma duquesa.

Mais que uma deusa, como dissera Ursus.

Que imensa escarpa!

O próprio sonho recuaria diante de uma escalada como aquela.

Será que faria a loucura de sonhar com a desconhecida? Ele se debatia.

Lembrava-se de tudo que Ursus lhe dissera sobre essas altas existências quase régias; as divagações do filósofo, que lhe haviam parecido inúteis, tornavam-se referências para a reflexão; quase sempre temos na memória apenas uma camada bem fina de esquecimento, que, dada a oportunidade, deixa repentinamente transparecer o que há embaixo. Ele imaginava esse mundo augusto, a senhoria, ao qual pertencia aquela mulher, inexoravelmente sobreposto ao mundo insignificante, o povo, ao qual ele pertencia. E será que ele realmente pertencia ao povo? Saltimbanco que era, não estaria abaixo ainda do que está abaixo? Pela primeira vez, desde que chegara à idade da razão, sentiu vagamente o coração apertado por causa da sua baixa condição, que hoje chamaríamos de humildade. As descrições e enumerações de Ursus, seus líricos inventários, suas apologias aos castelos, parques, chafarizes e colunatas, suas exposições sobre a riqueza e o poder reviviam no pensamento de Gwynplaine com os contornos de uma realidade envolta em nebulosidade. Ele era obcecado por esse zênite. Que um homem pudesse ser Lorde, parecia-lhe uma quimera. No entanto, era assim. Que coisa incrível! Os Lordes existiam! Mas será que eram de carne e osso como nós? Coisa duvidosa. Ele se sentia afundado em sombra, com uma muralha à sua volta, e vislumbrava, a uma distância suprema, acima de sua cabeça, como se estivesse no fundo de um poço sem tampa, a fascinante mescla de céu, de figuras e de raios que é o Olimpo. Em meio a essa glória, a duquesa resplandecia.

Ele sentia uma espécie de estranha necessidade dessa mulher, entremeada de impossibilidade.

E, por menos que quisesse, esse pungente contrassenso retornava sem parar à sua mente: ver ao seu lado, ao seu alcance, na estreita e tangível realidade, a alma, e, no inalcançável, nas profundezas do ideal, a carne.

Nenhum desses pensamentos passava por sua cabeça com precisão; era uma bruma que havia em seu íntimo, mudando de contorno a cada instante e flutuando, mas produzindo um enorme obscurecimento.

De resto, a ideia de que aquilo pudesse ser-lhe de alguma forma acessível não veio um só instante à sua mente. Não vislumbrou, nem em sonho, chegar ao patamar da duquesa. Felizmente.

O abalo de uma escada como essa, uma vez nossos pés nela apoiados, pode ficar para sempre em nosso cérebro; acreditamos subir ao Olimpo e acabamos em Bedlam.[9] Se fosse qualquer outra avidez que tivesse tomado corpo dentro dele, ficaria aterrorizado. Nunca tinha sentido nada igual.

---

[9] Outro nome do asilo para loucos *Bethlem Royal Hospital* de Londres; a palavra também é usada no sentido de caos, pandemônio.

Aliás, voltaria a ver aquela mulher algum dia? Provavelmente não. Apaixonar-se por um clarão que atravessa o horizonte: a demência não chega a esse ponto. Lançar um doce olhar para uma estrela, a rigor, é compreensível, vamos revê-la, ela ressurge, é fixa. Mas é possível enamorar-se de um relâmpago?

Ele enfrentava um vaivém de sonhos. A figura ao fundo do camarote, majestosa e galante, ficava luminosamente encoberta na difusão de suas ideias, depois desaparecia. Pensava nela, deixava de pensar, pensava em outra coisa, tornava a pensar. Ele oscilava, nada mais.

Isso o impediu de dormir várias noites. A insônia, tanto quanto o sono, é cheia de sonhos.

É quase impossível expressar em seus exatos limites as abstrusas evoluções que acontecem no cérebro. O inconveniente das palavras é ter um contorno mais definido que as ideias. Todas as ideias se emendam pelas bordas; as palavras, não. Sempre lhes escapa certo lado difuso da alma. A expressão tem fronteiras, o pensamento, não.

Nossa sombria vastidão interior é tamanha que o que se passava em Gwynplaine mal atingia Dea em seus pensamentos. Dea ocupava o centro do seu espírito, sagrada. Nada podia ameaçá-la.

No entanto, sendo a alma humana feita de contradições, havia um conflito dentro de Gwynplaine. Mas ele tinha consciência disso? Muito pouca.

Sentia em seu íntimo, naquele ponto vulnerável — todos nós temos esse ponto —, um choque de desejos. Para Ursus, seria claro; para Gwynplaine era obscuro.

Dois instintos, um, o ideal, o outro, o sexo, lutavam dentro dele. É na ponte sobre o abismo que essas lutas entre o anjo branco e o anjo negros e travam.

Enfim, o anjo negro foi precipitado.

Um dia, sem mais nem menos, Gwynplaine parou de pensar na mulher desconhecida.

O combate entre os dois princípios, o duelo entre seu lado terrestre e seu lado celeste, acontecera no mais obscuro recôndito do seu ser e a tal profundidade que só muito confusamente ele percebera.

O certo é que não havia deixado de adorar Dea nem por um minuto.

Sofrera uma desordem interior bem profunda, seu sangue tivera uma febre, mas já havia passado. Só Dea permanecia.

Gwynplaine ficaria surpreso se lhe dissessem que em algum momento Dea correra perigo.

Em uma ou duas semanas, o fantasma que pareceu ter ameaçado essas almas desapareceu.

Em Gwynplaine, o que restou foi apenas o coração, lareira, e o amor, chama.

E afinal, como já dissemos, "a duquesa" não voltou.

O que Ursus achou muito simples. "A dama da moeda de ouro" é um fenômeno. Entra, paga e desaparece. Seria uma beleza se voltasse.

Quanto a Dea, não fez qualquer alusão àquela mulher que havia aparecido. Provavelmente ouvia e estava suficientemente informada pelos suspiros de Ursus, e, aqui e ali, por alguma exclamação significativa como: "não é todo dia que ganhamos uma onça de ouro!". Ela não falou mais da "mulher". Mostra de um instinto profundo. A alma toma essas obscuras precauções que ficam em segredo até para ela mesma. Calar-se a respeito de uma pessoa é como mantê-la distante. Falando dela, tememos atraí-la; então a isolamos pelo silêncio, como se fechássemos uma porta.

O incidente foi esquecido.

Aquilo tinha alguma importância? Tinha de fato acontecido? Era possível dizer que uma sombra pairara entre Gwynplaine e Dea? Dea não sabia, e Gwynplaine já não sabia. Não. Nada acontecera. A duquesa desapareceu na perspectiva distante como uma ilusão. Tudo não passara de um minuto de sonho atravessado por Gwynplaine, e ficara para trás. A dissipação de um devaneio, assim como a de uma bruma, não deixa vestígios; passada a névoa, o amor permanece no coração tanto quanto o Sol permanece no céu.

IX *ABYSSUS ABYSSUM VOCAT*[10]

Outra figura que desapareceu foi Tom-Jim-Jack. De repente deixou de ir ao *inn* Tadcaster.

As pessoas em posição de ver os dois lados da vida elegante dos grandes senhores de Londres puderam notar que, talvez na mesma época, a *Gazeta da Semana*, entre dois extratos de registros das paróquias, anunciou a "partida de Lorde David Dirry-Moir, por ordem de Sua Majestade, para retomar o comando de sua fragata na esquadra branca em cruzeiro pela costa da Holanda".

Ursus percebeu que Tom-Jim-Jack não aparecia mais e ficou preocupado. Tom-Jim-Jack não voltava desde o dia em que havia partido na mesma carruagem da dama da moeda de ouro. Aliás, era um enigma esse tal Tom--Jim-Jack, que de forma tão cordial desaparecia com as duquesas! Que interessante investigação a realizar! Quantas perguntas a fazer! Quanta coisa a dizer! Razão pela qual Ursus não disse uma só palavra.

---

[10] O abismo chama o abismo.

Ursus, homem vivido, sabia que tipo de caldo se prepara com curiosidades temerárias. A curiosidade deve ser sempre proporcional ao curioso. Quem escuta arrisca as orelhas; quem espia arrisca os olhos. É prudente nada ouvir e nada ver. Tom-Jim-Jack havia entrado naquela carruagem principesca, o taverneiro fora testemunha disso. Esse marujo sentar-se ao lado daquela *lady* parecia algo prodigioso, que deixava Ursus desconfiado. Os caprichos da gente graúda devem ser sagrados para a gente miúda. O melhor que todos esses répteis chamados de pobres têm a fazer é se enfiar em sua toca quando veem algo extraordinário. Ficar calado é sábio. Feche os olhos se não tiver a felicidade de ser cego; tampe os ouvidos se não tiver a sorte de ser surdo; paralise sua língua se não contar com a perfeição de ser mudo. Os grandes são o que querem, os pequenos são o que podem. Deixemos passar o desconhecido, não importunemos a mitologia, não incomodemos as aparências, respeitemos profundamente os simulacros. Não façamos mexericos sobre as grandes ou pequenas coisas que acontecem, por motivos que ignoramos, nas zonas superiores. Na maior parte do tempo, elas são para nós, os insignificantes, ilusões de ótica. As metamorfoses são coisas dos deuses; as transformações e desagregações dos grandes personagens que pairam acima de nós são nuvens impossíveis de compreender e perigosas de estudar. Atenção em demasia impacienta esses seres do Olimpo em suas evoluções de divertimento e fantasia; e um raio bem que poderia demonstrar-nos que aquele touro examinado por nós com tamanha curiosidade é Júpiter. Nada de querermos entrever o que há sob o manto cor de muralha dos terríveis poderosos. Indiferença é inteligência. Não se mexa, isso é saudável. Finja-se de morto e ninguém o matará. Essa é a sabedoria do inseto. Ursus a praticava.

O taverneiro, por sua vez intrigado, um dia interpelou Ursus.

— Sabe que não vimos mais Tom-Jim-Jack?

— É mesmo? Eu não tinha percebido — disse Ursus.

O senhor Nicless fez uma reflexão a meia-voz, sem dúvida sobre a promiscuidade entre a carruagem ducal e Tom-Jim-Jack, observação provavelmente irreverente e perigosa, que Ursus teve o cuidado de nem ouvir.

No entanto, o lado artista de Ursus falava alto demais para que ele não lamentasse a ausência de Tom-Jim-Jack. Sentiu certo desapontamento. Mas só comentou suas impressões com Homo, único confidente com cuja discrição podia contar. Disse baixinho no ouvido do lobo:

— Desde que Tom-Jim-Jack parou de vir aqui, sinto um vazio como homem e um frio como poeta.

Esse desabafo a um amigo deixou Ursus aliviado.

Continuou calado diante de Gwynplaine, que, de sua parte, não fez nenhuma alusão a Tom-Jim-Jack.

Na verdade, Tom-Jim-Jack a mais ou a menos pouco importava a Gwynplaine, absorvido como estava por Dea.

O esquecimento era cada vez maior em Gwynplaine. Quanto a Dea, nem sequer suspeitava que um vago abalo tivesse acontecido. Ao mesmo tempo, não ouviam mais falar de intrigas e queixas contra o Homem que Ri. Os ódios pareciam aplacados. Tudo se apaziguara no interior e ao redor da Green Box. Nada mais de cabotinagem, nem de cabotinos nem de padres. Nada mais de rosnados externos. Tinham o sucesso sem a ameaça. O destino encontra essas repentinas serenidades. A esplêndida felicidade de Gwynplaine e de Dea era, naquele momento, absolutamente cristalina; pouco a pouco havia chegado àquele ponto em que nada consegue crescer mais. Há uma palavra que exprime essa ideia: apogeu. A felicidade, assim como o mar, atinge sua cheia. O preocupante para os completamente felizes é que o mar tem vazantes.

Há duas formas de ser inacessível: estar em uma posição muito alta e estar em uma posição muito baixa. Talvez a segunda forma seja ao menos tão desejável quanto a primeira. Mais certo do que a águia não escapar da flecha é o micróbio escapar do aniquilamento. Essa segurança própria das coisas pequenas, se alguém na face da terra a tinha, como dissemos, eram estas duas criaturas, Gwynplaine e Dea; e ela nunca havia sido tão completa. Cada vez mais, viviam um para o outro, um no outro, em êxtase. O coração se satura de amor como de um sal divino que o conserva; daí a incorruptível ligação dos que se amam desde a aurora da vida e o frescor dos velhos amores duradouros. Existe um embalsamamento de amor. É de Dafne e Cloé que são feitos Filemon e Baucis. Uma velhice como aquela, de afinidade entre a noite e a aurora, estava, evidentemente, reservada a Gwynplaine e a Dea. Enquanto esperavam por ela, eram jovens.

Ursus olhava esse amor como um médico que faz uma consulta. Tinha o que se chamava, naquela época, de "olhar hipocrático". Fixava em Dea, frágil e pálida, seu olhar sagaz, e resmungava: "É uma bênção que ela seja feliz!". Outras vezes dizia: "Pela saúde que tem, até que ela é feliz".

Balançava a cabeça e às vezes lia atentamente Avicena, um livro que possuía traduzido por Vopiscus Fortunatus, Louvain, 1650, capítulo dos "males cardíacos".

Dea, que se cansava facilmente, tinha suores e sonolências; como lembramos, fazia suas *siestas* durante o dia. Certa vez em que adormecera estendida sobre a pele de urso, e em que Gwynplaine não estava por perto, Ursus se abaixou lentamente e colocou o ouvido no peito de Dea, sobre seu coração. Escutou por alguns instantes e, ao se levantar, murmurou: "Ela não pode sofrer nenhum choque. O sopro aumentaria bem depressa".

A multidão continuava a afluir às apresentações de *Caos vencido*. O sucesso do Homem que Ri parecia inesgotável. Todos iam vê-lo; agora já não era só Southwark, mas também parte de Londres. O público começava até mesmo a se misturar; não se compunha mais só de marinheiros e cocheiros. Na opinião do senhor Nicless, perito em ralé, no meio desse populacho agora havia fidalgos e baronetes disfarçados de gente do povo. O disfarce é uma das satisfações do orgulho, e estava muito em voga na época. O fato de essa aristocracia se misturar à gentalha era um bom sinal e indicava um prolongamento de sucesso alcançando Londres. A glória de Gwynplaine havia decididamente chegado ao grande público. Isso era real. Em Londres só se falava do Homem que Ri, até mesmo no Mohock Club, frequentado por Lordes.

Na Green Box, ninguém se dava conta disso; contentavam-se em ser felizes. A felicidade de Dea era tocar os cabelos crespos e selvagens de Gwynplaine todas as noites. No amor, nada como o hábito. Toda a vida se concentra nele. O ressurgimento do astro é um hábito do universo. A criação não passa de uma enamorada, e o Sol é um amante.

A luz é uma maravilhosa cariátide que sustenta o mundo. Todos os dias, durante um minuto sublime, a terra encoberta pela noite se apoia no Sol nascente. Dea, cega, sentia em si a mesma onda de calor e esperança no instante em que pousava a mão na cabeça de Gwynplaine.

Duas criaturas das trevas se adorando, se amando na plenitude do silêncio, quem não se acostumaria com uma eternidade passada assim?

Uma noite, tendo em si esse acúmulo de felicidade que, tal como a embriaguez dos perfumes, causa uma espécie de divina indisposição, Gwynplaine vagava após o espetáculo, como era seu costume, a uns cem passos da Green Box. Todos têm esses momentos de relaxamento em que extravasam os excessos do coração. A noite era escura e transparente, as estrelas brilhavam. O largo da feira estava totalmente deserto, e nada além de sono e esquecimento havia dentro das barracas espalhadas por Tarrinzeau Field.

Só uma luz não estava apagada, a do *inn* Tadcaster, com a porta ainda entreaberta aguardando a volta de Gwynplaine.

Acabava de soar meia-noite nas cinco paróquias de Southwark, com as intermitências e as diferenças de timbre entre um sino e outro.

Gwynplaine pensava em Dea. Em que mais poderia ser? Mas naquela noite, singularmente confuso, cheio de um encantamento permeado de angústia, ele pensava em Dea como um homem pensa em uma mulher. E se censurava. Era como apequená-la. No fundo, começava a ter um surdo acesso de "esposo". Doce e imperiosa impaciência. Ele ultrapassava a fronteira invisível; aquém dessa fronteira está a virgem, além dela está a mulher. Questionava-se com ansiedade; tinha o que poderíamos chamar de fogo interior. O Gwynplaine dos primeiros anos havia pouco a pouco se transformado, na inconsciência de um crescimento enigmático. O antigo adolescente casto sentia que se tornava impuro e inquietante. Todos temos o ouvido da luz, no qual nos fala o espírito, e o ouvido da obscuridade, no qual nos fala o instinto. Nesse ouvido amplificador, vozes desconhecidas faziam-lhe oferendas. Por mais puro que seja o jovem que sonha com o amor, certo clamor da carne sempre acaba interpondo-se entre seu sonho e ele. As intenções perdem sua transparência. O inconfessável, imposto pela natureza, faz seu ingresso na consciência. Gwynplaine experimentava não se sabe que apetite por essa matéria onde estão todas as tentações, e que era quase inexistente em Dea. Em sua febre, que lhe parecia insana, transfigurava Dea, talvez do lado perigoso, tentando exagerar aquela forma seráfica até que tomasse forma feminina. É de você, mulher, que precisamos.

Excesso de paraíso é algo que o amor chega a não desejar, pois precisa da pele febril, da vida com emoção, do beijo energético e irreparável, dos cabelos desalinhados, do abraço com uma intenção. O sideral constrange. O etéreo pesa. Para o amor, o excesso de céu é como o excesso de combustível para o fogo: a chama se ressente. Uma Dea na qual pudesse tocar e que fosse tocada por ele, a vertiginosa aproximação que funde em dois seres o desconhecido da criação: Gwynplaine, transido de paixão, tinha esse encantador delírio. Uma mulher! Ouvia dentro de si esse grito profundo da natureza. Como um Pigmaleão do sonho, modelando uma Galateia celestial, ele fazia temerariamente, no fundo da alma, retoques no casto contorno de Dea; contorno celestial demais e pouco edênico, pois o Éden é Eva, e Eva era uma fêmea, uma mãe carnal, ama terrestre, o ventre sagrado das gerações, o seio do leite inesgotável, aquela que embala o mundo recém-nascido. E o seio exclui as asas. A virgindade é apenas a esperança da maternidade. No entanto, nas miragens de Gwynplaine, Dea estivera até então acima da carne. Naquele momento, sonhador, ele tentava em pensamento trazê-la para baixo, e puxava aquele fio, o sexo, que mantém toda moça ligada à terra. Nem um só desses pássaros está solto. Dea, assim como qualquer outra, não estava acima dessa lei; e Gwynplaine, embora só o admitindo em parte, tinha um vago desejo de que ela aquiescesse. Tinha esse desejo a contragosto e em contínua recorrência. Imaginava Dea humana. Concebia algo insólito: Dea como uma criatura feita não mais unicamente para a adoração, mas para a volúpia; Dea com a cabeça no travesseiro. Tinha vergonha dessa impostura visionária; era como um esforço de profanação. Resistia a essa obsessão, desviava o pensamento, logo tornava a pensar. Tinha a impressão de cometer um atentado ao pudor. Para ele, Dea estava envolta em uma nuvem. Trêmulo, ele afastava essa nuvem como teria erguido uma camisola. Era o mês de abril.

A coluna vertebral tem suas fantasias.

Andava ao acaso, com a oscilação distraída de quem está sozinho. Não ter ninguém em volta ajuda a divagar. Por onde andava seu pensamento? Não teria ousado dizer nem a si mesmo. No céu? Não. Em uma cama. Os astros eram testemunhas.

Por que dizemos *apaixonado*? Deveríamos dizer possuído. Estar possuído pelo demônio é a exceção; estar possuído pela mulher é a regra. Todo homem sofre essa alienação de si mesmo. Que feiticeira é uma mulher bonita! O verdadeiro nome do amor é cativeiro.

Somos feitos prisioneiros pela alma de uma mulher. Por sua carne também. Às vezes, mais por sua carne do que por sua alma. A alma é a namorada; a carne é a amante.

Caluniamos o demônio. Não foi ele que tentou Eva. Foi Eva que o tentou. Foi a mulher quem começou.

Lúcifer passava tranquilamente. Viu a mulher. Virou Satanás.

A carne é a parte visível do desconhecido. Estranho: ela provoca pelo pudor. Nada é mais perturbador. Ela tem vergonha, essa desavergonhada.

Naquele momento, o que agitava e dominava Gwynplaine era esse sôfrego amor à flor da pele. Momento terrível esse em que se deseja a nudez, em que é possível deslizar para o pecado. Quantas trevas nesta brancura de Vênus!

Algo em Gwynplaine clamava aos gritos por Dea, Dea virgem, Dea metade de um homem, Dea carne e chama, Dea seios nus. Ele quase expulsava o anjo. Misteriosa crise que todo amor atravessa, e em que o ideal está em perigo. Algo premeditado pela Criação.

Momento de depravação celeste.

O amor de Gwynplaine por Dea se tornava nupcial. O amor virginal é apenas uma transição. O momento era chegado. Gwynplaine precisava dessa mulher.

Ele precisava de uma mulher.

Ladeira da qual só se vê o primeiro plano.

O indistinto apelo da natureza é inexorável.

Mulheres, que precipício!

Felizmente, para Gwynplaine não havia outra mulher a não ser Dea. A única que ele desejava. A única que poderia desejá-lo.

Gwynplaine sentia esse grande e vago tremor que é a reclamação vital do infinito.

Some-se a isso o agravo da primavera. Ele aspirava os inomináveis eflúvios da obscuridade sideral. Seguia em frente, deliciosamente delirante. Os perfumes errantes da seiva em movimento, as insinuantes irradiações que pairam na escuridão, o longínquo desabrochar das flores noturnas, a cumplicidade dos pequenos ninhos escondidos, o murmúrio das águas e das folhas, os suspiros desprendendo-se das coisas, o frescor, a tepidez, todo esse misterioso despertar de abril e de maio: é o imenso sexo em dispersão sussurrando propostas de volúpia, vertiginosa provocação que faz a alma balbuciar. O ideal não sabe mais o que diz.

Quem tivesse visto Gwynplaine caminhar teria pensado: Veja só! Um bêbedo!

Ele, de fato, quase cambaleava sob o peso do seu coração, da primavera e da noite.

A solidão no *bowling green* era tão tranquila que, por instantes, ele falava alto.

Perceber que não nos ouvem nos faz falar.

Passeava lentamente, cabeça baixa, mãos nas costas, a esquerda sobre a direita, os dedos abertos.

Subitamente, sentiu como se algo deslizasse pelos vãos inertes de seus dedos.

Virou-se imediatamente.

Tinha nas mãos um papel e, à sua frente, um homem.

Tinha sido aquele homem, chegando por trás dele com a precaução de um gato, quem colocara o papel entre seus dedos.

O papel era uma carta.

O homem, suficientemente iluminado pela penumbra estelar, era baixo, bochechudo, jovem, sério e vestido com um uniforme cor de fogo, visível de alto a baixo pela fenda vertical de um longo sobretudo cinza, então chamado de *capenoche*, palavra espanhola, contração de capa-de-noite. Usava uma boina carmim, parecida com um barrete de cardeal, com um galão que indicava sua domesticidade. Sobre essa boina via-se um buquê de penas de tecelão.

Ele ficou imóvel diante de Gwynplaine. Parecia uma silhueta em um sonho.

Gwynplaine reconheceu o criado da duquesa.

Antes que Gwynplaine pudesse soltar um grito de surpresa, ouviu a voz fina do criado, infantil e ao mesmo tempo feminina, que lhe dizia:

— Esteja amanhã, neste mesmo horário, na entrada da ponte de Londres. Estarei lá para conduzi-lo.

— Para onde?

— Para onde o senhor é esperado.

Gwynplaine baixou os olhos sobre a carta que maquinalmente segurava nas mãos.

Quando os reergueu, o criado não estava mais ali.

Via-se, já distante no largo da feira, uma vaga forma obscura que diminuía rapidamente. Era o pequeno mensageiro indo embora. Ele dobrou uma esquina, e então já não se via mais ninguém.

Gwynplaine observou o criado desaparecer, depois olhou a carta. Há momentos na vida em que aquilo que nos acontece não nos acontece; o espanto nos mantém por algum tempo a certa distância do fato. Gwynplaine aproximou a carta dos olhos como alguém que tenciona ler; mas então percebeu que não podia ler por dois motivos: primeiro porque não a havia aberto; depois, porque estava escuro. Passaram-se alguns minutos antes que se lembrasse de que havia luz no *inn*. Deu alguns passos, mas de lado e como se não soubesse para onde ir. Um sonâmbulo a quem um fantasma tivesse entregado uma carta andaria daquela maneira.

Enfim se decidiu; mais correu do que avançou em direção à hospedaria, colocou-se sob a claridade que passava pela porta entreaberta e, ainda uma vez, contemplou sob essa luz a carta fechada. Não se via marca alguma sobre o lacre, e no envelope lia-se: *Para Gwynplaine.* Ele quebrou o lacre, rasgou o envelope, desdobrou a carta, colocou-a exatamente sob a luz e eis o que leu:

> Você é horrível e eu sou linda. Você é saltimbanco e eu sou duquesa. Eu sou a primeira e você é o último. Desejo você. Te amo. Vem.

LIVRO QUARTO

O porão penal

I A TENTAÇÃO DE SÃO GWYNPLAINE

Certas faíscas mal causam um ardor nas trevas; outras são capazes de incendiar um vulcão.

Há centelhas extraordinárias.

Gwynplaine leu e releu a carta. Continha mesmo esta frase: Eu te amo!

Os assombros sucediam-se em seu espírito.

O primeiro foi se achar louco.

Ele estava louco, claro. O que acabava de ver não existia. Os simulacros crepusculares brincavam com ele, pobre miserável. O homenzinho escarlate era uma ilusão. Às vezes, à noite, o nada condensado em uma chama vem rir de nós. Depois de debochar, o ser ilusório desaparecera, deixando para trás um Gwynplaine louco. A escuridão faz dessas coisas.

O segundo assombro foi constatar que gozava plena razão.

Uma visão? Claro que não. Ora! E aquela carta? Ele não tinha uma carta nas mãos? Aquilo não era um envelope, um lacre, um papel, um manuscrito? Por acaso não sabia de quem recebia aquilo? Não havia nada de obscuro nessa história. Alguém pegou tinta e uma pluma, alguém escreveu. Alguém acendeu uma vela e fez um lacre de cera. Seu nome não estava escrito no envelope? *Para Gwynplaine*. O papel cheira bem. Está tudo muito claro. O homenzinho, Gwynplaine o conhece, é um criado. A visão é um uniforme. Esse criado marcou um encontro com Gwynplaine para o dia seguinte, naquele mesmo horário, na entrada da ponte de Londres. Será que a ponte de Londres é uma ilusão? Não, não, tudo isso faz sentido. Não há delírio algum. Tudo é real. Gwynplaine está perfeitamente lúcido. Não se trata de uma fantasmagoria desfazendo-se imediatamente acima da sua cabeça e esvaindo-se no ar, mas de algo que realmente lhe acontece. Não, Gwynplaine não está louco. Gwynplaine não está sonhando. Ele relia a carta.

Sim, pois bem. E então?

Então, que formidável!

Existe uma mulher que o deseja.

Uma mulher o deseja! Nesse caso, que ninguém nunca mais diga esta palavra: inacreditável. Uma mulher o deseja! Uma mulher que viu seu rosto! Uma mulher que não é cega! E quem é essa mulher? Uma feiosa? Não, uma bela. Uma cigana? Não, uma duquesa.

O que havia por trás disso, o que isso queria dizer? Que perigo um triunfo assim! Mas como não mergulhar de cabeça?

Como! Aquela mulher! A sereia, a aparição, a *lady*, a espectadora do camarote visionário, a misteriosa resplandecente! Pois era ela. Realmente era ela.

A crepitação de um incêndio incipiente espocava em cada parte do seu íntimo. Era a estranha desconhecida! Aquela que tanto o havia perturbado! E seus primeiros pensamentos tumultuados sobre aquela mulher retornavam, como que aquecidos por esse fogo sombrio. O esquecimento não passa de um palimpsesto. Basta acontecer um acidente e tudo que parecia apagado revive nas entrelinhas da memória surpresa. Gwynplaine acreditava ter tirado essa criatura da sua mente, mas ela continuava ali, ali estava impressa, e cavara um sulco naquele cérebro inconsciente, culpado por ter sonhado. Sem que percebesse, a penetrante marca do devaneio havia sido muito profunda, e agora certo mal já estava feito. E ele retomava ardorosamente toda aquela fantasia, doravante talvez irremediável.

Mas como! Alguém o desejava! Mas como! A princesa descia do seu trono; o ídolo, do seu altar; a estátua, do seu pedestal; o fantasma, da sua nuvem! Mas como! Do fundo do impossível surgia a quimera! Mas como! Aquela divindade das alturas, aquela irradiação, aquela nereida salpicada de pedrarias, mas como! Aquela beldade inacessível e suprema, do alto de sua radiante posição, inclinava-se para Gwynplaine! Mas como! Ela parava sua carruagem de aurora, conduzida ao mesmo tempo por pássaros e dragões, acima de Gwynplaine, e lhe dizia: Vem! Mas como! Justo ele, Gwynplaine, tinha a inacreditável glória de ser o motivo de semelhante rebaixamento do empíreo! Aquela mulher, se é que se pode dar esse nome a uma forma sideral e soberana, aquela mulher se oferecia, se dava, se entregava! Que loucura! O Olimpo se prostituía! Com quem? Com ele, Gwynplaine! Braços de cortesã se abrindo em um halo para estreitá-lo contra um seio de deusa! E isso sem mácula. Pessoas tão majestosas não se mancham. A luz lava os deuses. E essa deusa que o procurava sabia o que fazia. Não ignorava o horror encarnado em Gwynplaine. Tinha visto a máscara que era seu rosto! E essa máscara não a fazia recuar. Apesar disso, alguém gostava dele!

Coisa que extrapolava qualquer sonho: gostavam dele por causa disso! Longe de fazer a deusa se afastar, a máscara a atraía! Gwynplaine era mais que amado, era desejado; era mais que aceito, era escolhido. Ele, escolhido!

Mas como! Lá de onde vinha essa mulher, no régio meio do resplendor irresponsável e do poder com pleno livre arbítrio, havia príncipes, ela podia querer um príncipe; havia lordes, ela podia querer um lorde; havia homens belos, sedutores, admiráveis, ela podia querer Adônis. E quem ela queria? O Máscara! Em meio a relâmpagos e meteoros, ela podia escolher o imenso serafim de seis asas, mas ela escolhia a larva rastejante. De um lado, as altezas e as senhorias, toda a grandeza, toda a opulência, toda a glória; do outro, um saltimbanco. E o saltimbanco levava a melhor! Que balança havia, então, no coração daquela mulher? Com que medida pesava o seu amor? Ela tirava da cabeça ducal seu chapéu e o lançava no tablado do palhaço! Ela tirava da cabeça a auréola olimpiana e a colocava no crânio eriçado do gnomo! Não se sabe que desordem do mundo, agitação de insetos lá no alto, constelações aqui embaixo, engolia um Gwynplaine aturdido sob um desabamento de luz, e criava um halo à sua volta. Uma todo-poderosa, em revolta contra a beleza e o esplendor, entregava-se ao danado da noite, preferia Gwynplaine a Antínoo, tinha um acesso de curiosidade diante das trevas e descia a seu nível, e, dessa abdicação da deusa, saía, coroada e prodigiosa, a realeza do miserável. "Você é horrível. Eu te amo." Essas palavras atingiam Gwynplaine na terrível face do orgulho. O orgulho, eis o calcanhar onde todos os heróis são vulneráveis. Gwynplaine era adulado em sua vaidade de monstro. Era amado como criatura disforme. Também ele, tanto quanto, e talvez até mais que os Júpiters e Apolos, era uma exceção. Sentia-se sobre-humano e de tal forma monstro que era um deus. Espantoso deslumbramento.

Agora, o que vinha a ser aquela mulher? O que ele sabia a seu respeito? Tudo e nada. Que era uma duquesa, isso ele sabia; sabia que era bela, que era rica, que tinha criadagem, lacaios, pajens, carregadores de tochas em volta de sua carruagem coroada. Sabia que ela estava apaixonada por ele, ou pelo menos ela dizia isso. O resto ele ignorava. Sabia seu título, mas não sabia seu nome. Conhecia seu pensamento, mas não conhecia sua vida. Era casada, viúva, solteira? Era livre? Estava sujeita a certos deveres? A que família pertencia? Havia em torno dela alguma armadilha, alguma emboscada, algum obstáculo? O que é a galanteria nas altas rodas ociosas? Nesses altos meios existem antros onde sonham ferozes mulheres encantadoras, tendo desordenadamente à sua volta carcaças de amor já devoradas? A que experiências tragicamente cínicas pode chegar o enfado de uma mulher que se crê acima do homem? Gwynplaine não suspeitava da existência de nada disso; nem sequer trazia no espírito algo que pudesse embasar uma suposição dessas. No subsolo social em que vivia, as pessoas são mal informadas; no entanto, ele entrevia sombras. Percebia que toda aquela claridade era obscura. Compreendia algo? Não. Discernia algo? Menos ainda. O que havia por trás dessa carta?

Uma abertura com dois batentes, e também uma preocupante barreira. De um lado, a confissão. Do outro, o enigma.

A confissão e o enigma, duas bocas, uma provocante, outra ameaçadora, pronunciavam a mesma palavra: Ouse!

A perfídia do acaso jamais havia tomado de forma tão perfeita suas providências, nem feito uma tentação chegar em mais oportuna hora. Gwynplaine, tocado pela primavera e pelo aumento do vigor universal, naquele momento sonhava com a carne. O homem amadurecido insubmergível, sobre o qual nenhum de nós triunfa, despertava nesse mancebo retardatário, ainda adolescente aos vinte e quatro anos. Justo nesse momento, no instante mais turbulento dessa crise, a oferta lhe é feita, aparece diante de seus olhos, magnífico, o seio nu da esfinge. A juventude é um plano inclinado. Gwynplaine se debruçava, alguém o empurrava. Quem? A primavera. Quem? A noite. Quem? Aquela mulher. Não fosse o mês de abril, seríamos muito mais virtuosos. Os brotos em flor: quantos cúmplices! O amor é o ladrão, a primavera é o receptador.

Gwynplaine estava transtornado.

Existe certo vapor do mal que precede o pecado, mas que não é respirável para a consciência. A honestidade tentada sente a obscura náusea do inferno. Aquilo que se entreabre desprende um odor que adverte os fortes e atordoa os fracos. Gwynplaine sentia esse misterioso desconforto.

Dilemas fugazes tanto quanto tenazes pairavam à sua frente. O pecado, oferecendo-se obstinadamente, tomava forma. Dia seguinte, meia-noite, ponte de Londres, pajem? Deveria ir? Sim!, gritava a carne. Não!, gritava a alma.

Devemos dizer, no entanto, que, por mais estranho que pareça à primeira vista, ele não se fez uma só vez de forma clara a pergunta: *Deveria ir?* As ações censuráveis têm seus recônditos. Como as aguardentes muito fortes, que não sorvemos de uma só vez; deixamos o copo de lado, e depois veremos, pois o primeiro gole tem um gosto bem estranho.

O certo é que ele se sentia empurrado pelas costas rumo ao desconhecido.

Estremecia. E entrevia a beira de um desabamento. Então recuava, dominado pelo temor. Fechava os olhos. Esforçava-se para negar a si mesmo essa aventura e para pôr novamente em dúvida sua razão. Evidentemente era o melhor. O que havia de mais sensato a fazer era pensar que estava louco.

Febre fatal. Todo homem surpreendido pelo imprevisível já sentiu em sua vida essas trágicas pulsações. O observador sempre ouve com ansiedade o barulho dos sombrios golpes de aríete do destino contra a consciência.

Terrível! Gwynplaine se questionava. Quando o dever é claro, questionar-se já é uma derrota.

De resto, detalhe a observar, a audácia da abordagem, que talvez tivesse chocado um homem depravado, nem chamou sua atenção. Pois ele ignorava o que é o cinismo. A ideia de prostituição, indicada mais acima, não lhe era familiar. Não seria capaz de concebê-la. Era puro demais para levantar hipóteses complicadas. Daquela mulher, só via a grandeza. Coitado! Sentia-se lisonjeado. Sua vaidade só enxergava sua vitória. Que ele estivesse sendo mais objeto de um despudor que de um amor, era algo que, para conjeturar, ele precisaria de muito mais perspicácia do que aquela existente na inocência. Ao lado do *Eu te amo,* não percebia este terrível atenuante *Desejo você.*

O lado bestial da deusa lhe escapava.

O espírito pode sofrer invasões; a alma tem seus vândalos, os maus pensamentos, que vêm devastar nossa virtude. Mil ideias desencontradas precipitavam-se sobre Gwynplaine, uma após a outra, às vezes todas juntas; em seguida, faziam-se silêncios interiores. Então ele segurava a cabeça entre as mãos, com uma espécie de sinistra atenção, como se contemplasse uma paisagem noturna.

De repente, deu-se conta de uma coisa: não pensava mais. Seu devaneio chegara ao momento negro em que tudo desaparece.

Percebeu também que não havia voltado para casa. Talvez já fosse por volta das duas da manhã.

Colocou a carta entregue pelo pajem no bolso lateral, mas, percebendo que ela estava encostada ao coração, tirou-a dali e a enfiou toda amassada no primeiro bolsinho da calça que encontrou; depois dirigiu-se à hospedaria, entrou silenciosamente, sem acordar Govicum, que o esperava adormecido sobre uma mesa, com os dois braços servindo de travesseiro, fechou a porta, acendeu a lamparina do albergue, puxou os ferrolhos, virou a chave na fechadura, tomou maquinalmente as precauções de um homem que chega muito tarde, subiu a escada da Green Box, deslizou para a antiga cabana que agora era seu quarto, viu que Ursus dormia, soprou a vela e não se deitou.

Assim passou-se uma hora. Enfim, cansado, imaginando que a cama traz o sono, encostou a cabeça no travesseiro, sem se despir, e fez à escuridão a concessão de fechar os olhos. Mas a tempestade de emoções que o assaltava não dava trégua um só instante. A insônia é uma tortura que a noite impõe ao homem. Gwynplaine sofria muito. Pela primeira vez na vida não estava feliz consigo mesmo. Íntima dor mesclada à sua vaidade satisfeita. O que fazer? O dia amanheceu. Ouviu Ursus se levantar, mas não abriu os olhos. Já não havia trevas. Pensava naquela carta. Todas as palavras voltavam à sua mente em uma espécie de caos. Sob o efeito de certas brisas violentas do interior da alma, o pensamento é como um líquido; entra em convulsão, se revolta e dele emana algo que lembra o surdo gemido da onda. Fluxo, refluxo, sacolejos, turbilhões, hesitações da vaga diante do rochedo, granizo e chuvas, nuvens transpassadas por clarões, fragmentos miseráveis de uma espuma inútil, loucas ascensões imediatamente desmanteladas, imensos esforços desperdiçados, aparição do naufrágio por todos os lados, sombra e dispersão, tudo que existe no abismo existe também dentro do homem. Gwynplaine era uma presa dessa tormenta.

No auge dessa angústia, pálpebras ainda fechadas, ouviu uma delicada voz dizer: "Você está dormindo, Gwynplaine?". Abriu os olhos sobressaltado, ergueu-se na cadeira; a porta da cabana estava entreaberta, Dea surgiu nesse vão. Tinha nos olhos e nos lábios seu inefável sorriso. Mostrava-se encantadora na serenidade inconsciente de seu brilho. Houve uma espécie de minuto sagrado. Gwynplaine contemplou-a, trêmulo, deslumbrado, desperto; desperto de quê? Do sono? Não, da insônia. Era ela, era Dea. E subitamente ele sentiu, no fundo de seu ser, a indefinível dissipação da tempestade e a sublime descida do bem sobre o mal; o prodígio do olhar celestial se operou, a doce menina cega, radiante, apenas com sua presença, dissipou toda a sombra que pairava sobre ele; a cortina de nuvens afastou-se de seu espírito, como que retirada por mão invisível, e, maravilha celeste, o azul voltou a penetrar na consciência de Gwynplaine, que, de súbito, pela virtude desse anjo, tornou a ser o grande e bom Gwynplaine inocente. A alma, assim como a criação, passa por esses confrontos misteriosos. Os dois permaneciam calados: ela, claridade, ele, abismo; ela, divina, ele, apaziguado. E, acima do coração tempestuoso de Gwynplaine, Dea resplandecia com uma espécie de indescritível efeito de estrela do mar.

II DO AGRADÁVEL AO AUSTERO

Como é simples um milagre! Era hora da primeira refeição na Green Box, e Dea simplesmente quis saber por que Gwynplaine não chegava à mesa matinal.

— Você! — exclamou Gwynplaine, e tudo foi dito. Ele não tinha nenhum outro horizonte e nenhuma outra visão a não ser o céu onde estava Dea.

Quem nunca viu o imediato sorriso do mar depois do furacão não consegue perceber esses apaziguamentos. Nada se acalma mais depressa do que um abismo. Isso vem de sua facilidade para sorver. Assim é o coração humano. Mas nem sempre.

Bastava Dea aparecer para que toda a luz existente em Gwynplaine irradiasse até ela, ficando para trás desse homem deslumbrado apenas uma fuga de fantasmas. Como a adoração é pacificadora!

Instantes depois, os dois se sentavam frente a frente, Ursus entre eles, Homo a seus pés. Uma chaleira, sob a qual ardia uma pequena espiriteira, estava sobre a mesa. Fibi e Vinos estavam do lado de fora e faziam o serviço.

O almoço e a ceia eram feitos no compartimento central. Da forma como a estreita mesa estava colocada, Dea dava as costas para a abertura da divisória que correspondia à porta de entrada da Green Box.

Seus joelhos se tocavam. Gwynplaine servia o chá a Dea.

Dea soprava graciosamente sua bebida. De repente, espirrou. Naquele momento, acima da chama da espiriteira, uma fumaça se dissipava, enquanto caía algo como as cinzas de um papel queimado. Aquela fumaça fizera Dea espirrar.

— O que é isso? — perguntou ela.

— Nada — respondeu Gwynplaine, e começou a sorrir.

Ele acabava de queimar a carta da duquesa.

O anjo da guarda da mulher amada é a consciência do homem que ama.

Livrar-se do peso dessa carta trouxe um estranho alívio a Gwynplaine, que sentiu sua honestidade como a águia sente suas asas.

Pareceu-lhe que a tentação ia embora com aquela fumaça e que, juntamente com o papel, a duquesa virava cinza.

Misturando suas xícaras, bebendo da mesma xícara um depois do outro, eles conversavam. Balbuciar de enamorados, conversa de pardais. Criancices dignas da Mamãe Gansa e de Homero. Dois corações que se amam: não procurem a poesia em outro lugar; duas carícias dialogando: não procurem a música em outro lugar.

— Sabe de uma coisa?

— Não.

— Gwynplaine, sonhei que éramos bichos e tínhamos asas.

— Asas quer dizer pássaros — murmurou Gwynplaine.

— Quer dizer anjos — resmungou Ursus.

A conversa continuava.

— Se você não existisse, Gwynplaine...

— O que é que tem?

— É que não existiria um Deus bom.

— O chá está muito quente. Você vai se queimar, Dea.

— Assopre meu chá.

— Como você está linda esta manhã!

— Sabe, há muitas coisas que eu quero lhe dizer.

— Diga.

— Amo você!

— Adoro você!

E Ursus fazia este aparte:

— Céus, estas são pessoas sinceras.

Quando as pessoas se amam, é encantador o silêncio. Formam-se como que amontoados de amor, que em seguida se desfazem suavemente.

Fez-se uma pausa e logo depois Dea exclamou:

— Se você soubesse! À noite, quando representamos a peça, quando minha mão toca sua cabeça... Oh! Como sua cabeça é sublime, Gwynplaine!... Quando sinto seus cabelos entre meus dedos, me arrepio, sinto uma alegria celeste e penso: Em todo este mundo de escuridão que me cerca, neste universo de solidão, nesta imensa ruína obscura em que me encontro, nesta terrível agitação que há em mim e em tudo, tenho um ponto de apoio, aqui está ele. É você.

— Oh! Como você me ama! — disse Gwynplaine — Eu também só tenho você na face da terra. Você é tudo para mim. Dea, o que quer que eu faça? O que deseja? Do que você precisa?

— Não sei. Eu sou feliz — respondeu Dea.

— Oh! Nós somos felizes! — continuou Gwynplaine.

Ursus ergueu severamente a voz:

— Ah! Vocês são felizes? Isso é uma contravenção. Já os avisei. São felizes? Então tratem de não deixar ninguém perceber. Ocupem o mínimo de espaço possível. A felicidade deve ficar escondida. Se puderem, tornem-se menores do que são. Deus mede o tamanho da felicidade pela pequenez dos felizes. Pessoas contentes devem se esconder como os malfeitores. Ah! Estão radiantes, seus torpes vermes cintilantes? Que diabos! Pisarão em vocês, e será bem feito. O que são todas essas carícias? Não sou uma dama de companhia para ficar observando os apaixonados se beijarem. Vocês me cansam! Para o diabo, os dois!

Sentindo que seu tom áspero enfraquecia e se tornava enternecido, Ursus afogou sua emoção em forte acesso de repreensão.

— Pai — disse Dea —, como o senhor está sendo grosseiro!

— É que não gosto que as pessoas sejam felizes demais — respondeu Ursus.

Nesse momento, Homo fez eco a Ursus. Ouviu-se um rosnar aos pés dos enamorados.

Ursus se abaixou e passou a mão na cabeça de Homo.

— Pois então é isso, você também está de mau humor. Por isso rosna e arrepia esse seu tufo de pelos da cachola. Não gosta desses namoricos, não é? É porque tem juízo. Mas não importa, fique quieto. Você já falou, já deu sua opinião, pronto; agora, silêncio.

O lobo rosnou novamente.

Ursus olhou por baixo da mesa.

— Calma, Homo! Vamos, não insista, filósofo!

Mas o lobo se levantou e mostrou os dentes na direção da porta.

— O que deu em você? — disse Ursus.

E agarrou Homo pela pele do pescoço.

Dea, desatenta aos rosnados do lobo, completamente absorta em seus pensamentos e saboreando em seu íntimo o som da voz de Gwynplaine, estava calada, em uma espécie de êxtase próprio dos cegos que às vezes parece fazê-los ouvir um canto interior e substituir por não se sabe que música ideal a luz que lhes falta. A cegueira é um subterrâneo onde se ouve a profunda harmonia do infinito.

Enquanto Ursus, repreendendo Homo, baixava a cabeça, Gwynplaine erguera os olhos.

Ia tomar uma xícara de chá, mas não o fez; colocou-a sobre a mesa com a lentidão de uma mola que se distende, seus dedos permaneceram abertos e ele ficou imóvel, olhar parado, prendendo a respiração.

Um homem estava em pé atrás de Dea, na moldura da porta.

Esse homem estava vestido de preto e usava uma toga. Sua peruca chegava até as sobrancelhas, e ele tinha na mão um bastão de ferro com uma coroa esculpida em cada ponta.

O bastão era curto e maciço.

Imaginem Medusa passando a cabeça entre dois galhos do paraíso.

Ursus, que sentira comoção pela presença de um recém-chegado e que erguera a cabeça sem soltar Homo, reconheceu esse temível personagem.

Estremeceu da cabeça aos pés.

Disse baixinho ao ouvido de Gwynplaine:

— É o *wapentake.*

Gwynplaine se lembrou.

Palavras de surpresa quase lhe escaparam. Ele as reteve.

O bastão de ferro com uma coroa em cada uma das extremidades era a *iron-weapon.*

Era da *iron-weapon,* sobre a qual os oficiais de justiça urbana prestavam juramento ao entrar para a função, que os antigos *wapentakes* da polícia inglesa extraíam sua qualificação.

Por trás do homem com a peruca, via-se na penumbra o consternado taverneiro.

O homem, sem dizer uma palavra e personificando a *Muta Themis*[1] das velhas cartas constitucionais, passou seu braço direito por cima da radiante

---

[1] "Têmis muda". Têmis: divindade que representa a Justiça.

Dea e tocou o ombro de Gwynplaine com o bastão de ferro, enquanto com o polegar da mão esquerda apontava atrás de si a porta da Green Box. Esse gesto duplo, ainda mais imperioso por ser silencioso, queria dizer: *Siga-me.*

Pro signo exeundi, sursum trahe, diz o cartulário normando.

O indivíduo no qual encostavam a *iron-weapon* não tinha outro direito senão o de obedecer. Nenhuma réplica a essa ordem muda era possível. As duras penalidades inglesas ameaçavam os refratários.

Sob esse rígido toque da lei, Gwynplaine sentiu um abalo, depois ficou como que paralisado.

Não teria ficado mais aturdido, mesmo que, ao invés de ser apenas tocado no ombro pelo bastão de ferro, tivesse recebido um violento golpe na cabeça. Via-se intimado a seguir o oficial de polícia. Mas por quê? Não entendia.

Ursus, por sua vez, também lançado a uma pungente perturbação, entrevia algo bastante claro. Pensava nos saltimbancos e nos pregadores, seus concorrentes, pensava na Green Box denunciada, no lobo, aquele delinquente, em seu próprio embate com os três inquisidores de Bishopsgate e, quem sabe, talvez, mas isso era assustador, nas conversas inconvenientes de Gwynplaine sobre a autoridade real. Tremia intensamente.

Dea sorria.

Nem Gwynplaine nem Ursus disseram uma palavra. Ambos pensaram a mesma coisa: não preocupar Dea. E talvez o lobo também, pois parou de rosnar. É verdade que Ursus não o soltava.

Aliás, quando preciso, Homo era prudente. Quem nunca reparou em certas ansiedades inteligentes dos animais?

Talvez, na medida em que um lobo pode compreender os homens, ele se sentisse proscrito.

Gwynplaine se levantou.

Resistência alguma era possível, Gwynplaine sabia disso, lembrava-se das palavras de Ursus, e nenhuma pergunta podia ser feita.

Ficou em pé diante do *wapentake*.

O *wapentake* retirou a *weapon* de seu ombro, trazendo de volta para perto de si o bastão de ferro que segurava na vertical, em posição de comando, postura policial que todo o povo compreendia e que intimava à seguinte ordem:

— Que este homem, e mais ninguém, me siga. Fiquem todos onde estão. Silêncio.

Nada de curiosos. A polícia sempre gostou de encerrar as coisas assim.

Uma detenção desse gênero era qualificada como "sequestro da pessoa".

O *wapentake*, com um só movimento, e como uma peça mecânica que girasse em torno dela mesma, virou de costas e se dirigiu, com passos pesados e magistrais, à porta da Green Box.

Gwynplaine olhou para Ursus.

Ursus respondeu com a pantomima composta de um levantar de ombros, dois cotovelos nos quadris com as mãos afastadas, e sobrancelhas franzidas em forma de um V, cujo significado é: submissão ao desconhecido.

Gwynplaine olhou para Dea. Ela sonhava. Continuava sorrindo.

Ele tocou os lábios com as pontas dos dedos e enviou-lhe um indescritível beijo.

Ursus, aliviado de parte do terror vendo o *wapentake* de costas, aproveitou esse momento para soprar ao ouvido de Gwynplaine este murmúrio:

— Pela sua vida, não fale antes que o interroguem!

Com o mesmo cuidado que se toma no quarto de um doente para não fazer barulho, Gwynplaine tirou do gancho seu casaco e seu chapéu, cobriu-se até os olhos com o casaco e escondeu o rosto com o chapéu; como não havia dormido, ainda usava a roupa de trabalho e no pescoço a esclavina de couro. Olhou mais uma vez para Dea. Chegando à porta da Green Box, o *wapentake* levantou o bastão e começou a descer a pequena escada de saída; Gwynplaine então passou a andar como se o homem o puxasse por uma corrente invisível. Ursus viu Gwynplaine sair da Green Box; e o lobo, naquele momento, esboçou um uivo melancólico, mas Ursus o fez ficar quieto e lhe disse baixinho: "Ele vai voltar".

No pátio, o senhor Nicless, com um gesto servil e imperioso, reprimia os gritos alarmados de Vinos e Fibi, que viam com tristeza Gwynplaine ser levado e reparavam no traje cor de luto e no bastão de ferro do *wapentake*.

Essas duas moças eram a petrificação em pessoa. Pareciam estalactites.

Govicum, de uma janela entreaberta, arregalava os olhos, estarrecido.

O *wapentake* andava alguns passos à frente de Gwynplaine, sem se virar e sem olhar para ele, mostrando a tranquilidade glacial que a certeza de ser a lei lhe dava.

Ambos, com um silêncio sepulcral, passaram pelo pátio, atravessaram a sala escura da taverna e saíram para a praça. Havia ali alguns passantes agrupados em frente à porta da hospedaria, além do justiceiro-quorum[2] que encabeçava um pelotão de polícia. Esses curiosos, espantados, e sem murmurar uma palavra, se afastaram e se organizaram com a típica disciplina inglesa diante do bastão da autoridade policial. O *wapentake* tomou o rumo das ruazinhas, então chamadas de Little Strand, que ficavam ao longo do Tâmisa. Gwynplaine, tendo à sua direita e à sua esquerda o pelotão de polícia

---

[2] Chamberlayne assim descrevia essa figura em *Estado Presente da Inglaterra*: "Nobre escolhido pelo rei dentre os que gozavam sua particular consideração e confiança; sem seu parecer e consentimento nada que pudesse ter alguma consequência poderia ser feito".

alinhado em duas fileiras, pálido, sem fazer nenhum gesto, sem outro movimento que não o de seus passos, coberto com o casaco como se fosse um sudário, afastou-se lentamente do *inn*, caminhando mudo atrás do homem taciturno, como uma estátua que seguisse um espectro.

III *LEX, REX, FEX*[3]

A prisão sem explicação, que muito espantaria um inglês de hoje, era um procedimento policial muito usual na Grã-Bretanha daquela época. Recorria-se a ela especialmente em função de coisas delicadas para as quais, na França, eram empregadas as cartas lacradas até o reinado de Jorge II, a despeito do *habeas corpus*; e uma das acusações, da qual Walpole teve de se defender, foi ter mandado, ou deixado, prender Neuhoff dessa maneira. Provavelmente a acusação tinha pouco fundamento, pois Neuhoff, rei da Córsega, foi encarcerado por seus credores.

As detenções silenciosas, que a Sainte Vehme[4] da Alemanha muito havia utilizado, eram permitidas pelo costume germânico, que regia metade das leis inglesas, e recomendadas, em certos casos, pelo costume normando, que regia sua outra metade. O chefe de polícia do palácio de Justiniano se chamava "o silenciador imperial", *silentiarius imperialis*. Os magistrados ingleses que praticavam esse tipo de prisão se apoiavam em numerosos textos normandos: *Canes latrant, sergentes silent. Sergentes agere, id est tacere*. Citavam Lundulphus Sagax, parágrafo 16: *Facit imperator silentium*. Citavam a carta do rei Filipe, de 1307: "*Multos tenebimus bastonerios qui, obmutescentes, sergentare valeant*. Citavam os estatutos de Henrique I da Inglaterra, capítulo 53: *Surge signo jussus. Taciturnior esto. Hoc est esse in captione regis*. Prevaleciam-se principalmente desta instrução considerada parte dos antigos privilégios feudais da Inglaterra: "Abaixo dos viscondes estão os oficiais da espada, os quais devem justiçar virtuosamente com a espada todos aqueles que andam em má companhia, gente desonrada por algum crime e gente fugitiva e banida... e devem detê-los de forma tão vigorosa e discreta que a gente de bem, que é pacífica, seja protegida pacificamente, e que os malfeitores fiquem amedrontados". Ser detido dessa forma era ser capturado "pelo gládio da espada" (*Vetus Consuetudo Normanniœ*, MS. I, part. Sect. I, cap. II). Os jurisconsultos invocavam também, *in Charta Ludovici Hutini pro normannis*, o capítulo

---

[3] A lei, o rei, a merda.

[4] *Vehmgericht*: Liga da Corte Sagrada. Tribunal secreto criado na Vestfália no século XIII.

Servientes spathœ. Os *servientes spathœ,* ao longo da gradual evolução do antigo latim para os nossos idiomas, tornaram-se *sergentes spadœ.*

As detenções silenciosas eram o oposto do grito de *haro,*[5] e indicavam que convinha ficar calado até que certas coisas obscuras fossem esclarecidas.

Significavam: *Questões reservadas.*

Indicavam, na operação policial, certa dose de razão de Estado.

O termo de direito *private,* que quer dizer *a portas fechadas,* aplicava-se a esse tipo de prisão.

Tinha sido dessa maneira que, segundo alguns analistas, Eduardo III mandara prender Mortimer na cama de sua mãe, Isabel de França; o que é duvidoso, pois Mortimer mantinha uma residência em sua cidade antes de ser preso.

Warwick, o Fazedor de reis, praticava com gosto essa forma de "arrastar as pessoas" perante a justiça.

Cromwell a empregava, principalmente em Connaugth; e foi com essa precaução de silêncio que Trailie Arcklo, parente do Conde de Ormond, foi detido em Kilmacaugh.

Essas detenções por simples medida judicial mais representavam um mandado de comparecimento que um mandado de prisão.

Às vezes, não passavam de um procedimento informativo, e até implicavam, pelo silêncio imposto a todos, certo cuidado para com a pessoa detida.

Para o povo, pouco a par dessas nuanças, elas eram particularmente aterradoras.

A Inglaterra, que ninguém se esqueça disso, não era em 1705, ou mesmo bem mais tarde, o que é nos dias atuais. Tudo era muito confuso e, às vezes, muito opressivo. Daniel de Foë, que havia experimentado o pelourinho, em algum lugar se refere à ordem social inglesa com as seguintes palavras: "as mãos de ferro da lei". Não havia só a lei, havia o arbítrio. Basta lembrar Steele expulso do parlamento, Locke expulso de sua cátedra; Hobbes e Gibbon forçados a fugir; Charles Churchill, Hume, Priestley perseguidos; John Wilkes encarcerado na Torre. Basta enumerar — a lista será enorme — as vítimas do estatuto *Seditious libel.* A inquisição se espalhara por toda a Europa: suas práticas policiais faziam escola. Um monstruoso atentado a todos os direitos era algo possível na Inglaterra; basta lembrar o panfleto *Gazetier Cuirassé.* Em pleno século XVIII, Luís XV mandava tirar de circulação em Piccadily

[5] Clamor ou grito de Haro: manifestação pública de reprovação; antigo procedimento que consistia em alguém que acreditasse estar sendo lesado gritar *Haro*! para denunciar o culpado e exigir justiça imediata.

os escritores que não lhe agradavam; e é verdade que Jorge III se pegava com o pretendente em plena sala da Ópera, na França. Eram dois longuíssimos braços: o do rei da França indo até Londres, e o do rei da Inglaterra indo até Paris. Assim eram as liberdades.

Acrescentemos que executavam as pessoas no interior das prisões sem a menor cerimônia; desaparecimentos associados a suplícios; expediente medonho, ao qual a Inglaterra torna a recorrer neste momento, oferecendo assim ao mundo o singular espetáculo de um grande povo que, querendo melhorar, escolhe o pior, e que tendo diante de si de um lado o passado, do outro o progresso, se engana de feição e toma a noite pelo dia.

IV URSUS ESPREITA A POLÍCIA

Como dissemos, de acordo com as rigorosíssimas leis da polícia daquela época, a intimação para seguir o *wapentake*, feita a um indivíduo, para qualquer outra pessoa presente implicava a ordem de não se mexer.

Alguns curiosos, no entanto, teimaram e acompanharam de longe o cortejo que conduzia Gwynplaine.

Ursus estava entre eles.

Ursus ficara paralisado tanto quanto poderia ter ficado, mas, por ter sido tantas vezes assaltado pelas surpresas da vida errante e pelas maldades do inesperado, tinha, como um navio de guerra, seu sinal de alerta para chamar ao posto de batalha toda a tripulação, ou seja, toda a inteligência.

Tratou rapidamente de acabar com a paralisia e começou a refletir. Não é o caso de se comover, mas de enfrentar.

Enfrentar o incidente é o dever de qualquer um que não seja imbecil.

Não procurar entender, mas agir. Imediatamente. Ursus se perguntava o que havia a fazer.

Gwynplaine levado, Ursus via-se entre dois temores: o temor por Gwynplaine, dizendo-lhe para seguir; o temor por ele próprio, dizendo-lhe para ficar.

Ursus tinha a intrepidez de uma mosca e a impassibilidade de uma sensitiva. Tremia de um jeito indescritível. No entanto, tomou heroicamente sua decisão, optando por desafiar a lei e seguir o *wapentake*, tamanha era sua preocupação com o que podia acontecer a Gwynplaine.

Devia estar com muito medo para ter tanta coragem.

A que atitudes valentes o pavor pode induzir uma lebre!

Um camelo desesperado salta precipícios. Estar apavorado a ponto de chegar à imprudência é uma das formas do pavor.

Gwynplaine mais fora sequestrado que detido. A operação policial acontecera tão depressa que mal se esboçara alguma comoção no largo da feira, pouco frequentado, aliás, àquela hora da manhã. Nas barracas de Tarrinzeau Field, quase ninguém suspeitava que o *wapentake* viera buscar o Homem que Ri. Por isso havia pouca gente.

Graças ao casaco e ao chapéu, que quase lhe cobriam todo o rosto, Gwynplaine não podia ser reconhecido pelos transeuntes.

Antes de sair atrás dele, Ursus tomou uma precaução. Chamou de lado o senhor Nicless, Govicum, Fibi e Vinos e lhes pediu absoluto silêncio em relação a Dea, que ignorava tudo; que tivessem cuidado para não deixar escapar nenhuma palavra que pudesse fazê-la suspeitar do acontecido; que lhe explicassem a ausência de Gwynplaine e de Ursus em função de cuidados com a manutenção da Green Box; que logo também seria hora do seu sono da tarde, e que, antes de Dea despertar, ele, Ursus, estaria de volta com Gwynplaine, tudo aquilo não passando de um mal-entendido, um *mistake*, como se diz na Inglaterra; que seria fácil para ele e Gwynplaine esclarecerem os magistrados e a polícia, fazendo-os perceber seu engano, e que logo ambos estariam de volta. Mas, acima de tudo, que ninguém dissesse nada a Dea. Feitas as recomendações, ele partiu.

Ursus pôde seguir Gwynplaine sem ser notado. Mesmo se mantendo à maior distância possível, deu um jeito de não perdê-lo de vista. A argúcia na espionagem é a coragem dos tímidos.

No fim das contas, e por mais solene que fosse o cortejo, Gwynplaine talvez só tivesse sido intimado a comparecer perante um simples magistrado de polícia por alguma infração sem gravidade.

Ursus se dizia que rapidamente essa questão estaria resolvida.

Coisa que logo seria esclarecida, bem diante de seus olhos, pela direção que o pelotão conduzindo Gwynplaine tomaria no momento em que, chegando aos limites de Tarrinzeau Field, atingisse a entrada das ruelas de Little Strand.

Se entrassem à esquerda, é porque conduziriam Gwynplaine à prefeitura de Southwark. Nesse caso, pouca coisa a temer: algum insignificante delito municipal, uma admoestação do magistrado, dois ou três xelins de multa; em seguida Gwynplaine seria liberado e a apresentação de *Caos vencido* aconteceria à noite, como de costume. Ninguém perceberia nada.

Se o pelotão entrasse à direita, a coisa seria séria.

Para aqueles lados havia locais sinistros.

No momento em que o *wapentake*, conduzindo as duas fileiras de policiais entre as quais caminhava Gwynplaine, chegou àquelas ruazinhas, Ursus, ofegante, ficou de olho.

Para qual lado iam virar?

Viraram à direita.

Cambaleando de pavor, Ursus se apoiou em um muro para não cair.

Nada é tão hipócrita como o que as pessoas dizem a si mesmas: *Quero saber o que me espera.* No fundo, não querem saber nada. Sentem um medo profundo. A angústia se mescla a um obscuro esforço para não chegar a conclusão alguma. Não confessam, mas recuariam de bom grado, e quando já avançaram se recriminam.

Foi o que fez Ursus. Pensou angustiado:

"Pronto, a coisa vai mal. Mais cedo ou mais tarde eu ficaria sabendo. O que eu estou fazendo aqui, seguindo Gwynplaine?".

Feita essa reflexão, como o ser humano é pura contradição, Ursus apertou o passo e, dominando a ansiedade, apressou-se para chegar mais perto do pelotão e para não deixar que se rompesse, no labirinto das ruas de Southwark, o fio que o ligava a Gwynplaine.

O cortejo policial não podia avançar depressa por causa de sua solenidade.

O *wapentake* o abria.

O justiceiro-quorum o fechava.

Essa ordem implicava certa lentidão.

Toda a majestade que um oficial de justiça pode ter saltava aos olhos na figura do justiceiro-quorum. Sua roupa ficava entre a esplêndida fantasia do doutor em música de Oxford e o sóbrio e negro traje do doutor em divindade de Cambridge. Vestia-se como fidalgo sob um longo *godebert*, que é uma capa forrada com pele de lebre da Noruega. Era um meio-termo entre o gótico e o moderno, e usava uma peruca ao estilo Lamoignon e mangas acolchoadas como Tristan l'Hermite. Não tirava os grandes olhos de coruja de cima de Gwynplaine. Seu andar era cadenciado. Impossível encontrar um homenzinho menos sociável.

Desorientado por instantes na confusão das ruelas, só perto de Sainte Marie Over Ry é que Ursus conseguiu aproximar-se do cortejo que, felizmente, tinha sido retardado por um bando de crianças e de cães em frente à igreja, incidente comum nas ruas de Londres — *dogs and boys*, como dizem os velhos registros da polícia em que os cães vêm antes das crianças.

Um homem conduzido ao magistrado pela polícia sendo, afinal, um acontecimento bastante banal, e sendo que cada um tinha mais o que fazer, os curiosos se dispersaram. No rastro de Gwynplaine sobrou apenas Ursus.

O cortejo passou diante de duas capelas, uma de frente para a outra, a dos *Recreative Religionists* e a da Liga *Halleluiah*, duas seitas de então que subsistem até hoje.

Depois serpenteou de ruela em ruela, escolhendo de preferência as *roads* ainda não edificadas, os *rows* onde crescia o mato e as *lanes* desertas, fazendo inúmeros ziguezagues.

Por fim, parou.

Estavam em uma ruazinha exígua. Nenhuma casa, a não ser dois ou três casebres logo na entrada. Essa viela se compunha de dois muros: um à esquerda, baixo; outro à direita, alto. O muro alto era preto e construído em estilo saxão, com seteiras, catapultas e quadrados formados por barras reforçadas sobre estreitas aberturas. Nenhuma janela. Apenas algumas fendas, aqui e ali, que eram antigos vãos para apontar e atirar morteiros e lanças. Ao pé desse muro alto via-se um guichê bem pequeno e muito baixo, lembrando um buraco de rato.

Esse guichê, encaixado em um espesso arco de pedras, tinha uma portinhola com grade, uma aldraba maciça, uma grande fechadura, dobradiças nodosas e robustas, um emaranhado de pregos, uma couraça de placas e tintas, e era feito com mais ferro que madeira.

Na viela, ninguém. Nenhum estabelecimento. Nenhum transeunte. Mas, muito perto, ouvia-se um barulho contínuo, como se paralelamente corresse uma torrente. Havia um alarido de vozes e veículos. Era provável que do outro lado do edifício escuro houvesse uma rua importante, possivelmente a principal rua de Southwark, a que se ligava, por uma das extremidades, à estrada de Canterbury, e, pela outra, à ponte de Londres.

Alguém que espreitasse ao longo de toda a viela, além do cortejo em torno de Gwynplaine, teria visto apenas uma outra face humana: o pálido perfil de Ursus, ousado e um tanto avançado na penumbra de um canto de muro, olhando e sentindo medo de ver. Ele havia-se colocado em um recuo formado pelo ziguezague da rua.

O pelotão se agrupou em frente ao guichê.

Gwynplaine estava no centro, mas agora tinha atrás de si o *wapentake* com seu bastão de ferro.

O justiceiro-quorum ergueu a aldraba e bateu três vezes.

A portinhola se abriu.

O justiceiro-quorum disse:

— Da parte de Sua Majestade.

A pesada porta de carvalho e ferro girou em suas dobradiças, formando uma abertura lívida e fria, semelhante à boca de uma caverna. Uma medonha abóbada se prolongava na sombra.

Ursus viu Gwynplaine desaparecer ali embaixo.

V LUGAR DETESTÁVEL

O *wapentake* entrou depois de Gwynplaine.

Em seguida, o justiceiro-quorum.

Depois, o pelotão inteiro.

O guichê se fechou novamente.

A porta voltou a se encaixar hermeticamente em suas guarnições de pedra, sem que se visse quem a havia aberto e quem a havia fechado. Parecia que os trincos entravam por conta própria em suas cavidades. Alguns desses mecanismos, inventados pelas velhas formas de intimidação, ainda existem nas casas de correção mais antigas. Porta da qual não se via o porteiro, fazendo a soleira da prisão se parecer com a soleira de um túmulo.

Esse guichê era a porta secundária da prisão de Southwark.

Nada naquele edifício carcomido e rústico desmentia a típica aparência descortês de uma prisão.

Um templo pagão, construído pelos velhos *Cattieuchlans* para os *Mogons*, antigos deuses ingleses, que se tornou palácio para o rei Etelvulfo de Wessex e fortaleza para o rei Santo Eduardo, e, mais adiante, em 1199, elevado à dignidade de prisão por João Sem Terra: essa era a prisão de Southwark. Essa prisão, inicialmente atravessada por uma rua, assim como o castelo de Chenonceaux era atravessado por um rio, havia sido, durante um ou dois séculos, um *gate*, ou seja, um portal de entrada da cidade; depois, a passagem foi murada. Restam algumas prisões desse tipo na Inglaterra: em Londres, Newgate; em Canterbury, Westgate; em Edimburgo, Canongate. Na França, a Bastilha havia sido um portal.

Quase todas as prisões da Inglaterra tinham o mesmo aspecto: um grande muro do lado de fora; dentro, uma colmeia de celas. Nada era mais funesto que essas góticas cadeias onde a aranha e a justiça faziam suas teias, e onde John Howard,[6] essa luz, ainda não havia penetrado. Todas, como a antiga geena de Bruxelas, poderiam ser chamadas de *Treurenberg*, casa dos prantos.

Diante dessas construções inclementes e selvagens, sentia-se a mesma angústia que sentiam os antigos navegadores diante dos infernos de escravos dos quais fala Plauto, ilhas ferricrepitantes, *ferricrepiditœ insulœ*, quando passavam suficientemente perto para ouvir o barulho das correntes.

A prisão de Southwark, antigo local de exorcismos e torturas, no princípio fora especializada em feiticeiros, como indicam estes dois versos gravados em uma pedra rústica acima da porta:

---

[6] Filantropo inglês (1726-1790) que dedicou sua vida e sua fortuna à melhoria do sistema penitenciário.

Sunt arreptitii vexati dœmone multo.
*Est energumenus quem dœmon possidet unus.**

Versos que firmam a delicada nuança entre o endemoninhado e o energúmeno.

Acima dessa inscrição, encontrava-se presa ao muro — sinal de alta justiça — uma escada patibular, outrora de madeira, mas transformada em pedra de tanto ser fincada na terra petrificante daquele lugar chamado Aspley Gowis, perto da abadia de Woburn.

A prisão de Southwark, hoje demolida, dava para duas ruas, às quais, na função de portal, antigamente servira de comunicação, tendo dois portões. Na rua principal, o portão solene, destinado às autoridades, e, na viela, o portão da amargura, destinado ao restante dos vivos. E também aos mortos, pois, quando um prisioneiro morria, era por ali que o cadáver saía. Uma forma de libertação como qualquer outra.

A morte é o livramento no infinito.

Era por essa entrada da amargura que Gwynplaine acabava de ser introduzido na prisão.

A ruazinha, já dissemos, não passava de um caminho de pedra, espremido entre dois muros. Em Bruxelas existe esse tipo de passagem, a chamada *Rua de uma pessoa*. Os dois muros eram desiguais; o muro alto era a prisão, o muro baixo era o cemitério. O muro baixo, tapume dos restos mortais da prisão, não ultrapassava a altura de um homem. Era aberto por uma porta frontal ao guichê da prisão. Os mortos só tinham o trabalho de atravessar a rua. Uns vinte passos bastavam para que entrassem no cemitério. Uma escada patibular estava presa ao muro alto; em frente, no muro baixo, estava esculpida uma caveira. Nenhum desses muros consolava o outro.

VI QUE MAGISTRATURAS HAVIA SOB AS PERUCAS DE OUTRORA

Quem naquele momento olhasse, a partir do lado oposto, para a fachada da prisão, veria a rua principal de Southwark e teria notado, estacionado em frente à porta monumental e oficial da cadeia, um carro de viagem, que hoje em dia chamaríamos de cabriolé, reconhecível por seu "interior de carruagem". Um círculo de curiosos rodeava esse veículo. Era armoriado, e

---

* O endemoninhado é atormentado por muitos demônios.
O energúmeno é possuído por um só diabo. (N. A.)

dele viram descer um personagem que entrou na prisão; provavelmente um magistrado, imaginava a multidão, uma vez que, na Inglaterra, os magistrados muitas vezes eram nobres e quase sempre tinham "direito às armas". Na França, brasão e toga praticamente se excluíam; o Duque de Saint-Simon, referindo-se aos magistrados, disse: "Gente dessa laia". Na Inglaterra, não era desonra um fidalgo ser juiz.

O magistrado itinerante existe na Inglaterra; é chamado de *juiz de circuito*, e nada era mais comum do que se identificar nesse tipo de carruagem o veículo de um magistrado em turnê. Menos comum era o fato de o suposto magistrado ter descido não de dentro do veículo, mas do compartimento da frente, lugar que normalmente não é ocupado pelo patrão. Outra particularidade: naquela época, viajava-se na Inglaterra de duas maneiras: ou de diligência, por um xelim a cada cinco milhas, ou de posta, por três soldos a cada milha e quatro soldos por postilhão a cada parada para a muda dos cavalos. Um veículo particular que fizesse a extravagância de viajar fazendo essas paradas pagava por cavalo e por milha tantos xelins quanto o cavaleiro que viajava de posta pagava em soldos; ora, a carruagem parada em frente à prisão de Southwark era puxada por quatro cavalos e tinha dois cocheiros, luxo de príncipe. Por fim, o que acabava de inflamar e de desorientar as conjeturas: a carruagem estava meticulosamente fechada. As janelas estavam levantadas; os vidros, tapados por persianas; todas as aberturas por onde o olhar pudesse penetrar estavam fechadas. De fora, nada se via do interior, e é provável que de dentro não fosse possível ver nada fora. De resto, não parecia que houvesse alguém dentro do carro.

Como Southwark ficava em Surrey, sua prisão estava sob a responsabilidade do xerife do condado de Surrey. Na Inglaterra, era muito frequente haver jurisdições distintas. Assim, considerava-se que a Torre de Londres, por exemplo, não se situava em nenhum condado, ou seja, legalmente e de alguma forma, ela estava no ar. A Torre não reconhecia outra autoridade jurídica senão a de seu condestável, qualificado como *custos turris* — guardião da torre. A Torre tinha sua jurisdição, sua igreja, seu tribunal de justiça e seu governo particulares. A autoridade do *custos*, ou condestável, estendia-se fora de Londres por vinte e um *hamlets*, *tradução*: vilarejos. Como na Grã-Bretanha as particularidades legais se associam umas às outras, o ofício de mestre-canhoneiro da Inglaterra estava sob a autoridade da Torre de Londres. Outros costumes legais pareciam mais bizarros ainda. Dessa forma, a corte do almirantado inglês consulta e aplica as leis de Rhodes e de Oleron (ilha francesa que havia sido inglesa).

O xerife de uma província era muito considerado. Era sempre um oficial intendente e, às vezes, chefe de uma ordem honorífica. Nas velhas cartas, era qualificado como *spectabilis* — "homem a ser olhado". Título intermediário entre *illustris* e *clarissimus*, menos que o primeiro, mais que o segundo. Antigamente, os xerifes dos condados eram escolhidos pelo povo, mas Eduardo II e, depois dele, Henrique VI, tendo transferido para a Coroa a prerrogativa dessa nomeação, os xerifes passaram a ter emanação real. Todos recebiam seu mandato de Sua Majestade, menos o xerife de Westmoreland, que o recebia por hereditariedade, e os xerifes de Londres e de Middlesex, que eram eleitos pela *livery* no *Commonhall*. Os xerifes de Gales e de Chester tinham certas prerrogativas fiscais. Todos esses postos subsistem ainda na Inglaterra, mas, pouco a pouco desgastados no confronto dos costumes e ideias, não têm mais os mesmos contornos de outrora. O xerife de condado tinha a função de escoltar e de proteger os "juízes itinerantes". Assim como temos dois braços, ele tinha dois oficiais: seu braço direito, o subxerife, e seu braço esquerdo, o justiceiro-quorum. Este, assistido pelo bailio da centena, chamado de *wapentake*, detinha, interrogava e, sob a responsabilidade do xerife, prendia, para serem julgados pelos juízes de circuito, os ladrões, assassinos, revoltosos, vagabundos e todo tipo de gente pérfida. A diferença entre o subxerife e o justiceiro-quorum, em seu serviço hierárquico perante o xerife, era que o subxerife acompanhava, e o justiceiro-quorum assistia. O xerife encabeçava duas cortes: uma corte sedentária e central, a *Country Court*, e uma corte itinerante, a *Sheriff Turn*. Assim, representava a unidade e a ubiquidade. Como juiz, podia receber ajuda e informações, quanto às questões litigiosas, do chamado *sergens coifœ*, que é um oficial perito em leis e que usa, sob sua boina preta, uma touca branca de cambraia. O xerife desentulhava as casas de justiça; quando chegava a uma cidade de sua província, tinha o direito de despachar sumariamente os prisioneiros, o que levava ou à sua libertação ou a seu enforcamento, operação chamada de "liberar a cadeia", *goal delivery*. O xerife apresentava a ordem de acusação aos vinte e quatro jurados de acusação; se a aprovassem, nela anotavam: *billa verra*; se a desaprovassem, anotavam: *ignoramus*. Nesse caso, a acusação era anulada e o xerife tinha o privilégio de rasgar a ordem. Se, durante a deliberação, um jurado morresse, o que, por direito, absolvia o acusado e o tornava inocente, o xerife, que tinha o privilégio de prender o acusado, também tinha o privilégio de colocá-lo em liberdade. O que fazia o xerife ser singularmente estimado e temido é que ele era encarregado de executar "todas as ordens de Sua Majestade"; temível faculdade. Nesses textos, há espaço para o arbitrário. Os oficiais *verdeors* e os *coroners* acompanhavam o xerife, os escrivães do local o auxiliavam, e ele tinha uma bela comitiva de gente a cavalo e uniformizada. O xerife, disse Chamberlayne, é "a vida da Justiça, da Lei e do Condado".

Na Inglaterra, uma imperceptível demolição pulveriza e desagrega continuamente as leis e os costumes. Hoje em dia, insistimos nesse ponto, nem o xerife, nem o *wapentake* nem o justiceiro-quorum exerceriam suas funções como a exerciam naquela época. Na antiga Inglaterra havia certa confusão de poderes, e as atribuições mal definidas resultavam em intromissões que hoje seriam impossíveis. A confusão entre polícia e justiça terminou. Os nomes permaneceram, as funções se modificaram. Na verdade, acreditamos que a palavra *wapentake* tenha mudado de sentido. Significava uma magistratura, agora significa uma divisão territorial; designava o comandante de um pelotão, designa agora o cantão (*centum*).

De resto, naquela época, o xerife do condado combinava, com um pouco mais aqui e um pouco menos ali, e condensava em sua autoridade, tanto real quanto municipal, os dois magistrados chamados antigamente na França de tenente civil de Paris e tenente de polícia. O tenente civil de Paris é muito bem qualificado nesta velha nota policial: "O senhor tenente civil não abomina as querelas domésticas porque sempre fica com o que foi pilhado". (22 de julho de 1704.) Quanto ao tenente de polícia, personagem inquietante, múltiplo e vago, pode ser resumido em um de seus melhores exemplares, René d'Argenson, que, no dizer de Saint-Simon, trazia no semblante os três juízes do inferno.

Esses três juízes do inferno estavam, como já vimos, em Bishopsgate, Londres.

VII ESTREMECIMENTO

Quando Gwynplaine ouviu o guichê se fechar, com todos os trincos a ranger, estremeceu. Pareceu-lhe que aquela porta que acabavam de trancar era a porta de comunicação da luz com as trevas, levando, de um lado, à agitação terrestre e, do outro, ao mundo morto; e também lhe pareceu que, naquele momento, todas as coisas que o Sol podia iluminar tinham ficado para trás, e que ele havia ultrapassado a fronteira do que é a vida, ficando de fora. Sentiu um profundo aperto no coração. O que fariam com ele? O que queria dizer tudo aquilo?

Onde estava?

Não via nada à sua volta; estava na escuridão. Quando a porta se fechou, deixou-o momentaneamente cego. A portinhola também estava fechada. Nenhuma abertura, nenhuma lamparina. Era uma precaução dos velhos tempos. Era proibido iluminar o *hall* de entrada das cadeias para que os recém-chegados nada pudessem observar.

Gwynplaine estendeu as mãos e tocou a parede à sua direita e à sua esquerda; estava em um corredor. Pouco a pouco, aquela luz de porão, que não se sabe de onde vem, mas que paira nos locais obscuros, e à qual se ajusta a dilatação das pupilas, permitiu que ele distinguisse alguns contornos esparsos, e o corredor vagamente esboçou-se à sua frente.

Gwynplaine, que nunca vislumbrara as severidades penais a não ser pelos exageros de Ursus, sentia-se agarrado por uma espécie de mão enorme e sombria. Ser manipulado pelo lado desconhecido da lei é assustador. Somos corajosos diante de tudo, mas nos desconcertamos diante da justiça. Por quê? Porque a justiça dos homens é meramente crepuscular, e nela o juiz se move um tanto às cegas. Gwynplaine se lembrava do que Ursus lhe dissera sobre a necessidade de silêncio. Tinha intenção de rever Dea. Havia em sua situação algo de discricionário que ele não gostaria de despertar. Às vezes, querer esclarecer é tornar tudo pior. No entanto, por outro lado, o peso dessa aventura era tão grande que ele acabou por ceder, e não conseguiu conter uma pergunta.

— Senhores, onde estão me levando? — perguntou ele.

Ninguém lhe respondeu.

Era a lei das detenções silenciosas, e o texto normando era formal: *A silentiariis ostio prœpositis introducti sunt.*[7]

Esse silêncio gelou Gwynplaine. Até aquele momento, ele acreditava ser forte, ele se bastava; bastar-se é ter poder. Tinha vivido isolado, imaginando que estar isolado é ser inexpugnável. E eis que repentinamente sentia-se sob a pressão da medonha força coletiva. Como se debater com esse terrível anônimo, a lei? Ele se abatia diante do enigma. Um medo de uma espécie desconhecida encontrara o defeito em sua armadura. Além disso, não havia dormido, não havia comido, mal molhara os lábios em uma xícara de chá. A noite inteira havia passado por uma espécie de delírio; sentia-se febril. Tinha sede, talvez tivesse fome. Um estômago descontente atrapalha tudo. Desde a véspera era assaltado por incidentes. As emoções que o atormentavam o sustentavam; sem o furacão, a vela não passaria de um pedaço de pano. Porém, sentia a profunda fraqueza do trapo que o vento infla até que se rasgue. Sentia a vertigem se aproximar. Cairia no chão sem sentidos? Sentir-se mal é o recurso da mulher e a humilhação do homem. Ele resistia mas estremecia.

Tinha a sensação de alguém que perde o chão.

---

[7] "Eles são conduzidos em silêncio pelos guardiães da porta."

VIII GEMIDO

Começaram a caminhar.

Avançaram pelo corredor.

Nenhum gabinete na entrada. Nenhuma sala de registros. As prisões daqueles tempos não acumulavam papelada. Contentavam-se em prender o sujeito, quase sempre sem saber por quê. Ser prisão e ter prisioneiros já bastava.

O cortejo tivera de se alongar e tomar a forma do corredor. Andavam praticamente em fila; primeiro o *wapentake*, em seguida Gwynplaine, depois o justiceiro-quorum, e por fim os policiais, avançando em bloco e fechando o corredor atrás de Gwynplaine, como um tampão. O corredor se estreitava; agora Gwynplaine tocava a parede com os dois cotovelos; a certa distância uma da outra, superfícies salientes de granito formavam rebaixos, sendo preciso abaixar a cabeça para passar; impossível correr ali; alguém que tentasse fugir teria de andar lentamente; essa passagem tinha desvios; todas as entranhas são tortuosas, as da prisão bem como as do homem. Aqui e ali, ora à direita, ora à esquerda, cortes na parede, quadrados e fechados com grades, deixavam entrever escadas, algumas subindo, outras descendo. Chegaram a uma porta fechada; ela se abriu, passaram, ela tornou a se fechar. Em seguida, chegaram a uma segunda porta, que abriu passagem, e depois a uma terceira, que também se abriu. Essas portas pareciam abrir-se e fechar-se sozinhas. Não se via ninguém. Ao mesmo tempo que o corredor se encolhia, a abóbada se tornava mais baixa, já não conseguiam andar a não ser com a cabeça abaixada. As paredes transpiravam; gotas de água caíam da abóbada; o revestimento do piso tinha a viscosidade de um intestino. Aquele tipo de palidez difusa, que fazia as vezes de claridade, se tornava cada vez mais opaco; faltava ar. E o mais lúgubre era que estavam descendo.

Era preciso prestar atenção para perceber isso. No escuro, um leve declive é algo sinistro. Nada é tão temível quanto as coisas obscuras às quais se chega por ladeiras imperceptíveis.

Descer é penetrar no terrível desconhecido.

Por quanto tempo andaram daquela maneira? Gwynplaine não saberia dizer.

Os minutos, durante essa dura prova que é a angústia, se prolongam imensamente.

Subitamente pararam.

A escuridão era densa.

O corredor se alargava um pouco.

Gwynplaine ouviu bem perto dele um barulho do qual só um gongo chinês poderia dar uma ideia; algo como uma batida soando no diafragma do abismo.

Era o *wapentake* que acabara de bater seu bastão numa lâmina de ferro.

Essa lâmina era uma porta.

Não uma porta com dobradiças, mas uma porta de levantar e abaixar, mais ou menos como uma grade.

Fez-se um ruído estridente nas ranhuras, e Gwynplaine teve subitamente diante dos olhos uma porção quadrada de luz.

Era a lâmina que acabava de erguer-se numa fenda da abóbada, da maneira que se ergue a tampa de uma ratoeira.

Um vão fora aberto.

Essa luz não era a luz do dia, era uma claridade. Mas, para as pupilas dilatadas de Gwynplaine, essa claridade pálida e brusca foi como o choque de um relâmpago.

Durante algum tempo não conseguiu enxergar. Discernir em meio ao ofuscamento é tão difícil quanto em meio à escuridão.

Depois, gradativamente, suas pupilas se acomodaram à luz, como se teriam acomodado ao escuro; ele voltou a enxergar. A claridade, que em princípio lhe parecera muito forte, diminuiu e se tornou lívida a seus olhos; arriscou olhar para a larga abertura à sua frente, e o que viu era apavorante.

A seus pés, uns vinte degraus altos, estreitos e rústicos, dispostos quase na vertical, sem corrimão nem à direita nem à esquerda, espécie de cume de pedra semelhante à superfície de um muro talhado em forma de escada, esses degraus se aprofundavam rumo a um porão.

Esse porão era arredondado, com uma abóbada ogival cujos arcos partiam de diferentes alturas, por causa do desnível das impostas; desarticulação própria de todos os subterrâneos sobre os quais são empilhados pesadíssimos edifícios.

Aquela espécie de recorte com função de porta, que a lâmina de ferro acabara de pôr à mostra, e onde chegava a escada, era entalhado na abóbada, de tal forma que, daquela altura, o olhar mergulhava no porão como dentro de um poço.

O porão era amplo, e, se aquilo era o fundo de um poço, era o fundo de um poço gigantesco. A ideia que sugere a expressão "masmorra subterrânea" só podia aplicar-se àquele porão se o imaginássemos como um fosso de leões ou de tigres.

Ele não era revestido nem pavimentado; o chão era de terra molhada e fria, própria dos lugares profundos.

No meio do porão, quatro colunas baixas e disformes sustentavam uma arcada maciçamente ogival, cujas quatro nervuras, ao se unirem em seu interior, desenhavam algo como a parte interna de uma mitra. Essa arcada, semelhante aos pináculos sob os quais eram antigamente colocados os sarcófagos, elevava-se até a abóbada e formava, dentro do porão, uma espécie de câmara central, se é que podemos chamar de câmara um compartimento aberto de todos os lados, tendo, em vez de quatro paredes, quatro pilares.

Do alto da abóbada pendia uma lamparina de cobre redonda e gradeada como uma janela de prisão. Essa lamparina lançava ao seu redor, sobre os pilares, sobre os arcos e sobre a parede circular vagamente entrevista atrás dos pilares, uma pálida luz, cortada por barras de sombra.

Era essa claridade que antes ofuscara Gwynplaine; agora para ele não passava de uma luminosidade quase indistinta.

Nenhuma outra luz, janela, porta ou abertura havia nesse porão.

Entre os quatro pilares, exatamente abaixo da lamparina, no local onde havia mais claridade, uma silhueta branca e terrível encontrava-se estendida no chão.

Estava deitada de costas. Via-se uma cabeça com os olhos fechados, um corpo cujo torso desaparecia sob um amontoado disforme, os quatro membros esticados em forma de cruz de Santo André, atados aos quatro pilares por quatro correntes presas aos pés e às mãos. As correntes terminavam em uma argola de ferro na parte inferior de cada coluna. Essa forma, imobilizada na atroz posição do desmembramento, mostrava a lividez glacial de um cadáver. Estava nua; era um homem.

Gwynplaine, petrificado, em pé no topo da escada, observava.

Subitamente, ouviu um gemido.

Aquele cadáver estava vivo.

Muito perto desse espectro, em uma das ogivas do átrio, dos dois lados de uma grande poltrona com braços, colocada sobre uma vasta pedra achatada, mantinham-se de pé dois homens vestidos com longas túnicas negras, e, sentado na poltrona, um velhote pálido, imóvel, sinistro, envolto em uma toga vermelha, segurando na mão um buquê de rosas.

Esse buquê de rosas teria esclarecido alguém menos ignorante do que Gwynplaine. O direito de julgar empunhando um buquê de flores caracterizava aquele magistrado real e municipal. O lorde prefeito de Londres ainda julga dessa maneira. Ajudar os juízes a julgar era a função das primeiras rosas da estação.

O velhote sentado na poltrona era o xerife do condado de Surrey.

Ele tinha a rigidez majestosa de um romano coberto de augusta dignidade.

A poltrona era o único assento que existia no porão.

Ao lado da poltrona, via-se uma mesa repleta de papéis e de livros, além da longa vara branca do xerife.

Os homens em pé, à direita e à esquerda do xerife, eram dois doutores, um em medicina, o outro em leis, este identificável pelo capelo sobre a peruca.

Ambos usavam a toga preta; um, a de juiz, o outro, a de médico. Essas duas espécies de homens vestem o luto pelos mortos que fabricam.

Atrás do xerife, estava agachado, na beira do degrau formado pela pedra achatada, um escrivão com uma peruca redonda,[8] um tinteiro ao lado, uma pasta de papelão sobre os joelhos e uma folha de pergaminho sobre a pasta; de pluma em punho, agia como um homem pronto a escrever.

Esse escrivão era da chamada espécie *escrivão guarda-sacolas*, como indicava uma bolsa diante de seus pés. Essas bolsas, outrora empregadas nos processos, eram chamadas de "sacolas de justiça".

Encostado em um dos pilares, de braços cruzados, havia um homem todo vestido de preto. Era um ajudante de algoz.

Esses homens, por sua postura fúnebre em volta do homem acorrentado, pareciam enfeitiçados. Nenhum deles se mexia ou falava.

Em tudo aquilo havia uma calma monstruosa.

O que Gwynplaine via ali era um porão penal. Esses porões abundavam na Inglaterra. A cripta da Beauchamp Tower serviu por muito tempo a esse fim, bem como o subterrâneo da Lollard's Prison. Nesse gênero, havia, e ainda se pode ver em Londres, o aviltante lugar chamado *vaults of Lady Place*. Naquela última câmara havia uma lareira, caso fosse preciso esquentar algum ferro.

Todas as prisões do tempo do *King-John*, e a cadeia de Southwark era uma delas, tinham um porão penal.

O que vem a seguir era então frequentemente praticado na Inglaterra e, a rigor, nos processos criminais poderia ser praticado mesmo hoje em dia, pois todas aquelas leis ainda existem. A Inglaterra oferece o curioso espetáculo de ter um código bárbaro convivendo em harmonia com a liberdade. Tal par, diga-se, é excelente.

Alguma desconfiança, no entanto, não seria fora de propósito. Se uma crise ocorresse, um recrudescimento penal não seria impossível. A legislação inglesa é um tigre domado. Mostra uma pata de veludo, mas continua tendo suas garras.

Cortar as garras da lei é algo sensato.

A lei praticamente ignora o direito. De um lado há a penalidade, de outro a humanidade. Os filósofos protestam; mas ainda haverá muito tempo pela frente antes que a justiça dos homens se una à justiça.

---

[8] Peruca clássica da época de Luís XV (século XVIII), usada pelos cirurgiões, médicos e fidalgos.

Respeito à lei: é a máxima inglesa. Na Inglaterra, as leis são tão veneradas que nunca são revogadas. Escapam dessa veneração não as executando. Uma velha lei cai em desuso, como uma velha senhora, e, assim como não se mata esta, não se mata a outra. Simplesmente as põem de lado. Elas que acreditem que continuam jovens e belas. Deixam-nas pensar que existem. Essa cortesia se chama respeito.

A lei normanda está bem enrugada, mas isso não é empecilho para que alguns juízes ingleses lancem-lhe um olhar sedutor. Conservam ternamente uma velharia atroz, desde que seja normanda. O que pode ser mais feroz do que a forca? Em 1867, condenaram um homem* a ser cortado em quatro partes que seriam oferecidas a uma mulher, a rainha.

Aliás, a tortura jamais existiu na Inglaterra. É o que diz a história. O atrevimento da história é uma beleza.

Mathieu de Westminster registra que "a lei saxã, muito clemente e bondosa", não punia com a morte os criminosos, e acrescenta: "Limitavam-se a cortar-lhes o nariz, a furar-lhes os olhos e a arrancar-lhes as partes que distinguem o sexo". Só isso!

Gwynplaine, espantado, no alto da escada, começava a tremer por inteiro. Sentia todo tipo de calafrio. Procurava lembrar qual crime poderia ter cometido. Ao silêncio do *wapentake* sobrepunha-se a visão de um suplício. Já era um passo, mas um trágico passo. Via o sombrio enigma legal no qual se sentia aprisionado tornar-se cada vez mais sombrio.

A forma humana deitada no chão gemeu outra vez.

Gwynplaine teve a sensação de que lhe tocavam levemente no ombro.

Era o *wapentake*.

Gwynplaine entendeu que devia descer.

Obedeceu.

Afundava-se, degrau por degrau, escada abaixo. Os degraus tinham um espaço muito estreito para pisar e oito ou nove polegadas de altura. E não havia corrimão. Só com muita precaução era possível descer. Atrás de Gwynplaine, seguindo-o à distância de dois degraus, descia o *wapentake* segurando a *iron weapon* erguida e, atrás do *wapentake*, vinha o justiceiro-quorum à mesma distância.

Descendo aqueles degraus, Gwynplaine sentia algo como a dissipação da esperança. Era uma espécie de morte passo a passo. A cada degrau transposto apagava-se um pouco sua luz interior. Cada vez mais pálido, chegou ao pé da escada.

---

* O feniano Burke, maio de 1867. (N. A.)

Aquela espécie de larva abatida e acorrentada aos quatro pilares continuava gemendo.

Na penumbra, uma voz disse:

— Aproxime-se.

Era o xerife dirigindo-se a Gwynplaine.

Gwynplaine deu um passo.

— Mais perto — disse a voz.

Gwynplaine deu mais um passo.

— Bem perto — continuou o xerife.

O justiceiro-quorum cochichou ao ouvido de Gwynplaine, mas de forma tão grave que esse cochicho era solene:

— O senhor está diante do xerife do condado de Surrey.

Gwynplaine avançou até o supliciado, que via estendido no centro do porão. O *wapentake* e o justiceiro-quorum permaneceram onde estavam e deixaram Gwynplaine avançar sozinho.

Quando Gwynplaine, quase chegando ao átrio, viu de perto que aquela coisa miserável, até então só avistada a distância, era um homem vivo, seu medo transformou-se em pavor.

O homem atado e deitado no chão estava absolutamente nu, exceto pelo trapo medonhamente pudico que poderíamos chamar de "folha de parreira da tortura", o *succingulum* dos romanos e o *christipannus* dos góticos, de onde nosso velho jargão gaulês tirou *cripagne*. Jesus, nu na cruz, só vestia esse farrapo.

O assustador condenado que Gwynplaine observava parecia um homem de cinquenta a sessenta anos. Era careca. Brancos pelos de barba cresciam em seu queixo. Fechava os olhos e abria a boca. Viam-se todos os seus dentes. Seu rosto magro e ossudo mais parecia uma caveira. Suas pernas e seus braços, presos pelas correntes aos quatro pilares de pedra, formavam um X. Sobre seu peito e seu ventre havia uma placa de ferro, e sobre essa placa estavam empilhadas cinco ou seis grandes pedras. Seu gemido ora era um suspiro, ora era um rugido.

O xerife, sem largar seu buquê de rosas, pegou sobre a mesa, com a mão que estava livre, sua vara branca e a levantou, dizendo:

— Obediência a Sua Majestade.

E tornou a colocar a vara sobre a mesa.

Em seguida, com a lentidão de um dobre fúnebre, sem um gesto, tão imóvel quanto o homem amarrado, o xerife ergueu a voz.

Disse:

— Homem que estás aqui acorrentado, pela última vez, escuta a voz da justiça. Foste tirado de tua cela e trazido para esta cadeia. Devidamente interpelado, e dentro das formas requeridas, *formaliis verbis pressus,*[9] sem ter levado em consideração as leituras e comunicados que te foram feitos e que te serão renovados, inspirado por um espírito de tenacidade má e perversa, tu te fechaste em silêncio e te recusaste a responder ao juiz, o que se trata de uma conduta detestável e constitui, entre os fatos castigáveis do *cashlit*, o crime e delito de *oversenesse.*

O oficial perito em leis, em pé à direita do xerife, interrompeu e disse, com uma indiferença que tinha algo de fúnebre:

— *Overhernessa.* Lei de Alfred e de Godrum. Capítulo seis.

O xerife continuou:

— A lei é venerada por todos, exceto pelos ladrões que infestam os bosques onde os cervos se procriam.

Como uma badalada depois da outra, o oficial disse:

— *Qui faciunt vastum in foresta ubi damœ solent founinare.*

— Aquele que se recusa a responder ao magistrado — disse o xerife — é suspeito de todos os vícios, é considerado capaz de todos os males.

O oficial interveio:

— *Prodigus, devorator, profusus, salax, ruffianus, ebriosus, luxuriosus, simulator, consumptor patrimonii, elluo, ambro, et gluto.*

— Todos os vícios — disse o xerife — pressupõem todos os crimes. Quem não admite nada confessa tudo. Aquele que cala diante das perguntas de um juiz é de fato mentiroso e parricida.

— *Mendax et parricida* — disse o oficial.

O xerife prosseguiu:

— Homem, não é permitido fazer-se de ausente pelo silêncio. O dissimulado contumaz faz uma ferida na lei. Assemelha-se a Diomedes ferindo uma deusa. A taciturnidade diante da justiça é uma forma de rebeldia. Lesa-justiça equivale a lesa-majestade. Nada mais odioso e temerário. Quem se subtrai ao interrogatório rouba a verdade. A lei se preveniu contra isso. Para casos como esse, os ingleses têm usufruído desde sempre do direito de fosso, de forca e de correntes.

— *Anglica charta,* ano 1088 — disse o oficial.

E sempre com a mesma gravidade mecânica acrescentou:

— *Ferrum, et fossam, et furcas, cum aliis libertatibus.*

O xerife continuou:

---

[9] Na passagem que se segue, as expressões em latim macarrônico recitadas pelo oficial saíram do *Glossarium* de De Cange. Sua tradução não apresenta interesse algum, pois só enunciam as ações que estão acontecendo. Rabelais recorreu muitas vezes a esse procedimento destinado a mostrar a estupidez de certos protocolos policiais ou jurídicos, anota Roger Borderie.

— É por isso, homem, porque não quiseste renunciar ao silêncio, apesar de estar mentalmente são e perfeitamente informado a respeito do que te pede a justiça; por seres diabolicamente refratário, tiveste de ser supliciado e, nos termos dos estatutos criminais, tiveste de ser colocado à prova pelo tormento chamado "pena forte e dura". Eis o que te foi aplicado. A lei exige que sejas autenticamente informado por mim a esse respeito. Foste trazido para este porão, foste despido de tuas roupas, foste colocado nu, deitado de costas sobre o chão, teus quatro membros foram estendidos e amarrados às quatro colunas da lei, uma prancha de ferro foi colocada sobre teu ventre e foram colocadas sobre teu corpo tantas pedras quantas consegues suportar. "E mais", diz a lei.

— *Plusque* — anunciou o oficial.

O xerife prosseguiu:

— Nessa situação, e antes de dar continuidade à prova, foi-te feita por mim, xerife do condado de Surrey, reiterada intimação para responder e falar, mas satanicamente perseverastes no silêncio, apesar de submetido a privações, correntes, grilhões, travas e ferros.

— *Attachiamenta legalia* — disse o oficial.

— Com base em tua recusa e resistência — disse o xerife —, uma vez que a obstinação da lei é equivalente à obstinação do criminoso, a prova teve continuidade, tal como recomendam os editais e textos. No primeiro dia, nada te foi dado de comer nem de beber.

— *Hoc est superjejunare* — disse o oficial.

Fez-se um silêncio. Ouvia-se a medonha respiração do homem sob o amontoado de pedras.

O oficial completou, depois da interrupção:

— *Adde augmentum abstinentiœ ciborum diminutione. Consuetudo britannica,* artigo quinhentos e quatro.

Os dois homens, o xerife e o oficial, se alternavam; nada era mais sombrio do que essa imperturbável monotonia. A voz lúgubre respondia à voz sinistra; pareciam o padre e o diácono do suplício celebrando a feroz missa da lei.

O xerife recomeçou:

— No primeiro dia, nada te foi dado de comer nem de beber. No segundo dia, deram-te de comer, mas não de beber; puseram entre teus dentes três nacos de cevada. No terceiro dia, deram-te de beber, mas não de comer. Derramaram na tua boca, por três vezes e com três copos, um quartilho de água recolhida do encanamento da prisão. O quarto dia chegou. É hoje. Agora, se insistires em não responder, serás deixado aí até que morras. Assim quer a justiça.

O oficial, sempre fazendo sua réplica, aprovou:

— *Mors rei homagium est bonœ legi.*

— E enquanto te sentires lamentavelmente morrendo — retomou o xerife — ninguém te ajudará, ainda que o sangue saia pela tua garganta, barba e axilas, e por todos os buracos do teu corpo, da boca até os rins.

— *A throtebolla et pabu et subhircis, et a grugno usque ad crupponum.*

O xerife continuou:

— Homem, presta atenção. Pois as consequências te esperam. Se renunciares a teu execrável silêncio e confessares, serás apenas enforcado, e terás direito ao *meldefeoh,* que é uma quantia em dinheiro.

— *Damnum confitens habeat le meldefeoh* — disse o oficial. — *Leges Inœ,* capítulo vinte.

— Quantia essa — insistiu o xerife — que te será paga em *doitkins*, *suskins* e *galihalpens*, único caso em que essa moeda pode ser utilizada, nos termos do estatuto da abolição, ano terceiro de Henrique quinto, e terás direito a usufruir de *scortum ante mortem*, e depois serás estrangulado na forca. Essas são as vantagens da confissão. Gostarias de responder à justiça?

O xerife se calou e aguardou. O condenado permaneceu imóvel.

O xerife retomou:

— Homem, o silêncio é um refúgio onde há mais risco do que salvação. A obstinação é condenável e perversa. Quem se cala diante da justiça é traidor da Coroa. Não persistas nessa desobediência não filial. Pensa em Nossa Majestade. Não oponhas resistência à nossa graciosa rainha. Responde a ela quando me dirijo a ti. Mostra tua lealdade.

O padecente arquejou.

O xerife recomeçou:

— Então, após as primeiras setenta e duas horas de prova, eis que chegamos ao quarto dia. Homem, este é o dia decisivo. É no quarto dia que a lei fixa a confrontação.

— *Quarta die, frontem ad frontem adduce* — resmungou o oficial.

— A sabedoria da lei — continuou o xerife — escolheu esta hora extrema para o que nossos ancestrais chamavam de "julgamento pelo frio mortal", visto que é o momento em que se acredita nos homens com base em seu sim e em seu não.

O oficial apoiou:

— *Judicium pro frodmortell, quod homines credendi sint per suum ya et per suum na.* Carta do rei Adelstan. Tomo primeiro, página cento e setenta e três.

Houve um momento de espera, depois o xerife inclinou seu rosto severo na direção do condenado.

— Homem que aí estás deitado no chão...

Fez uma pausa.

— Homem, tu me ouves? —gritou ele.

O homem não se mexeu.

— Em nome da lei, abre os olhos — disse o xerife.

As pálpebras do homem permaneceram fechadas.

O xerife se voltou para o médico que estava em pé à sua esquerda:

— Doutor, dê seu diagnóstico.

— *Probe, da diagnosticum* — disse o oficial.

O médico desceu da pedra com uma rigidez magistral, aproximou-se do homem, inclinou-se, colocou o ouvido perto da sua boca, sentiu sua pulsação no punho, na axila e na coxa, e levantou-se.

— E então? — disse o xerife.

— Ele ainda ouve — respondeu o médico.

— Ele vê? — perguntou o xerife.

— Ele pode ver — respondeu o médico.

A um sinal do xerife, o justiceiro-quorum e o *wapentake* avançaram. O *wapentake* aproximou-se da cabeça do padecente; o justiceiro-quorum parou atrás de Gwynplaine.

O médico recuou um passo entre os pilares.

Então, levantando o buquê de rosas como um padre levanta seu aspersório, o xerife interpelou o homem em voz alta deste modo formidável:

— Ó miserável, fala! A lei te suplica antes de te exterminar. Queres parecer mudo, pensa na tumba, que é muda; queres parecer surdo, pensa na condenação, que é surda. Pensa na morte, que é pior do que tu. Pensa bem, serás abandonado nesta masmorra. Escuta, meu semelhante, pois sou um homem! Escuta, meu irmão, pois sou cristão! Escuta, meu filho, pois sou velho! Cuidado comigo, pois sou o mestre do teu sofrimento e em breve serei terrível. O horror da lei faz a grandiosidade do juiz. Pensa que eu mesmo estremeço diante de mim. Meu próprio poder me consterna. Não me faças perder a paciência. Sinto-me cheio da santa maldade do castigo. Portanto, ó infeliz, sente o saudável e honesto temor da justiça e me obedece. A hora da confrontação é chegada e deves responder. Não te obstines em resistir. Não entres no irrevogável. Pensa que é meu direito pôr nisso um ponto final. Escuta, cadáver já começado! A menos que te agrade aqui expirar ao longo de horas, dias e semanas, e agonizar durante muito tempo, de uma medonha agonia faminta e fecal, sob o peso dessas pedras, sozinho neste subterrâneo, abandonado, esquecido, aniquilado, devorado por ratos e baratas, mordido pelos bichos das trevas, enquanto todo mundo poderá ir e vir, comprar e vender, e enquanto os carros passarão na rua acima da tua cabeça; a menos que te convenha agonizar sem remissão no fundo deste desespero, gemendo, chorando, blasfemando, sem um médico para tratar das tuas feridas, sem um padre para oferecer o copo de água divino à tua alma; ah, a menos que queiras sentir brotar lentamente em teus lábios a pavorosa espuma do sepulcro, ah, te rogo e te conjuro, ouve o que digo! Apelo-te por tua própria salvação, tem pena de ti mesmo, faz o que te pedem, cede à justiça, obedece, vira a cabeça, abre os olhos e diz se reconheces este homem!

O condenado não virou a cabeça e não abriu os olhos.

O xerife olhou alternadamente para o justiceiro-quorum e para o *wapentake*.

O justiceiro-quorum tirou o chapéu e o casaco de Gwynplaine, segurou-o pelos ombros e o colocou de frente para a claridade que entrava pelo lado do homem acorrentado. O semblante de Gwynplaine se destacou naquela penumbra, em todo seu estranho contorno, plenamente iluminado.

Ao mesmo tempo, o *wapentake* se curvou, segurou pelas têmporas, entre suas mãos, a cabeça do condenado, virou essa cabeça inerte para Gwynplaine e, com seus polegares e indicadores, abriu suas pálpebras fechadas. Os olhos mortiços do homem apareceram.

O condenado viu Gwynplaine.

Então, levantando ele próprio a cabeça e abrindo bem os olhos, contemplou-o.

Estremeceu, tanto quanto pode estremecer alguém com uma montanha de pedras sobre o peito, e gritou:

— É ele! Sim, é ele!

E, terrível, gargalhou.

— É ele! — repetiu.

Em seguida, deixou tombar a cabeça no chão e tornou a fechar os olhos.

— Escrivão, anote — disse o xerife.

Gwynplaine, embora apavorado, até então havia mostrado certa coragem. O grito do condenado, "É ele!", transtornou-o. E aquele "*Escrivão, anote*" arrepiou-lhe a espinha. Pareceu-lhe ter compreendido que um bandido o arrastava para dentro de seu destino, sem que ele, Gwynplaine, pudesse entender o porquê, e que a ininteligível confissão daquele homem fechava-se sobre ele como o ferrolho de uma golilha. Imaginou o homem e ele amarrados ao mesmo pelourinho, em duas estacas gêmeas. Gwynplaine perdeu o equilíbrio em meio àquele pavor e se debateu; pôs-se a balbuciar coisas incoerentes, demonstrando a profunda perturbação da inocência, e, tremendo, assombrado, desvairado, gritou ao acaso as primeiras palavras que lhe ocorreram, palavras de angústia, dessas que parecem projéteis insanos.

— Não é verdade. Não sou eu. Não conheço esse homem. Ele não pode me conhecer, pois não o conheço. Minha apresentação desta noite me espera. O que querem de mim? Peço minha liberdade. Já chega. Por que me trouxeram para este porão? Ou então não existem mais leis. Digam logo que não existem mais leis. Senhor juiz, repito que não sou eu. Sou inocente de tudo que possam dizer. Sei muito bem disso. Quero ir embora. Isso não é justo. Não existe nada entre esse homem e mim. Podem se informar. Minha vida não é algo escondido. Foram me prender como se eu fosse um ladrão. Por que viemos aqui dessa maneira? Esse homem aí, acham que eu sei do que se trata? Sou um saltimbanco, que representa farsas em feiras e mercados. Sou o Homem que Ri. Tem muita gente que vai me ver. Estamos em Tarrinzeau Field. Há quinze anos venho ganhando minha vida honestamente. Tenho vinte e cinco anos. Estou alojado na hospedaria Tadcaster. Meu nome é Gwynplaine. Faça o favor de me tirar daqui, senhor juiz. Não se deve abusar da humilde condição dos desafortunados. Tenha compaixão de um homem que não fez nada e que não tem proteção nem defesa. O senhor tem à sua frente um pobre saltimbanco.

— Tenho à minha frente — disse o xerife — Lorde Fermain Clancharlie, Barão Clancharlie e Hunkerville, Marquês de Corleone na Sicília, par da Inglaterra.

E, levantando-se e apontando sua poltrona a Gwynplaine, o xerife acrescentou:

— *Mylord*, que sua senhoria tenha a bondade de sentar-se.

LIVRO QUINTO

O mar e o destino movidos pelos mesmos ventos

I SOLIDEZ DAS COISAS FRÁGEIS

Às vezes o destino nos oferece um copo de loucura. Uma mão sai das nuvens e de repente nos estende a sombria taça que contém a embriaguez desconhecida.

Gwynplaine não compreendeu.

Olhou para trás para ver com quem falavam.

O som agudo demais se torna imperceptível aos ouvidos; a emoção aguda demais se torna imperceptível à inteligência. Há limites para a compreensão, bem como para a audição.

O *wapentake* e o justiceiro-quorum aproximaram-se de Gwynplaine e o seguraram pelos braços; ele percebeu que o sentavam na poltrona de onde o xerife se levantara.

Deixou-se levar, sem entender como aquilo podia estar acontecendo.

Quando já estava sentado, o justiceiro-quorum e o *wapentake* recuaram alguns passos, permanecendo em pé e imóveis atrás da poltrona.

Então o xerife pousou o buquê de rosas na pedra, colocou os óculos que o escrivão lhe estendeu, tirou sob as pastas que entulhavam a mesa uma folha de pergaminho manchada, amarelada, esverdeada, carcomida e um tanto danificada, que parecia ter sido dobrada em partes muito estreitas e com um dos lados totalmente escrito, e, em pé sob a luz da lamparina, aproximando essa folha de seus olhos, com a voz mais solene possível, leu o seguinte:

> Em nome do Pai, do Filho e do Espírito Santo,
>
> No dia de hoje, vinte e nove de janeiro do ano de mil seiscentos e noventa de Nosso Senhor,
>
> Foi cruelmente abandonada na costa deserta de Portland, com a intenção de que ali morresse de fome, de frio e de abandono, uma criança de dez anos de idade.
>
> Essa criança foi vendida com a idade de dois anos por ordem de Sua Graciosíssima Majestade, o rei Jaime Segundo.

Essa criança é Lorde Fermain Clancharlie, filho único legítimo de Lorde Linnœus Clancharlie, Barão de Clancharlie e Hunkerville, Marquês de Corleone na Itália, par do reino da Inglaterra, falecido, e de Ana Bradshaw, sua esposa, falecida.

Esse menino é herdeiro dos bens e títulos de seu pai. Por isso foi vendido, mutilado, desfigurado, tendo desaparecido por vontade de Sua Graciosíssima Majestade.

Esse menino foi criado e treinado para ser acrobata nas feiras e mercados.

Foi vendido quando tinha dois anos de idade, após a morte do senhor seu pai, e dez libras esterlinas foram dadas ao rei pela compra não só da criança como também de diversas concessões, tolerâncias e imunidades.

Lorde Fermain Clancharlie, aos dois anos, foi comprado por mim, abaixo assinado, que escrevo estas linhas, e foi mutilado e desfigurado por um flamengo de Flandres chamado Hardquanonne, única pessoa em posse dos segredos e procedimentos do doutor Conquest.

O menino estava destinado por nós a ser uma máscara de riso. *Masca ridens.*

Com essa intenção, Hardquanonne praticou nele a operação *Bucca fissa usque ad aures*, que deixa no rosto um riso permanente.

O menino, que foi adormecido e deixado insensível durante esse trabalho por um método conhecido unicamente por Hardquanonne, ignora a operação que sofreu.

Ele ignora que é Lorde Clancharlie.

Atende pelo nome de *Gwynplaine.*

Isso se deve à pouca idade e à pequena memória que tinha ao ser vendido e comprado, aos dois anos de vida apenas.

Hardquanonne é a única pessoa que sabe fazer a operação *Bucca fissa*, e esse menino é a única pessoa viva em quem ela foi feita.

Essa operação é única e singular, a tal ponto que esse menino, mesmo após muitos anos, mesmo que já existisse um velho em lugar da criança, e mesmo que seus cabelos negros se tivessem tornado brancos, seria imediatamente reconhecido por Hardquanonne.

No momento em que escrevemos isto, Hardquanonne, que conhece perfeitamente todos esses fatos e deles participou como principal autor, está detido nas prisões de Sua Alteza, o príncipe de Orange, vulgarmente chamado de Rei Guilherme III. Hardquanonne foi capturado e preso como pertencente aos chamados *Comprachicos* ou *Cheylas*. Está encarcerado no presídio de Chatham.

Foi na Suíça, perto do lago de Genebra, entre Lausanne e Vevey, precisamente na casa em que seu pai e sua mãe morreram, que o menino nos foi vendido e entregue, de acordo com as ordens do rei, pelo último criado do finado Lorde Linnœus, criado este que veio a falecer pouco depois, como seus patrões; de forma que esse assunto delicado e secreto não é do conhecimento de mais ninguém aqui na terra, a não ser de Hardquanonne, que está preso em Chatham, e de nós, que vamos morrer.

Nós, abaixo assinados, criamos e mantivemos por oito anos, para disso tirar proveito em nosso negócio, o pequeno senhor que compramos do rei.

No dia de hoje, fugindo da Inglaterra para não compartilhar da má sorte de Hardquanonne, por pusilanimidade e temor, por causa das sanções e condenações penais promulgadas pelo parlamento, abandonamos na costa de Portland, ao cair da noite, o menino chamado Gwynplaine, que é Lorde Fermain Clancharlie.

Ora, juramos segredo ao rei, mas não a Deus.

Esta noite, no mar, assaltados por uma forte tempestade conforme a vontade da Providência, em pleno desespero e perigo, ajoelhados diante daquele que pode salvar nossas vidas e que talvez queira salvar nossas almas, nada mais tendo a esperar dos homens e tudo temendo de Deus, tendo como âncora e recurso apenas o arrependimento por nossas más ações, resignados a morrer, e contentes se a justiça celeste assim se satisfaz, humildes e penitentes, com a mão no peito fazemos esta declaração, que confiamos e lançamos ao furioso mar, para que dela ele faça bom uso em obediência a Deus. E que a Santíssima Virgem nos ajude. Amém. E assinamos.

O xerife, interrompendo-se, disse:

— Aqui estão as assinaturas. Todas com caligrafias diferentes.

E voltou a ler:

— "Doutor Gernardus Geestemunde. — Asuncion." Uma cruz, e ao lado: "Barbara Fermoy, da ilha Tyrryf, nas Ebudes. — Gaïzdorra, *captal*. — Giangirate. — Jacques Quatourze, vulgo Narbonês. — Luc-Pierre Capgaroupe, da prisão de Mahon".

O xerife, fazendo outra interrupção, disse:

— Nota escrita pela mesma mão do texto e da primeira assinatura.

E continuou a ler:

— "Dos três homens da tripulação, o capitão foi levado pelo mar; sobraram dois, que assinam. — Galdeazun. — Ave Maria, ladrão".

Alternando leitura e interrupções, o xerife continuou:

— Ao pé da folha está escrito: "No mar, a bordo da *Matutina*, urca de Biscaia, do golfo de Pasages".

"Esta folha" — acrescentou o xerife — "é um pergaminho de chancelaria com as filigranas do rei Jaime Segundo. À margem da declaração, e com a mesma letra, foi escrita esta nota:

"A presente declaração foi escrita por nós no verso da ordem real que nos foi entregue como recibo pela compra da criança. Virando-se a folha, encontra-se a ordem".

O xerife virou o pergaminho e o ergueu com a mão direita, expondo-o à luz. Viu-se uma folha em branco, se é que o termo folha em branco pode ser aplicado a algo apodrecido como aquilo, e, no meio da folha, viam-se três palavras: duas escritas em latim, *jussu regis,*[1] e uma assinatura: *Jeffreys.*

— *Jussu regis. Jeffreys* — disse o xerife, passando da voz grave à voz alta.

Se havia um homem sobre cuja cabeça acabava de cair uma telha do palácio dos sonhos, esse homem era Gwynplaine.

Ele começou a falar como se fala na inconsciência:

— Gernardus, sim, o doutor. Um homem velho e triste. Eu tinha medo dele. Gaïzdorra, *captal*; isso quer dizer chefe. Havia mulheres, Asuncion e a outra. E também o provençal. Era Capgaroupe. Ele bebia numa garrafa achatada com um nome escrito em vermelho.

— Aqui está ela — disse o xerife.

E colocou sobre a mesa algo que o escrivão acabara de tirar da sacola de justiça.

Era uma garrafa com alças, revestida de vime. Era visível que essa garrafa tinha passado por muitas aventuras. Devia ter ficado muito tempo na água; conchas e algas estavam presas a ela. Fora incrustada e adamascada com todo tipo de ferrugem do oceano. O gargalo tinha uma saliência de alcatrão indicando que a garrafa fora hermeticamente fechada. Estava aberta e sem o lacre. Mas haviam colocado em seu gargalo uma espécie de tampa feita com corda embebida em alcatrão, e isso servira de rolha.

— Foi nessa garrafa — disse o xerife — que a declaração que acabamos de ler fora colocada pelas pessoas que iam morrer. Essa mensagem endereçada à justiça foi-lhe fielmente entregue pelo mar.

O xerife deu mais imponência à sua entonação e continuou:

— Assim como o monte Harrow é excelente para o trigo e fornece a fina flor de farinha com a qual se faz o pão para a mesa real, o mar também presta à Inglaterra todos os serviços que pode, e, quando um Lorde se perde, ele o encontra e o traz de volta.

E prosseguiu:

— Nessa garrafa há de fato um nome escrito em vermelho.

E, erguendo a voz, voltou-se para o supliciado imóvel:

— E é o seu nome, malfeitor que aqui está. Pois estas são as vias obscuras pelas quais a verdade, submersa no abismo das ações humanas, se desprende do fundo e vem à tona.

---

[1] Por ordem do rei.

O xerife pegou a garrafa, virando um dos seus lados para a luz; o objeto provavelmente fora limpo por necessidade da justiça. Nos entrelaçamentos do vime, via-se serpentear uma fina tira de junco vermelho, embolorado em algumas partes por obra da água e do tempo. Embora um pouco rompido, o junco traçava claramente no vime estas doze letras: *Hardquanonne.*

Então, retomando seu singular tom de voz, que não se parece com nada e que poderia ser qualificado como uma entonação de justiça, o xerife dirigiu-se ao condenado:

— Hardquanonne! Quando por mim, xerife, esta garrafa na qual consta seu nome foi-lhe pela primeira vez mostrada, exibida e apresentada, imediatamente e de boa vontade o senhor a reconheceu como sendo a que lhe pertencera. Em seguida, tendo-lhe sido feita a leitura, em todo seu teor, do pergaminho que dentro dela havia sido colocado e lacrado, o senhor não quis dizer mais nada a respeito, e, sem dúvida na esperança de que o menino perdido não fosse encontrado e de que escaparia ao castigo, recusou-se a responder. Em consequência dessa recusa, foi-lhe aplicada a pena forte e dura e feita uma segunda leitura do mencionado pergaminho, onde está registrada a declaração e a confissão de seus cúmplices. Tudo em vão. Hoje, que é o quarto dia, dia legalmente determinado para a confrontação, tendo sido colocado diante daquele que fora abandonado em Portland no dia vinte e nove de janeiro de mil seiscentos e noventa, a diabólica esperança que mantinha se esvaneceu, e o senhor rompeu o silêncio, reconhecendo sua vítima...

O condenado abriu os olhos, ergueu a cabeça e, com uma voz em que havia a estranha sonoridade da agonia, e não se sabe que calma entremeando uma dificultosa respiração, pronunciando algumas palavras de forma trágica sob o amontoado de pedras, como se para tanto precisasse levantar aquela espécie de tampa de ataúde colocada sobre ele, começou a falar:

— Jurei segredo e o guardei o mais que pude. Os homens maus são homens fiéis, e existe uma honestidade no inferno. Hoje, o silêncio se tornou inútil. Paciência. Por isso estou falando. Pois bem, é ele, sim. Fizemos isso entre nós dois: o rei, por sua vontade; eu, por minha arte.

E, olhando para Gwynplaine, acrescentou:

— Agora ria eternamente.

E ele próprio começou a rir.

Este outro riso, ainda mais feroz que o primeiro, poderia ser tomado por um soluço.

O riso cessou e o homem se deitou novamente. Suas pálpebras tornaram a se fechar.

O xerife, que havia deixado o supliciado falar, continuou:

— Que tudo isso seja devidamente registrado.

Deu ao escrivão tempo para anotar, depois disse:

— Hardquanonne, nos termos da lei, dado o resultado da confrontação, feita uma terceira leitura da declaração de seus cúmplices, agora confirmada por seu reconhecimento e confissão, dadas suas próprias declarações, o senhor será liberado destas amarras e levado, conforme a vontade de Sua Majestade, para ser enforcado como plagiário.

— Plagiário — repetiu o doutor em leis. Quer dizer, comprador e vendedor de crianças. Lei visigótica, livro sete, título três, parágrafo *Usurpaverit*; e Lei sálica, título quarenta e um, parágrafo dois; e Lei dos Frisões, título vinte e um, *De Plagio*. E Alexandre Nequam diz: "*Qui pueros vendis, plagiarus est tibi nomen*".*

O xerife pôs o pergaminho na mesa, tirou os óculos, pegou novamente o buquê e disse:

— Fim da pena forte e dura. Hardquanonne, agradeça a Sua Majestade.

Com um sinal, o justiceiro-quorum fez o homem vestido de preto se mover.

Esse homem, que era um ajudante de carrasco, "criado do algoz", como dizem as velhas cartas, foi até o condenado, tirou-lhe uma a uma as pedras que tinha sobre o ventre, retirou a placa de ferro, o que permitiu ver as costelas deformadas do miserável, depois tirou-lhe dos punhos e dos tornozelos as quatro argolas que o prendiam aos pilares.

O réu, livre das pedras e das correntes, permaneceu estendido no chão, olhos fechados, braços e pernas afastados, como um crucificado despregado.

— Hardquanonne, levante-se — disse o xerife.

O homem não se mexeu.

O criado do algoz levantou uma das mãos de Hardquanonne e a soltou; a mão caiu. A outra mão, igualmente levantada, também caiu. O ajudante de carrasco ergueu-lhe um pé, depois o outro; os calcanhares bateram no chão. Os dedos dos pés e das mãos estavam inertes e imóveis. Os pés descalços de um corpo que jaz têm algo de eriçado.

O médico se aproximou, tirou de um bolso da toga um pequeno espelho de aço e o colocou diante da boca aberta de Hardquanonne; em seguida, abriu suas pálpebras com os dedos. Elas não se fecharam. As pupilas vidradas permaneceram fixas.

O médico se levantou e disse:

— Ele está morto.

E acrescentou:

---

* Tu, que vendes crianças, teu nome é plagiário. (Nota do Autor.)

— Ele riu, isso o matou.

— Pouco importa. Depois da confissão, viver ou morrer é mera formalidade — disse o xerife.

Logo depois, apontando Hardquanonne com o buquê de rosas, o xerife deu esta ordem ao *wapentake*:

— A carcaça deve ser levada daqui esta noite.

O *wapentake* assentiu com um leve movimento de cabeça.

E o xerife acrescentou:

— O cemitério da prisão é aqui em frente.

O *wapentake* fez novo sinal de assentimento.

O escrivão registrava.

Segurando o buquê com a mão esquerda, o xerife pegou sua vara branca com a outra mão, postou-se diante de Gwynplaine, que continuava sentado, fez-lhe uma profunda reverência; em seguida, em outra atitude solene, inclinou a cabeça para trás e, olhando bem em seus olhos, disse-lhe:

— A vós aqui presente, eu, Philippe Denzill Parsons, cavaleiro, xerife do condado de Surrey, assistido por Aubrie Docminique, escudeiro, nosso escrivão, e por nossos oficiais ordinários; em virtude de nossa incumbência, devidamente munidos das ordens diretas e especiais de Sua Majestade, dos direitos e deveres de nossa função, e da autorização do Lorde chanceler da Inglaterra; uma vez lavrados os autos e feitos os registros, vistas as peças enviadas pelo almirantado, feita a conferência dos atestados e assinaturas, feita a leitura e a audição das declarações, feita a confrontação; todas as averiguações e informações legais tendo sido completadas, esgotadas e levadas a bom e justo termo, notifico e declaro, para que assim aconteça o que é de direito, que sois Fermain Clancharlie, Barão Clancharlie e Hunkerville, Marquês de Corleone na Sicília, par da Inglaterra, e que Deus proteja vossa senhoria.

E fez uma reverência.

O doutor em direito, o médico, o justiceiro-quorum, o *wapentake*, o escrivão, todos os assistentes, exceto o carrasco, repetiram ainda mais profundamente essa reverência, inclinando-se até o chão diante de Gwynplaine.

— Mas o que é isso, acordem-me! — exclamou Gwynplaine.

E pôs-se de pé, muito pálido.

— Venho acordá-lo, de fato — disse uma voz que ainda não fora ouvida.

Um homem saiu de trás de um dos pilares. Como ninguém havia entrado no porão desde que a lâmina de ferro abrira passagem para o cortejo policial, era evidente que esse homem ali chegara antes da entrada de Gwynplaine, que tinha um papel de observador regular e que tinha por missão e função estar ali. O homem era gordo e corpulento, usava uma peruca típica da corte e um casaco de viagem, era mais velho do que jovem e muito decente.

Ele cumprimentou Gwynplaine com respeito e naturalidade, com a elegância de um distinto criado e sem a típica rispidez de um magistrado. Disse:

— Sim, vim despertá-lo. O senhor dorme há vinte e cinco anos. Está vivendo um sonho e precisa sair dele. O senhor acredita ser Gwynplaine, mas é Clancharlie. Acredita ser do povo, mas é da nobreza. Acredita pertencer à última classe, mas pertence à primeira. Acredita ser histrião, mas é um par. Acredita ser pobre, mas é opulento. Acredita ser pequeno, mas é grande. Acorde, *mylord*!

Com uma voz muito baixa, na qual havia certo terror, Gwynplaine murmurou:

— O que quer dizer tudo isso?

— Isso quer dizer, *mylord* — respondeu o homem gordo —, que me chamo Barkilphedro, que sou oficial do almirantado, que esta peça abandonada no mar, a garrafa de Hardquanonne, foi encontrada na praia e me foi trazida para ser aberta por mim, de acordo com as obrigações e a prerrogativa de minha função, que a destampei na presença de duas testemunhas juramentadas do ofício Jetson, as quais são membros do parlamento, William Blathwaith, pela cidade de Bath, e Thomas Jervoise, por Southampton, que esses dois homens descreveram e atestaram o conteúdo da garrafa e assinaram o registro de abertura juntamente comigo; que fiz meu relatório para Sua Majestade, que, por ordem da rainha, todas as formalidades legais necessárias foram cumpridas com a discrição que pede uma matéria tão delicada, e que a última delas, a confrontação, acaba de ocorrer; isso quer dizer que o senhor tem um milhão de renda; isso quer dizer que o senhor é Lorde do Reino Unido da Grã-Bretanha, legislador e juiz, juiz supremo, legislador soberano, vestido com a púrpura e o arminho, de forma idêntica à dos príncipes e similar à dos imperadores, que em sua cabeça há uma coroa de par, e que irá casar-se com uma duquesa, filha de um rei.

Com toda essa transfiguração se abatendo sobre ele de maneira tão brusca e imprevista, Gwynplaine desmaiou.

II O ERRANTE NÃO SE ENGANA

Toda essa aventura viera de um soldado que havia encontrado uma garrafa na praia.

Contemos os fatos.

A todo fato se liga uma engrenagem.

Certo dia, um dos quatro canhoneiros que compunham a guarnição do castelo de Calshor recolhera na areia, na maré baixa, uma garrafa coberta de vime que fora levada até ali pelas ondas. Essa garrafa, toda embolorada, estava tampada com um lacre de alcatrão. O soldado a entregou ao coronel do castelo, e o coronel a entregou ao almirante da Inglaterra. O almirante era, na verdade, o almirantado; e, em se tratando de objetos trazidos pelo mar, o almirantado era Barkilphedro. Barkilphedro retirou o lacre, destampou a garrafa e depois a apresentou à rainha. A rainha imediatamente tomou providências. Dois respeitáveis conselheiros foram informados e consultados: o Lorde chanceler, que é, de acordo com a lei, "guardião da consciência do Rei da Inglaterra", e o Lorde marechal, que é "juiz das armas e dos títulos da nobreza". Thomas Howard, Duque de Norfolk, par católico, que por herança era alto marechal da Inglaterra, fez saber por seu deputado-conde-marechal Henri Howard, Conde de Bindon, que daria o mesmo parecer do Lorde chanceler. Quanto ao Lorde chanceler, tratava-se de William Cowper. Não se deve confundir esse chanceler com seu contemporâneo e homônimo William Cowper, anatomista, crítico de Bidloo, que publicou na Inglaterra o *Tratado dos Músculos* quase ao mesmo tempo que Étienne Abeille publicava na França a *História dos Ossos*; um cirurgião não é um Lorde. Lorde William Cowper era célebre por ter emitido a seguinte opinião a propósito do caso Talbot Yelverton, Visconde Longueville: "A respeito da constituição da Inglaterra, a restauração de um par importava mais que a restauração de um rei". A garrafa encontrada em Calshor havia despertado sua atenção ao extremo. O autor de uma máxima adora as oportunidades de aplicá-la. Era um caso de restauração de um par. Pesquisas haviam sido feitas. Gwynplaine, tendo seu nome em um letreiro na rua, era alguém fácil de ser encontrado. Hardquanonne também. Não estava morto. A prisão apodrece o homem, mas o conserva, se é que guardar é conservar. Raramente mexiam com gente mandada para as bastilhas. Ninguém mudava de prisão, assim como ninguém muda de caixão. Hardquanonne ainda estava na masmorra de Chatham; foi fácil pôr as mãos nele e transferi-lo de Chatham para Londres. Enquanto isso, colhiam informações na Suíça. Os fatos foram reconhecidos como verdadeiros. Foram levadas aos cartórios locais, em Vevey, em Lausanne, a certidão de casamento de Lorde Linnœus no exílio, a certidão de nascimento da criança, as certidões de óbito do pai e da mãe, e, "para servir aos fins de direito", foram feitas cópias devidamente autenticadas. Tudo executado dentro do mais rigoroso sigilo, com o que então era chamado de *prontidão real*, e com o "silêncio de toupeira" recomendado e praticado por Bacon, mais tarde transformado em lei por Blackstone para os casos de chancelaria e de Estado e para coisas classificadas como senatoriais.

O *jussu regis* e a assinatura *Jeffreys* foram reconhecidos. Para quem estudou patologicamente os casos de capricho chamados de "bel-prazer", esse *jussu regis* é bem simples. Por que Jaime II, que, ao que parece, deveria ter ocultado esses atos, deixava deles, mesmo arriscando comprometer o êxito da manobra, vestígios escritos? Por cinismo. Indiferença arrogante. Ah, pois então acreditam que só as mulheres da vida são impudicas? A razão de Estado também é. *Et se cupit ante videri.*[2] Cometer um crime e se gabar, eis toda a história. O rei se tatua, como o condenado. Quando o interesse é escapar da polícia e da história, com as quais o sujeito está indisposto, é aí que faz questão de ser descoberto e reconhecido. Vejam meu braço, reparem neste desenho, um templo de amor e um coração apaixonado atingido por uma flecha sou eu, Lacenaire. *Jussu regis*. Sou eu, Jaime II. O sujeito pratica uma má ação e deixa nela sua marca. Chegar à plenitude pela afronta, denunciar a si mesmo, tornar seu malefício imperdível, essa é a bravata do malfeitor insolente. Cristina agarrou Monaldeschi, depois de fazê-lo confessar, mandou assassiná-lo e disse: *Sou rainha da Suécia no palácio do rei da França*. Existe o tirano que se esconde, como Tibério, e o tirano que se gaba, como Filipe II. Um está mais para escorpião, o outro está mais para leopardo. Jaime II era da segunda espécie. Tinha, como se sabe, um semblante aberto e alegre, diferentemente de Filipe II. Filipe era sinistro, Jaime era jovial. Ambos ferozes, porém. Jaime II era o tigre bonachão. Tinha, como Filipe II, tranquilidade quanto a seus crimes abomináveis. Era monstro pela graça de Deus. Portanto, nada tinha a dissimular ou a atenuar, e seus assassinatos eram de direito divino. De bom grado, ele também teria deixado para a posteridade seus arquivos de Simancas,[3] com todos os seus atentados numerados, datados, classificados, etiquetados e ordenados, cada um no devido compartimento, como os venenos no laboratório de um farmacêutico. Assinar seus crimes é próprio da realeza.

Toda ação cometida é uma duplicata que se cobra do grande pagador desconhecido. Essa acabava de chegar ao vencimento com o sinistro termo de encerramento *Jussus regis*.

A Rainha Ana, nada feminina em certo sentido, pois era imbatível quando se tratava de guardar um segredo, havia solicitado ao Lorde chanceler, a respeito desse grave assunto, um relatório confidencial do tipo qualificado como "relatório ao pé do ouvido real". Os relatórios dessa espécie sempre foram bastante usuais nas monarquias. Em Viena, havia o *conselheiro auricular*, personagem áulico. Era uma antiga dignidade carolíngia, o *auricularius* das velhas cartas palacianas. Aquele que fala baixo ao imperador.

---

[2] "'Mas antes ela deseja ser vista' (Virgílio, *Bucólicas*, III, 65)", anota Roger Borderie.

[3] Um castelo da cidade de Simancas conserva o mais rico acervo de arquivos de toda a Espanha.

William, Barão Cowper, chanceler da Inglaterra, em quem a rainha confiava porque era tão míope quanto ela, ou até mais, redigira uma nota que começava assim: "Dois pássaros estavam a serviço de Salomão, uma poupa, o *hudbud*, que falava todas as línguas, e uma águia, o *simourganka*, que cobria com a sombra de suas asas uma caravana de vinte mil homens. Assim como, de outra forma, a Providência", etc. O Lorde chanceler confirmava o fato de o herdeiro de um par ter sido levado e mutilado, e depois ter sido reencontrado. Ele não censurava Jaime II, afinal pai da rainha. Dava até justificativas. Em primeiro lugar: existem as antigas máximas monarquistas. *E senioratu eripimus. In roturagio cadat.*[4] Em segundo lugar: o direito real de mutilação existe. Chamberlayne o constatou. *Corpora et bona nostrorum subjectorum nostra sunt,** disse Jaime I, de gloriosa e douta memória. Os olhos de alguns duques de sangue real foram furados para o bem do reino. Certos príncipes, próximos demais do trono, foram utilmente asfixiados entre dois colchões, o que passou por apoplexia. Ora, asfixiar é mais que mutilar. O rei de Túnis arrancou os olhos de seu pai, Muley-Assem, e nem por isso seus embaixadores deixaram de ser recebidos pelo imperador. O rei podia, portanto, ordenar a supressão de um membro tanto quanto a supressão de um Estado, etc., era legal, etc. Mas uma legalidade não anula a outra. "Se o afogado volta à superfície e não está morto, é Deus retocando a ação do rei. Se o herdeiro é encontrado, que a coroa lhe seja devolvida. Assim foi feito com Lorde Alla, Rei da Nortúmbria, que também havia sido saltimbanco. Assim deve ser feito com Gwynplaine, que também é rei, quer dizer, Lorde. O baixo nível do ofício que exerceu, por motivo de força maior, não desonra o brasão, como testemunham Abdalônimo, que era rei e fora jardineiro; José, que era santo e fora carpinteiro; Apolo, que era deus e fora pastor." Em suma, o sábio chanceler concluía pela reintegração de todos os bens e dignidades de Fermain, Lorde Clancharlie, incorretamente chamado de Gwynplaine, "com a única condição de que ele fosse confrontado com o malfeitor Hardquanonne e por este fosse reconhecido". E, com isso, o chanceler, guardião constitucional da consciência real, deixava essa consciência em paz.

Com um *post scriptum*, o Lorde chanceler lembrava que, se Hardquanonne se recusasse a responder, a "pena forte e dura" devia ser aplicada, caso em que, para atingir o período chamado de *frodmortell* desejado pela carta do rei Adelstan, a confrontação deveria ocorrer no quarto dia. O que poderia causar certo inconveniente seria o condenado morrer no segundo ou terceiro dia,

---

[4] Nós o tiramos da senhoria, que ele se junte à plebe.

* "A vida e os membros dos súditos dependem do rei." (Chamberlayne, 2.a parte, cap. IV, p. 76). (N. A.)

tornando difícil a realização da confrontação. Mas a lei deveria ser executada. O inconveniente da lei faz parte da lei.

De resto, na mente do Lorde chanceler não havia dúvida alguma quanto a Gwynplaine ser reconhecido por Hardquanonne.

Ana, suficientemente informada da deformidade de Gwynplaine, não querendo prejudicar sua irmã, que veria seus bens herdados dos Clancharlie passarem para um substituto, decidiu com satisfação que a Duquesa Josiane seria esposada pelo novo Lorde, ou seja, por Gwynplaine.

A reintegração de Lorde Fermain Clancharlie era, na verdade, um caso bem simples, uma vez que era herdeiro direto e legítimo. Para as filiações duvidosas ou pariatos *in abeyance* reivindicados por parentes colaterais, a Câmara dos Lordes deve ser consultada. Sem ir muito longe, foi o que aconteceu em 1782 com a baronia de Sidney, reclamada por Elizabeth Perry; em 1798, com a baronia Beaumont, reclamada por Thomas Stapleton; em 1803, com a baronia de Chandos, reclamada pelo reverendo Tymewell Brydges; em 1813, com o pariato-condado de Banbury, reclamado pelo tenente-general Knollys, etc.; mas, no presente caso, era diferente. Nenhum litígio; uma evidente legitimidade; um direito claro e certo; não havia razão para que a Câmara fosse acionada, bastava que a rainha, assistida pelo Lorde chanceler, reconhecesse e admitisse o novo Lorde.

Barkilphedro cuidou de tudo.

O caso, graças a ele, ficou tão subterrâneo, o segredo foi tão hermeticamente guardado, que nem Josiane nem Lorde David faziam a menor ideia da prodigiosa ação que vinha desenrolando-se por baixo dos panos. Josiane, muito arrogante, se colocava em uma posição que facilitava barrá-la; isolava-se por conta própria. Quanto a Lorde David, foi enviado ao mar, à costa de Flandres. Ia perder a *lordship*, mas nem desconfiava. Neste ponto, um detalhe. Ocorreu que, a dez léguas do ancoradouro da estação naval comandada por Lorde David, um capitão chamado Halyburton dominou a frota francesa. O Conde de Pembroke, presidente do conselho, apresentou uma proposta de promoção a contra-almirante, desse Capitão Halyburton. Ana cortou Halyburton e em seu lugar colocou Lorde David Dirry-Moir, para que este ao menos tivesse, ao saber que deixaria de ser par, o consolo de ser contra-almirante.

Ana ficou satisfeita. Um marido horrível para sua irmã, um belo posto para Lorde David. Malícia e bondade.

Sua Majestade ia oferecer-se uma comédia. Além disso, dizia a si mesma que ia reparar um abuso de poder de seu augusto pai, que ia restituir um membro ao pariato, que agia com grandeza de rainha, que protegia a inocência de acordo com a vontade de Deus, que a Providência, em seus santos e impenetráveis caminhos, etc. É muito bom praticar uma ação justa que desagrada a alguém de quem não gostamos.

De resto, saber que o futuro marido de sua irmã era disforme já havia bastado para a rainha. De que maneira o tal Gwynplaine era disforme, que tipo de má aparência tinha? Barkilphedro não fizera questão de contar à rainha, e Ana não procurara saber. Profundo desdém real. Aliás, que importância tinha? A Câmara dos Lordes só podia ficar agradecida. O Lorde chanceler, verdadeiro oráculo, havia falado. Restaurar um par é restaurar todo o pariato. Nesse tipo de circunstância, a realeza se mostrava boa e respeitosa guardiã do privilégio do pariato. Fosse qual fosse o rosto do novo Lorde, um semblante não é uma objeção a um direito. Ana pensou mais ou menos tudo isso e simplesmente perseguiu seu objetivo, o grande objetivo feminino e real: satisfazer-se.

A rainha estava então em Windsor, o que colocava certa distância entre as intrigas palacianas e o público.

Somente as pessoas absolutamente necessárias estavam a par do segredo do que ia acontecer.

Quanto a Barkilphedro, ficou contente, o que acrescentou a seu semblante uma expressão sinistra.

Neste mundo, o que pode haver de mais medonho é a alegria.

Ele sentiu a volúpia de ser o primeiro a saborear a garrafa de Hardquanonne. Pareceu pouco surpreso, pois o espanto é coisa de espíritos insignificantes. Além disso, o que acontecia era-lhe de fato devido, não é mesmo? A ele que, havia tanto tempo, vinha espreitando a porta do acaso. Já que esperava, alguma coisa tinha de acontecer.

Esse *nil mirari*[5] fazia parte de seu sangue-frio. Mas devemos dizer que, no fundo, ficara deslumbrado. Se alguém pudesse arrancar a máscara que ele usava na consciência, até mesmo diante de Deus, encontraria o seguinte: precisamente naquele momento, Barkilphedro começava a se convencer de que seria decididamente impossível que ele, inimigo íntimo e ínfimo, causasse qualquer ruptura na grandiosa existência da Duquesa Josiane. Daí um frenético acesso de animosidade latente. Havia chegado ao paroxismo que chamam de desânimo. E, como perdia a esperança, se enfurecia mais ainda. Roer-se por dentro, expressão trágica e verdadeira! Um vilão roendo sua impotência. Barkilphedro talvez estivesse a ponto de renunciar, não a querer o mal de Josiane, mas a lhe fazer o mal; não à raiva, mas à mordida. Mas que fracasso ter de ceder! Guardar dali em diante seu ódio em um estojo, como um punhal de museu! Dura humilhação.

De repente, na hora H — o imenso acaso universal adora essas coincidências —, a garrafa de Hardquanonne vinha, de onda em onda, parar em

[5] Não se admirar de nada.

suas mãos. No desconhecido existe não se sabe que ponta de domesticação que parece colocá-lo a serviço do mal. Barkilphedro, assistido por aquelas duas testemunhas do almirantado, juramentadas e indiferentes, destampa a garrafa, encontra o pergaminho, desdobra-o e lê... Tentemos imaginar o monstruoso deleite!

É estranho pensar que o mar, o vento, o espaço, o fluxo e o refluxo, as tempestades, as calmarias, as brisas deram-se a todo esse trabalho para vir a fazer a felicidade de um perverso. Essa cumplicidade tinha durado quinze anos. Misterioso trabalho. Durante esses quinze anos, o oceano não havia passado um só minuto sem se ocupar desse assunto. As vagas haviam empurrado, de uma para a outra, a garrafa flutuante, os recifes esquivaram o choque do vidro, ela não sofrera nenhuma rachadura, nenhum atrito deteriorara seu lacre, as algas não apodreceram seu vime, as conchas não destruíram a palavra *Hardquanonne*, a água não penetrara no seu interior, o mofo não dissolvera o pergaminho, a umidade não pudera apagar o que fora escrito. Quantos cuidados o abismo precisara tomar! Assim, aquilo que Gernardus havia lançado à escuridão, a escuridão entregara a Barkilphedro; e a mensagem enviada a Deus havia chegado ao demônio. Tinha havido um abuso de confiança na imensidão, e a obscura ironia entremeada às coisas tinha agido de modo a mesclar este honrado triunfo, o menino perdido, Gwynplaine, voltando a ser Lorde Clancharlie, a uma vitória peçonhenta; a fazer de forma maldosa uma boa ação; e a colocar a justiça a serviço da iniquidade. Salvar uma vítima de Jaime II era entregar uma presa a Barkilphedro. Restabelecer a condição de Gwynplaine era entregar-lhe Josiane de bandeja. Barkilphedro triunfava. Então era para isso que, durante tantos anos, as ondas, as correntes, os ventos haviam transportado, sacudido, empurrado, jogado, agitado e respeitado aquela garrafa que carregava em seu bojo tantas existências! Era para isso que fora selada uma cordial aliança entre os ventos, as marés e as tormentas! A vasta agitação da natureza era complacente com um miserável! O infinito colaborava com um verme! O destino tem desses sombrios caprichos.

Barkilphedro teve um acesso de orgulho titânico. Disse a si mesmo que tudo aquilo se realizava para cumprir sua intenção. Sentiu-se centro e alvo.

Enganava-se. Reabilitemos o acaso. Não era esse o verdadeiro sentido do notável feito do qual tirava proveito o ódio de Barkilphedro. O oceano, bancando pai e mãe de um órfão, enviando a tormenta àqueles carrascos, destruindo o barco que rejeitou o menino, engolindo os náufragos de mãos postas, recusando todas as suas súplicas e aceitando apenas seu arrependimento; a tempestade recebendo das mãos da morte um depósito: o robusto navio que abrigava o crime trocado pelo frágil frasco contendo a reparação; o mar representando outro papel, como uma pantera que encarnasse uma ama e se pusesse a embalar, não o menino, mas seu destino, enquanto ele crescia na ignorância de tudo aquilo que o abismo fazia por ele; as ondas, às quais fora lançada a garrafa, velando por esse passado no qual havia um futuro; o furacão soprando com vontade; as correntes conduzindo o frágil objeto perdido pelo insondável itinerário da água; os cuidados tomados pelas algas, pelas vagas, pelos rochedos; toda a imensa espuma do abismo mantendo sob sua proteção um inocente; a imperturbável onda como uma consciência; o caos restabelecendo a ordem, o mundo das trevas terminando em luz, toda a escuridão empregada para o surgimento da estrela verdade; o proscrito consolado em sua tumba; o herdeiro devolvido à herança; o crime do rei invalidado; a premeditação divina obedecida; o pequeno, o fraco, o abandonado tendo o infinito como tutor. Isso tudo era o que Barkilphedro poderia ter visto no acontecimento em que triunfava; mas isso foi o que ele não viu. Não pensou que tudo era feito para Gwynplaine, mas que tudo era feito para ele, Barkilphedro. E que valia a pena. Assim são os satânicos.

De resto, para alguém se admirar pelo fato de um frágil objeto à deriva ter conseguido flutuar por quinze anos, sem ser avariado, é preciso conhecer muito pouco a doçura do oceano. Quinze anos não eram nada. No dia 4 de outubro de 1867, em Morbihan, entre a ilha de Groix, a ponta da península de Gavres e o rochedo Errants, pescadores de Port-Louis encontraram uma ânfora romana do século IV coberta de arabescos incrustados pelo mar. Essa ânfora tinha flutuado por mil e quinhentos anos.

Ainda que quisesse manter certa postura fleumática, a surpresa de Barkilphedro era tão grande quanto sua alegria.

Tinha tudo de mão beijada, tudo acontecia como planejado. As peças da aventura prestes a satisfazer seu ódio estavam de antemão espalhadas ao seu alcance. Era só juntá-las e soldá-las. Tarefa agradável de executar. Verdadeiro artesanato.

Gwynplaine! Conhecia esse nome. *Masca ridens!* Como todo mundo, fora ver o Homem que Ri. Tinha lido o letreiro pendurado na fachada do *inn* Tadcaster como quem lê o cartaz de um espetáculo que atrai a multidão. O letreiro havia chamado sua atenção, então se lembrou imediatamente até de seus ínfimos detalhes, que podiam ser verificados depois, se preciso. Nessa eletrizante lembrança que teve Barkilphedro, o letreiro como que ressurgiu diante do seu olhar, indo pousar ao lado do pergaminho dos náufragos, como a resposta ao lado da pergunta, como a palavra ao lado do enigma; e estas linhas: "Aqui se vê Gwynplaine, abandonado aos dez anos de idade, na noite de 29 de janeiro de 1690, à beira do mar em Portland", repentinamente ganharam a seus olhos um esplendor de apocalipse. Teve esta visão: o brilho de *Mane, Tecel, Parsin,*[6] num anúncio de feira. Chegava ao fim a construção provisória que era a existência de Josiane. Desabamento súbito. O menino perdido fora reencontrado. Existia um Lorde Clancharlie. David Dirry-Moir fora esvaziado. O pariato, a riqueza, o poder, a posição, tudo isso saía de Lorde David e passava para Gwynplaine. Castelos, terras, florestas, palácios e palacetes, domínios, e também Josiane, tudo pertencia a Gwynplaine. E Josiane, que desfecho! Quem teria agora à sua frente? Ilustre e altiva, um histrião; bela e preciosa, um monstro. Quem é que algum dia poderia esperar por isso? A verdade é que Barkilphedro estava entusiasmado. Todas as mais odiosas combinações podem ser suplantadas pela infernal generosidade do imprevisível. Quando quer, a realidade cria obras-primas. Barkilphedro achava tolos todos os seus sonhos. Tinha agora coisa melhor.

As mudanças que ocorreriam por conta de sua ação, ele não deixaria de desejá-las ainda que pudessem ocorrer contra ele mesmo. Existem ferozes insetos desinteressados que picam sabendo que morrerão da própria picada. Barkilphedro era um desses bichos..

Dessa vez, porém, não havia o mérito do desinteresse. Lorde David Dirry--Moir não lhe devia nada, mas Lorde Fermain Clancharlie iria dever-lhe tudo. De protegido, Barkilphedro passaria a protetor. E protetor de quem? De um par da Inglaterra. Teria um Lorde só para si! Um Lorde que seria a sua criatura! Barkilphedro realmente tencionava dar-lhe as primeiras formas. E esse Lorde seria o cunhado morganático da rainha! Sendo tão feio, agradaria à rainha tanto quanto desagradaria a Josiane. Motivado por essa vantagem, e aparentando gravidade e modéstia, Barkilphedro podia tornar-se alguém. A vida inteira vinha destinando-se à Igreja; tinha um vago desejo de ser bispo.

Enquanto esperava, era feliz.

Grande triunfo! E como tinha dado certo toda aquela trabalheira do acaso! Sua vingança, pois chamava aquilo de vingança, fora-lhe suavemente trazida pelas ondas. Ele nem sequer precisara ficar de tocaia.

O rochedo era ele; o objeto à deriva, Josiane. Josiane estava prestes a se chocar com Barkilphedro! Profundo êxtase celerado.

Ele era hábil na arte que chamamos de sugestionar, que consiste em fazer no espírito dos outros uma pequena incisão onde o sujeito introduz uma ideia que é dele. Mantendo-se a certa distância, e sem aparentar estar envolvido na manobra, deu um jeito de fazer Josiane ir até a Green Box e ver Gwynplaine. Isso não podia atrapalhar. O saltimbanco visto em toda sua

---

[6] *Medido, pesado, dividido.* — Daniel 5: 25–28. Anúncio da ruína de Babilônia, que apareceu em letras de fogo nas paredes do palácio real.

baixa condição seria um bom ingrediente no prato que ele preparava. Mais tarde, ressaltaria seu sabor.

Ele havia preparado tudo de antemão, silenciosamente. O que queria era algo inesperado. O trabalho que havia executado só poderia ser expresso por estas estranhas palavras: construir uma súbita paixão.

Findas as preliminares, cuidara para que todas as formalidades requeridas fossem cumpridas dentro da legalidade. O segredo não fora quebrado, uma vez que o silêncio fazia parte da lei.

A confrontação entre Hardquanonne e Gwynplaine já havia ocorrido; Barkilphedro a assistira. Acabamos de ver seu resultado.

No mesmo dia, por ordem de Sua Majestade, uma carruagem da rainha foi repentinamente buscar Josiane em Londres para levá-la a Windsor, onde Ana passava uma temporada. Por conta de alguma característica própria de seu espírito, Josiane bem que pensou em desobedecer, ou ao menos retardar sua obediência em um dia, adiando sua partida para o dia seguinte; mas na vida da corte não cabe esse tipo de resistência. Teve de se pôr a caminho imediatamente, trocando sua residência de Londres, Hunkerville House, pela de Windsor, Corleone Lodge.

A duquesa Josiane deixara Londres no exato momento em que o *wapentake* chegava ao *inn* Tadcaster para deter Gwynplaine e levá-lo ao porão penal de Southwark.

Quando ela chegou a Windsor, o oficial da vara negra, que guarda a porta da câmara de audiências, informou-lhe que Sua Majestade estava despachando com o Lorde chanceler e só poderia recebê-la no dia seguinte; que, por consequência, ela deveria manter-se à disposição de Sua Majestade em Corleone Lodge; e que Sua Majestade lhe enviaria diretamente suas ordens na manhã do dia seguinte, ao acordar. Josiane foi para casa muito contrariada, ceou de mau humor, teve enxaqueca, dispensou todo mundo, menos seu pajem, que em seguida também foi dispensado, e ainda estava claro quando se deitou.

Ao chegar, ficou sabendo que Lorde David Dirry-Moir, tendo ainda no mar recebido a ordem de vir imediatamente receber as ordens da rainha, era esperado em Windsor também para o dia seguinte.

III HOMEM ALGUM PASSARIA BRUSCAMENTE DA SIBÉRIA AO SENEGAL SEM PERDER A CONSCIÊNCIA (*HUMBOLDT*)

O desmaio de um homem, mesmo do mais tenaz e mais vigoroso, causado pelo impacto de uma brusca bordoada da sorte, não tem nada de surpreendente. Um homem se abate pelo imprevisto como um boi pela marreta. Francesco d'Albescola, o mesmo que arrancava dos portos turcos suas correntes de ferro, quando eleito papa passou um dia inteiro fora de si. Ora, de cardeal a papa o salto é menor que de saltimbanco a par da Inglaterra.

Nada é tão violento quanto o rompimento de um equilíbrio.

Quando Gwynplaine voltou a si e abriu os olhos, era noite. Gwynplaine estava em uma poltrona no meio de um vasto aposento todo revestido de veludo púrpura, paredes, teto e assoalho. Andava-se sobre veludo. A seu lado, mantinha-se de pé, sem chapéu, o homem barrigudo, que usava um casaco de viagem e que havia saído de trás de um pilar no porão de Southwark. Gwynplaine estava sozinho com esse homem naquele aposento. De sua poltrona, estendendo os braços, conseguia alcançar duas mesas, cada uma apoiando um candelabro com seis velas acesas. Sobre uma das mesas havia papéis e uma pequena caixa; sobre a outra, uma refeição leve — carne fria de ave, vinho, *brandy* —, servida em uma bandeja de prata dourada.

Pela vidraça de uma janela alongada, que ia do chão ao teto, a claridade do céu noturno de abril permitia avistar, do lado de fora, um semicírculo de colunas em volta da entrada principal, fechada por um portal composto de três portas, uma muito larga e duas secundárias: o portão para entrada de veículos, muito amplo, ao centro; à direita, o portão menor, para entrada de cavalos; à esquerda, a porta de pedestres, pequena. Essas portas estavam fechadas com grades cujas pontas brilhavam; no alto, uma escultura coroava a porta central. As colunas eram provavelmente de mármore branco, assim como o calçamento da fachada, causando um efeito de neve e enquadrando, com sua superfície de finas lâminas, um mosaico que se distinguia confusamente na penumbra; esse mosaico, visto de dia, sem dúvida teria revelado ao olhar, com todos os seus esmaltes e com todas as suas cores, um gigantesco brasão, conforme a moda florentina. Ziguezagues de balaústres subindo e descendo indicavam as escadas dos terraços. Acima da fachada, erguia-se uma imensa arquitetura que se mostrava vaga e nebulosa porque era noite. Porções de céu, repletas de estrelas, recortavam a silhueta de um palácio.

Via-se um telhado descomunal, frontões com arabescos, mansardas com coberturas como viseiras, chaminés parecendo torres, e entablamentos cobertos de deuses e deusas imóveis. Em meio à colunata, jorrava na penumbra uma dessas fontes espetaculares, suavemente ruidosas, que vão derramando a água de pia em pia, misturando chuva à cascata, lembrando um porta-joias que se abrisse e fizesse uma distribuição de seus diamantes e pérolas pelo vento, como que para desentediar as estátuas à sua volta. Perfilavam-se longas fileiras de janelas, separadas por uma gama de esculturas em relevo e por bustos sobre pedestais. Sobre os acrotérios, troféus e capacetes de pedra com penachos alternavam-se com deuses.

No aposento em que estava Gwynplaine, ao fundo, de frente para a janela, via-se de um lado uma lareira alta como uma muralha, e do outro, sob um dossel, uma dessas camas antigas, espaçosas, na qual se sobe por uma pequena escada e se pode deitar atravessado. A banqueta ficava ao lado. Uma série de poltronas junto à parede e uma série de cadeiras diante das poltronas completavam a mobília. O teto tinha forma de túmulo; um fogo de lenha, aceso à francesa, ardia na lareira. Pela riqueza das chamas e por suas labaredas cor-de-rosa e verdes, um conhecedor teria constatado que essa lenha era de freixo, coisa de extremo luxo. O aposento era tão grande que mesmo com os dois candelabros ainda ficava escuro. Aqui e ali, cortinas pendentes e oscilantes indicavam haver comunicação com outros aposentos. Todo esse conjunto tinha o aspecto robusto e maciço da época de Jaime I, moda ultrapassada e suntuosa. Assim como o tapete e o forro das paredes do quarto, o dossel, a cama, a banqueta, as cortinas, a lareira, as capas das mesas, as poltronas, as cadeiras, tudo era de veludo carmesim. Nada dourado, a não ser no teto. Lá, aplicado horizontalmente, à mesma distância dos quatro cantos, reluzia um enorme escudo arredondado de metal trabalhado, onde brilhava um deslumbrante relevo de armas; nessas armas, sobre dois brasões que se encostavam, via-se um cordão de pérolas de barão e uma coroa de marquês. Esse metal seria cobre dourado? Seria prata dourada? Não se sabia; mas parecia ouro. E no centro desse teto senhorial, magnífico céu obscuro, o resplandecente escudo tinha o brilho sombrio de um sol dentro da noite.

Um homem selvagem, que traz em si um homem livre, se sente quase tão inquieto em um palácio como em uma prisão. Aquele lugar magnífico era angustiante. Toda magnificência provoca medo. Quem poderia ser o habitante daquela augusta morada? A que colosso toda aquela grandeza pertencia? De que leão aquele palácio era a cova? Gwynplaine, mal e mal desperto, tinha o coração apertado.

— Onde estou? — disse ele.

O homem em pé à sua frente respondeu:

— Está em sua casa, *mylord*.

IV FASCÍNIO

É preciso tempo para voltar à superfície.

Gwynplaine fora atirado ao fundo da perplexidade.

Não é de imediato que se ganha confiança em meio ao desconhecido.

A debandada de ideias existe, assim como existe a debandada dos exércitos; o reagrupamento não acontece imediatamente.

O indivíduo de certa forma se sente disperso; assiste a uma estranha dissipação de si mesmo.

Deus é a mão, o acaso é a atiradeira, o homem é a pedra. Resista, então, uma vez arremessado.

Gwynplaine, temos de concordar, ricocheteava entre uma surpresa e outra. Depois da carta de amor da duquesa, a revelação do porão de Southwark.

Nas questões de destino, quando o inesperado começa a acontecer, o jeito é se preparar para isto: um golpe atrás do outro. Uma vez aberta essa porta indomável, as surpresas precipitam-se por ela. A confusão dos acontecimentos se embrenha pela brecha feita em sua parede. O extraordinário não dá as caras só uma vez.

O extraordinário é uma incógnita. Essa incógnita pairava sobre Gwynplaine. O que lhe acontecia parecia-lhe ininteligível. Ele via tudo através dessa nebulosidade deixada na mente por uma profunda comoção, tal qual a poeira de um desabamento. O abalo ocorrera de alto a baixo. Nada era claro para ele. Mas, pouco a pouco, a transparência se refaz. A poeira baixa. A intensidade do choque diminui a cada instante. Gwynplaine estava como alguém que, sonhando, tivesse os olhos abertos e fixos, tentando ver o que havia dentro do seu sonho. Decompunha essa nuvem, em seguida a recompunha. Passava pelas intermitências da divagação. Sentia a oscilação do espírito diante do imprevisto, a qual empurra o sujeito sucessivamente para o lado da compreensão, e depois o traz de volta para o lado em que a compreensão não existe mais. Quem é que nunca sentiu esse pêndulo no cérebro?

Gradativamente, ocorrera a expansão do seu pensamento nas trevas do incidente, assim como ocorrera em suas pupilas nas trevas do subterrâneo de Southwark. O difícil era conseguir interpor um certo espaçamento entre tantas sensações acumuladas. Para que a combustão das ideias turvas, chamada de compreensão, possa acontecer, é preciso que haja ar entre as emoções. Era esse ar que faltava. O acontecimento, por assim dizer, não era respirável. Ao entrar no horripilante porão de Southwark, Gwynplaine havia esperado pelo grilhão de prisioneiro; colocaram em sua cabeça a coroa de um par. Como isso era possível? Não havia espaço suficiente entre o que Gwynplaine havia receado e aquilo que lhe acontecia; tudo se passara rápido demais, seu medo se transformava em outra coisa, de forma repentina demais para que algo fosse claro. Os contrastes se espremiam demais um contra o outro. Gwynplaine se esforçava para tirar seu espírito desse torno.

E se calava, por conta do instinto dos grandes choques que permanece na defensiva mais do que se imagina. Quem nada diz tudo enfrenta. Uma palavra que nos escapa, sendo retida pela engrenagem desconhecida, pode arrastar-nos inteiramente para baixo de sabe-se lá que rodas.

Ser esmagado é o medo dos pequenos. A multidão sempre teme que lhe passem por cima. Ora, Gwynplaine fizera parte da multidão por muito tempo.

Um singular estado da angústia humana se traduz por estas palavras: ver chegar. Gwynplaine encontrava-se nesse estado. O sujeito ainda não se sente em equilíbrio na nova situação que surgiu. Espreita alguma coisa que deve ter um desdobramento. Fica vagamente atento. Vê chegar. O quê? Ele não sabe. Quem? Ele observa.

O homem barrigudo repetiu:

— O senhor está em sua casa, *mylord*.

Gwynplaine beliscou-se. Diante das surpresas, olhamos para nos certificar de que as coisas existem, depois nos beliscamos para nos certificar de que nós mesmos existimos. Era exatamente com ele que falavam, mas ele mesmo era outro. Não vestia mais seu casaco e sua esclavina de couro, mas um colete de tecido prateado e uma casaca de cetim que, ao tocar, percebia ser bordada. Sentia no bolso do colete um porta-moedas cheio. Um largo calção de veludo recobria sua calça colante de palhaço; os sapatos eram de salto alto vermelho. Assim como o haviam transportado para aquele palácio, haviam trocado suas roupas.

O homem recomeçou:

— Vossa Senhoria tenha a bondade de se lembrar do seguinte: eu me chamo Barkilphedro. Sou escrivão do almirantado. Fui eu que abri a garrafa de Hardquanonne e de lá fiz sair seu destino. Da mesma forma que nos contos árabes um pescador faz um gigante sair de uma garrafa.

Gwynplaine fixou seus olhos no rosto sorridente que lhe falava.

— Alem deste palácio, *mylord*, o senhor possui Hunkerville House, que é maior. Possui Clancharlie Castle, sede do seu pariato, que é uma fortaleza dos tempos de Eduardo, o Velho. Possui dezenove bailios, com suas aldeias e seus camponeses. O que coloca sob sua insígnia de Lorde e fidalgo cerca de oitenta mil vassalos e arrendatários. Em Clancharlie, o senhor é juiz, juiz de tudo, dos bens e das pessoas, e mantém sua corte de barão. A mais que o senhor, o rei tem apenas o direito de cunhar moedas. O rei, que a lei normanda qualifica como *chief-signor*, tem justiça, corte e moeda. Fora isso, em sua senhoria o senhor é rei, tanto quanto ele em seu reino. Como barão, o senhor tem direito a um patíbulo com quatro pilares na Inglaterra, e, como marquês, a um cadafalso com sete forcas na Sicília; a justiça do simples senhor conta com dois pilares, a do castelão, com três, e a do duque, com oito. Nas antigas cartas de Nortúmbria, o senhor é qualificado como príncipe. É aliado dos viscondes Valentia na Irlanda, que são Power, e dos condes de Umfraville na Escócia, que são Angus. É chefe de clã, como Campbell, Ardmannach e MacCallummore. Possui oito castelanias, Reculver, Buxton, Hell Kerters,

Homble, Moricambe, Gumdraith, Trenwardraith e outras. Tem direitos sobre as turfeiras de Pillinmore e sobre as minas de alabastro de Trent; além disso, é dono de todos os territórios de Penneth Chase e tem uma montanha onde se encontra uma antiga cidade. A cidade se chama Vinecaunton e a montanha, Moilenlli. Tudo isso lhe garante uma renda de quarenta mil libras esterlinas, ou seja, quarenta vezes mais que os vinte e cinco mil francos com os quais se contenta um francês.

Enquanto Barkilphedro falava, com espanto crescente Gwynplaine se lembrava. A lembrança é um poço cujo fundo pode ser revolvido por uma palavra. Gwynplaine conhecia todos esses nomes pronunciados por Barkilphedro. Estavam escritos nas últimas linhas daquelas duas placas que cobriam a cabana onde passara sua infância, e os sabia de cor, tanto seus olhos haviam passado maquinalmente por eles. Ao chegar, órfão abandonado, à barraca ambulante de Weymouth, havia encontrado, esperando por ele, sua herança inventariada, e, de manhã, quando o pobre pequeno acordava, a primeira coisa que atraía seu olhar distraído e despreocupado era sua senhoria, seu pariato. Estranho detalhe que se juntava a todas essas surpresas: durante quinze anos, andando de esquina em esquina, palhaço de um tablado nômade, ganhando seu pão dia a dia, recolhendo as moedas e vivendo de migalhas, tinha viajado com sua fortuna estampada em sua miséria.

Barkilphedro encostou o indicador na pequena caixa que estava sobre a mesa:

— *Mylord*, esta caixa contém dois mil guinéus que Sua Graciosa Majestade, a rainha, lhe envia para suas primeiras necessidades.

Gwynplaine fez um movimento e disse:

— Ficarão para meu pai Ursus.

— Pois não, *mylord* — disse Barkilphedro. — Ursus, no *inn* Tadcaster. O oficial que nos acompanhou até aqui, e logo mais partirá, irá entregá-los. Talvez eu vá a Londres. Nesse caso, eu me encarregarei disso.

— Eu mesmo os entregarei a ele — disse Gwynplaine.

Barkilphedro parou de sorrir e disse:

— Impossível.

Existe um tom de voz que sublinha. Barkilphedro usou essa entonação. Parou, como que para pôr um ponto final depois da palavra que acabara de dizer. Depois continuou, no tom respeitoso e particular do criado que se sente patrão:

— *Mylord*, o senhor está a vinte e três milhas de Londres, em Corleone Lodge, em sua residência palaciana contígua ao castelo real de Windsor. Está aqui sem que ninguém saiba. Foi transportado em um veículo fechado que o esperava na porta da prisão de Southwark. As pessoas que o trouxeram para este palácio não sabem quem é o senhor, mas me conhecem, e isso basta. O senhor pôde ser trazido para cá por conta de uma chave secreta que eu possuo. Há pessoas dormindo nesta casa, e não é hora de acordá-las. Por isso temos tempo para uma explicação que, aliás, será curta e já vou lhe dar; Sua Majestade incumbiu-me disso.

Enquanto falava, Barkilphedro começou a folhear uma pilha de papéis que estava ao lado da caixa.

— *Mylord*, aqui está sua patente de par. O registro do seu marquesado siciliano. Os pergaminhos e títulos de suas oito baronias com as chancelas de onze reis, desde Baldret, rei de Kent, até Jaime VI e I, Rei da Inglaterra e da Escócia simultaneamente. Eis suas cartas de preferência. Eis seus contratos de arrendamento e os títulos e descrições de seus feudos, domínios, territórios, propriedades e dependências. O que o senhor tem acima de sua cabeça, neste brasão preso ao teto, são suas duas coroas: o cordão de pérolas de barão e o diadema com florões de marquês. Aqui ao lado, em seu quarto de vestir, encontrará seu traje de par, de veludo vermelho com galões de arminho. Hoje mesmo, há algumas horas, o Lorde chanceler e o deputado-conde-marechal da Inglaterra, informados do resultado da confrontação com o *comprachico* Hardquanonne, receberam as ordens de Sua Majestade. Sua Majestade assinou conforme lhe aprouve, o que vale por uma lei. Todas as formalidades foram cumpridas. Amanhã, não passará de amanhã, o senhor será introduzido na Câmara dos Lordes, onde há alguns dias deliberam sobre um projeto legislativo apresentado pela Coroa, cuja proposta é aumentar em cem mil libras esterlinas, que equivalem a dois milhões e quinhentas mil libras francesas, a dotação anual do Duque de Cumberland, marido da rainha; o senhor poderá participar da discussão.

Barkilphedro interrompeu-se, respirou lentamente e prosseguiu:

— No entanto, nada está feito ainda. Ninguém se torna par da Inglaterra a contragosto. Tudo pode ser cancelado e deixar de acontecer, caso o senhor não queira. Um acontecimento que se dissipa antes de se expandir é algo que se vê na política. *Mylord*, até este momento, o silêncio ainda o envolve. A Câmara dos Lordes só ficará a par dos fatos amanhã. Por razões de Estado, o segredo de todo o seu caso foi guardado, pois trará consequências de tal forma consideráveis que as únicas pessoas importantes ora informadas de sua existência e de seus direitos esquecerão tudo imediatamente se a razão de Estado assim lhes ordenar. O que está no escuro pode permanecer no escuro. É fácil fazê-lo desaparecer. Ainda mais que o senhor tem um irmão, filho natural de seu pai e de uma mulher que, durante o exílio de seu pai, foi amante do Rei Carlos II, o que faz seu irmão pertencer à Corte. Ora, por mais bastardo que possa ser seu irmão, seu pariato seria revertido a ele. É isso que o senhor deseja? Suponho que não. Pois bem, tudo depende do senhor. Deve-se obedecer à rainha. O senhor só sairá desta residência amanhã, em um veículo de Sua Majestade, para ir à câmara dos Lordes. *Mylord*, o senhor deseja ser par da Inglaterra? Sim ou não? A rainha tem planos para o senhor. Ela o destina a uma aliança quase real. Lorde Fermain Clancharlie, este é o momento decisivo. O destino não abre uma porta sem fechar outra. Após dar alguns passos para a frente, dar um passo para trás não é mais possível. Quem entra em transfiguração deixa atrás de si o desaparecimento. *Mylord*, Gwynplaine está morto. O senhor compreende?

Gwynplaine estremeceu da cabeça aos pés, em seguida se refez.

— Sim — disse ele.

Barkilphedro sorriu, fez uma reverência, colocou a caixa sob o casaco e saiu.

V IMAGINAMOS LEMBRAR E ESQUECEMOS

O que são essas estranhas mudanças súbitas que acontecem na alma humana?

Gwynplaine tinha sido, ao mesmo tempo, elevado ao topo e precipitado num abismo.

Sentia vertigem.

Uma dupla vertigem.

A vertigem da ascensão e a vertigem da queda.

Combinação fatal.

Sentira sua subida, mas não sentira a queda.

Ver um novo horizonte é temível.

Uma perspectiva é algo que dá conselhos. Nem sempre bons.

Tivera diante de si a mágica abertura, armadilha talvez, de uma nuvem que se esgarça e mostra o azul profundo.

Tão profundo que é obscuro.

Ele estava no topo da montanha de onde se veem os reinos da terra.

Montanha ainda mais terrível posto que inexiste. Os que estão naquele topo estão sonhando.

Ali, a tentação é um abismo, e é tão poderosa que naquele topo o inferno espera corromper o paraíso, e o diabo conduz Deus até ali.

Fascinar a eternidade, que estranha esperança!

Ali onde Satã tenta Jesus, como um homem poderia resistir?

Palácios, castelos, poder, riqueza, todas as felicidades humanas a perder de vista ao redor de nós, um mapa-múndi de prazeres expostos no horizonte, uma espécie de geografia radiosa onde somos o centro: miragem perigosa.

E imaginemos o ofuscamento de uma visão não preparada, sem prévias escalas ultrapassadas, sem precaução, sem transição.

Um homem que adormeceu em um buraco de rato e acordou no topo do campanário de Estrasburgo, esse era Gwynplaine.

A vertigem é uma espécie de formidável lucidez. Principalmente aquela que, levando-nos ao mesmo tempo em direção à luz e em direção à escuridão, compõe-se de dois redemoinhos em sentidos opostos.

Vemos demais, mas não o bastante.

Vemos tudo, e nada.

Somos o que o autor deste livro chamou em algum lugar de "cego deslumbrado".

Ficando sozinho, Gwynplaine começou a andar a passos largos. Uma efervescência precede as explosões.

Em meio a tal agitação, naquela impossibilidade de se manter parado, ele meditava. Essa efervescência era um balanço dos fatos. Ele evocava suas lembranças. É surpreendente perceber que efetivamente escutamos o que acreditávamos mal ter ouvido! A declaração dos náufragos, lida pelo xerife no porão de Southwark, voltava à sua mente perfeitamente clara e inteligível; lembrava-se de cada palavra; por trás delas, revia toda sua infância.

Parou bruscamente, mãos nas costas, olhando o teto, o céu, não importa, o que estava no alto.

— Desforra! — disse ele.

Foi como alguém que tirasse a cabeça de dentro da água. Pareceu-lhe enxergar tudo, o passado, o futuro, o presente, na surpresa de uma súbita claridade.

— Ah! — gritou, pois no fundo do pensamento também existem gritos. — Ah! Então era isso! Eu era Lorde. Tudo vem à tona! Ah! Então fui roubado, traído, privado, deserdado, abandonado, assassinado! O cadáver do meu destino boiou no mar por quinze anos e, de repente, chegou à terra, e se ergueu, vivo! Renasço. Nasço! Bem que eu sentia palpitar sob meus trapos algo que não era um miserável, e quando eu olhava para os homens bem que percebia que eram o rebanho, e que eu não era o cão, mas o pastor! Pastores de pessoas, condutores de homens, guias e mestres, isso é o que meus pais eram, e o que eles eram eu também sou! Sou fidalgo e tenho uma espada; sou barão e tenho um elmo; sou marquês e tenho um penacho; sou par e tenho uma coroa. Ah! Tinham-me tirado tudo isso! Eu era um habitante da luz e me tornaram um habitante das trevas! Os que proscreveram o pai venderam a criança. Quando meu pai morreu, tiraram de sob sua cabeça a pedra do exílio que lhe servia de travesseiro e a prenderam ao meu pescoço, e me atiraram no esgoto! Oh! Aqueles bandidos que torturaram minha infância, sim, eles se mexem e aparecem nas profundezas da minha memória; sim, posso vê-los de novo. Fui o pedaço de carne bicado sobre um túmulo por um bando de abutres. Sangrei e gritei sob todas aquelas sombras horríveis. Ah! Então foi ali que me jogaram, para ser esmagado sob aqueles que vão de um lado para o outro, para ser pisoteado por todos, abaixo do mais baixo nível do gênero humano, abaixo do servo, abaixo do lacaio, abaixo do matuto, abaixo do escravo, ali onde o caos se transforma em lamaçal, nas profundezas do aniquilamento! E é dali que estou saindo! É dali que volto à superfície! É dali que ressuscito! Mas aqui estou eu. Desforra!

Sentou-se, levantou-se, segurou a cabeça entre as mãos, voltou a andar, e esse monólogo tempestuoso prosseguiu em sua mente:

— Onde estou? No alto! Onde acabei caindo? No topo! Esse ápice, a grandeza, essa cúpula do mundo, a onipotência, agora é minha morada. Sou um dos deuses desse templo elevado! Habito no inacessível. Esse topo que eu contemplava de baixo, e do qual emanava tanto brilho que meus olhos até se fechavam, essa senhoria intransponível, essa inatingível fortaleza dos felizes, nela entro. Nela estou. Dela faço parte. Ah! Que guinada definitiva! Eu estava por baixo, agora estou por cima. Por cima, para sempre! Pois sou Lorde, terei um manto escarlate, terei florões na cabeça, assistirei ao coroamento dos reis e eles prestarão juramento entre minhas mãos, julgarei os ministros e os príncipes, existirei. Das profundezas de onde me haviam jogado, salto para o zênite. Tenho palácios na cidade e no campo, palacetes, jardins, campos de caça, florestas, carruagens, milhões; darei festas, farei leis, escolherei as alegrias e os prazeres, e o errante Gwynplaine, que não tinha sequer o direito de pegar uma flor no mato, poderá colher estrelas no céu!

Fúnebre penetração da sombra numa alma! Assim se operava, naquele Gwynplaine que havia sido um herói, e que, devemos dizer, talvez não tivesse deixado de sê-lo, a substituição da grandeza moral pela grandeza material. Sinistra transição. Virtude desviada pela passagem de um bando de demônios. Surpresa feita ao lado fraco do homem. Todas as coisas inferiores que chamamos de superiores, as ambições, as equívocas vontades do instinto, as paixões, as cobiças, afastadas de Gwynplaine pela purificação do sofrimento, tumultuosamente se reapossavam desse generoso coração. E a que isso se devia? À descoberta de um pergaminho dentro de uma garrafa perdida levada pelo mar. A violação de uma consciência por uma casualidade: isso acontece.

Gwynplaine bebia o orgulho em grandes goles, o que deixava sua alma sombria. Assim é esse trágico vinho.

Essa embriaguez o invadia e, mais do que aceitá-la, ele a saboreava: efeito de uma sede prolongada. Somos cúmplices do copo que nos faz perder a cabeça? Ele sempre havia, vagamente, desejado tudo isso. Olhava o tempo todo para o lado dos grandes; olhar é desejar. O filho da águia não nasce no ar impunemente.

Ser Lorde. Agora, em alguns momentos, isso lhe parecia bem simples.

Poucas horas haviam transcorrido, mas como o passado de ontem já estava distante!

Gwynplaine se deparava com a emboscada do melhor que é inimigo do bom.

Pobre daquele de quem se diz: "Esse aí é feliz!".

Resistimos mais à adversidade do que à prosperidade. Escapamos mais íntegros da má sorte que da boa sorte. Caribde é a miséria, mas a riqueza é Cila. Os que se erguiam sob o raio eram abatidos pelo assombro. Aquele que não se impressiona com o precipício deveria temer ser carregado pelas legiões de asas das nuvens e dos sonhos. A ascensão o elevará e o fragilizará. A apoteose tem um sinistro poder de abater.

Saber o que é a felicidade não é fácil. O acaso não passa de um disfarce. Nada engana mais do que essa aparência. Seria ele a Providência? Seria ele a Fatalidade?

Uma claridade pode não ser uma claridade. Pois a luz é verdade, mas a chama pode ser uma perfídia. Acreditamos que ela ilumina; não, ela incendeia.

É noite; uma mão acende uma vela, reles cera que se tornou estrela, perto de um vão na escuridão. A mariposa é atraída para lá.

Em que medida ela é responsável?

A visão do fogo fascina a mariposa, assim como o olhar da serpente fascina o pássaro.

É possível para a mariposa e para o pássaro não se aproximar? É possível para a folha recusar obediência ao vento? É possível para a pedra recusar obediência à gravidade?

Questões materiais, que são também questões morais.

Depois da carta da duquesa, Gwynplaine se recompusera. Tinha dentro de si profundos laços que haviam resistido. Mas as borrascas, depois de esgotar os ventos de um lado do horizonte, recomeçam do outro, e o destino, bem como a natureza, tem suas obstinações. O primeiro golpe abala, o segundo arranca as raízes.

Ora! Como é que tombam os carvalhos?

Dessa forma, aquele que, menino de dez anos, sozinho na falésia de Portland, pronto a ir à luta, olhava fixamente os combatentes que teria de enfrentar, a ventania que empurrava o navio no qual contava embarcar, o abismo que lhe furtava aquela tábua de salvação, o imenso vazio cuja ameaça era se ampliar, a terra que lhe recusava um abrigo, o céu que lhe recusava uma estrela, a impiedosa solidão, a escuridão sem visão, o oceano, o espaço, todas as violências em um infinito e todos os enigmas em outro; aquele que, tão pequeno, havia encarado a noite, como o antigo Hércules havia encarado a morte; aquele que, nesse incomensurável conflito, lançara-se o desafio de colocar todas as chances contra si mesmo ao adotar uma criança e ao se ocupar desse fardo, sendo ele próprio uma criança cansada e fragilizada, tornando assim mais fáceis as mordidas em sua debilidade e retirando, ele mesmo, as focinheiras dos monstros da noite emboscados à sua volta; aquele que, gladiador precoce, havia de cara, desde seus primeiros passos fora do berço, entrado em um corpo a corpo com o destino; aquele cuja desproporção em relação à luta não impediu de lutar; aquele que, vendo repentinamente o gênero humano se ocultar em torno de si, havia aceitado esse eclipse e continuado sua caminhada de forma magnífica; aquele que corajosamente havia sabido passar frio, sede e fome; aquele que, pigmeu na estatura, havia sido um colosso na alma; aquele Gwynplaine que havia vencido o imenso vento do abismo em suas duas formas, Tempestade e Miséria, balançava sob este sopro, a vaidade!

Assim, tendo esgotado os infortúnios, as misérias, os temporais, os rugidos, as catástrofes, as agonias sobre um homem que se manteve em pé, a Fatalidade se põe a sorrir, e o homem, repentinamente embriagado, tropeça.

O sorriso da Fatalidade. Alguém pode imaginar algo mais terrível? É o último recurso do impiedoso testador de almas que põe os homens à prova. O tigre que habita o destino às vezes usa luvas de pelica. Perigosa preparação. Medonha ternura do monstro.

A coincidência de enfraquecimento e engrandecimento é algo que todo homem já pôde observar em si mesmo. O crescimento repentino desarticula e causa febre.

Gwynplaine tinha no cérebro o turbilhonamento vertiginoso de uma multiplicidade de novidades, todo o claro-escuro da metamorfose, não se sabe que estranhos confrontos, o choque do passado com o futuro, dois Gwynplaines: um duplo ele mesmo; atrás, um menino maltrapilho, saído da escuridão, errante, trêmulo, faminto, que fazia rir; adiante, um senhor resplandecente, faustoso, admirável, encantando Londres. Ele se desfazia de um e se incorporava ao outro. Saía da pele do saltimbanco e entrava na pele do Lorde. Tais mudanças de pele são, às vezes, mudanças de alma. Por instantes, aquilo tudo se assemelhava demais a um sonho. Era complexo, ruim e bom. Ele pensava em seu pai. Coisa pungente, um pai que é um desconhecido. Tentava imaginá-lo. Pensava em seu irmão, de quem acabavam de lhe falar. Uma família! Como! Uma família para ele, Gwynplaine! Perdia-se nesse emaranhado de ideias fantásticas. Tinha visões de suntuosidade; solenidades desconhecidas desfilavam em nuvens à sua frente; ouvia fanfarras.

— E, além de tudo, serei eloquente — dizia-se.

E imaginava uma esplêndida entrada na Câmara dos Lordes. Chegaria repleto de novidades. Quanta coisa não teria a dizer! Quanta coisa havia acumulado! Que vantagem ser, em meio a eles, o homem que tinha visto, tocado, experimentado, sofrido, e poder dizer-lhes: "Estive perto de tudo quanto estão distantes!". Ele jogará a realidade na cara desses aristocratas cheios de ilusão, e eles estremecerão, pois ele será autêntico, e eles aplaudirão, pois ele será grande. Surgirá, entre esses todo-poderosos, mais poderoso do que eles; surgirá como o portador da tocha, pois lhes mostrará a verdade, e como o portador do gládio, pois lhes mostrará a justiça. Que triunfo!

E enquanto construía tudo isso em seu espírito, lúcido e ao mesmo tempo perturbado, fazia gestos delirantes, prostrava-se sobre a primeira poltrona à sua frente, sobressaltava-se. Ia, vinha, olhava para o teto, examinava as coroas, estudava vagamente os hieróglifos do brasão, apalpava o veludo das paredes, movia as cadeiras, virava os pergaminhos, lia os nomes, soletrava os títulos, Buxton, Homble, Gumdraith, Hunkerville, Clancharlie, comparava os lacres e os carimbos, tateava os trançados de seda das chancelas reais, aproximava-se da janela, escutava o jato do chafariz, contemplava as estátuas, contava, com uma paciência de sonâmbulo, as colunas de mármore, e dizia: "Isso existe".

E tocava seu traje de seda, e se perguntava:

— Será que sou eu? Sim.

Estava em plena tempestade interior.

Nessa tormenta, será que sentia sua fraqueza e sua fadiga? Teria bebido, comido, dormido? Se havia feito alguma dessas coisas, tinha sido sem saber. Em certas situações violentas, os instintos se satisfazem como melhor lhes aprouver, sem que o pensamento se dê conta. Além do mais, seu pensamento era menos pensamento que fumaça. No momento em que o negro ardor da erupção transborda de seu poço borbulhante, teria a cratera consciência dos rebanhos que pastam ao pé de sua montanha?

As horas passaram.

A aurora chegou trazendo o dia. Um raio de luz penetrou no quarto e também no espírito de Gwynplaine.

— E Dea? — disse-lhe a claridade.

LIVRO SEXTO

Aspectos variados de Ursus

I O QUE DIZ O MISANTROPO

Após ter visto Gwynplaine desaparecer pela porta da prisão de Southwark, Ursus permaneceu, transtornado, no canto em que se postara em observação. Por muito tempo, permaneceu em seus ouvidos aquele ranger de fechaduras e trincos que parece o grito de alegria da prisão ao devorar um miserável. Ele esperou. O quê? Ele espiou. O quê? Essas inexoráveis portas, uma vez fechadas, não voltam a se abrir tão depressa; estão paralisadas por sua estagnação dentro das trevas, e seus movimentos são difíceis, principalmente quando se trata de libertar. Entrar, isso sim; sair é outra coisa. Ursus sabia disso. Mas não estamos livres para parar de esperar quando quisermos; esperamos contra nossa vontade; nossas ações liberam uma força adquirida que persiste mesmo quando não há mais razão, que nos toma e nos controla, que nos obriga por algum tempo a continuar o que já deixou de ter um objetivo. Espreita inútil, postura inepta que todos eventualmente já tivemos, perda de tempo que acontece maquinalmente a todo homem atento a algo que desapareceu. Ninguém escapa dessas compulsões. Não sabemos por que ficamos ali, mas ficamos. O que começamos ativamente continuamos passivamente. Tenacidade cansativa, da qual saímos esgotados. Ursus, diferentemente dos outros homens, parecia ter acabado de chegar, ficando preso ali por aquela espécie de divagação misturada a vigilância, na qual nos faz mergulhar um acontecimento que tudo pode sobre nós e sobre o qual nada podemos. Olhava alternadamente para as duas muralhas negras, ora para a baixa, ora para a alta, ora para a porta onde havia uma escada patibular, ora para a porta onde havia uma caveira; estava como que preso nesse torno formado pela prisão e pelo cemitério. Aquela rua evitada e impopular tinha tão poucos transeuntes que ninguém reparava em Ursus.

Enfim, saiu daquele canto que o abrigava, espécie de guarita circunstancial em que estava exposto, e foi-se embora lentamente. O dia declinava, tão longo havia sido seu turno de sentinela. De tempos em tempos, ele virava a cabeça e olhava para a terrível porta por onde Gwynplaine havia entrado. Tinha o olhar vidrado e pasmado. Chegou à extremidade da ruela, entrou em outra rua, em mais outra, refazendo vagamente o caminho pelo qual havia passado algumas horas antes. Voltava-se, às vezes, como se ainda pudesse ver a porta da prisão, apesar de não estar mais na rua em que ela ficava. Pouco a pouco se aproximava de Tarrinzeau Field. As vielas que levavam ao largo da feira eram caminhos desertos entre cercas de jardins. Ele caminhava curvado ao longo das sebes e dos canais. De repente parou, endireitou-se e exclamou: "Ótimo!".

Ao mesmo tempo, deu duas pancadas na cabeça e depois duas pancadas nas coxas, o que indica um homem que avalia as coisas como devem ser avaliadas.

E começou a resmungar entre os dentes, às vezes exclamando:

— Bem feito! Ah! Esse miserável! Salafrário! Canalha! Patife! Revoltado! Foi o que ele andou falando sobre o governo que o levou para lá. É um rebelde. Eu tinha um rebelde dentro de casa; agora estou livre dele. Sorte minha. Ele nos comprometia. Jogado na prisão! Ah! Melhor assim! As leis são excelentes. Ah! Ingrato! Justo comigo, que o criei. Que se vire! Que necessidade tinha de falar e argumentar? Foi se meter em questões de Estado! Por acaso eu pedi para ele fazer isso? Mexendo com as moedas, se pôs a falar dos impostos, dos pobres, do povo, coisas que não lhe diziam respeito! Permitiu-se fazer reflexões sobre o dinheiro! Fez comentários maldosos sobre o cobre e a moeda do reino! Insultou os *liards* de Sua Majestade! Um *farthing* é o mesmo que a rainha! A sagrada efígie, por Deus, a sagrada efígie! Temos ou não temos uma rainha? Pois então, respeito ao seu cobre. Tudo está no governo. É preciso ter consciência disso. Sou vivido, conheço essas coisas. Vão me perguntar: "Mas então você renuncia à política?". Política, meus amigos, preocupo-me com ela tanto quanto com o pelo eriçado de um asno. Um dia, levei uma bengalada de um baronete. Disse a mim mesmo: "Já chega, entendi o que é política". O povo só tem um tostão, e o entrega, a rainha o pega, e o povo agradece. Simples assim. O resto olha para os lordes. Suas senhorias, os lordes espirituais e temporais. Ah! Gwynplaine está trancafiado! Encarcerado! É justo. É algo imparcial, excelente, merecido e legítimo. A culpa foi toda dele. Falar é proibido. Por acaso você é um lorde, seu imbecil? O *wapentake* veio buscá-lo, o justiceiro-quorum o levou, o xerife o prendeu. Nessas alturas, algum oficial já arrancou sua pele. É assim que essa gente competente nos faz confessar nossos crimes! Engaiolado, meu moleque! Pior para ele, melhor para mim! Francamente, estou muito satisfeito. Confesso candidamente que tenho sorte. Que besteira fui fazer ao abrigar esse menino e aquela menina! Antes, éramos tão tranquilos, eu e Homo! O que é que esses pestes foram fazer na minha cabana? Tanto os protegi quando eram pequenos! Tanto os carreguei comigo! Belo salvamento! Ele, sinistramente feio; ela, cega dos dois olhos! Isso! Prive-se de tudo! Por eles, mamei demais nas tetas da miséria! Isso engrandece, gera amor! Um flerte de deficiências, foi isso que aconteceu. O sapo e a toupeira, um idílio. Eu tinha isso dentro do meu lar. E tudo tinha de acabar na justiça. O sapo falou de política, muito bem. Pronto, estou livre dele. Quando o *wapentake* chegou, primeiro fiquei abobalhado, pois a gente sempre duvida da sorte; pensei não estar realmente vendo o que eu via, que aquilo era impossível, que era um pesadelo, que era uma peça que um sonho me pregava. Mas não, nada pode ser mais real. Plástico. Gwynplaine está maravilhosamente na prisão. Obra da providência. Obrigado, bondosa senhora. Foi esse monstro que, com o barulho que fazia, chamou atenção sobre o meu estabelecimento e denunciou meu pobre lobo! Gwynplaine partiu! E assim me desvencilho dos dois. Dois coelhos com uma só cajadada. Pois Dea morrerá. Quando não vir mais Gwynplaine — ela o vê, a idiota! —, não terá mais razão para viver; dirá a si mesma: "O que estou fazendo neste mundo?". E também partirá. Boa viagem. Para o diabo, os dois! Eu sempre detestei essas criaturas! Morra, Dea. Ah! Como estou contente!

II O QUE ELE FAZ

Chegou ao *inn* Tadcaster.

Soavam seis e meia, "meia hora passada das seis", como dizem os ingleses. Pouco faltava para o crepúsculo.

O senhor Nicless estava na soleira da porta. Seu semblante consternado não conseguira perder a tensão desde a manhã, e o desânimo estampava-se nele.

Assim que viu Ursus, gritou:

— E então?

— E então o quê?

— Gwynplaine vai voltar? Já era tempo. O público não demora a chegar. Esta noite teremos a apresentação do Homem que Ri?

— O Homem que Ri sou eu — disse Ursus.

E olhou para o taverneiro, rindo ironicamente.

Em seguida, foi direto até o primeiro andar, abriu a janela próxima à tabuleta do *inn*, debruçou-se, esticou o braço, alcançou o letreiro *Gwynplaine — o Homem que Ri* e o cartaz de *Caos vencido*, despregou um e arrancou o outro, pôs tudo embaixo do braço e desceu.

O senhor Nicless o seguia com os olhos.

— Por que o senhor está retirando isso?

Ursus deu uma segunda gargalhada.

— Por que está rindo? —prosseguiu o taverneiro.

— Estou retornando à vida privada — respondeu Ursus.

O senhor Nicless compreendeu. E deu ao seu ajudante, Govicum, ordens de anunciar a quem quer que aparecesse que não haveria espetáculo à noite. Retirou da porta a barrica que servia de bilheteria e a encostou em um dos cantos do salão.

Pouco depois, Ursus entrava na Green Box.

Colocou as duas placas em um canto e entrou no lugar que chamava de "pavilhão das mulheres".

Dea dormia.

Estava na cama, toda vestida e com o corpete desamarrado, como sempre fazia durante as *siestas*.

Perto dela, Vinos e Fibi sentadas, uma na escadinha, a outra no chão, divagavam.

Apesar do avançado da hora, não haviam vestido seus trajes de deusas, sinal de profundo desânimo. Continuavam enroladas em seus xales de lã, em seus vestidos de tecido grosseiro.

Ursus olhou atentamente para Dea.

— Está ensaiando para um sono mais longo — murmurou ele.

Dirigiu-se a Fibi e Vinos:

— Escutem aqui, vocês duas, acabou a música. Podem guardar os instrumentos. Fizeram bem em não se vestir de divindades. Estão bem feias assim, mas fizeram bem. Guardem seus saiotes. Não haverá apresentação esta noite. Nem amanhã, nem depois de amanhã, nem depois de depois de amanhã. Gwynplaine acabou. Não tem mais nenhum Gwynplaine aqui.

Tornou a olhar para Dea.

— Que golpe será para ela! Vai ser como assoprar uma vela.

Encheu as bochechas de ar.

— Fuhh! Acabou.

Deu uma risadinha seca.

— Faltar-lhe Gwynplaine é faltar-lhe tudo. É como se eu perdesse Homo. É pior. Ela se sentirá mais sozinha que ninguém. Os cegos se afundam mais na tristeza do que nós.

Foi até a portinhola dos fundos.

— Como os dias se alongam! São sete horas e ainda se enxerga. Mas vamos acender a lamparina.

Fez fogo e acendeu a lamparina do teto da Green Box.

Inclinou-se sobre Dea.

— Ela vai se resfriar. Mulheres, vocês a deixaram exposta demais. Não conhecem o provérbio francês:

Estamos em abril,
Não tire nem um fio.

Viu um alfinete brilhar no chão, pegou-o e o espetou na manga. Depois, gesticulando, examinou a Green Box.

— Estou em plena posse das minhas faculdades mentais. Estou lúcido, arquilúcido. Acho esse acontecimento muito correto e aprovo o que está havendo. Quando ela acordar, vou contar com toda clareza o incidente. A catástrofe não tardará. Adeus, Gwynplaine; boa noite, Dea. Como tudo isso foi bem arranjado! Gwynplaine na prisão. Dea no cemitério. Ficarão frente a frente. Uma dança macabra. Dois destinos que voltam aos bastidores. Roupas guardadas. Mala fechada. Onde se lê mala, leia-se caixão. Duas criaturas falhas. Dea sem olhos, Gwynplaine sem rosto. Lá em cima, o bom Deus devolverá a claridade a Dea e a beleza a Gwynplaine. A morte é o restabelecimento da ordem. Está tudo certo. Fibi, Vinos, pendurem seus tamborins. Seus talentos para o barulho enferrujarão, minhas caras. Ninguém tocará mais, ninguém trombeteará mais. *Caos vencido* foi vencido. O Homem que Ri está acabado. O tarantantan morreu. Dea continua dormindo. E faz muito bem. Em seu lugar, eu não acordaria mais. Bah! Logo ela tornará a adormecer. Uma cotoviazinha como essa morre num instante. É isso que dá se meter em política. Que lição! E como os governos têm razão! Gwynplaine na mão do xerife. Dea na mão do coveiro. Coisas paralelas. Simetria instrutiva. Espero realmente que o taverneiro tenha barrado a entrada. Esta noite vamos morrer entre nós, em família. Eu não, nem Homo; mas Dea. Vou continuar fazendo a carruagem rodar. Pertenço aos meandros da vida itinerante. Vou dispensar as duas moças; não ficarei com nenhuma delas. Tenho tendência a ser um velho depravado. Uma ajudante na casa de um libertino, não me faltava mais nada. Não quero saber de tentação. Não tenho mais idade para isso. *Turpe senilis amor.*[1] Seguirei meu caminho sozinho com Homo. Homo é que vai ficar espantado! Onde está Gwynplaine? Onde está Dea? Meu velho camarada, lá vamos só nós dois outra vez. Por Deus, estou feliz. Eram um estorvo, esses bucólicos. Ah! Esse Gwynplaine imprestável que não volta! Deixar a gente esperando assim. Muito bem. Agora é a vez de Dea. Não será muito demorado. Gosto das coisas concluídas. Não vou mexer uma palha para impedi-la de morrer. Morra, está me ouvindo? Ah! Ela está acordando!

---

[1] "O amor senil é vergonhoso." Ovídio, *Amores*, I, 9, 5.

Dea abriu as pálpebras; pois muitos cegos fecham os olhos para dormir. Seu doce semblante ignorante mostrava todo seu resplendor.

— Ela sorri e eu rio. Está tudo bem — murmurou Ursus.

Dea chamou:

— Fibi! Vinos! Deve estar na hora da apresentação. Acho que dormi muito tempo. Venham me vestir.

Nem Fibi nem Vinos se mexeram.

Enquanto isso, o inefável olhar cego de Dea acabava de encontrar os olhos de Ursus. Ele estremeceu.

— E então! — gritou ele. — O que estão esperando? Vinos, Fibi, não ouviram sua patroa? Será que estão surdas? Rápido! A apresentação vai começar.

As duas mulheres olharam para Ursus espantadas.

Ursus vociferou.

— Não estão vendo o público chegar? Fibi, trate de vestir Dea. Vinos, toque o tambor.

Obediência era com Fibi; passividade era com Vinos. Ambas eram a submissão em pessoa. Seu patrão Ursus sempre fora um enigma para elas. Nunca ser compreendido é um bom motivo para ser sempre obedecido. Pensaram simplesmente que ele estava enlouquecendo e executaram a ordem. Fibi pegou a roupa, e Vinos, o tambor.

Fibi começou a vestir Dea. Ursus baixou a portinhola do aposento feminino e, por trás da cortina, continuou:

— Olhe, Gwynplaine! Mais da metade do pátio já está cheia de gente. Estão se empurrando nos corredores. Que multidão! Acredita que Fibi e Vinos nem pareciam ter notado? Como essas mulheres ciganas são estúpidas! Como é besta essa gente do Egito! Não abra a portinhola. Seja discreto, Dea está se vestindo.

Fez uma pausa; e de repente ouviu-se esta exclamação:

— Como Dea é linda!

Era a voz de Gwynplaine. Fibi e Vinos estremeceram e se viraram. Era a voz de Gwynplaine, mas na boca de Ursus.

Com um sinal que fez pelo vão da portinhola, Ursus proibiu-lhes demonstrar surpresa.

Continuou fazendo a voz de Gwynplaine:

— Anjo!

Em seguida replicou com voz de Ursus:

— Dea, um anjo? Você está louco, Gwynplaine. O único mamífero voador é o morcego.

E acrescentou:

— Gwynplaine, vá soltar Homo. Será mais sensato.

E desceu muito rápido a escada traseira da Green Box, da forma ligeira que fazia Gwynplaine. Ruído imitativo que Dea pôde ouvir.

Avistou no pátio o ajudante que ficara desocupado e curioso com toda aquela história.

— Estenda as duas mãos — disse-lhe baixinho.

E encheu-as com um punhado de moedas.

Govicum ficou tocado com tamanha generosidade.

Ursus cochichou em seu ouvido:

— *Boy*, fique no pátio, salte, dance, berre, fale alto, cantarole, assobie, aplauda, sapateie, gargalhe, quebre alguma coisa.

O senhor Nicless, humilhado e desapontado ao ver as pessoas que tinham ido para a apresentação do Homem que Ri dar meia volta e se dirigir às outras barracas da praça, havia fechado a porta da taverna e até renunciado a servir bebidas aquela noite, para evitar o aborrecimento das perguntas. E, sem ter o que fazer por conta da apresentação cancelada, castiçal na mão, olhava para o pátio do alto do balcão. Ursus, tomando o cuidado de colocar sua voz entre parênteses, com as palmas de suas mãos ajustadas à boca, gritou-lhe:

— Cavalheiro, faça como seu ajudante, lata, ladre, uive.

Voltou para a Green Box e disse ao lobo:

— Fale o máximo que puder.

E, levantando a voz:

— Tem gente demais. Acho que teremos uma apresentação agitada.

Enquanto isso, Vinos tocava o tambor.

Ursus continuou:

— Dea está vestida. Já vamos começar. Lamento termos deixado entrar tanta gente. Como estão amontoados! Mas, olhe só, Gwynplaine, a turba não para de chegar! Aposto que hoje teremos nossa maior bilheteria. Vamos, garotas, música! Vocês duas! Venha aqui, Fibi, pegue a sua clarineta. Vamos, Vinos, arrebente o seu tambor. Dê-lhe uma sova. Fibi, faça uma pose de Fama. Senhoritas, não acho que estejam nuas o bastante. Tirem esses casacos. Troquem essas roupas por outras de seda. O público aprecia as formas femininas. Os moralistas que esbravejem. Um pouco de indecência, ora; sejam voluptuosas. E arrojem-se em melodias contagiantes. Ressoem, trombeteiem, tilintem, batuquem, toquem a fanfarra! Quanta gente, meu pobre Gwynplaine!

Interrompeu-se:

— Gwynplaine, me ajude. Vamos baixar o painel.

Enquanto isso, desdobrou seu lenço.

— Mas, antes, deixe-me mugir neste trapo.

E assoou energicamente o nariz, coisa que um ventríloquo sempre deve fazer.

Pôs o lenço de volta no bolso e retirou os pinos do jogo de polias, que rangeram como de costume. O painel desceu.

— Gwynplaine, não adianta abrir a cortina, vamos esperar que o espetáculo comece. Ainda não estamos prontos. Vocês duas, venham para o palco. Música, senhoritas! Pam! Pam! Pam! A plateia está bem frequentada. É a escória do povo. Que gentalha, santo Deus!

As duas mulheres, obedecendo sem questionar, instalaram-se com seus instrumentos em seus lugares habituais nos dois cantos do painel rebaixado.

Então Ursus foi extraordinário. Não era mais um homem, era uma multidão. Obrigado a fazer a plenitude com o vazio, ele se socorreu com uma prodigiosa ventriloquia. Toda a orquestra de vozes humanas e animalescas que havia dentro dele entrou em ação ao mesmo tempo. Ele se tornou uma legião. Quem tivesse fechado os olhos teria acreditado estar em uma praça pública em um dia de festa ou de revolta. O turbilhão de murmúrios e clamores que saía de Ursus cantava, vociferava, falava, tossia, cuspia, espirrava, cheirava rapé, dialogava, perguntava e respondia, tudo isso ao mesmo tempo. As sílabas começadas se entrelaçavam umas nas outras. Naquele pátio em que não havia ninguém, ouviam-se homens, mulheres, crianças. Era a clara confusão da barulhada. Em meio a esse tumulto, serpenteavam, como fumaça, estranhas cacofonias, cacarejos de aves, miados de gatos, choros de crianças mamando. Distinguia-se a rouquidão dos bêbedos, o rosnar dos cães descontentes aos pés das pessoas. As vozes vinham de longe e de perto, do alto e de baixo, do fundo e do primeiro plano. O conjunto era um rumor, o detalhe era um grito. Ursus esmurrava, batia os pés, projetava sua voz no fundo do pátio, depois a fazia sair de baixo da terra. Era tempestuoso e familiar. Passava do murmúrio ao barulho, do barulho ao tumulto, do tumulto ao furacão. Ele era ele e todos. Solilóquio poliglota. Assim como existe a ilusão de ótica, existe a ilusão auditiva. O que Proteu fazia para o olhar, Ursus fazia para os ouvidos. Nada era tão fantástico quanto esse fac-símile da multidão. De tempos em tempos, Ursus abria a portinhola do aposento feminino e olhava para Dea. Dea escutava.

Por sua vez, Govicum se esmerava no pátio.

Vinos e Fibi se esfalfavam conscienciosamente nos trompetes e se debatiam com os tambores. O senhor Nicless, único espectador, dava-se, assim como elas, a tranquila explicação de que Ursus estava louco, coisa que, de resto, não passava de um cinzento detalhe acrescido à sua melancolia. O bom taverneiro resmungava: “Que desordem!”. Falava sério como quem se lembra de que existem leis.

Govicum, feliz por contribuir com a desordem, se agitava quase tanto quanto Ursus. Isso o divertia. E, ainda por cima, ele ganhava uns trocados.

Homo estava pensativo.

Ao barulho que fazia, Ursus misturava palavras.

— Como de costume, Gwynplaine, algo está sendo tramado. Nossos concorrentes querem minar nosso sucesso. A vaia é o tempero do triunfo. Além disso, tem gente demais. Não estão confortáveis. A ponta dos cotovelos do vizinho não predispõe à afabilidade. Desde que não me quebrem os assentos! Ficaremos nas mãos de gente insana. Ah, se nosso amigo Tom-Jim-Jack estivesse aqui! Mas ele não aparece mais. Olhe só todas essas cabeças, umas atrás das outras. Os que estão em pé não parecem satisfeitos, embora ficar em pé, segundo Galeno, seja algo que esse grande homem chama de "movimento tônico". Abreviaremos o espetáculo. Como só *Caos vencido* está anunciado, não faremos *Ursus rursus*. Já é alguma coisa. Que balbúrdia! Ó cega turbulência das massas! Vão acabar nos dando prejuízo! Não é possível continuar assim. Não vamos conseguir representar. Não entenderão uma palavra da peça. Vou discursar para eles. Gwynplaine, abra um pouco as cortinas. Cidadãos...

Nesse momento, Ursus gritou para si mesmo com uma voz febril e aguda:

— Fora, seu velho!

E respondeu com sua própria voz:

— Creio que o povo me insulta. Cícero tem razão: *plebs, fex urbis.*[2] Não tem importância, vou passar um sabão na turba. Será muito difícil fazer-me ouvir. Mas falarei mesmo assim. Homem, faça seu dever. Gwynplaine, vá ver aquela megera que está rosnando.

Ursus fez uma pausa e emitiu um rosnado. Homo, provocado, emitiu um segundo rosnado, e Govicum, um terceiro.

Ursus prosseguiu.

— As mulheres são piores que os homens. O momento não é muito propício, mas tanto faz, vamos ver qual é o poder de um discurso. Sempre é tempo de ser eloquente. — Escute este prólogo astucioso, Gwynplaine: — Cidadãs e cidadãos, eu é que sou o urso. Tiro minha cabeça para vos falar. Humildemente peço silêncio.

Ursus emprestou este grito à multidão:

— Huuuu!

E continuou:

— Venero meu auditório. *Huuuu* é um epifonema como qualquer outro. Minhas saudações, massa fervilhante. Que todos fazem parte da ralé, disso não tenho a menor dúvida, o que em nada diminui minha estima. Estima

[2] Plebe, fezes da cidade.

recíproca. Tenho o mais profundo respeito pelos senhores grosseirões que me honram com sua conduta. Entre vocês há seres disformes; não me ofendo com isso. Gente manca e gente corcunda não falta na natureza. O camelo é corcunda, o bisão tem corcova, o texugo tem pernas mais curtas do lado esquerdo que do direito, fato constatado por Aristóteles em seu tratado sobre o andar dos animais. Os que entre vocês possuem duas camisas têm uma sobre o corpo e a outra no agiota. Eu sei que fazem isso. Albuquerque penhorava seu bigode, e São Dionísio, sua auréola. Os judeus emprestavam, mesmo em troca da auréola. Grandes exemplos. Ter dívidas é ter alguma coisa. Reverencio os miseráveis em vocês.

Ursus interrompeu-se com a seguinte exclamação em tom de baixo profundo:

— Seu asno rematado!

E respondeu com seu tom mais gentil:

— Concordo. Sou um sábio. E me desculpo por isso como posso. Desprezo cientificamente a ciência. A ignorância é uma realidade que nos alimenta; a ciência é uma realidade que nos faz jejuar. Em geral, somos forçados a optar: Ser um sábio e definhar, ou comer e ser um asno. Ó, cidadãos, então pastem! A ciência não chega aos pés de uma mordida em um bom petisco. Prefiro comer um naco de lombo a saber que se trata do músculo psoas. Eu, aqui, só tenho um mérito. Os olhos secos. Assim como estão me vendo agora, nunca chorei. Mas devo dizer que nunca fiquei contente. Nunca. Nem comigo mesmo. Eu me desprezo. Mas peço aos membros da oposição aqui presentes que considerem o seguinte: se Ursus não passa de um sábio, já Gwynplaine é um artista.

Ele tornou a vaiar:

— Huuuu!

E continuou:

— Huuuu de novo! Isso é uma objeção. Mas não quero nem saber. E, senhoras e senhores, Gwynplaine tem a seu lado um outro artista, este distinto e peludo personagem que nos acompanha, o senhor Homo, antigo cão selvagem, hoje lobo civilizado e fiel súdito de Sua Majestade. Homo é um imitador de incrível e emérito talento. Fiquem atentos e se concentrem. Logo mais verão Homo representar, assim como Gwynplaine, e é preciso honrar a arte. Como convém às grandes nações. Vocês são homens das selvas? Concordo. Nesse caso, *sylvæ sint consule dignæ.*[3] Dois artistas valem um cônsul. Bom. Acabam de me atirar um pedaço de repolho. Mas não acertaram. Isso não

[3] Florestas, sejam dignas de um Cônsul. Virgílio, *Bucólicas*, IV, 3.

me impedirá de falar. Ao contrário. O perigo afastado é falante. *Garrula pericula*,[4] disse Juvenal. Minha gente, entre vocês há homens embriagados, e mulheres também. Muito bem. Os homens são fétidos, as mulheres são medonhas. Vocês têm todo tipo de excelentes razões para se aglomerar aqui nestes bancos de cabaré, a falta do que fazer, a preguiça, o intervalo entre dois roubos, a *porter*, a *ale*, a *stout*, o malte, o conhaque, o gim, e a atração de um sexo pelo outro sexo. Uma maravilha. Um espírito dado ao gracejo encontraria aqui um campo fértil. Mas vou me abster. Luxúria, vá lá. No entanto, a orgia deve ter bons modos. Vocês são alegres, porém barulhentos. Imitam com distinção os gritos dos animais; mas o que diriam se, quando falassem de amor a uma *lady* dentro de alguma espelunca, eu ficasse latindo atrás de vocês? Ficariam incomodados. Pois bem, seu barulho nos incomoda. Eu os autorizo a se calarem. A arte é tão respeitável quanto a libertinagem. Eu lhes falo em linguagem franca.

E afrontou-se:

— Que a febre te estrangule com essas tuas sobrancelhas de espiga de centeio!

E replicou:

— Honoráveis senhores, deixemos as espigas de centeio em paz. É uma impiedade destratar os vegetais por achar que têm certa aparência humana ou animal. Além disso, a febre não estrangula. Falsa metáfora. Por gentileza, façam silêncio! Permitam-nos dizer que lhes falta um pouco dessa grandeza que caracteriza o verdadeiro fidalgo inglês. Constato que, entre vocês, os que estão com sapatos que deixam os dedos à mostra aproveitam para colocar os pés nos ombros dos espectadores à sua frente, e isso permite às damas reparar que as solas sempre se partem no ponto onde fica a cabeça dos ossos metatarsianos. Mostrem um pouco menos seus pés e um pouco mais suas mãos. Vejo daqui uns malandros que enfiam engenhosamente suas garras nos bolsos dos seus vizinhos imbecis. Caros batedores de carteira, mais pudor. Esmurrem o sujeito ao lado se quiserem, mas não esvaziem seus bolsos. Aborrecerão menos as pessoas deixando-as de olho roxo do que surrupiando seu dinheiro. Quebrem um nariz, que seja. O burguês preza mais o dinheiro do que a beleza. De resto, aceitem minha simpatia. Censuro os trapaceiros sem nenhum pedantismo. O mal existe. Cada um de nós sofre com ele e cada um de nós o pratica. Ninguém está livre da sordidez de seus pecados. Sem falar nas outras. Não temos, todos nós, nossas comichões? Deus se coça quanto ao diabo. Eu também já cometi meus erros. *Plaudite, cives*.[5]

---

[4] Os perigos tagarelas. Juvenal, *Sátiras*, XII, 81.

[5] Aplaudam, cidadãos.

Ursus deu um longo gemido, que abafou com estas palavras finais:

— *Mylords* e meus senhores, vejo que meu discurso teve a satisfação de aborrecê-los. Peço licença a suas vaias por um momento. Agora vou pôr de volta minha cabeça, e o espetáculo vai começar.

Trocou o tom retórico por um tom íntimo.

— Vamos fechar as cortinas de novo. Respirar. Fui meloso. Falei bem. Chamei-os de *mylords* e de senhores. Linguagem dócil, mas inútil. O que acha de toda essa gentalha, Gwynplaine? Como é fácil perceber os malefícios que a Inglaterra vem sofrendo há quarenta anos com a exaltação desses espíritos ácidos e maldosos! Os antigos ingleses eram belicosos, estes são melancólicos e enraivecidos, e sentem orgulho em desprezar as leis e em não reconhecer a autoridade real. Fiz tudo que a eloquência humana pode fazer. Esbanjei metonímias graciosas como as bochechas rosadas de um adolescente. Ficaram afáveis? Duvido. O que esperar de um povo que come de forma tão extraordinária e se entope de tabaco, a ponto de, neste país, até gente letrada frequentemente criar suas obras com um cachimbo na boca! Tanto faz. Vamos apresentar a peça.

Ouviram-se deslizar no trilho as argolas da cortina. A batucada das duas mulheres cessou. Ursus desenganchou sua viola de roda, executou seu prelúdio, disse a meia voz: "Ei, Gwynplaine, como é misterioso!"; em seguida, atracou-se com o lobo.

Antes, junto com a viola de roda, ele também havia tirado do prego uma peruca muito grosseira que possuía, e a jogara em um canto a seu alcance.

A apresentação de *Caos vencido* aconteceu quase como de costume, só faltando os efeitos de luz azul e o espetáculo de iluminação. O lobo representava de forma convincente. No momento certo, Dea fez sua aparição e, com sua voz trêmula e divina, chamou Gwynplaine. Estendeu o braço procurando sua cabeça...

Ursus se precipitou sobre a peruca, desgrenhou-a, colocou-a na cabeça e, lentamente, segurando a respiração, avançou sua cabeça assim eriçada sob a mão de Dea.

Em seguida, usando de toda sua arte e imitando a voz de Gwynplaine, cantou com indescritível amor a resposta do monstro ao chamado do espírito.

A imitação foi tão perfeita que, mais uma vez, as duas mulheres procuraram Gwynplaine com os olhos, assustadas por ouvi-lo e não vê-lo.

Govicum, encantado, sapateou, aplaudiu, bateu as mãos, produziu uma barulheira olímpica e, sozinho, riu como um bando de deuses. Esse rapaz, devemos dizer, demonstrou um raro talento de espectador.

Fibi e Vinos, autômatos dos quais Ursus detinha o controle, fizeram a balbúrdia habitual dos instrumentos, mistura de cobre e pele de asno, que marcava o final da representação e acompanhava a saída do público.

Ursus se levantou banhado de suor.

Disse baixinho a Homo: "Você entende que se trata de ganhar tempo, não é? Creio que conseguimos. Até que não me saí mal, justo eu que tinha o direito de ficar desorientado. Gwynplaine ainda pode voltar entre hoje e amanhã. Não valia a pena matar Dea de imediato. Vou explicar a coisa toda a você.

Tirou a peruca e enxugou o rosto.

— Sou um ventríloquo genial — murmurou. — Como fui talentoso! Igualei-me a Brabant, o ventríloquo do Rei Francisco I da França. Dea está convencida de que Gwynplaine está aqui.

— Ursus — disse Dea —, onde está Gwynplaine?

Ursus virou-se sobressaltado.

Dea havia permanecido no fundo do teatro, em pé sob a lamparina do teto. Estava pálida, de uma sombria palidez.

Continuou a falar, com um inefável sorriso desesperado:

— Eu sei. Ele nos deixou. Partiu. Eu bem sabia que ele tinha asas.

E, erguendo os olhos brancos para o infinito, acrescentou:

— E eu, quando?

III COMPLICAÇÕES

Ursus ficou petrificado.

Não tinha conseguido iludi-la.

Seria culpa de sua ventriloquia? Certamente não. Tinha conseguido enganar Fibi e Vinos, que tinham olhos, mas não Dea, que era cega. É que só as pupilas de Fibi e Vinos eram lúcidas, enquanto em Dea era o coração que enxergava.

Não conseguiu responder nada. E pensou com seus botões: *Bos in lingua*. O homem paralisado tem um boi na língua.

Em meio a essas emoções complexas, a humilhação é o primeiro sentimento que surge. Ursus pensou:

— Desperdicei minhas onomatopeias.

E, como todo sonhador obstinado, obrigado a usar um expediente, censurou-se:

— Fracasso absoluto. Simplesmente pus a perder toda a harmonia imitativa. Mas, e agora, o que será de nós?

Olhou para Dea, que se calava, cada vez mais pálida e sem esboçar movimento algum. Seu olhar perdido continuava fixado nas profundezas.

Um incidente veio a calhar.

Ursus viu o senhor Nicless no pátio, vela na mão, fazendo-lhe um sinal.

O senhor Nicless não havia assistido ao final daquela espécie de comédia fantasma representada por Ursus. Isso porque haviam batido à porta do *inn* e ele fora abrir. Bateram duas vezes, forçando-o a dois afastamentos. Absorvido por seu monólogo de cem vozes, Ursus não percebeu o que acontecia.

Respondendo ao mudo apelo do senhor Nicless, Ursus desceu.

Aproximou-se do taverneiro.

Pôs um dedo sobre os lábios.

O senhor Nicless também pôs um dedo sobre os lábios.

Dessa forma entreolharam-se.

Cada um deles parecia dizer ao outro: "Vamos conversar, mas, calados".

O taverneiro, silenciosamente, abriu a porta do salão do *inn*. Ele entrou, Ursus entrou. Não havia ninguém além deles. A fachada que dava para a rua, a porta e as janelas estavam fechadas.

O taverneiro fechou atrás de si a porta do pátio, que se fechou no nariz do curioso Govicum.

O senhor Nicless colocou a vela sobre uma mesa.

O diálogo começou. A meia voz, como um cochicho.

— Senhor Ursus...

— Senhor Nicless?

— Acabei entendendo.

— Bah!

— O senhor quis fazer a pobre cega acreditar que tudo aqui estava como de costume.

— Nenhuma lei proíbe de ser ventríloquo.

— O senhor é talentoso.

— Não.

— É fantástico a que ponto o senhor faz o que quer fazer.

— Digo-lhe que não.

— Agora tenho algo a lhe dizer.

— É sobre política?

— Não sei nada a esse respeito.

— É que não escutarei.

— É o seguinte: enquanto o senhor representava sozinho a peça e o público, bateram à porta da taverna.

— Bateram à porta?

— Sim.

— Não gosto disso.

— Eu também não.

— E daí?

— Daí eu abri.

— Quem é que bateu?
— Alguém que falou comigo.
— O que ele disse?
— Eu o ouvi.
— O que o senhor respondeu?
— Nada. Voltei para vê-lo representar.
— E...?
— E bateram a segunda vez.
— Quem? A mesma pessoa?
— Não. Outra.
— Alguém que também falou com o senhor?
— Alguém que não me disse nada.
— Prefiro assim.
— Eu não.
— Explique-se, senhor Nicless.
— Adivinhe quem bateu a primeira vez.
— Não tenho tempo para bancar o Édipo.
— Era o dono do circo.
— Ao lado?
— Ao lado.
— Onde está tocando essa música infernal?
— Infernal.
— E então?
— E então, senhor Ursus, ele está lhe fazendo propostas.
— Propostas?
— Propostas.
— Por quê?
— Porque sim.
— O senhor leva uma vantagem sobre mim, senhor Nicless, é que há pouco o senhor entendeu meu enigma, e agora eu não entendo o seu.
— O dono do circo me encarregou de lhe dizer que viu o cortejo de polícia passando esta manhã, e que, querendo provar que é seu amigo, se oferecia para comprar do senhor, por cinquenta libras esterlinas pagas à vista, sua carruagem, a Green Box, seus dois cavalos, seus trompetes com as mulheres que os tocam, sua peça junto com a cega que canta, seu lobo e o senhor também.
Ursus deu um sorriso desdenhoso.
— Caro dono do *inn* Tadcaster, o senhor vai dizer ao dono do circo que Gwynplaine voltará.
O taverneiro pegou sobre uma cadeira algo que estava no escuro e virou-se para Ursus, levantou os dois braços, deixando pender de uma das mãos um casaco e, da outra, uma esclavina de couro, um chapéu de feltro e um jaleco.

O senhor Nicless disse:

— O homem que bateu a segunda vez, que era um homem da polícia, e que entrou e saiu sem dizer uma palavra, trouxe isto.

Ursus reconheceu a esclavina, o jaleco, o chapéu e o casaco de Gwynplaine.

IV *MŒNIBUS SURDIS CAMPANA MUTA*[6]

Ursus apalpou o feltro do chapéu, o tecido do casaco, a sarja do jaleco, o couro da esclavina: não teve nenhuma dúvida sobre aquelas roupas e, com um gesto rápido e imperativo, apontou a porta do *inn* ao senhor Nicless.

Este a abriu e Ursus se precipitou para fora da taverna.

O senhor Nicless o seguiu com os olhos e viu Ursus correr, tanto quanto lhe permitiam suas velhas pernas, na direção que o *wapentake* tomara pela manhã ao levar Gwynplaine. Quinze minutos depois, ofegante, Ursus chegava à viela onde ficava o guichê da prisão de Southwark e onde ele havia passado tantas horas em vigília.

Não precisava ser meia-noite para aquela viela estar deserta. E, se de dia ela já era triste, de noite era inquietante. Ninguém se arriscava por ali depois de certa hora. Pareciam recear que os dois muros se aproximassem, pareciam ter medo, caso a prisão ou o cemitério tivessem a fantasia de se abraçar, de ser esmagados nesse abraço. Efeitos da noite. Os salgueiros mutilados da viela Vauvert, em Paris, tinham essa espécie de má fama. Diziam que, à noite, esses galhos quebrados de árvore se transformavam em enormes mãos que agarravam os passantes.

O povo de Southwark evitava instintivamente, já dissemos, essa rua entre a prisão e o cemitério. Outrora, costumavam barrá-la durante a noite com uma corrente de ferro. Coisa inútil, pois a melhor corrente para trancar essa rua era o medo que ela provocava.

Ursus entrou ali resolutamente.

Que ideia tinha em mente? Nenhuma.

Ia para aquela rua atrás de informações. Iria bater à porta da cadeia? Certamente, não. Esse assustador e vão expediente não passava pela sua cabeça. Tentar entrar ali para pedir uma informação? Que loucura! As prisões se abrem para quem quer entrar tanto quanto para aqueles que querem sair. Suas dobradiças só se movem em função da lei. Ursus sabia disso. Então, o que tinha ido fazer naquela rua? Ver. Ver o quê? Nada. Não se sabe. O possível.

---

[6] Para muralhas surdas, sinos mudos.

Ver-se novamente diante da porta pela qual Gwynplaine havia desaparecido já era alguma coisa. Às vezes, o muro mais negro e mais rústico fala, e uma luminosidade emana dentre suas pedras. Uma vaga emanação de claridade por vezes se desprende de um amontoado sombrio e compacto. Examinar o que envolve um fato é estar utilmente atento. Todos temos esse instinto de não deixar mais do que a mínima distância possível entre nós e aquilo que nos interessa. Foi por isso que Ursus voltou à viela onde ficava a entrada secundária da casa correcional.

No momento em que entrou na viela, ouviu o sino bater uma vez, depois mais uma.

— "Nossa" — pensou —, "será que já é meia-noite?".

Maquinalmente, começou a contar.

"Três, quatro, cinco."

Divagou:

"Como as batidas desse sino estão espaçadas! Que lentidão! Seis, sete."

E fez esta observação:

"Que som lamentoso! Oito, nove. Ah, muito simples. Estar em uma prisão entristece qualquer relógio. Dez. E, além disso, o cemitério é aqui. Esse sino bate as horas para os vivos e a eternidade para os mortos. Onze. Que triste! Bater as horas para quem não está livre é o mesmo que soar uma eternidade! Doze."

Parou.

"Isso mesmo, é meia-noite."

O sino tocou pela décima terceira vez.

Ursus estremeceu.

"Treze!"

Soou a décima quarta batida. Depois a décima quinta.

"O que isso quer dizer?"

As batidas continuaram em longos intervalos. Ursus escutava.

"Não é o sino de um relógio. É o sino *Muta*. Por isso me pareceu que batia meia-noite com muita demora! Esse sino não está tocando, mas tilintando. O que está acontecendo de sinistro?"

Outrora, toda prisão, assim como todo monastério, tinha o chamado sino Muta, reservado para as ocasiões melancólicas. O *Muta*, "mudo", era um sino que soava baixinho, parecendo fazer o possível para não ser ouvido.

Ursus voltara a se colocar naquela reentrância, adequada para ficar de tocaia, de onde pudera espiar a prisão durante boa parte do dia.

As suaves batidas do sino se sucediam, com um lúgubre intervalo entre uma e outra.

Um dobre produz uma terrível pontuação no espaço. Marca fúnebres parágrafos nas preocupações de todo mundo. O dobre de um sino se assemelha ao estertor de um homem. É prenúncio de agonia. Se em algumas casas, nas vizinhanças desse sino melancólico, existirem divagações esparsas e em espera, esse dobre as corta em rígidos pedaços. A divagação indecisa é uma espécie de refúgio; algo de difuso dentro da angústia permite que alguma esperança transpareça; já o dobre, desolador, torna tudo explícito. Ele suprime essa difusão e, em meio ao tormento, onde a apreensão tenta permanecer em suspenso, cria sedimentos. Um dobre fala diretamente a cada um sobre sua mágoa ou seu temor. É um trágico sino que lhe diz respeito. Que lhe dá um aviso. Nada é mais sombrio do que um monólogo sobre o qual recai essa cadência. As repetições indicam uma intenção. O que esse martelo, o sino, forja nessa bigorna, o pensamento?

Ursus contava confusamente, embora sem nenhum objetivo, as batidas daquele sino. Sentindo-se no meio de um deslizamento, se esforçava para não tecer conjeturas. As conjeturas são um plano inclinado pelo qual se escorrega inutilmente para muito longe. Porém, o que significava aquele dobre?

Ele observava a escuridão no ponto onde sabia encontrar-se a porta da prisão.

De repente, exatamente nesse local, que parecia uma espécie de buraco negro, surgiu uma luminosidade, que aumentou e se tornou uma claridade.

Essa luminosidade não tinha nada de vago. Logo em seguida mostrou sua forma e seus ângulos, desenhando o arco e os batentes da porta da prisão, que acabava de se abrir.

Era mais uma fresta que uma abertura. Uma prisão não se abre, boceja. De tédio, talvez.

A porta do guichê deu passagem a um homem que levava uma tocha na mão.

O sino não parava de tocar. Ursus sentiu-se cheio de esperanças; pôs-se em alerta, ouvidos atentos ao dobre, olhos na tocha.

Após a passagem desse homem, a porta, que estava apenas entreaberta, abriu-se completamente e deu passagem a mais dois homens, e em seguida a mais outro. Esse quarto homem era o *wapentake*, visível à luz da tocha. Empunhava seu bastão de ferro.

Seguindo o *wapentake*, homens silenciosos surgiram pelo guichê e desfilaram, em ordem, dois a dois, com a rigidez de uma fileira de postes ambulantes.

O cortejo noturno transpunha a porta, dupla a dupla, como os pares de uma procissão de penitentes, sem interrupção, com um sinistro cuidado para não fazer o mínimo barulho, gravemente, quase suavemente. Uma serpente que sai de uma toca toma essa precaução.

A tocha punha em evidência os perfis e os gestos. Perfis cruéis, gestos ombrios.

Ursus reconheceu todos os homens da polícia que, de manhã, haviam levado Gwynplaine.

Não restava nenhuma dúvida. Eram os mesmos. Estavam reaparecendo.

Evidentemente, Gwynplaine também ia reaparecer.

Fora levado para lá; agora o traziam de volta.

Estava claro.

O olhar de Ursus tornou-se ainda mais fixo. Estariam pondo Gwynplaine em liberdade?

A dupla fila dos agentes de polícia passava muito lentamente pelo arco, como se passasse por um conta-gotas. O sino, que não parava, parecia marcar seus passos. Ao sair da prisão, dando as costas a Ursus, o cortejo virou à direita no trecho da rua oposto àquele onde Ursus estava postado.

Uma segunda tocha brilhou ao transpor o guichê, anunciando o fim do cortejo.

Ursus logo ia ver o que eles levavam. O prisioneiro. O homem.

Ursus ia ver Gwynplaine.

O que eles levavam apareceu.

Era um caixão.

Quatro homens carregavam um caixão coberto com um pano preto.

Atrás deles, vinha um homem com uma pá no ombro.

Uma terceira tocha acesa, carregada por um personagem lendo um livro, provavelmente o capelão, fechava o cortejo.

O caixão seguiu a fila dos homens da polícia, dobrando à direita.

Ao mesmo tempo, a cabeça do cortejo parou.

Ursus ouviu o ranger de uma chave.

Defronte à prisão, no muro baixo que se estendia do outro lado da rua, a abertura de uma segunda porta iluminou-se à passagem de uma tocha.

Essa abertura, acima da qual se distinguia uma caveira, era o portão do cemitério.

O *wapentake* passou por essa abertura, em seguida passaram os homens, e a segunda tocha após a primeira; o cortejo foi desaparecendo como um réptil entrando em sua toca; a fila inteira dos homens da polícia penetrou nessa outra escuridão que havia do lado de lá do portão, em seguida o caixão, depois o homem com a pá, o capelão com sua tocha e seu livro, e o portão se fechou.

Tudo que se via era uma leve claridade acima de um muro.

Ouviu-se um murmúrio, depois algumas pancadas secas.

Sem dúvida, eram o capelão e o coveiro que lançavam sobre o caixão, um, versos de sua prece, o outro, pás de terra.

O murmúrio cessou; as pancadas secas cessaram.

Fez-se um movimento, as tochas brilharam, o *wapentake* passou novamente, erguendo sua *weapon*, sob o portão reaberto do cemitério, o capelão retornou com seu livro, o coveiro com sua pá, o cortejo reapareceu sem o caixão, a dupla fila de homens refez o mesmo trajeto entre as duas portas, com a mesma taciturnidade e no sentido inverso, o portão do cemitério fechou-se novamente, a porta da prisão se reabriu, o arco sepulcral do guichê recortou-se na claridade, a obscuridade do corredor tornou-se vagamente visível, a espessa e profunda escuridão da prisão se ofereceu ao olhar, e tudo que havia nessa visão penetrou naquela sombra.

O dobre cessou. O silêncio pôs um fim em tudo, sinistra fechadura das trevas.

Tudo não passou de uma aparição que se evaporou, de uma passagem de fantasmas que se dissipou.

Quando certas coincidências se justapõem de forma lógica, acabam por construir algo que parece uma evidência. À detenção de Gwynplaine, ao modo silencioso como fora levado, às roupas devolvidas pelo homem da polícia, ao dobre soando na prisão para a qual tinha sido conduzido, vinha juntar-se, ou, melhor dizendo, vinha ajustar-se essa coisa trágica, um caixão enterrado.

— Ele está morto! — exclamou Ursus.

Caiu sentado sobre um marco de pedra.

— Morto! Eles o mataram! Gwynplaine! Meu menino! Meu filho!

E explodiu em soluços.

V A RAZÃO DO ESTADO FAZ O TRABALHO PEQUENO, BEM COMO O GRANDE

Pobre Ursus, que se gabava de nunca ter chorado. O reservatório de lágrimas estava cheio. Uma tal plenitude, acumulada gota a gota, sofrimento a sofrimento, por toda uma longa existência, não se esvazia em um instante. Ursus soluçou por muito tempo.

A primeira lágrima é uma punção. Ele chorou por Gwynplaine, por Dea, por ele mesmo, por Homo. Chorou como um velho. Chorou por tudo aquilo que havia rido. Por tudo que nunca havia chorado. O direito do homem às lágrimas não perde a validade.

De resto, o morto que acabavam de enterrar era Hardquanonne, mas Ursus não tinha como saber.

Várias horas se passaram.

O dia começou a raiar; a pálida cortina da manhã foi abrindo-se, vagamente plissada de sombras, sobre o *bowling green*. A aurora clareou a fachada do *inn* Tadcaster. O senhor Nicless não havia dormido, pois às vezes um único fato produz várias insônias.

As catástrofes se irradiam em todas as direções. Joguem uma pedra na água e contem os respingos.

O senhor Nicless se sentia atingido. É muito desagradável quando desventuras acontecem em nossa casa. Pouco seguro e entrevendo complicações, o senhor Nicless refletia. Arrependia-se de ter recebido "essa gente" em sua casa. — Se ele soubesse! — Iam acabar por metê-lo em alguma enrascada. — Como colocá-los para fora, então? — Tinha um contrato de aluguel com Ursus. — Que bom se pudesse desvencilhar-se deles! — O que fazer para afastá-los?

Subitamente, bateram à porta do *inn* de forma tumultuosa, o que, na Inglaterra, anuncia "alguém". As formas de bater à porta correspondem à escala de hierarquia.

Não era absolutamente a forma de bater de um lorde, mas era a de um magistrado.

O taverneiro, estremecendo, entreabriu a portinhola.

De fato, havia um magistrado. O senhor Nicless viu à sua porta, em plena madrugada, um grupo da polícia à frente do qual dois homens se destacavam; um deles era o justiceiro-quorum.

O senhor Nicless tinha visto o justiceiro-quorum pela manhã e agora o reconhecia.

Não conhecia o outro homem.

Era um cavalheiro gordo, com o rosto cor de cera, usando uma elegante peruca e uma capa de viagem.

O senhor Nicless tinha muito medo do primeiro desses personagens, o justiceiro-quorum. Se pertencesse à corte, o senhor Nicless teria mais medo ainda do segundo, pois se tratava de Barkilphedro.

Um dos homens do grupo bateu à porta uma segunda vez, violentamente.

Com a testa molhada por um intenso suor de ansiedade, o taverneiro a abriu.

O justiceiro-quorum, com o tom de um homem de polícia e de grande conhecedor de gente errante, levantou a voz e perguntou severamente:

— O senhor Ursus?

O taverneiro, segurando o boné, respondeu:

— Excelência, é aqui.

— Eu sei — disse o justiceiro.

— Sem dúvida, Excelência.

— Que ele se apresente.
— Excelência, ele não se encontra.
— Onde ele está?
— Ignoro.
— Como?
— Ele não voltou.
— Então ele saiu muito cedo?
— Não. É que já saiu bem tarde.
— Esses vagabundos! — replicou o justiceiro.
— Excelência, ali está ele — disse mansamente o senhor Nicless.

Com efeito, Ursus acabava de aparecer em um canto do muro. Voltava ao *inn* após ter passado quase a noite inteira entre a prisão, onde ao meio-dia tinha visto Gwynplaine entrar, e o cemitério, onde à meia-noite tinha ouvido uma cova ser preenchida. Estava pálido, de uma dupla palidez, a de sua tristeza e a da madrugada. O amanhecer, que é a luz em estado de larva, mistura as formas, mesmo aquelas que se movem, à difusão da noite. Ursus, pálido e distraído, caminhando lentamente, parecia uma figura onírica.

Em meio à incontrolável distração provocada pela angústia, ele saíra do *inn* com a cabeça descoberta e nem sequer percebera que estava sem chapéu. Seus poucos cabelos grisalhos se agitavam ao vento. Seus olhos abertos não pareciam enxergar. Muitas vezes, acordados, estamos adormecidos, assim como nos acontece de, dormindo, estarmos despertos. Ursus tinha a aparência de um louco.

— Senhor Ursus, venha cá. Suas Excelências desejam lhe falar — gritou o taverneiro.

O senhor Nicless, ocupado unicamente em amenizar o incidente, soltou, ao mesmo tempo que gostaria de ter retido, o plural "Suas Excelências", respeitoso para o grupo, mas talvez desagradável para o chefe, assim confundido com seus subordinados.

Ursus sentiu o sobressalto de um homem jogado para fora de uma cama na qual dormia profundamente.

— O que é isto? — disse ele.

Então viu a polícia e, no comando, o magistrado.

Nova e dura sacudida.

Pouco antes, o *wapentake*; agora, o justiceiro-quorum. Um parecia empurrá-lo para o outro. Como nas velhas histórias de navios passando entre rochedos.

O justiceiro-quorum fez-lhe sinal para entrar na taverna.

Ursus obedeceu.

Govicum, que tinha acabado de se levantar e varria a sala, parou, se encolheu atrás das mesas, pôs sua vassoura para descansar e prendeu a respiração.

Enfiou os dedos nos cabelos e se coçou levemente, o que indica atenção aos acontecimentos.

O justiceiro-quorum sentou-se em um banco, diante de uma mesa; Barkilphedro pegou uma cadeira. Ursus e o senhor Nicless ficaram em pé. Os homens da polícia, deixados do lado de fora, se agrupavam em frente à porta outra vez fechada.

O justiceiro-quorum fixou seus olhos legais em Ursus e disse:

— O senhor tem um lobo.

— Não exatamente — respondeu Ursus.

— O senhor tem um lobo — replicou o justiceiro, acentuando "lobo" com um tom decisivo.

— É que... — respondeu Ursus; e se calou.

— Delito — continuou o justiceiro.

Ursus arriscou esta argumentação:

— É meu criado.

O justiceiro colocou a mão espalmada sobre a mesa, deixando os cinco dedos separados, o que é um tremendo gesto de autoridade.

— Saltimbanco, amanhã, neste mesmo horário, o senhor e seu lobo já terão ido embora da Inglaterra. Senão, o lobo será preso, levado ao tribunal e morto.

Ursus pensou: "Continuação dos assassinatos". Mas não abriu a boca, e contentou-se em tremer da cabeça aos pés.

— Está entendendo? — continuou o justiceiro.

Ursus assentiu com um sinal de cabeça.

O justiceiro insistiu.

— Morto.

Houve um silêncio.

— Estrangulado, ou afogado.

O justiceiro olhou para Ursus.

— E o senhor, levado para a prisão.

Ursus murmurou:

— Senhor juiz...

— Esteja longe daqui antes de amanhã cedo. Senão, a ordem é essa.

— Senhor juiz...

— O quê?

— Temos de ir embora da Inglaterra, ele e eu?

— Sim.

— Hoje?

— Hoje.

— De que jeito?

O senhor Nicless estava feliz. Esse magistrado, que ele havia temido, viera em seu auxílio. A polícia fazendo papel de seu ajudante. Ela o livrava "daquela gente". O meio que ele procurava, a polícia lhe trazia. O tal Ursus, que ele queria mandar embora, era expulso pela polícia. Força maior. Nada a objetar. Estava contente.

Interferiu:

— Excelência, este homem...

Ele apontava o dedo para Ursus.

— ... Este homem pergunta como sair da Inglaterra ainda hoje. Nada mais simples. Todos os dias e todas as noites, tanto deste lado da ponte de Londres como do outro, ficam atracados no Tâmisa os barcos que partem para outros países. Da Inglaterra pode-se ir para a Dinamarca, a Holanda, a Espanha; para a França não, por causa da guerra, mas para qualquer lugar. Esta noite, vários navios partirão por volta de uma da manhã, que é a hora da maré. Inclusive a *Vograat* de Roterdã.

O justiceiro-quorum fez um movimento com o ombro para o lado de Ursus:

— Que seja. Parta no primeiro barco que aparecer. Na *Vograat*.

— Senhor juiz... — disse Ursus.

— O quê?

— Senhor juiz, se eu só tivesse, como antigamente, minha pequena barraca ambulante, poderia ser. Ela caberia em um barco. Mas...

— Mas o quê?

— Mas é que tenho a Green Box, que é um veículo maior, com dois cavalos, e, sendo tão larga quanto um barco, nunca vai entrar ali.

— O que eu tenho com isso? Vamos matar o lobo — disse o justiceiro.

Estremecendo, Ursus se sentia manipulado como que por uma mão de gelo. Pensou: "Monstros! Matar as pessoas! Esse é o expediente deles".

O taverneiro sorriu e dirigiu-se a Ursus:

— Senhor Ursus, o senhor pode vender a Green Box.

Ursus olhou para o senhor Nicless.

— Senhor Ursus, o senhor tem uma oferta.

— De quem?

— Oferta pelo veículo. Oferta pelos dois cavalos. Oferta pelas duas mulheres. Oferta...

— De quem? — repetiu Ursus.

— Do dono do circo vizinho.

— Está certo.

Ursus se lembrou.

O senhor Nicless virou-se para o justiceiro:

— Excelência, o negócio pode ser fechado hoje mesmo. O dono do circo ao lado deseja comprar o veículo e os dois cavalos.

— O dono do circo tem razão — disse o justiceiro —, pois vai precisar disso. Um veículo e dois cavalos serão muito úteis para ele. Ele também partirá hoje. Os reverendos das paróquias de Southwark deram queixa das obscenas barulheiras em Tarrinzeau Field. O xerife tomou suas providências. Esta noite não haverá uma só barraca de saltimbancos nesta praça. Fim dos escândalos. O respeitável cavalheiro, que tem a bondade de estar aqui presente...

O justiceiro-quorum interrompeu-se para uma saudação a Barkilphedro, à qual Barkilphedro retribuiu.

— ... O respeitável cavalheiro, que tem a bondade de estar aqui presente, chegou esta noite de Windsor trazendo ordens. Sua Majestade disse: "É preciso varrer aquilo".

Ursus, em sua longa meditação de toda a noite, não tinha deixado de se fazer algumas perguntas. Afinal de contas, ele só tinha visto um caixão. Como podia ter certeza de que Gwynplaine estivesse lá dentro? Podia haver outras pessoas mortas, que não Gwynplaine, sobre a face da terra. Um caixão que passa não é um defunto identificado. Após a prisão de Gwynplaine, houve um enterro, o que não provava nada. *Post hoc, non propter hoc,*[7] etc. Ursus tinha voltado a duvidar. A esperança queima e reluz sobre a angústia, assim como o betume sobre a água. Essa chama flutua eternamente sobre a dor humana. Ursus acabara por pensar com seus botões: é provável que seja Gwynplaine aquele que enterraram, mas não é certeza. Quem sabe Gwynplaine ainda esteja vivo?

Ursus inclinou-se diante do justiceiro.

— Respeitável juiz, eu partirei. Nós partiremos. Vamos partir. Pela *Vograat*. Para Roterdã. Eu obedeço. Venderei a Green Box, os cavalos, os trompetes, as mulheres do Egito. Mas há alguém comigo, um companheiro, que não posso deixar para trás. Gwynplaine...

— Gwynplaine está morto — disse uma voz.

Ursus sentiu como o frio de um réptil sobre sua pele. Era Barkilphedro que acabava de falar.

A última chama de esperança se apagava. Nenhuma dúvida. Gwynplaine estava morto.

Esse personagem devia saber. Era sinistro o bastante para isso.

Ursus curvou-se.

---

[7] Depois disso, mas não por causa disso.

Exceto pela covardia, o senhor Nicless era muito bom sujeito, mas, atemorizado, ele era atroz. A suprema ferocidade é o medo.

Murmurou:

— Isso simplifica tudo.

E, por trás de Ursus, esfregou as mãos, gesto próprio dos egoístas, que significa: "Estou livre disso!" e que parecia estar sendo feito sobre a pia de Pôncio Pilatos.

Arrasado, Ursus baixava a cabeça. A sentença de Gwynplaine fora executada, a morte; e, quanto a ele, o veredicto já lhe fora notificado, o exílio. A única coisa a fazer era obedecer. Refletia.

Sentiu que lhe tocavam com o cotovelo. Era o outro personagem, o acompanhante do justiceiro-quorum. Ursus estremeceu.

A voz que havia dito *Gwynplaine está morto* cochichou em seu ouvido:

— Aqui estão dez libras esterlinas enviadas por alguém que lhe quer bem.

E Barkilphedro colocou uma pequena bolsa sobre uma mesa diante de Ursus.

Todos lembramos da caixa que Barkilphedro tinha levado.

Dez guinéus, dos dois mil, era tudo que Barkilphedro podia fazer. Em sua consciência, era o bastante. Se tivesse dado mais, teria perdido. Tivera o trabalho de descobrir um lorde, agora começava a explorar sua descoberta; era justo que o primeiro rendimento dessa mina fosse para ele. Os que vissem nisso uma baixeza estariam em seu direito, mas errariam ao se surpreender. Barkilphedro gostava de dinheiro, principalmente roubado. Dentro de um invejoso habita um avaro. Barkilphedro não deixava de ter defeitos. Cometer crimes não impede de ter vícios. Os tigres têm piolhos.

Além do mais, era a escola de Bacon.

Barkilphedro voltou-se para o justiceiro-quorum e lhe disse:

— Senhor, queira concluir. Estou com muita pressa. Uma carruagem atrelada com cavalos próprios de Sua Majestade me aguarda. Preciso partir voando para Windsor e estar lá dentro de duas horas. Tenho contas a prestar e ordens a receber.

O justiceiro-quorum levantou-se.

Foi até a porta, que não estava trancada a chave, abriu-a, olhou para os homens da polícia sem dizer uma palavra, lançando-lhes com o indicador um raio de autoridade. Todo o grupo entrou, fazendo um silêncio que prenunciava algo grave.

O senhor Nicless, satisfeito com o rápido desfecho que acabava imediatamente com as complicações, contente por estar fora dessa confusão, vendo esse desfile de policiais, temeu que prendessem Ursus em sua casa. Duas detenções, uma atrás da outra, em sua casa, podiam prejudicar a taverna;

os clientes não gostam dos incômodos envolvendo a polícia. Era o caso de fazer uma intervenção suplicante e afável. O senhor Nicless virou para o justiceiro-quorum seu rosto sorridente, que estampava uma confiança temperada com respeito:

— Excelência, gostaria de fazer-lhe observar que esses honoráveis oficiais não são mais indispensáveis, uma vez que o lobo culpado será levado para fora da Inglaterra e que o tal de Ursus não está opondo resistência alguma, sendo as ordens de Vossa Excelência rigorosamente seguidas. Vossa Excelência há de convir que as respeitáveis ações da polícia, se necessárias ao bem do reino, podem prejudicar um estabelecimento, e que minha casa é inocente. Os saltimbancos da Green Box tendo sido varridos, como diz Sua Majestade, a rainha, não vejo aqui nenhum outro criminoso, pois não creio que a moça cega e as duas mulheres sejam delinquentes; então rogo que Vossa Excelência tenha a bondade de abreviar vossa augusta visita, bem como de dispensar esses dignos senhores que acabam de entrar, pois eles não têm nada a fazer em meu estabelecimento; e, se Vossa Excelência me permite provar a exatidão do que digo sob a forma de uma humilde indagação, tornarei evidente a inutilidade da presença desses veneráveis senhores perguntando a Vossa Excelência: visto que o mencionado Ursus determinou-se e partirá, quem mais aqui eles podem ter para prender?

— O senhor — disse o justiceiro.

Não se discute com uma espada que nos atravessa de um lado ao outro. O senhor Nicless caiu sentado sobre algo, uma mesa, um banco, qualquer coisa que se encontrava ali, aterrado.

O justiceiro ergueu a voz de tal forma que, se houvesse alguém na praça, conseguiria ouvi-lo.

— Senhor Nicless Plumptre, dono desta taverna, este é o último ponto a regularizar. O saltimbanco e seu lobo são errantes. Estão expulsos. Mas o mais culpado é o senhor. Foi por seu estabelecimento e por seu consentimento que a lei foi violada, e o senhor, um homem credenciado para o comércio, investido de uma responsabilidade pública, instalou o escândalo em sua casa. Senhor Nicless, sua licença está cassada, o senhor pagará uma multa e irá para a prisão.

Os homens da polícia cercaram o taverneiro.

O justiceiro continuou, apontando para Govicum:

— Este rapaz, seu cúmplice, está preso.

O punho de um policial se abateu sobre o colarinho de Govicum, que olhou para o homem com curiosidade. O rapaz, muito amedrontado, pouco entendia o que estava acontecendo, já tinha visto mais de uma coisa singular, e se perguntava se aquilo era a continuação da comédia.

O justiceiro-quorum colocou o chapéu na cabeça, cruzou as mãos sobre o ventre, o que é o cúmulo da seriedade, e acrescentou:

— Tenho dito, senhor Nicless, o senhor será notificado de prisão e levado para a cadeia. O senhor e seu ajudante. E este estabelecimento, o *inn* Tadcaster, permanecerá fechado, condenado e lacrado. Para servir de exemplo. Assim, o senhor nos acompanhará.

LIVRO SÉTIMO

A Titã

I DESPERTAR

— E Dea?

Pareceu a Gwynplaine, vendo o dia despontar em Corleone Lodge durante essas aventuras do *inn* Tadcaster, que esse grito vinha de fora. O grito vinha de seu interior.

Quem nunca ouviu os profundos clamores da alma?

Ademais, o dia raiava.

A aurora é uma voz.

De que serviria o Sol senão para despertar a sombria adormecida, a consciência?

A luz e a virtude são da mesma espécie.

Que o Deus se chame Cristo, ou que se chame Amor, sempre há um momento em que ele é esquecido, ainda que pelo melhor dos sujeitos; todos nós, e mesmo os santos, precisamos de uma voz capaz de nos lembrar, e a aurora faz o divino alertador que existe em nós falar. A consciência grita diante do dever, assim como o galo canta diante do amanhecer.

O coração humano, esse caos, ouve o *Fiat lux*.

Gwynplaine — continuaremos a chamá-lo assim; Clancharlie é um lorde, Gwynplaine é um homem —, Gwynplaine parecia ter ressuscitado.

Já era tempo de religar a artéria.

Um transbordamento de integridade acontecia em seu íntimo.

— E Dea! — disse ele.

E sentiu em suas veias uma espécie de transfusão generosa. Algo de salutar e de tumultuoso precipitava-se nele. A irrupção violenta dos bons pensamentos é uma volta para casa de alguém que está sem sua chave e que pula honestamente seu próprio muro. Há uma escalada, mas do bem. Há uma pilhagem, mas do mal.

— Dea! Dea! Dea! — repetiu.

Manifestava-se a ele seu próprio coração.

Perguntou em voz alta:

— Onde você está?

Quase admirado por não lhe responderem.

Continuou, olhando para o teto e para as paredes, em meio a uma perturbação em que retomava a razão:

— Onde você está? Onde estou?

E naquele quarto, naquela gaiola, recomeçou sua marcha de animal selvagem aprisionado.

— Onde estou? Em Windsor. E você? Em Southwark. Ah, meu Deus! É a primeira vez que ficamos distantes um do outro. Mas quem foi que criou essa distância? Eu aqui, você aí! Oh! Isso não pode acontecer. Isso não vai acontecer. Mas o que foi que me aprontaram?

Parou.

— Quem é que me falou da rainha? O que sei disto? Mudado! Estou mudado! Por quê? Porque sou lorde. Você sabe o que está havendo, Dea? Você é *lady*. São incríveis as coisas que acontecem. É isso, o negócio é reencontrar meu caminho. Será que me perderam? Um homem falou comigo de um jeito estranho. Lembro as palavras que me dirigiu: "*Mylord*, uma porta que se abre fecha outra porta. O que ficou para trás não existe mais". Dito de outra maneira: "Você é um fraco!". Aquele miserável! Dizia isso enquanto eu não estava bem desperto, abusando daquele primeiro instante do meu aturdimento. Era como se eu fosse sua presa. Onde ele está, quero xingá-lo! Falava comigo com aquele tenebroso sorriso delirante. Ah, estou voltando a ser eu mesmo! Ainda bem. Estão enganados se pensam que farão de lorde Clancharlie o que bem entenderem! Par da Inglaterra, sim, com uma esposa, que é Dea. Condições! Pensam que vou aceitá-las? A rainha? Que me importa a rainha! Nunca a vi mais gorda. Não sou lorde para ser escravo. Entro livre no poder. Ou alguém imagina que me provocaram para nada? Tiraram minha focinheira, isso sim. Dea! Ursus! Estamos juntos. O que vocês eram, eu era. O que eu sou, vocês são. Venham! Não. Eu é que vou. Agora. Neste instante! Já esperei demais. O que devem pensar vendo que não voltei? E aquele dinheiro! Quando penso que lhes mandei dinheiro! Eu é que devia ter ido. Estou me lembrando, aquele homem me disse que eu não podia sair daqui. Veremos. Vamos, uma carruagem! Uma carruagem! Quero ir encontrá-los. Onde estão os criados? Deve haver criados, já que há um senhor. Sou eu que mando aqui. Esta é a minha casa. Vou arrancar os trincos, vou quebrar as fechaduras, vou forçar as portas a pontapés. Se alguém barrar minha passagem, atravesso-lhe o corpo com minha espada, pois agora tenho uma espada. Quero ver alguém tentar resistir. Tenho uma mulher, que é Dea. Tenho um pai, que é Ursus. Minha casa é um palácio e eu o ofereço a Ursus. Meu nome é um diadema e eu o ofereço a Dea. Rápido! Agora! Dea, estou indo! Ah, num instante estarei aí!

E, abrindo a primeira porta que encontrou, saiu do quarto impetuosamente.

Viu-se em um corredor.

Foi em frente.

Um segundo corredor apareceu.

Todas as portas estavam abertas.

Pôs-se a andar ao acaso, de aposento em aposento, de corredor em corredor, procurando a saída.

II SEMELHANÇAS ENTRE UM PALÁCIO E UM BOSQUE

Nos palácios à italiana, e Corleone Lodge era desse tipo, havia muito poucas portas. Tudo era cortina, cortinado, tapeçaria.

Naquela época, não havia palácio que não tivesse em seu interior uma singular confusão de aposentos e corredores onde abundava o luxo; dourados, mármores, peças de madeira trabalhada, sedas do Oriente; ângulos cheios de circunspecção e de obscuridade, outros cheios de luz. Havia cômodos ricos e alegres, saletas brilhantes, reluzentes, revestidas com porcelanas da Holanda ou azulejos de Portugal, vãos de janelas recortados em sótãos e gabinetes totalmente envidraçados, belas lanternas espaçosas. As espessuras das paredes, se esvaziadas, seriam habitáveis. Aqui e ali, quartos de vestir lindamente decorados, os chamados "pequenos apartamentos". Era ali que se cometiam os crimes.

Bem conveniente, se tivessem de matar o Duque de Guise, ou desencaminhar a bela presidente de Sylvecane, ou, mais tarde, abafar os gritos das moças que acompanhavam Lebel. Lugar complicado, incompreensível para um recém-chegado. Local de raptos; fundo obscuro onde acabavam os desaparecimentos. Nessas elegantes cavernas, os príncipes e os senhores guardavam seus butins; o Conde de Charolais escondia *Madame* Courchamp, mulher do alto magistrado; o Senhor de Monthulé escondia a filha de Haudry, fazendeiro de Croix-Saint-Lenfroy; o Príncipe de Conti escondia as duas belas cortesãs de Île-Adam; o Duque de Buckingham escondia a pobre Pennywell, etc. As coisas que se passavam ali eram daquelas que se fazem, como diz a lei romana, *vi, clam et precario*, pela força, em segredo e por pouco tempo. Quem ali estava, ali permanecia ao bel-prazer do dono da casa. Eram masmorras, mas douradas; tinham algo de claustro e de harém. Escadas em curva subiam, desciam. Uma espiral de aposentos que se encaixavam levava ao ponto de partida. Uma galeria era rematada por um oratório. Um confessionário se ligava a uma alcova. As ramificações dos corais e os buracos das esponjas provavelmente tinham servido de modelo aos arquitetos dos "pequenos apartamentos" reais e senhoriais. As ligações eram inextrincáveis. Retratos pivotando em aberturas criavam entradas e saídas. Tudo era bem tramado. E tinha mesmo de ser, pois ali ocorriam verdadeiros dramas. Os pavimentos dessa colmeia iam do porão às mansardas. Madrépora estranha, incrustada em todos os palácios, a começar por Versalhes, e que era como uma morada de pigmeus na habitação de titãs. Corredores, altares, nichos, compartimentos, esconderijos. Todo tipo de buracos repletos das baixezas dos grandes.

Esses lugares, serpenteantes e murados, despertavam ideias de brincadeiras, olhos vendados, mãos tateando, risos contidos, cabra-cega, esconde-esconde, e, ao mesmo tempo, faziam pensar nos Átridas, nos Plantagenets, nos Médicis, nos selvagens cavaleiros de Elz, em Rizzio, em Monaldeschi, nas espadas perseguindo um fugitivo de aposento em aposento.

Na Antiguidade também existiam misteriosos locais desse gênero, onde o luxo era apropriado aos horrores. Algumas amostras foram conservadas sob a terra em certos sepulcros do Egito, como, por exemplo, na cripta do rei Psamético, descoberta por Passalacqua. Encontramos nos velhos poetas o temor a essas construções suspeitas. *Error circumflexus, locus implicitus gyris.*[1] Gwynplaine estava em um dos pequenos apartamentos de Corleone Lodge.

Tinha febre de partir, de sair dali, de rever Dea. Essa sobreposição de corredores e de compartimentos, de portas secretas, de portas imprevistas segurava-o e o retardava. Gostaria de ter corrido, mas era forçado a vagar. Quando acreditava não haver mais que uma porta, aparecia-lhe um labirinto a decifrar.

Depois de um quarto, mais outro. Em seguida, confluências de salões.

Ele não encontrava nada vivo. Apurava os ouvidos. Nenhum movimento.

Às vezes, parecia-lhe passar onde já havia passado.

Em alguns momentos, acreditava ver alguém vindo em sua direção. Não era ninguém. Era ele, refletido no espelho, em trajes de senhor.

Era ele, inverossímil. Não se reconhecia de imediato.

Ia em frente, atravessando todas as passagens que apareciam.

Penetrava em meandros de arquitetura íntima; aqui, um pequeno aposento, graciosamente pintado e esculpido, um pouco obsceno e muito discreto; ali, uma ambígua capela, coberta com escamas de madrepérola e esmaltes, com peças de mármore feitas para ser vistas em suas minúcias, como as tampas das caixas de rapé; acolá, um desses preciosos cômodos florentinos, arrumados para acolher as melancolias femininas, as chamadas *alcovas*. Por

[1] Andar em círculos, em lugar cheio de sinuosidades.

toda parte, nos tetos, nas paredes, até mesmo nos pisos, havia representações aveludadas ou metálicas de pássaros e árvores, de vegetações extravagantes salpicadas de pérolas, saliências em passamanaria, superfícies de linhite, guerreiros, rainhas, tritões encouraçados com ventre de hidra. As facetas dos cristais lapidados acrescentavam efeitos de prisma aos efeitos dos reflexos. Os avelórios representavam pedrarias. Viam-se brilhar ângulos obscuros. Não se sabia se todas as facetas luminosas, nas quais esmeraldas se amalgamavam a dourados de Sol levante, e nas quais flutuavam nuvens furta-cor, eram espelhos microscópicos ou águas-marinhas descomunais. Magnificência a uma só vez delicada e grandiosa. Era o menor dos palácios, a menos que fosse o mais colossal dos cofres. Uma casa para Mab ou uma joia para Geo.[2] Gwynplaine procurava a saída.

Mas não a encontrava. Impossível se orientar. Nada é tão capitoso como a opulência quando a vemos pela primeira vez. Mas, além disso, ele estava em um labirinto. A cada passo, alguma coisa deslumbrante fazia-lhe obstáculo. Tudo aquilo parecia opor-se a que ele fosse embora. Tudo aquilo parecia não querer soltá-lo. Ele estava como que grudado às maravilhas. Sentia-se agarrado e retido.

"Que palácio horrível!", pensava.

Perambulava dentro daquele dédalo, inquieto, irritando-se, perguntando-se o que queria dizer tudo aquilo, se por acaso estava preso, e desejando estar ao ar livre. Repetia: "Dea! Dea!", parecendo segurar o fio que não devia deixar romper e que o levaria à saída.

Algumas vezes chamava:

— Ei! Tem alguém aí?

Ninguém respondia.

Aqueles aposentos não tinham fim. Tudo estava deserto, silencioso, esplêndido, sinistro.

É assim que imaginamos os castelos encantados.

Bocas de calor escondidas mantinham naqueles cômodos e corredores uma temperatura de verão. O mês de junho parecia ter sido apanhado por algum mago e trancafiado naquele labirinto. Às vezes, sentia-se um cheiro agradável. Ondas perfumadas atravessavam o ambiente, como se ali houvesse flores invisíveis. Fazia calor. Por toda parte, tapetes. Era possível andar nu.

Gwynplaine olhava pelas janelas. A vista era variada. Ora via jardins repletos dos frescores da primavera e da manhã, ora via novas fachadas com outras

---

[2] Rainha Mab: as lendas inglesas a descrevem como uma fadinha travessa que teria uma pequenina carruagem conduzida por insetos. Geo: ou Gaia, a Mãe-Terra.

estátuas, ora via pátios à espanhola, esses pequenos espaços quadrangulares entre grandes edifícios, ladrilhados, embolorados e frios; às vezes via um rio, que era o Tâmisa, às vezes, uma grande torre, que era Windsor.

Fora, sendo ainda tão cedo, não havia nenhum passante.

Ele parava. Escutava.

— Oh! Vou-me embora — dizia ele. — Encontrarei Dea. Ninguém vai me manter aqui à força. Azar de quem quiser me impedir de sair! O que é aquela torre enorme? Se houver um gigante, um cão de guarda do inferno, um monstro barrando a porta deste palácio enfeitiçado, acabo com eles. Eu devoraria um exército. Dea! Dea!

De repente, ouviu um leve ruído, muito suave, semelhante ao de água escorrendo.

Ele estava em uma galeria estreita, escura, fechada alguns passos à sua frente por uma cortina fendida.

Andou até essa cortina, abriu-a, entrou.

Penetrou no inesperado.

III EVA

Uma sala octogonal com teto abobadado, sem janelas, iluminada por uma abertura no alto, toda revestida, paredes, piso e abóbada, com mármore flor de pessegueiro; no centro da sala, um baldaquim de mármore negro com colunas retorcidas, ao estilo pesado e elegante de Elizabeth, cobrindo de sombra uma pia-banheira do mesmo mármore; do meio da pia saía um fino jato de água perfumada e morna, que enchia doce e lentamente a banheira; era isso que ele tinha diante dos olhos.

Banho negro feito para transformar a brancura em resplendor.

Era o ruído dessa água que ele tinha ouvido. A entrada de água na banheira era cuidadosamente controlada até certo nível, para impedir que transbordasse. Ela fumegava, mas tão pouco que mal havia vapor sobre o mármore. O frágil jato d'água parecia um caule de aço flexível, cedendo ao mínimo sopro.

Nenhum móvel, a não ser, perto da banheira, uma espécie de poltrona-cama, dessas que são longas o bastante para que uma mulher ali deitada possa ter a seus pés seu cão ou seu amante; daí *can-al-pie*, que deu origem ao nosso canapé.

Era uma espreguiçadeira da Espanha, visto que os pés eram de prata. As almofadas e o estofado eram de seda branca brilhante.

Do outro lado da banheira, encostado à parede, havia um alto toucador de prata maciça, repleto de objetos, tendo ao centro oito pequenos espelhos de Veneza dispostos em uma armação de prata e representando uma janela.

Entalhada na parte da parede mais próxima ao canapé, havia uma abertura quadrada, parecendo um postigo, mas fechada por um painel feito com uma lâmina de prata vermelha. Esse painel tinha dobradiças, como uma veneziana. Sobre a prata vermelha brilhava uma coroa real, decorada e dourada. Acima do painel, suspensa e fixada à parede, havia uma sineta de prata banhada a ouro, se é que não era de ouro.

Em frente à entrada dessa sala, diante de Gwynplaine, que ficara paralisado, faltava o chanfrado de mármore no ângulo das paredes. Ele fora substituído por uma abertura da mesma dimensão, indo até o alto, e fechada por uma ampla e alta tela prateada.

Essa verdadeira teia, de uma finíssima e incrível espessura, era transparente, permitindo que se enxergasse através dela.

No centro dessa teia, no lugar onde normalmente haveria uma aranha, Gwynplaine viu algo formidável: uma mulher nua.

Nua, literalmente, não. A mulher estava vestida. E vestida da cabeça aos pés, com uma camisola longa, semelhante às túnicas dos anjos nos quadros de santos, mas tão fina que parecia molhada. Era, assim, um esboço de mulher nua, mais traiçoeiro e perigoso que a própria nudez. A história registrou procissões de princesas e grandes damas, entre duas fileiras de monges, em que, sob o pretexto dos pés descalços e da humildade, a Duquesa de Montpensier mostrava-se assim a Paris inteira, com uma camisola rendada. Retificando: com uma vela na mão.

A tela prateada, diáfana como vidro, era uma cortina. Estava fixada só no alto e podia ser levantada. Separava a sala de mármore, que era uma sala de banho, de um aposento que era um quarto de dormir. Esse quarto, muito pequeno, era uma espécie de gruta de espelhos. Por toda parte, espelhos de Veneza, contíguos, ajustados poliedricamente, unidos por molduras douradas, refletiam a cama que estava no centro. Sobre essa cama, de prata como a estante e o canapé, estava deitada a mulher. Ela dormia.

Dormia com a cabeça inclinada, um de seus pés empurrando as cobertas, como o súcubo acima do qual os sonhos se agitam.

Seu travesseiro de renda de seda caíra no chão sobre o tapete.

Entre sua nudez e o olhar havia dois obstáculos: a camisola e a cortina de tela prateada, duas transparências. O cômodo, mais alcova do que quarto, estava iluminado por uma espécie de reflexo da sala de banho. A mulher talvez não tivesse pudor, mas a luz tinha.

A cama não tinha colunas, nem dossel, nem cortinado, de forma que a mulher, ao abrir os olhos, podia ver-se mil vezes nua nos espelhos acima da sua cabeça.

Os lençóis mostravam a desordem de um sono agitado. A beleza das dobras indicava a fineza do tecido. Era uma época em que uma rainha, divagando que seria condenada às penas do inferno, assim o imaginava: uma cama com amplos lençóis.

De resto, essa moda do sono nu vinha da Itália, remontava aos romanos. *Sub clara nuda lucerna,*[3] disse Horácio.

Um roupão de seda extraordinária, sem dúvida da China, pois entre as pregas entrevia-se um grande lagarto dourado, estava jogado aos pés da cama.

Para lá da cama, no fundo da alcova, provavelmente havia uma porta, disfarçada e delimitada por um grande espelho sobre o qual estavam pintados pavões e cisnes. Nesse quarto feito de penumbra tudo reluzia. Os espaços entre os cristais e os dourados eram recobertos com um material brilhante que em Veneza chamavam de "fel de vidro".

À cabeceira da cama estava fixado um aparador de prata, com suportes giratórios e castiçais fixos, sobre o qual se via um livro aberto, estampando no alto das páginas este título em grandes letras vermelhas: *Alcoranus Mahumedis.*[4]

Gwynplaine não via nenhum desses detalhes. A mulher: eis tudo que ele via.

Estava agitado e ao mesmo tempo paralisado, coisa contraditória, mas que acontece.

Reconhecia aquela mulher.

Ela estava de olhos fechados e com o rosto voltado para ele.

Era a duquesa.

Ela, aquela criatura misteriosa na qual se misturavam todos os resplendores do desconhecido, aquela que o fizera ter tantos sonhos inconfessáveis, aquela que lhe havia escrito uma carta tão surpreendente! A única mulher no mundo sobre quem ele poderia dizer: "Ela me viu e ela me quer!". Ele havia banido os sonhos, havia queimado a carta. Ele a havia relegado ao ponto mais distante possível de seus devaneios e de sua memória; não pensava mais nela; ele a havia esquecido...

E agora tornava a vê-la!

Tornava a vê-la magnífica!

Uma mulher nua é uma mulher armada.

Ele não respirava mais. Sentia-se suspenso, como em um halo, e empurrado. Olhava. Aquela mulher, bem à sua frente! Como era possível?

No teatro, duquesa. Ali, nereida, náiade, fada. Sempre uma aparição.

---

[3] Nua sob a claridade da lamparina. *Sátiras*, II, 7, 48.

[4] Alcorão de Maomé.

Ele tentou fugir, mas sentiu que não era possível. Seus olhos haviam-se tornado duas correntes e o prendiam àquela visão.

Era uma libertina? Era uma virgem? Ambas. Messalina, presente talvez no invisível, devia sorrir, e Diana devia espreitar. Havia sobre aquela beleza a claridade do inacessível. Pureza alguma era comparável àquela forma casta e altiva. Certas neves que nunca foram tocadas são reconhecíveis. Aquela mulher tinha a sagrada brancura da Jungfrau. O que emanava daquele semblante inconsciente, daquela esparsa cabeleira vermelha, daquelas pálpebras fechadas, daquelas azuladas veias vagamente visíveis, daqueles esculturais contornos dos seios, das ancas e dos joelhos modelando a camisola em róseas saliências, era a divindade de um sono augusto. Aquele despudor se dissolvia em esplendor. Aquela criatura estava tão calmamente nua quanto se tivesse direito ao cinismo divino, tinha a segurança de uma deusa do Olimpo que assume ser filha do abismo e que pode dizer ao oceano: Pai! E oferecia-se, inabordável e soberba, a tudo que ali passasse, aos olhares, aos desejos, às loucuras, aos sonhos, tão orgulhosamente adormecida sobre aquela cama de alcova quanto Vênus na imensidão da espuma.

Adormecera à noite e prolongava seu sono em pleno dia; confiança iniciada nas trevas e estendida em meio à luz.

Gwynplaine tremia. Admirava.

Admiração daninha e sedutora demais.

Sentia medo.

A caixinha de surpresas do destino nunca se esgota. Gwynplaine acreditava que elas se tivessem esgotado. Pois recomeçavam. O que eram todos esses raios caindo sem trégua sobre sua cabeça e, ainda por cima, suprema descarga, lançando ao seu encontro, homem trêmulo, uma deusa adormecida? O que significavam todas essas sucessivas aberturas de céu de onde acabava saindo, desejável e temível, aquilo com que ele sonhava? O que era toda essa amabilidade tentadora do desconhecido trazendo-lhe, uma após a outra, suas vagas aspirações, suas confusas veleidades, até mesmo seus maus pensamentos materializados em carne e osso, oprimindo-o sob uma inebriante sequência de realidades extraídas do impossível? Haveria contra ele, miserável, uma conspiração de toda a obscuridade? E o que seria dele com todos esses sorrisos da sinistra sorte à sua volta? Que vertigem era essa arranjada propositalmente? Essa mulher! Ali! Por quê? Como? Não havia explicação. Por que ele? Por que ela? Será que o teriam feito par da Inglaterra especialmente para essa duquesa? Quem aproximava assim um do outro? Quem era logrado? Quem era vítima? Da boa fé de quem abusavam? Estariam enganando a Deus? Todas essas coisas, ele não definia, mas vislumbrava através de uma sequência de nuvens negras em seu cérebro. Esse lugar mágico e viperino, esse estranho palácio, tenaz como uma prisão, fazia parte de um complô? Gwynplaine passava por uma espécie de reabsorção. Forças obscuras o prendiam misteriosamente. Uma força de atração o acorrentava. Sua vontade, sugada sem que ele percebesse, ia embora. Em que se agarrar? Ele estava perturbado e encantado. Desta vez, sentia-se irremediavelmente insensato. A sombria queda no precipício da vertigem continuava.

A mulher dormia.

Para ele, em um estado de confusão que se agravava, não se tratava mais da *lady*, da duquesa, da dama, mas da mulher.

No homem, os desvios estão em estado latente. Os vícios têm em nosso organismo um traçado invisível já previsto. Mesmo inocentes, e aparentemente puros, temos isso em nós. Não ter manchas é diferente de não ter defeitos. O amor é uma lei. A volúpia é uma armadilha. Existem a embriaguez e a bebedeira. Embriaguez é querer uma mulher, bebedeira é querer a mulher.

Fora de si, Gwynplaine tremia.

O que fazer contra esse encontro? Nada de muitos tecidos, nenhuma acetinada abundância, nada de trajes exuberantes e sedutores, nenhum exagero galante escondendo e revelando, nenhuma nuvem. Só a nudez em sua formidável concisão. Espécie de convocação misteriosa, atrevimento paradisíaco. Todo o lado tenebroso do homem posto em alerta. Eva pior que Satã. O humano e o sobre-humano misturados. Êxtase inquietante levando ao triunfo brutal do instinto sobre o dever. O contorno soberano da beleza é imperioso. Quando sai do plano ideal, e quando aceita ser real, é para o homem uma aproximação funesta.

Em alguns momentos, a duquesa se mexia suavemente na cama e fazia os vagos movimentos de um vapor no firmamento, mudando de posição como a nuvem muda de forma. Ela ondulava, compondo e decompondo encantadoras curvas. A mulher tem em si toda a maleabilidade da água. Como a água, a duquesa tinha algo de fluido. Coisa estranha de dizer, ela estava ali, carne visível, mas era uma quimera. Palpável, parecia distante. Gwynplaine, pálido e amedrontado, contemplava. Escutava palpitar aquele peito e pensava ouvir a respiração de um fantasma. Era atraído, debatia-se. O que fazer contra ela? O que fazer contra ele mesmo?

Poderia esperar qualquer coisa, menos essa. Um feroz guardião nas portas, algum furioso monstro sentinela a combater, eis com o que ele havia contado. Previra Cérbero e encontrava Hebe.

Uma mulher nua. Uma mulher adormecida.

Que luta implacável!

Ele fechava as pálpebras. Claridade demais nos olhos causa sofrimento. Mas, mesmo com os olhos fechados, imediatamente a revia. Mais misteriosa ainda, mas igualmente bela.

Fugir não é fácil. Ele havia tentado, mas não conseguira. Estava imobilizado, como ficamos em um sonho. Quando queremos recuar, a tentação prende nossos pés ao chão. Avançar é possível, recuar não. Os invisíveis braços da transgressão saem da terra e nos puxam para o deslize.

Uma banalidade aceita por todo mundo é que a emoção se enfraquece. Nada é mais falso. É como dizer que, com o ácido nítrico pingando gota a gota, uma ferida se cura e adormece, e que o desmembramento cansou Damiens.

A verdade é que, a cada recrudescimento, a sensação é mais aguda.

De surpresa em surpresa, Gwynplaine havia chegado ao paroxismo. Este recipiente, sua razão, transbordava frente a esse novo espanto. Sentia em si um ameaçador despertar.

Bússola, já não tinha. Só havia uma certeza diante dele, aquela mulher. Não se sabe que irremediável acaso se entreabria, parecendo um naufrágio. Impossível tomar um rumo. Havia a irresistível corrente e o obstáculo. Obstáculo que não é a rocha, mas a sereia. Há um ímã no fundo do abismo. Desviar-se dessa atração bem que Gwynplaine queria, mas como fazer isso? Não via mais onde se agarrar. A flutuação humana é infinita. Um homem pode ficar desamparado como um navio. A âncora é a consciência. Coisa triste, a consciência pode se quebrar.

Ele não tinha sequer este recurso: "Sou desfigurado e horrível, ela me rejeitará". A mulher lhe escrevera que o amava.

Nas crises, há um momento de instabilidade. Quando nos expandimos sobre o mal mais do que nos apoiamos no bem, essa porção de nós mesmos suspensa sobre o erro acaba sendo mais forte e nos precipita. Teria esse triste momento chegado para Gwynplaine?

Como escapar?

Assim era ela, a duquesa! Essa mulher! Ele a tinha diante de si, naquele quarto, naquele lugar deserto, adormecida, entregue, só. Ela estava à sua disposição, e ele estava em seu poder!

A duquesa!

Avistamos uma estrela no espaço longínquo e a admiramos. Ela está tão distante! O que temer de uma estrela fixa? Um dia — uma noite —, vemos que ela se desloca; notamos uma ondulação luminosa ao seu redor. Esse astro, que acreditávamos impassível, se mexe. Não é uma estrela, é um cometa. O imenso incendiário do céu. O astro caminha, cresce, balança uma cabeleira púrpura, torna-se enorme. Vem em nossa direção. Ó, terror, está vindo ao nosso encontro! O cometa nos conhece, o cometa nos deseja. Espantosa aproximação celeste. O que chega até nós é tão luminoso que nos deixa cego; é o excesso de vida, que é a morte. Esse avanço do zênite sobre nós é recusado. Essa oferta de amor do precipício é rejeitada. Tapamos os olhos com as mãos, nos escondemos, nos esquivamos, acreditamos estar salvos. É só abrirmos os olhos... E lá está a extraordinária estrela. Ela não é mais uma estrela, é o mundo. Mundo ignorado. Mundo de lava e brasa. Devorador prodígio das profundezas. Ela preenche o céu. Ela é tudo que existe. O carbúnculo do fundo do infinito, de longe diamante, de perto é fornalha. Estamos em suas chamas.

E sentimos nossa combustão começar com um calor paradisíaco.

IV SATÃ

De repente, a adormecida acordou. Sentou-se na cama com uma graça inesperada e harmoniosa; seus cabelos de loura seda levemente torcida caíram em suave tumulto sobre suas costas; sua camisola desalinhada deixava todo seu ombro descoberto. Com as mãos, tocou seus róseos dedos dos pés, e os olhou por alguns instantes; pés dignos de ser adorados por Péricles e copiados por Fídias. Depois, espreguiçou-se e bocejou, como uma tigresa ao nascer do Sol.

É provável que Gwynplaine respirasse, como quando prendemos o ar, com dificuldade.

— Tem alguém aí? — disse ela.

Disse isso bocejando; era muito encantador.

Gwynplaine ouviu essa voz que não conhecia. Voz sedutora; pronúncia deliciosamente arrogante; terna entonação temperando o hábito da superioridade.

Ao mesmo tempo, erguendo-se sobre os joelhos — existe uma antiga estátua ajoelhada dessa maneira em meio a mil dobras transparentes —, puxou para si o roupão e desceu da cama; nua e em pé, não mais que o tempo de ver uma flecha passar, logo em seguida estava vestida. Num piscar de olhos, o roupão de seda a cobriu. As mangas, muito longas, escondiam suas mãos. Viam-se apenas as pontas dos dedos dos pés, brancos e com unhas pequenas, parecendo pés de criança.

Tirou de cima das costas uma mecha de cabelo que lançou sobre o roupão; em seguida, correu para trás da cama, no fundo da alcova, e colou o ouvido ao espelho pintado que aparentemente recobria uma porta.

Bateu no vidro com o pequeno cotovelo que forma o indicador dobrado.

— Tem alguém aí? Lorde David! Será que já chegou? Que horas são, então? É você, Barkilphedro?

Virou-se.

— Não, não é deste lado. Tem alguém no quarto de banho? Responda! Na verdade, não, ninguém pode vir por ali.

Foi até a cortina de tela prateada, abriu-a com a ponta do pé, afastou-a com um movimento de ombro e entrou no aposento de mármore.

Gwynplaine sentiu certo frio de agonia. Nenhum abrigo. Era tarde demais para fugir. Além disso, ele não tinha forças. Desejou que um buraco se abrisse no chão para enfiar-se dentro dele. Não havia chance alguma de não ser visto.

Ela o viu.

Olhou para ele imensamente surpresa, mas sem nenhum estremecimento, com uma mescla de alegria e desprezo.

— Veja só, é Gwynplaine! — disse ela.

Em seguida, subitamente e com um salto impetuoso, pois aquela gata era uma pantera, lançou-se em seu pescoço.

Apertou-lhe a cabeça entre seus braços nus, pois, com tamanha exaltação, as mangas se moveram.

Mas, rechaçando-o de repente, cravando como garras as pequenas mãos sobre os dois ombros de Gwynplaine, ela em pé diante dele, ele em pé diante dela, começou a olhá-lo estranhamente.

Olhou-o, fatal, com seu olhar de Aldebarã, raio visual misto, com algo de suspeito e de sideral. Gwynplaine contemplava aquele olho azul e aquele olho negro, perturbado por estar sob a dupla mira de um olhar de céu e de um olhar de inferno. Essa mulher e esse homem ofuscavam-se sinistramente. Um fascinava o outro, ele pela deformidade, ela pela beleza, ambos pelo horror.

Ele se calava como se estivesse sob um peso impossível de levantar. Ela exclamou:

— Você é esperto. Veio até aqui. Soube que eu tinha sido obrigada a partir de Londres, me seguiu. Fez bem. Você é extraordinário por estar aqui.

Uma tomada de posse recíproca produz uma espécie de relâmpago. Confusamente alertado por um vago temor, selvagem e honesto, Gwynplaine recuou, mas as róseas unhas afundadas em seus ombros o seguravam. Algo de inexorável se esboçava. Ele estava na toca da mulher selvagem, ele próprio homem selvagem.

Ela continuou:

— Ana, aquela tola, sabe?, a rainha, ela me fez vir a Windsor sem dizer o motivo. Quando cheguei, estava trancada com o idiota do seu chanceler. Mas como você fez para me encontrar? Isso é o que eu chamo ser homem. Obstáculos? Não existem. Somos chamados, vamos lá. Pediu informações? Meu nome, Duquesa Josiane, creio que você sabia. Quem o introduziu? Sem dúvida foi o pajem. Ele é inteligente; vou lhe dar cem guinéus. Como fez para chegar aqui? Diga-me. Não, não me diga. Não quero saber. Se explicar, perde a graça. Prefiro que você seja surpreendente. Você é tão monstruoso que chega a ser maravilhoso. Ou caiu do céu, só pode ser, ou veio do terceiro subsolo, pelo alçapão do Érebo. Nada mais simples: o teto se fendeu ou o chão se abriu. Uma descida pelas nuvens ou uma ascensão pelo vapor do enxofre, foi assim sua chegada. Você merece entrar como os deuses. Pronto, você é meu amante.

Desconcertado, Gwynplaine ouvia, sentindo cada vez mais seu pensamento oscilar. Era o fim. Impossível duvidar. A carta da outra noite era confirmada por essa mulher. Ele, Gwynplaine, amante de uma duquesa, amante amado! O imenso orgulho de mil cabeças sinistras se agitava nesse coração miserável.

É a vaidade, essa força enorme dentro de nós, agindo contra nós.

A duquesa continuou:

— Já que você está aqui, é porque tinha de ser assim. Não peço mais nada. Existe alguém lá nas alturas, ou aqui embaixo, que nos empurra um para o outro. Noivado entre Estige e a Aurora. Impetuoso noivado, totalmente fora da lei! No dia em que o vi, pensei: "É ele, estou reconhecendo, é o monstro dos meus sonhos. Ele será meu". Mas é preciso ajudar o destino. Por isso lhe escrevi. Uma pergunta, Gwynplaine: você acredita em predestinação? Eu acredito, desde que li o *Sonho de Cipião*, de Cícero. Veja só! Eu não havia reparado: trajes de fidalgo. Você está vestido de senhor. Por que não? Você é um saltimbanco. Um motivo a mais. Um bufão vale por um lorde. Aliás, o que são os lordes? Uns palhaços. Você tem um porte nobre, um físico muito bem-feito. É incrível que esteja aqui! Quando chegou? Há quanto tempo está aí? Viu-me nua? Sou bonita, não sou? Eu ia tomar meu banho. Oh! Gosto de você. Leu minha carta! Você mesmo a leu? Alguém a leu para você? Você sabe ler? Você deve ser ignorante. Fico lhe fazendo perguntas, mas não responda. Não gosto do som da sua voz; é muito suave. Um ser incomparável como você não devia falar, mas ranger. Você canta; é algo harmonioso. Eu detesto isso. É a única coisa em você que me desagrada. Todo o resto é formidável, todo o resto é esplêndido. Na Índia, você seria um deus. Você nasceu com esse sorriso assustador no rosto? Não, não é mesmo? Provavelmente se trata de uma mutilação penal. É o que espero, que você tenha cometido algum crime. Venha para os meus braços.

Ela deixou-se cair sobre o canapé e o fez cair a seu lado. Sem saber como, viram-se perto um do outro. O que ela dizia passava por Gwynplaine como uma ventania. Ele mal compreendia o sentido desse turbilhão de palavras eufóricas. Nos olhos, ela tinha admiração. Falava de forma tumultuada, freneticamente, com uma voz apaixonada e terna. Suas palavras eram música, mas Gwynplaine ouvia essa música como tempestade.

Ela tornou a olhar fixamente para ele.

— A seu lado, me sinto degradada, que felicidade! Como é chato ser alteza! Sou nobre, nada é mais enfadonho. A decadência é repousante. Estou tão saturada de respeito que preciso de desprezo. Somos todas um pouco extravagantes, começando por Vênus, Cleópatra, as senhoras de Chevreuse e de Longueville, e terminando comigo. Vou ostentá-lo, estou avisando. Eis um namorico que vai traumatizar a real família Stuart, da qual faço parte. Ah! Estou respirando! Encontrei a saída. Estou fora da realeza. Ser rebaixada é ter liberdade. Romper com tudo, enfrentar tudo, fazer e desfazer tudo, isso é viver. Escute, gosto de você.

Interrompeu-se e sorriu de um modo terrível.

— Gosto de você, não só por ser disforme, mas por ser vil. Gosto do monstro e gosto do histrião. Um amante humilhado, zombado, grotesco, medonho, exposto às risadas nesse pelourinho que chamamos de teatro, isso tem um sabor extraordinário. É como morder o fruto do abismo. Um amante repulsivo é algo adorável. Ter nos dentes a maçã, não do paraíso, mas do inferno, é isso que me tenta; tenho essa fome e essa sede, e sou essa Eva. A Eva do precipício. E você, sem saber, provavelmente é um demônio. Guardei-me para um mascarado de pesadelo. Você é uma marionete cujos cordões são controlados por um espectro. Você é a visão do grande riso infernal. Você é o dono que eu esperava. Eu precisava de um amor igual ao das Medeias e das Canídias. Eu tinha certeza de que me aconteceria uma dessas grandes aventuras da noite. Você é aquilo que eu queria. Estou lhe dizendo muitas coisas que você não deve entender. Gwynplaine, ninguém jamais me possuiu, entrego-me a você pura como a brasa ardente. Claro que você não acredita em mim, mas nem imagina o quanto isso não me importa!

Suas palavras tinham a desordem de uma erupção. Uma pequena cratera no flanco do Etna daria uma ideia desse jato de lava.

Gwynplaine balbuciou:

— Madame...

Ela tapou sua boca com a mão.

— Silêncio! Estou contemplando você. Gwynplaine, sou a imaculada impetuosa. Sou a vestal das bacanais. Nenhum homem me conheceu, e eu poderia ser a Pitonisa de Delfos, e ter sob meu calcanhar nu o tripé de bronze de onde os padres, com os cotovelos apoiados sobre uma pele de Píton, cochicham perguntas ao deus invisível. Meu coração é de pedra, mas parece esses seixos misteriosos que o mar traz aos pés do rochedo Huntly Nabb, na foz do rio Thees, dentro dos quais, quando quebrados, encontramos uma serpente. Essa serpente é o meu amor. Amor todo-poderoso, pois o fez vir a mim. Uma distância impossível havia entre nós. Eu estava em Sírius e você em Alioth. Você fez a imensa travessia e aqui está. Muito bem. Cale-se. Abrace-me.

Ela parou. Ele estremeceu. Ela voltou a sorrir.

— Sabe, Gwynplaine, sonhar é criar. Um desejo é um chamado. Construir uma quimera é provocar a realidade. A sombra terrível e todo-poderosa não se deixa desafiar. Ela nos satisfaz. Aqui está você. Ousarei me perder? Sim. Ousarei ser sua amante, sua concubina, sua escrava, sua coisa? Com prazer. Gwynplaine, eu sou a mulher. A mulher é a argila que deseja ser lama. Tenho necessidade de me desprezar. Isso tempera o orgulho. Mistura de grandeza e rebaixamento; nada combina tão bem. Despreze-me, você que é desprezado. Aviltamento sob aviltamento, que volúpia! Colho a dupla flor da ignomínia! Pise em mim. Não há melhor maneira de me amar. Sei disso. Sabe por que o idolatro? Porque o desdenho. Você está tão abaixo de mim que o coloco em um altar. Misturar o superior e o inferior é o caos, e o caos me agrada. Tudo começa e termina no caos. O que é o caos? Uma imensa imundície. E com essa imundície Deus fez a luz, e com esse esgoto Deus fez o mundo. Você nem imagina a que ponto eu sou perversa. Molde um astro na lama: o resultado sou eu.

Assim falava essa mulher formidável, mostrando através do roupão entreaberto seu torso virginal.

Continuou:

— Loba para todos, cadela para você. Como hão de se espantar! O espanto dos imbecis é adorável. Mas eu me compreendo. Sou uma deusa? Anfitrite entregou-se a Ciclope. *Fluctivoma Amphitrite*. Sou uma fada? Urgèle se entregou a Bugryx, o andróptero de oito mãos palmadas. Sou uma princesa? Maria Stuart teve Rizzio. Três belas, três monstros. Eu sou maior que elas, pois você é pior que eles. Gwynplaine, somos feitos um para o outro. O monstro que você é por fora eu sou por dentro. Daí o meu amor. Capricho? Pode ser. O que é o furacão? Um capricho. Existe entre nós uma afinidade sideral: eu e você somos da noite, você pela face, eu pela inteligência. Por sua vez, você também me cria: foi só chegar, e eis minha alma exposta. Eu não a conhecia. Ela é surpreendente. Sua aproximação faz sair de mim, deusa, a hidra. Você me revela minha verdadeira natureza, me faz descobrir a mim mesma. Veja só como me assemelho a você. Olhe para dentro de mim como para um espelho. Seu semblante é minha alma. Eu não tinha consciência de ser a tal ponto terrível. Portanto, eu também sou um monstro! Ó Gwynplaine, você me tira do tédio.

Deu uma estranha risada infantil, aproximou-se do seu ouvido e lhe disse baixinho:

— Quer ver uma mulher louca? Olhe para mim.

Seu olhar penetrava em Gwynplaine. Um olhar é uma poção mágica. Seu roupão estava temerosamente desalinhado. Um êxtase cego e bestial invadia Gwynplaine. Êxtase no qual havia agonia.

Enquanto essa mulher falava, ele sentia como que respingos de fogo; sentia brotar o irreparável. Não tinha forças para dizer uma só palavra. Ela se calava; ela o contemplava: "Ó monstro!", murmurava. Ela era cruel.

Repentinamente, pegou suas mãos.

— Gwynplaine, eu sou o trono, você é o tablado. Coloquemo-nos no mesmo patamar. Ah! Decaída, estou feliz. Eu queria que todo mundo pudesse saber a que ponto sou abjeta. Com isso se prosternariam mais, pois quanto mais nos olham com horror mais rastejam. Assim é o gênero humano. Hostil, mas réptil. Dragão, mas verme. Oh! Sou depravada como os deuses. Nunca poderão tirar de mim o fato de eu ser a bastarda de um rei. Ajo como rainha. Quem foi Rodope? Uma rainha que amou Phtah, o homem com cabeça de crocodilo. Em sua homenagem, ela construiu a terceira pirâmide. Pentesileia amou o centauro que se chama Sagitário e é uma constelação. E o que me diz de Ana da Áustria? Mazarin era tão feio! Você não é feio, é deformado. O feio é pequeno, o disforme é grande. O feio é a careta do diabo por trás do belo. O disforme é o reverso do sublime. É seu outro lado. O Olimpo tem duas vertentes: uma, na claridade, leva a Apolo; a outra, na escuridão, leva a Polifemo. Você é Titã. Na floresta, seria Beemote; no oceano, Leviatã; no pântano, Tífon. Você é supremo. Em sua deformidade há algo de relâmpago. Seu rosto foi deformado por um trovão. O que há em sua face é a furiosa distorção causada pelo poderoso punho da chama, que o moldou e se extinguiu. Em um acesso raivoso, a grande cólera prendeu sua alma sob essa medonha figura sobre-humana. O inferno é uma fornalha penal onde esquenta esse ferro que chamamos de Fatalidade; você foi marcado com esse ferro. Amá-lo é compreender o grande. Tenho esse triunfo. Apaixonar-se por Apolo? Grande coisa! A glória se mede pelo espanto. Gosto de você. Tenho sonhado com você por noites, e noites, e noites! Estamos no meu palácio. Você verá meus jardins. Há fontes sob as folhagens, grutas onde podemos nos beijar, e belas peças de mármore do cavaleiro Bernini. E flores! Muitas flores. Na primavera, há um incêndio de rosas. Eu já lhe disse que a rainha é minha irmã? Faça o que quiser de mim. Sou feita para que Júpiter beije meus pés e para que Satã cuspa em meu rosto. Você tem religião? Eu sou papista. Meu pai, Jaime II, morreu na França com muitos jesuítas ao seu redor. Jamais senti o que estou sentindo a seu lado. Oh! Gostaria de passar a noite com você, ouviríamos música recostados no mesmo divã, sob a cobertura púrpura de uma galera dourada, no meio da infinita mansidão do mar. Bata em mim. Insulte-me. Pague-me. Trate-me como uma devassa. Adoro você.

Carícias podem rugir. Duvidam? Ponham-se entre os leões. Havia atrocidade naquela mulher, mas combinada à graça. Nada é mais trágico. Sentia-se a garra, sentia-se o veludo. Um ataque felino, e um recuo. Havia jogo e crime nesse vaivém. Ela idolatrava insolentemente. O resultado era a demência propagada. Linguagem fatal, indescritivelmente violenta e doce. O que era insulto não insultava. O que era adoração ultrajava. O que era humilhação deificava. Seu tom imprimia a suas palavras furiosas e amorosas um não sei quê de grandeza prometeica. Nas festas à Grande Deusa, cantadas por Ésquilo, é dada essa sombria raiva épica às mulheres que procuram os sátiros sob as estrelas. Essas exacerbações inflamavam as danças obscuras sob os ramos de Dodona. Essa mulher parecia transfigurada, se é que é possível alguém se transfigurar pelo lado oposto ao céu. Seus cabelos se arrepiavam como crina; seu roupão se fechava, em seguida se abria; nada era mais encantador do que aquele colo cheio de gritos selvagens; os raios do seu olho azul se misturavam ao brilho do seu olho negro; ela era sobrenatural. Gwynplaine, quase sem forças, sentia-se vencido pela profunda intensidade de uma aproximação como aquela.

— Eu te amo! — gritou ela.

E, beijando-o, mordeu-o.

As nuvens de Homero talvez se tornassem necessárias sobre Gwynplaine e Josiane, como se tornaram para Júpiter e Juno. Para Gwynplaine, ser amado por uma mulher que enxergava e que o via, ter sobre sua boca deformada uma pressão de lábios divinos, era extraordinário e fulgurante. Diante dessa mulher cheia de enigmas ele sentia tudo se desvanecer em seu íntimo. A lembrança de Dea se debatia nessa sombra, com pequenos gritos. Há um antigo baixo-relevo que representa a esfinge devorando um cupido; as asas do doce ser celestial sangram entre aqueles dentes ferozes e sorridentes.

Será que Gwynplaine gostava dessa mulher? Será que o homem, assim como o globo, tem dois polos? Somos, sobre nosso eixo inflexível, a esfera giratória, de longe astro, de perto lama, onde dia e noite se alternam? O coração tem dois lados? Um que ama na luz e outro que ama nas trevas? Aqui, a mulher brilho; ali, a mulher sarjeta. O anjo é algo necessário. Seria possível que também o demônio fosse necessidade? Existem asas de morcego para a alma? A hora crepuscular soa fatalmente para todos? O erro é parte integrante do nosso destino não recusável? O mal que há em nossa natureza deve ser aceito juntamente com todo o resto? O erro é uma dívida a pagar? Profundos tremores.

E, no entanto, uma voz nos diz que ser fraco é um crime. O que Gwynplaine sentia era indizível, a carne, a vida, o medo, a volúpia, uma aflita embriaguez e toda a vergonha que contém o orgulho. Será que ia sucumbir?

Ela repetiu: “Eu te amo!”.

E, frenética, estreitou-o contra seu peito.

Gwynplaine ofegava.

De repente, bem perto deles, uma sineta vibrou firme e claramente. Era a sineta embutida na parede que soava. A duquesa virou a cabeça e disse:

— O que ela quer de mim?

E, bruscamente, fazendo o ruído de um alçapão com mola, abriu-se o tampo de prata gravado com uma coroa real.

O interior de uma roda, revestida de veludo azul real, ficou visível, expondo uma carta sobre um prato dourado.

Era um envelope volumoso, quadrado, ali disposto de forma a mostrar o lacre, que tinha uma grande marca sobre a cera vermelha. A sineta continuava tocando.

O tampo aberto quase tocava no canapé onde ambos estavam sentados. A duquesa, inclinada e segurando-se com um braço ao pescoço de Gwynplaine, estendeu o outro braço, pegou a carta sobre o prato e empurrou o tampo. A roda voltou a se fechar e a sineta se calou.

A duquesa partiu a cera entre os dedos, rasgou o envelope, retirou as duas folhas contidas nele e o jogou no chão, aos pés de Gwynplaine.

O lacre de cera quebrado permanecia decifrável, permitindo que Gwynplaine distinguisse a letra A acima de uma coroa real.

O envelope rasgado mostrava seus dois lados, de forma que também era possível ler o sobrescrito: *A sua graça, a Duquesa Josiane.*

As duas folhas que estavam no envelope eram um pergaminho e um finíssimo papel de carta. O pergaminho era grande, o outro papel era pequeno. Sobre o pergaminho estava estampada uma grande chancela de cera verde, chamada cera de senhoria. A duquesa, palpitante e com olhos extasiados, fez uma imperceptível careta de enfado.

— Ah! — disse ela —, o que é isso que ela me envia? Uma papelada! Que desmancha-prazeres é essa mulher!

E, deixando de lado o pergaminho, abriu a outra carta.

— É a letra dela. É a letra da minha irmã. Isso me cansa. Gwynplaine, eu perguntei se você sabia ler. Você sabe ler?

Gwynplaine fez um sinal afirmativo com a cabeça.

Ela se estendeu no canapé, quase como se estivesse deitada, escondeu cuidadosamente, e com estranho pudor, os pés sob o roupão e os braços dentro das mangas, deixando o peito à mostra, e, cobrindo Gwynplaine com um olhar apaixonado, entregou-lhe a carta.

— Pois bem, Gwynplaine, você agora é meu. Pode começar sua tarefa. Meu querido, leia para mim o que me escreve a rainha.

Gwynplaine pegou a carta, desdobrou-a e, com a voz muito trêmula, leu:

> Senhora,
>
> Cordialmente lhe enviamos a cópia anexa de um relatório, certificado e assinado por nosso servidor William Cowper, lorde chanceler deste reino da Inglaterra, pelo qual se verifica a considerável particularidade de o filho legítimo de

Lorde Linnœus Clancharlie ter tido sua existência constatada, tendo acabado de ser encontrado sob o nome de Gwynplaine, na inferior situação de uma vida errante e nômade, entre saltimbancos e bufões. A supressão de sua condição social remonta à sua mais tenra idade. Em consequência das leis do reino, e em virtude do direito hereditário de Lorde Fermain Clancharlie, filho de Lorde Linnœus, ele será admitido e reintegrado, hoje mesmo, à Câmara dos Lordes. Por isso, senhora duquesa, no intuito de agir corretamente, conservando a transmissão de bens e domínios dos Lordes Clancharlie Hunkerville para sua pessoa, nós o colocamos em lugar de Lorde David Dirry-Moir para receber suas boas graças. Providenciamos a remoção de Lorde Fermain à sua residência de Corleone Lodge; ordenamos e desejamos, como rainha e irmã, que nosso Lorde Fermain Clancharlie, chamado até aqui de Gwynplaine, seja seu marido, e que, para júbilo real, a senhora se case com ele.

Enquanto Gwynplaine lia, com entonações que oscilavam praticamente a cada palavra, a duquesa, que se levantara do canapé, escutava com olhos vidrados.

Quando Gwynplaine acabava de ler, ela arrancou-lhe a carta das mãos.

— ANA, RAINHA — disse ela, lendo a assinatura em tom de delírio.

Em seguida, pegou do chão o pergaminho que havia descartado e passou os olhos por ele. Era a declaração dos náufragos da *Matutina*, copiada sobre um relatório assinado pelo xerife de Southwark e pelo lorde chanceler.

Lido o relatório, ela releu a mensagem da rainha. Então disse:

— Seja.

E, calma, apontando com o dedo a porta da galeria por onde Gwynplaine havia entrado, disse-lhe:

— Saia.

Gwynplaine, paralisado, permaneceu imóvel.

Ela recomeçou, glacial:

— Já que o senhor é meu marido, saia.

Sem dizer uma palavra, de olhos baixos como um condenado, Gwynplaine não se mexia.

Ela acrescentou:

— O senhor não tem o direito de estar aqui. Este é o lugar do meu amante.

Gwynplaine parecia estar pregado ao chão.

— Pois bem, então saio eu; vou-me embora — disse ela. — Ah, o senhor é meu marido! Nada melhor. Eu o odeio.

E levantando-se, lançando no espaço um arrogante gesto de adeus, não se sabe para quem, saiu.

A porta da galeria fechou-se atrás dela.

V RECONHECEM-SE, MAS NÃO SE CONHECEM

Gwynplaine ficou sozinho.

Sozinho diante daquela banheira morna e daquela cama desarrumada.

A pulverização de suas ideias atingia o ápice. O que ele pensava não parecia pensamento. Era uma difusão, uma dispersão, a angústia de estar em meio ao incompreensível. Havia nele algo como o *salve-se quem puder* de um sonho.

A entrada em mundos desconhecidos não é uma coisa simples.

Desde a carta da duquesa, que lhe fora entregue pelo pajem, uma sucessão de acontecimentos surpreendentes, cada vez menos inteligíveis, começara para Gwynplaine. Até aquele momento, ele estava em um sonho, mas via tudo com clareza. Agora, tateava.

Não pensava. Nem mesmo sonhava. Apenas aceitava.

Continuava sentado no canapé, no mesmo lugar em que a duquesa o havia deixado.

De repente, ouviu naquela penumbra um ruído de passos. Eram passos de um homem. Esses passos vinham do lado oposto à galeria por onde a duquesa havia saído. Aproximavam-se e eram ouvidos surdamente, mas nitidamente. Por mais que estivesse absorto, apurou os ouvidos.

Subitamente, para lá da cortina de tela prateada que a duquesa deixara entreaberta, atrás da cama, a porta que acertadamente suspeitara existir sob o espelho pintado se abriu, e uma voz masculina e alegre, cantando bem alto, lançou no aposento dos espelhos este refrão de uma velha canção francesa:

Três porquinhos no esterco
Xingavam como cocheiros

Um homem entrou.

Esse homem trazia uma espada a tiracolo e, na mão, um chapéu com penas de ganso e insígnia, e estava vestido com um magnífico traje engalanado da marinha.

Gwynplaine se ergueu como se uma mola o colocasse de pé.

Reconheceu o homem e o homem o reconheceu.

De suas duas bocas atônitas escapou simultaneamente esta dupla exclamação:

— Gwynplaine!

— Tom-Jim-Jack!

O homem com o chapéu de plumas se aproximou de Gwynplaine, que cruzou os braços.

— Como chegou aqui, Gwynplaine?

— E você, Tom-Jim-Jack, como veio parar aqui?

— Ah! Já entendi. Um capricho de Josiane! Um saltimbanco que é um monstro é encantador demais, não se pode resistir. Fantasiou-se para vir aqui, Gwynplaine.

— Você também, Tom-Jim-Jack.

— Gwynplaine, o que significa esse traje de senhor?

— Tom-Jim-Jack, o que significa esse traje de oficial?

— Gwynplaine, não respondo a nenhuma pergunta.

— Nem eu, Tom-Jim-Jack.

— Gwynplaine, não me chamo Tom-Jim-Jack.

— Tom-Jim-Jack, não me chamo Gwynplaine.

— Gwynplaine, aqui estou em minha casa.

— Aqui, estou em minha casa, Tom-Jim-Jack.

— Proíbo-o de me ecoar. Você tem a ironia, mas eu tenho meu bastão. Pare com essas suas paródias, seu palhaço miserável.

Gwynplaine ficou lívido.

— Palhaço é você! E vai me dar satisfação por esse insulto.

— Na sua barraca, quando você quiser. Saímos no braço.

— Aqui, e na ponta da espada.

— Amigo Gwynplaine, espada é coisa de fidalgos. Só luto com meus pares. Com o braço, somos iguais, e desiguais com a espada. No *inn* Tadcaster, Tom-Jim-Jack pode socar Gwynplaine. Em Windsor é diferente. Fique sabendo o seguinte: sou contra-almirante.

— E eu sou par da Inglaterra.

O homem em quem Gwynplaine via Tom-Jim-Jack gargalhou.

— E por que não rei? Na verdade, você tem razão. Um histrião é qualquer um de seus papéis. Diga que é Teseu, Duque de Atenas.

— Sou par da Inglaterra, e nós lutaremos.

— Gwynplaine, isso está indo longe demais. Não brinque com alguém que pode mandar castigá-lo. Eu me chamo Lorde David Dirry-Moir.

— E eu me chamo Lorde Clancharlie.

Lorde David deu uma segunda gargalhada.

— Bem pensado. Gwynplaine é Lorde Clancharlie. De fato, é o nome que se deve ter para possuir Josiane. Escute aqui, eu o perdoo. E sabe por quê? Porque somos os dois amantes.

A porta da galeria se abriu e uma voz disse:

— Os senhores são os dois maridos.

Ambos se viraram.

— Barkilphedro! — exclamou Lorde David.

Com efeito, era Barkilphedro.

Ele saudou profundamente os dois homens com um sorriso.

Alguns passos atrás dele, via-se um fidalgo com ar respeitoso e sério, que tinha uma vara na mão.

Esse fidalgo avançou, fez três reverências a Gwynplaine e lhe disse:

— *Mylord*, sou o oficial da vara negra. Venho buscar Vossa Senhoria, conforme as ordens de Sua Majestade.

LIVRO OITAVO

O Capitólio e suas vizinhanças

I DISSECAÇÃO DAS COISAS MAJESTOSAS

A formidável ascensão que, já havia tantas horas, afetava Gwynplaine com suas variadas surpresas, e que o havia levado a Windsor, levou-o de volta a Londres.

Realidades visionárias sucederam-se diante dele ininterruptamente.

E não havia meio de escapar. Assim que uma delas o largava, já era envolvido por outra.

Ele não tinha tempo nem de respirar.

Quem já viu um malabarista sabe do que se trata. Esses projéteis caindo, subindo e tornando a cair são os homens nas mãos do destino.

Projéteis e joguetes.

Na noite daquele mesmo dia, Gwynplaine estava em um lugar extraordinário.

Estava sentado em um banco com flores-de-lis. Por cima de seus trajes de seda, vestia uma toga de veludo escarlate forrada de tafetá branco com gola de arminho e, nos ombros, duas faixas de pele bordadas de ouro.

À sua volta, havia homens de todas as idades, jovens e velhos, sentados como ele sobre flores-de-lis, e, como ele, vestidos com arminho e púrpura.

Diante dele, via outros homens, ajoelhados. Esses homens usavam togas de seda preta; alguns deles escreviam.

À sua frente, a certa distância, via degraus, um estrado, um dossel, um grande escudo brilhando entre um leão e um unicórnio, e, abaixo desse dossel, sobre o estrado, no alto dos degraus, junto ao escudo, uma poltrona coroada e dourada. Era um trono.

O trono da Grã-Bretanha.

Gwynplaine, sendo ele próprio um par, encontrava-se na Câmara dos Pares da Inglaterra.

De que modo essa introdução de Gwynplaine na Câmara dos Lordes acontecera? Esclareçamos.

Durante todo o dia, da manhã até a noite, de Windsor a Londres, de Corleone Lodge a Westminster Hall, havia sido uma subida de escalão em escalão. A cada escalão, uma nova surpresa.

Ele fora levado de Windsor nas carruagens da rainha, com a devida escolta de um par. A guarda de honra se parece muito com a guarda que guarda.

Naquele dia, os ribeirinhos da estrada que liga Windsor a Londres viram galopar uma caravana de fidalgos pensionistas de Sua Majestade, acompanhando duas seges que seguiam com toda pompa em comboio real. Na primeira sege estava sentado o oficial da vara negra, segurando sua vara na mão. Na segunda, via-se um amplo chapéu com plumas brancas cobrindo de sombra um rosto que não era visível. Quem passava por ali? Um príncipe? Um prisioneiro?

Era Gwynplaine.

Parecia alguém sendo levado à torre de Londres, a menos que fosse alguém sendo levado à Câmara dos Pares.

Tudo havia sido muito bem preparado pela rainha. Como se tratava do futuro marido da sua irmã, ela cedera uma escolta do seu próprio serviço.

O assessor do oficial da vara negra ia a cavalo encabeçando o cortejo.

O oficial da vara negra tinha em sua sege, sobre uma banqueta, uma almofada de tecido prateado. Sobre essa almofada havia um estojo preto gravado com uma coroa real.

Em Brentford, última etapa antes de Londres, as duas seges e a escolta fizeram uma parada.

Uma carruagem de casco de tartaruga, com quatro cavalos atrelados, quatro lacaios postados atrás, dois postilhões e um cocheiro usando peruca, aguardava. Rodas, degraus, desvãos, varal, todo o aparato daquela carruagem era dourado. Os cavalos tinham arreios de prata.

Essa carruagem de gala era de um modelo soberbo e extraordinário, tendo magnificamente figurado entre as cinquenta e uma carruagens célebres que Roubo[1] retratou.

O oficial da vara negra e seu assessor apearam.

O assessor do oficial retirou da banqueta da sege a almofada de tecido prateado onde estava o estojo com a coroa gravada, e segurou-a com as duas mãos, postando-se em pé atrás do oficial.

O oficial da vara negra abriu a porta da carruagem vazia, em seguida abriu a porta da sege em que Gwynplaine estava, e, baixando os olhos, convidou-o respeitosamente a tomar assento naquela carruagem.

---

[1] André-Jacob Roubo (1739-1791): marceneiro e ebanista francês. De origem modesta, tornou-se matemático, desenhista e mecânico.

Gwynplaine desceu da sege e subiu na carruagem.

O oficial, segurando a vara, e o assessor, segurando a almofada, subiram depois dele e ocuparam o assento baixo destinado aos pajens nas antigas carruagens de cerimônia.

A carruagem era revestida internamente de cetim branco debruado com renda de Binche, com penachos e pingentes de prata. O teto era armoriado.

Os postilhões das duas seges, das quais acabavam de sair, estavam vestidos com a casaca real. O cocheiro, os postilhões e os lacaios da carruagem em que entraram usavam uniformes magníficos.

Apesar do seu estado de sonambulismo, que o deixava um tanto abatido, Gwynplaine notou essa faustosa criadagem e perguntou ao oficial da vara negra:

— Que séquito é esse?

— O seu, *mylord* — respondeu-lhe o oficial.

Naquele dia, a Câmara dos Lordes teria uma sessão noturna. *Curia erat serena*,[2] dizem as velhas atas. Na Inglaterra, a vida parlamentar é comumente uma vida noturna. Sabe-se que certa vez Sheridan começou um discurso à meia-noite e concluiu-o ao nascer do Sol.

As duas seges retornaram vazias a Windsor; a carruagem em que Gwynplaine estava dirigiu-se a Londres.

A carruagem de casco de tartaruga, puxada pelos quatro cavalos, avançava lentamente entre Brentford e Londres, como impunha a dignidade da peruca do cocheiro.

Na figura desse solene cocheiro, o cerimonial tomava posse de Gwynplaine.

De resto, esses atrasos eram, segundo todas as aparências, calculados. Mais adiante veremos o provável motivo.

Ainda não era noite, mas pouco faltava, quando a carruagem que levava Gwynplaine parou diante do King's Gate, pesado portão, mais largo do que alto, entre duas torres que ligavam White Hall a Westminster.

A escolta dos fidalgos pensionistas agrupou-se em torno da carruagem.

Um dos lacaios, que tinha viajado em pé na traseira, saltou e abriu a portinhola.

O oficial da vara negra, seguido pelo assessor que carregava a almofada, saiu da carruagem e disse a Gwynplaine:

— *Mylord*, tenha a bondade de descer. Vossa Senhoria deve manter o chapéu na cabeça.

---

[2] A assembleia ocorria à noite.

Sob a capa de viagem, Gwynplaine estava vestido com o traje de seda que não tirava desde a véspera. Não tinha espada.

Deixou a capa na carruagem.

Sob a entrada abobadada do King's Gate havia uma pequena porta lateral alguns degraus acima do chão.

Em situações solenes, preceder é sinal de respeito.

O oficial da vara negra, tendo atrás de si seu assessor, ia na frente.

Gwynplaine os seguia.

Subiram os degraus e entraram pela porta lateral.

Instantes depois, estavam em um salão amplo e circular com um pilar ao centro, parte de baixo de uma pequena torre, sala térrea iluminada por ogivas estreitas como ponteiras de lança. Essa sala devia ser escura até mesmo em pleno dia. Às vezes, a pouca luz faz parte da solenidade. O escuro é majestoso.

Nessa sala, treze homens estavam em pé. Três na frente, seis na segunda fileira, quatro atrás.

Dos três primeiros, um vestia uma túnica de veludo encarnado, e os outros dois, túnicas vermelhas também, mas de cetim. Os três tinham as armas da Inglaterra bordadas nos ombros.

Os seis da segunda fileira usavam dalmáticas de chamalote branco, cada um com um brasão diferente no peito.

Os quatro últimos, todos vestidos de preto, distinguiam-se um do outro, o primeiro por uma capa azul, o segundo por um São Jorge escarlate sobre o ventre, o terceiro por duas cruzes vermelhas bordadas, uma no peito e outra nas costas, o quarto por uma gola de pele negra chamada pele de zibelina. Todos usavam peruca, estavam sem chapéu e traziam uma espada a tiracolo.

Mal se viam seus rostos na penumbra. Nem eles conseguiam ver o semblante de Gwynplaine.

O oficial da vara negra levantou sua vara e disse:

— *Mylord* Fermain Clancharlie, Barão Clancharlie e Hunkerville, eu, oficial da vara negra, primeiro oficial da câmara de audiências, apresento Vossa Senhoria ao Jarreteiro, rei de armas da Inglaterra.

O personagem com a túnica de veludo, deixando os outros atrás de si, saudou Gwynplaine curvando-se até o chão e disse:

— *Mylord* Fermain Clancharlie, sou o Jarreteiro, primeiro rei de armas da Inglaterra. Sou o oficial nomeado e coroado por Sua Graça, o Duque de Norfolk, conde-marechal hereditário. Jurei obediência ao rei, aos pares e aos cavaleiros da Ordem da Jarreteira. No dia de minha coroação, em que o conde-marechal da Inglaterra derramou uma taça de vinho sobre minha cabeça, prometi solenemente ser prestativo à nobreza, evitar a companhia de pessoas de má reputação, desculpar muito mais do que censurar as pessoas de bem, e prestar assistência às viúvas e às virgens. Sou eu o responsável por organizar as cerimônias de enterro dos pares e por cuidar da guarda e de suas insígnias. Coloco-me às ordens de Vossa Senhoria.

O primeiro dos outros dois vestindo túnicas de cetim fez uma reverência e disse:

— *Mylord*, sou Clarence, segundo rei de armas da Inglaterra. Sou o oficial que organiza o enterro dos nobres abaixo dos pares. Coloco-me às ordens de Vossa Senhoria.

O outro homem com túnica de cetim fez uma saudação e disse:

— *Mylord*, sou Norroy, terceiro rei de armas da Inglaterra. Coloco-me às ordens de Vossa Senhoria.

Os seis da segunda fileira, imóveis e sem fazer saudação alguma, deram um passo adiante.

O primeiro à direita de Gwynplaine disse:

— *Mylord*, somos os seis duques de armas da Inglaterra. Sou York.

Em seguida, cada um dos arautos ou duques de armas tomou por sua vez a palavra e se apresentou.

— Sou Lancaster.

— Sou Richmond.

— Sou Chester.

— Sou Somerset.

— Sou Windsor.

Os brasões que tinham no peito eram os dos condados e cidades correspondentes a seus nomes.

Os quatro homens vestidos de preto, postados atrás dos arautos, mantinham-se em silêncio.

O rei de armas Jarreteiro apontou-os a Gwynplaine e disse:

— *Mylord*, eis os quatro aspirantes de armas. Manto Azul.

O homem com a capa azul fez uma saudação com a cabeça.

— Dragão Vermelho.

O homem com o São Jorge fez uma saudação.

— Cruz Vermelha.

O homem com as cruzes escarlates fez uma saudação.

— Porta Secreta.

O homem com a pele de zibelina fez uma saudação.

A um sinal do rei de armas, o primeiro dos aspirantes, Manto Azul, avançou e pegou das mãos do assessor do oficial a almofada de tecido prateado e o estojo com a coroa gravada.

E o rei de armas disse ao oficial da vara negra:

— Assim seja. Confio a Vossa Excelência recepcionar Sua Senhoria.

Essas práticas de etiqueta, e outras que seguirão, faziam parte do velho cerimonial anterior a Henrique VIII, que Ana tentou, por algum tempo, reviver. Não se usa mais nada disso hoje em dia. Porém, a Câmara dos Lordes se julga imutável; e, se é que o imemorável existe em algum lugar, é justamente ali.

No entanto, ela muda. *E pur si muove.*

O que aconteceu, por exemplo, com o *may pole*, o mastro de maio que instalavam na cidade de Londres no trajeto dos pares ao parlamento? O último de que se tem notícia foi fincado em 1713. Desde então, o *may pole* desapareceu. Caiu em desuso.

Na aparência, imobilidade; na realidade, mudança. Peguem o título Albemarle. Ele parece eterno. Sob esse título estiveram seis famílias: Odo, Mandeville, Béthune, Plantagenet, Beauchamp, Monk. Sob o título Leicester sucederam-se cinco nomes: Beaumont, Brewose, Dudley, Sidney, Coke. Sob Lincoln, seis. Sob Pembroke, sete, etc. As famílias mudam usando títulos que não se alteram. O historiador que não se aprofunda acredita na imutabilidade. No fundo, nada é permanente. O homem só pode ser fluxo. A onda é a humanidade.

As aristocracias têm orgulho daquilo que as mulheres ressentem como humilhação: envelhecer; mas tanto as mulheres quanto as aristocracias têm a mesma ilusão: conservar-se.

É provável que a Câmara dos Lordes não vá reconhecer-se naquilo que acabamos de ler e naquilo que ainda leremos, um pouco como a mulher que foi bela outrora e que não quer ter rugas. O espelho é um velho acusado; ele toma partido.

Descrever fielmente, eis todo o dever do historiador.

O rei de armas dirigiu-se a Gwynplaine:

— Queira seguir-me, *mylord*.

Acrescentou:

— Irão saudá-lo. Vossa Senhoria deverá apenas erguer a aba do chapéu.

E, em cortejo, encaminharam-se a uma porta que ficava no fundo da sala circular.

O oficial da vara negra encabeçava a marcha.

Em seguida, vinha Manto Azul levando a almofada; depois, o rei de armas e, atrás dele, Gwynplaine, de chapéu na cabeça.

Os outros reis de armas, arautos e aspirantes ficaram na sala circular.

Precedido pelo oficial da vara negra e conduzido pelo rei de armas, Gwynplaine seguiu de sala em sala um itinerário que seria impossível refazer hoje em dia, uma vez que a velha sede do parlamento da Inglaterra foi demolida.

Entre outras, ele atravessou a gótica Câmara de Estado onde ocorreu o supremo encontro entre Jaime II e Monmouth, palco da inútil humilhação do sobrinho covarde diante do tio feroz. Ao redor dessa câmara estavam dispostos na parede, em ordem cronológica, com seus nomes e seus brasões, nove retratos de corpo inteiro de antigos pares: Lorde Nansladron, 1305. Lorde Baliol, 1306. Lorde Benestede, 1314. Lorde Cantilupe, 1356. Lorde Montbegon, 1357. Lorde Tibotot, 1372. Lorde Zouch of Codnor, 1615. Lorde Bella-Aqua, sem data. Lorde Harren and Surrey, conde de Blois, sem data.

Tendo anoitecido, havia nas galerias lamparinas dispostas a certa distância umas das outras. Lustres de cobre, com velas de cera acesas, iluminavam as salas quase como naves laterais de igreja.

Ali só se encontravam as pessoas necessárias.

Em uma das salas atravessadas pelo cortejo estavam em pé, cabeças respeitosamente inclinadas, os quatro secretários responsáveis pelo selo real e o secretário responsável pelos documentos de Estado.

Em outra, estava o honorável Philip Sydenham, cavaleiro porta-bandeira, Senhor de Brympton em Somerset. O cavaleiro porta-bandeira é o cavaleiro nomeado pelo rei durante a guerra, sob o estandarte real desfraldado.

Em outra, estava o mais antigo baronete da Inglaterra, *Sir* Edmund Bacon de Suffolk, herdeiro de *Sir* Nicholas, qualificado *primus baronetorum Angliœ*. *Sir* Edmund tinha atrás de si seu armeiro carregando seu arcabuz e seu escudeiro portando os brasões de Ulster. Os baronetes eram os defensores hereditários do condado de Ulster, na Irlanda.

Em outra sala estava o chanceler do tesouro público, acompanhado por seus quatro guarda-livros e por dois representantes do oficial-chefe da corte, encarregados de recolher certos impostos. E também o chefe da casa das moedas, trazendo em sua mão aberta uma libra esterlina fabricada, como é usual para os *pounds*, no molinete.[3] Esses oito personagens fizeram uma reverência ao novo Lorde.

Na entrada do corredor atapetado, que ligava a Câmara Baixa à Câmara Alta, Gwynplaine foi saudado por *Sir* Thomas Mansell de Margam, controlador da casa da rainha e membro do parlamento por Glamorgan; e, na saída, por uma representação "dois por um" dos barões de Cinco Portos, postados à sua direita e à sua esquerda, quatro a quatro, os Cinco Portos sendo oito. William Ashburnham saudou-o por Hastings; Matthew Aylmor por Douvres; Josias Burchett por Sandwich; *Sir* Philip Boteler por Hyeth; John Brewer por New Rumney; Edward Southwell pela cidade de Rye; James Hayes pela cidade de Winchelsea; e George Nailor pela cidade de Seaford.

---

[3] Em francês: *moulinet*. Máquina empregada, na Idade Média, na fabricação de moedas.

Quando Gwynplaine ia retribuir a saudação, o rei de armas lembrou-lhe em voz baixa o cerimonial.

— Só a aba do chapéu, *mylord*.

Gwynplaine fez o que lhe foi indicado.

Chegou à câmara pintada, onde não havia pinturas, a não ser algumas figuras de santos, entre as quais Santo Eduardo, sob os arcos das longas janelas ogivais divididas ao meio pelo piso; Westminster Hall ocupava a parte inferior, e a câmara pintada, a parte superior.

Aquém da barreira de madeira, que atravessava de um lado ao outro a câmara pintada, estavam acomodados os três secretários de Estado, homens respeitáveis. O primeiro desses oficiais era encarregado do sul da Inglaterra, da Irlanda e das colônias, além da França, da Suíça, da Itália, da Espanha, de Portugal e da Turquia. O segundo comandava o norte da Inglaterra, supervisionando os Países Baixos, a Alemanha, a Dinamarca, a Suécia, a Polônia e a Moscóvia. O terceiro, escocês, cuidava da Escócia. Os dois primeiros eram ingleses. Um deles era o respeitável Robert Harley, membro do parlamento pela cidade de New Radnor. Um deputado da Escócia, Mungo Graham, fidalgo escudeiro, parente do Duque de Montrose, estava presente. Todos saudaram Gwynplaine em silêncio.

Gwynplaine tocou a aba do chapéu.

O guarda-barreira levantou o braço articulado de madeira que permitia a passagem para o fundo da câmara pintada, onde estava a longa mesa verde drapeada, reservada apenas aos Lordes.

Sobre essa mesa havia um candelabro aceso.

Precedido pelo oficial da vara negra, por Manto Azul e pelo Jarreteiro, Gwynplaine penetrou nesse privilegiado compartimento.

Logo após sua passagem, o guarda-barreira voltou a fechar a entrada.

Assim que a barreira fechou-se, o rei de armas parou.

A câmara pintada era espaçosa.

Viam-se ao fundo, em pé, abaixo do brasão real que ficava entre as duas janelas, dois velhos senhores vestidos com togas de veludo vermelho, tendo duas faixas de arminho debruadas com galões dourados nos ombros, e usando chapéus de plumas brancas sobre as perucas. Pela fenda das togas, viam-se suas roupas de seda e o punho de suas espadas.

Um homem imóvel, com trajes de chamalote preto, estava atrás deles e segurava a certa altura uma grande maça de ouro com um leão coroado na extremidade.

Era o maceiro dos pares da Inglaterra.

O leão é sua insígnia: *E os leões são os Barões e os Pares*, diz a crônica manuscrita de Bertrand Duguesclin.

O rei de armas mostrou a Gwynplaine os dois personagens com as togas de veludo e lhe disse ao ouvido:

— *Mylord*, estes são seus iguais. O senhor deverá saudá-los exatamente como o saudarão. As duas senhorias aqui presentes são dois barões e são também seus padrinhos designados pelo Lorde chanceler. Eles são muito velhos e quase cegos. Eles é que vão apresentá-lo à Câmara dos Lordes. O primeiro é Charles Mildmay, Lorde Fitzwalter, sexto senhor do banco dos barões; o segundo é Augustus Arundel, Lorde Arundel de Trerice, trigésimo oitavo senhor do banco dos barões.

O rei de armas, dando um passo em direção aos dois velhotes, ergueu a voz:

— Fermain Clancharlie, Barão Clancharlie, Barão Hunkerville, Marquês de Corleone na Sicília, saúda Vossas Senhorias.

Os dois Lordes ergueram seus chapéus acima da cabeça em toda a amplitude dos braços; em seguida, recolocaram os chapéus.

Gwynplaine retribuiu sua saudação da mesma forma.

O oficial da vara negra avançou, em seguida Manto Azul, e depois o Jarreteiro.

O maceiro foi postar-se diante de Gwynplaine, que tinha os dois Lordes a seu lado, Lorde Fitzwalter à sua direita e Lorde Arundel de Trerice à sua esquerda. Lorde Arundel, o mais velho dos dois, estava bastante alquebrado. Morreu no ano seguinte, legando a seu neto John, menor, seu pariato, que, de resto, iria extinguir-se em 1768.

O cortejo saiu da câmara pintada e entrou em uma galeria com pilastras, onde se alternavam como sentinelas, a cada pilastra, lanceiros da Inglaterra e alabardeiros da Escócia.

Os alabardeiros escoceses formavam a magnífica tropa de joelhos à mostra, digna de ter enfrentado, mais tarde, em Fontenoy, a cavalaria francesa e os couraceiros do rei, aos quais seu coronel dizia: *Senhores mestres, segurem seus chapéus, teremos a honra de atacar.*

O capitão dos lanceiros ingleses e o capitão dos alabardeiros escoceses fizeram a Gwynplaine, e aos dois Lordes padrinhos, a saudação da espada. Os soldados saudaram, de um lado, com as lanças, do outro, com as alabardas.

No fundo da galeria resplandecia uma grande porta, tão magnífica que suas duas folhas pareciam duas lâminas de ouro.

De ambos os lados dessa porta, viam-se dois homens imóveis. Pelo uniforme, era possível reconhecê-los como *door-keepers*, "guarda-portas".

Um pouco antes de chegar a essa porta, a galeria alargava-se, e havia ali um espaço circular envidraçado.

Nesse espaço, em uma poltrona de espaldar descomunal, estava sentado um augusto personagem, a julgar pela extravagância de seu traje e de sua peruca. Era William Cowper, Lorde chanceler da Inglaterra.

Ser mais enfermo que o rei é uma qualidade. William Cowper era míope, Ana também, menos, porém. A vista curta de William Cowper cativou a miopia de Sua Majestade e permitiu que fosse escolhido pela rainha para chanceler e guardião da consciência real.

William Cowper tinha o lábio superior fino e o lábio inferior grosso, sinal de certa benevolência.

O espaço circular era iluminado por uma lamparina no teto.

O Lorde chanceler, sério em sua alta poltrona, tinha à sua direita uma mesa à qual estava sentado o escrivão da coroa, e, à sua esquerda, uma mesa à qual estava sentado o escrivão do parlamento.

Cada escrivão tinha diante de si um registro aberto e um tinteiro.

Atrás da poltrona do Lorde chanceler estava postado seu maceiro, segurando a maça coroada. E também o porta-cauda e o porta-bolsa, usando elegantes perucas. Todos esses cargos ainda existem.

Sobre um aparador próximo à poltrona havia uma espada com o punho de ouro, a bainha e o cinto de veludo cor de fogo.

Em pé, atrás do escrivão da coroa, um oficial segurava com as duas mãos uma toga aberta; era a toga da coroação.

Atrás do escrivão do parlamento, outro oficial segurava uma outra toga desdobrada; era a toga do parlamento.

Essas togas, ambas de veludo escarlate, forradas de tafetá branco com duas faixas de arminho e galões dourados nos ombros, eram semelhantes, a não ser pelo fato de a toga da coroação ter uma pala de arminho mais larga.

Um terceiro oficial, que era o *librarian*, segurava um quadrado de couro de Flandres, o *red book*, pequeno livro encadernado em couro marroquino vermelho, contendo a lista dos pares e das cidades, mais páginas em branco e um lápis, que era costume entregar a cada novo membro que entrava no parlamento.

A marcha em procissão, que terminava com Gwynplaine entre os dois pares seus padrinhos, parou em frente à poltrona do Lorde chanceler.

Os dois Lordes padrinhos tiraram o chapéu. Gwynplaine fez como eles.

O rei de armas recebeu das mãos de Manto Azul a almofada de tecido prateado, ajoelhou-se e apresentou o estojo preto que havia sobre a almofada ao Lorde chanceler.

O Lorde chanceler pegou o estojo e o estendeu ao escrivão do parlamento, que foi recebê-lo cerimoniosamente e em seguida tornou a sentar-se.

O escrivão do parlamento abriu o estojo e se levantou.

O estojo continha as duas mensagens usuais: a patente real endereçada à Câmara dos Lordes e a ordem de posse* endereçada ao novo par.

---

* Writ of summons. (N. A.)

O escrivão, em pé, leu em voz alta, e com respeitosa lentidão, as duas mensagens.

A ordem de posse citando Lorde Fermain Clancharlie terminava com as fórmulas usuais: "... Nós lhe ordenamos estritamente,** pela confiança e obediência que nos deve, vir pessoalmente tomar posse de seu assento entre os prelados e pares que deliberam em nosso parlamento de Westminster, para que possa dar seu parecer, com toda honra e consciência, sobre os assuntos do reino e da Igreja".

Terminada a leitura das mensagens, o Lorde chanceler ergueu a voz.

— Notificação à Coroa. Lorde Fermain Clancharlie, Vossa Senhoria renuncia à transubstanciação, à adoração dos santos e à missa?

Gwynplaine inclinou-se.

— Notificado — disse o Lorde chanceler.

E o escrivão do parlamento continuou:

— Vossa Senhoria passou no teste.

O Lorde chanceler acrescentou:

— *Mylord* Fermain Clancharlie, o senhor pode ocupar seu assento.

— Assim seja — disseram os dois padrinhos.

O rei de armas levantou-se, pegou sobre o aparador a espada, cujo cinturão prendeu na cintura de Gwynplaine.

"Feito isso, o par pega sua espada, sobe aos assentos mais altos e assiste à assembleia", dizem as velhas cartas normandas.

Gwynplaine ouviu alguém atrás dele lhe dizer:

— Visto Vossa Senhoria com a toga do parlamento.

E, ao mesmo tempo, o oficial que lhe falava e que segurava essa toga envolveu-o com ela, amarrando-lhe no pescoço a tira preta da pala de arminho.

Agora, com a toga púrpura nas costas e a espada de ouro a tiracolo, Gwynplaine se assemelhava aos dois Lordes que tinha à sua direita e à sua esquerda.

O *librarian* mostrou-lhe o *red book* e o colocou no bolso de seu casaco.

O rei de armas murmurou-lhe ao ouvido:

— *Mylord*, ao entrar, o senhor deve saudar a cadeira real.

A cadeira real é o trono.

Enquanto isso, os dois escrivães, cada um em sua mesa, faziam anotações; um deles no registro da Coroa, o outro no registro do parlamento.

Ambos, um após o outro, sendo o escrivão da Coroa o primeiro, levaram seus livros ao Lorde chanceler, que os assinou.

Após ter assinado os dois registros, o Lorde chanceler se levantou:

** Strictly enjoin you. (N. A.)

— Lorde Fermain Clancharlie, Barão Clancharlie, Barão Hunkerville, marquês de Corleone na Itália, seja bem-vindo entre seus pares, os Lordes espirituais e temporais da Grã-Bretanha.

Os dois padrinhos de Gwynplaine tocaram-lhe os ombros. Ele voltou-se.

E as duas folhas da grande porta dourada, ao fundo da galeria, se abriram.

Era a porta da Câmara dos Pares da Inglaterra.

Não haviam decorrido trinta e seis horas desde que Gwynplaine, rodeado por outro cortejo, tinha visto se abrir diante dele a porta de ferro da prisão de Southwark.

Impressionante a rapidez de todas essas nuvens, que eram os acontecimentos, sobre sua cabeça; rapidez que era um verdadeiro ataque-surpresa.

II IMPARCIALIDADE

Nas épocas bárbaras, a criação de uma igualdade com o rei, o chamado pariato, foi uma ficção útil. Na França e na Inglaterra, esse expediente político rudimentar produziu resultados diferentes. Na França, o par foi um falso rei; na Inglaterra, foi um verdadeiro príncipe. Menos importante que na França, porém mais real. Poderíamos dizer: menor e pior.

O pariato nasceu na França. A época é incerta: de acordo com a lenda, no reinado de Carlos Magno; de acordo com a história, no reinado de Roberto, o Sábio. A história é tão pouco segura do que diz quanto a lenda. Favin escreveu: "O Rei da França quis atrair os grandes de seu Estado com esse magnífico título de Pares, como se eles fossem seus iguais".

O pariato se bifurcou bem depressa, e da França foi para a Inglaterra.

O pariato inglês foi um grande feito, quase uma grande coisa. Teve como precedente o *wittenagemot* saxão. O título dinamarquês *thane* e o normando *vavasseur* fundiram-se no de barão. Barão é o mesmo que *vir*, traduzido em espanhol por *varón*, e significa, por excelência, homem. A partir de 1075, os barões fazem-se reconhecer pelo rei. E que rei! Guilherme I da Inglaterra, o Conquistador. Em 1086, eles dão uma base ao feudalismo; essa base é o *Dooms day-book*: "Livro do Juízo Final". No reinado de João Sem-Terra, há conflito; a senhoria francesa vê a Grã-Bretanha com desdém, e o pariato francês manda o rei da Inglaterra ao tribunal. Indignação dos barões ingleses. Na consagração de Filipe Augusto, o Rei da Inglaterra ostentava, como Duque da Normandia, o primeiro estandarte quadrado, e o Duque de Guyenne, o segundo. Contra esse rei vassalo estrangeiro, "a guerra dos senhores" é deflagrada. Os barões impõem ao miserável Rei João a Magna Carta, de onde se origina a Câmara dos Lordes. O papa apoia o rei e excomunga os Lordes. O ano é 1215, e o papa é Inocêncio III, que escrevia o *Veni sancte Spiritus*[4] e enviava a João Sem-Terra as quatro virtudes cardeais sob a forma de quatro anéis de ouro. Os Lordes persistem. Longo duelo que perdurará por várias gerações. Pembroke luta. 1248 é o ano das "Provisões de Oxford". Vinte e quatro barões impõem limites ao rei, discutem seu papel e chamam, para tomar parte da querela ampliada, um cavaleiro de cada condado. É a aurora da Câmara dos Comuns. Mais tarde, os Lordes acrescentaram dois cidadãos de cada cidade e dois habitantes de cada burgo. O que resultou no fato de, até Elizabeth, os pares terem sido juízes da validade das eleições dos comuns. De sua jurisdição nasceu o adágio: "Os deputados devem ser nomeados sem os três P: *sine Prece, sine Pretio, sine Poculo*".[5] O que não impediu a existência dos burgos podres.[6] Em 1293, a corte dos pares da França ainda tinha o Rei da Inglaterra sob sua jurisdição, e Filipe, o Belo, citava-lhe Eduardo I. Eduardo I era aquele rei que ordenava a seu filho que, após sua morte, o cozinhasse e levasse seus ossos à guerra. Diante das loucuras da realeza, os Lordes sentem a necessidade de fortalecer o parlamento, e o dividem em duas câmaras. Câmara Alta e Câmara Baixa. Os Lordes mantêm a supremacia com arrogância. "Se acontecer de um dos comuns ser audacioso a ponto de falar pejorativamente da Câmara dos Lordes, será chamado ao tribunal para tomar o devido corretivo e, eventualmente, será enviado à Torre".* Mesma distinção no voto. Na Câmara dos Lordes, vota-se um a um, a começar pelo último barão, que é chamado de "caçula". Cada par chamado responde: *satisfeito* ou *insatisfeito*. Entre os comuns, todos votam Sim ou Não juntos, em bando. Os comuns acusam, os pares julgam. Os pares, por desdém aos números, delegam aos comuns, que tirarão partido disso, o controle do *échiquier*,[7] assim chamado, segundo alguns, por conta do forro da mesa que representava um jogo de xadrez, e, segundo outros, por conta das gavetas do velho armário onde ficava, protegido por uma grade de ferro, o tesouro dos reis da Inglaterra. O registro anual, *Year Book*, data do fim do século XIII. Na Guerra das Duas Rosas, o peso dos Lordes se faz sentir, ora pelo lado de John de Gaunt, Duque de Lancaster, ora pelo lado de Edmund, Duque de York. Wat Tyler, os Lollards, Warwick, o criador de reis, toda essa anarquia-mãe de onde sairá a abolição, tem como

---

[4] Vinde, Espírito Santo — a chamada Sequência de Pentecostes da liturgia romana.

[5] Sem pedido, sem preço, sem propina.

[6] Do inglês *rotten boroughs* — pequenas localidades cuja representação parlamentar era exagerada, pois, embora tivessem poucos eleitores, seu poder de voto era igual ao de circunscrições mais populosas.

* Chamberlayne, *Estado Presente da Inglaterra*. Tomo II, 2.a parte. Cap. IV, página 64. 1688. (N. A.)

[7] Do inglês *exchequer*: jogo de xadrez, e também Tesouro Público.

ponto de apoio, confesso ou secreto, o feudalismo inglês. Os Lordes invejam utilmente o trono; invejar é controlar; então circunscrevem a iniciativa real, restringem os casos de alta traição, suscitam falsos Ricardos contra Henrique IV, fazem-se árbitros, julgam a questão das três coroas entre o Duque de York e Margarida de Anjou, e, se preciso, mobilizam exércitos e travam suas batalhas — Shrewsbury, Tewkesbury, Saint-Alban —, às vezes perdendo, às vezes ganhando. Já no século XIII, eles haviam obtido a vitória de Lewes e haviam expulsado do reino os quatro irmãos do rei, bastardos de Isabel e do Conde de la Marche, usurários os quatro, que exploravam os cristãos por meio dos judeus; por um lado príncipes, pelo outro, escroques, coisa que mais tarde reencontramos, mas que era pouco apreciada naqueles tempos. Até o século XV, o duque normando permanece visível no Rei da Inglaterra, e os atos do parlamento se fazem em francês. A partir de Henrique VII, por vontade dos Lordes, fazem-se em inglês. A Inglaterra, bretã sob Uther Pendragon, romana sob César, saxã sob a heptarquia, dinamarquesa sob Haroldo e normanda após Guilherme, graças aos Lordes torna-se inglesa. Depois se torna anglicana. Ter sua religião em sua casa é uma grande força. Um papa de fora exaure a vida nacional. Uma meca é uma sanguessuga. Em 1534, Londres destitui Roma, o pariato adota a Reforma e os Lordes aceitam Lutero. Réplica à excomunhão de 1215. Isso convinha a Henrique VIII, mas em outros aspectos os Lordes o contrariavam. Um buldogue diante de um urso: eis a Câmara dos Lordes diante de Henrique VIII. Quando o cardeal Wolsey toma da nação o *White Hall*, e quando Henrique VIII toma o White Hall de Wolsey, quem protesta? Quatro Lordes: Darcie de Chichester, Saint-John de Bletso, e (dois nomes normandos) Mountjoye e Mounteagle. O rei usurpa. O pariato intercede. A hereditariedade comporta certa incorruptibilidade; daí a insubordinação dos Lordes. Mesmo diante de Elizabeth, os barões se agitam. Daí os suplícios de Durham. Essa saia tirânica é manchada de sangue. Um saiote sob o qual se esconde uma guilhotina: assim é Elizabeth. Ela reúne o parlamento o mínimo possível e reduz a Câmara dos Lordes a sessenta e cinco membros, entre os quais um só marquês, Westminster, e nenhum duque. De resto, na França, os reis tinham a mesma inveja e realizavam a mesma eliminação. No reinado de Henrique III não havia mais do que oito ducados-pariatos, e era para o grande desprazer do rei que o Barão de Mantes, o Barão de Coucy, o Barão de Coulommiers, o Barão de Châteauneuf-en-Timerais, o Barão de Fère-en-Tardenois, o Barão de Mortagne e alguns outros mantinham-se como barões-pares da França. Na Inglaterra, a Coroa deixava de bom grado os pariatos se enfraquecerem; no reinado de Ana, para citar apenas um exemplo, as extinções, que vinham acontecendo desde o século XII, acabaram produzindo um total de quinhentos e sessenta e cinco pariatos abolidos. A Guerra das Duas Rosas dera início à extirpação dos duques, que Maria Tudor, a golpes de machado, viria a concluir. Tratava-se de decapitar a nobreza. Cortar o duque é cortar a cabeça. Boa política, sem dúvida, mas corromper é melhor que cortar. Foi o que percebeu Jaime I. Ele restaurou o ducado. Fez duque seu favorito Villiers, que, por sua vez, o fizera porco.* A transformação do duque feudal em duque cortesão é algo que irá multiplicar-se. Carlos II fará duquesas duas de suas amantes, Barbe de Southampton e Louise de Quérouel. No reinado de Ana, haverá vinte e cinco duques, três dos quais estrangeiros: Cumberland, Cambridge e Schonberg. Esses procedimentos palacianos, inventados por Jaime I, têm êxito? Não. A Câmara dos Lordes sente-se manipulada pela intriga e se irrita. Ela se irrita com Jaime I, ela se irrita com Carlos I, o qual, diga-se de passagem, talvez tenha matado um pouco seu pai, assim como Maria de Médicis talvez tenha matado um pouco seu marido. Ruptura entre Carlos I e o pariato. Os Lordes, que na época de Jaime I tinham enviado a concussão aos tribunais na pessoa de Bacon, no reinado de Carlos I abrem processo contra a traição na pessoa de Stafford. Haviam condenado Bacon, condenam Stafford. Um perdera a honra, o outro perde a vida. Carlos I é decapitado em Stafford. Os Lordes dão seu apoio aos comuns. O rei convoca o parlamento em Oxford, a revolução o convoca em Londres; quarenta e três pares ficam com o rei, vinte e dois com a república. Dessa aceitação do povo pelos Lordes sai o *bill of rights*, esboço de nossos *direitos do homem*, vaga sombra projetada do fundo do futuro pela revolução da França sobre a revolução da Inglaterra.

São esses os serviços prestados. Serviços involuntários, diga-se, e bem caros, pois esse pariato é um enorme parasita. Foram, porém, serviços consideráveis. A obra despótica de Luís XI, de Richelieu e de Luís XIV, a criação de um sultão, o rebaixamento considerado igualdade, as pauladas desferidas pelo cetro, as multidões niveladas por baixo, todo esse serviço malfeito realizado na França os Lordes impediram na Inglaterra. Fizeram da aristocracia um muro, barrando o rei de um lado, abrigando o povo do outro. Compensam sua arrogância para com o povo com a insolência para com o rei. Simon, Conde de Leicester, dizia a Henrique III: *Rei, você mentiu*. Os Lordes impõem limites à Coroa; cutucam o rei em seu ponto sensível, a caça. Todo Lorde, passando por um parque real, tem o direito de matar um cervo. Estando na casa do rei, o Lorde está em sua própria casa. Na Torre de Londres, o rei com sua tarifa, não superior à de um par, de doze libras esterlinas por semana: devemos isso à Câmara dos Lordes. Mais ainda. O rei

* Villiers chamava Jaime I de *Vossa Porcaria*. (Nota do Autor.)

descoroado também devemos a ela. Os Lordes destituíram João Sem-Terra, degradaram Eduardo II, depuseram Ricardo II, abateram Henrique VI, e tornaram Cromwell possível. Que belo Luís XIV havia em Carlos I! Graças a Cromwell, ele permaneceu latente. De resto, diga-se de passagem, e nenhum historiador prestou atenção a este fato, o próprio Cromwell aspirava ao pariato; foi isso que o fez casar-se com Elizabeth Bourchier, descendente e herdeira de um Cromwell, Lorde Bourchier, cujo pariato fora extinto em 1471, e de um Bourchier, Lorde Robesart, outro pariato extinto em 1429. Tomando parte na formidável progressão dos acontecimentos, Cromwell achou mais fácil dominar pela deposição do rei do que pela reivindicação do pariato. O cerimonial dos Lordes, às vezes sinistro, afetava o rei. Os dois porta-gládios da Torre, de pé, machado sobre o ombro, à direita e à esquerda do par acusado diante do tribunal, eram tanto a favor do rei como de qualquer outro Lorde. Durante cinco séculos, a antiga Câmara dos Lordes teve um plano e o seguiu com perseverança. Podem ser contados os dias de distração e fraqueza, como, por exemplo, o estranho momento em que ela se deixou seduzir pela embarcação carregada de queijos, presunto e vinhos gregos que Júlio II lhe enviou. A aristocracia inglesa era inquieta, arrogante, irredutível, atenta, patrioticamente desconfiada. É ela que, no fim do século XVII, por meio do ato décimo do ano 1694, retira do burgo de Stockbridge, em Southampton, o direito de ter representantes no parlamento e força os comuns a cancelar a eleição desse burgo, manchada por fraude papista. Ela havia imposto o teste a Jaime, Duque de York, e, com sua reprovação, destituíra-o do trono. No entanto, ele reinou, mas os Lordes acabaram por apanhá-lo novamente e por expulsá-lo. Ao longo da sua duradoura existência, essa aristocracia teve algum instinto de progresso. Sempre emanou dela boa dose de luz, exceto próximo do final, ou seja, agora. Na época de Jaime II, ela mantinha na Câmara Baixa a proporção de trezentos e quarenta e seis burgueses contra noventa e dois cavaleiros; os dezesseis barões de cortesia dos Cinco Portos eram mais do que compensados pelos cinquenta cidadãos das vinte e cinco cidades. Mesmo sendo muito licenciosa e muito egoísta, essa aristocracia demonstrava, em certos casos, uma singular imparcialidade. No entanto, ela é duramente julgada. O bom tratamento da história fica para os comuns; questão a ser debatida. Acreditamos que o papel dos Lordes é importante. Oligarquia é independência em estado bárbaro, mas é independência. Vejam a Polônia, reino nominal, república real. Os pares da Inglaterra mantinham o trono sob suspeita e sob tutela. Em muitas ocasiões, mais que os comuns, os Lordes sabiam desagradar. Impediam o êxito do rei. Assim, em 1694, ano notável, os parlamentos trienais, rejeitados pelos comuns porque Guilherme III não os queria, tiveram os votos dos pares. Guilherme III, irritado, tirou o castelo de Pendennis do Conde de Bath e todos os cargos do Visconde de Mordaunt. A Câmara dos Lordes era a República de Veneza no coração da realeza da Inglaterra. Reduzir o rei a doge era o seu objetivo, e ela fez a nação se fortalecer na mesma proporção em que fez o rei se enfraquecer.

A realeza percebia isso e abominava o pariato. Ambos os lados procuravam depreciar-se. Essas mútuas desvalorizações beneficiavam o povo de forma crescente.Os dois poderes cegos, monarquia e oligarquia, não percebiam que trabalhavam para um terceiro, a democracia. Que alegria foi para a corte, no século passado, poder enforcar um par, Lorde Ferrers!

A propósito, ele foi enforcado com uma corda de seda. Amabilidade.

Não teriam enforcado um par da França. Orgulhosa observação feita pelo Duque de Richelieu. Certo. Teria sido decapitado. Amabilidade maior ainda. Montmorency Tancarville assinava assim: *Par da França e da Inglaterra*, relegando dessa forma o pariato inglês a segundo plano. Os pares da França eram mais altivos e menos poderosos, fazendo mais questão da classe que da autoridade, da precedência que do poder. Entre eles e os Lordes ingleses havia aquela nuança que separa a vaidade do orgulho. Para os pares da França, sobrepujar os príncipes estrangeiros, superar os grandes da Espanha, suplantar os patrícios de Veneza, garantir assento nos bancos do parlamento aos marechais da França, ao condestável e almirante da França, ainda que se tratasse do Conde de Toulouse e filho de Luís XIV; distinguir entre os ducados de linha masculina e de linha feminina; manter a distância entre um condado simples como Armagnac ou Albret e um condado-pariato como Évreux; em certos casos, portar por direito o cordão azul ou o tosão de ouro aos vinte e cinco anos; contrabalançar o Duque de la Trémoille, o mais antigo par da casa real, com o Duque de Uzès, o mais antigo par no parlamento; aspirar a tantos pajens e cavalos na carruagem quanto um príncipe eleitor; fazer-se chamar de *Monsenhor* pelo primeiro presidente; discutir se o Duque de Maine tinha dignidade de par, como o Conde d'Eu, desde 1458; atravessar a Câmara principal pela diagonal ou pelos flancos: as grandes questões eram essas. As grandes questões para os Lordes ingleses eram o ato de navegação, o teste religioso, o envolvimento da Europa a serviço da Inglaterra, o domínio dos mares, a expulsão dos Stuarts, a guerra à França. De um lado, acima de tudo a etiqueta; do outro, acima de tudo o império. Os pares da Inglaterra tinham a presa, os pares da França tinham a sombra.

Em suma, a Câmara dos Lordes da Inglaterra foi um ponto de partida; em termos de civilização, é grandiosa. Teve a honra de dar início a uma nação. Foi a primeira encarnação da unidade de um povo. A resistência inglesa, essa obscura força todo-poderosa, nasceu na Câmara dos Lordes. Os barões, por uma série de atos contra o príncipe, foram esboçando sua destituição definitiva. Hoje, a Câmara dos Lordes vê-se um tanto aturdida e triste por aquilo que fez sem querer e sem saber. Ainda mais por se tratar de algo irreversível. O que são as concessões? São restituições. E as nações não ignoram isso. Eu concedo, diz o rei. Eu recupero, diz o povo. A Câmara dos Lordes acreditou ter criado o privilégio dos pares, mas produziu o direito dos cidadãos. A aristocracia, esse abutre, chocou este ovo de águia, a liberdade.

Hoje, o ovo se quebrou, a águia voa, o abutre morre.

A aristocracia agoniza, a Inglaterra cresce.

Mas sejamos justos com a aristocracia. Ela proporcionou equilíbrio em relação à realeza, servindo de contrapeso. Ela criou obstáculos ao despotismo, servindo de barreira.

Agradeçamos a ela e a enterremos.

III A VELHA SALA

Perto da abadia de Westminster, havia um antigo palácio normando que fora incendiado no reinado de Henrique VIII e do qual restaram duas alas. Em uma delas, Eduardo VI instalou a Câmara dos Lordes e, na outra, a Câmara dos Comuns.

Nem as duas alas, nem as duas salas existem mais: tudo foi reconstruído.

Já o dissemos, mas devemos insistir: não há semelhança alguma entre a Câmara dos Lordes de agora e a Câmara dos Lordes de outrora. Demoliram o antigo palácio, o que acabou por demolir um pouco os antigos costumes. Os golpes de marreta nos monumentos provocam contragolpes nos costumes e nas constituições. Uma velha pedra não cai sem arrastar uma velha lei. Instale em uma sala circular o senado de uma sala quadrangular, e ele será outro. A concha modificada deforma o molusco.

Se quiserem conservar uma coisa velha, seja humana ou divina, seja código ou dogma, seja patriciado ou sacerdócio, não renovem nada, nem mesmo o invólucro. No máximo, acrescentem algumas peças. O jesuitismo, por exemplo, é uma peça acrescentada ao catolicismo. Tratem os edifícios como são tratadas as instituições.

As sombras devem habitar as ruínas. Potências decrépitas não se sentem à vontade em locais com decoração renovada. Para instituições maltrapilhas, palácios arruinados.

Mostrar o interior da Câmara dos Lordes de antigamente é mostrar algo desconhecido. História é noite. Em história, não há segundo plano. O declínio e a obscuridade se apoderam imediatamente de tudo aquilo que não está mais em cena. Cenário desmontado é desaparecimento, esquecimento. O sinônimo de Passado é Ignorado.

Os pares da Inglaterra deliberavam, enquanto corte de justiça, na grande sala de Westminster, e, enquanto alta câmara legislativa, em uma sala especial chamada "Casa dos Lordes", *House of the lords.*

Além da corte dos pares da Inglaterra, que só se reúne quando convocada pela Coroa, os dois grandes tribunais ingleses, inferiores à corte dos pares, mas superiores a qualquer outra jurisdição, deliberavam na grande sala de Westminster. Na extremidade dessa sala, ocupavam dois compartimentos contíguos. O primeiro tribunal era a Corte da bancada real, que o rei supostamente devia presidir; o segundo era a Corte da chancelaria, presidida pelo chanceler. Um era Corte de justiça, o outro era Corte de misericórdia. Era o chanceler quem aconselhava ao rei os indultos; raramente, porém. Essas duas Cortes, que ainda existem, interpretavam a legislação e a reformulavam um pouco; a arte do juiz é trabalhar o código para torná-lo jurisprudência. Engenhosidade da qual a equidade se sai como pode. A legislação era criada e aplicada nesse lugar austero, a grande sala de Westminster. A abóbada dessa sala era de castanheira, na qual as aranhas não conseguiam criar suas teias; já bastava que estas se criassem nas leis.

Ter assento como Corte e como Câmara são coisas distintas. Essa dualidade constitui o poder supremo. O Longo Parlamento, que teve início em 3 de novembro de 1640, sentiu a necessidade revolucionária desse duplo gládio. Assim declarou-se, como Câmara dos Pares, detentor do poder judiciário e, ao mesmo tempo, do poder legislativo.

Esse duplo poder era imemorial na Câmara dos Lordes. Como acabamos de dizer, enquanto juízes, os Lordes ocupavam Westminster Hall; enquanto legisladores, tinham outra sala.

Essa outra sala, a Câmara dos Lordes propriamente dita, era estreita e oblonga. Toda sua iluminação provinha de quatro janelas profundamente entalhadas no topo, recebendo a luz pelo teto e também por uma abertura do tipo olho de boi, com seis vidros e cortinas, acima do dossel real. À noite, só havia a luz das arandelas fixadas ao paredão. A sala do Senado de Veneza era menos iluminada ainda. Certa obscuridade agrada a essas corujas da onipotência.

Na sala onde os Lordes se reuniam, planos poliédricos formavam uma alta abóbada emoldurada com ornamentos dourados. Os comuns tinham apenas um teto plano. Tudo tem um sentido nas construções monárquicas. Em uma extremidade da longa sala dos Lordes ficava a porta; na outra, em frente, ficava o trono. A alguns passos da porta, uma barreira, separação transversal, espécie de fronteira, marcava o local onde termina o povo e começa a senhoria. À direita do trono, uma lareira, com brasões em seu ponto mais alto, exibia dois baixos-relevos de mármore representando, um, a vitória de

Cuthwolph sobre os bretões em 572, o outro, o plano geometral do burgo de Dunstable, o qual tem apenas quatro ruas, paralelas às quatro partes do mundo. Três degraus levavam ao trono. O trono era chamado de "cadeira real". Sobre as duas paredes que ficavam face a face estendia-se, em quadros sucessivos, uma vasta tapeçaria representando toda a aventura da Armada, de sua partida da Espanha até o naufrágio diante da Inglaterra, oferecida aos lordes por Elizabeth. As grandes acastelagens dos navios tinham sido bordadas com fios dourados e prateados que, com o tempo, haviam escurecido. Próximo dessa tapeçaria, entrecortada em intervalos pelas arandelas, havia três fileiras de bancos para os bispos, à direita do trono; à esquerda, três fileiras de bancos para os duques, marqueses e condes, dispostas em diferentes níveis e separadas por degraus. Nos três bancos do primeiro nível sentavam-se os duques; nos três bancos do segundo, os marqueses; nos três bancos do terceiro, os condes. O banco dos viscondes, em ângulo reto, ficava de frente para o trono, e, atrás, entre os viscondes e a barreira, havia dois bancos para os barões. No banco mais elevado, à direita do trono, ficavam os dois arcebispos, de Canterbury e de York; no banco intermediário, três bispos, de Londres, Durham e Winchester; os outros bispos ficavam no banco inferior. Entre o arcebispo de Canterbury e os outros bispos há esta considerável diferença: um é bispo *pela divina providência*, enquanto os outros o são apenas *pela divina permissão*. À direita do trono, via-se uma cadeira para o Príncipe de Gales, e, à esquerda, assentos dobráveis para os duques régios; atrás desses assentos, havia um banco para os jovens pares menores de idade, ainda sem direito a deliberar na câmara. Por toda parte, muitas flores-de-lis, e o grande escudo da Inglaterra estampado nas quatro paredes, acima dos pares e acima do rei. Os filhos dos pares e os herdeiros de pariatos assistiam às deliberações em pé, atrás do trono, entre o dossel e a parede. O trono ao fundo e as três fileiras de assentos dos pares, dos três lados da sala, deixavam livre um largo quadrilátero. Nesse quadrilátero, coberto pelo tapete com as armas da Inglaterra, havia quatro grandes almofadas de lã: uma diante do trono que ocupava o chanceler, entre a maça e o brasão; uma diante dos bispos, ocupada pelos juízes conselheiros de Estado, que participavam, mas não votavam; uma diante dos duques, marqueses e condes, ocupada pelos secretários de Estado; uma diante dos viscondes e barões, onde sentavam-se o escrivão da Coroa e o escrivão do parlamento, e sobre a qual escreviam, de joelhos, dois subsecretários. No centro do quadrilátero, via-se uma ampla mesa atoalhada, repleta de pastas, registros, dossiês, sólidos tinteiros de prata e grandes castiçais nos quatro cantos. Os pares instalavam-se em ordem cronológica, seguindo a data de criação de seus pariatos. Tinham precedência de acordo com o título e, dentro de cada título, por antiguidade. O oficial da vara negra, segurando-a na mão, permanecia em pé junto à barreira. Do lado de dentro da porta ficava o assessor do oficial, e, do lado de fora, o anunciador da vara negra, cuja função era abrir as sessões de justiça gritando três vezes *Oyez!*, em francês, acentuando solenemente a primeira sílaba. Perto do anunciador, via-se o porta-maça do chanceler.

Nas cerimônias reais, os pares temporais traziam a coroa na cabeça, e os pares espirituais, a mitra. Os arcebispos usavam a mitra com a coroa ducal, e os bispos, que vinham atrás dos viscondes em grau de importância, a mitra com o cordão de barão.

Estranha observação, que é também um ensinamento, esse quadrilátero formado pelo trono, os bispos e os barões, e no qual os magistrados encontravam-se de joelhos, era o antigo parlamento da França durante as duas primeiras dinastias. A autoridade tinha o mesmo aspecto na França e na Inglaterra. Hincmar,[8] no *De ordinatione sacri palatii*, já descrevia, em 853, a Câmara dos Lordes reunida em Westminster no século XVIII. Espécie de bizarra ata feita com novecentos anos de antecedência.

O que é a história? Um eco do passado no futuro. Um reflexo do futuro sobre o passado.

A assembleia parlamentar só era obrigatória a cada sete anos.

Os lordes deliberavam em segredo, a portas fechadas. As sessões dos comuns eram públicas. Popularidade parecia rebaixamento.

O número de Lordes era ilimitado. Nomear Lordes era a ameaça da realeza. Um meio de governar.

No início do século XVIII, a Câmara dos Lordes já era numerosa. Depois cresceu ainda mais. Diluir a aristocracia é uma política. Elizabeth talvez tenha cometido um erro ao concentrar o poder dos pares em sessenta e cinco lordes. A nobreza menos numerosa é mais intensa. Nas assembleias, quanto mais membros, menos cabeças. Jaime III percebeu isso ao nomear para a Câmara Alta cento e oitenta e oito lordes; cento e oitenta e seis, se não contarmos as duas duquesas da alcova real, Portsmouth e Cleveland. No reinado de Ana, o total de Lordes, incluindo os bispos, era de duzentos e sete.

Sem contar o Duque de Cumberland, marido da rainha, havia vinte e cinco duques; o primeiro deles, Norfolk, sendo católico, não deliberava, e o último, Cambridge, Príncipe Eleitor de Hanover, embora estrangeiro, deliberava. Uma vez que Winchester, qualificado como primeiro e único marquês da Inglaterra — assim como Astorga era o único marquês da Espanha —, estava ausente, pois era jacobita, havia cinco marqueses, o primeiro sendo

[8] Arcebispo de Reims (806-882), autor de tratados teológicos e políticos.

Lindsey e o último sendo Lothian; setenta e nove condes, o primeiro sendo Derby e o último Islay; nove viscondes, Hereford sendo o primeiro e Lonsdale o último; e sessenta e dois barões, sendo Abergaveny o primeiro e Hervey o último. Como último barão, Lorde Hervey era o que se chamava "caçula" da Câmara. Derby, que, sobrepujado por Oxford, Shrewsbury e Kent, não passava do quarto barão no reinado de Jaime II, no reinado de Ana passara a ser o primeiro dos condes. Os nomes de dois chanceleres haviam sumido da lista dos barões, Verulam, em cuja época a história reencontra Bacon, e Wem, em cuja época a história reencontra Jeffreys. Bacon, Jeffreys, nomes sombrios por motivos distintos. Em 1705, os vinte e seis bispos eram apenas vinte e cinco, estando vago o assento de Chester. Entre os bispos, alguns eram grandes senhores, como William Talbot, bispo de Oxford, chefe do ramo protestante de sua família. Outros eram eminentes doutores, como John Sharp, arcebispo de York, ex-decano de Norwick, como o poeta Thomas Spratt, bispo de Rochester, homenzinho apoplético, e como o bispo de Lincoln, que viria a morrer quando arcebispo de Canterbury, Wake, adversário de Bossuet.

Nas ocasiões importantes, e quando acontecia à Câmara Alta receber um comunicado da Coroa, toda essa augusta multidão, usando togas, perucas, barretes ou chapéus com plumas, alinhava e escalonava suas fileiras de cabeças na sala dos pares, ao longo das paredes onde se via, vagamente, a tempestade exterminar a Armada. Subentendido: tempestade às ordens da Inglaterra.

IV A VELHA CÂMARA

Toda a cerimônia de investidura de Gwynplaine, desde a entrada, sob King's Gate, até a aplicação do teste no espaço circular envidraçado, passara-se numa espécie de penumbra.

Lorde William Cowper não permitira que dessem a ele, chanceler da Inglaterra, detalhes muito minuciosos sobre a desfiguração do jovem Lorde Fermain Clancharlie, achando estar abaixo da sua dignidade saber que um par não era belo, e sentindo-se diminuído pela ousadia que teria um inferior dando-lhe informações dessa natureza. É certo que um homem do povo diz com prazer: "este príncipe é corcunda". Portanto, ser disforme, para um lorde, é ultrajante. Às poucas palavras que a rainha lhe dissera a respeito, o lorde chanceler limitara-se a responder: *Um senhor tem o semblante da senhoria.* Sumariamente, e com base nos relatórios que precisara verificar e certificar, compreendera. Daí as precauções.

O rosto do novo lorde podia, em sua entrada na Câmara, causar alguma sensação. Era importante evitar isso. O lorde chanceler tomara suas providências.

O mínimo possível de comoção, eis a ideia fixa e a regra de conduta das pessoas sérias. A aversão aos incidentes faz parte da seriedade. Importava agir de tal forma que a admissão de Gwynplaine ocorresse como a de qualquer outro herdeiro de um pariato, sem embaraços.

Por essa razão, o Lorde chanceler havia marcado a recepção a Lorde Fermain Clancharlie como uma sessão noturna. O chanceler, na qualidade de introdutor, *quodammodo ostiarius*, dizem as cartas normandas, *januarum cancellorumque potestas*, diz Tertuliano, pode oficiar fora da Câmara, na soleira da porta, e Lorde William Cowper havia usado desse seu direito realizando no espaço circular envidraçado as formalidades de investidura de Lorde Fermain Clancharlie. Além disso, adiantara o horário para que o novo par fizesse sua entrada na Câmara antes mesmo que começasse a sessão.

Quanto à investidura de um par ainda na soleira, fora propriamente da Câmara, havia precedentes. O primeiro barão hereditário criado por patente, Jean de Beauchamps, de Holtcastle, feito Barão de Kidderminster por Ricardo II, em 1387, foi recebido dessa maneira.

De resto, ao reproduzir esse precedente, o lorde chanceler criava para ele mesmo um embaraço do qual viu o inconveniente menos de dois anos depois, quando da entrada do Visconde de Newhaven na Câmara dos Lordes.

Míope, como já mencionamos, Lorde William Cowper mal percebera a deformidade de Gwynplaine; e os dois lordes padrinhos nada notaram. Eram dois velhotes quase cegos.

O lorde chanceler os havia escolhido intencionalmente.

E o mais notável é que o lorde chanceler, tendo visto apenas a estatura e o porte de Gwynplaine, achou-o de "muito boa aparência".

No momento em que os *door-keepers* abriram diante de Gwynplaine a grande porta de duas folhas, havia apenas alguns Lordes na sala. Esses lordes eram quase todos velhos. Nas assembleias, os velhos são os pontuais, da mesma forma que, em relação às mulheres, são os assíduos. No banco dos duques, só se viam dois deles: um todo branco, o outro muito grisalho, Thomas Osborne, Duque de Leeds, e Schonberg, filho daquele Schonberg, alemão de nascença, francês pela alta patente de marechal e inglês pelo pariato, e que, cassado pelo edito de Nantes, após ter guerreado com a Inglaterra como francês, guerreou com a França como inglês. No banco dos lordes espirituais, bem no alto, só havia o Arcebispo de Canterbury, Primado da Inglaterra, e, mais abaixo, o doutor Simon Patrick, Bispo de Ely, conversando com Evelyn Pierrepont, Marquês de Dorchester, que lhe explicava a diferença entre barricada e amurada, e entre paliçada e coleira, paliçada sendo uma fileira de pilares diante das tendas, destinada a proteger o acampamento, e coleira sendo um círculo de estacas pontiagudas sob o parapeito de uma fortaleza, impedindo a escalada dos sitiadores e a deserção dos sitiados; e o marquês ensinava ao bispo que se instala uma coleira em um forte colocando-se metade das estacas dentro da terra e metade para fora. Thomas Thynne, Visconde Weymouth, havia-se aproximado de um candelabro e examinava um projeto do seu arquiteto a ser executado no seu jardim de Long Leate, em Wiltshire: um gramado chamado de "relva aparada", entremeado por quadrados de areia amarela, de areia vermelha, de conchas de rio e de fino pó de carvão mineral. No banco dos viscondes havia toda uma gama de velhos Lordes: Essex, Ossulstone, Peregrine, Osborn, William Zulestein, conde de Rochford, entre os quais alguns jovens, da ala que não usava peruca, em volta de Price Devereux, Visconde Hereford, discutindo a questão de saber se infusão de azevinho dos Apalaches é chá. "Quase", dizia Osborn. "Certamente", dizia Essex. O que era atentamente ouvido por Pawlets de Saint-John, primo do Bolingbroke de quem mais tarde Voltaire foi um pouco discípulo, pois Voltaire, iniciado pelo Padre Porée, recebeu de Bolingbroke o acabamento. No banco dos marqueses, Thomas Grey, Marquês de Kent, lorde camareiro da rainha, contava a Robert Bertie, Marquês de Lindsey, lorde camareiro da corte inglesa, que o grande prêmio da grande loteria inglesa fora ganho, em 1614, por dois franceses refugiados, o senhor Lecoq, outrora conselheiro no parlamento de Paris, e o senhor Ravenel, fidalgo bretão. O conde de Wymes lia um livro intitulado *Prática Curiosa dos Oráculos das Sibilas.* John Campbell, Conde de Greenwich, famoso por seu queixo alongado, sua alegria e seus oitenta e sete anos, escrevia à amante. Lorde Chandos fazia as unhas. Como a sessão que estava para começar era uma sessão real, em que a Coroa estaria representada por comissários, dois *door-keepers* assistentes colocavam diante do trono um banco de veludo cor de fogo. Sobre a segunda almofada de lã estava sentado o mestre dos autos, *sacrorum scriniorum magister*, que então habitava a antiga casa dos judeus convertidos. Sobre a quarta almofada, os dois subsecretários, ajoelhados, folheavam os registros.

Enquanto o lorde chanceler se sentava sobre a primeira almofada de lã, os oficiais da câmara instalavam-se, uns sentados e outros em pé, o arcebispo de Canterbury se levantava e fazia a prece, e a sessão começava. Gwynplaine já entrara havia algum tempo, sem que o tivessem notado. Como o segundo banco dos barões, onde era seu lugar, ficava ao lado da barreira, só precisou dar alguns passos. Os dois lordes seus padrinhos estavam sentados à sua direita e à sua esquerda, o que de certa forma mascarara a presença do recém-chegado. Como ninguém havia sido alertado, o escrivão do parlamento leu a meia voz, praticamente cochichou, por assim dizer, os diversos documentos referentes ao novo lorde, e o lorde chanceler proclamou sua admissão em meio ao que nas atas é chamado de "desatenção geral". Todos conversavam.

Havia na Câmara aquele burburinho durante o qual as assembleias decidem todo tipo de coisas obscuras que, às vezes, surpreendem a todos mais tarde.

Gwynplaine se sentara silenciosamente, cabeça descoberta, entre os dois velhos pares, Lorde Fitz Walter e Lorde Arundel.

Barkilphedro, muito bem informado como espião que era, e determinado a ter êxito em sua maquinação, em suas falas oficiais em presença do lorde chanceler, havia em certa medida atenuado a deformidade de Lorde Fermain Clancharlie, insistindo no detalhe de que Gwynplaine podia, quando quisesse, suprimir o riso e recuperar o ar sério de seu rosto desfigurado. Provavelmente, Barkilphedro havia até mesmo exagerado essa faculdade. Aliás, do ponto de vista aristocrático, o que isso implicava? Lorde William Cowper, afinal, não era justamente o legista autor da máxima: *Na Inglaterra, a restauração de um par é mais importante que a restauração de um rei*? Sem dúvida, a beleza e a dignidade deveriam ser inseparáveis; é desagradável que um lorde seja disforme, e esse é um ultraje do acaso; mas, insistamos nesta questão, em que isso restringe os direitos? O lorde chanceler tomava precauções e tinha motivos para tanto, mas, em suma, com ou sem precauções, quem é que poderia impedir um par de entrar na Câmara dos Pares? A senhoria e a realeza não são superiores à deformidade e à enfermidade? Um grito de animal selvagem não havia sido hereditário, como o próprio pariato na antiga família, extinta em 1347, dos Cumin, Condes de Buchan, a ponto de ser pelo grito de tigre que o par da Escócia era reconhecido? As horríveis manchas de sangue no rosto impediram César Bórgia de ser Duque de Valentinois? A cegueira impediu João de Luxemburgo de ser Rei da Boêmia? A corcunda impediu Ricardo III de ser Rei da Inglaterra? No fundo, a enfermidade e a feiura aceitas com altiva indiferença, longe de contradizer a grandeza, reafirmam-na e comprovam-na. A nobreza tem tamanha majestade que a deformidade não lhe causa constrangimento. Esse é o outro aspecto da questão, e não o menos importante. Como se vê, nada podia ser obstáculo à admissão de Gwynplaine, e as prudentes precauções do Lorde chanceler, úteis pelo inferior ponto de vista da tática, eram supérfluos pelo superior ponto de vista do princípio aristocrático.

Ao entrar, seguindo a recomendação que lhe havia sido feita pelo rei das armas, e que os dois lordes padrinhos tornaram a lhe fazer, Gwynplaine saudou a "cadeira real".

Assunto encerrado. Ele era lorde.

Essa grandeza, sob o esplendor da qual ele vira, a vida inteira, seu mestre Ursus se curvar com admiração, esse prodigioso topo, ele o tinha sob seus pés.

Ele estava no lugar brilhante e sombrio da Inglaterra.

Velho cimo do monte feudal contemplado há seis séculos pela Europa e pela história. Aura assustadora de um mundo de trevas.

Seu ingresso nessa aura acontecera. Ingresso irrevogável.

Ali, estava em casa.

Em sua casa, em seu assento como o rei em seu trono.

Ali estava ele, e nada, agora, podia fazer que não estivesse.

A coroa real que ele via sob o dossel era irmã da sua própria coroa. Ele era o par daquele trono.

Diante da majestade, ele era a senhoria. Menor, mas semelhante.

Ontem, o que ele era? Histrião. Hoje, o que ele era? Príncipe.

Ontem, nada. Hoje, tudo.

Súbito confronto da miséria e do poder abordando-se face a face no fundo de um espírito, dentro de um destino, tornando-se repentinamente as duas metades de uma consciência.

Dois espectros, a adversidade e a prosperidade, tomando posse da mesma alma, e cada um puxando-a para si. Patética divisão de uma inteligência, de uma vontade, de um cérebro, entre esses dois irmãos inimigos, o fantasma pobre e o fantasma rico. Abel e Caim no mesmo homem.

V CONVERSAS SOBERBAS

Pouco a pouco, os bancos da Câmara se encheram. Os lordes começaram a chegar. A ordem do dia era a votação da proposta que aumentava em cem mil libras esterlinas a dotação anual de Jorge da Dinamarca, Duque de Cumberland, marido da rainha. Além disso, fora anunciado que diversas propostas aprovadas por Sua Majestade seriam levadas à Câmara por comissários da Coroa com poder e com a missão de sancioná-las, o que fazia da sessão uma sessão real. Todos os pares usavam suas togas parlamentares sobre seus trajes palacianos ou sociais. Essa toga, parecida com a que Gwynplaine vestia, era igual para todos, a não ser pelo fato de os duques ostentarem cinco faixas de arminho com bordas douradas, os marqueses quatro, os condes e os viscondes três e os barões, duas. Os lordes entravam em grupos. Encontravam-se nos corredores e continuavam os diálogos já iniciados. Alguns chegavam sozinhos. Os trajes eram solenes, as atitudes não; nem as palavras. Todos, ao entrar, saudavam o trono.

Os pares afluíam. O desfile de nomes majestosos acontecia de certa forma sem cerimonial, uma vez que o público estava ausente. Leicester entrava e apertava a mão de Lichfield, seguido de Charles Mordaunt, Conde de Peterborough e de Monmouth, amigo de Locke, por iniciativa do qual ele havia proposto a refundição das moedas; em seguida, Charles Campbell, Conde de Loudoun, ouvindo com atenção Fulke Greville, Lorde Brooke; depois Dorme, Conde de Caernarvon; em seguida Robert Sutton, Barão Lexington, filho do Lexington que havia aconselhado Carlos II a expulsar Gregorio Leti, historiógrafo bem pouco judicioso para querer ser historiador; em seguida Thomas Bellasyse, Visconde Falconberg, um belo idoso; e, juntos, os três primos Howard: Howard, Conde de Bindon, Bower Howard, Conde de Berkshire, e Stafford Howard, Conde de Stafford; depois John Lovelace, Barão Lovelace, cujo pariato, extinto em 1736, permitiu a Richardson introduzir Lovelace em seu livro e criar um personagem com esse nome. Todas essas personalidades, diversamente célebres na política ou na guerra, muitas das quais honram a Inglaterra, riam e conversavam. Era como a história vista em desalinho.

Em menos de meia hora, a Câmara viu-se quase repleta. Coisa bem compreensível em se tratando de uma sessão real. Menos compreensível era a vivacidade das conversas. A Câmara, tão modorrenta pouco antes, agora estava em rumor como uma colmeia inquieta. O que a havia despertado era a chegada dos lordes atrasados. Traziam novidades. Coisa estranha: os pares que, na abertura da sessão, estavam na Câmara, não sabiam o que havia acontecido, e os que não estavam ali sabiam.

Vários lordes chegavam de Windsor.

Havia algumas horas, a aventura de Gwynplaine se tornara ruidosa. O segredo é uma rede; basta uma malha se romper para tudo se desmanchar. Desde a manhã, na sequência dos acontecimentos relatados acima, toda essa história de um pariato reencontrado em um palco e de um saltimbanco reconhecido como lorde fizera alarde em Windsor, nas rodas reais. Os príncipes haviam comentado, depois os lacaios. Da corte, a novidade se espalhou pela cidade. Os acontecimentos têm uma gravidade, e a lei do quadrado das velocidades aplica-se a eles. Eles caem na boca do povo e se disseminam com uma rapidez impressionante. Às sete horas, Londres não fazia ideia dessa história. Às oito horas, Gwynplaine era o fervor da cidade. Apenas os poucos Lordes pontuais que haviam presenciado a abertura da sessão ignoravam a coisa, uma vez que não estavam na cidade, onde toda a história era contada, e sim na Câmara, onde nada perceberam. Assim, tranquilos em seus assentos, eram indagados pelos que chegavam muito excitados.

— E então? — dizia Francis Brown, Visconde Mountacute, ao Marquês de Dorchester.

— O quê?

— Será possível?

— O quê?

— O Homem que Ri!

— O que é o Homem que Ri?

— Não conhece o Homem que Ri?

— Não.

— É um palhaço. Um *boy* da feira. Um rosto impossível, que todos iam ver por dois soldos. Um saltimbanco.

— E daí?

— O senhor acaba de recebê-lo como par da Inglaterra.

— *Mylord* Mountacute, O Homem que Ri é o senhor.

— Não estou rindo, *mylord* Dorchester.

E o Visconde Mountacute fazia um sinal para o escrivão do parlamento, que se levantava da almofada de lã e confirmava a suas senhorias a admissão do novo par. Mais os detalhes.

— Ora, ora, ora — dizia Lorde Dorchester —, eu conversava com o bispo de Ely.

O jovem Conde de Annesley abordava o velho Lorde Eure, que só teria mais dois anos de vida, pois viria a morrer em 1707.

— *Mylord* Eure?

— *Mylord* Annesley?

— O senhor conheceu Lorde Linnœus Clancharlie?

— Um homem de outros tempos. Sim.

— Que morreu na Suíça?

— Sim. Éramos parentes.

— Que tinha sido republicano na época de Cromwell e que permaneceu republicano no reinado de Carlos II?

— Republicano? De jeito nenhum. Ele era teimoso. Havia uma querela pessoal entre ele e o rei. Sei, por fonte segura, que Lorde Clancharlie teria aderido se lhe tivessem dado o posto de chanceler que foi dado a Lorde Hyde.

— O senhor me surpreende, *mylord* Eure. Haviam-me dito que Lorde Clancharlie era um homem leal.

— Um homem leal! Será que isso existe? Meu jovem, não existe homem leal.

— E Catão?

— E o senhor acredita em Catão?

— E Aristides?

— Fizeram bem em mandá-lo para o exílio.

— E Thomas Morus?

— Fizeram bem em cortar seu pescoço.

— E, em sua opinião, Lorde Clancharlie...?

— Era dessa espécie. Aliás, um homem que permanece no exílio é ridículo.

— Ele está morto.

— Um ambicioso desapontado. Oh! Se eu o conhecia? Acredito que sim. Eu era seu melhor amigo.

— Sabe, *Mylord* Eure, que ele se casou na Suíça?

— Sei mais ou menos.

— E que desse casamento ele teve um filho legítimo?

— Sim. Que morreu.

— Que está vivo.

— Vivo?

— Vivo.

— Impossível.

— Verdade. Está provado. Constatado. Homologado. Registrado.

— Mas então esse filho vai herdar o pariato de Clancharlie?

— Ele não vai herdar.

— Por quê?

— Porque já o herdou. É um fato consumado.

— Fato consumado?

— Olhe para trás, *Mylord* Eure. Ele está sentado atrás do senhor, no banco dos barões.

Lorde Eure virou-se, mas o rosto de Gwynplaine estava escondido sob a floresta dos seus cabelos.

— Veja! — dizia o velhote, não enxergando nada além dos cabelos. Ele já adotou a nova moda; não está usando peruca.

Grantham abordava Colepepper:

— Ali está alguém que foi pego de surpresa!

— Quem?

— David Dirry-Moir.

— E por quê?

— Ele não é mais par.

— Como não?

E Henry Auverquerque, Conde de Grantham, contava a John, Barão Colepepper, toda "a história", a garrafa à deriva levada ao almirantado, o pergaminho dos *comprachicos*, o *jussu regis* assinado *Jeffreys*, a confrontação no porão penal de Southwark, a aceitação de todos esses fatos pelo Lorde chanceler e pela rainha, a aplicação do teste no salão circular, e, enfim, a admissão de Lorde Fermain Clancharlie no início da sessão; e ambos se esforçavam para distinguir, entre Lorde Fitz Walter e Lorde Arundel, o rosto de que tanto falavam do novo lorde, porém sem maior êxito do que tiveram Lorde Eure e Lorde Annesley.

Gwynplaine, de resto, fosse por acaso ou por um arranjo de seus padrinhos advertidos pelo Lorde chanceler, estava acomodado em um local escuro o bastante para escapar da curiosidade.

— Mas onde? Onde está ele?

Era o que diziam todos que chegavam, mas ninguém conseguia enxergá-lo direito. Alguns, que tinham visto Gwynplaine na Green Box, estavam extremamente curiosos, mas seu esforço era inútil. Assim como acontece às vezes de protegerem prudentemente uma jovem em um grupo de senhoras, Gwynplaine estava como que envolto em várias camadas de velhos Lordes enfermos e indiferentes. Homens bondosos que sofrem de gota são pouco sensíveis às histórias dos outros.

Passavam de mão em mão cópias de uma carta de três linhas que a Duquesa Josiane, segundo afirmavam, havia escrito à rainha sua irmã em resposta à ordem que lhe dera Sua Majestade de se casar com o novo par, herdeiro legítimo dos Clancharlie, Lorde Fermain. Essa carta dizia o seguinte:

"Senhora,

Isso me apraz igualmente. Eu poderei ter Lorde David como amante".

Assinado *Josiane*. Esse bilhete, verdadeiro ou falso, fazia um sucesso entusiástico.

Um jovem lorde, Charles d'Okehampton, Barão Mohun, da ala que não usava peruca, lia e relia o bilhete com alegria. Lewis de Duras, Conde de Feversham, inglês com espírito francês, olhava para Mohun e sorria.

— Pois então, essa é a mulher com quem eu gostaria de me casar! — exclamava Lorde Mohun.

E os que estavam perto dos dois Lordes ouviam este diálogo entre Duras e Mohun:

— Casar com a Duquesa Josiane, Lorde Mohun?

— Por que não?

— Uma peste!

— Seríamos felizes!

— Muitos seriam.

— Mas não são sempre muitos?

— Lorde Mohun, o senhor tem razão. Quando se trata das mulheres, nós todos ficamos com os restos uns dos outros. Quem terá sido o primeiro?

— Adão, talvez.

— Nem ele.

— Na verdade, Satanás!

— Meu caro — concluía Lewis de Duras —, Adão só levou a fama. Pobre enganado. Endossou o gênero humano. O homem foi feito para a mulher pelo diabo.

Hugo Cholmley, Conde de Cholmley, grande legista, era interrogado do banco dos bispos por Nathanael Crew, que era duplamente par: par temporal, pois era Barão Crew, e par espiritual, pois era bispo de Durham.

— É possível? — dizia Crew.

— É legal? — dizia Cholmley.

— A investidura desse recém-chegado foi feita fora da Câmara — replicava o bispo —, mas dizem que há precedentes.

— Sim. Lorde Beauchamp, no reinado de Ricardo II. Lorde Chenay no de Elizabeth.

— E Lorde Broghill na época de Cromwell.

— Cromwell não conta.

— O que o senhor pensa de tudo isso?

— Várias coisas.

— *Mylord* Conde de Cholmley, que posição ocupará na Câmara esse jovem Fermain Clancharlie?

— *Mylord* bispo, com as antigas posições tendo sido alteradas durante o intervalo republicano, Clancharlie hoje se situa entre Barnard e Somers, o que acarreta, em caso de uma rodada de pareceres, que Lorde Fermain Clancharlie será o oitavo a falar.

— Convenhamos! Um saltimbanco de praça pública!

— O incidente em si não me admira, *mylord* bispo. Essas coisas acontecem. Acontecem outras até mais surpreendentes. Não é verdade que a Guerra das Duas Rosas foi declarada por causa da súbita seca do rio Ouse, em Bedford, no dia 1.º de janeiro de 1399? Ora, se um rio pode entrar em estado de secura, um senhor pode cair em uma condição servil. Ulisses, rei de Ítaca, trabalhou em toda espécie de ofício. Fermain Clancharlie permaneceu lorde sob o invólucro de histrião. A simplicidade do traje não interfere na nobreza do sangue. Mas a aplicação do teste e a investidura fora da sessão, ainda que a rigor sejam práticas legais, podem levantar objeções. Sou da opinião que é necessário verificar se mais tarde caberia questionar o lorde chanceler em uma conversa reservada. Em algumas semanas veremos o que deverá ser feito.

— Tanto faz — acrescentava o bispo. — É um caso como não se via desde o Conde Gesbodus.

Gwynplaine, o Homem que Ri, o *inn* Tadcaster, a Green Box, *Caos vencido*, a Suíça, Chillon, os *comprachicos*, o exílio, o *jussu regis*, a garrafa aberta no almirantado, o pai, Lorde Linnœus, o filho legítimo, Lorde Fermain, o filho bastardo, Lorde David, os conflitos prováveis, a Duquesa Josiane, o lorde chanceler, a rainha, tudo isso corria de boca em boca. O cochicho é um rastro de pólvora. Repetiam sem parar todos os detalhes. O imenso murmúrio da Câmara era a respeito de toda essa aventura. Do fundo do poço de devaneios em que se encontrava, Gwynplaine ouvia vagamente esse burburinho sem saber que era por sua causa.

No entanto, estava estranhamente atento, mas atento às profundezas, não à superfície. O excesso de atenção se transforma em isolamento.

Em uma câmara, o rumor não impede que a sessão siga seu curso, assim como a poeira sobre uma tropa não a impede de marchar. Os juízes, que na Câmara Alta não passam de mera assistência, só podendo falar se interrogados, haviam-se colocado sobre a segunda almofada de lã, e os três secretários de Estado sobre a terceira. Os herdeiros de pariatos dirigiam-se ao seu compartimento, ao mesmo tempo externo e interno, que ficava atrás do trono. Os pares menores ocupavam sua bancada especial. Em 1705, eram doze esses pequenos lordes: Huntingdon, Lincoln, Dorset, Warwick, Bath, Burlington, Derwentwater, que teria uma morte trágica, Longueville, Lonsdale, Dudley and Ward, e Carteret, o que perfazia um grupo de oito condes, dois viscondes e dois barões.

Nos três níveis de bancos do recinto, cada lorde havia voltado a ocupar seu assento. Quase todos os bispos estavam presentes. Os duques eram numerosos, começando por Charles Seymour, Duque de Somerset, e terminando por Georges Augustus, Príncipe Eleitor de Hanover, Duque de Cambridge, o último por ordem de data e, consequentemente, em última posição. Todos estavam em ordem, de acordo com a primazia protocolar: Cavendish, Duque de Devonshire, cujo avô havia abrigado em Hardwick os noventa e dois anos de Hobbes; Lennox, Duque de Richmond; os três Fitz-Roy, o Duque de Southampton, o Duque de Grafton e o Duque de Northumberland; Butler, Duque de Ormond; Somerset, Duque de Beaufort; Beauclerck, Duque de Saint-Albans; Pawlett, Duque de Bolton; Osborne, Duque de Leeds; Wriothesley Russell, Duque de Bedford, tendo como grito de guerra e como divisa: *Che sarà, sarà*, ou seja, a aceitação dos acontecimentos; Sheffield, Duque de Buckingham; Manners, Duque de Rutland, e outros. Nem Howard, Duque de Norfolk, nem Talbot, Duque de Shrewsbury, votavam, uma vez que eram católicos; nem Churchill, Duque de Marlborough — nosso Malbrouck —, que estava em guerra e dominava a França naquele momento. Não havia naquela época nenhum duque escocês, Queensberry, Montrose e Roxburghe tendo sido admitidos apenas em 1707.

VI A ALTA E A BAIXA

De repente, fez-se na Câmara uma viva claridade. Quatro *door-keepers* levaram e colocaram dos dois lados do trono quatro altos candelabros repletos de velas. O trono, assim iluminado, apareceu em meio a uma espécie de púrpura luminosa. Vazio, mas augusto. A rainha ali não faria a menor diferença.

O oficial da vara negra entrou, ergueu a vara e disse:

— Suas senhorias, os comissários de Sua Majestade.

Todos os rumores cessaram.

Um escrivão usando peruca e túnica entrou pela grande porta segurando uma almofada decorada com a flor-de-lis, sobre a qual se viam alguns pergaminhos. Esses pergaminhos eram projetos de lei. De cada um pendia, presa a um fio de seda trançado, uma pequena bola, a *bille* ou *bulle*, sendo algumas de ouro; por isso, na Inglaterra as leis são chamadas de *bills* e, em Roma, de *bulas*.

Depois do escrivão, entraram três homens com toga de par, usando chapéu com plumas.

Esses homens eram os comissários reais. O primeiro era o alto lorde tesoureiro da Inglaterra, Godolphin; o segundo era o lorde presidente do Conselho, Pembroke; o terceiro era o lorde do selo privado, Newcastle.

Eles caminhavam um atrás do outro, de acordo com a primazia não de seus títulos, mas de seus cargos, Godolphin à frente, Newcastle por último, embora fosse duque.

Foram até o banco diante do trono, fizeram a reverência à cadeira real, tiraram e tornaram a pôr seus chapéus e sentaram-se no banco.

O lorde chanceler olhou para o oficial da vara negra e disse:

— Chame os comuns à barra.

O oficial da vara negra saiu.

O escrivão, que era um escrivão da Câmara dos Lordes, colocou sobre a mesa, no quadrado formado pelas almofadas de lã, a almofada onde estavam os pergaminhos.

Houve uma pausa de alguns minutos. Dois *door-keepers* colocaram diante da barrra uma pequena escada de três degraus. Essa escada era de veludo vermelho, sobre o qual pinos dourados desenhavam flores-de-lis.

A grande porta, que voltara a se fechar, reabriu-se, e uma voz gritou:

— Os fiéis comuns da Inglaterra.

Era o oficial da vara negra, que anunciava a outra metade do parlamento.

Os lordes colocaram seus chapéus.

Os comuns entraram, precedidos do *speaker*, todos de cabeça descoberta.

Pararam na barra. Estavam em trajes formais, a maioria de preto, e com a espada.

O *speaker*, o honorabilíssimo John Smyth, escudeiro, membro pelo burgo de Andover, subiu na pequena escada colocada no centro da barra. O orador dos comuns usava uma longa túnica de cetim preto com mangas largas e fendas galonadas com passamanarias douradas, tanto na parte da frente como na de trás, e uma peruca mais modesta que a do lorde chanceler. Ele era majestoso, mas inferior.

Todos entre os comuns, orador e membros, permaneceram em espera, de pé e sem chapéu, diante dos pares sentados e de chapéu na cabeça.

Distinguiam-se entre os comuns o chefe da Suprema Corte de Chester, Joseph Jekyll, e outros três especialistas em leis de Sua Majestade, Hooper, Powys e Parker, além de James Montagu, solicitador-geral, e do *attorney* geral, Simon Harcourt. Exceto alguns baronetes e cavaleiros, e nove lordes de cortesia, Hartington, Windsor, Woodstock, Mordaunt, Gramby, Scudamore, Fitz-Harding, Hyde e Burkeley, filhos de pares e herdeiros de pariatos, os restantes eram do povo. Espécie de sombria multidão silenciosa.

Quando cessou o barulho de passos produzido pela entrada de toda essa gente, o anunciador da vara negra, que estava à porta, disse:

— *Oyez!*

O escrivão da Coroa levantou-se. Pegou, desdobrou e leu o primeiro dos pergaminhos que estavam sobre a almofada. Era uma mensagem da rainha nomeando, para representá-la em seu parlamento, com poder de sancionar os *bills*, três comissários, a saber... — Aqui o escrivão ergueu a voz.

— Sidney, conde de Godolphin.

O escrivão saudou Lorde Godolphin. Lorde Godolphin levantou ligeiramente o chapéu. O escrivão continuou:

— ... Thomas Herbert, Conde de Pembroke e de Montgomery.

O escrivão saudou Lorde Pembroke. Lorde Pembroke tocou o chapéu. O escrivão recomeçou:

— ... John Hollis, Duque de Newcastle.

O escrivão saudou Lorde Newcastle. Lorde Newcastle fez um sinal com a cabeça.

O escrivão da Coroa tornou a sentar-se. O escrivão do parlamento levantou-se. Seu subsecretário, que estava ajoelhado, levantou-se e foi colocar-se atrás dele. Ambos estavam de frente para o trono e davam as costas aos comuns.

Havia cinco *bills* sobre a almofada. Esses cinco *bills*, votados pelos comuns e aprovados pelos lordes, aguardavam a sanção real.

O escrivão do parlamento leu o primeiro deles.

Era um ofício dos comuns pondo na conta do Estado os embelezamentos feitos pela rainha em sua residência de Hampton Court, que chegavam a um milhão de libras esterlinas.

Terminada a leitura, o escrivão fez uma profunda reverência ao trono. O subsecretário repetiu a reverência, de forma mais profunda ainda, e, virando parcialmente a cabeça na direção dos comuns, disse:

— A rainha aceita vossa benevolência e assim deseja.

O escrivão leu o segundo *bill*.

Era uma lei condenando à prisão e ao pagamento de multa qualquer um que se furtasse a servir entre os *trainbands*. Os *trainbands* (bando que mandamos para onde bem entendemos) formam aquela milícia burguesa que serve de graça e que, na época de Elizabeth, com a aproximação da Armada, forneceu cento e oitenta e cinco mil soldados de infantaria e quarenta e cinco mil de cavalaria.

Os dois escrivães fizeram uma nova reverência ao trono real, e depois disso o subsecretário, de perfil, disse à Câmara dos Comuns:

— A rainha assim deseja.

O terceiro *bill* elevava o dízimo e as benesses do bispo de Lichfield e de Coventry, que é um dos mais ricos prelados da Inglaterra, criava uma renda para a catedral, aumentava o número de clérigos e ampliava o decanato e os benefícios "a fim de prover", dizia o preâmbulo, "às necessidades de nossa santa religião". O quarto *bill* acrescentava ao orçamento novos impostos: um sobre o papel marmorizado; um sobre as carruagens de aluguel, fixadas em número de oitocentas em Londres e taxadas a cinquenta e duas libras por ano, cada; um sobre os advogados, procuradores e solicitadores, de quarenta e oito libras por cabeça, por ano; um sobre o couro curtido, "não obstante", dizia o preâmbulo, "as queixas dos artesãos de couro"; um sobre o sabão, "não obstante as reclamações da cidade de Exeter e do condado de Devonshire, onde é fabricada grande quantidade de sarja e outros tecidos"; um sobre o vinho, de quatro xelins por barrica; um sobre a farinha; um sobre a cevada e o lúpulo; e renovava por quatro anos, uma vez que *as necessidades do Estado*, dizia o preâmbulo, *deviam falar mais alto que os protestos do comércio*, o imposto sobre a tonelagem, variando de seis libras por tonelada, para os navios vindos do Ocidente, a cento e oitenta libras, para aqueles vindos do Oriente. Enfim, declarando insuficiente a captação ordinária já levantada para o ano corrente, esse *bill* terminava com uma sobretaxa geral, sobre todo o reino, de quatro xelins, ou quarenta e oito centavos de libra por pessoa, com a observação de que aqueles que se recusassem a prestar os novos juramentos ao governo pagariam o dobro da taxa. O quinto *bill* impunha a proibição de internar no hospital qualquer doente que, ao dar entrada, não depositasse uma libra esterlina para pagar, em caso de morte, seu enterro. Os três últimos *bills*, assim como os dois primeiros, foram, um após o outro, sancionados e transformados em lei com uma saudação ao trono e com as quatro palavras do subsecretário, "a rainha assim deseja", ditas desdenhosamente aos comuns.

Em seguida, o subsecretário tornou a se ajoelhar diante da quarta almofada de lã, e o lorde chanceler disse:

— Que seja feito assim como foi desejado.

Isso punha fim à sessão real.

O *speaker*, dobrado em dois diante do chanceler, desceu a escada recuando, ajeitando a parte de trás de sua toga; os comuns inclinaram-se até o chão, e, enquanto a Câmara Alta retomava sua pauta, sem prestar atenção alguma a todas aquelas reverências, a Câmara Baixa saiu.

VII AS TEMPESTADES HUMANAS SÃO PIORES QUE AS TEMPESTADES OCEÂNICAS

As portas se fecharam; o oficial da vara negra retornou; os lordes comissários saíram do banco do Estado e foram sentar-se na cabeceira do banco dos duques, nos lugares correspondentes a seus postos, e o lorde chanceler tomou a palavra:

— *Mylords*, uma vez que a Câmara em deliberação, debruçada há vários dias sobre o *bill* que propõe aumentar em cem mil libras esterlinas a provisão anual de sua Alteza Real, o Príncipe, marido de Sua Majestade, esgotou e encerrou os debates, procederemos à votação. A votação será feita, como de costume, a partir do membro mais novo do banco dos barões. Cada lorde, ao ter seu nome chamado, deverá levantar-se e responder *satisfeito* ou *insatisfeito*, e será livre para expor os motivos do seu voto, se julgar conveniente. Escrivão, faça a chamada para a votação.

O escrivão do parlamento, em pé, abriu um grande volume apoiado numa estante dourada; era o Livro do Pariato.

O membro mais novo da Câmara naquela época era Lorde John Hervey, feito barão e par em 1703, e do qual descenderam os Marqueses de Bristol.

O escrivão chamou:

— *Mylord* John, Barão Hervey.

Um velhote de peruca loira levantou-se e disse:

— Satisfeito.

Em seguida, tornou a se sentar.

O subescrivão registrou o voto.

O escrivão continuou:

— *Mylord* Francis Seymour, Barão Conway de Killultagh.

— Satisfeito — murmurou, levantando-se um pouco, um elegante cavalheiro de ar nobre, que não deixava dúvida quanto a ser o avô dos Marqueses de Hertford.

— *Mylord* John Leveson, Barão Gower — continuou o escrivão.

Esse barão, de quem deviam descender os duques de Sutherland, levantou-se e disse enquanto voltava a sentar-se:

— Satisfeito.

O escrivão prosseguiu:

— *Mylord* Heneage Finch, Barão Guernesey.

O avô dos Condes de Aylesford, não menos jovem e não menos elegante que o ancestral dos Marqueses de Hertford, justificou sua divisa *Aperto vivere voto*[9] pela altura de sua aprovação:

— Satisfeito — gritou ele.

Enquanto ele se sentava, o escrivão chamou o quinto barão:

— *Mylord* John, Barão Granville.

— Satisfeito — respondeu, levantando-se e imediatamente se sentando, Lorde Granville de Potheridge, cujo pariato sem futuro viria a se extinguir em 1709.

O escrivão passou ao sexto barão:

— *Mylord* Charles Mountague, Barão Halifax.

— Satisfeito — disse Lorde Halifax, detentor de um título sob o qual havia se extinguido o sobrenome Saville e iria extinguir-se o sobrenome Mountague. Mountague é diferente de Montagu e de Mountacute.

E Lorde Halifax acrescentou:

— O Príncipe Jorge tem uma dotação como marido de Sua Majestade; tem uma outra como Príncipe da Dinamarca, mais outra como Duque de Cumberland, e outra ainda como Lorde Almirante da Inglaterra e da Irlanda, mas ainda não tem nenhuma como generalíssimo. Isso é uma injustiça. É preciso pôr fim a essa desordem, pelo interesse do povo inglês.

Depois, Lorde Halifax enalteceu a religião cristã, censurou o papismo e votou a favor do subsídio.

Lorde Halifax tendo-se sentado, o escrivão recomeçou:

— *Mylord* Christophe, Barão Barnard.

Lorde Barnard, de quem viriam a descender os Duques de Cleveland, levantou-se quando seu nome foi chamado.

— Satisfeito.

E voltou a sentar-se com alguma lentidão, mostrando uma gola de renda que valia a pena ser notada. Era, aliás, um respeitável fidalgo e um valente oficial esse Lorde Barnard.

Enquanto Lorde Barnard se sentava, o escrivão, que lia sem hesitação, titubeou ligeiramente. Ajeitou seus óculos e se inclinou sobre o registro redobrando a atenção; depois, erguendo a cabeça, disse:

— *Mylord* Fermain Clancharlie, Barão Clancharlie e Hunkerville.

Gwynplaine se levantou:

— Insatisfeito — disse ele.

---

[9] Viver manifestando seu desejo.

Todos se voltaram. Gwynplaine estava em pé. A luz das velas colocadas dos dois lados do trono iluminava intensamente seu rosto, que se sobressaía na ampla sala obscura com o relevo que teria uma máscara sobre um fundo de fumaça.

Gwynplaine havia feito aquele esforço que, como todos se lembram, a rigor era-lhe possível. Com uma concentração de vontade igual à que seria necessária para domar um tigre, por um momento ele havia conseguido transformar em ar sério o fatal ricto do seu semblante. Naquele momento ele não ria. Mas isso não podia durar muito; as desobediências ao que é a nossa lei, ou nossa fatalidade, não vão muito longe. Às vezes a água do mar resiste à gravitação, infla-se em uma montanha de nuvens, mas com a condição de voltar a cair. Essa luta era a mesma de Gwynplaine. Por um minuto, que para ele era solene, por uma prodigiosa intensidade de sua vontade, mas não por muito mais tempo que o de um raio, ele havia lançado sobre seu rosto o sombrio véu da sua alma; mantinha em suspensão seu incurável riso; daquele rosto que lhe haviam esculpido, retirara a alegria, deixando-o apenas assustador.

— Quem é esse homem? — foi o grito geral.

Um tremor indescritível percorreu todos os bancos. Aqueles cabelos desgrenhados, aquelas cavidades negras sob as sobrancelhas, aquele olhar profundo de olhos que não se viam, o formato selvagem daquela cabeça, mesclando medonhamente a sombra e a luz, tudo aquilo foi surpreendente. Mais surpreendente que qualquer outra coisa. Por mais que falassem de Gwynplaine, vê-lo foi algo impressionante. Até aqueles que esperavam por isso não esperavam isso. Imaginem: sobre a montanha reservada aos deuses, na festa de uma noite serena, a trupe completa dos todo-poderosos reunida, e o rosto de Prometeu, devastado pelas bicadas do abutre, surgindo de repente como uma lua ensanguentada no horizonte. O Olimpo vislumbrando o Cáucaso, que visão! Velhos e jovens, boquiabertos, olharam para Gwynplaine.

Um velho senhor venerado por toda a Câmara, que já vira muitos homens e muitas coisas, e que fora designado duque, Thomas, Conde de Warton, levantou-se assustado. Gritou:

— O que significa isso? Quem trouxe esse homem para dentro da Câmara? Que o ponham para fora.

E interpelando Gwynplaine com arrogância:

— Quem é o senhor? De onde saiu?

Gwynplaine respondeu:

— Do abismo.

E, cruzando os braços, olhou para os lordes.

— Quem sou eu? Eu sou a miséria. *Mylords*, tenho algo a lhes dizer.

Houve um burburinho e um silêncio. Gwynplaine continuou:

— *Mylords*, os senhores estão no alto. Muito bem. Devemos acreditar que Deus tem seus motivos para que seja assim. Os senhores têm o poder, a opulência, a alegria, o sol imóvel sobre suas cabeças, a autoridade sem limite, o usufruto sem divisão, o imenso desinteresse pelos outros. Que seja. Mas abaixo dos senhores existe alguma coisa. Acima, talvez. *Mylords*, estou aqui para lhes dar uma notícia. O gênero humano existe.

As assembleias são como crianças; os incidentes são sua caixinha de surpresas e lhes causam medo e fascínio. Às vezes, parece que uma mola se mexe, e vemos um diabo saltar da caixinha. Foi assim na França, com Mirabeau, ele também disforme.

Naquele momento Gwynplaine sentia em si um estranho engrandecimento. Um grupo de homens a quem se fala é um tripé. Aquele que fala está, por assim dizer, em pé sobre um topo de almas. Sob seus calcanhares há um tremor de entranhas humanas. Gwynplaine não era mais o homem que por um instante, na noite anterior, quase havia sido pequeno. Os pesados vapores da sua súbita elevação, que o haviam inebriado, tornaram-se leves e ganharam transparência, e, naquilo em que Gwynplaine fora seduzido pela vaidade, ele agora via uma função. Aquilo que em princípio o havia apequenado agora o engrandecia. Estava iluminado por um desses fortes raios que emanam do dever.

À volta toda de Gwynplaine gritaram:

— Escutem! Escutem!

Enquanto isso, crispado e sobre-humano, ele conseguia manter em seu rosto a séria e lúgubre contração sob a qual se rebelava seu ricto, feito um cavalo selvagem prestes a fugir. Continuou:

— Eu sou aquele que vem das profundezas. *Mylords*, os senhores são os grandes e ricos. É perigoso. Os senhores se aproveitam da noite. Mas tomem cuidado, há uma grande potência, a aurora. O alvorecer não pode ser vencido. Ele chegará. Ele está chegando. Ele traz em si o irresistível jorro de luz. E quem impedirá essa catapulta de lançar o Sol no firmamento? O Sol é o direito. Os senhores são o privilégio. Tenham medo. O verdadeiro dono da casa vai bater à porta. Quem é o pai do privilégio? O acaso. E quem é seu filho? O abuso. Nem o acaso nem o abuso são sólidos. Tanto um como o outro têm um péssimo amanhã. Venho avisá-los. Venho denunciar-lhes sua felicidade. Ela é feita da infelicidade dos outros. Os senhores têm tudo, e esse tudo é composto do nada alheio. *Mylords*, sou o advogado desesperado e defendo a causa perdida. Essa causa, Deus é que ganhará. Eu não sou nada, nada além de uma voz. A raça humana é uma boca, eu sou seu grito. Os senhores me ouvirão. Venho tornar visível aos senhores, pares da Inglaterra, as grandes bases do povo, esse soberano que é o súdito, esse condenado que é o juiz. Vergo sob o peso do que tenho a dizer. Por onde começar? Não sei. Recolhi na vasta difusão de sofrimentos minha enorme argumentação dispersa. O que fazer com ela agora? Ela me massacra, então eu a lanço desordenadamente à minha frente. Se eu havia previsto tudo isso? Não. Os senhores estão atônitos, eu também. Ontem eu era um saltimbanco, hoje sou um lorde. Manobras obscuras. De quem? Do desconhecido. Estremeçamos, todos. *Mylords*, o azul do céu é todo dos senhores. Desse imenso universo, os senhores só enxergam a luz; saibam que existe a sombra. Entre os senhores, meu nome é Lorde Fermain Clancharlie, mas meu verdadeiro nome é um nome de pobre, Gwynplaine. Sou um miserável talhado na matéria de que são feitos os grandes, pelo bel--prazer de um rei. Essa é minha história. Vários dos senhores conheceram meu pai, eu não o conheci. Sua ligação com ele vem do seu lado feudal, e a minha, do seu lado proscrito. O que Deus fez está bem feito. Fui jogado no abismo. Com que finalidade? Que eu enxergasse seu fundo. Sou um mergulhador e trago de volta a pérola, a verdade. Falo porque sei. Os senhores me ouvirão, *mylords*. Eu vivenciei. Eu vi. O sofrimento não é uma palavra, não, senhores felizardos. Pobreza? Nela cresci; inverno? Nele tiritei; fome? Eu a experimentei; desprezo? Eu o sofri; peste? Fui sua vítima; vergonha? Eu a bebi. E a vomitarei diante dos senhores, e esse vômito de todas as misérias respingará em seus pés e se inflamará. Hesitei, antes de me deixar conduzir a este lugar em que estou, pois em outro lugar tenho outros deveres. E não é aqui que meu coração está. O que se passou em mim não lhes diz respeito; quando o homem a quem chamam de oficial da vara negra foi me buscar, por parte da mulher que chamam de rainha, por um instante pensei em me recusar. Mas pareceu-me que a obscura mão de Deus me empurrava para este lado, e obedeci. Senti que era preciso que eu estivesse aqui entre os senhores. Por quê? Por causa dos meus andrajos de ontem. Foi para tomar a palavra entre os saciados que Deus houve por bem me colocar entre os esfomeados. Oh! Tenham piedade! Oh! Esse mundo fatal no qual acreditam estar, os senhores não o conhecem; estando tão no alto, na verdade estão fora. Mas eu lhes direi o que ele é. Tenho experiência. Venho de baixo. Posso lhes dizer o quanto os senhores pesam. Ó, senhores mestres, acaso têm consciência do que são? Acaso veem o que fazem? Não. Ah! Tudo é terrível. Certa noite, noite de tempestade, bem pequenino, abandonado, órfão, sozinho neste mundo colossal, fiz minha estreia nessa obscuridade que chamam de sociedade. A primeira coisa que vi foi a lei, na forma de uma forca; a segunda foi a riqueza, a sua riqueza, na forma de uma mulher morta de frio e de fome; a terceira foi o futuro, na forma de uma criança agonizante; a quarta foi a bondade, a verdade e a justiça, na figura de um nômade que tinha como companheiro e amigo apenas um lobo.

Nesse momento, tomado por uma emoção pungente, Gwynplaine sentiu soluços subirem-lhe à garganta.

O que o fez, coisa terrível, explodir em riso.

O contágio foi imediato. Sobre a assembleia pairava uma nuvem; ele poderia ter explodido de medo, mas explodiu de alegria. O riso, essa demência expandida, tomou conta de toda a Câmara. Nos cenáculos de homens soberanos, nada é melhor do que gargalhar. Assim se vingam da sua austeridade.

O riso dos reis se assemelha ao riso dos deuses; nele há sempre uma ponta de crueldade. Os lordes se puseram a gracejar. A chacota tornou o riso mordaz. Bateram palmas em volta daquele que falava e o ultrajaram. Uma confusão de interjeições provocativas o assaltou, saraivada risonha e contundente.

— Bravo, Gwynplaine! — Bravo, Homem que Ri! — Bravo, focinho da Green Box! — Bravo, narigão de Tarrinzeau Field! — Veio fazer um espetáculo para nós. Que bom! Pode tagarelar! — Aí está alguém que me diverte! — Mas ele ri mesmo, esse animal! — Bom dia, fantoche! — Saudações, Lorde Palhaço! — Ao discurso, vamos! — Isso é um par da Inglaterra? — Continue! — Não, não! — Sim, sim!

O lorde chanceler estava muito pouco à vontade.

Um lorde surdo, James Butler, Duque de Ormond, fazendo com a mão no ouvido uma pequena concha acústica, perguntava a Charles Beauclerck, Duque de Saint-Albans:

— Como foi que ele votou?

Saint-Albans respondia:

— Insatisfeito.

— Meu Deus — dizia Ormond —, não duvido! Também, com uma cara daquelas!

Se uma multidão se dispersa — e a assembleia é uma multidão —, tratemos então de reagrupá-la. A eloquência é um freio; se o freio se rompe, o auditório se descontrola e escoiceia até que tenha derrubado o orador no chão. O auditório hostiliza o orador. Não se sabe bem por quê. Puxar firmemente a rédea parece um recurso, mas não é. Todo orador, por instinto, tenta usá-lo. Gwynplaine tentou.

Considerou por um momento aqueles homens que riam.

— Então — gritou —, os senhores insultam a miséria. Silêncio, pares da Inglaterra! Juízes, ouçam a defesa. Oh! Eu os conclamo, tenham piedade! Piedade de quem? Piedade dos senhores. Quem está em perigo? Os senhores. Será que não enxergam que estão em uma balança, e que em um dos pratos está seu poder e no outro sua responsabilidade? Estão sendo pesados por Deus. Oh! Não riam. Meditem. Essa oscilação da balança de Deus é o tremor da consciência. Os senhores não são maus. São homens como os outros, nem melhores, nem piores. Acreditam ser deuses, mas se amanhã ficarem doentes verão sua divindade tremer de febre. Ninguém vale mais do que ninguém. Dirijo-me aos espíritos conscienciosos, e aqui os há; dirijo-me às inteligências elevadas, e aqui as há; dirijo-me às almas generosas, e aqui as há. Os senhores são pais, filhos e irmãos; portanto, muitas vezes se enternecem. Aquele entre os senhores que viu esta manhã o despertar de seu filhinho é um homem bom. Os corações são iguais. A humanidade não passa de um coração. Entre aqueles que oprimem e aqueles que são oprimidos, a única diferença é o lugar que ocupam. Senhores, seus pés pisam sobre cabeças, e a culpa não é sua. A culpa é da Babel social. Construção mal feita, toda em camadas sobrepostas, em que uma oprime a outra. Ouçam, vou lhes dizer. Oh! Já que são poderosos, sejam fraternais; já que são importantes, sejam ternos. Se soubessem o que eu vi! Meu Deus! Quanto tormento existe lá embaixo! O gênero humano está aprisionado. Quantos condenados são inocentes! Falta luz, falta ar, falta virtude; não há esperança; e, o que é mais atroz, as pessoas esperam. Deem-se conta desses infortúnios. Há criaturas que vivem em meio à morte. Há meninas que aos oito anos começam na prostituição e que, aos vinte, acabam na velhice. Quanto às severidades penais, elas são assustadoras. Falo um pouco ao acaso, não escolho, digo o que me vem à mente. Nada menos que ontem, eu, que aqui estou, vi um homem, acorrentado e nu, com pedras sobre o ventre, morrer sob tortura. Os senhores sabem disso? Não. Se soubessem o que acontece, nenhum dos senhores ousaria ser feliz. Quem já foi a Newcastle-on-Tyne? Nas minas, há homens que mastigam carvão para pôr algo no estômago e tapear a fome. Ouçam, no condado de Lancaster, por causa da indigência, Ribblechester passou de cidade a aldeia. Não acho que o príncipe Jorge da Dinamarca precise de cem mil guinéus a mais. Eu preferiria que o hospital acolhesse o indigente doente sem obrigá-lo a pagar adiantado por seu enterro. Em Caernarvon, tanto em Traith Maur como em Traith Bichan, a inanição dos pobres é algo medonho. Em Strafford, as terras alagadas não podem ser drenadas por falta de dinheiro. As fábricas de tecido foram fechadas em todo o Lancashire. Há desemprego por toda parte. Sabem que os pescadores de arenque de Harlech comem mato quando falta pescado? Sabem que em Burton-Lazers ainda existem leprosos perseguidos, nos quais atiram com fuzil se saírem do seu isolamento? Em Ailesbury, cidade da qual um dos senhores é Lorde, a penúria é permanente. Em Penckridge, em Coventry, onde acabam de dotar a catedral e enriquecer o bispo, não existem camas nos casebres, e as pessoas cavam buracos na terra para seus filhinhos dormirem, de forma que, em vez de começar pelo berço, eles começam pelo túmulo. Eu vi essas coisas. *Mylords*, sabem quem paga os impostos aprovados pelos senhores? Os que morrem. Que pena! Os senhores se enganam. Estão indo pelo caminho errado. Aumentam a pobreza do pobre para aumentar a riqueza do rico. É exatamente o contrário que deveria ser feito. Como é possível? Tirar do trabalhador para dar ao ocioso, tirar do miserável para dar ao saciado, tirar do indigente para dar ao príncipe! Oh, sim, tenho o velho sangue republicano nas veias. Tenho horror disso tudo. Esses reis, eu os execro! E que insolentes são as mulheres! Contaram-me uma triste história. Oh! Detesto Carlos II! Uma mulher que meu pai havia amado entregou-se a esse rei enquanto meu pai morria no exílio, a meretriz! Carlos II, Jaime II; depois de um inescrupuloso, um pérfido! O que há dentro de um rei? Um homem, um fraco e débil submisso a necessidades e enfermidades. Para que serve um rei? Essa realeza parasita é alimentada pelos senhores. Fazem desse verme uma serpente. Fazem dessa tênia um dragão. Agradeçam aos pobres! Os senhores aumentam os impostos em benefício do trono. Atenção às leis que decretam. Atenção à sofrida multidão que esmagam. Baixem os olhos. Olhem para seus pés. Ó, grandes, os pequenos existem! Tenham piedade. Sim, piedade dos senhores mesmos! Pois as multidões agonizam, e a morte dos que estão por baixo leva à morte dos que estão por cima. A morte não poupa ninguém. Quando chega a escuridão, não há quem mantenha sua nesga de luz. Os senhores são egoístas? Salvem os outros. A perdição do navio não é indiferente a nenhum passageiro. Uns não naufragam sem que outros desapareçam. Oh, fiquem sabendo, o abismo é para todos.

O riso redobrou, implacável. Aliás, para divertir uma assembleia não era preciso mais do que a extravagância daquelas palavras.

Ser cômico por fora e trágico por dentro: não há sofrimento mais humilhante, não há cólera mais profunda. Gwynplaine carregava isso em si. Suas palavras queriam agir em um sentido, seu semblante agia em outro; que situação terrível. De repente, sua voz irrompeu estridente.

— Como esses homens são alegres! Muito bem. A ironia se defronta com a agonia. O escárnio ultraja o estertor. Eles são todo-poderosos! É possível. Que seja. Mas veremos. Ah! Sou um deles. Mas também sou um dos seus, ó pobres! Um rei me vendeu, um pobre me acolheu. Quem me mutilou? Um príncipe. Quem me curou e me deu de comer? Um morto de fome. Sou Lorde Clancharlie, mas continuo sendo Gwynplaine. Tenho algo dos grandes e faço parte dos pequenos. Estou entre os que se regozijam, mas também entre os que sofrem. Ah, essa sociedade é falsa. Um dia existirá a verdadeira sociedade. Então não haverá mais senhores, e sim homens livres. Não haverá mais patrões, e sim pais. Esse é o futuro. Chega de prosternação, chega de servilismo, chega de ignorância, chega de homens burros de carga, chega de cortesãos, de lacaios, de reis; que haja luz! Enquanto espero, aqui estou.

Tenho um direito, faço-o valer. É um direito? Não, se o faço valer só para mim. Sim, se o faço valer para todos. Falarei aos lordes, sendo um deles. Ó, meus irmãos que estão por baixo, falarei a eles de sua indigência. Protestarei erguendo nas mãos os farrapos do povo, e agitarei a miséria dos escravos sobre seus donos; e eles, os privilegiados e arrogantes, não conseguirão mais se desvencilhar da lembrança dos desafortunados, nem os príncipes conseguirão se livrar da comichão dos pobres, e tanto pior se vier a peste, e tanto melhor se ela se abater sobre os leões!

Então Gwynplaine voltou-se para os subsecretários ajoelhados, que escreviam sobre a quarta almofada de lã.

— O que significa essa gente de joelhos? O que estão fazendo aí? Levantem-se, os senhores são homens.

Essa brusca interpelação a subalternos, em quem um lorde não deve sequer reparar, levou as risadas ao ápice. Se antes gritavam "bravo", agora gritavam "urra!". Se antes batiam as mãos, agora batiam os pés. Parecia que estavam na Green Box. Só que na Green Box o riso festejava Gwynplaine, enquanto ali o aniquilava. Matar é o esforço do ridículo. O riso dos homens muitas vezes faz tudo que pode para assassinar.

O riso havia-se transformado em agressão. Choviam chacotas. A bobagem das assembleias é a espirituosidade. Sua engenhosa e imbecil zombaria deixa de lado os fatos, em vez de estudá-los, e condena as questões, em vez de resolvê-las. Um incidente é um ponto de interrogação. Rir-se dele é rir do enigma. A esfinge, que não ri, está por trás disso.

Ouviam-se clamores contraditórios:

— Chega! Chega! — Continue! Continue!

William Farmer, Barão Leimpster, gritava para Gwynplaine a mesma ofensa de Ryc Quiney a Shakespeare:

— *Histrio! Mima!*[10]

Lorde Vaughan, homem sentencioso, vigésimo nono do banco dos barões, exclamou:

— Eis-nos de volta ao tempo em que os animais discursavam. Em meio às bocas humanas, uma mandíbula bestial tem a palavra.

— Escutemos o asno de Balaão — acrescentava Lorde Yarmouth.

Lorde Yarmouth tinha o ar sagaz que um nariz redondo e uma boca enviesada proporcionam.

— O rebelde Linnœus está sendo castigado no túmulo. O filho é a punição do pai — dizia John Hough, bispo de Lichfield e de Coventry, cujos benefícios Gwynplaine criticara.

---

[10] Histrião! Palhaço!

— Ele mente — afirmava Lorde Cholmley, o legislador legista. — O que ele chama de tortura é a pena forte e dura, uma pena muito boa. A tortura não existe na Inglaterra.

Thomas Wentworth, Barão Raby, interpelava o chanceler.

— *Mylord* chanceler, suspenda a sessão!

— Não! Não! Não! Que ele continue, ele nos diverte! Hip! Hip! Urra!

Assim gritavam os jovens lordes; sua alegria era um verdadeiro furor. Quatro deles, sobretudo, estavam em plena exasperação de hilaridade e de ódio. Eram Laurence Hyde, Conde de Rochester, Thomas Tufton, Conde de Thanet, o Visconde de Hatton e o Duque de Montagu.

— Já para a casinha, Gwynplaine! — dizia Rochester.

— Fora! Fora! Fora! — gritava Thanet.

O Visconde Hatton tirava do bolso um *penny* e o jogava a Gwynplaine.

E John Campbell, Conde de Greenwich, Savage, Conde Rivers, Thompson, Barão Haversham, Warrington, Escrik, Rolleston, Rockingham, Carteret, Langdale, Banester Maynard, Hunsdon, Caernarvon, Cavendish, Burlington, Robert Darcy, Conde de Holderness, Other Windsor, Conde de Plymouth, aplaudiam.

Era um tumulto de pandemônio ou de panteão, no qual as palavras de Gwynplaine se perdiam. Só se distinguia esta frase: "Tomem cuidado!".

Ralph, Duque de Montagu, recentemente saído de Oxford, e cultivando seu primeiro bigode, desceu do banco dos duques, onde era o décimo nono, e foi colocar-se de braços cruzados diante de Gwynplaine. Assim como em uma lâmina há um lado que corta mais, em uma voz há um tom que insulta melhor. Montagu usou esse tom e, zombando na cara de Gwynplaine, gritou-lhe:

— O que você está dizendo?

— Estou predizendo — respondeu Gwynplaine.

Houve uma nova explosão de riso. E, sob esse riso, a cólera rosnava em baixo contínuo. Um dos pares menores, Lionel Cranseild Sackville, Conde de Dorset e de Middlesex, ficou em pé sobre um banco, sem rir, sério como convém a um futuro legislador, e, sem dizer uma palavra, olhou para Gwynplaine com seu viçoso semblante de doze anos e deu de ombros. Isso fez o bispo de Saint Asaph inclinar-se até o ouvido do bispo de Saint David, sentado a seu lado, e dizer-lhe, apontando para Gwynplaine: "Aquele é o louco!". E, apontando para o garoto: "Aquele é o sábio!".

Do caos da zombaria saíam exclamações confusas: —Aberração! — O que significa essa história? — Um insulto à Câmara! — Que anomalia um homem desses! — Vergonha! Vergonha! — Suspendam a sessão! — Não! Que ele termine! — Fale, bufão!

Lorde Lewis de Duras, com as mãos nos quadris, gritava: "Ah! Como é bom rir, desopilar o fígado! Proponho o seguinte voto de ação de graças: 'A Câmara dos Lordes agradece à Green Box'".

Gwynplaine, como nos lembramos, havia sonhado com outra acolhida.

Quem escalou na areia uma encosta íngreme e completamente friável, a uma altura vertiginosa; quem sentiu escapar e se esconder sob suas mãos, sob suas unhas, sob seus cotovelos, sob seus joelhos, sob seus pés, o ponto de apoio; quem, em vez de avançar, recuava naquela escarpa indócil, tomado pela angústia do deslizamento, escorregando em vez de escalar, descendo em vez de subir, vendo aumentar a certeza do naufrágio no esforço em direção ao topo, e se perdendo um pouco mais a cada movimento para sair do perigo; quem sentiu a incrível aproximação do abismo e provou nos ossos o tenebroso frio da queda, tendo abaixo de si uma verdadeira boca aberta, esse alguém experimentou o que experimentava Gwynplaine.

Ele sentia sua ascensão desmoronar, e o precipício era seu auditório.

Mas sempre há alguém para dizer uma frase que resume tudo.

Lorde Scarsdale traduziu com um grito a impressão da assembleia:

— O que esse monstro veio fazer aqui?

Gwynplaine se aprumou, transtornado e indignado, em meio a uma espécie de convulsão suprema. Olhou fixamente para todos.

— O que eu vim fazer aqui? Vim ser terrível. Os senhores dizem que sou um monstro. Não, sou o povo. Sou uma exceção? Não, sou todo mundo. A exceção são os senhores. Os senhores são a quimera, e eu, a realidade. Sou o Homem. Sou o medonho Homem que Ri. Que ri do quê? Dos senhores. Dele mesmo. De tudo. O que é esse meu riso? É o crime dos senhores e é meu próprio suplício. Esse crime, eu lhes jogo na cara; esse suplício, eu lhes cuspo no rosto. Eu rio, e isso quer dizer: eu choro.

Parou. As pessoas se calavam. As risadas continuavam, porém mais baixo, levando-o a acreditar que tornavam a prestar certa atenção. Respirou e prosseguiu:

— Esse riso que está em meu rosto foi posto aí por um rei. Esse riso exprime a desolação universal. Esse riso significa ódio, silêncio forçado, raiva, desespero. Esse riso é um produto da tortura. Esse riso é um riso de violência. Se Satã tivesse esse riso, esse riso condenaria Deus. Mas o Eterno não se assemelha aos efêmeros; sendo o absoluto, ele é justo; e Deus abomina o que fazem os reis. Ah! Os senhores me consideram uma exceção! Eu sou um símbolo. Ó imbecis todo-poderosos, abram seus olhos. Eu encarno tudo. Represento a humanidade tal qual foi feita por seus mestres. O homem é um mutilado. O que fizeram a mim fizeram ao gênero humano. Deformaram-lhe o direito, a justiça, a verdade, a razão, a inteligência, assim como deformaram meus olhos, narinas e orelhas; como a mim, puseram-lhe no coração um poço de cólera e sofrimento, e na face uma máscara de contentamento. Onde o dedo de Deus havia tocado, as garras do rei se cravaram. Monstruosa sobreposição. Bispos, pares e príncipes, o povo é o profundo sofredor que ri por fora. *Mylords*, eu lhes digo, o povo sou eu. Hoje, os senhores o oprimem, hoje os senhores me vaiam. Mas o que está por vir é o sombrio degelo. O que era pedra se torna torrente. A aparência de solidez se dissolve. Um estalido, e está tudo acabado. Há de chegar a hora em que uma convulsão romperá sua opressão, que um rugido responderá a suas vaias. Essa hora já chegou — estavas lá, ó meu pai! —, essa hora de Deus chegou e se chamou República, e a derrubaram; mas ela há de voltar. Enquanto esperam, lembrem-se de que a sequência de reis armados com a espada foi rompida por Cromwell, armado com o machado. Estremeçam. Íntegras soluções estão surgindo, as unhas cortadas tornam a crescer, as línguas arrancadas voam e se transformam em línguas de fogo espalhadas no vento das trevas, urrando no infinito; os que têm fome mostram seus dentes ociosos; os paraísos construídos sobre os infernos se desestabilizam, as gentes sofrem, sofrem, sofrem, e o que está por cima despenca, e o que está por baixo se entreabre, a escuridão pede para ser luz, o danado contesta o eleito, é a chegada do povo, eu lhes digo, é a ascensão do homem, é o princípio do fim, é o rubro alvorecer da catástrofe; isso é o que há nesse riso do qual riem! Londres é uma eterna festa. Pode ser. A Inglaterra, de ponta a ponta, é uma aclamação. Sim. Mas ouçam: tudo o que veem, sou eu. Os senhores têm suas festas, isso é meu riso; têm alegrias públicas, isso é meu riso; têm casamentos, consagrações e coroamentos, isso é meu riso; têm nascimentos de príncipes, isso é meu riso; têm o trovão acima de suas cabeças, isso é meu riso.

Como suportar uma coisa dessas! As risadas recomeçaram, desta vez massacrantes. De todas as lavas que lança a boca humana, verdadeira cratera, a mais corrosiva é a alegria. Fazer mal alegremente: não há multidão que resista a esse contágio. Nem todas as execuções ocorrem na guilhotina, e os homens, uma vez reunidos, seja em uma assembleia, seja em uma aglomeração, sempre encontram em meio a eles, a postos, este carrasco: o sarcasmo. Nenhum suplício se compara ao do miserável risível. Era por esse suplício que Gwynplaine passava. A hilaridade caía sobre ele como apedrejamento e metralha. Ele era chocalho e espantalho, joão-bobo, alvo. Pulavam, gritavam bis, rolavam de rir. Sapateavam. Seguravam-se pelo colarinho. A majestade do local, a púrpura das togas, a discrição dos arminhos, a elegância das perucas, de nada valiam ali. Os Lordes riam, os bispos riam, os juízes riam. Esbaldavam-se de rir no banco dos velhotes e, no dos meninos, se contorciam. O arcebispo de Canterbury cutucava o arcebispo de York. Henry Compton, bispo de Londres, irmão do

Conde de Northampton, morria de rir. O lorde chanceler baixava os olhos para esconder seu provável riso. E, junto à barrra, o oficial da vara negra, verdadeiro monumento ao respeito, também ria.

Pálido, Gwynplaine cruzara os braços; e, cercado por todas essas figuras, jovens e velhas, das quais irradiava o grande e homérico júbilo, em meio àquele turbilhão de palmas, de pés sapateando e de urras, em meio àquele frenesi bufão do qual ele era o centro, em meio àquele esplêndido transbordamento de hilaridade e àquela enorme alegria, dentro dele havia um sepulcro. Era o fim. Não conseguia mais dominar seu rosto, que o traía, nem seu auditório, que o insultava.

A eterna lei fatal, o grotesco unido ao sublime, o riso repercutindo o rugido, a paródia na garupa do desespero, o contrassenso entre o que se aparenta e o que se é, nada disso jamais havia-se manifestado com tamanho horror. Nunca um clarão tão sinistro havia iluminado a profunda noite humana.

Gwynplaine assistia ao definitivo rompimento do seu destino provocado por uma gargalhada. Era irremediável. Caídos, levantamos; pulverizados, não. Aquela zombaria estúpida e despótica o reduzia a pó. Dali em diante nada mais era possível. Tudo está de acordo com seu meio. O que era triunfo na Green Box era desgraça e catástrofe na Câmara dos Lordes. O aplauso de lá era imprecação aqui. Ele sentia algo como o avesso de sua máscara. De um lado dessa máscara, contava com a simpatia do povo aceitando Gwynplaine, do outro, com a ira dos grandes rejeitando Lorde Fermain Clancharlie. De um lado, a atração, do outro, a rejeição, ambas empurrando-o para as sombras. Sentia-se como que açoitado pelas costas. O acaso dá seus golpes traiçoeiros. Tudo se explicará mais tarde; enquanto isso, porém, o destino é cilada, e o homem cai em suas armadilhas. Ele acreditou em sua ascensão, aquele riso o acolhia; mas as apoteoses têm lúgubres desenlaces. Há uma expressão sombria: curar a embriaguez. Sabedoria trágica, a que nasce da ebriedade. Gwynplaine, envolvido por essa tempestade alegre e feroz, divagava.

O riso insano é a perdição. Uma assembleia esfuziante é uma bússola quebrada. Ninguém sabia mais para que lado ia, nem o que fazia. Foi preciso suspender a sessão.

O lorde chanceler, "em vista do incidente", adiou a sequência da votação para o dia seguinte. A câmara se dispersou. Os lordes fizeram a reverência à cadeira real e se foram. Ouviam-se as risadas se prolongando e se perdendo pelos corredores. As assembleias, além de suas portas oficiais, escondem nas tapeçarias, nos relevos e nas molduras todo tipo de portas disfarçadas por onde se esvaziam, como um vaso com rachaduras. Em pouco tempo, a sala ficou deserta. Isso acontece com muita rapidez e quase sem transição. E esses locais tumultuados são logo em seguida preenchidos novamente pelo silêncio.

Divagar profundamente nos leva longe, e, de tanto sonhar, acabamos ficando como que em outro mundo. De repente, Gwynplaine passou por uma espécie de despertar. Estava sozinho. A sala estava vazia. Ele nem sequer havia notado que a sessão fora suspensa. Todos os pares haviam desaparecido, até mesmo seus padrinhos. Aqui e ali, havia apenas alguns baixos funcionários da Câmara esperando que "sua senhoria" fosse embora para cobrir os móveis e apagar os candelabros. Maquinalmente, ele colocou o chapéu na cabeça, saiu do banco que ocupava e dirigiu-se à grande porta que se abria para a galeria. No momento em que passou pela barreira, um *door-keeper* ajudou-o a tirar sua toga de par, mas ele mal se deu conta disso. Um instante depois, estava na galeria.

Os homens que ali estavam em serviço notaram surpresos que aquele lorde havia saído sem saudar o trono.

VIII SERIA BOM IRMÃO, SE NÃO FOSSE BOM FILHO

Não havia mais ninguém na galeria. Gwynplaine atravessou o salão circular, de onde haviam retirado a poltrona e as mesas, e onde não havia mais nenhum sinal da sua investidura. Os candelabros e lustres dispostos em intervalos indicavam o caminho de saída. Graças a esse cordão de luz, ele pôde encontrar facilmente, na sequência dos salões e galerias, a rota que havia seguido ao chegar com o rei das armas e o oficial da vara negra. Não encontrava ninguém, a não ser, aqui e ali, algum velho Lorde tardígrado indo embora arrastadamente.

De repente, no silêncio de todas essas grandes salas desertas, pedaços de palavras indistintas chegaram até ele, espécie de ruído noturno bastante singular num lugar como aquele. Caminhou para o lado de onde vinha esse rumor e viu-se repentinamente em um espaçoso vestíbulo, bem pouco iluminado, que era uma das saídas da Câmara. Via-se uma ampla porta envidraçada aberta, uma escadaria, criados e archotes; fora, avistava-se uma praça; algumas carruagens aguardavam ao pé da escadaria.

Dali vinha o ruído que ele ouvira.

Para lá da porta, sob o lampião do vestíbulo, havia um grupo rumoroso e uma tempestade de gestos e vozes. Na penumbra, Gwynplaine se aproximou.

Era uma discussão. De um lado, dez ou doze jovens lordes querendo sair; do outro, um homem usando um chapéu como o deles, empertigado e de cabeça erguida, barrando-lhes a passagem.

Quem era aquele homem? Tom-Jim-Jack.

Alguns desses lordes ainda usavam trajes de par; outros os haviam tirado e usavam trajes sociais.

Tom-Jim-Jack tinha um chapéu de plumas, não brancas como os pares, mas verdes, com frisos cor de laranja; estava bordado e engalanado da cabeça aos pés, com muitas fitas e rendas nas mangas e no pescoço. Agitava febrilmente, com a mão esquerda, o punho de uma espada que segurava horizontalmente; o cinturão e a bainha dessa espada eram ornados com as âncoras de almirante.

Era ele quem falava, interpelava todos aqueles jovens lordes; e eis o que Gwynplaine ouviu:

— Eu disse que vocês eram covardes. Querem que eu retire o que disse? Pois não. Vocês não são covardes. Vocês são uns idiotas. Ficaram todos contra um. Se isso não é covardia, bem, então é inépcia. Ele falou para vocês, mas vocês não entenderam. Aqui, os velhos são surdos dos ouvidos, e os jovens, de inteligência. Sou um de vocês o suficiente para lhes dizer umas verdades. Esse recém-chegado é estranho e disse um monte de bobagens, concordo, mas entre essas bobagens havia coisas verdadeiras. Foi confuso, indigesto, mal articulado, repetiu muitas vezes "os senhores sabem isso, os senhores sabem aquilo", mas um homem que ontem fazia caretas na rua não é obrigado a falar como Aristóteles e como o doutor Gilbert Burnet, bispo de Sarum. A peste, os leões, falar ao subsecretário, tudo isso foi de mau gosto. Caramba, quem está dizendo o contrário? Uma lenga-lenga interminável e incoerente, completamente sem nexo, mas de onde saíram, aqui e ali, alguns fatos reais. Não é pouca coisa falar assim quando essa não é nossa função; bem que eu queria vê-los no lugar dele, sim, vocês! O que ele contou sobre os leprosos de Burton-Lazers é incontestável; aliás, ele não foi o primeiro a dizer umas bobagens. Enfim, *mylords*, não gosto quando muitos zombam de um só, fico zangado, e peço a suas senhorias permissão para me sentir ofendido. Vocês me desagradaram, fiquei aborrecido. Não creio muito em Deus, mas o que me faria acreditar são as boas ações que de vez em quando Ele realiza, o que não acontece todo dia. Então, fico grato a esse bom Deus, se é que Ele existe, por ter tirado do fundo daquela existência vulgar esse par da Inglaterra, e por ter devolvido a herança a esse herdeiro; e, sem me preocupar se isso convém ou não aos meus negócios, acho bonito ver um inseto subitamente se transformar em águia, e Gwynplaine em Clancharlie. *Mylords*, proíbo-os de ter uma opinião diferente da minha. Lamento que Lewis de Duras não esteja aqui. Eu o insultaria com prazer. *Mylords*, Fermain Clancharlie foi o lorde, e vocês foram os saltimbancos. Quanto àquela risada, não é culpa dele. Vocês riram daquela risada. Não se ri de uma desgraça. Vocês são uns palermas. E uns palermas cruéis. Se pensam que não se pode rir de vocês também, estão enganados; vocês são feios e se vestem mal. *Mylord* Haversham, outro dia vi sua amante, ela é medonha. Duquesa, mas um dragão! Senhores debochados, repito que eu realmente gostaria de vê-los tentar dizer quatro palavras em seguida. Muitos homens matraqueiam, bem poucos falam. Vocês pensam que sabem alguma coisa porque levaram suas ceroulas ociosas a Oxford ou a Cambridge, e porque, antes de serem pares da Inglaterra nos bancos de Westminster Hall, foram uns estúpidos nos bancos do colégio de Gonewill e de Caius! Eu estou aqui e faço questão de olhar bem nos seus olhos: acabaram de ser imprudentes com esse novo lorde. Um monstro, até pode ser, mas entregue às feras. Eu preferiria ser ele a ser vocês. Assisti à sessão do meu lugar, como possível herdeiro de um pariato, e ouvi tudo. Eu não tinha o direito de falar, mas tenho o direito de ser um fidalgo. Seus ares alegres me aborreceram. Quando algo me aborrece, sou capaz de ir até o monte Pendlehill colher aquela planta das nuvens, o *clowdesbery*, que faz os raios caírem sobre quem a arranca. Por isso vim esperá-los na saída. Conversar é útil, e temos alguns pontos a acertar. Notaram que eu estava sentindo um pouco sua falta? *Mylords*, tenho uma vontade imensa de matar alguns de vocês. Todos que estão aqui, Thomas Tufton, Conde de Thanet, Savage, Conde Rivers, Charles Spencer, Conde de Sunderland, Laurence Hyde, Conde de Rochester, vocês, Barões, Gray de Rolleston, Cary Hunsdon, Escrick, Rockingham, você, pequeno Carteret, você, Robert Darcy, Conde de Holderness, você, William, Visconde Halton, e você, Ralph, Duque de Montagu, e quem mais quiser, eu, David Dirry-Moir, um dos soldados da frota, intimo e convoco todos vocês, e ordeno que se virem para arranjar segundos e padrinhos bem depressa, pois vou esperá-los para um cara a cara, um frente a frente, esta noite, logo mais, amanhã, de dia, de noite, em pleno sol, à luz das tochas, onde, quando e como acharem melhor, onde quer que haja espaço suficiente para duas espadas, e farão muito bem em conferir as cargas de suas pistolas e o corte de suas espadas, pois minha intenção é deixar vagos seus pariatos. Ogle Cavendish, tome suas precauções e pense em sua divisa: *Cavendo tutus.*[11] Marmaduke Langdale, você também fará bem, como seu ancestral Gundold, de providenciar um caixão. Georges Booth, conde de Warington, você não tornará a ver o condado palatino de Chester e seu labirinto à moda de Creta, ou as altas torres de Dunham Massie. Quanto a Lorde Vaughan, ele é muito jovem para dizer impertinências e velho demais para responder por elas; vou pedir a seu sobrinho Richard Vaughan, membro dos comuns pelo burgo de Merioneth, que preste contas de suas palavras. Você, John Campbell, Conde de Greenwich, vou matá-lo como Achon matou Matas, mas com um golpe limpo, e não por trás, pois é meu costume oferecer meu coração e não minhas

[11] Alerta e em segurança.

costas à ponta de uma espada. Está falado, *mylords*. Assim sendo, usem de sortilégios, se bem lhes aprouver, consultem cartomantes, cubram a pele com unguentos e drogas que os tornem invulneráveis, pendurem no pescoço amuletos do diabo ou da Virgem santa; abençoados ou amaldiçoados, lutarei com vocês e não mandarei apalpá-los para saber se trazem consigo alguma feitiçaria. A pé ou a cavalo. No meio de algum cruzamento, se quiserem, em Piccadilly ou em Charing Cross, e arrancaremos o calçamento da rua para nosso encontro, como arrancaram o calçamento do pátio do Louvre para o duelo de Guise e Bassompierre. Todos. Estão entendendo? Quero todos vocês. Durma, Conde de Caernarvon, e o farei engolir minha lâmina até a guarda, como Marolles fez com Lisle Marivaux; e depois veremos, *mylord*, se você vai rir. Você, Burlington, com dezessete anos e esse ar de donzela, poderá escolher entre os gramados da sua casa de Middlesex e seu belo jardim de Londesburg, em Yorkshire, para ser enterrado. Informo a suas senhorias que não me agrada nem um pouco que sejam insolentes em minha presença. E os castigarei, *mylords*. Acho abominável que tenham zombado de Lorde Fermain Clancharlie. Ele vale mais do que vocês. Como Clancharlie, ele tem a nobreza que vocês têm, e, como Gwynplaine, ele tem a inteligência que vocês não têm. Da causa de Clancharlie faço minha causa, da injúria que fizeram a ele, uma injúria a mim, e das zombarias dos senhores faço minha ira. Veremos quem sairá vivo dessa história, pois os desafio ao duelo, estão ouvindo? E seja com a arma que for, e seja da maneira que for, escolham a morte que lhes agrada; e já que ao mesmo tempo são matutos e fidalgos, vou equilibrar esse desafio a suas qualidades oferecendo-lhes todas as formas que os homens têm de se matar, da espada, como os príncipes, ao boxe, como os brutamontes!

A esse furioso jorro de palavras, todo o arrogante grupo de jovens lordes respondeu com um sorriso. "Combinado", disseram eles.

— Escolho a pistola — disse Burlington.

— Eu, o antigo combate em campo fechado, com a clava e o punhal — disse Escrick.

— Eu, o duelo corpo a corpo, com dois punhais, o longo e o curto, e torsos nus — disse Holderness.

— Lorde David — disse o Conde de Thanet —, você é escocês. Escolho a *claymore*.[12]

— Eu, a espada — disse Rockingham.

— Eu prefiro o boxe — disse o Duque Ralph —, é mais nobre.

---

[12] Variante escocesa da espada medieval montante, utilizada durante os séculos XV e XVI. Possui gume duplo e é manejada com as duas mãos, impedindo o guerreiro de utilizar um escudo.

Gwynplaine saiu da sombra.

Dirigiu-se àquele que, até então, ele havia chamado de Tom-Jim-Jack, e em quem ele agora começava a entrever outra coisa.

— Agradeço-lhe, mas isso diz respeito a mim — disse ele.

Todas as cabeças se viraram.

Gwynplaine avançou. Sentia-se empurrado para aquele homem que ouvira ser chamado de Lorde David, que era seu defensor, talvez até mais que isso. Lorde David recuou. Depois disse:

— Veja só! O senhor está aqui! Pois muito bem. Eu também tinha algo a lhe dizer. Há pouco, o senhor falou de uma mulher que, depois de ter amado Lorde Linnœus Clancharlie, amou o Rei Carlos II.

— É verdade.

— O senhor insultou minha mãe.

— Sua mãe? Nesse caso, eu bem que suspeitava, somos...

— Irmãos — respondeu Lorde David.

E deu um tapa em Gwynplaine. Continuou:

— Somos irmãos. O que nos permite lutar. Só se luta entre iguais. Quem é mais nosso igual do que nosso irmão? Eu lhe enviarei meus padrinhos. Amanhã, nós nos cortaremos a garganta.

LIVRO NONO
Em ruínas

I É PELO EXCESSO DE GRANDEZA QUE SE CHEGA AO EXCESSO DE MISÉRIA

Quando soava meia-noite em Saint-Paul, um homem que acabava de atravessar a ponte de Londres penetrou nas vielas de Southwark. Não havia lampiões acesos, sendo costume então, tanto em Londres como em Paris, apagar a iluminação pública às onze horas, ou seja, eliminar a luz no momento em que se faz mais necessária. As ruas escuras estavam desertas. Sem lampiões, poucos passantes. O homem caminhava a passos largos. Estava estranhamente vestido para andar na rua àquela hora. Usava um traje de seda bordado, espada a tiracolo e um chapéu de plumas brancas, e estava sem capa. Os guardas noturnos que o viam passar diziam: “É um senhor que fez uma aposta”. E se afastavam, com o respeito devido a um lorde e a uma aposta.

Esse homem era Gwynplaine.

Ele havia fugido.

O que estava acontecendo? Ele não sabia. A alma, já dissemos, tem seus tornados, redemoinhos assustadores onde tudo se mistura, o céu, o mar, o dia, a noite, a vida, a morte, em uma espécie de horror incompreensível. O real deixa de ser respirável. Somos esmagados por coisas nas quais não acreditamos. O nada se torna furacão. O firmamento empalidece. O infinito se esvazia. Ficamos desnorteados. Sentimo-nos desfalecer. Desejamos uma estrela-guia. O que sentia Gwynplaine? Uma sede: ver Dea.

Era a única sensação que experimentava. Queria voltar para a Green Box e para o *inn* Tadcaster, sonoro, luminoso, cheio daquele gostoso riso cordial do povo; reencontrar Ursus e Homo, rever Dea, voltar à vida!

As desilusões se distendem como o arco, com uma força sinistra, e lançam o homem, essa flecha, em direção à verdade. Gwynplaine tinha pressa. Aproximava-se de Tarrinzeau Field. Não caminhava, corria. Seus olhos mergulhavam na escuridão que havia diante de si. Ele se fazia preceder por seu olhar: ávida busca pelo porto no horizonte. Que momento incrível seria aquele em que vislumbraria as janelas iluminadas do *inn* Tadcaster!

Chegou ao *bowling green*. Dobrou uma esquina e viu à sua frente, do outro lado do gramado, a pouca distância, o *inn*, que era o único edifício do largo da feira, como nos lembramos.

Olhou. Nenhuma luz. Apenas uma massa negra.

Estremeceu. Então pensou que era tarde, que a taverna estava fechada simplesmente porque as pessoas dormiam, que só precisaria acordar o senhor Nicless ou Govicum, que bastaria ir até o *inn* e bater à porta. Foi até lá. Não correu. Precipitou-se.

Chegou ao *inn* mal podendo respirar. Quem está em plena tormenta se debate em invisíveis convulsões da alma, não sabe mais se está morto ou vivo, e nutre por aqueles a quem ama todo tipo de delicadezas; é por coisas desse tipo que se reconhecem os corações sinceros. Quando tudo submerge, a ternura flutua. Não acordar Dea bruscamente foi a primeira preocupação de Gwynplaine.

Aproximou-se do *inn* fazendo o mínimo ruído possível. Conhecia o cubículo, antiga casinha de cachorro, onde dormia Govicum: era contíguo ao salão e tinha uma lucarna que dava para o largo. Gwynplaine arranhou suavemente o vidro. Bastava acordar Govicum.

Não houve nenhum movimento na cama do rapaz. Gwynplaine pensou: “Nessa idade, o sono é pesado”. Bateu de leve na lucarna com as costas da mão. Nada se moveu.

Deu duas batidas mais fortes. Ninguém se mexeu ali dentro. Então, sentindo certo temor, foi até a porta do *inn* e bateu forte.

Ninguém respondeu.

Pensou, não sem sentir um profundo arrepio: “O senhor Nicless é velho, as crianças dormem pesadamente e os velhos profundamente. Vamos lá! Mais forte!”.

Ele tinha arranhado. Ele tinha batido. Ele tinha batido forte. Ele tinha batido mais forte ainda. Isso lhe trouxe à memória uma longínqua lembrança, Weymouth, quando ele, ainda menino, levava Dea, muito pequenina, em seus braços.

Bateu violentamente, como um lorde, que, afinal de contas, ele era.

A casa continuou silenciosa.

Começou a se sentir transtornado.

Deixou de lado a compostura. Chamou: “Nicless! Govicum!”.

Ao mesmo tempo, olhava as janelas para ver se alguma vela se acendia.

Não havia ninguém no *inn*. Nem uma voz. Nem um ruído. Nem um raio de luz.

Foi até o portão e também bateu forte, empurrou-o e sacudiu-o freneticamente, gritando: "Ursus! Homo!".

O lobo não ladrou.

Gotas de um suor gélido surgiram em sua testa.

Olhou ao redor. A noite era densa, mas suficientemente estrelada para que o largo da feira ficasse visível. Viu então algo lúgubre: o desaparecimento de tudo. Não havia sequer uma barraca no *bowling green*. O circo não estava mais lá. Nenhuma tenda. Nenhum palco. Nenhum carrinho. Aquela ociosidade ruidosa que ali fervilhava dera lugar sabe-se lá a que selvagem e vazia escuridão. Tudo havia desaparecido.

Ele foi invadido pela inquietação da ansiedade. O que queria dizer aquilo? O que teria acontecido? Será que não havia mais ninguém? Será que sua vida havia desmoronado às suas costas? O que haviam feito com todo mundo? Ah, meu Deus! Ele se precipitou como uma tempestade sobre a casa. Esmurrou e chutou a porta lateral, o portão, as janelas, os postigos, os muros, furioso de medo e de angústia. Chamou Nicless, Govicum, Fibi, Vinos, Ursus, Homo. Lançou todos os clamores, todos os gritos, sobre aquela muralha. Por instantes, parava e escutava; a casa continuava muda e morta. Então, exasperado, recomeçava. Choques, batidas, gritos, uma sucessão de pancadas ecoando por toda parte. Um trovão tentando despertar um sepulcro, diriam.

A certo grau de medo, nós nos tornamos terríveis. Quem teme tudo não teme mais nada. Chutamos a esfinge. Socamos o desconhecido. Gwynplaine fez e refez o tumulto de todas as formas possíveis, parando, recomeçando, com gritos e apelos inesgotáveis, assaltando aquele trágico silêncio. Chamou cem vezes todos que podiam estar ali e gritou todos os nomes, exceto Dea. Precaução, obscura para ele próprio, da qual ainda conservava o instinto em meio a seu desvario.

Gritos e apelos esgotados, restava-lhe a escalada. Pensou: "Preciso entrar nessa casa". Mas como? Quebrou um vidro do quarto de Govicum, passou o braço pelo vão, rasgando sua carne, levantou o trinco e abriu a lucarna. Percebendo que a espada o atrapalharia, arrancou-a com raiva, bainha, lâmina e cinta, jogando tudo no chão. Depois, foi subindo pelas saliências do muro e, embora a lucarna fosse estreita, conseguiu passar por ela. Entrou no *inn*.

A cama de Govicum, vagamente visível, estava ali, mas Govicum não. Para que Govicum não estivesse em sua cama era preciso, evidentemente, que Nicless não estivesse na dele. A casa inteira estava escura. Naquele tenebroso interior, sentia-se a misteriosa imobilidade do vazio e este vago horror que significa: Não há ninguém aqui. Convulsivo, Gwynplaine atravessou a sala baixa, derrubou as mesas, pisou nas louças, virou os bancos, jogou as jarras no chão, saltou sobre os móveis, foi até a porta que dava para o pátio e forçou-a com um pontapé que fez o trinco voar. A porta se abriu. Ele olhou para dentro do pátio. A Green Box não estava mais lá.

II RESÍDUO

Gwinplaine saiu da casa e começou a explorar o Tarrinzeau Field em todos os sentidos; foi a todos os lugares onde, na véspera, havia um palco improvisado, uma tenda ou uma cabana. Não havia mais nada. Bateu nos quiosques, mesmo sabendo muito bem que estavam vazios. Bateu em tudo que parecia uma janela ou uma porta. Voz alguma saiu daquela obscuridade. Algo como a morte havia passado por ali.

O formigueiro havia sido esmagado. Era visível que uma ação policial fora realizada. Acontecera o que hoje chamaríamos de pilhagem. O Tarrinzeau Field era mais que um deserto, era uma desolação, e, em todos os cantos, eram visíveis os arranhões de uma garra feroz. Tinham revirado, por assim dizer, os bolsos desse miserável largo da feira e esvaziado tudo. Depois de vasculhar tudo, Gwynplaine saiu do *bowling green*, entrou nas ruas tortuosas da extremidade chamada de East Point, e foi em direção ao Tâmisa.

Atravessou alguns ziguezagues desse emaranhado de ruelas, onde só havia muros e cercas vivas, logo sentiu no ar o frescor da água, ouviu o surdo deslizar do rio e repentinamente viu-se diante de um parapeito. Era o parapeito de Effroc Stone.

Esse parapeito se estendia por uma parte do cais muito curta e muito estreita. Abaixo dele, a alta muralha de Effroc Stone se afundava verticalmente em uma água obscura.

Gwynplaine parou nesse parapeito, apoiou nele os cotovelos, segurou a cabeça entre as mãos e se pôs a pensar, tendo aquela água abaixo de si.

Ele olhava para a água? Não. Olhava para quê? Para a escuridão. Não para a escuridão exterior, mas para a que havia dentro dele.

Naquela melancólica paisagem noturna, à qual não prestava atenção, naquela profundeza exterior em que seu olhar não penetrava, era possível vislumbrar contornos de vergas e de mastros. Sob Effroc Stone só havia a massa líquida, mas, adiante, o cais se estendia por uma rampa imperceptível e, a certa distância, chegava a uma margem onde se enfileiravam várias embarcações, umas chegando, outras partindo; a passagem entre os navios e a terra era feita ou por pequenos promontórios para ancoragem, construídos com essa finalidade em pedra ou em madeira, ou por passarelas feitas com pranchas. Esses navios, alguns presos por cordas, outros pelas âncoras, estavam imóveis. Não se ouvia ninguém andar ou falar; os marujos tinham o costume salutar de dormir o máximo possível e de se levantar apenas para trabalhar. Caso algum daqueles navios devesse partir à noite, durante a maré, ninguém havia acordado ainda. Viam-se apenas os cascos, grandes recipientes negros, e os massames, cabos entremeados a escadas. Tudo era lívido e confuso. Aqui e ali, um rubro farolete de popa lampejava na bruma.

Gwynplaine não via nada disso. O que ele contemplava era o destino.

Sonhava, visionário em devaneio diante da realidade inexorável.

Parecia-lhe ouvir atrás de si algo como um tremor de terra. Era a risada dos lordes.

Tinha acabado de deixar essa risada para trás. Mas a deixara para trás esbofeteado.

Esbofeteado por quem?

Por seu irmão.

Escapando dessa risada e dessa bofetada, refugiando-se, pássaro ferido, em seu ninho, fugindo do ódio e buscando o amor, o que havia encontrado?

As trevas.

Ninguém.

Nada.

Comparava essas trevas ao devaneio a que se entregara.

Que desmoronamento!

Gwynplaine agora chegava a este limite sinistro: o vazio. A Green Box ausente era o desaparecimento do universo.

Sua alma acabava de se fechar.

Pensava.

O que podia ter ocorrido? Onde estavam eles? Era evidente que tinham sido retirados dali. Seu destino tinha sido para ele próprio, Gwynplaine, um golpe: a grandeza — e, para eles, um contragolpe: o desaparecimento. Estava claro que nunca mais ia revê-los. Tinham tomado precauções quanto a isso. E, ao mesmo tempo, tinham dado sumiço em tudo que havia no largo da feira, a começar por Nicless e Govicum, para que nenhuma informação lhe pudesse ser dada. Inexorável dispersão. Essa temível força social, enquanto o pulverizava na Câmara dos Lordes, triturava-os em sua pobre cabana. Estavam perdidos. Dea estava perdida. Perdida para ele. Para sempre. Deus do céu! Onde ela estaria? E ele não estivera ali para defendê-la!

Fazer conjeturas sobre pessoas amadas ausentes é torturar-se. E ele se infligia esse suplício. Em cada canto que penetrava, em cada suposição que fazia, ouvia um sombrio rugido interior.

Através de uma sucessão de ideias pungentes, lembrava-se do homem claramente funesto que lhe dissera chamar-se Barkilphedro. Esse homem inscrevera-lhe no cérebro algo de obscuro que nesse instante ressurgia, e fora inscrito com uma tinta tão terrível que as letras agora eram de fogo; e Gwynplaine via arderem no fundo do seu pensamento estas palavras enigmáticas, hoje explicadas: *O destino não abre uma porta sem fechar outra.*

Estava tudo acabado. As últimas sombras o encobriam. Qualquer homem pode ter em seu destino um fim do mundo só dele. Isso se chama desesperança. A alma é cheia de estrelas cadentes.

Era isso, então, o que estava acontecendo!

Uma nuvem de fumaça se formara. Ele fora envolvido por essa fumaça, que se espessara sobre seus olhos, penetrara em seu cérebro. Por fora, ele deixara de enxergar; por dentro, ficara atordoado. Isso havia durado o tempo de essa fumaça passar. Depois, tudo se havia dissipado, a fumaça e sua vida. Despertando desse sonho, via-se novamente só.

Tudo havia desaparecido. Tudo havia acabado. Tudo estava perdido. A escuridão. O nada. Era esse seu horizonte.

Estava sozinho.

Sozinho tem um sinônimo: morto.

A desesperança é um contador, que faz questão de calcular seu total. Nada lhe escapa. Ele soma tudo, não perdoa sequer os centavos. Censura Deus pelos trovões e pelas perfídias. Quer saber o que esperar do destino. Argumenta, pesa e calcula.

Sombrio resfriamento exterior sob o qual continua a escorrer a lava ardente.

Gwynplaine examinou-se e examinou o destino.

Um olhar para trás; um resumo assustador.

Quando estamos no alto da montanha, olhamos o precipício. Quando caímos no fundo do buraco, olhamos o céu.

E nos dizemos: "Eu estava lá!".

Gwynplaine estava nas profundezas do infortúnio. E com que rapidez chegara ali! Medonha prontidão da adversidade. Ela é tão pesada que acreditamos ser lenta. Mas não. Parece que a neve, sendo fria, deve ter a paralisia do inverno, e, sendo branca, deve ter a imobilidade da mortalha. Mas tudo isso é desmentido pela avalanche!

A avalanche é a neve transformada em fornalha. Ela permanece gélida, mas devora. A avalanche havia encoberto Gwynplaine. Ele fora rasgado como um trapo, arrancado como uma árvore, arremessado como uma pedra.

Recapitulou sua queda. Formulou perguntas e respostas. O sofrimento é um interrogatório. Nenhum juiz é tão minucioso quanto a consciência instruindo seu próprio processo.

Quanto remorso havia em sua desesperança?

Ele quis saber e então dissecou sua consciência; dolorosa operação.

Sua ausência havia produzido uma catástrofe. Essa ausência dependera dele? Em meio a tudo aquilo que acabava de acontecer, ele estivera livre? Não. Sentira-se cativo. O que era que o havia paralisado e retido? Uma prisão? Não. Uma corrente? Não. O que era então? Uma cola. Ele atolara na grandeza.

Ser livre na aparência, mas sentir suas asas travadas, quem nunca passou por isso?

Houvera em seu caminho uma espécie de armadilha. O que primeiro é tentação acaba revelando-se cativeiro.

No entanto, e nesse ponto sua consciência o pressionava, ele tinha sido simplesmente submetido àquilo que se oferecia? Não. Era algo que ele havia aceitado.

É verdade que, em certa medida, fora surpreendido e coagido; mas, por sua parte, em certa medida deixara-se levar. Ter-se deixado levar não tinha sido sua culpa; sua fraqueza fora ter-se deixado fascinar. Houve um momento, momento decisivo, em que lhe foi feita a pergunta: o tal Barkilphedro colocou-o diante de um dilema e deu-lhe claramente a chance de decidir sua sorte em uma palavra. Gwynplaine podia ter dito não. Disse sim.

Foi desse sim, dito em meio a seu aturdimento, que tudo decorreu. Gwynplaine tinha consciência disso. Sentia o gosto amargo do consentimento.

Por outro lado, pois ele se debatia, tinha sido um erro tão grande assim reaver seu direito, seu patrimônio, sua herança, sua casa, e, como nobre, a condição de seus antepassados, e, como órfão, o nome de seu pai? O que ele havia aceitado? Uma restituição. Feita por quem? Pela providência.

Então sentia uma revolta. Que estúpida aceitação! Que belo negócio havia feito! Que troca imbecil! Fizera uma péssima transação com essa providência. O quê! Para ter dois milhões de renda, para ter sete ou oito senhorias, para ter dez ou doze palácios, para ter palacetes na cidade e castelos no campo, para ter cem criados, e matilhas, e carruagens, e brasões, para ser juiz e legislador, para usar uma coroa e uma toga púrpura como um rei, para ser barão e marquês, para ser par da Inglaterra, ele dera em troca a casa de Ursus e o sorriso de Dea! Por uma imensidão instável, na qual se naufraga e se é engolido, dera em troca a felicidade! Pelo oceano, dera em troca a pérola. Ó insensato! Ó imbecil! Ó palerma!

Mas então, e aqui a objeção renascia em terreno sólido, durante aquela febre de grande fortuna que o acometera, nem tudo fora nefasto. Talvez tivesse havido egoísmo na renúncia, talvez houvesse dever na aceitação. Bruscamente transformado em lorde, o que lhe cabia fazer? A complicação do acontecimento produz a perplexidade do espírito. Foi o que ocorreu a ele. O dever dando ordens em sentido contrário, o dever surgindo ao mesmo tempo de todos os lados, o múltiplo e quase contraditório dever, foi por esse aturdimento que ele passou. E foi esse aturdimento que o paralisou, sobretudo no trajeto entre Corleone Lodge e a Câmara dos Lordes, ao qual não opôs resistência. O que chamamos de subir na vida é passar do percurso fácil ao percurso arriscado. Qual é, a partir daí, o caminho certo? Para com quem é o primeiro dever? Para com nossos próximos? Para com o gênero humano? Não passamos da pequena para a grande família? Subimos, então sentimos sobre nossa integridade um peso crescente. Quanto mais no alto, mais nos sentimos obrigados. A ampliação do direito faz crescer o dever. Temos a visão, talvez a ilusão, de que várias rotas se oferecem ao mesmo tempo, e, na entrada de cada uma delas, parece-nos ver o dedo indicador da consciência. Onde ir? Sair? Ficar? Avançar? Recuar? Que fazer? É estranho que o dever tenha encruzilhadas. A responsabilidade pode ser um labirinto.

E quando um homem tem em mente uma ideia, quando ele é a encarnação de um fato, quando é um homem símbolo e um homem de carne e osso ao mesmo tempo, a responsabilidade não é mais perturbadora ainda? Daí a preocupada docilidade e a muda ansiedade de Gwynplaine; daí sua obediência à intimação de participar de uma assembleia. O homem que pensa é, muitas vezes, um homem passivo. Parecera-lhe ter ouvido o comando do próprio dever. Entrar em um lugar onde se pode discutir e combater a opressão não era a realização de uma de suas mais profundas aspirações? Quando a palavra lhe foi dada, a ele, formidável amostra social, a ele, espécime vivo do capricho sob o qual agoniza o gênero humano há seis mil anos, será que tinha o direito de recusá-la? Será que tinha o direito de esquivar a cabeça da língua de fogo caindo do alto exatamente sobre ele?

No obscuro e vertiginoso debate da consciência, o que dissera a si mesmo? Isto: "O povo é um silêncio. Eu serei o grande advogado desse silêncio. Falarei pelos mudos. Falarei dos pequenos aos grandes e dos fracos aos poderosos. É esse o objetivo do meu destino. Deus quer o que quer, e assim opera. Por certo, é surpreendente que a garrafa do tal Hardquanonne, que encerrava a metamorfose de Gwynplaine em Lorde Clancharlie, tenha flutuado por quinze anos no mar, sob tempestades, ressacas, borrascas, e que toda essa fúria não lhe tenha causado nenhum dano. Entendo o porquê. Existem destinos munidos de um segredo; eu tenho a chave do meu e abro meu enigma. Sou predestinado! Tenho uma missão. Serei o lorde dos pobres. Falarei por todos os taciturnos desesperados. Traduzirei os balbucios. Traduzirei os resmungos, os gritos, os murmúrios, o rumor das multidões, as queixas mal expressas, as vozes ininteligíveis e todos os gritos bestiais que, graças à ignorância e ao sofrimento, os homens se veem obrigados a dar. O ruído dos homens é inarticulado, como o ruído do vento. Eles gritam, mas ninguém os compreende; gritar assim equivale a se calar, e se calar é estar desarmado. Desarmamento forçado que clama por socorro. Eu serei esse socorro. Serei a denúncia. Serei o Verbo do Povo. Graças a mim, compreenderão. Serei a boca ensanguentada da qual a mordaça foi arrancada. Direi tudo. Será grandioso".

Certo, falar pelos mudos é belo; mas falar para surdos é triste. Esse era o outro lado da sua aventura.

Pobre Gwynplaine! Ele havia malogrado.

Havia malogrado irremediavelmente.

Aquela ascensão na qual havia acreditado, aquela grande sina, aquela aparência, tudo desmoronara a seus pés.

Que queda! Cair no oceano do escárnio.

Ele, que acreditava ser forte, ele, que por tantos anos havia flutuado, alma atenta, em meio à vasta difusão dos sofrimentos, ele, que trazia de toda essa escuridão um grito de lamento, justamente ele acabou por naufragar nesse colossal escolho, a frivolidade dos afortunados. Acreditava ser um vingador; era um palhaço. Acreditava fulminar; fizera cócegas. Em vez de emoção, colhera a zombaria. Ele havia soluçado; eles gargalharam. Sob essa gargalhada, ele esmorecera. Fúnebre aniquilação.

E de que haviam rido? Do seu riso.

Assim, essa execrável violência da qual ele guardava uma eterna marca, essa mutilação transformada para sempre em hilaridade, esse ricto estigmatizante, imagem do suposto contentamento dos povos sob os opressores, essa máscara de alegria forjada pela tortura, esse abismo da zombaria que ele carregava no rosto, essa cicatriz significando *jussu regis*, esse atestado do crime cometido contra ele pelo rei, símbolo do crime cometido pela realeza contra todo o povo, era isso que o vencia, era isso que o oprimia, era a acusação contra o carrasco transformada em sentença contra a vítima! Prodigiosa denegação de justiça. A realeza, após ter derrubado seu pai, também o derrubava. O mal que haviam feito servia de pretexto e de motivo ao mal que restava fazer. Contra quem os lordes se indignavam? Contra o torturador? Não. Contra o torturado. Aqui o trono, ali o povo; aqui Jaime II, ali Gwynplaine. Certamente esse confronto trazia à luz um atentado e um crime. Qual era o atentado? Queixar-se. Qual era o crime? Sofrer. Que a miséria se esconda e se cale, senão se trata de lesa-majestade. Eram maus esses homens que haviam exposto Gwynplaine ao sarcasmo? Não, mas eles também tinham sua fatalidade: eram afortunados. Eram carrascos sem saber. Eram bem-humorados. Tinham achado Gwynplaine inútil. Ele abrira o próprio ventre, arrancara o próprio fígado e o próprio coração, mostrara suas entranhas, e o que lhe gritaram? "Represente sua comédia!" Coisa patética, ele próprio ria. A corrente atroz prendia-lhe a alma e impedia que seu pensamento chegasse a seu rosto. A desfiguração alcançava seu espírito e, enquanto sua consciência se indignava, seu semblante fazia chacota e o desmentia. Era o fim. Ele era o Homem que Ri, cariátide do mundo que chora. Era uma angústia petrificada em hilaridade, carregando o peso de um universo de calamidades, e estava emparedado para sempre dentro da jovialidade, dentro da ironia, dentro da diversão alheia; ele partilhava com todos os oprimidos, dos quais era a encarnação, essa fatalidade abominável de ser uma desolação não levada a sério; zombavam da sua desgraça; ele era sabe-se lá que grande bufão saído de uma espantosa concentração de infortúnios, evadido da sua prisão, endeusado, elevado do fundo da ralé ao pé do trono, misturado às constelações, e, depois de ter divertido os danados, divertia agora os eleitos! Tudo que nele havia de generosidade, de entusiasmo, de eloquência, de coração, de alma, de furor, de ira, de amor, de inexprimível dor se resumia a isto: um acesso de riso! E ele atestava, como havia dito aos lordes, que isso não era a exceção, mas o fato corriqueiro, comum, universal, o amplo fato soberano, de tal forma integrado à rotina de viver que ninguém mais reparava nele. O morto de fome ri, o mendigo ri, o preso ri, a prostituta ri, o órfão, para ganhar a vida, ri, o escravo ri, o soldado ri, o povo ri; a sociedade humana é feita de tal forma que todas as perdições, todas as indigências, todas as catástrofes, todas as febres, todas as úlceras, todas as agonias se reduzem, acima do precipício, a uma espantosa máscara de alegria. Ele era isso, a mais rematada das máscaras. Ela era ele. A lei das alturas, a força desconhecida que governa, quis que um espectro visível e palpável, um espectro em carne e osso, resumisse a monstruosa paródia que chamamos de mundo; ele era esse espectro.

Destino irremediável.

Ele gritara: "Misericórdia aos que sofrem!". Em vão.

Desejara despertar a piedade; havia despertado o horror. É a lei da aparição dos espectros.

Ele era, ao mesmo tempo, espectro e homem. Nisso residia sua pungente complexidade. Espectro por fora, homem por dentro. Homem, mais talvez que qualquer outro, pois seu duplo destino resumia toda a humanidade. Trazia dentro de si a humanidade e simultaneamente a sentia fora de si.

Em sua existência havia algo de intransponível. O que ele era? Um deserdado? Não, pois era um lorde. O que ele era? Um lorde? Não, pois era um revoltado. Ele era o Portador da Luz; desmancha-prazeres abominável. Não era Satã, certamente, mas era Lúcifer. Chegara, sinistro, com um archote na mão.

Sinistro para quem? Para os sinistros. Temível para quem? Para os temidos. Eles também o rejeitavam. Estar entre eles? Ser aceito? Nunca. O obstáculo que ele trazia no rosto era terrível, mas o obstáculo que ele trazia nas ideias era ainda mais insuperável. Seu discurso parecera mais disforme do que sua aparência. Seu pensamento não era admissível nesse mundo dos grandes e poderosos, no qual uma fatalidade o fizera nascer e do qual outra fatalidade o fizera sair. Entre os homens e seu rosto havia uma máscara, e, entre a sociedade e seu espírito, uma muralha. Fazendo parte, desde sua infância como atração itinerante, deste vasto meio vivaz e robusto chamado de massa, estando saturado do magnetismo das multidões, estando impregnado da imensa alma humana, ele havia perdido, no senso comum de todo mundo, o senso especial das classes dominantes. Na alta esfera, ele não era viável. Chegava todo molhado da água do poço Verdade. Tinha a fetidez do abismo. Repugnava aqueles príncipes perfumados de mentiras. Para quem vive de ficção, a verdade é pestilenta. Quem tem sede de hipocrisia regurgita o real, bebido de surpresa. O que ele, Gwynplaine, trazia não era apresentável; o que era? A razão, o discernimento, a justiça. Rejeitavam-no com aversão.

Ali havia bispos. Ele lhes trazia Deus. Mas que raio de intruso era aquele?

Os polos opostos se afastam. Não há aproximação possível. Falta a transição. Vimos, sem que o resultado fosse diferente de um grito colérico, este formidável confronto: a completa miséria concentrada em um homem cara a cara com o completo orgulho concentrado em uma casta.

Acusar é inútil. Basta constatar. Gwynplaine constatava, nessa meditação à margem do seu destino, a grandiosidade inútil do seu esforço. Constatava a surdez dos que estão no alto. Os privilegiados não têm ouvidos para os deserdados. Culpa dos privilegiados? Não. Essa é sua lei, infelizmente! Que sejam perdoados. Comover-se seria abdicar. Dali, de onde estão os senhores e os príncipes, nada se deve esperar. O satisfeito é inflexível. Para o saciado, o faminto não existe. Os afortunados ignoram e se isolam. Na porta do seu paraíso, assim como na porta do inferno, deveria estar escrito: "Deixe toda esperança".[1]

Entrando na casa dos deuses, Gwynplaine acabava de ser recebido como um espectro.

Nesse ponto, tudo que havia dentro dele se revoltava. Não, ele não era um espectro, ele era um homem. Ele lhes dissera, ele lhes gritara, ele era o Homem.

Não era um fantasma. Era uma carne palpitante. Tinha um cérebro, e pensava; tinha um coração, e amava; tinha uma alma, e tinha esperança. Ter esperado demais, seu erro realmente fora esse.

Pena! Havia exagerado na esperança a ponto de acreditar nesta coisa gloriosa e obscura: a sociedade. Pois ele, que estava fora, nela havia entrado.

---

[1] Alusão ao verso de Dante Alighieri em *A Divina Comédia*, Canto III, A Porta do Inferno: "Deixai toda esperança, vós que entrais!".

A sociedade, imediatamente, prontamente, ao mesmo tempo, fizera-lhe suas três ofertas e lhe dera seus três presentes: o casamento, a família, a casta. Casamento? Vira em seu umbral a prostituição. Família? Seu irmão o esbofeteara e o esperava com a espada em punho no dia seguinte. Casta? Ela acabara de gargalhar na sua cara, cara de um nobre, cara de um miserável. Ele fora rejeitado quase antes mesmo de ter sido admitido. E seus três primeiros passos naquela profunda sombra social haviam aberto três precipícios sob seus pés.

E seu desastre havia começado por uma pérfida transfiguração. E essa catástrofe se aproximara dele com ares de apoteose! O "Vamos, suba!" havia, de fato, significado: "Desça!".

Ele era uma espécie de oposto de Jó. Era pela prosperidade que a adversidade lhe havia chegado.

Oh, trágico enigma humano! Quantas armadilhas! Criança, ele havia lutado contra a noite e fora mais forte do que ela. Homem, havia lutado contra o destino e o derrotara. De desfigurado se tornara radiante e, de infeliz, feliz. De seu exílio fizera um abrigo. Errante, havia lutado contra o espaço, e, como os pássaros do céu, encontrara sua migalha de pão. Selvagem e solitário, havia lutado conta a multidão e fizera dela uma amiga. Atleta, havia lutado contra esse leão, o povo, e o domara. Indigente, havia lutado contra a penúria e enfrentado a sombria necessidade de viver, e, de tanto juntar a miséria a todas as alegrias do coração, transformara a pobreza em riqueza. Conseguira ver-se como um vencedor na vida. De repente, novas forças tinham surgido contra ele do fundo do desconhecido, não mais com ameaças, mas com carícias e sorrisos; viera mostrar-se a ele, impregnado de amor angelical, o amor draconiano e material; a carne o enredara, ele que vivia de ideal; ouvira palavras voluptuosas que pareciam gritos de raiva; sentira o estreitar de braços femininos como se fosse um nó de serpente; ao brilho do verdadeiro sucedeu-se o fascínio do falso, pois não é a carne que é real, e sim a alma. A carne é a cinza, a alma é a chama. As pessoas ligadas a ele pelo parentesco da pobreza e do trabalho, e que eram sua verdadeira família, foram substituídas pela família social, família de sangue, mas de um sangue impuro, e, antes mesmo de fazer parte dela, via-se face a face com um fratricídio anunciado. Pobre coitado! Deixara-se conduzir a essa sociedade sobre a qual Brantôme, que ele não havia lido, dissera: *O filho pode, de forma justa, dasafiar o pai ao duelo.* O fatal destino lhe gritara: Não és do povo; és da elite! E abrira, acima da sua cabeça, uma espécie de brecha no céu, o teto social, lançando-o através dela e fazendo-o surgir, inesperado e feroz, no meio dos príncipes e dos senhores. Subitamente, no lugar do povo que o aplaudia, via os senhores que o maldiziam. Terrível metamorfose. Infame progresso. Brusca espoliação de tudo aquilo que fora sua felicidade! Verdadeira pilhagem de sua vida pela vaia! Dilaceramento, pelas bicadas de todas aquelas águias, de Gwynplaine, de Clancharlie, do lorde, do saltimbanco, do seu destino anterior, do seu novo destino!

Para que ter logo começado a nova vida com uma vitória sobre o obstáculo? Para que ter logo de cara triunfado? Que bobagem! É preciso ser vencido, senão o destino não está completo.

Assim, em parte pela força, em parte por vontade, pois após o *wapentake* ele se confrontara com Barkilphedro, tendo havido certo consentimento em seu rapto, ele trocara o real pelo quimérico, o verdadeiro pelo falso, Dea por Josiane, o amor pelo orgulho, a liberdade pelo poder, o trabalho digno e modesto pela opulência impregnada de obscura responsabilidade, a sombra onde está Deus pelo brilho das chamas onde estão os demônios, o paraíso pelo Olimpo!

Ele mordera o pomo de ouro. E cuspia de volta um bocado de cinzas.

Lamentável resultado. Derrota, fracasso, ruína, insolente banimento de todas as suas esperanças, fustigadas pelo escárnio; imensa desilusão. E o que fazer agora? Se olhasse para o amanhã, o que veria? Uma espada nua, com a ponta em seu peito, empunhada por seu irmão. Ele só via o medonho brilho dessa espada. Todo o resto, Josiane, a Câmara dos Lordes, ficara para trás, em um monstruoso claro-escuro repleto de trágicas silhuetas.

E esse irmão se mostrava cavalheiresco e valente! Ai! Aquele Tom-Jim--Jack que defendera Gwynplaine, aquele Lorde David que defendera Lorde Clancharlie, mal pudera vê-lo, mal tivera tempo de levar um tapa seu, ou de gostar dele.

Que desânimo!

Agora, impossível ir adiante. O desmoronamento acontecia de todos os lados. Além disso, a troco de quê? No fundo da desesperança se encontra todo o cansaço.

A prova fora feita e não era possível recomeçar.

Se existia um jogador que tinha jogado todos os seus trunfos, um após o outro, esse jogador era Gwynplaine. Deixara-se levar ao pavoroso cassino. Sem perceber exatamente o que fazia, pois assim é o sutil envenenamento da ilusão, jogara Dea para ter Josiane; recebera um monstro. Jogara Ursus para ter uma família; recebera uma afronta. Jogara seu tablado de saltimbanco para ter um banco de lorde; antes, recebia a aclamação, agora, recebia a imprecação. Sua última carta acabava de cair sobre o fatal tapete verde, deserto, do *bowling green*. Gwynplaine perdera. Só lhe restava pagar. Pois pague, miserável!

Os fulminados pouco se mexem. Gwynplaine estava imóvel. Quem o visse de longe naquela penumbra, em pé na beira do parapeito e sem se mexer, pensaria ter visto uma pedra.

O inferno, a serpente e o devaneio dão voltas sobre eles próprios. O pensamento de Gwynplaine aprofundava-se em espirais sepulcrais.

Considerava esse mundo que acabava de entrever com um frio olhar que é o olhar definitivo. O casamento, mas sem amor; a família, mas sem fraternidade; a riqueza, mas sem consciência; a beleza, mas sem pudor; a justiça, mas sem equidade; a ordem, mas sem equilíbrio; o poder, mas sem inteligência; a autoridade, mas sem o direito; o esplendor, mas sem a luz. Rigoroso balanço! Percorreu essa visão suprema na qual seu pensamento se afundara. Analisou sucessivamente o destino, a situação, a sociedade e ele próprio. O que era o destino? Uma armadilha. A situação? Um desespero. A sociedade? Um ódio. Ele próprio? Um vencido. E, no fundo da sua alma, exclamou: "A sociedade é madrasta; a natureza é que é mãe. A sociedade é o mundo do corpo; a natureza é o mundo da alma. Uma leva ao esquife, ao caixão de madeira dentro da cova, aos micróbios da terra, e nisso acaba. A outra resulta em asas abertas, em transfiguração na alvorada, em ascensão ao firmamento, e então recomeça".

Pouco a pouco, o paroxismo apoderava-se dele. Funesto turbilhão. As coisas que findam têm um último brilho sob o qual revemos tudo.

Quem julga confronta. Gwynplaine fez um paralelo entre o que a sociedade lhe fizera e o que lhe fizera a natureza. Como a natureza tinha sido bondosa para ele! Quanto o havia socorrido, ela que é alma! Tudo lhe fora tirado, tudo, até seu rosto; a alma tudo lhe devolvera. Tudo, até o rosto, pois havia aqui embaixo uma cega celestial, feita especialmente para ele, que não via sua feiura, mas que enxergava sua beleza.

E era disso que ele se deixara separar! Desse ser adorável, desse coração, dessa aceitação, dessa ternura, desse divino olhar cego, único que o enxergou na face da terra, era disso que se havia afastado! Dea era sua irmã, pois ele sentia vir-lhe dela a grande fraternidade celestial, esse mistério que encerra todo o céu. Quando era pequeno, Dea era sua virgem, pois todo menino tem uma virgem, e a vida sempre começa com um casamento de almas consumado em plena inocência por duas pequenas virgindades ignorantes. Dea era sua esposa, pois eles tinham o mesmo ninho no mais alto galho da profunda árvore União. Dea era mais ainda, era sua luz; sem ela, tudo era o nada e o vazio; e via nela o rastro luminoso de um cometa. O que seria dele sem Dea? Que fazer de tudo aquilo que ele era? Nada nele vivia sem ela. Como, então, pôde tê-la em algum momento perdido de vista? Ó infeliz! Permitira acontecer um afastamento entre seu Sol e ele, e, nessas temerárias gravitações ignoradas, o afastamento logo se transforma em abismo! Onde estava ela, sua estrela? Dea! Dea! Dea! Dea! Ai! Havia perdido sua luz. Sem o Sol, o que é o céu? Escuridão. Mas por que tudo aquilo foi acabar? Oh! Como ele tinha sido feliz! Deus havia refeito o Éden para ele — perfeito demais, infelizmente —, a ponto de deixar que nele entrasse a serpente! Dessa vez, porém, o homem é que fora tentado. Gwynplaine, atraído para fora dali, armadilha terrível, caíra no caos das negras risadas, que é o inferno! Desgraça! Desgraça! Tudo aquilo que o fascinara era assustador! O que era aquela Josiane? Oh! Mulher horrível, quase fera, quase deusa! Agora, Gwynplaine se encontrava no avesso de sua ascensão, e via o outro lado daquilo que o encantara. Era funesto. Essa senhoria era disforme, essa coroa era medonha, essa toga púrpura era lúgubre, esses palácios eram venenosos, esses troféus, essas estátuas, esses brasões eram suspeitos; o ar impuro e pérfido que ali se respirava era de enlouquecer. Oh! Os farrapos do saltimbanco Gwynplaine eram esplendorosos! Oh! Onde estavam a Green Box, e a pobreza, e a alegria, e a doce vida errante que tinham juntos, como andorinhas? Não se largavam, viam-se a cada minuto, de noite, de dia, à mesa, quando seus cotovelos se encostavam e seus joelhos se tocavam, quando bebiam no mesmo copo. O Sol entrava pela lucarna, mas era apenas o Sol, e Dea era o amor. À noite, sentiam-se adormecer perto um do outro, e o sonho de Dea ia pousar sobre Gwynplaine, e o sonho de Gwynplaine ia misteriosamente desabrochar acima de Dea! Ao acordar, não tinham muita certeza de não terem-se beijado em meio às brumas azuis dos sonhos. A inocência toda se concentrava em Dea, a sabedoria toda se concentrava em Ursus. Iam de cidade em cidade; tinham como apoio e reconforto a franca e amorosa alegria do povo. Eram anjos errantes, com humanidade suficiente para andar aqui embaixo e insuficientes asas para voar. E agora, esse sumiço! Onde tinha ido parar tudo aquilo? Seria possível que tudo tivesse evaporado? Que vento funesto havia soprado? Então, tudo estava acabado! Então, tudo estava perdido! Ai, a surda onipotência que pesa sobre os humildes pode dispor de toda a obscuridade e é capaz de tudo! O que tinham feito com eles? E ele, Gwynplaine, não estivera lá para protegê-los, para servir de obstáculo, para defendê-los, como lorde, com seu título, sua senhoria e sua espada, como saltimbanco, com seus punhos e suas garras! E nesse ponto sobrevinha-lhe uma amarga reflexão, talvez a mais amarga de todas. Além de não ter podido defendê-los, era justamente ele a causa de sua perdição! Fora para preservar Lorde Clancharlie deles, para isolar sua dignidade do contato com eles, que a infame onipotência social se abatera sobre eles. O melhor meio de protegê-los era desaparecer, assim não haveria mais motivos para persegui-los. Se deixasse de existir, eles seriam deixados em paz. Seu pensamento penetrava nessa abertura glacial. Ah! Por que se deixara separar de Dea? Seu primeiro dever não era para com ela? Servir e defender o povo? Mas Dea era o povo! Dea era a órfã, era a cega, era a humanidade! Oh! O que teriam feito a eles? Queimava-se cruelmente em remorsos! Sua ausência deixara o campo livre para a catástrofe. Teria compartilhado seu destino, fosse para pegá-los e levá-los consigo, fosse para desaparecer em sua companhia. O que fazer agora sem eles? Gwynplaine sem Dea, isso era possível? A falta de Dea era a falta de tudo! Ah! Era o fim. Aquele grupo benquisto estava fadado para sempre ao irreparável aniquilamento. Estava tudo acabado. Além do mais, danado e condenado como estava Gwynplaine, de que serviria lutar por mais tempo? Não havia mais nada a esperar, nem dos homens, nem do céu. Dea! Dea! Onde está Dea? Perdida! Mas como, perdida? Quem perdeu a alma tem só um lugar para encontrá-la: a morte.

Gwynplaine, desnorteado e trágico, apoiou firmemente as mãos no parapeito, como se as apoiasse em uma solução, e olhou para o rio.

Era a terceira noite em que não dormia. Tinha febre. Suas ideias, que ele julgava claras, estavam turvas. Sentia uma imperiosa necessidade de dormir. Permaneceu assim por alguns instantes, inclinado sobre aquela água; o escuro lhe oferecia a grande cama tranquila, o infinito das trevas. Sinistra tentação.

Tirou o casaco, dobrou-o e o colocou sobre o parapeito. Em seguida, desabotoou o colete. Quando ia tirá-lo, sua mão esbarrou em algo que havia no bolso. Era o *red book* que lhe fora entregue pelo *librarian* da Câmara dos Lordes. Tirou a caderneta do bolso, examinou-a sob a difusa luz da noite e viu que estava acompanhada de um lápis, com o qual escreveu, na primeira página em branco que se abriu, estas duas linhas:

"Eu me vou. Que meu irmão David ocupe meu lugar e seja feliz".

E assinou: "FERMAIN CLANCHARLIE, par da Inglaterra".

Depois, tirou o colete e o colocou sobre o casaco. Tirou o chapéu e o colocou sobre o colete. Pôs dentro do chapéu o *red book* aberto na página em que havia escrito. Viu no chão uma pedra, pegou-a e a colocou dentro do chapéu.

Em seguida olhou a escuridão infinita acima do seu rosto.

Então sua cabeça foi baixando lentamente, como que puxada por um invisível fio do abismo.

Nas pedras que formavam a base do parapeito, havia um vão onde ele apoiou um pé, de tal forma que seu joelho ficava mais alto que o parapeito e que ele não precisava fazer mais nada para saltá-lo.

Cruzou as mãos nas costas e inclinou-se.

— Assim seja — disse ele.

E fixou o olhar nas águas profundas.

Nesse momento sentiu uma língua lamber suas mãos.

Estremeceu e voltou-se.

Era Homo que estava atrás dele.

CONCLUSÃO

O mar e a noite

I CÃO DE GUARDA PODE SER ANJO DA GUARDA

Gwynplaine deu um grito:

— É você, lobo!

Homo balançou o rabo. Seus olhos brilhavam no escuro. Ele olhava para Gwynplaine.

Então voltou a lamber suas mãos. Por um instante, Gwynplaine pareceu estar embriagado. A imensa volta da esperança: era essa comoção que ele sentia. Homo, que aparição! Havia quarenta e oito horas Gwynplaine vinha sendo atingido pelo que poderíamos chamar de todas as variedades de raio; só lhe faltava receber o raio da alegria. Era justamente esse raio que acabava de acertá-lo. Recuperada a segurança, ou ao menos a luz que leva a ela, a repentina intervenção sabe-se lá de qual misteriosa clemência que talvez faça parte do destino, a vida dizendo *aqui estou!* em meio à mais profunda escuridão da tumba, o minuto em que não se espera mais nada, porém que bruscamente esboça a cura e a libertação, algo como um ponto de apoio que se encontra no instante mais crítico do desabamento: Homo era tudo isso. Gwynplaine via o lobo envolto em luz.

Enquanto isso, Homo dera meia-volta. Dera alguns passos e olhara para trás como para ver se Gwynplaine o seguia.

Gwynplaine começara a segui-lo. Homo balançou o rabo e continuou seu caminho.

Esse caminho em que o lobo havia entrado era a rampa do cais de Effroc Stone, que levava à margem do Tâmisa. Gwynplaine, conduzido por Homo, desceu essa rampa.

De tempos em tempos, Homo virava a cabeça para verificar se Gwynplaine estava atrás dele.

Em certas situações supremas, nada se assemelha mais à inteligência que tudo compreende do que o simples instinto do animal cativo. O animal é um sonâmbulo lúcido.

Há casos em que o cão sente necessidade de seguir seu dono, outros em que sente necessidade de precedê-lo. Então, o animal toma a direção do espírito. O faro imperturbável vê com clareza o que aparece confusamente em nosso declínio. Fazer-se de guia mostra-se vagamente ao animal como uma necessidade. Será que ele sabe que existe uma dificuldade, e que é preciso ajudar o homem a ultrapassá-la? Provavelmente não; talvez sim; em todo caso, alguém sabe por ele. Já dissemos que, muitas vezes na vida, veneráveis ajudas que acreditamos vir aqui de baixo nos vêm lá do alto. Não conhecemos todos os aspectos que Deus pode assumir. Que animal era aquele? A providência.

Chegando à margem, o lobo avançou pela estreita língua de terra que margeava o Tâmisa.

Não rosnava, não latia, caminhava quieto. Homo, em qualquer ocasião, seguia seu instinto e cumpria seu dever, mas mostrava a reserva pensativa do proscrito.

Após ter dado uns cinquenta passos, parou. À direita, via-se uma paliçada, em cuja extremidade, espécie de embarcadouro sobre estacas, distinguia-se uma massa obscura, que era um navio de grande porte. Na coberta desse navio, perto da proa, havia uma claridade quase indistinta, parecendo uma lamparina prestes a se apagar.

O lobo verificou uma última vez se Gwynplaine estava ali e em seguida saltou sobre a paliçada, longa passagem feita de pranchas recobertas de breu, sustentada por uma armação de estacas e sob a qual corria a água do rio. Em poucos instantes, Homo e Gwynplaine chegaram à extremidade.

O navio amarrado na ponta da paliçada era uma daquelas embarcações bojudas da Holanda, com dupla coberta sem parapeito, uma na parte dianteira, outra na parte traseira, havendo entre ambas, à moda japonesa, um profundo compartimento a céu aberto, ao qual se descia por uma estreita escada vertical, e onde se armazenavam todos os caixotes da carga. Assim, havia dois castelos, um na proa, outro na popa, e um rebaixamento no centro, como em nossos velhos navios cargueiros de rio. O carregamento lastreava esse rebaixamento. Os barquinhos de papel que as crianças fazem têm mais ou menos essa forma. Sob os conveses ficavam as cabines, que recebiam luz por escotilhas existentes no costado, e que se comunicavam por meio de portas com esse compartimento central. Ajeitando-se bem a carga, abriam-se passagens entre os caixotes. Os dois mastros dessas embarcações estavam fincados nos dois castelos. O mastro de proa se chamava Paulo, o mastro de popa se chamava Pedro; o navio era conduzido por esses dois mastros, tal qual a Igreja por seus dois apóstolos. Uma passarela, ligando a parte traseira à parte dianteira do navio, como uma ponte chinesa, ia de um castelo ao outro passando por cima do compartimento central. No mau tempo, as duas proteções da passarela baixavam-se, à direita e à esquerda, por meio de um mecanismo, formando um telhado sobre o compartimento rebaixado, de forma que o navio, em mar revolto, ficava hermeticamente fechado. Essas embarcações, muito pesadas, tinham como barra de leme uma trave, pois a força do leme deve estar de acordo com o peso do navio. Três homens, o capitão e dois marinheiros, além de um grumete, bastavam para manobrar essas pesadas máquinas do mar. As duas cobertas desse navio, a da proa e a da popa, como já dissemos, não tinham parapeito. Essa embarcação bojuda era um grande casco arredondado, totalmente preto, sobre o qual se lia, em letras brancas visíveis à noite: *Vograat. Roterdã.*

Nessa época, diversos acontecimentos no mar, e, bem recentemente, a catástrofe dos oito navios do Barão de Pointi,* no cabo Carnero, obrigando toda a frota francesa a retornar a Gibraltar, tinham varrido a Mancha e limpado a passagem entre Londres e Roterdã dos navios de guerra, o que permitia aos navios cargueiros ir e vir sem escolta.

O navio no qual se lia *Vograat*, e perto do qual Gwynplaine havia chegado, encostava na paliçada pelo bombordo da sua coberta traseira, quase sem desnível. Havia praticamente um degrau a descer. Com um salto, Homo e Gwynplaine entraram no navio. Ambos viram-se no convés de popa, que estava deserto; não se observava movimento algum. Os passageiros, se é que os havia, e isso era provável, estavam a bordo, uma vez que o navio estava pronto para partir e que a arrumação da carga já havia terminado, como indicava o fato de estar repleto de pacotes e caixas o compartimento central. Mas, sem dúvida, esses passageiros estavam recolhidos, provavelmente dormindo nos quartos da entreponte, sob os conveses, pois a travessia seria feita durante a noite. Nesses casos, os passageiros só aparecem no convés na manhã seguinte, ao acordarem. Quanto à tripulação, aparentemente fazia uma última refeição no pequeno compartimento então chamado de "cabine dos marujos", aguardando o momento de partir, que já estava bem próximo. Por isso não havia ninguém nos conveses de popa e de proa ligados pela passarela.

Na paliçada, o lobo quase correra; no navio, ele passou a andar lentamente, como que com discrição. Balançava o rabo, agora não mais alegremente, mas com a fraca e triste oscilação do cão inquieto. Sempre à frente de Gwynplaine, passou pelo convés traseiro e atravessou a passarela.

Ao pisar na passarela, Gwynplaine avistou uma luz à sua frente. Era a claridade que vislumbrara da margem. Havia uma lamparina no chão, ao pé do mastro de proa: a reverberação dessa lamparina recortava em negro,

---

* 21 de abril de 1705. (N. A.)

sobre o obscuro fundo da noite, uma silhueta com quatro rodas. Gwynplaine reconheceu a antiga cabana de Ursus.

Aquela pobre casinhola de madeira, carroça e cabana, na qual perambulara em sua infância, estava amarrada ao pé do mastro por grossas cordas, cujos nós eram visíveis em suas rodas. Após ter ficado tanto tempo sem uso, estava completamente deteriorada; nada arruína mais os homens e as coisas do que a ociosidade. Estava deploravelmente torta; a falta de uso a deixara paralítica e, além disso, sofria dessa doença irremediável, a velhice. Seu perfil disforme e carcomido cedia, ostentando uma aparência de ruína. Todo o material com que tinha sido feita apresentava um aspecto avariado: o ferro estava enferrujado, o couro esgarçado, a madeira esburacada. Nas trincas do vidro dianteiro, atravessado pela luz da lamparina, formavam-se linhas luminosas. As rodas estavam entortadas para dentro. As paredes, o piso e os eixos pareciam esgotados de canseira, e todo o conjunto tinha um não sei quê de abatido e suplicante. As pontas erguidas dos dois eixos pareciam dois braços erguidos para o céu. Toda a cabana estava desconjuntada. Embaixo dela via-se a corrente de Homo pendurada.

Reencontrar sua vida, sua felicidade, seu amor, correr perdidamente em sua direção e precipitar-se sobre ele parece ser a lei, parece ser o que quer a natureza. Sim, exceto nos casos de profundo abalo. Quem sai completamente perturbado e desorientado de uma série de catástrofes que mais se assemelham a traições torna-se prudente mesmo na alegria, teme transmitir sua fatalidade àqueles que ama, sente-se terrivelmente contagioso e só avança para a felicidade com muita precaução. O paraíso volta a se abrir; antes de entrar é melhor observá-lo.

Gwynplaine, vacilando ao peso das emoções, observava.

Silenciosamente, o lobo fora deitar-se perto da sua corrente.

II BARKILPHEDRO VISOU A ÁGUIA E ACERTOU A POMBA

A escada da cabana estava rebaixada, a porta entreaberta; não havia ninguém ali dentro. A pouca luz que entrava pelo vidro dianteiro delineava vagamente seu interior, melancólico claro-escuro. As inscrições de Ursus glorificando a grandeza dos lordes distinguiam-se nas pranchas decrépitas que eram, ao mesmo tempo, parede exterior e revestimento interior. Em um prego ao lado da porta, Gwynplaine viu sua esclavina e seu casaco pendurados, parecendo as roupas de um morto em um necrotério.

Naquele momento, não usava nem colete, nem casaco.

A cabana encobria alguma coisa que estava estendida sobre o convés, ao pé do mastro, e que a lamparina iluminava. Era um colchão, do qual se via um dos cantos. Provavelmente havia alguém deitado sobre ele; via-se uma sombra se mexer.

Falavam. Escondido pela cabana, Gwynplaine escutava.

Era a voz de Ursus.

Essa voz, tão rude por fora, tão terna por dentro, que havia tratado tão duramente e tão bem havia conduzido Gwynplaine desde sua infância, não tinha mais seu timbre vivo e sagaz. Soava vaga e baixa, e se dissipava em suspiros ao final de cada frase. Mal e confusamente lembrava a antiga, simples e firme voz de Ursus. Era como o falar de alguém cuja felicidade estivesse morta. A voz pode tornar-se uma sombra.

Ursus mais parecia monologar que dialogar. Aliás, como sabemos, o solilóquio era um hábito seu. Por causa disso, passava por lunático.

Gwynplaine prendeu a respiração para não perder uma só palavra do que dizia Ursus, e eis o que ele ouviu:

— Esta espécie de navio é muito perigosa. Não tem parapeito. Se alguém deslizar para o mar, não há quem segure. Se fizer mau tempo, será preciso levá-la para baixo do convés, o que seria terrível. Qualquer movimento em falso, qualquer susto, e acontece o rompimento de uma artéria. Já vi casos assim. Ah, meu Deus, o que vai ser de nós? Será que ela está dormindo? Sim, está dormindo. Creio realmente que está dormindo. Será que perdeu os sentidos? Não. O pulso está bem forte. Certamente está dormindo. O sono é uma espera. É a boa cegueira. Como fazer para que ninguém venha andar por aqui? Senhores, se há alguém no convés, peço-lhes encarecidamente que não façam barulho. Caso não se importem, não se aproximem. Sabem, com uma pessoa de saúde delicada, é preciso ter certos cuidados. Ela está com febre, entendem? É tão nova! Uma menina que está com febre. Coloquei este colchão aqui fora para que ela tome um pouco de ar. Explico isso para que tenham consideração. Ela caiu de fraqueza sobre o colchão, como se perdesse os sentidos. Mas está dormindo. Eu gostaria que ninguém a acordasse. Falo para as mulheres, caso haja damas aqui. Uma jovenzinha; não é uma pena? Não passamos de uns pobres saltimbancos, peço que tenham um pouco de bondade, mas, também, se for preciso pagar alguma coisa para que não façam barulho, eu pagarei. Eu lhes agradeço, minhas senhoras e meus senhores. Tem alguém aí? Não. Acho que não tem ninguém. Estou falando para as paredes. Melhor assim. Senhores, eu lhes agradeço se estiverem aí e também lhes agradeço se não estiverem aí. — Sua testa está banhada de suor. — Lá vamos nós, de novo ao trabalho forçado, de novo ao jugo. A miséria está de volta. Lá vamos nós outra vez de roldão. Uma mão, a medonha mão que não vemos, mas que sempre sentimos sobre nós, subitamente nos fez virar mais uma vez para o lado negro do nosso destino. Não faz mal; teremos coragem. Ela só não pode ficar doente. Pareço um bobo falando sozinho e tão alto, mas ela precisa saber que há alguém ao lado dela se vier a despertar. Tomara que ninguém a acorde bruscamente! Por Deus, nada de barulho! Um susto que a fizesse levantar sobressaltada não seria nada bom. Seria uma amolação alguém vir andar do lado de cá. Acho que as pessoas no navio já estão dormindo. Dou graças à providência pelo que nos concedeu. Pois bem, e Homo? Onde está ele? Com toda essa confusão, eu me esqueci de prendê-lo, já não sei mais o que faço, já faz mais de uma hora que não o vejo; deve ter ido lá fora arranjar o que comer. Tomara que nada de mal lhe aconteça! Homo! Homo!

Homo bateu docilmente o rabo no piso do convés.

— Você está aí! Ah! Você está aí, Deus seja louvado! Perder Homo seria o fim! Ela está mexendo os braços. Talvez vá acordar. Fique quieto, Homo. A maré está baixando. Logo mais partiremos. Acho que esta noite vai fazer tempo bom. Não tem vento. A bandeirola pende ao lado do mastro, faremos uma boa travessia. Não sei mais em que lua estamos. As nuvens mal e mal se movem. O mar vai ficar calmo. Teremos tempo bom. Ela está pálida. É a fraqueza. Não, ela está corada. É a febre. Mas não, está rosada. Está passando bem. Já não vejo com clareza. Meu pobre Homo, não vejo mais com clareza. Então teremos de recomeçar nossa vida. Voltaremos a trabalhar. Agora somos só nós dois, ouviu? Trabalharemos, você e eu, por ela. Ela é nossa menina. Ah, o navio está se mexendo. Estamos partindo. Adeus, Londres! Boa noite. Boa noite, ao diabo! Ah! Abominável Londres!

De fato, o navio tinha a vaga comoção da partida. A parte traseira se afastava da paliçada. Do outro lado da embarcação, via-se um homem em pé, sem dúvida o capitão, que acabava de sair do interior do navio e de soltar a amarra, e que manobrava o leme. Esse homem, atento apenas ao canal, como convém a quem tem a dupla impassibilidade do holandês e do marinheiro, não ouvindo nada e não vendo nada além da água e do vento, curvado sob a extremidade da barra, envolto em obscuridade, caminhava lentamente pelo convés de popa, indo e voltando de estibordo a bombordo, espécie de fantasma com uma trave sobre o ombro. Estava sozinho ali. Enquanto estivessem no rio, nenhum outro marinheiro era necessário. Depois de alguns minutos, a embarcação já deslizava ao longo do rio, sem balançar para lado algum. O Tâmisa, pouco agitado pelo refluxo, estava calmo. Sendo levado pela maré, o navio se afastava rapidamente. Atrás dele, a escura silhueta de Londres ia diminuindo em meio à bruma.

Ursus continuou:

— Tanto faz, mandarei tirarem sua impressão digital. Tenho medo que entre em delírio. Está suando na palma das mãos. Mas o que foi que fizemos ao bom Deus? Como toda essa desgraça chegou rápido! A rapidez do mal é atroz. Uma pedra cai, ela tem garras, é o gavião sobre a andorinha. É o destino. E aqui está você deitada, minha linda criança! Ao vir para Londres, dizemos: "É uma grande cidade, com belos monumentos". Southwark é um excelente lugar. Lá nos estabelecemos. Agora são lugares abomináveis. O que querem que eu faça aqui? Estou feliz por ir embora. Hoje é 30 de abril. Sempre desconfiei do mês de abril, ele só tem dois dias bons, o dia 5 e o dia 27, e quatro dias ruins, dia 10, dia 20, dia 29 e dia 30. Pelos cálculos de Cardan, não resta dúvida. Eu queria que esse dia acabasse. Ir embora me traz alívio. Ao amanhecer estaremos em Gravesend, e, à noite, em Roterdã. Meu Deus, recomeçarei a vida de antes na cabana, vamos puxá-la, não é verdade, Homo?

Uma leve batida anunciou o consentimento do lobo.

Ursus prosseguiu:

— Se pudéssemos deixar uma dor para trás como deixamos para trás uma cidade! Ainda poderíamos ser felizes, Homo. Ai, se ainda existisse aquele que não está mais aqui... Sobre os que sobrevivem, resta só uma sombra. Você sabe o que eu quero dizer, Homo. Éramos quatro, agora somos só três. A vida não passa de uma longa perda de tudo aquilo que amamos. Deixamos atrás de nós um rastro de dor. O destino nos desconcerta com uma prolixidade de sofrimentos insuportáveis. Depois nos admiramos que os velhos sempre repitam a mesma ladainha. É o desespero que faz isso com as pessoas. Meu bravo Homo, o vento de popa persiste. Não se avista mais o domo de Saint-Paul. Logo mais passaremos por Greenwich. E já serão seis boas milhas percorridas. Ah, viro as costas para sempre para essas odiosas capitais cheias de padres, de magistrados, de gentalha. Prefiro ver o movimento das folhas nos bosques. — O suor na testa continua! Não gosto nada dessas grossas veias violeta no antebraço. É por causa da febre. Ah, tudo isso me mata. Durma, minha menina. Oh, sim, ela está dormindo.

Nesse momento, ouviu-se uma voz, voz inefável, que parecia distante, que parecia vir, a um só tempo, das alturas e das profundezas, divinamente sinistra: era a voz de Dea.

Tudo o que Gwynplaine havia sentido até aquele momento não tinha mais nenhum significado. Seu anjo falava. Parecia-lhe ouvir palavras vindas do outro lado da vida num desfalecimento pleno de céu.

A voz dizia:

— Ele fez bem de ter partido. Este mundo aqui não serve para ele. Só que preciso ir com ele. Pai, não estou doente; há pouco eu ouvia o senhor falar, estou muito bem, estou saudável, eu só estava dormindo. Pai, vou ser feliz.

— Minha menina, o que você quer dizer com isso? — perguntou Ursus em tom angustiado.A resposta foi:

— Pai, não fique triste.

Houve uma pausa, como para retomar o fôlego, e depois estas palavras, pronunciadas lentamente, chegaram a Gwynplaine:

— Gwynplaine não está mais aqui. Agora sim estou cega. Eu não conhecia a escuridão. A escuridão é a ausência.

A voz parou novamente, depois continuou:

— Sempre tive medo de que um dia ele batesse as asas; eu sentia que ele era celestial. De repente, alçou seu voo. Isso devia terminar aí. Uma alma vai embora como um passarinho. Mas o ninho da alma está nas profundezas onde existe um grande ímã, que tudo atrai, e sei muito bem onde reencontrar Gwynplaine. Não estou aborrecida com meu caminho, é verdade. Pai, é ali. Mais tarde o senhor se juntará a nós. E Homo também.

Ao ouvir seu nome, Homo bateu de leve no convés.

— Pai — continuou a voz —, o senhor entende que, desde que Gwynplaine não está mais aqui, está tudo acabado. Mesmo que eu quisesse ficar, não poderia, porque seria obrigada a respirar. Não se pode pedir o que não é possível. Quando eu estava com Gwynplaine, tudo era fácil, eu vivia. Agora que ele não está mais aqui, estou morrendo. É a mesma coisa. É preciso ou que ele volte, ou que eu parta. Como ele não pode voltar, eu me vou. Morrer é muito bom. Não é nada difícil. Pai, o que se apaga aqui reacende em outro lugar. Viver nesta terra em que estamos é um aperto no coração. Não é possível que estejamos sempre infelizes. Então, vamos embora para aquilo que o senhor chama de estrelas, lá nos casaremos, nunca mais nos largaremos, nos amaremos, amaremos, amaremos, e é isso que é o bom Deus.

— Não fique aborrecida — disse Ursus.

A voz continuou:

— Escute, no ano passado, na primavera do ano passado, estávamos juntos, éramos felizes, agora é bem diferente. Não me lembro mais em que vilarejo estávamos, mas havia árvores, eu ouvia as toutinegras cantarem. Viemos para Londres, as coisas mudaram. Não estou censurando. Quando vamos para um novo lugar, não há como saber. Pai, o senhor se lembra? Uma noite, no camarote especial, apareceu uma mulher; o senhor disse: é uma duquesa! Eu fiquei triste. Acho que teria sido melhor ficar nos vilarejos. Depois disso, Gwynplaine fez bem. Agora é minha vez. Como o senhor mesmo me contou que eu era muito pequena, que minha mãe tinha morrido, que certa noite eu estava no chão, com a neve caindo por cima de mim, e que ele, que também era pequeno e sozinho, me pegou, e que tinha sido por isso que eu vivia, então não pode se admirar que hoje eu sinta uma absoluta necessidade de partir, e que eu queira ver de dentro do próprio túmulo se Gwynplaine está lá. Porque a única coisa que existe na vida é o coração, e depois da vida a alma. O senhor entende o que eu digo, não é, pai? Mas o que é esse movimento? Parece que estamos numa casa que se mexe. Mas não ouço o barulho das rodas.

Após uma interrupção, a voz acrescentou:

— Não distingo muito bem entre ontem e hoje. Não é uma queixa. Não sei o que ocorreu, mas alguma coisa deve ter acontecido.

Essas palavras foram ditam com uma profunda e inconsolável ternura, e um suspiro, que Gwynplaine ouviu, terminou assim:

— Preciso ir, a menos que ele volte.

Melancólico, Ursus resmungou a meia voz:

— Não acredito em assombrações.

E continuou:

— É um navio. Você perguntou por que a casa se mexe, é porque estamos num navio. Fique calma. Você não deve falar demais. Minha filha, se tiver um pouco de consideração por mim, não se agite, não vá ficar com febre. Velho como estou, eu não iria aguentar se você tivesse uma doença. Poupe-me, não fique doente.

A voz recomeçou:

— De que adianta procurar na terra, já que só encontramos no céu?

Ursus replicou, tentando ser quase autoritário:

— Acalme-se. Há momentos em que você não demonstra nenhuma inteligência. Recomendo que fique em repouso. Afinal, você não tem obrigação de saber o que é a veia cava. Vou ficar tranquilo se você estiver tranquila. Minha criança, faça também alguma coisa por mim. Ele a recolheu, mas eu a acolhi. Você me deixa doente. Assim é difícil. Você deve se acalmar e dormir. Tudo vai ficar bem. Dou minha palavra de honra que tudo vai ficar bem. Aliás, o tempo está muito bom. Parece uma noite feita especialmente para nossa viagem. Amanhã estaremos em Roterdã, que é uma cidade na Holanda, na foz do rio Mosa.

— Sabe, pai — disse a voz —, quando a gente esteve o tempo todo junto de alguém, desde a infância, nada devia atrapalhar isso, porque agora só morrendo, porque não tem outro jeito. Eu também gosto muito do senhor, mas sinto de fato que não estou mais plenamente com o senhor, embora eu ainda não esteja com ele.

— Vamos — insistiu Ursus —, trate de dormir outra vez.

— Não é isso que me faz falta — respondeu ela.

— Estou lhe dizendo — replicou Ursus com a voz trêmula — que vamos para a Holanda, para a cidade de Roterdã.

— Pai — continuou a voz —, não estou doente, se é isso que o preocupa, pode ver, não estou com febre, só com um pouco de calor, mais nada.

— Para a foz do Mosa — balbuciou Ursus.

— Não tenho nada, pai, mas, sabe, sinto que estou morrendo.

— Não pense uma coisa dessas — disse Ursus.

E acrescentou:

— E, acima de tudo, que ela não se assuste, meu Deus!

Fez-se um silêncio.

De repente, Ursus gritou:

— O que está fazendo? Por que se levantou? Eu lhe suplico, fique deitada!

Gwynplaine estremeceu e avançou a cabeça.

III O PARAÍSO REENCONTRADO AQUI EMBAIXO

Ele avistou Dea. Ela acabava de se erguer sobre o colchão. Vestia um longo vestido branco, cuidadosamente fechado, que só deixava à vista o começo dos ombros e a delicada articulação do seu pescoço. As mangas escondiam seus braços, a roda pregueada cobria seus pés. Viam-se suas mãos, em que intumescia em ramificações azuladas o entrelaçamento das veias quentes da febre. Ela estava trêmula, e mais balançava do que se desequilibrava, como uma roseira. A lamparina a iluminava de baixo para cima. A beleza do seu rosto era indescritível. Seus cabelos soltos flutuavam. Nenhuma lágrima corria em suas faces. Em seus olhos havia fogo e trevas. Ela estava pálida, de uma palidez que se assemelha à transparência da vida divina em um rosto terrestre. Seu corpo delicado e frágil estava como que mesclado e fundido às pregas do seu vestido. Ela ondulava por inteiro, tremulando como uma chama. E ao mesmo tempo era claro que começava a se tornar apenas uma sombra. Seus olhos, muito abertos, resplandeciam. Parecia uma alma saída do sepulcro, elevando-se na aurora.

Ursus, de quem Gwynplaine só via as costas, erguia os braços, alarmado.

— Minha filha! Oh, meu Deus, está começando a delirar! Delirar! Era isso que eu temia. Ela não deve se assustar, pois isso poderia matá-la, mas precisa de um susto que a impeça de enlouquecer. Morta ou louca! Que situação! Que fazer, meu Deus? Minha filha, volte a se deitar!

Enquanto isso, Dea falava. Sua voz era quase indistinta, como se uma imensidão celeste já estivesse interposta entre ela e a terra.

— Pai, o senhor está enganado. Não estou delirando. Entendo perfeitamente o que o senhor me diz. O senhor está dizendo que tem bastante gente, que estamos esperando e que eu preciso me apresentar esta noite. Eu quero.

Vê como sei o que digo, mas não sei como fazer, já que estou morta, e já que Gwynplaine está morto. Mesmo assim eu vim. Concordo em me apresentar; aqui estou. Mas Gwynplaine não está mais aqui.

— Minha filha, me obedeça — repetiu Ursus. —Volte para sua cama.

— Ele não está mais aqui! Ele não está mais aqui! Oh, que escuridão!

— Escuridão! — balbuciou Ursus. — É a primeira vez que ela diz essa palavra!

Fazendo apenas o ruído de deslizar, Gwynplaine subiu a pequena escada e entrou na cabana, pegou seu casaco e sua esclavina, vestiu-os e desceu de lá, sempre encoberto pela espécie de obstrução que formavam a cabana, os cabos e o mastro.

Dea continuava murmurando, mexendo os lábios, e pouco a pouco esse murmúrio se transformou em melodia. Ela esboçou, com as intermitências e lacunas do delírio, o misterioso apelo que tantas vezes dirigira a Gwynplaine em *Caos vencido*. Começou a cantar, e esse canto era vago e débil como o zunido de uma abelha:

Noche, quita te de alli,
*El alba canta...**

Ela interrompeu-se:

— Não, não é verdade, não estou morta. Ora, o que é que eu estava dizendo? Ai! Estou viva. Estou viva, ele é que está morto. Estou aqui embaixo, e ele lá no alto. Ele partiu, mas eu fiquei. Nunca mais vou ouvi-lo falar ou caminhar. Deus nos havia concedido um pouco de paraíso na terra, mas depois o tirou de nós. Gwynplaine! Acabou. Não o sentirei mais aqui perto de mim. Nunca mais. Sua voz! Não ouvirei mais sua voz.

E cantou:

*Es menester a cielos ir...***
... Dexa, quiero
A tu negro
Caparazon.

Estendeu a mão como se procurasse onde se apoiar no infinito.

Surgindo ao lado de Ursus, que ficou bruscamente petrificado, Gwynplaine ajoelhou-se diante dela.

---

* *"Noite, vá embora, / A aurora canta."* (N. A.)

** *"É preciso ir para o céu... / ... Deixa, desejo / Teu negro Invólucro!"* (N. A.)

— Nunca mais! Nunca mais vou ouvi-lo! — disse Dea.

E voltou a cantar, delirante:

Dexa, quiero,
A tu negro
Caparazon!

Então ela ouviu uma voz, a voz adorada, que respondia:

*O ven! Ama!****
Eres alma,
Soy corazon.

E, ao mesmo tempo, Dea sentiu sob a mão a cabeça de Gwynplaine. Deu um grito indescritível: "Gwynplaine!".

Uma claridade estelar surgiu em seu rosto pálido, e ela cambaleou.

Gwynplaine aparou-a nos braços.

— Está vivo! — gritou Ursus.

Dea repetiu: "Gwynplaine!".

E sua cabeça tocou o rosto dele. Ela disse baixinho:

— Você desceu do céu! Obrigada!

E, levantando a cabeça, sentada sobre o joelho de Gwynplaine, enlaçada em seus braços, virou o delicado rosto e fixou nos olhos de Gwynplaine seus olhos repletos de trevas e de raios, como se o contemplasse.

— É você! — ela disse.

Gwynplaine cobria seu vestido de beijos. Há palavras que são, a um só tempo, gritos e soluços. Todo o êxtase e todo o sofrimento nelas se fundem, transbordando confusamente. Não têm sentido algum, mas dizem tudo.

— Sim, eu! Sou eu! Eu, Gwynplaine! Aquele de quem você é a alma, sabe? Eu, de quem você é a filha, a esposa, a estrela, o ar! Eu, de quem você é a eternidade! Sou eu! Estou aqui, com você em meus braços. Estou vivo. Sou seu. Ah! Quando penso que estava a um passo do fim! Um minuto a mais, e...! Se não fosse Homo! Vou lhe contar: como o desespero está perto da felicidade! Dea, estamos vivos! Dea, me perdoe! Sim! Sou seu para sempre! Você está certa, toque meu rosto, assegure-se de que sou eu. Se você soubesse! Mas nada mais pode nos separar. Saí do inferno e retorno ao céu. Você diz que eu desço de lá, mas não, agora é que voltei para o céu. Estou novamente a

*** *"Oh! Vem! Ama! / És alma, / Sou coração."* (N. A.)

seu lado. Para sempre, repito-lhe! Juntos! Estamos juntos! Quem diria? Nós nos reencontramos. Todo o mal se acabou. Daqui por diante, para nós só haverá felicidade. Recomeçaremos nossa vida feliz, e fecharemos tão bem a porta dessa felicidade que a má sorte nunca mais vai conseguir entrar. Vou lhe contar tudo. Você vai se admirar. O navio partiu, e ninguém pode fazer que não tenha partido. Estamos a caminho, estamos livres. Vamos para a Holanda, vamos nos casar, não terei dificuldades para ganhar a vida, quem poderia impedir isso? Não há mais nada a temer. Eu adoro você.

— Vamos devagar! — balbuciou Ursus.

Trêmula, e sentindo a emoção de um toque celeste, Dea passava a mão pelo rosto de Gwynplaine. Ele a ouviu dizer a si mesma:

— É desse jeitinho que Deus é feito.

Depois, ela apalpou suas roupas. E disse:

— A esclavina. O casaco. Nada mudou. Está tudo como antes.

Ursus, abismado, radiante, inundado de lágrimas, olhava para os dois e dirigia um aparte a si mesmo.

— Não estou entendendo absolutamente nada. Sou um idiota ridículo. Eu vi quando o levaram para ser enterrado! Choro e rio. Isso é tudo que eu sei. Estou tão bobo quanto se eu também estivesse apaixonado. Mas é que estou! Estou apaixonado pelos dois. Ora, seu velho besta! É emoção demais. É emoção demais. Era isso que eu temia. Não, era isso que eu queria. Gwynplaine, trate-a com muito cuidado. Quer saber? Que se abracem! Não é da minha conta. Sou espectador do acontecimento. O que sinto é incrível. Sou o parasita da felicidade deles e estou desfrutando a minha parte. Não tenho nada a ver com isso, mas me parece que tenho algo a ver com isso. Meus filhos, eu os abençoo.

E, enquanto Ursus monologava, Gwynplaine exclamava:

— Dea, você é tão linda! Não sei onde eu estava com a cabeça esses dias. Não há dúvida, só existe você na terra. Ainda mal posso acreditar que a reencontrei. E neste navio! Mas, diga-me, o que foi que aconteceu? Olhe em que estado deixaram vocês! Onde foi parar a Green Box? Vocês foram roubados, vocês foram expulsos. Isso é infame. Ah! Hei de vingá-los! Hei de vingá-la, Dea! Vou tirar satisfações. Sou par da Inglaterra.

Como se tivesse sido atingido em pleno peito por um planeta, Ursus recuou e olhou atentamente para Gwynplaine.

— Ele não está morto, é óbvio, mas será que está louco?

Apurou os ouvidos com desconfiança.

Gwynplaine recomeçou:

— Fique tranquila, Dea. Darei queixa na Câmara dos Lordes.

Ursus o observou novamente e bateu no meio da testa com a ponta do dedo.

Depois, decidindo-se:

— Para mim, tanto faz — murmurou. — Certamente vai ficar tudo bem. Fique louco se quiser, caro Gwynplaine. É um direito do homem. Eu estou feliz. Mas, afinal, o que significa tudo isso?

O navio continuava a fugir rápida e suavemente, a noite ficava cada vez mais escura; brumas que vinham do oceano invadiam o zênite, de onde vento algum as varria; apenas algumas grandes estrelas eram visíveis e iam desaparecendo uma após a outra até que, ao final de algum tempo, não havia mais nenhuma delas, e o céu inteiro ficou negro, infinito e calmo. O rio se alargava, e suas duas margens não passavam de duas finas linhas escuras quase incorporadas à noite. De toda aquela obscuridade emanava uma profunda tranquilidade. Gwynplaine se recostara, mantendo-se abraçado a Dea. Ambos falavam, exclamavam, tagarelavam, cochichavam. Diálogo apaixonado. Como descrevê-lo, ó contentamento?

— Minha vida!

— Meu céu!

— Meu amor!

— Minha plena felicidade!

— Gwynplaine!

— Dea! Eu estou apaixonado. Deixe-me beijar seus pés.

— Então é mesmo você!

— Tenho tanta coisa a lhe dizer neste momento... Nem sei por onde começar.

— Por um beijo!

— Ó, minha mulher!

— Gwynplaine, não me diga que sou bela. Belo é você.

— Reencontrá-la, tê-la sobre meu peito: isso está acontecendo! Você é minha; não estou sonhando. É você, de verdade. Será possível? Sim. Retomo posse da vida. Se você soubesse, tanta coisa aconteceu... Dea!

— Gwynplaine!

— Amo você!

E Ursus murmurava:

— Sinto uma alegria de avô.

Homo saíra de sob a cabana e, indo discretamente de um para o outro, sem exigir que lhe dessem atenção, lambia a torto e a direito ora as botinas de Ursus, ora o casaco de Gwynplaine, ora o vestido de Dea, ora o colchão. Era seu jeito peculiar de dar sua bênção.

Haviam passado por Chatham e pela foz do Medway. Aproximavam-se do mar. A impenetrável serenidade da imensidão era tamanha que a descida do Tâmisa acontecia sem complicações; nenhuma manobra era necessária e nenhum marinheiro precisou ser chamado. Na outra extremidade, o capitão, sempre sozinho no leme, governava o navio. Na parte traseira só havia esse homem; na parte dianteira, a lamparina iluminava o feliz grupo formado por essas criaturas que, no fundo do infortúnio subitamente transformado em felicidade, acabavam de realizar esse inesperado encontro.

IV NÃO. LÁ NO ALTO

Repentinamente, soltando-se do abraço de Gwynplaine, Dea se levantou. Apoiou as duas mãos no coração, como para impedi-lo de disparar.

— O que eu tenho? — disse ela. — Está acontecendo alguma coisa. É que a alegria sufoca. Isso não é nada. Está tudo bem. Ó meu Gwynplaine, reaparecendo você me chocou. Choque de felicidade. É uma vertigem ter o céu inteiro entrando em nosso coração. Na sua ausência, eu sentia que estava morrendo. Você me devolveu a verdadeira vida, que já estava indo embora. Havia dentro de mim uma espécie de dilaceramento, o dilaceramento das trevas, mas senti a vida retornar, uma vida ardente, uma vida febril e deliciosa. É extraordinária essa vida que você acaba de me dar. Ela é tão celestial que chego a sofrer um pouco. É como se a alma crescesse e não conseguisse caber no corpo. Essa vida de serafins, essa plenitude, ela reflui até minha cabeça e penetra em mim. Sinto como um bater de asas no peito. Sinto-me estranha, mas muito feliz. Gwynplaine, você me ressuscitou.

Dea enrubesceu, em seguida empalideceu, tornou a enrubescer, e caiu.

—Ah! Você a matou — disse Ursus.

Gwynplaine estendeu os braços a Dea. Que choque! A angústia suprema sobrepunha-se ao êxtase supremo! Ele mesmo teria caído se não tivesse de segurá-la.

— Dea! — gritou, estremecendo. — O que você tem?

— Nada. Amo você — disse ela.

Nos braços de Gwynplaine, ela parecia uma roupa que alguém tivesse recolhido. Suas mãos pendiam.

Gwynplaine e Ursus a deitaram no colchão. Ela disse debilmente:

— Deitada não consigo respirar.

Puseram-na sentada.

Ursus disse:

— Um travesseiro!

Ela respondeu:

— Por quê? Tenho Gwynplaine.

E recostou a cabeça no ombro de Gwynplaine, que estava sentado atrás dela e a apoiava, com os olhos repletos de triste preocupação.

— Ah! Como estou bem! — disse ela.

Ursus tomara seu pulso e contava os batimentos da artéria. Não balançava a cabeça, não dizia nada, e só era possível captar o que ele pensava pelos rápidos movimentos de suas pálpebras, abrindo-se e fechando-se convulsivamente, como a impedir um jorro de lágrimas.

— O que ela tem? — perguntou Gwynplaine.

Ursus encostou o ouvido no lado esquerdo de Dea.

Gwynplaine repetiu ansiosamente sua pergunta, temendo que Ursus não lhe respondesse.

Ursus olhou para Gwynplaine, depois para Dea. Estava lívido. Disse:

— Creio que estamos na altura de Canterbury. A distância daqui a Gravesend não é muito grande. Vamos ter tempo bom a noite inteira. Não há por que temer um ataque no mar, pois as frotas de guerra estão na costa da Espanha. Faremos uma boa travessia.

Recurvada e cada vez mais pálida, Dea apertava entre os dedos convulsivos o tecido do seu vestido. Deu um suspiro inexprimivelmente pensativo e murmurou:

— Eu sei o que acontece. Estou morrendo.

Gwynplaine ergueu-se assustado. Ursus sustentou Dea.

— Morrer! Você morrer! Não, isso não vai acontecer. Você não pode morrer. Morrer agora! Morrer imediatamente! Impossível. Deus não é cruel. Devolvê-la a mim e tomá-la de volta no mesmo instante! Não. Não se faz uma coisa dessas. Ou então Deus quer que duvidemos dele. Ou então tudo não passa de uma armadilha, a terra, o céu, o berço das crianças, o aleitamento materno, o coração humano, o amor, as estrelas! Ou então Deus seria um traidor e o homem um ser enganado! Ou então nada existiria! Ou então deveríamos insultar a Criação! Ou então tudo seria um abismo! Você não sabe o que diz, Dea! Você viverá. Eu exijo que você viva. Você tem de me obedecer. Sou seu marido e seu mestre. Proíbo-a de me deixar. Oh! Céus! Oh, homens miseráveis! Não, isso não pode acontecer. E eu teria de ficar nesta terra sem você? Isso é tão monstruoso que não haveria mais Sol. Dea, Dea, fique boa! É só um momento de angústia que vai passar. Às vezes sentimos vertigens, mas depois não pensamos mais nisso. Preciso absolutamente que você fique bem e não sofra mais. Você, morrer! O que foi que eu lhe fiz? Ao pensar nisso, perco a cabeça. Somos um do outro, nós nos amamos. Você não tem motivos para partir. É uma injustiça. Cometi algum crime? Você já não me perdoou? Oh! Você não vai querer que eu me torne um desesperado, um pérfido, um furioso, um danado! Dea! Eu rogo, imploro, suplico a você de mãos juntas, não morra!

E, crispando os punhos nos cabelos, agonizando de pavor, sufocando em lágrimas, jogou-se a seus pés.

— Meu Gwynplaine, não tenho culpa — disse Dea.

Brotou em seus lábios uma espuma rosada que Ursus enxugou com a barra do vestido, sem que Gwynplaine, prosternado, pudesse ver. Gwynplaine abraçava os pés de Dea e lhe implorava com todo tipo de palavras confusas.

— Estou lhe dizendo que não quero. Você, morrer! Não vou suportar. Morrer, sim, mas juntos. De outra forma, não. Você morrer, Dea! Não posso consentir de jeito nenhum. Minha deusa! Meu amor! Entende que eu estou aqui? Juro que você viverá. Morrer! Mas, então, é que você não faz ideia do que será de mim após sua morte. Se soubesse o quanto eu preciso não perdê-la! Você veria que é completamente impossível. Dea! Só tenho você, entende? O que me aconteceu é extraordinário. Você não imagina que acabei de atravessar a vida toda em algumas horas. Entendi uma coisa: que absolutamente nada existia. Você, sim, você existe. Se você não estiver mais aqui, o universo não faz mais sentido. Fique. Tenha dó de mim. Já que você me ama, viva. Acabei de reencontrá-la para protegê-la. Espere um pouco. Não se pode partir assim quando voltamos a ficar juntos apenas há alguns instantes. Não se impaciente. Ah! Meu Deus, como estou sofrendo! Você não me quer mal, não é? Você compreende que não pude agir de outra forma, pois fui levado pelo *wapentake*. Você verá que logo vai respirar melhor. Dea, tudo acaba de se ajeitar. Nós seremos felizes. Não me leve ao desespero. Dea! Não fiz nenhum mal a você!

Essas palavras não eram ditas, mas soluçadas. Sentia-se nelas uma mistura de abatimento e revolta. Saía do peito de Gwynplaine um gemido que atrairia os pássaros e um rugido que espantaria os leões.

Dea lhe respondeu, com a voz cada vez menos distinta, parando quase a cada palavra:

— Pena! É inútil. Meu bem-amado, vejo perfeitamente que você faz o que pode. Há uma hora, eu queria morrer, agora não quero mais. Gwynplaine, meu adorado Gwynplaine, como fomos felizes! Deus colocou você na minha vida e agora me tira da sua. Sei que estou partindo. Você vai se lembrar da Green Box, não vai? E de sua pobre Dea cega? Você vai se lembrar da minha canção. Não esqueça o som da minha voz, nem o modo como eu lhe dizia: Amo você! Voltarei a lhe dizer isso, à noite, enquanto estiver dormindo. Nós nos reencontramos, mas foi alegria demais! Isso devia acabar logo. Decididamente, sou eu que vou primeiro. Adoro meu pai Ursus e nosso irmão Homo. Vocês são bons. Falta ar aqui. Abram a janela. Meu Gwynplaine, eu nunca disse nada a você, mas, por causa de uma mulher que foi nos ver uma vez, eu tive ciúmes. Você nem sequer sabe de quem estou falando, não é?

Cubram meus braços. Sinto um pouco de frio. E Fibi? E Vinos? Onde elas estão? Acabamos gostando de todo mundo. Temos como amigos aqueles que presenciaram nossa felicidade. Ficamos gratos por terem estado ao nosso lado enquanto éramos felizes. Por que tudo isso passou? Não entendi muito bem o que aconteceu nestes dois dias. Agora estou morrendo. Deixem-me com este vestido. Esta tarde, ao vesti-lo, pensei mesmo que ele seria meu sudário. Quero ficar com ele, pois ele guarda os beijos de Gwynplaine. Oh! Mas como eu queria continuar vivendo. Que vida gostosa levávamos em nossa pobre cabana ambulante! Nós cantávamos. Eu ouvia as palmas! Como era bom nunca nos separarmos! Parecia que eu estava com vocês em uma nuvem, eu tinha noção de tudo, distinguia um dia do outro, apesar de cega eu sabia que era dia porque ouvia Gwynplaine, eu sabia que era noite porque sonhava com Gwynplaine. Eu sentia que algo me envolvia, era sua alma. Nós nos adoramos ternamente. Tudo isso está se acabando, e não haverá mais canções. Pena! Não posso mais continuar vivendo! Você pensará em mim, meu adorado.

Sua voz ia enfraquecendo. O nefasto declínio da agonia tirava-lhe o fôlego. Seu polegar se fechava sobre os outros dedos, sinal de que o último minuto se aproximava. Um balbucio de anjo incipiente parecia esboçar-se na frágil respiração da virgem.

Ela murmurou:

— Vocês vão se lembrar, não é? Porque seria muito triste que eu morresse e não se lembrassem de mim. Algumas vezes fui desagradável. Peço perdão a todos. Tenho certeza de que se o bom Deus quisesse ainda teríamos sido felizes, meu Gwynplaine, pois não ocupamos muito espaço, teríamos trabalhado e ido juntos para um outro lugar, mas o bom Deus não quis. Não sei mesmo por que estou morrendo. Eu não me queixava de ser cega, eu não ofendia ninguém. A única coisa que eu pediria era permanecer cega para sempre a seu lado. Oh! Como é triste partir!

Suas palavras saíam ofegantes e se apagavam, uma após a outra, como se alguém as tivesse soprado. Quase já não conseguiam ouvi-la.

— Gwynplaine — continuou ela —, não é verdade que você vai pensar em mim? Vou precisar disso quando estiver morta.

E acrescentou:

— Oh! Lembrem-se de mim!

Pouco depois, após um breve silêncio, disse:

— Vá me encontrar o mais rápido que puder. Estarei muito infeliz sem você, mesmo que eu esteja com Deus. Não me deixe sozinha por muito tempo, meu doce Gwynplaine! Aqui é que era o paraíso. Lá no alto é só o céu. Ah! Estou sufocando! Meu amado, meu amado, meu amado!

— Misericórdia! — gritou Gwynplaine.

— Adeus! — disse ela.

— Misericórdia! — repetiu Gwynplaine.

E colou seus lábios nas belas mãos enregeladas de Dea.

Por um momento, pareceu que ela não respirava mais.

Em seguida, ergueu-se apoiada nos cotovelos, um brilho profundo atravessou seus olhos e ela abriu um sorriso indescritível. Sua voz irrompeu, vivaz.

— Luz! Estou enxergando — gritou ela.

E expirou.

Tornou a cair estirada e imóvel sobre o colchão.

— Morta — disse Ursus.

E o velho e pobre homem, como que desmoronando de desespero, baixou a cabeça calva e escondeu o rosto soluçante entre as pregas do vestido, aos pés de Dea. Ficou ali, desfalecido.

Então, Gwynplaine foi espantoso.

Pôs-se de pé, ergueu a fronte e contemplou a imensa noite acima da sua cabeça.

Em seguida, não sendo visto por ninguém, mas sendo talvez observado em meio às trevas por algum ser invisível, estendeu os braços em direção à imensidão do céu e disse:

— Estou indo.

E começou a andar sobre o convés do navio em direção à borda, como se uma visão o atraísse.

A alguns passos estava o abismo.

Ele caminhava lentamente, sem olhar os pés.

Esboçava o mesmo sorriso que Dea acabara de esboçar.

Seguia em frente, como se visse alguma coisa. Tinha nos olhos um brilho que parecia o reflexo de uma alma vista ao longe.

Gritou: "Sim!".

A cada passo, aproximava-se mais da borda, andar pesado, braços levantados, cabeça inclinada para trás, olhar fixo, com um movimento fantasmagórico.

Avançava sem pressa e sem hesitação, com uma precisão fatal, como se tão perto não houvesse um enorme precipício e uma tumba aberta.

Murmurava: "Fique tranquila. Estou seguindo você. Vejo muito bem o sinal que você me faz".

Não tirava os olhos de um ponto do céu, o mais alto da escuridão. Sorria.

O céu estava completamente negro, não havia mais estrelas, mas era evidente que ele avistava uma estrela.

Atravessou o convés.

Depois de alguns passos rígidos e sinistros, chegou ao extremo da borda.

— Já vou, Dea, aqui estou — disse ele.

E continuou a andar. Não havia parapeito. Ele tinha o vazio diante de si. Pôs o pé nesse vazio.

Caiu.

A noite era densa e surda, a água era profunda. Desapareceu. Foi um desaparecimento calmo e sombrio. Ninguém nada viu nem ouviu. O navio continuou a navegar e o rio continuou a correr.

Pouco depois, o navio entrou no oceano.

Quando Ursus voltou a si, não viu mais Gwynplaine, e, perto da borda, avistou Homo, que uivava na escuridão, olhando o mar.

Título original: *L'homme qui rit.*

Direção
MARTIN CLARET

Produção editorial
CAROLINA MARANI LIMA / MAYARA ZUCHELI

Diagramação
GIOVANA GATTI QUADROTTI

Projeto gráfico e direção de arte
JOSÉ DUARTE T. DE CASTRO

Ilustração de capa
MARCELA ASSEF

Tradução e notas
REGINA CÉLIA DE OLIVEIRA

Revisão
HERCULANO VILLAS-BOAS / WALDIR MORAES

Impressão e acabamento
GEOGRÁFICA EDITORA

A ortografia deste livro segue o novo Acordo Ortográfico da Língua Portuguesa.

Dados Internacionais de Catalogação na Publicação (CIP)
(Câmara Brasileira do Livro, SP, Brasil)

Hugo, Victor
O homem que ri / Victor Hugo; tradução e notas: Regina Célia de Oliveira. — São Paulo: Martin Claret, 2019.

Título original: *L'homme qui rit.*
ISBN 978-85-440-0229-2

1. Ficção francesa I. Título.

19-25662 CDD-843

Índices para catálogo sistemático:

1. Ficção: Literatura francesa 843
Cibele Maria Dias - Bibliotecária - CRB-8/9427

EDITORA MARTIN CLARET LTDA.
Rua Alegrete, 62 — Bairro Sumaré — CEP: 01254-010 — São Paulo — SP
Tel.: (11) 3672-8144 — www.martinclaret.com.br

3ª reimpressão - 2025